D0824900

Anne Rice | La reina de los condenados

Título original: *The Queen of the Damned*

Traducción: Charles Llorach

1.ª edición: septiembre 2004
2.ª reimpresión: noviembre 2006

Bailén, 84 – 08009 Barcelona (España)
www.edicionesb.com

Fotografía de cubierta: © IBD
Diseño de la colección: Ignacio Ballesteros

ISBN: 84-666-1711-6

Impreso por Quebecor World.

Anne Rice | La reina de los condenados

Este libro está dedicado con amor
a Stan Rice, Christopher Rice
y John Preston.
Y a la memoria
de mis apreciados editores
John Dodds y William Withehead.

Trágico conejo

Trágico conejo, una pintura,
las orejas apelmazadas verdes como maíz apisonado.
La negra frente apuntando a las estrellas.
Una pintura en mi pared, sola

como los conejos son
y no son. Rollizas mejillas rojas,
todo Arte, hocico tembloroso,
un hábito difícil de romper como no hay.

También tú puedes ser un conejo trágico; verdirroja
tu espalda, azul tu varonil pequeño pecho.
Pero, si alguna vez sientes deseos de convertirte en uno,
cuidado con la Auténtica Carne, te

derribará de tu trágico caballo
y romperá tus trágicos colores como un fantasma
rompe el mármol; tus heridas cicatrizarán
tan deprisa que el agua

tendrá celos.
Conejos en papel blanco pintados
aumentan todos los encantos contra su estirpe silvestre;
y sus orejas maíz apisonado se tornan cuernos.

Así pues, presta atención si la trágica vida se siente bien...
atrapada en una trampa para conejos
con todos los colores como espadas de luz solar,
y tijeras como el Señor Viviente.

STAN RICE
Algo de cordero (1975)

Yo soy el vampiro Lestat. ¿Me recordáis? El vampiro que llegó a ser una superestrella del rock, el que escribió su autobiografía. El de pelo rubio y ojos grises, el de insaciables deseos de hacerse visible y famoso. Me recordáis. Quise ser un símbolo del mal en un siglo iluminado en donde el mal (en el sentido estricto de la palabra) que soy yo no tiene lugar. Me imaginé incluso que, de esta forma, haría algún bien: jugando a ser el diablo en el escenario.

La última vez que hablamos acababa de empezar algo con buen pie. Acababa de debutar en San Francisco: era el primer «concierto en vivo» que realizaba con mi banda mortal. Nuestro disco tuvo un enorme éxito. Mi autobiografía lograba tratar dignamente tanto con los muertos como con los no-muertos.

Entonces ocurrió algo completamente inesperado. Al menos, *yo* no lo había previsto. Y, cuando os dejé, mi vida colgaba de un hilo, por decirlo de alguna manera.

Bien, todo ha acabado ahora, todo lo que siguió. He sobrevivido, evidentemente. No estaría hablando con vosotros si no fuera así. Por fin el polvo cósmico se ha posado; y el pequeño desgarrón en el tejido mundial de creencias racionales ha sido enmendado, o al menos zurcido.

Por todo lo cual, estoy un poco más triste, soy un poco más desconfiado y también un poco más consciente. También soy infinitamente mucho más poderoso, aunque el humano que hay en mi interior está más cerca que nunca de la superficie: un ser angustiado y hambriento que ama a la vez que detesta este caparazón invencible e inmortal en el cual está encerrado. ¿La sed de sangre? Insaciable, aunque físicamente nunca la necesité menos. Creo que podría existir sin ella por completo. Pero el deseo que siento por todo lo que anda me dice que tal cosa nunca va a ser puesta a prueba.

Ya sabéis, nunca fue sólo la necesidad de sangre, aunque la sangre es lo más sensual de todo lo que una criatura pueda desear; es la intimidad del momento (beber, matar), el gran baile cuerpo a cuerpo que se danza cuando la víctima se debilita y yo siento que me dilato, engullendo la muerte que, por una fracción de segundo, arde con tanta magnitud como la vida.

Sin embargo, es una ilusión de los sentidos. Ninguna muerte puede durar tanto como una vida. Y ése es el motivo por el cual continúo tomando vidas, ¿no? En estos momentos, estoy más lejos que nunca de toda salvación. El hecho de que lo sepa, sólo empeora las cosas.

Por supuesto, aún puedo pasar por humano; todos nosotros podemos, de un modo u otro, por más vetustos que seamos. Cuello para arriba, sombrero para abajo, gafas oscuras, manos en los bolsillos..., con eso basta por lo general para hacer el efecto. Ahora bien, como disfraz prefiero las chaquetas de piel fina, los vaqueros apretados y un simple par de botas negras que sirvan para andar por cualquier terreno. Pero, de vez en cuando, me visto con las sedas de fantasía de que gusta tanto la gente de los climas sureños, donde actualmente tengo la residencia.

Si alguien me mira desde demasiado cerca, se producen unas pequeñas vibraciones telepáticas: «Perfectamente normal, lo que ves.» Un relampagueo de la sonrisa de siempre, con los caninos escondidos (sin ninguna dificultad), y el mortal sigue su camino.

Alguna vez dejo de lado todos los disfraces; salgo tal cual soy. Cabello largo, una chaqueta de terciopelo, que me recuerda épocas pasadas, y un par de anillos de esmeraldas en la mano derecha. Y echo a andar con paso decidido por entre la multitud del centro de la ciudad de esta encantadora y corrupta ciudad sureña; o deambulo lentamente por las playas de arenas blancas como la luna, respirando la cálida brisa.

Nadie se queda mirándome más de un segundo. Hay demasiadas cosas inexplicables a nuestro alrededor: horrores, amenazas, misterios que atraen, y que luego inevitablemente desencantan. Y se regresa a lo previsible y a lo rutinario. El príncipe nunca va a llegar, todo el mundo lo sabe, y, además, quizá la Bella Durmiente esté muerta.

Otro tanto de lo mismo para el resto de los que han sobrevivido conmigo y con quienes comparto este cálido y exuberante rincón del universo, la punta más sudoriental del continente norteamericano, la rutilante metrópolis de Miami, un bien hallado coto de caza para los inmortales bebedores de sangre, si alguna vez existió tal lugar.

Es bueno tener a los demás conmigo; en realidad, es crucial y es lo que siempre había deseado: un gran conciliábulo de los sensatos, de los resistentes, de los viejos y de los despreocupados jóvenes.

Pero, ¡ah!, la angustia de permanecer en el anonimato entre los inmortales nunca fue peor para mí, para el monstruo ávido de nuevas sensaciones que soy. El suave murmullo de las voces sobrenaturales no es capaz de apartar de mí esa angustia. El sabor del reconocimiento mortal fue demasiado seductor, los discos en los escaparates, mis *fans* saltando y aplaudiendo frente al escenario. No importa que no creyeran de veras que era un vampiro; en aquellos instantes, estábamos juntos. ¡Aclamaban mi nombre!

Ahora los elepés han desaparecido y nunca volveré a oír aquellas canciones. Mi libro continúa, junto con *Confesiones de un vampiro*, disfrazado, por seguridad, de ficción, que es quizá lo que debería ser. Ya causó demasiados problemas, como veréis.

Catástrofe es lo que acarrearon mis jueguecitos. El vampiro que podría haber sido, al fin, héroe y mártir durante un momento de pura gloria...

Creéis que esto me enseñó algo, ¿no? Bien: en realidad, sí. Ciertamente sí.

Pero, ¡es tan doloroso retirarse de nuevo a las sombras!... Lestat, el impecable e innombrable gángster chupador de sangre, de nuevo al acecho de indefensos mortales que no saben nada de los seres como yo. ¡Es tan hiriente ser de nuevo el intruso, siempre al margen, luchando contra el bien y el mal en el antiquísimo infierno particular del cuerpo y del alma!

En mi aislamiento actual, sueño con hallar una cosita joven y dulce en una habitación iluminada por el claro de luna, una de aquellas tiernas adolescentes (como las llaman ahora) que han leído mi libro y escuchan mis canciones; una de las encantadoras idealistas que me escribían cartas de admiración en papel perfumado, durante aquel breve período de gloria fatal, hablándome de poesía y del poder de la ilusión, diciéndome que deseaban que yo fuese real; sueño con escabullirme en su habitación a oscuras, donde quizá mi libro yazga en la mesita de noche, con un precioso punto de terciopelo entre sus páginas; sueño con acariciarle el hombro y sonreírle cuando nuestros ojos se encuentren. «¡Lestat, siempre he creído en ti! ¡Siempre he sabido que vendrías!»

Tomo su rostro entre mis manos y lo inclino para

besarla. «Sí, querida —respondo yo—, ¡no sabes cuánto te necesitaba, cuánto te quiero, cuánto te he querido siempre!»

Quizá me encontrara más atractivo a causa de lo que me aconteció: el inesperado horror que contemplé, el inevitable dolor que sufrí. Es una terrible verdad que el sufrimiento nos hace más profundos, que da más brillo a nuestros colores, proporciona una resonancia más rica a nuestras palabras. Es decir, si no nos destruye, si no aniquila nuestro optimismo y nuestro ánimo, nuestra capacidad de imaginar y nuestro respeto por las cosas simples pero indispensables.

Por favor, disculpadme si os parezco amargado.

No tengo ningún derecho a estarlo. Yo lo empecé todo; y escapé de una pieza, por así decirlo. Cosa que no ocurrió a muchos de nuestra especie. También hubo mortales que sufrieron. Este hecho es inexcusable. Y, seguramente, siempre pagaré por ello.

Pero fijaos bien: todavía no comprendo exactamente lo que sucedió. No sé si fue una tragedia, o si no fue nada más que una aventura sin pies ni cabeza. O si algo absolutamente espléndido podría haber brotado de mi error, algo que me podría haber alzado por encima de la irrelevancia y de la pesadilla, y, al final, me hubiera lanzado a la ardiente luz de la redención.

Puede que tampoco lo sepa nunca. La cuestión es que todo ha terminado. Y ahora nuestro mundo, nuestro pequeño reino privado, es más pequeño, más lúgubre y más seguro que nunca. Nunca volveré a ser lo que era.

Es muy extraño que no previese el cataclismo, pero es que en realidad nunca soy capaz de imaginar el final de nada de lo que empiezo. Es el riesgo lo que me fascina, la coyuntura de infinitas posibilidades. Me atrae desde la eternidad, cuando todos los demás encantos decaen.

Después de todo, yo ya era así cuando estaba vivo, hace doscientos años; el inquieto, el impaciente, el que siempre lo echaba todo a perder, por el amor o por una buena pelea. Cuando partí para París en la década de 1780 para hacerme actor, lo único en que soñaba era en el inicio de cada noche, en el momento de alzarse el telón.

Quizá los viejos tengan razón. Me refiero ahora a los auténticos inmortales, a los bebedores de sangre que han sobrepasado el milenio. Dicen que ninguno de nosotros cambia realmente con el paso del tiempo, que sólo nos volvemos más como somos.

Para decirlo de otro modo: uno se vuelve sensato cuando vive quinientos años; pero también tiene tiempo de tornarse peor de lo que sus enemigos habían creído.

Y yo soy el mismo diablo de siempre, el joven que quiere aparecer en el escenario central, donde podáis verme mejor y donde podáis, quizás, amarme. Lo uno no es bueno sin lo otro. Y deseo tanto divertiros, cautivaros, hacer que me lo perdonéis todo... Momentos fortuitos de contactos secretos y reconocimiento nunca serán suficientes, me temo.

Pero voy demasiado aprisa, ¿no?

Si habéis leído mi autobiografía, querréis saber de lo que estoy hablando. ¿Qué fue la catástrofe que he mencionado?

Bien, hagamos un repaso. Como he dicho, escribí el libro y grabé el disco porque quería ser visible, que me vieran tal como soy, incluso aunque sólo fuera en términos simbólicos.

Por lo que se refiere al riesgo de que los mortales pudieran realmente comprender y advertir que yo era exactamente quien decía que era..., bien, esta posibilidad no hacía sino excitarme más. Dejemos que nos cacen, dejemos que nos destruyan; éste era, en un sentido, mi más ferviente deseo. No merecemos existir; tendrían que matarnos. ¡Ah, pensar en los combates! ¡Ah, luchar contra quienes saben de veras quién soy!

Pero nunca esperé una confrontación tal; y el personaje del músico de rock era una cobertura demasiado maravillosa para un diablo como yo.

Fue mi propia estirpe quien me tomó al pie de la letra, quien decidió castigarme por lo que había hecho. Yo, por supuesto, también lo había tenido en cuenta.

Después de todo, en mi autobiografía conté nuestra historia; conté nuestros secretos más profundos, cosas que había jurado no revelar nunca a nadie. Y me pavoneé delante de los ardientes focos y de las lentes de las cámaras. ¿Y si hubiera caído en manos de algún científico o, más probablemente, en las de un celoso oficial de policía por una leve infracción de tráfico cinco minutos antes del alba, y hubieran logrado encarcelarme, inspeccionarme, identificarme, clasificarme (todo ello durante las horas diurnas, mientras estaría yaciendo indefenso) para satisfacción de los mortales más escépticos a lo largo y ancho del mundo?

La verdad es que no era muy probable. Y aún sigue siéndolo poco. (Aunque podría ser algo divertidísimo, de veras.)

Sin embargo, era inevitable que los de mi especie se enfurecieran por los riesgos a que me expuse, que intentasen quemarme vivo, o hacer de mí trocitos inmortales. La mayoría de los jóvenes eran demasiado estúpidos para saber lo seguros que estábamos.

Al aproximarse la noche del concierto, descubrí que también yo estaba soñando en aquellos combates. ¡Qué inmenso placer sería destruir a los que eran tan malvados como yo, segar una buena hozada entre los culpables, apuñalar una y otra vez mi propia imagen!

No obstante, ya sabéis: la alegría pura de estar allí presente, haciendo música, haciendo teatro, haciendo magia...; al fin y al cabo, era de lo que se trataba. Definitivamente, quería estar vivo. Quería ser simplemente humano. El actor mortal que había partido para París doscientos años atrás y que encontró la muerte en el bulevar tendría por fin su hora.

Pero, prosiguiendo con la evocación, el concierto fue un éxito. Tuve mi momento triunfal ante quince mil *fans* mortales que gritaban hasta desgañitarse; y dos de mis amores inmortales estaban conmigo: Gabrielle y Louis, mis hijos, mis amantes, de quienes había estado separado demasiados años.

Antes de que finalizara la noche, dimos una paliza a los vampiros imbéciles que intentaron castigarme por lo que había hecho. Y tuvimos un aliado invisible en aquellas pequeñas escaramuzas; nuestros enemigos estallaron en llamas antes de que hubieran podido hacernos ningún daño.

Se acercaba el alba; yo estaba demasiado excitado por el acontecimiento de la noche, para tomar en serio la cuestión del peligro. Desoí las apasionadas advertencias de Gabrielle (demasiado dulce para abrazarla otra vez) y deseché las negras sospechas de Louis como era mi costumbre.

Y entonces la confusión, la incertidumbre...

Exactamente cuando el sol despuntaba por Carmel Valley y yo cerraba los ojos (como debe hacer todo vampiro en semejante momento), me percaté de que no estaba solo en mi guarida subterránea. No solamente había llegado yo a los jóvenes vampiros con mi música; ¡mis canciones habían despertado de su sopor a los más viejos del mundo de nuestra especie!

Y me hallé en uno de aquellos instantes de riesgo y posibilidad que cortan la respiración. ¿Qué iba a pasar? ¿Moriría al fin, o quizá renacería?

Ahora bien, para contaros la historia completa de lo que ocurrió después de esto, debo retroceder un poco en el tiempo.

He de empezar unas diez noches antes del fatídico concierto, y he de hacer que os deslicéis en las mentes y en los corazones de otros seres, seres que reaccionan ante mi música y ante mi libro de un modo del que entonces yo sabía muy poco o nada.

En otras palabras, estaban sucediendo muchísimas cosas que después tuve que reconstruir. Y ahora os ofrezco esta reconstrucción.

Así pues, vamos a salir de los estrechos y líricos confines de la primera persona del singular y vamos a zambullirnos, como miles de escritores mortales han hecho, en las mentes y almas de «personajes diversos». Vamos a lanzarnos al mundo de la «tercera persona» y del «múltiple punto de vista».

Y, por cierto, cuando estos otros personajes piensan o dicen de mí que soy guapo o irresistible, etcétera, no penséis que fui yo quien puse esas palabras en sus mentes. ¡No lo hice! Fue lo que me contaron después o lo que deduje de sus mentes con mi infalible poder telepático; no mentiría acerca de esto, ni de ninguna otra cosa. No puedo evitar ser un magnífico diablo. Es el papel que me toca jugar. El bastardo de monstruo que me creó e hizo de mí lo que soy, me eligió basándose en mi atractivo aspecto. Es la pura verdad. Y accidentes como éste pueden ocurrir en cualquier momento.

Definitivamente, vivimos en un mundo de accidentes, en el cual solamente los principios estéticos tienen una coherencia que da seguridad. Luchamos continuamente para separar el bien del mal, nos esforzamos para crear y conservar un equilibrio ético; pero los destellos de la lluvia de verano bajo los faroles encendidos o el gran resplandor instantáneo de la artillería contra el cielo nocturno son una belleza en bruto que está fuera de toda discusión.

Pero tened la certeza de que, aunque por el momento os dejo, regresaré con mis plenas capacidades desplegadas en el instante adecuado. ¡La verdad es que odio no ser el narrador en primera persona a lo largo de todo el relato! Parafraseando a David Copperfield, de este cuento no sé si voy a ser el héroe o la víctima. Pero, de un modo o de otro, lo protagonizaré. Después de todo, soy el que de veras lo cuenta, ¿no?

¡Ay!, ser el James Bond de los vampiros no lo soluciona todo. La vanidad debe esperar. Quiero que sepáis lo que realmente ocurrió entre nosotros, incluso aunque luego no lo creáis. En ficción, al menos, tengo que tener un poco de sentido común, un poco de coherencia, o me volveré loco.

Así pues, hasta luego; no dejo de pensar en vosotros; os quiero; desearía que estuvieseis aquí... en mis brazos.

PRÓLOGO

Declaración en forma de graffiti

(escrita con rotulador negro en una pared roja del cuarto trasero de un bar llamado la Hija de Drácula en San Francisco)

Hijos de las Tinieblas,
quedáis advertidos de lo siguiente:

LIBRO PRIMERO: *Confesiones de un vampiro*, publicado en 1976, era una historia verídica. Cualquiera de nosotros podría haberla escrito: un resumen del devenir de lo que somos, de la miseria y de la búsqueda. Sin embargo, Louis, el inmortal de doscientos años que lo revela todo, se empeña en ser comprensivo con los mortales. Lestat, el canalla que dio a Louis el Don Oscuro, le dio también algo más, algo precioso en cuanto a explicaciones o consuelo. ¿Suena familiar? Louis todavía no ha abandonado la búsqueda de la salvación, a pesar de que incluso Armand, el inmortal más antiguo que conoció nunca, no le pudiera decir nada de por qué estamos aquí ni de quién nos creó. ¿No es muy sorprendente, verdad, vampiros y vampiras? Después de todo, nunca ha existido un Catecismo de Baltimore para Vampiros.

Es decir, no existía hasta la publicación de:

LIBRO SEGUNDO: *Lestat, el vampiro*, esta misma semana. Primera parte: Su «educación juvenil y aventuras». ¿No lo creéis? Comprobadlo en la librería de mortales más próxima. Luego acercaos a vuestra tienda de discos y pedid que os enseñen el último álbum que les acaba de llegar, y veréis que se titula *Lestat, el vampiro*, con previsible modestia. O, si os fallan ambas cosas, conectad vuestra televisión por cable, si no desdeñáis tales artefactos, y esperad a que aparezca en pantalla uno de los numerosos videoclips de música rock de Lestat que, justo ayer, empezaron a emitir con una frecuencia tal que llega a producir náuseas. Inmediatamente conoceréis a Lestat por lo que es. Y tal vez no os sorprenderá si os digo que planea agravar estos ultrajes sin precedentes apareciendo en «vivo» en un escenario, debutando en un concierto en esta misma ciudad. Sí, la noche de Halloween: lo adivinasteis.

Pero, por el momento, olvidemos la flagrante locura de sus ojos sobrenaturales relampagueando tras los escaparates de las tiendas de discos, o su poderosa voz cantando los nombres secretos y las historias de los más antiguos de entre nosotros. ¿Por qué lo hace? ¿Qué nos cuentan sus canciones? Está detallado en el libro. No nos ha proporcionado sólo un catecismo, sino una biblia.

E, introduciéndonos en los tiempos bíblicos, nos conduce a presencia de nuestros primeros padres: Enkil y Akasha, soberanos del valle del Nilo mucho antes de que se llamara Egipto. Con mucha amabilidad hace caso omiso de los relatos sagrados que cuentan cómo se convirtieron en los primeros bebedores de sangre de la capa de la Tierra, puesto que sólo tiene un poco más de sentido que la historia de cómo se formó la vida en el planeta, o de cómo los fetos humanos se desarrollan a partir de células microscópicas en el seno de sus mortales madres. Lo cierto es que descendemos de este venerable par, y, nos guste o no, hay razones considerables para creer que el progenitor original de todos nuestros poderes deliciosos e indispensables reside en uno u otro de sus antiquísimos cuerpos. ¿Qué se deduce de ello? Hablando con toda claridad: que si Akasha y Enkil entrasen cogidos de la mano en un horno, todos nos quemaríamos con ellos. Que sean reducidos a polvo incandescente y quedamos todos aniquilados.

¡Ah!, pero hay esperanza. ¡La pareja no se ha movido en más de cincuenta siglos! Sí, es cierto. A no ser, claro está, que las afirmaciones de Lestat en cuanto a haberlos despertado, a ambos, tocando el violín al pie de su sepulcro, sean ciertas. Pero, si dejamos de lado su increíble cuento de que Akasha lo tomó en sus brazos y compartió con él su sangre original, nos quedamos con la realidad del asunto que tiene más posibilidades de ser auténtica, todo ello corroborado por las historias de los antiguos: que ambos no han movido una pestaña desde antes de la caída del Imperio Romano. Marius, un vampiro de la antigua Roma, que sabe muy bien lo que nos conviene a todos, los ha guardado todo este tiempo en una cripta particular. Y fue éste quien dijo a Lestat que jamás revelase el secreto.

Pero, por lo que se ve, no era un confidente muy de fiar el vampiro Lestat. ¿Y cuáles son sus motivos para el libro, el disco, los videoclips, el concierto? Es casi imposible saber qué pasa por la cabeza de este diablo, salvo que hace lo que le viene en gana, con un descaro absoluto. Después de todo, ¿no creó a una niña vampira? ¿Y no hizo una vampira de su propia madre, Gabrielle, quien durante años fue su amorosa compañera? ¡Quizá tenga la vista puesta en el papado, este diablo, tan incontrolable es su sed de emociones!

Así, pues, éste es el quid: Louis, un filósofo descarriado al que nadie de nosotros es capaz de encontrar, ha confiado nuestras costumbres más profundas y secretas a incontables desconocidos. Y Lestat ha osado revelar nuestra historia al mundo, a la par que exhibe sus dotes sobrenaturales ante el público mortal.

Y ahora la *cuestión*: ¿Por qué ambos continúan existiendo? ¿Por qué no los hemos destruido todavía? ¡Oh!, para nosotros el peligro del gran rebaño mortal es sin lugar a dudas una certeza. Los lugareños no están todavía en la puerta, antorchas en mano, amenazando con incendiar el castillo. Pero el monstruo se expone a un cambio en la perspectiva mortal. Y, aunque somos demasiado listos para corroborar sus absurdas maquinaciones a la documentación humana, el ultraje excede cualquier precedente. Y no puede permanecer impune.

Más observaciones: si la historia que el vampiro Lestat ha contado es cierta (hay muchos que juran que es así, aunque saber en qué se basan para hacer tales afirmaciones está fuera de mi alcance), ¿no haría su aparición el Marius de dos mil años para castigar la desobediencia de Lestat? ¿O quizás el Rey y la Reina, si tienen orejas para oír, despertarían ante el sonido de sus nombres transportados por las ondas de la radio alrededor del planeta? ¿Qué podría ocurrirnos a todos si tal cosa tuviese lugar? ¿Prosperaríamos bajo su nuevo reinado? ¿O emprenderían la aniquilación universal? Sea cual sea el caso, ¿no podría evitarlo una inmediata destrucción del vampiro Lestat?

El Plan: destruir al vampiro Lestat y a todas sus cohortes tan pronto como asomen la cabeza. Destruir a todos los que demuestren ser aliados suyos.

Una Advertencia: inevitablemente, existen otros bebedores de sangre muy viejos aparte de éstos. Todos, una vez que otra, hemos vislumbrado su presencia, o la hemos notado. Las revelaciones de Lestat no nos sorprenden tanto, por cuanto despiertan una conciencia dormida en nuestro interior. Y lo más seguro es que esos viejos, con sus grandiosos poderes, pueden oír la música de Lestat. ¿Qué seres antiquísimos y terribles, incitados por la historia, el propósito o la mera curiosidad, se moverán lenta e inexorablemente para responder a su llamada?

Copias de esta Declaración han sido enviadas a todos y cada uno de los puntos de reunión de la Trama Vampírica y a las asambleas de todo el mundo. Pero tenéis que prestar atención y hacer correr la voz: el vampiro Lestat tiene que ser destruido, y, con él, su madre, Gabrielle, sus cohortes, Louis y Armand, y todos los inmortales que le muestren lealtad.

Feliz Halloween, vampiros y vampiras. Nos veremos en el concierto. Comprobaremos cómo el vampiro Lestat nunca sale de allí.

El personaje de pelo rubio y abrigo de terciopelo rojo volvió a leer la declaración desde su cómoda posición en un rincón apartado. Sus ojos eran casi invisibles tras sus gafas ahumadas y bajo el ala de su sombrero gris. Llevaba guantes grises de cabritilla; tenía los brazos cruzados en el pecho y apoyaba la espalda en el alto zócalo de madera negra; el talón de una bota cabalgaba en un barrote de la silla.

—¡Lestat, eres una recondenada criatura! —susurró en un suspiro—. Eres un príncipe travieso. —Soltó una risita particular. Luego escudriñó la gran sala sombría.

No le desagradaba el intrincado mural en tinta negra dibujado con gran habilidad, como telarañas en una blanca pared de yeso. Le divertía bastante el castillo en ruinas, el cementerio, el árbol seco arañando la luna llena. Era el tópico reinventado, un gesto artístico que apreciaba invariablemente. También estaba bastante logrado el techo moldurado con su friso de diablos rampantes y brujas montadas en escobas. Y el incienso, dulce: una mezcla india que él mismo había quemado una vez, siglos atrás, en el mausoleo de Los Que Deben Ser Guardados.

Sí, uno de los más bellos lugares de reunión clandestinos.

Menos agradables eran sus habitantes, la masa desparramada de delgadas figuras blancas que pululaban alrededor de mesitas de caoba con una vela en el centro. Más que demasiados para aquella ciudad moderna y civilizada. Y ellos lo sabían. Para cazar aquella noche, tendrían que desplegarse por todas partes, y los jóvenes siempre tienen que cazar. Los jóvenes siempre tienen que matar. Están demasiado hambrientos.

Pero, por ahora, sólo piensan en él: ¿quién es?, ¿de dónde ha venido?, ¿es muy viejo y muy fuerte?, ¿qué hará antes de irse del bar? Siempre las mismas preguntas, aunque siempre trataba de pasar inadvertido al entrar en sus «bares vampíricos», como si fuera un bebedor de sangre errabundo cualquiera, con la mirada ausente y la mente cerrada.

Era tiempo de dejar sus preguntas sin responder. Tenía lo que quería: saber cuáles eran sus intenciones. Y la pequeña cinta de casete de Lestat en el bolsillo de su chaqueta. Antes de volver a casa, conseguiría una cinta con sus videoclips de rock.

Se levantó para irse. Y uno de los jóvenes también se alzó. Se hizo un tenso silencio (un silencio tanto en pensamientos como en palabras) mientras él y el joven se acercaban a la puerta. Sólo la llama de las velas osciló, derramando, como si de agua se tratara, su brillo por el suelo de baldosas negras.

—¿De dónde eres, forastero? —preguntó el joven cortésmente.

No debía de tener más de veinte años cuando murió, y aquello no debía de haber acontecido hacía más de diez años. Se pintaba los ojos, se abrillantaba los labios, se hacía mechas en el pelo con un color chillón, como si sus dones sobrenaturales no bastaran. ¡Qué aspecto tan extravagante, qué diferente aparecía de lo que era en realidad, un advenedizo delgado y poderoso que con suerte sobreviviría al milenio!

¿Qué le habían prometido con su moderna jerga? ¿Que conocería al Bardo, el Plano Astral, reinos etéreos, la música de las esferas y el sonido de una mano que aplaude?

Habló de nuevo:

—¿De qué parte estás, del vampiro Lestat o de la Declaración?

—Debes disculparme. Ya me iba.

—Pero seguro que sabes lo que ha hecho Lestat —insistió el joven, deslizándose entre él y la puerta. Bien, aquello ya no eran buenos modales.

Escrutó más detenidamente a aquel joven insolente. ¿Debería hacer algo para agitarlos? ¿Para tenerlos hablando sobre ellos durante siglos? No pudo evitar una sonrisa. Pero no. Pronto habría suficiente agitación, gracias a su apreciado Lestat.

—Deja que te dé un pequeño consejo como respuesta —dijo con voz calma a su joven interlocutor—. No podréis destruir al vampiro Lestat; nadie podrá. Pero, por qué es así, honradamente no te lo sabría decir.

Esto cogió al joven por sorpresa, y se sintió un poco insultado.

—Y permite que sea yo ahora quien te haga una pregunta —prosiguió el otro—. ¿Por qué esta obsesión con el vampiro Lestat? ¿Qué hay acerca del contenido de sus revelaciones? Vosotros, críos, ¿no tenéis deseos de buscar a Marius, el guardián de Los Que Deben Ser Guardados? ¿De ver con vuestros propios ojos a la Madre y al Padre?

El joven estaba confundido, aunque gradualmente se fue tornando burlón. No pudo formular una réplica coherente. Pero la auténtica respuesta estaba lo suficientemente clara en su alma, en las almas de todos los que escuchaban y observaban. Los Que Deben Ser Guardados podían existir o no existir; y Marius quizá tampoco existía. Pero el vampiro Lestat era real, tan real como cualquier cosa de las que aquel inexperto mortal conocía, y el vampiro Lestat era un ávido diablo que arriesgaba la secreta prosperidad de toda su especie sólo para que los mortales lo viesen y lo admirasen.

Casi rió en las narices del joven. ¡Un combate tan insignificante! Lestat comprendía aquella época de infidelidades de una forma muy bella, había que admitirlo. Sí, había contado los secretos sobre los que le habían advertido que debía guardar; pero, al hacerlo, no había traicionado nada ni a nadie.

—Ten cuidado con el vampiro Lestat —dijo finalmente con una sonrisa al joven—. Hay muy pocos *inmortales auténticos* en esta Tierra. Quizá sea uno de ellos.

Luego levantó al joven en peso, lo apartó de su camino, lo depositó de nuevo en el suelo, y cruzó la puerta hacia la taberna.

El salón principal, espacioso y opulento con sus cortinas de terciopelo negro y accesorios de cobre lacado, estaba atestado de mortales ruidosos. Vampiros de cine resplandecían desde sus marcos dorados colgados en paredes satinadas. Un órgano vertía la apasionada *Tocata y Fuga* en re menor de Juan Sebastián Bach, entre la confusión de conversaciones y de las estridentes carcajadas de borrachos. Amaba el espectáculo de tanta vida exuberante. Amaba incluso el secular olor de la malta y del vino, y el perfume de los cigarrillos. Y mientras se abría paso hacia la salida, adoró los apretujones de los humanos de suave fragancia. Amaba el hecho de que los vivos no le prestasen la más mínima atención.

Por fin, el aire húmedo, la calzada tempranamente bulliciosa de Castro Street. El cielo poseía aún un bruñido destello plateado. Hombres y mujeres se apresuraban entre el viento calle arriba y abajo para escapar de la llovizna oblicua, sólo para cuajarse en las esquinas, esperando a que las grandes y bulbosas luces coloreadas parpadearan y dieran la señal.

Los altavoces de la tienda de discos, que daban a la calle, trompeteaban la voz de Lestat por encima del bramido del autobús, del chirrido de las ruedas en el asfalto mojado:

En mis sueños sigo abrazándola,
ángel, amante, madre.
Y en mis sueños beso sus labios,
amante, musa, hija.

Ella me dio la vida,
yo le di la muerte,
mi hermosa marquesa.

Y por la Senda del Diablo andábamos,
dos huérfanos, entonces, juntos.

¿Y oye ella mis himnos esta noche,
de Reyes y Reinas y antiguas verdades?
¿De votos quebrados y pesar?

¿O sube por algún distante sendero
donde la poesía y la canción la puedan encontrar?

Regresa a mí, Gabrielle,
mi hermosa marquesa.
El castillo de la colina está en ruinas.
El pueblo, perdido bajo la nieve.
Pero tú eres mía para siempre.

¿Ya estaba allí su madre?

La voz se desvaneció entre una suave estela de notas eléctricas para ser finalmente absorbida por el ruido caótico que la rodeaba. Salió a andar a la brisa húmeda y caminó hacia la esquina. Resultaba atractiva la pequeña calle ajetreada. La florista continuaba vendiendo sus capullos bajo el toldo. La carnicería estaba atestada de clientes que acababan de salir de su trabajo. Tras los cristales de los cafés, los mortales cenaban o pasaban el tiempo ante sus periódicos. Docenas de ellos esperaban el autobús de bajada y una cola de gente bloqueaba el paso delante de una vieja sala de cine.

Ella estaba allí: Gabrielle. Lo sentía vaga pero infaliblemente.

Llegó al bordillo y se detuvo. Apoyó la espalda en el poste de hierro del farol, y respiró el aire fresco que descendía de la montaña. Desde allí, siguiendo la rectilínea, inacabable, ancha Market Street, se captaba una excelente panorámica del centro de la ciudad. Market Street, muy parecida a un bulevar de París. Y por todas partes en derredor suyo las suaves pendientes urbanas recubiertas de alegres ventanas iluminadas.

Sí, pero..., ¿dónde estaba ella exactamente?

—Gabrielle —susurró. Cerró los ojos. Escuchó. Al principio le llegó el gran estruendo desatado de miles de voces, de imágenes superpuestas, imágenes entrecruzadas. El ancho mundo entero amenazaba con abrirse y tragárselo con sus incesantes lamentaciones. *Gabrielle*. El atronador clamor se disipó lentamente. Captó un estremecimiento de dolor de un mortal que pasó por su lado. Y en un elevado edificio de la colina, una moribunda soñaba en las peleas de su infancia mientras permanecía sentada y decaída en la ventana. Luego, en un difuminado y continuo silencio, vio lo que quería ver: a Gabrielle, que en ese momento se paraba en seco. Ella había sentido su llamada. Ella se sabía observada. Una mujer alta y rubia, con el pelo peinado en una sola trenza que le colgaba por la espalda, parada en una de las calles limpias y desiertas del centro de la ciudad, no lejos de él. Vestía cazadora caqui, pantalones vaqueros y jersey marrón. Y un sombrero no muy diferente del suyo le cubría lo ojos; sólo una rendija de su rostro aparecía por encima del cuello levantado. Ahora cerró su mente, y se rodeó con eficacia de un escudo invisible. La imagen se vaporizó.

Sí, aquí, esperando a su hijo, Lestat. ¿Por qué había llegado a temer por ella, por la insensible que no teme nunca por sí misma sino sólo por Lestat? De acuerdo. Estaba complacido. Y Lestat también lo estaría.

Pero, ¿y los demás? Louis, el amable, de pelo oscuro y ojos verdes, cuyos pasos sonaban despreocupados al andar, quien incluso silbaba para sí en las calles oscuras, de tal forma que los mortales lo oyeran venir. «Louis, ¿dónde estás?»

Casi al instante, vio a Louis que entraba en un salón vacío. Acababa de subir las escaleras del sótano donde había dormido su sueño diurno en una cripta oculta tras un muro. No era consciente de que lo estaban observando. Con sedosos pasos largos cruzó la polvorienta pieza y se detuvo a mirar, a través del sucio cristal, al denso flujo del tráfico rodado. La misma vieja casa de Divisadero Street. De hecho, poco había cambiado en aquella elegante y sensual criatura que había provocado cierta pequeña agitación con sus *Confesiones de un vampiro*. Excepto que ahora era *él* quien esperaba a Lestat. Había tenido sueños perturbadores; tenía miedo por Lestat, y antiguas y desconocidas añoranzas le llenaban el pecho.

Con reticencia, dejó que la imagen se fuera. Sentía mucho afecto por éste, por Louis. Y este afecto no era sensato, porque Louis poseía un alma dulce y educada y ninguno de los poderes devastadores de Gabrielle y de su endemoniado hijo. Sin embargo, estaba seguro de que Louis podría sobrevivir tanto tiempo como ellos. Eran curiosas las clases de valor que contribuían a la resistencia. Quizá tenía algo que ver con la aceptación. Pero entonces, ¿cómo explicar lo de Lestat: derrotado y lleno de cicatrices y de nuevo en pie? Lestat, que nunca aceptaba nada.

Todavía no se habían encontrado Gabrielle y Louis. Pero era igual. ¿Qué iba a hacer? ¿Reunirlos? Sólo de pensarlo... Además, Lestat ya lo haría suficientemente pronto.

Ahora sonreía de nuevo. «¡Lestat, eres la criatura más recondenada de la tierra! ¡Sí, un príncipe malcriado!» Lentamente, reinvocó cada detalle del rostro y de la figura de Lestat. Los ojos de un azul helado, oscureciéndose con la risa; la generosa sonrisa; la forma en que juntaba las cejas en un fruncimiento juvenil; los estallidos súbitos de ánimo exaltado y el humor blasfemo. Incluso podía avistar la postura gatuna de su cuerpo. Tan poco frecuente en un hombre de complexión masculina. Tal fuerza, siempre tal fuerza y tal irreprimible optimismo.

El hecho era que no había formado su propia opinión acerca de la empresa en conjunto, sólo sabía que lo divertía y lo fascinaba. Por supuesto, no tenía intención de vengarse de Lestat por haber contado sus secretos. Y era seguro que Lestat ya lo había tenido en cuenta, pero nunca se sabía. Quizás a Lestat no le preocupase realmente. Respecto a aquello, él no tenía más noticias que los tontos del bar.

Lo que le importaba era que, por primera vez en muchos años, había advertido que pensaba en términos de pasado y de futuro; había advertido que era más intensa su consciencia de la naturaleza de aquella época. ¡Los Que Deben Ser Guardados eran una ficción incluso para sus propios hijos! ¡Qué lejos quedaban los días en que feroces bandidos bebedores de sangre buscaban su cripta y su poderosa sangre! ¡Ya nadie lo creía ni a nadie le preocupaba!

Y allí subyacía la estancia de la época; porque sus mortales eran incluso de una índole muy materialista, rechazando a cada paso lo milagroso. Con un valor sin precedentes, habían basado con solidez sus más grandes avances éticos en verdades deducidas de lo físico.

Hacía doscientos años que él y Lestat habían discutido aquellas mismas cosas en una isla del Mediterráneo; el sueño de un mundo sin dios y auténticamente moral, en donde el amor del prójimo sería el único dogma. *Un mundo al que no pertenecemos.* Y ahora aquel mundo se había hecho casi realidad. Y el vampiro Lestat se había pasado al arte popular, donde todos los viejos diablos deberían ir, arrastraría consigo a toda la tribu de malditos, incluyendo a Los Que Deben Ser Guardados, aunque quizás éstos nunca lo supieran.

La simetría del hecho lo hizo sonreír. Encontró que no sólo sentía admiración sino que le seducía la idea entera de lo que Lestat había realizado. Comprendía perfectamente lo que significaba la atracción de la fama.

Pues bien, lo había conmovido hasta la indiscreción ver su propio nombre garabateado en la pared del bar. Había reído; y había disfrutado de su risa.

Dejad que Lestat presente un drama muy inspirado, y eso será todo; sí, señor. Lestat, el turbulento actor de bulevar del antiguo régimen, ahora elevado al estrellato en esta hermosa e inocente era.

¿Pero había estado correcto afirmando al jovenzuelo del bar que nadie podría destruir al príncipe malcriado? Era pura ficción. Buena publicidad. «El hecho es que cualquiera de nosotros puede ser destruido... de una forma u otra. Incluso hasta Los Que Deben Ser Guardados.»

Eran débiles, naturalmente, aquellos novatos «Hijos de las Tinieblas», como se hacían llamar. El número no aumentaba su fuerza de un modo significativo. Pero, ¿qué había de los viejos? ¡Si Lestat no hubiera utilizado los nombres de Mael y Pandora...! Pero, ¿no existían bebedores de sangre más viejos que éstos, bebedores de sangre de los que ni él mismo no sabía nada? Meditó acerca de la advertencia de la pared: «seres antiquísimos y terribles... se moverán lenta e inexorablemente para responder a su llamada».

Un temblor le recorrió el cuerpo; frío, y sin embargo por un instante pensó que veía la jungla; un lugar verde y fétido, bajo el calor malsano y asfixiante. Y la imagen se desvaneció, sin explicación alguna, como tantas señales y mensajes que recibía. Hacía ya tiempo que había aprendido a cortar el flujo inacabable de voces e imágenes que sus poderes mentales eran capaces de percibir; no obstante, de vez en cuando, algo violento e inesperado, como un grito estridente, lograba abrirse paso.

Sea lo que fuere, había estado en aquella ciudad el tiempo suficiente. ¡No sabía que tuviese la intención de intervenir, sucediera lo que sucediese! Estaba furioso por el repentino ardor de sus sentimientos. Quería volver a casa. Había estado alejado demasiado tiempo de Los Que Deben Ser Guardados.

Pero, ¡cómo amaba observar la enérgica masa humana, el vulgar desfile de tráfico estridente! Incluso soportaba muy bien los olores venenosos de la ciudad. No eran peores que la peste de la antigua Roma, o de

Antioquía o de Atenas, cuando montones de excrementos humanos alimentaban las moscas en cualquier parte visible y el aire hedía a inevitables epidemias y a hambre. No, le gustaban mucho las limpias ciudades de color pastel de California. Podría pasarse la vida deambulando entre sus perspicaces y emprendedores habitantes.

Pero debía regresar. Quedaban pocas noches para el concierto y entonces vería a Lestat, si decidía... ¡Qué delicioso era no saber con exactitud lo que podría hacer, no saber más que los demás, los demás que ni siquiera creían en él!

Cruzó Castro Street y echó a andar ágilmente por la ancha acera de Market Street. El viento había cesado; el aire era casi cálido. Marchaba a paso rápido, incluso silbaba para sí mismo, como a menudo hacía Louis. Se sentía bueno, humano. Entonces se detuvo ante la tienda de aparatos de televisión y de radio. Lestat cantaba desde todas y cada una de las pantallas, grandes y pequeñas.

Rió en un susurro ante aquel gran concierto de gestos y movimientos. No había sonido; estaba enterrado tras los brillantes puntos intermitentes del equipo. Tenía que deducir para captarlo. ¿Pero no era un encanto ya de por sí observar las cabriolas del príncipe travieso de pelo rubio en un silencio despiadado?

La cámara se acercó para mostrar la figura completa de Lestat tocando el violín como en un trance. Una oscuridad estrellada lo envolvía de tanto en tanto. Luego, de súbito, se abrían un par de puertas; era la antiquísima cripta de Los Que Deben Ser Guardados, ¡casi exacto! Y allí estaban: Akasha y Enkil (o mejor dicho, actores maquillados que representaban el papel), egipcios de piel pálida, pelo largo y sedoso y joyas resplandecientes.

Por supuesto. ¿Por qué no había adivinado que

Lestat llevaría su osadía hasta aquel vulgar y atormentador extremo? Se inclinó hacia adelante, escuchando la transmisión del sonido. Oyó la voz de Lestat por encima del violín:

¡Akasha! ¡Enkil!
Guardad vuestros secretos,
guardad vuestro silencio.
Es un don mejor que la verdad.

Y ahora, mientras el violinista cerraba los ojos y se sumergía en su música, Akasha se levantaba lentamente del trono. Al verla, a Lestat se le caía el violín de las manos; como una bailarina, ella lo envolvía con sus brazos, lo acercaba para sí y lo inclinaba para tomar su sangre; mientras, él aplicaba sus dientes en la garganta de ella.

Era muchísimo mejor de lo que había imaginado, un montaje muy logrado. Ahora despertaba la figura de Enkil, se levantaba y echaba a andar como un muñeco mecánico. Avanzaba con la intención de volver a tomar a su Reina. Lestat era echado por los suelos de la cripta. Y allí acababa el film. El rescate por parte de Marius no estaba incluido.

—Ah, así que no me convertiré en una celebridad de la televisión —susurró con una leve sonrisa. Se dirigió a la puerta de la tienda, que ya estaba a oscuras.

La joven lo esperaba para hacerlo pasar. Tenía la cinta de videocasete de plástico negro en la mano.

—Los doce —dijo ella. Delicadísima piel oscura y grandes y soñolientos ojos pardos. El brazalete en su muñeca reflejó la luz. Él lo encontró irresistible. Ella cogió el dinero agradecida, sin contarlo—. Los han estado emitiendo en una docena de canales. En realidad, los he grabado yo misma. Acabé ayer por la tarde.

—Me has servido bien —respondió él—. Muchas gracias. —Sacó otro grueso fajo de billetes.

—No es nada —dijo ella. No quería coger el dinero extra.

«Cógelo.»

Lo cogió con un corto gesto de hombros y se lo puso en el bolsillo.

No es nada. Adoraba aquellas elocuentes expresiones modernas. Amó la súbita oscilación de sus pechos al encogerse de hombros, y el ágil contoneo de sus caderas bajo la áspera tela de los tejanos que le hacían el cuerpo más delicado y más frágil. Una flor incandescente. Cuando ella le abrió la puerta, él le acarició la suave melena de cabellos castaños. Era bastante impensable que decidiese alimentarse de alguien que lo había servido, de alguien tan inocente. No lo haría. Sin embargo, hizo girar el cuerpo de ella y sus dedos enguantados se abrieron paso a través del pelo para reposar en la nuca:

—Un besito, bellísima.

Ella cerró los ojos, los colmillos de él le agujerearon instantáneamente la arteria y su lengua lamió la sangre. Sólo un sorbito. Un minúsculo relampagueo de calor se consumió en su corazón en un segundo. Luego extrajo los dientes, pero sus labios aún permanecieron en el delicado cuello. Podía sentirle el pulso. El irrefrenable deseo de una medida colmada era casi superior a sus fuerzas. Pecado y expiación. Le alisó los rizos suavísimos y elásticos mientras miraba en sus ojos brumosos.

«No recuerdes.»

—Ahora, adiós —dijo ella sonriendo.

Permaneció inmóvil en la acera desierta. Y la sed, olvidada y mórbida, se desvaneció gradualmente. Miró la funda de cartón de la cinta de vídeo.

«Una docena de canales —había dicho ella—. Los

he grabado yo misma.» Pues bien, si era así, los que estaban a su cargo ya debían, inevitablemente, haber visto a Lestat en la gran pantalla situada frente a ellos en la cripta. Tiempo atrás, había instalado una antena parabólica en la cuesta que quedaba por encima del tejado para ofrecerles programas de todo el mundo. Un pequeño ordenador cambiaba de canal cada hora. Durante años, habían contemplado con expresión vacía las imágenes y colores que se movían ante sus ojos sin vida. ¿Habían hecho el más mínimo parpadeo al oír la voz de Lestat o al ver su propia imagen? ¿O cuando habían oído sus nombres cantados como en un himno?

Bien, pronto lo descubriría. Les pondría la cinta de vídeo. Estudiaría atentamente sus rostros estáticos y relucientes en busca de algo, de cualquier cosa diferente a la mera reflexión de la luz.

—Ah, Marius, nunca desesperas, ¿verdad? No eres mejor que Lestat, con sus sueños de idiota.

Llegó a casa antes de medianoche.

Cerró la puerta de acero contra la borrasca de nieve, y permaneció quieto por unos instantes, dejando que el calor de la estancia lo envolviese. La ventisca que había atravesado había lacerado su rostro, sus orejas e incluso sus dedos enguantados. El calor era tan bueno...

En el silencio, escuchó el rumor habitual de los generadores gigantes y el leve pulso electrónico del aparato de televisión de la cripta, a decenas de metros bajo él. ¿Podría ser Lestat quien cantaba? Sí, sin duda, eran las últimas y lúgubres palabras de alguna canción de las suyas.

Lentamente, se sacó los guantes. Se quitó el sombrero y se pasó la mano por el pelo. Escrutó con atención el gran vestíbulo y el salón adyacente en busca de la más ligera evidencia que le indicase si alguien más había estado allí.

Naturalmente aquello era casi imposible. Se encontraba a kilómetros y kilómetros del punto más próximo del mundo civilizado, en un gran yermo cubierto por nieves perpetuas. Pero, por la fuerza de la costumbre, siempre lo observaba todo con atención. Existía alguien que podría entrar en aquella fortaleza; les bastaba con saber dónde se hallaba.

Todo estaba correcto. Se detuvo ante el acuario gigante, el gran depósito, del tamaño de una habitación, que lindaba con la pared de mediodía. Lo había construido con mucho cuidado, con el cristal más resistente y el equipamiento más moderno. Observó las bandadas de peces multicolores que pasaban bailando ante sus ojos y cambiaban su dirección total y abruptamente en la claridad artificial. El alga gigante ondulaba de un lado a otro, como un árbol atrapado en el ritmo hipnótico provocado por la suave presión del aireador, soplando hacia aquí y hacia allí. Aquella espectacular monotonía lo había cautivado siempre. Los ojos redondos y negros del pez le transmitieron un temblor que le recorrió la espalda; las altas y esbeltas ramificaciones del alga con sus hojas afiladísimas le causaron una ligera emoción; pero el movimiento constante era lo esencial.

Finalmente, se volvió y se alejó, echando una última ojeada por encima del hombro a aquel mundo puro, inconsciente y, además, bello.

Sí, todo estaba correcto.

Era bueno hallarse en aquellas cálidas habitaciones. No se echaba nada en falta con los asientos recubiertos de cuero suave distribuidos al azar en la gruesa alfombra de color avinado. En el hogar, había leña apilada. Las paredes estaban recubiertas de libros. Allí estaba también el gran panel de equipamiento electrónico esperando a que insertara el vídeo de Lestat. Eso es lo que quería hacer; sentarse junto al fuego y mirar los filmes de rock uno tras otro. El montaje le intrigaba tanto como las mismas canciones, como una espectacular química de lo nuevo y lo viejo; le intrigaba cómo Lestat había utilizado las distorsiones de los medios de comunicación de masas para disfrazarse a la perfección, como cualquier otro cantante de rock intentando parecer un dios.

Se sacó su larga capa gris y la echó en una silla. ¿Por qué le proporcionaba aquel asunto un placer tan inesperado? ¿Acaso tenemos todos un íntimo deseo de blasfemar, de amenazar con nuestros puños a la misma cara de los dioses? Quizá sí. Siglos antes, en lo que ahora se llamaba la «antigua Roma», a él, al muchacho de maneras educadas, siempre le habían hecho gracia las travesuras de los niños malos.

Debería ir a la cripta antes de hacer cualquier otra cosa, lo sabía. Sólo unos momentos, para asegurarse de que las cosas estaban tal como debían estar. Para comprobar la televisión, la temperatura y todos los complejos sistemas electrónicos. Para colocar brasas nuevas y más incienso en el pebetero. En los tiempos presentes, era muy fácil mantener un paraíso para ellos, con las luces lívidas que proporcionaban lo necesario de la energía solar a árboles y a flores que nunca habían visto la luz natural del cielo. Pero el incienso debía trabajarse con las manos, la tradición mandaba. Y nunca lo espolvoreó en las brasas sin evocar la primera vez que había realizado aquel acto.

También era tiempo de tomar un paño suave y, con mucho cuidado y mucho respeto, sacar el polvo de los padres..., de sus cuerpos yertos, incluso de sus labios y de sus ojos, de sus ojos fríos e incapaces de parpadear. Y ahora que lo pensaba, hacía más de un mes. Le pareció deshonroso.

«¿Me habéis echado de menos, queridos Akasha y Enkil?» Ah, la vieja comedia.

La razón le decía, como siempre, que ni sabían ni les importaba si se iba o volvía. Pero su orgullo lo atormentaba siempre con la otra posibilidad. ¿No siente nada el loco de atar encerrado en una celda del manicomio por el esclavo que le lleva el agua? Quizá no era una comparación adecuada. La verdad era que ninguno de ellos estaba loco.

Sí, se habían movido por Lestat, el príncipe malcriado, cierto: Akasha, para ofrecerle su poderosa sangre; y Enkil, para tomar venganza. Y Lestat podría hacer sus videoclips durante toda la eternidad. Pero ¿no se había probado de una vez por todas que no les quedaba mente a ninguno de los dos? Casi seguro que no les quedaba más que la chispa atávica que había centelleado un instante; había sido demasiado simple empujarlos de nuevo al silencio y a la quietud de su trono estéril.

No obstante, aquello lo había amargado. Después de todo, nunca había sido su objetivo trascender las emociones de ningún hombre pensante, sino más bien refinarlas, reinventarlas, disfrutarlas, con compensación infinitamente perfectible. Y, en el mismo momento, había estado tentado de dirigirse a Lestat con una furia demasiado humana.

«Joven, ¿por qué no te encargas tú mismo de Los Que Deben Ser Guardados, si te han ofrecido unos favores tan notables? Me gustaría librarme de ellos. He llevado esta carga desde la aurora de la era del Cristianismo.»

Pero, en verdad, ése no fue su sentimiento más acertado. No lo fue entonces y no lo era ahora. Sólo una indulgencia temporal. Amaba a Lestat como siempre lo había amado. Todo reino necesita un príncipe malcriado. Y el silencio del Rey y de la Reina podía ser tanto una bendición como una maldición. La canción de Lestat tenía bastante razón en aquel punto. ¿Pero quién dejaría la cuestión sentada de una vez por todas?

Oh, luego bajaría con la cinta de vídeo y observaría, naturalmente. Y si había aunque sólo fuera el más leve parpadeo, el más leve cambio en su eterna mirada...

Pero ya estás otra vez con lo mismo... Lestat te hace sentir joven y estúpido. Y probablemente te alimenta de inocencia y te hace soñar en cataclismos.

¡Cuántas veces, en todas las épocas, se habían alzado tales esperanzas, sólo para dejarlo herido, con el corazón destrozado! Años atrás, les había comprado filmes en color del amanecer, del cielo azul, de las pirámides de Egipto. ¡Ah, qué milagro! Delante de sus mismos ojos corrían las aguas inundadas de sol del Nilo. Él mismo había llorado ante la perfección de la ilusión. Incluso había temido que el sol cinematográfico pudiera herirlo, aunque, por supuesto, ello fuese imposible. Pero tal había sido el calibre de su invención. ¡Poder estar allí, contemplando el alba, que no había visto desde que era un hombre mortal!

Pero Los Que Deben Ser Guardados habían continuado mirando con ininterrumpida indiferencia. ¿O era maravilla? ¿Gran e indiferenciada maravilla que hacía que las partículas de polvo del aire fueran una fuente de inacabable fascinación?

¿Quién lo sabría? Habían vivido cuatro mil años, antes de que él naciera. Quizá las voces del mundo bramaban en sus cerebros, tan fidedigno era su oído telepático; quizás un millón de imágenes cambiantes los cegaban ante todo lo demás. Pensamientos como éstos lo habían casi sacado de quicio, hasta que aprendió a controlarlos.

¡Se le había ocurrido incluso que podría utilizar instrumentos médicos modernos para resolver la cuestión, que les podía conectar electrodos en la cabeza para comprobar las funciones de su cerebro! Pero había sido demasiado desagradable, la sola idea de unos instrumentos tan toscos y tan horrendos. Después de todo, eran su Rey y Reina, el Padre y la Madre de todos. Bajo su techo, habían reinado sin oposición durante dos milenios.

Debía admitir una culpa. Últimamente tenía la lengua afilada para hablar con ellos. Ya no era el Alto Sacerdote cuando entraba en la cámara. No, había algo irrespetuoso y sarcástico en su tono, y eso debería guardárselo para él. Quizás era lo que llamaban «el carácter moderno». ¿Cómo se podía vivir en un mundo de cohetes que llegan a la Luna sin una intolerable conciencia que amenazaba cualquier sílaba trivial? Y nunca había sido ignorante del siglo en que vivía.

Cualquiera que fuera el caso, ahora tenía que ir a la cripta. Y allí purificaría sus pensamientos. No iría con resentimiento o desesperación. Más tarde, después de que él estudiara los vídeos, los pondría para ellos. Se quedaría allí, observando. Pero ahora no tenía las suficientes fuerzas para hacerlo.

Entró en el ascensor de acero y apretó el botón. El agudo silbido electrónico y la súbita pérdida de gravedad le produjeron un ligero placer sensual. ¡El mundo de su día y de su época estaba lleno de tantos sonidos que nunca había oído...! Era casi refrescante. Y luego estaba aquella encantadora suavidad de la caída a plomo de decenas de metros, a través de un hueco de hielo sólido que llegaba a las estancias inferiores iluminadas con electricidad.

Abrió la puerta y salió al corredor cubierto con una alfombra. De nuevo Lestat cantando, ahora en la cripta; entonaba una canción rápida, más alegre; su voz combatía contra un retronar de tambores y contra gemidos electrónicos retorcidos y ondulantes.

Pero algo no estaba del todo bien. Le bastó mirar hacia el largo pasillo para darse cuenta. El sonido se oía demasiado alto, era demasiado claro. ¡Las antecámaras que conducían a la cripta estaban abiertas!

Se dirigió enseguida a la entrada. Alguien había abierto las puertas eléctricas y las había dejado así. ¿Cómo podía ser? Sólo él conocía el código para la pequeña serie de teclas del ordenador. La segunda puerta estaba abierta de par en par, y también la tercera. De hecho, podía ver la misma cripta, sólo que su vista quedaba interrumpida por una pared de mármol blanco en la pequeña cámara. El parpadeo rojo y azul de la pantalla de televisión al otro lado era como la luz de una vieja estufa de gas.

Y la voz de Lestat resonaba poderosamente en los muros de mármol, en los techos abovedados.

Matadnos, hermanos y hermanas,
la guerra ha estallado.

Comprended lo que veáis,
cuando me veáis.

Aspiró lenta y largamente. No había otro sonido aparte de la música, que ahora se desvanecía para ser reemplazada por un indefinido murmullo mortal. No había ningún intruso. No, lo habría sabido. Nadie en su guarida. Sus instintos se lo afirmaban con toda rotundidad.

Sintió una punzada de dolor en el pecho. Incluso sintió un ardor en el rostro. Muy curioso.

Cruzó las antecámaras marmóreas y se detuvo frente a la puerta de la capilla. ¿Estaba rezando? ¿Estaba soñando? Sabía lo que vería de inmediato (Los Que Deben Ser Guardados), y lo vería como siempre había estado. Y alguna razonable y lamentable explicación para las puertas abiertas (un cortocircuito, un fusible fundido) pronto se evidenciaría.

Sin embargo, de repente, no temió sino la cruda anticipación de un joven místico al borde de una visión, de uno que por fin vería al Señor viviente o los estigmas sangrientos en sus propias manos.

Entró despacio en la capilla.

Al principio, no percibió nada especial. Vio lo que esperaba ver, la gran estancia llena de árboles y flores, el banco de piedra que constituía el trono, y, más allá, la gran pantalla de televisión palpitando con ojos, bocas y sonrisas triviales. Luego se percató del hecho: ¡sólo había un figura sentada en el trono y aquella figura era casi totalmente transparente! ¡Los violentos colores de la distante televisión la atravesaban!

No, ¡pero si está fuera de toda duda! «Marius, mira atentamente. Incluso tus sentidos no son infalibles.» Como un mortal nervioso, se llevó las manos a la cabeza como para impedir cualquier distracción posible.

Miró la espalda de Enkil, quien, salvo por su pelo negro, se había convertido en una especie de estatua de cristal lechoso a través de la cual los colores y las luces se movían en ligeras distorsiones. Y entonces, un desigual estallido de luz provocó que la figura resplandeciera y se convirtiera en una fuente de débiles rayos luminosos.

Sacudió la cabeza. No era posible. Luego, un estremecimiento le recorrió todo el cuerpo.

—Bien, Marius —susurró—. Procedamos con cautela.

Pero una docena de sospechas informes se agitaban en su cabeza. Alguien había venido, alguien más antiguo y poderoso que él, alguien que había descubierto a Los Que Deben Ser Guardados y ¡había hecho algo indecible! ¡Y todo por culpa de Lestat! Lestat, que había contado sus secretos al mundo.

Las rodillas le fallaban. ¡Imaginar una cosa así! Hacía tanto tiempo que no sentía tales debilidades mortales, que las había olvidado por completo. Despacio, sacó un pañuelo de su bolsillo. Se limpió la delgada capa de sudor sanguinolento que le cubría la frente. Luego, se dirigió hacia el trono, y lo rodeó hasta quedarse mirando frente a la figura del Rey.

Enkil, con el mismo aspecto que había tenido durante dos mil años, el pelo negro en delgadas y largas trenzas colgando en sus hombros. La ancha torques dorada colgando contra su pecho liso, sin pelo; la tela de su inmaculada falda con sus pliegues planchados; los anillos, siempre en sus dedos inmóviles.

¡Pero el cuerpo en sí era vidrio! ¡Y totalmente hueco! Incluso las inmensas órbitas de sus ojos eran transparentes; sólo unos círculos sombríos definían los iris. No, un momento. Observémoslo todo. Se podían distinguir los huesos, convertidos en la misma sustancia que la carne; sí, allí estaban, y también las delgadas grietas de las venas y las arterias, y algo como pulmones en su interior, pero todo transparente ahora, todo de la misma textura. Pero, ¿qué le habían hecho?

Y el cuerpo continuaba cambiando. Ante sus mismos ojos estaba perdiendo su tinte lechoso. Se estaba secando, volviéndose todavía más transparente.

Lo tocó. No era cristal, no. Era una cáscara.

Pero su gesto tembloroso lo tumbó. El cuerpo se inclinó y cayó en las baldosas de mármol, con los ojos desorbitados, los miembros rígidos en la misma posición que tenía sentado. Produjo un sonido casi tan imperceptible como el de un insecto al posarse.

Únicamente el pelo se movió. El suave pelo negro. Pero éste también había cambiado. Se rompía en fragmentos. Se rompía en diminutas astillas relucientes. Una fresca corriente de ventilación los esparcía como paja. Y, cuando, caído el pelo se vio el cuello, observó las dos oscuras heridas en forma de punzada. Heridas que no habían cicatrizado porque le habían extraído hasta la última gota de la sangre que las podía haber restañado.

—¿Quién lo ha hecho? —susurró, apretando con fuerza el puño derecho como si eso le evitara llorar. ¿Quién podía haberle quitado la vida hasta el último resquicio?

Y aquello estaba muerto. No había la menor duda. ¿Y qué se demostraba con aquel horrible espectáculo?

«Nuestro Rey está destruido, nuestro Padre. Y yo continúo vivo; respiro. Lo cual sólo puede significar que *ella* posee el poder original. Ella existió primero, y el poder siempre ha residido en ella. ¡Y *alguien se la ha llevado*!»

«Busca en el sótano. Busca por toda la casa.» Pero eran pensamientos desesperados, de locura. Nadie había entrado allí, y él lo sabía. ¡Sólo una criatura podía haber cometido aquel acto! Sólo una criatura sabía que una cosa así era definitivamente posible.

Permaneció inmóvil. Contempló la figura que yacía en el suelo, observando cómo perdía sus últimos rastros de opacidad. Si hubiera podido, habría llorado por aquello, porque, sin duda alguien debería hacerlo. Desaparecer ahora con todo lo que sabía, con todos los hechos de que había sido testigo. Aquello también tenía un final. Aceptarlo parecía estar más allá de sus capacidades. Pero él no estaba solo. Algo o alguien acababa de salir del nicho y sentía que aquel algo o alguien lo estaba observando.

Durante un momento, un momento irracional, mantuvo los ojos en el Rey caído. Intentaba aprehender, con tanta serenidad como le fuera posible, todo lo que ocurría a su alrededor. Ahora aquello avanzaba hacia él, sin un murmullo. Apareció como una grácil sombra en el rabillo de su ojo, dio la vuelta al trono y se detuvo frente a él.

Sabía quién era, quién tenía que ser y sabía que se había aproximado con el porte natural de un ser vivo. Sin embargo, al levantar la vista, comprendió que nada pudo haberlo preparado para aquel momento.

Akasha, en pie, sólo a diez centímetros de él. Tenía la piel blanca, dura y opaca, como siempre la había tenido. Sus mejillas brillaban como perlas cuando esbozaba una sonrisa; sus oscuros ojos se humedecían y animaban, al tiempo que la piel se arrugaba un poco en sus comisuras. Brillaban con vitalidad.

Se quedó sin habla contemplándola. Observó cómo ella levantaba sus dedos llenos de joyas para tocar su hombro. Cerró los ojos y los volvió a abrir. Durante miles de años le había hablado en tantas lenguas (plegarias, súplicas, quejas, confesiones)... y ahora no decía ni una palabra. Se limitaba a mirar sus labios móviles, el resplandor de sus colmillos blancos, el frío reflejo de reconocimiento en sus ojos y la dulce y blanda hendidura entre sus pechos que oscilaban bajo el collar de oro.

—Me has servido bien —dijo ella—. Muchas gracias. —Su voz fue grave, ronca, bella. Pero la entonación, las palabras... ¡era lo que, horas antes, en la ciudad, había dicho a la chica de la tienda a oscuras!

Los dedos apretaron su hombro.

—Ah, Marius —dijo imitando de nuevo su tono a la perfección—, nunca desesperas, ¿verdad? No eres mejor que Lestat, con sus sueños de idiota.

Otra vez sus propias palabras, dichas para sí en una calle de San Francisco. ¡Se burlaba de él!

¿Era aquello terror? ¿O era odio lo que sentía? Odio que había permanecido latente en su interior, esperando desde hacía siglos, mezclado con resentimiento y cansancio, y pena por su corazón humano, odio que ahora estaba tan ardiente como nunca podía haber imaginado. No osó moverse, no osó hablar. El odio era recién nacido y asombroso, y había tomado plena posesión de él; no podía hacer nada para controlarlo o comprenderlo. Toda capacidad de juicio lo había abandonado.

Pero ella lo sabía. Por supuesto. Siempre lo había sabido todo, ¡cada pensamiento, palabra y obra que había querido saber! Y había sabido que el ser carente de inteligencia que había tenido a su lado era indefenso. Y aquello, que debería haber sido un momento triunfante, era, sin embargo, un momento de horror.

Ella reía con delicadeza al mirarlo. Él no podía soportar aquel estado de cosas. Quería herirla. ¡Quería destruirla, que todos sus monstruosos hijos se fueran al infierno! ¡Perezcamos con ella! Si hubiera podido, la habría destruido.

Pareció que ella asentía, que le estaba diciendo que comprendía. Que comprendía el monstruoso insulto que representaba. Bien, él no lo comprendía. Un momento más y se pondría a llorar como un niño. Se había cometido algún terrorífico error, alguna horrorosa equivocación en los pronósticos.

—Mi querido servidor —dijo, y estiró los labios hasta formar una sonrisa leve y amarga—. Nunca has tenido poderes para detenerme.

—¿Qué quieres? ¿Qué quieres hacer?

—Debes disculparme —dijo ella, muy educada, exactamente de la misma forma en que había dicho las mismas palabras al joven del cuarto trasero del bar—. Ya me iba.

Oyó el sonido antes de que el suelo se moviera: el chirrido del metal que se abre. Él caía; la pantalla de televisión había reventado y el cristal le había dejado la carne horadada como por numerosas diminutas dagas. Lanzó un grito, como un mortal, y esta vez fue de miedo. El hielo se resquebrajaba, bramando, al tiempo que se le abatía encima.

—¡Akasha!

Se hundía por una grieta gigante, se zambullía en una frialdad que lo escaldaba.

—¡Akasha! —volvió a gritar.

Pero ella había desaparecido y él continuaba cayendo. Y los bloques de hielo desprendidos lo arrastraron consigo, lo rodearon, lo cubrieron, aplastándole los huesos de los brazos, de las piernas, de la cabeza. Sintió que su sangre brotaba contra la superficie aprisionadora y que se congelaba. No se podía mover. No podía respirar. Y el dolor era tan intenso que no lo podía soportar. Volvió a ver la jungla, no podía explicárselo, durante un instante, como la había visto antes. La cálida y fétida jungla, y algo que se movía por ella. Luego, la jungla desapareció. Y cuando él volvió a gritar, fue para Lestat: *¡Peligro Lestat, ten cuidado! ¡Todos estamos en peligro!*

Por fin sólo existieron el frío y el dolor; perdió la consciencia. Llegaba un sueño, un precioso sueño de un tibio sol, brillando en un claro de hierba. Sí, el sol sagrado. Ahora el sueño lo poseía. Y las mujeres..., ¡qué encantadora era su cabellera pelirroja! Pero ¿qué era, qué era lo que yacía allí, bajo las hojas marchitas, en el altar?

PRIMERA PARTE

POR LA SENDA DEL VAMPIRO LESTAT

Intentando colocar en un collage *coherente la abeja,*
el macizo montañoso, la sombra de mi pata...
intentando acoplarlos, enlazados con un lógico,
vasto y resplandeciente molecular tejido de
pensamientos
a través de toda sustancia...
Intentando decir que veo en todo lo que veo
el lugar donde la aguja empieza el tapiz,
pero, ¡ah!, todo parece el todo y la parte.
Larga vida al globo del ojo y al corazón lúcido.

STAN RICE
de «Cuatro días en otra ciudad»
Algo de cordero (1975)

1

LA LEYENDA DE LAS GEMELAS

Dilo
en rítmica
continuidad.
Detalle a detalle,
las criaturas vivientes.
Dilo,
como es debido, el ritmo
sólido en la forma.
Mujer. Brazos levantados. Fruta sombría.

STAN RICE
de «Elegía»
Muchacho blanco (1976)

—Llámala por mí —dijo él—. Dile que he tenido los sueños más extraños de mi vida, que he soñado con las gemelas. ¡Tienes que llamarla!

Su hija no quería hacerlo. Observaba cómo él hojeaba con dificultades la agenda. Sus manos le eran enemigas ahora, decía a menudo. A los noventa y uno, apenas podía sostener un lápiz o volver una página.

—Papá —respondió ella—, esta mujer ya debe de estar muerta.

Todo el mundo que había conocido estaba muerto. Había sobrevivido a sus colegas; había sobrevivido a sus hermanos y hermanas, había sobrevivido incluso a dos de sus hijos. De un modo trágico, había sobrevivido a las gemelas, porque ahora ya nadie leía su libro. A nadie le interesaba la «leyenda de las gemelas».

—No, llámala —dijo—. Tienes que llamarla. Dile que he soñado con las gemelas. Que las he *visto* en el sueño.

—¿Por qué querría saberlo, papá?

Su hija cogió la pequeña agenda de direcciones y pasó las hojas. Toda esa gente muerta, muerta hacía mucho tiempo. Los que habían viajado con su padre en tantas expediciones, los editores y fotógrafos que habían colaborado con él en su libro. Incluso sus enemigos, que decían que había malgastado su vida, que su investigación no le había llevado a ninguna parte; incluso los más injuriosos, los que le habían acusado de trucar las fotografías y de mentir acerca de las cuevas, cosas que su padre nunca había hecho.

¿Por qué debería estar viva, la mujer que había patrocinado sus expediciones mucho tiempo atrás, la rica mujer que le había enviado tanto dinero durante tantos años?

—¡Tienes que pedirle que venga! Dile que es importantísimo. Tengo que describirle lo que he visto.

¿Que venga? ¿Hacer un viaje a Río de Janeiro sólo porque un viejo tenía extraños sueños? Su hija encontró la página, y sí, allí estaban el nombre y el número. Y una fecha junto a ellos, solamente dos años antes.

—Vive en Bangkok, papá. —¿Qué hora sería en Bangkok? No tenía ni idea.

—Vendrá a verme. Sé que lo hará.

Cerró los ojos y se apoyó en la almohada. Ahora era pequeño, estaba como encogido. Pero cuando abría los ojos, era su padre quien la miraba, a pesar de la piel apergaminada y amarillenta, a pesar de las pecas oscuras en el dorso de sus manos arrugadas, a pesar de la calvicie.

Pareció escuchar por un momento la música, la voz suave de El Vampiro Lestat, que les llegaba desde la habitación de ella. Bajaría el volumen si le molestaba para dormir. No era muy aficionada a los cantantes de rock americano, pero éste en particular le gustaba bastante.

—¡Dile que tengo que hablar con ella! —dijo de repente, como si volviera en sí.

—De acuerdo, papá, si tú lo quieres. —Apagó la luz de la mesita de noche—. Vuelve a dormirte.

—No pares hasta encontrarla. Dile..., ¡las gemelas! Que he visto a las gemelas.

Pero cuando ya se iba, la volvió a llamar con uno de aquellos súbitos gemidos que siempre la asustaban. Con la luz del pasillo pudo ver que señalaba los libros de la pared del fondo.

—Tráemelo —le dijo. Luchaba para volver a sentarse.

—¿El libro, papá?

—Las gemelas, las fotografías...

Bajó el viejo volumen, se lo llevó y se lo puso en el regazo. Apiló las almohadas para que quedara más alto y volvió a encender la luz.

Le dolió sentirlo tan ligero al levantarlo; le dolió ver cómo tenía que hacer grandes esfuerzos para ponerse las gafas de montura plateada. Él cogió el lápiz con una mano, a punto de tomar notas, como siempre había hecho, pero se le cayó y ella lo recogió y volvió a ponérselo en la mesa.

—¡Ve a llamarla! —dijo.

Ella asintió. Pero se quedó allí, por si la necesitaba. La música de su estudio sonaba más fuerte ahora; era una de las canciones más raucas y más metálicas. Pero él parecía no prestarle atención. Con mucha delicadeza, ella le abrió el libro y volvió las páginas buscando el primer par de ilustraciones en color: una llenaba la página izquierda y la otra la derecha.

¡Qué bien conocía aquellas imágenes! ¡Qué bien se recordaba a sí misma de pequeña, haciendo la larga ascensión al Monte Carmelo, donde él la había conducido por la oscuridad seca y polvorienta, con su linterna levantada para revelarle los relieves pintados en el muro!

—Aquí, las dos figuras, ¿las ves, ves a las mujeres pelirrojas?

Al principio, le había costado distinguir las toscas figuras en el débil rayo de luz de la linterna. Por eso fue mucho más fácil estudiar luego lo que el primer plano de la cámara reveló tan nítido.

Pero ella nunca olvidaría aquel primer día, cuando le había enseñado cada pequeña imagen de la secuencia; las gemelas danzando bajo la lluvia que caía, en diminutas rayitas, de un garabato de nube; las gemelas arrodilladas a cada lado de un altar donde yacía un cuerpo como si durmiera o estuviera muerto; las gemelas hechas prisioneras y en pie ante un tribunal de figuras severas; las gemelas huyendo. Y luego las viñetas ruinosas de las cuales nada se podía interpretar; y por fin una sola de las gemelas llorando y sus lágrimas cayendo como diminutas rayitas, como la lluvia, de unos ojos que también eran un par de rayitas negras.

Estaban esculpidas en la roca, con el pigmento añadido: naranja para el pelo, yeso blanco para las vestiduras, coloreado de verde para las plantas que crecían a su alrededor, y de azul para el cielo que cubría sus cabezas. Seis mil años habían pasado desde su creación en la oscuridad de la cueva.

Y no menos antiguos eran los relieves casi idénticos en una gruta formada en una roca, situada a gran altitud en la ladera del Huayna Picchu, en la otra parte del mundo.

También había realizado aquel viaje con su padre, un año después, cruzando el río Urubamba y subiendo a través de las junglas del Perú. Con sus propios ojos había visto a las dos mismas mujeres en un estilo notablemente similar, aunque no el mismo.

De nuevo en la pared lisa estaban las escenas de la mansa lluvia, de las gemelas pelirrojas en su alegre danza. Y luego la escena del lúgubre altar encantadoramente detallado. En el altar yacía el cuerpo de una mujer, y las gemelas sostenían en sus manos dos bandejas pequeñas, cuidadosamente dibujadas. Soldados caían sobre la ceremonia blandiendo las espadas. Las gemelas eran hechas prisioneras y lloraban. Y luego llegaba el tribunal hostil y la conocida huida. En otra imagen, borrosa pero aún discernible, las gemelas sostenían, entre las dos, a un niño, un pequeño fardo con puntos por ojos y un escaso mechón de pelo rojo; luego, como aparecían de nuevo soldados amenazadores, confiaban su tesoro a otros.

Y finalmente, una gemela, entre el exuberante follaje de la jungla, con los brazos levantados como si quisiera alcanzar a su hermana, con el pigmento rojo de su pelo fijado a la roca con sangre seca.

¡Qué bien recordaba su entusiasmo! Había compartido el éxtasis de su padre: había encontrado a las gemelas en dos mundos completamente distantes, en aquellas antiguas imágenes, ocultas en las cuevas montañosas de Palestina y del Perú.

Parecía un acontecimiento extraordinario para la Historia, nada podía haber parecido tan importante. Luego, un año después, se descubrió una cerámica en un museo de Berlín que contenía las mismas figuras, arrodilladas, con la bandeja en las manos ante el féretro de roca. Era un objeto tosco, sin documentación. Pero, ¿qué importaba? La habían fechado, con los métodos más fiables, en el 4000 a. C.; y allí había, sin error posible, en un lenguaje más reciente traducido del antiguo sumerio, aquellas palabras que significaban tanto para todos ellos:

Sí, tan terriblemente significativo había parecido todo. Las bases para el trabajo de toda una vida, hasta que presentó su investigación.

Se rieron de él. O no le hicieron caso. No era creíble, una tal conexión entre el Viejo y el Nuevo Mundo. ¡Desde luego no de seis mil años de antigüedad! Lo relegaron a la «facultad de los locos», junto a los que hablaban de antiguos astronautas, de la Atlántida y del reino perdido de Mu.

¡Cuánto había discutido, conferenciado, suplicado que le creyeran, que viajasen con él a las cuevas para que lo vieran con sus propios ojos! ¡Cuántas veces había expuesto muestras del pigmento, los informes de los laboratorios, los detallados estudios de las plantas de las imágenes e incluso de las vestimentas blancas de las gemelas!

Otro hombre habría abandonado. Todas las universidades y fundaciones le habían vuelto la espalda. No tenía ni dinero siquiera para mantener a sus hijos. Trabajó como profesor para ganarse el pan de cada día, y, por las noches, escribió a los museos de todo el mundo. ¡Y se encontró una tablilla de arcilla, repleta de dibujos, en Manchester, y otra en Londres, y las dos representaban a las gemelas! Con dinero prestado viajó para fotografiar aquellos objetos de artesanía. Escribió artículos acerca de ellas para oscuras publicaciones. Continuó sus investigaciones.

Entonces llegó ella, la callada y excéntrica mujer que lo había escuchado, que había mirado sus materiales y que le había proporcionado un antiguo papiro, hallado en el presente siglo en una cueva del Alto Egipto; contenía exactamente las mismas imágenes y las palabras «La Leyenda de las Gemelas».

—Un regalo —le había dicho. Y después le había

comprado la cerámica del museo de Berlín. También adquirió las tablillas de Inglaterra.

Pero el descubrimiento del Perú fue lo que más la fascinó. Le dio grandes sumas de dinero para regresar a Sudamérica y continuar su trabajo.

Durante años había investigado cueva tras cueva en busca de más indicios, hablado con los lugareños acerca de sus viejos mitos y leyendas, examinado ciudades en ruinas, templos, incluso antiguas iglesias cristianas en busca de piedras tomadas de capillas paganas.

Pero transcurrieron décadas y no encontró nada.

Al final, había sido su ruina. Incluso ella, su patrocinadora, le había dicho que desistiese. No quería que perdiese toda su vida en ello. Debía dejarlo a personas más jóvenes. Pero él no quiso escuchar. ¡Era su descubrimiento! ¡La Leyenda de las Gemelas! Y ella continuó firmando cheques para él y él prosiguió hasta que fue demasiado viejo para escalar montañas y para abrirse paso a machetazos por la jungla.

En los últimos años, dio conferencias muy de tarde en tarde. No pudo interesar a los nuevos estudiantes en aquel misterio, ni siquiera cuando enseñaba el papiro, la cerámica, las tablillas. Después de todo, aquellos objetos no encajaban realmente en ninguna parte, no pertenecían a ningún período definido. Y las cuevas, ¿podía encontrarlas alguien ahora?

Pero su patrocinadora había sido leal. Le había comprado una casa en Río, había creado un fondo para él, que sería para su hija a su muerte. Ella había pagado con su dinero la educación de su hija y muchas otras cosas. Era extraño que viviesen con tanto desahogo. Era como si, después de todo, hubiese tenido éxito en su obra.

—Llámala —repitió. Empezaba a sentirse agitado, sus manos vacías raspaban las fotografías. De hecho, su hija no se había movido aún. Permanecía tras su hombro mirando las imágenes, mirando las figuras de las gemelas.

—De acuerdo, padre. —Y lo dejó con el libro.

Al día siguiente, ya caída la tarde, su hija entró a darle un beso. La enfermera le dijo que había estado llorando como un niño. Él abrió los ojos cuando su hija le apretó cariñosamente la mano.

—Sé lo que les hicieron —dijo él—. ¡Lo he visto! Fue sacrilegio lo que hicieron.

Su hija trató de calmarlo. Le dijo que había llamado a la mujer. Que la mujer estaba en camino.

—No estaba en Bangkok, papá. Se había mudado a Birmania, a Rangún. Pero conseguí dar con ella allí y estuvo muy contenta de tener noticias tuyas. Dijo que partiría en pocas horas. Quiere saber lo que soñaste.

Era tan feliz. ¡Ella venía! Cerró los ojos y volvió a hundir la cabeza en la almohada.

—Los sueños volverán a empezar, cuando oscurezca —susurró—. La tragedia entera volverá a empezar.

—Papá, descansa —dijo ella—. Hasta que ella venga.

En algún momento de la noche murió. Cuando su hija entró, ya estaba frío. La enfermera aguardaba instrucciones. Él tenía la mirada apagada, con las pestañas entrecerradas de los muertos. El lápiz le había caído en la colcha y tenía arrugado en su mano derecha un pedazo de papel (la guarda de su precioso libro).

Ella no lloró. Durante un momento, no hizo nada. Recordó la cueva de Palestina, la linterna. «¿Las ves, ves a las dos mujeres?»

Con toda suavidad, cerró sus ojos y besó su frente. Había algo escrito en el pedazo de papel. Levantó sus dedos fríos y yertos, sacó el papel y leyó las cuatro palabras que había garabateado con su temblorosa mano parecida a una araña:

«EN LAS JUNGLAS... ANDANDO.»

¿Qué podría significar?

Y ya era demasiado tarde para contactar con la mujer. Probablemente, llegaría en algún momento de la noche. Todo aquel viaje...

Bueno, le daría el papel, si le servía, y le contaría las cosas que le había dicho de las gemelas.

2
LA BREVE Y FELIZ VIDA DE BABY JENKS Y LA BANDA DEL COLMILLO

La Hamburguesa Asesina
se sirve aquí.
No hace falta que esperes
a las puertas del Cielo
por una muerte ácima.
Puedes ser un perdido
en esta misma esquina.
Mayonesa, cebollas, predominio de la carne.
Si quieres comerla,
tienes que cebarla.
—Volverás.
—Seguro.

STAN RICE
de «Suite Tejana»
Algo de cordero (1975)

Baby Jenks apretó su Harley hasta los cien por hora; el viento helaba sus blancas manos desnudas. Tenía catorce años el verano pasado, cuando se lo hicieron, o sea, cuando la convirtieron en una de los Muertos, y, como «peso muerto», hacía cuarenta y dos kilos como máximo. Desde que había ocurrido, no se había cepillado el pelo —no tenía que hacerlo—, y ahora sus dos pequeñas trenzas rubias volaban hacia atrás por encima de los hombros de su chaqueta de cuero negro, impulsadas por la fuerza del viento. Inclinada hacia delante, con las comisuras de su boquita de piñón echadas para abajo y cara de pocos amigos, tenía un aspecto de niña traviesa y terriblemente astuta. Sus grandes ojos azules lucían inexpresivos.

La música rock de El Vampiro Lestat sonaba estrepitosamente en sus auriculares, de tal forma que no sentía nada excepto la vibración de la moto gigante entre sus piernas y la tremenda soledad que experimentaba desde que se había largado de Gun Barrel City, hacía ya cinco noches. Y desde entonces, había tenido también un sueño que la preocupaba, un sueño que no había dejado de presentarse noche tras noche antes de abrir los ojos.

En el sueño, había visto a unas gemelas pelirrojas, dos bonitas señoritas, y luego todo lo que les sucedía, tan horroroso. No, no le gustaba ni pizca, y se sentía tan sola que temía enloquecer.

La Banda del Colmillo no se había encontrado con ella al sur de Dallas, tal como habían quedado. Después de esperar dos noches en el cementerio, se había dado cuenta de que algo iba mal, realmente mal. La Banda nunca se habría marchado a California sin ella. Iban a ver el concierto de El Vampiro Lestat, en San Francisco, pero tenían tiempo de sobra. No, algo iba mal. Lo sabía.

Ya estando viva, Baby Jenks podía percibir cosas como aquéllas. Y ahora que estaba Muerta, notaba diez veces más lo que habría notado antes. Sabía que algo gordo le pasaba a la Banda del Colmillo. Killer y Davis nunca la habrían dejado tirada. Killer decía que la quería. ¿Por qué pollas lo habría hecho si no la quería?

Habría muerto en Detroit, si no hubiera sido por Killer.

Se habría desangrado hasta palmarla; el doctor se lo había arreglado pero que muy bien: el niño había nacido, pero ya muerto, y ella también iba a morir; le había cortado algo de dentro, pero ella llevaba un tal colocón de heroína que le importaba un comino. Y luego ocurrió aquello tan divertido. ¡Flotó hasta el techo y desde allí miró su cuerpo, que se había quedado abajo! Pero aquello no era la droga. Tuvo la impresión de que le iban a suceder un montón de cosas nuevas.

Abajo, Killer había entrado en su habitación, y ella, desde arriba, desde donde flotaba, pudo ver que se trataba de un tío Muerto. Claro que, entonces, no sabía cómo se llamaban. Sólo sabía que no estaba vivo. Si no, habría tenido un aspecto más corriente. Vaqueros negros, pelo negro, ojos realmente negros y profundos. En la espalda de su chaqueta de cuero llevaba escrito «Banda del Colmillo». Se había sentado en la cama, junto a su cuerpo, y se había inclinado hacia él.

—¡Qué mona estás, chiquilla! —le había dicho. Exactamente lo mismo que le había dicho el macarra después de hacerle la trenza, ponerle pasadores de baratija en el pelo y mandarla a la calle a trabajar.

Y entonces, ¡zas!, estaba de nuevo en su cuerpo y bien, y algo más cálido y mucho mejor que caballo la llenaba; y había oído que él le decía: «¡No vas a palmarla, Baby Jenks, jamás de los jamases!» Ella tenía sus dientes en el cojonudo cuello de él, y, chico, ¡aquello era el cielo!

Pero... ¿lo de morir nunca? Ahora no estaba segura.

Antes de darse el piro de Dallas, dejando por perdida a la Banda del Colmillo, había visto la casa de reunión de la Swiss Avenue reducida a cenizas. Todos los cristales de las ventanas, reventados. Lo mismo había visto en Oklahoma City. ¿Qué leches les había ocurrido a los tíos Muertos de las casas? Y eran las de los chupadores de sangre de la gran ciudad, sí, los elegantes, los que se hacían llamar vampiros.

¡Cómo se meó cuando Killer y Davis le contaron que aquellos Muertos se paseaban con sus trajes de conjunto, escuchaban música clásica y se llamaban a sí mismos «vampiros»! Baby Jenks podía haberse reído hasta morirse. Davis también pensaba que era *tope diver*, pero Killer no paraba de decirles que tuvieran cuidado con ellos. Que se mantuvieran alejados de ellos.

Killer y Davis, y Tim y Russ la habían acompañado hasta la casa de reunión de Swiss Avenue poco antes de que los dejara para irse a Gun Barrel City.

—Tienes que saber dónde están las casas —había dicho Davis—. Luego, manténte alejada de ellas.

Le enseñaron las casas de reunión de cada gran ciudad que cruzaban. Pero fue en St. Louis cuando le mostraron la primera, donde le contaron toda la historia.

Desde que salieron de Detroit, se lo había pasado bomba con la Banda del Colmillo; se alimentaban de los hombres que atrapaban en chiringuitos de carretera. Tim y Russ eran buenos compañeros, pero Killer y Davis eran sus amigos de verdad y eran los jefes de la Banda del Colmillo.

De vez en cuando, se acercaban a una ciudad y buscaban alguna barraca, en algún descampado, a poder ser con un par de vagabundos dentro, o algo por el estilo, tíos que se parecían a su padre, con gorras de visera y manos tremendamente callosas a causa de su trabajo. Y se pegaban un atracón con aquel par de tíos. Siempre se podía vivir de aquella clase de tipos, le había dicho Killer, porque nadie daba un centavo por su vida. Atacaban de improviso y, ¡ñaka!, chupaban su sangre rápidamente, escurriéndosela hasta la última gota, hasta la última palpitación. No tenía gracia ensañarse con gente así, decía Killer. Uno siente pena por ellos. Uno hace lo que tiene que hacer y quema la barraca, o los saca fuera y los entierra en un hoyo bastante profundo. Y si no puede hacer ninguna de las dos cosas para ocultarlo, pone en práctica el viejo truco: un pequeño corte en el dedo y dejar correr un poco de sangre Muerta encima del mordisco y, ¡tate!, los agujeritos se han esfumado. Nunca nadie lo descubrirá; parece un ataque al corazón o algo por el estilo.

Baby Jenks lo había pasado en grande. Podía manejar una Harley de gran cilindrada, cargar un cadáver bajo un brazo, saltar por encima del capó de un auto...; era fantástico. Y no tenía aquel jodido sueño, el sueño que había empezado en Gun Barrel City, con las gemelas pelirrojas y el cuerpo de la mujer tendido en el altar. *¿Qué estaban haciendo?*

¿Qué haría ella si no podía encontrar a la Banda del Colmillo? Faltaban dos noches para el concierto que daría El Vampiro Lestat en California. Y todos los tíos y tías Muertos de la creación estarían allí, o al menos eso era lo que ella se imaginaba, y lo que la Banda del Colmillo se había imaginado; y se suponía que iban a ir todos juntos. Así pues, ¿qué hostias hacía ella sin la Banda del Colmillo y dirigiéndose a un pueblo de mala muerte como St. Louis?

Lo único que quería era que todo fuera como había sido antes, joder. Oh, la sangre era buena, ñam, tan buena, incluso ahora que estaba sola y que había de calmar sus ansias como podía. Aquella noche lo había hecho parando en una gasolinera y cazando al viejo de servicio. Oh, sí, cuando le puso las manos en el cuello y, ¡ñac!, salió la sangre, fue cosa fina, fue como hamburguesa con patatas fritas, o como batido de fresa, o cerveza o helado de chocolate. Fue tope guay, como cocaína o marihuana. ¡Fue mejor que follar! Lo fue todo.

Pero todo había sido mejor cuando la Banda del Colmillo estaba con ella. Ellos habían comprendido que estuviese harta de tíos viejos y cascados y dijese que quería probar algo joven y tierno. Ningún problema. Ea, lo que necesitaba era un jovencito huido de casa, dijo Killer. Sólo tienes que cerrar los ojos y formular un deseo. Y enseguida, ¡plas!, lo encontraron haciendo autostop en la carretera general, a ocho kilómetros de una ciudad del Missouri norte; su nombre era Parker. Un chico realmente bonito, de pelo largo y desgreñado; y solamente tenía doce años, pero alto de veras para su edad, con unos pocos pelos en la barbilla e intentando pasar por uno de dieciséis años. Subió a su moto y se lo llevaron al bosque. Luego Baby Jenks se tendió con él, fue realmente cariñosa y, ¡churp!, aquello fue el final para Parker.

Fue absolutamente delicioso, jugoso era la palabra exacta. Pero cuando se pensaba bien en ello, no sabía realmente si era mejor que los tíos viejos y hechos polvo. Y con éstos había más emoción. Buena sangre añeja, que la llamaba Davis.

Davis era un tío Muerto negro, y un tío negro Muerto guapo la hostia, tal como lo veía Baby Jenks. Su piel tenía un reflejo dorado, que a los Muertos blancos les daba un aspecto como si estuviesen todo el tiempo bajo una luz fluorescente. Davis también tenía unas pestañas majísimas, increíblemente largas y espesas, y se adornaba con todo el oro que podía afanar. Robaba los anillos de oro, los relojes, las cadenas y otras cosas de sus víctimas.

Davis adoraba bailar. A todos les gustaba, pero Davis sabía bailar más que todos. Iban a los cementerios a bailar, en general alrededor de las tres de la madrugada, después de haberse alimentado, de haber enterrado a los muertos y todo el rollo. Colocaban el radio-casete encima de una tumba y ponían el volumen a toda hostia, y la voz de Lestat era un trueno. La canción *El Grandioso Sábat* era tope para bailar. Y oh, tío, qué bien se sentía uno, contoneándose, dando vueltas, saltando en el aire o simplemente mirando cómo se movía Davis, cómo se movían Killer y Russ, girando y rotando hasta que caían al suelo. ¡Aquello era la auténtica danza de los Muertos!

Si a los mamones de sangre de la gran ciudad no les iba aquel rollo, entonces es que eran gilipollas.

¡Dios, cuánto deseaba ahora poder contar a Davis aquel sueño que había venido teniendo desde Gun Barrel City! Contarle cómo lo había tenido por primera vez en la caravana de su madre, mientras la esperaba sentada. Era tan claro para ser un sueño, las dos mujeres pelirrojas y el cuerpo tendido con la piel negra y como calcinada... ¿Y qué coño había en las bandejas del sueño? Sí, en una había un corazón y en la otra un cerebro. Cristo. Y todo de gente arrodillada alrededor del cuerpo y de las bandejas. Era acojonante. Y desde entonces lo había visto una y otra vez. Vaya, ¡si tenía el sueño cada maldita vez que cerraba los ojos y justo antes de cada maldita vez que salía de donde se había escondido durante las horas diurnas!

Killer y Davis lo comprenderían. Sabrían si significaba algo. Querían enseñarle todo a ella.

Cuando la Banda del Colmillo llegó a St. Louis la primera vez, de camino hacia el sur, salieron del bulevar y se metieron en una de esas grandes calles oscuras con terrenos con verjas de hierro que allí llaman «propiedad privada». Aquello era Central West End, dijeron. A Baby Jenks le gustaron aquellos enormes árboles. Y es que no había árboles tan grandes en el sur de Texas. No había mucho de nada en el sur de Texas. Y allí los árboles eran tan grandes que las ramas formaban un techo por encima de sus cabezas. Y las calles estaban impregnadas del susurro de las hojas, y las casas eran enormes, con tejados puntiagudos y las luces enterradas muy adentro de ellas. La casa de reunión era de ladrillos y tenía lo que Killer llamó arcos de estilo árabe.

—No os acerquéis más —dijo Davis. Killer sólo se rió. Killer no tenía miedo de los Muertos de la gran ciudad. A Killer lo habían hecho hacía sesenta años; era viejo. Lo sabía todo.

—Tratarán de hacerte daño, Baby Jenks —dijo, llevando su Harley a pie un poco más calle arriba. El rostro de Killer era delgado y alargado; en la oreja llevaba un pendiente de oro, y sus ojos eran pequeños, como pensativos—. ¿Veis?, ésta es una vieja asamblea; desde principios de siglo que está en St. Louis.

—Pero ¿por qué querrían hacernos algún daño? —preguntó Baby Jenks.

Sentía una verdadera curiosidad por aquella casa. ¿Qué hacían los Muertos que vivían en casas? ¿Qué clase de muebles tenían? ¿Quién pagaba las facturas, por el amor de Dios?

A través de las cortinas le pareció que podía distinguir una araña de luces en una de las piezas que daban adelante. Una araña grandiosa, fantástica. ¡Hostia! ¡Aquello era vivir!

—Oh, lo tienen todo —dijo Davis leyendo su mente—. Y, no creas, los vecinos piensan que son gente normal. Fíjate en el coche del jardín, ¿sabes qué es? Es un Bugatti, nena. Y el que está junto a él, un Mercedes-Benz.

¿Qué pollas había de malo en un Cadillac rosa? Era el coche de sus sueños, un gran descapotable que chupaba gasolina a cubos, un descapotable que se ponía a los doscientos por hora en una recta. Pero eso fue lo que la metió en problemas, lo que la llevó a Detroit:

un gilipollas con un Cadillac descapotable. Pero ser Muerta no quiere decir tener que conducir una Harley y dormir en la cuneta cada día, ¿no?

—Somos libres, querida —dijo Davis, leyendo sus pensamientos—. ¿No te das cuenta? Hay mucha basura en la vida de la gran ciudad. Díselo, Killer. No conseguirás que yo me meta en una casa de éstas, ni que duerma en una caja bajo suelo.

Estalló en carcajadas. Killer estalló en carcajadas. Ella también estalló en carcajadas. ¿Pero cómo coño era la vida allí dentro? ¿Ponían el último programa concurso y miraban las películas de vampiros? Davis se meaba de risa.

—La cosa es, Baby Jenks —dijo Killer—, que nosotros somos proscritos para ellos. Ellos quieren mandar en todo. Como si pensaran que no tenemos derecho a ser Muertos. Como cuando dicen que para hacer un nuevo vampiro, como los llaman, tiene que haber una gran ceremonia.

—¿Una ceremonia? ¿Como una boda o algo por el estilo?

Más carcajadas de ambos.

—No exactamente —dijo Killer—, ¡más bien como un funeral! Estaban haciendo demasiado ruido. Los tíos Muertos de la casa iban a oírlos. Pero Baby Jenks no se asustaba si Killer no se asustaba. ¿Dónde habrían ido a cazar Russ y Tim?

—Pero la cuestión es, Baby Jenks —dijo Killer—, que tienen todas esas leyes y que (y te lo digo en serio) están difundiendo por todas partes que van a cargarse al vampiro Lestat la noche de su concierto. Sin embargo, todos leen su libro como si fuera la Biblia. Se sirven del lenguaje que él utiliza, como Don Oscuro, Rito Oscuro... Te digo que es lo más estúpido que he visto en mi vida, querer quemarlo en la hoguera y usar su libro como si fuera Emily Post o Miss Manners...

—Nunca conseguirán cargarse a Lestat —replicó Davis sonriendo—. No hay manera, tío. Nadie puede matar al vampiro Lestat, es totalmente imposible. Ya lo han intentado y han fracasado. Y es que es un tipo completamente y absolutamente inmortal.

—Hostias, pues van al mismo lugar que nosotros —dijo Killer—, pero nosotros vamos para alistarnos con el tío, si nos quiere.

Baby Jenks no pescaba nada de nada. No sabía quién era ni Emily Post ni Miss Manners. ¿Y no se suponía que todos eran inmortales? Y, ¿por qué el vampiro Lestat se asociaría con la Banda del Colmillo? Pero vaya, ¿no era una estrella de rock por Cristo Dios? Probablemente tenía su propia limusina. ¡Y era un tío guapo en cantidad, Muerto o vivo! ¡Un pelo rubio matador y una sonrisa que te entraban ganas de tumbarte al suelo y dejar que te mordisqueara el jodido cuello!

Había intentado leer el libro *Lestat, el vampiro* (la historia completa de los tíos Muertos desde los tiempos más antiguos y todo el rollo), pero había demasiadas palabras largas y ¡clonc! se dormía.

Killer y Davis decían que sólo con que consiguiese engancharse le encontraría el gusto y podría leerlo realmente rápido. Ellos siempre llevaban ejemplares del libro de Lestat consigo, y también del primero, cuyo título no podía recordar nunca correctamente (una cosa como «conversaciones con el vampiro» o «hablando con el vampiro» o «encuentro con el vampiro» o algo por el estilo). A veces, Davis lo leía en voz alta, pero Baby Jenks no podía seguir y caía en un profundo sopor y concierto de ronquidos. El Tío Muerto, Louis, o quien fuera, había sido hecho Muerto en Nueva Orleans, y el libro estaba lleno de hojas de banano, verjas de hierro y musgo.

—Baby Jenks, lo saben todo, los viejos europeos

—había dicho Davis—. Saben cómo empezó, saben cómo podemos continuar y continuar si aún estamos por aquí, y llegar a vivir mil años y convertirnos en mármol blanco.

—¡Joder! Esto es cojonudo, Davis —dijo Baby Jenks—. ¿No tenemos bastante con no poder andar por un Seven Eleven sin que bajo sus luces la gente se te quede mirando? ¿Quién quiere parecer mármol blanco?

—Baby Jenks, tú ya no necesitas nada más del Seven Eleven —dijo Davis con una calma absoluta, pero con toda la razón del mundo.

Pasemos de los libros. A Baby Jenks le gustaba con locura la música de El Vampiro Lestat, y sus canciones le molaban mucho, especialmente la que se refería a Los Que Deben Ser Guardados (el Rey y la Reina egipcios), aunque, a decir verdad, no supo qué pollas significaba hasta que Killer se lo explicó.

—Son los padres de todos los vampiros, Baby Jenks, la Madre y el Padre. ¿Ves?, todos formamos parte de una ininterrumpida estirpe de sangre que se remonta al Rey y a la Reina del antiguo Egipto, que llamamos Los Que Deben Ser Guardados. Y la razón por la cual deben ser guardados es que, si alguien los destruye, nos destruye a todos.

A ella le pareció un rollo liante total.

—Lestat ha visto a la Madre y al Padre —dijo Davis—. Los encontró ocultos en una isla griega. Así que sabe la verdad. Es lo que cuenta a todo el mundo en sus canciones..., y es la verdad.

—Y la Madre y el Padre no se mueven, ni hablan, ni beben sangre, Baby Jenks —dijo Killer. Y puso una expresión realmente pensativa, casi triste—. Lo único que hacen es permanecer allí sentados con la mirada vacía, como han hecho durante miles de años. No hay nadie que sepa lo que ellos saben. —Probablemente nada —replicó Baby Jenks asqueada—. ¿No te digo? ¡Vaya manera de ser inmortal! ¿Qué quieres decir con que los Muertos de la gran ciudad nos pueden matar? ¿Cómo se las pueden apañar?

—El fuego y el sol siempre lo pueden —respondió Killer con algo de impaciencia—. Ya te lo dije. Ahora, escúchame, por favor. Siempre se puede luchar contra los muchachos Muertos de la gran ciudad. Eres dura de mollera. Bien, lo cierto es que los Muertos de la gran ciudad tienen tanto miedo de ti como tú puedas tenerlo de ellos. Así que, simplemente, cuando veas a un tío Muerto que no conozcas, date el piro. Es una regla que siguen todos los Muertos.

Después de dejar la casa de reunión, Killer dio otra gran sorpresa a Baby Jenks: le contó lo de los bares de vampiros. Grandes y lujosos locales en Nueva York, San Francisco y Nueva Orleans, donde los Muertos se reunían en sus cuartos traseros, mientras los humanos, demostrando una tremenda idiotez, bebían y bailaban en la sala principal. En aquellos locales, ningún Muerto puede matar a otro, fuera vampiro ciudadano de pacotilla, europeo o proscrito, como ella.

—Corre en busca de uno de esos lugares —le dijo él— si alguna vez los Muertos de la gran ciudad van detrás de ti.

—Aún no tengo la edad suficiente para entrar en un bar —replicó Baby Jenks.

¡Esa sí que era una buena salida! Él y Davis se desternillaban de risa. Se caían de las motos y todo.

—Busca un bar de vampiros, Baby Jenks —instruyó Killer—, das el mal de ojo y dices «Déjame entrar».

Sí, alguna vez había dado el mal de ojo a alguien, y había conseguido que hiciera lo que ella le ordenaba; había funcionado tope. Pero la verdad era que nunca había visto bares de vampiros. Sólo había oído hablar de ellos. No sabía dónde estaban. Cuando por fin partieron de St. Louis, le habían quedado montones de preguntas en el buche.

Pero ahora que hacía camino hacia el norte, hacia la misma ciudad, lo único en el mundo que le preocupaba era llegar a la misma maldita casa de reunión. «Tíos Muertos de la gran ciudad, allá voy.» Se volvería loca de atar si tenía que continuar sola.

La música de los auriculares se calló. La cinta se había acabado. No podía soportar el silencio en el aullido del viento. El sueño regresó de nuevo; volvió a ver a las mismas gemelas, a los soldados que se les acercaban. Jesús. Si no se cerraba mentalmente, el jodido sueño entero se pondría en marcha, como un casete.

Manteniendo la moto en equilibrio con una sola mano, puso la otra en el interior de su chaqueta para abrir el pequeño casete, y dio la vuelta a la cinta acabada.

—¡Canta, viejo! —dijo, y su voz, si acaso la oyó, sonó aguda y diminuta por encima del bramido del viento.

De Los Que Deben Ser Guardados,
¿qué podemos saber?
¿Nos puede salvar alguna explicación?

Sí, señor: era la canción que le gustaba de veras. Era la que estaba escuchando cuando quedó dormida mientras esperaba que su madre regresara de su trabajo en Gun Barrel City. No era la letra lo que le encantaba, era la manera de cantar, era la modulación de la voz (como la de Bruce Springsteen cuando morreaba el micro) lo que le partía el corazón.

Era algo parecido a un himno, en cierto sentido; tenía aquella especie particular de melodía. Pero lo que ella oía claramente era a Lestat en medio de la música, cantando para ella, y sentía en el tuétano el golpe rítmico de la batería.

—Muy bien, tío, muy bien, ahora eres el único jodido Muerto que tengo. ¡Lestat, sigue cantando!

Cinco minutos y estaría en St. Louis. Y volvió a pensar en su madre, ¡qué extraño había sido todo, qué horrible!

Baby Jenks no había explicado nunca a Killer o a Davis por qué volvía a casa, aunque lo sabían y lo comprendían.

Baby Jenks tenía que hacerlo, tenía que acabar con sus padres antes de que la Banda del Colmillo se fuera al oeste. Y no se arrepentía. Sólo le causaba pena aquel extraño momento en que su madre se estaba muriendo, allí tendida en el suelo.

Y es que Baby Jenks había odiado siempre a su madre. Pensaba que su madre era una auténtica estúpida, cada día de su puta vida haciendo cruces con pequeñas conchas rosas y pedacitos de cristal y luego llevándolas a vender al Rastro de Gun Barrel City por diez pavos. Y eran realmente feas, sólo baratijas hórridas, aquellas cosas con un Jesús retorcido en medio, hecho de granitos rojos y azules y cositas.

Pero no era solamente eso; era todo lo que hacía su madre lo que la jodía hasta asquearla. Ir a la iglesia ya era demasiado, pero hablar a la gente de aquel modo, tan dulzón, y aguantar las borracheras de su marido y siempre diciendo cosas bonitas a todo el mundo.

Baby Jenks nunca se tragó una palabra de lo que decía. Solía pasarse las horas tendida en su catre de la caravana, pensando para sí misma: ¿qué era lo que hacía funcionar a aquella señora?, ¿cuándo iba a reventar como un cartucho de dinamita?, ¿o era demasiado idiota? Su madre había dejado de mirar a Baby Jenks a los ojos, años atrás. La cosa había ocurrido después de que Baby Jenks, a los doce años, entrara y soltara: «Ya sabes que lo hice, ¿no? ¡Por Dios, espero que no creas que aún soy virgen!» Y su madre hizo como quien quiere esfumarse, simplemente miró hacia otro lado, con los ojos desorbitados, vacíos, estupidizados, y volvió de nuevo a su trabajo, canturreando como siempre que montaba aquellas cruces de conchas.

Una vez, una persona de la gran ciudad dijo a su madre que lo que hacía era realmente arte popular. «Se están riendo de ti», le dijo Baby Jenks. «¿No te enteras? ¿Acaso compró uno de tus horrores? ¿Sabes lo que me parecen esas cosas que haces? Te voy a decir lo que me parecen. ¡Parecen grandes pendientes de almacén de baratijas!»

No discutir. Sólo ofrecer la otra mejilla.

—¿Quieres algo para cenar, querida?

«No tiene remedio», pensó Baby Jenks.

Así que salió de Dallas temprano, cruzó el lago Cedar Creek en menos de una hora, y allí estaba el cartel familiar con que su preciosa ciudad natal la recibía:

BIENVENIDOS A GUN BARREL CITY.
DAMOS LA MANO SIN PENSARLO.[1]

Escondió la Harley detrás de la caravana; no había nadie en casa y se tumbó para echar una cabezadita, con Lestat cantando en sus auriculares y la plancha de vapor dispuesta junto a ella. Cuando su madre entrase, bum bam, gracias, señora, liquidada de un planchazo.

Entonces tuvo el sueño. Vaya, ¡si ni siquiera estaba dormida cuando empezó! Era como si Lestat se vaporizara y el sueño tirara de ella y la arrebatara:

Estaba en un lugar muy soleado. Un claro en la ladera de la montaña. Y allí estaban las gemelas, bellísi-

1. Juego de palabras entre *gun barrel*, «cañón», *shoot* «disparar» y *shook... with*, «dar (en pretérito) la mano a alguien para saludarlo». *(N. del T.)*

mas mujeres de cabello pelirrojo y rizado; estaban arrodilladas como ángeles con las manos juntas. A su alrededor, montones de gente, gente con vestimentas largas, como las de la Biblia. Y también había música, un espeluznante batir de tambores y el sonido de un cuerno, realmente lúgubre. Pero lo peor era el cuerpo muerto, el cuerpo quemado de una mujer, en una losa. ¡Hostias, si parecía que la habían asado, allí en la piedra! Y en las bandejas, había un corazón graso y brillante y un cerebro. Sí, seguro, eran un corazón y un cerebro.

Baby Jenks despertó súbitamente, asustada. ¡A la mierda con aquello! Su madre estaba en la puerta. Baby Jenks se puso en pie de un salto y le atizó con la plancha a vapor en la cabeza hasta que cesó de moverse. De veras, le aplastó la cabeza. Y debería estar muerta, pero todavía no lo estaba, y entonces llegó aquel momento de locura.

Su madre estaba tendida en el suelo, medio muerta, con los ojos abiertos, exactamente como estaría su papá más tarde. Y Baby Jenks se quedó sentada en una silla, con una pierna (vestida de vaqueros azules) por encima del brazo, apoyándose en el codo y retorciendo una de sus trenzas, esperando, pensando en las gemelas del sueño y en el cadáver y en lo de las bandejas: ¿para qué era todo? Pero la mayoría del tiempo, se limitaba a esperar. «¡Muere, estúpida idiota, venga, muérete, que no me voy a cansar dándote más!»

Incluso en los momentos presentes, Baby Jenks no sabía muy bien lo que había sucedido. Era como si los pensamientos de su madre hubiesen cambiado, se hubiesen hecho más anchos, más grandes. Quizás ella estaba flotando en alguna parte del techo, como Baby Jenks cuando Killer la salvó de una muerte segura. Pero, cualquiera que fuese la causa, sus pensamientos eran simplemente asombrosos. Totalmente asombrosos. Era como si su madre lo supiera todo. Todo acerca de lo bueno y de lo malo, y acerca de lo importante que es amar, amar de verdad, y que amar era mucho más que reglas al estilo de no beber, no fumar, rezar a Jesús. No, no era el rollo de predicador. Era, por decirlo de alguna manera, gigantesco.

Su madre, allí tendida medio muerta, pensaba en que la falta de amor en su hija, Baby Jenks, había sido tan destructiva como una malformación genética que hubiera hecho de Baby Jenks una ciega o lisiada. Pero no importaba. Todo iba a ir bien. Baby Jenks conseguiría salir de donde estaba metida. Había estado a punto de lograrlo ya, pero Killer había llegado y la había convertido en aquello. Aunque, al final, lo conseguiría, y todo se aclararía totalmente. ¿Qué pollas significaba aquello? Algo acerca de que todo lo que nos rodea forma parte de una gran cosa, los hilos de la alfombra, las hojas fuera de la ventana, el agua que goteaba en el fregadero, las nubes moviéndose por encima del lago Cedar Creek y los árboles desnudos, y no eran tan feos como Baby Jenks había pensado. No, la cosa en su totalidad era demasiado maravillosa para ser descrita en un instante. ¡Y la madre de Baby Jenks lo había sabido siempre! Siempre lo había visto de aquella forma. La madre de Baby Jenks se lo perdonaba todo. Pobre Baby Jenks. No sabía nada. No sabía nada de la hierba verde. O de las conchas brillando a la luz de una simple lámpara.

Entonces la madre de Baby Jenks murió. «¡Gracias a Dios! ¡Ya era hora!» Pero Baby Jenks había llorado. Luego sacó el cadáver fuera de la caravana y lo enterró detrás, muy hondo, sintiendo qué bueno era ser uno de los Muertos y ser tan fuerte y capaz de levantar la pala llena de tierra.

Luego llegó su padre a casa. Y a él lo liquidó como por pura diversión. Lo enterró cuando aún estaba vivo.

Baby Jenks nunca olvidaría aquella mirada cuando él cruzó la puerta y la vio con el hacha de la leña. «Mira si no será Lizzie Borden.»

¿Quién hostias era Lizzie Borden?

Y luego, el modo en que sobresalía su barbilla y la forma en que su puño salía volando hacia ella, ¡estaba tan seguro de sí mismo! «¡Pequeña zorra!» Le partió la jodida frente en dos. Sí, aquello fue cojonudo, sentir cómo se hundía el hueso de la cabeza. «¡A la mierda, hijo de perra!» Y le echaba paladas de tierra al rostro mientras él continuaba mirándola. Paralizado, sin poder moverse, pensaba que volvía a ser un niño en una granja o algo así en Nuevo Méjico. Sólo balbuceos. «Tú, cabronazo, siempre supe que tenías mierda en vez de sesos. ¡Ahora puedo olerlo!»

¿Pero por qué diablos había regresado allí? ¿Por qué había dejado la Banda del Colmillo?

Si nunca los hubiese dejado, ahora estaría con ellos en San Francisco. Con Killer y con Davis, esperando para ver a Lestat en el concierto. Quizá podrían haber encontrado el bar de vampiros del lugar o algo así. Bueno, si hubiesen conseguido llegar... Si no había algo que andaba mal de veras.

¿Y qué pollas estaba haciendo ahora volviendo hacia atrás otra vez? Quizá debería haber continuado sola hacia el oeste. Dos noches: era todo lo que quedaba.

Mierda, quizá lo mejor sería alquilar una habitación en un motel, y cuando tuviera lugar el concierto mirarlo por la tele. Pero, antes de eso, tenía que encontrar algunos Muertos en St. Louis. No podía seguir sola.

¿Cómo daría con el Central West End? ¿Dónde estaba?

Aquel bulevar le pareció familiar. Circulaba lentamente, rogando que a ningún poli entrometido le picara la mosca de perseguirla. Conseguiría escapar de él, naturalmente, como siempre, aunque soñaba con encontrarse a uno de esos malditos hijos de perra en una carretera solitaria. Pero el hecho era que no quería que la echasen de St. Louis.

Bien, aquello ya tenía el aspecto de algo que conocía. Sí, era el Central West End o como se llamara; giro a la derecha y tomó la calle vieja en cuyas aceras lucían grandes árboles de hojas refrescantes. El paisaje le recordó otra vez a su madre, la hierba verde, las nubes. Un pequeño sollozo en su garganta.

¡Si no se sintiera tan jodidamente sola! Pero entonces vio las rejas; sí, aquélla era la calle. Killer le había dicho que los Muertos nunca olvidan nada. Que su cerebro era como un pequeño ordenador. Quizá fuese cierto. Aquéllas eran las rejas, grandes rejas de barrotes de hierro, abiertas de par en par y abrazadas por hiedra verdeoscura. «Supongo que nunca cierran una "propiedad privada".»

Aminoró la velocidad hasta poner la moto a marcha lenta. Demasiado ruido para aquel oscuro valle de mansiones. Alguna bruja podría llamar a la poli. Tuvo que bajar de la moto y llevarla con las manos, caminando. No tenía las piernas lo bastante largas para hacerlo desde encima. Pero así estaba bien. Le gustó andar por encima de aquellas hojas muertas. Le gustó todo en aquella calle silenciosa.

«Chico, si yo fuera un vampiro de la gran ciudad, también viviría aquí», pensó, y luego a lo lejos, al final de la calle, vio la casa de reunión, vio las paredes de ladrillo y los arcos blancos de estilo árabe. ¡Su corazón palpitó a toda marcha!

¡Quemada!

Al principio no lo creía. Luego vio que era cierto, sí, cierto: grandes franjas de negro en los ladrillos y las ventanas reventadas; no quedaba en ellas ni un cristal. ¡Hostia puta! Se iba a volver loca. Se acercó con la moto un poco más, mordiéndose el labio tan fuerte que pudo percibir el gusto de su propia sangre. ¡Fíjate! ¿Quién coño lo estaba haciendo? El césped y los árboles estaban rociados de minúsculos fragmentos de cristal, de tal forma que el lugar tenía una especie de brillantez que probablemente los humanos no se podrían explicar. A ella le pareció como una decoración navideña, pero en pesadilla. Y el olor asfixiante a madera chamuscada flotaba en el aire.

Iba a llorar. Se iba a poner a chillar. Pero entonces oyó algo. No fue un auténtico sonido, sino cosas como las que Killer le había enseñado a escuchar. ¡Había un tío Muerto en el interior!

No podía creer en su suerte, y le importaba un rábano lo que pudiera ocurrirle: iba a entrar. Sí, había alguien dentro. El sonido era realmente débil. Avanzó unos pasos más, haciendo crujir estrepitosamente —le pareció— las hojas caídas. No había luz, pero algo se movía en el interior, y ese algo sabía que ella se acercaba. Cuando Baby Jenks se detuvo, con el corazón que le palpitaba alocadamente, asustada y ansiosa por entrar, alguien salió al porche principal, un Muerto que la miró fijamente.

—Roguemos al Señor —susurró ella.

Pero quien apareció no era ningún capullo en un traje de conjunto, no. Era un tío joven, quizá no más de dos años mayor que ella cuando se lo hicieron, y tenía un aspecto muy especial. Para empezar, tenía el cabello canoso, un cabello cortito, rizado, realmente guay y aquello daba siempre un aspecto de puta madre a un chico joven. Era alto, debía llegar al metro ochenta, y delgado, un tipo realmente elegante, de la manera en que lo veía ella. Su piel era tan blanca que parecía hielo, y vestía una camisa de cuello vuelto, de color marrón oscuro, de una tela muy suave y una chaqueta y pantalones de piel de marca, nada de piel de segunda categoría. Realmente estupendo aquel tío, y más mono que cualquier tío Muerto de la Banda del Colmillo.

—¡Entra! —le dijo entre dientes—. Date prisa.

Ella subió las escaleras como volando. El aire aún estaba impregnado de partículas de ceniza, que la molestaron a los ojos y la hicieron toser. Medio porche había caído. Con mucho cuidado, avanzó por el vestíbulo. Quedaban algunas escaleras, pero el techo que se extendía por encima estaba abierto de par en par. Y la araña de luces había caído y era un estropicio lleno de hollín. Asustaba de verdad el lugar, era como una casa encantada.

El tío Muerto estaba en el salón, o en lo que quedaba de él, apartando a patadas las cosas quemadas y buscando algo entre ellas, entre muebles y cosas, totalmente frenético por lo que parecía.

—Baby Jenks, ¿no? —dijo, lanzándole una falsa y rara sonrisa, llena de dientes perlados (incluyendo sus pequeños colmillos), y sus ojos grises relampagueando—. Estás perdida, ¿no?

Tope, otro maldito lector de pensamientos como Davis. Y además con acento extranjero.

—Sí, ¿y qué? —respondió ella. Y fue realmente sorprendente: cazó su nombre como si se tratara de una pelota que él le hubiera lanzado: Laurent. ¡Bueno!, era un nombre con clase, y parecía francés.

—Quédate donde estás, Baby Jenks —dijo. El acento también era francés... o algo parecido—. Éramos tres en esta casa, y dos han quedado incinerados. La policía no puede detectar los restos, pero tú lo sabrás si los pisas, y no te va a gustar.

¡Joder! Y estaba diciendo la verdad, porque había uno allí, al fondo del vestíbulo, no era broma. Parecía un traje a medio quemar, allí tendido, formando vagamente la silueta de un hombre; y, seguro, lo podía decir por el olor, había habido un tío Muerto dentro del traje; ahora sólo quedaban las mangas, las perneras de los pantalones y los zapatos. En medio de todo, había una especie de masa pegajosa, que se parecía más a grasa y polvo que a cenizas. Era curioso: la manga de la camisa salía correctamente de la manga de la americana. Quizá también había sido un traje de conjunto. Se estaba mareando. ¿Se podía uno marear cuando estaba Muerto? Quería salir de allí. Porque, ¿y si lo que había provocado aquello volvía? ¿Inmortal?, ¡y un cuerno!

—No te muevas —le dijo el otro Muerto—, nos vamos a ir enseguida que acabe.

—Como ahora mismo, ¿vale? —propuso ella. Estaba temblando de pies a cabeza, maldita sea. ¡Eso era a lo que se referían cuando hablaban del sudor frío!

Él había encontrado una caja de hojalata y estaba sacando todo el dinero no quemado de su interior.

—Eh, tío, yo me largo —dijo ella. Sentía que algo rondaba por allí, algo que no tenía que ver con el fardo de grasa que yacía en el suelo. Pensó en las casas de reunión incendiadas de Dallas y Oklahoma City y en el modo en que la Banda del Colmillo había desaparecido. El tío ése lo sabría todo, pensó ella. El rostro de él se suavizó, se volvió otra vez precioso. Tiró la caja y fue hacia ella tan deprisa que aún la asustó más.

—*Sí, ma chère* —dijo con una voz realmente maravillosa—. Todas las casas de reunión, exactamente. La Costa Este ha sido incendiada como luces de un circuito. Las casas de París o de Berlín no responden.

Él la cogió por el brazo y se dirigieron a la puerta principal.

—¿Quién coño lo hace? —preguntó ella.

—¿Quién coño lo sabe, *chérie*? Destruye las casas, los bares de vampiros, cualquier proscrito que encuentra. Tenemos que salir de aquí. Pon en marcha la moto.

Pero ella tuvo que pararse. *Allí fuera había algo.*

Baby Jenks estaba al borde del porche. Algo. Tenía miedo de salir y tenía miedo de volver a entrar en la casa.

—¿Qué ocurre? —le preguntó él en un susurro.

¡Qué oscuro era el lugar, con los descomunales árboles y las casas, que parecían todas embrujadas! Ella podía oír algo, algo realmente bajo como..., como la respiración de alguien. Algo así.

—¡Baby Jenks! ¡Ponla en marcha ya!

—Pero, ¿adónde vamos? —preguntó ella. Aquello, lo que fuera, era casi un sonido.

—Al único lugar donde podemos ir. A él, querida, al vampiro Lestat. ¡Está allí, en San Francisco, esperando, sin daño alguno!

—¿Sí? —respondió ella escrutando la calle oscura—. Sí, muy bien, hacia el vampiro Lestat. «Sólo diez pasos hasta la moto. Cógela, Baby Jenks.» —Él estaba dispuesto a irse sin ella—. ¡No, no hagas eso, maldito hijo de perra! ¡No tocarás mi moto!

Pero ahora sí era un sonido, ¿no? Baby Jenks no había oído nunca nada semejante. Y cuando uno está Muerto, oye muchísimas cosas. Oye trenes a kilómetros de distancia y la gente que habla en los aviones que vuelan por encima de su cabeza.

El tío Muerto lo oyó. No: ¡la oyó a ella oyéndolo!

—¿Qué es? —susurró. Jesús, estaba aterrorizado. Y entonces lo oyó también por él mismo.

La arrastró escaleras abajo. Ella tropezó y casi cayó, pero él la ayudó a ponerse en pie y la colocó encima de la moto.

El ruido se estaba haciendo realmente intenso. Llegaba en pulsaciones, como música. Y ahora era tan fuerte que ella ni siquiera pudo oír lo que el tío Muerto le estaba diciendo. Baby Jenks hizo girar la llave, giró el puño del mando de gas de la Harley, y el Muerto subió a la moto tras ella; pero ¡Jesús!, el ruido, no podía ni pensar. ¡No podía siquiera oír el motor de la moto!

Baby Jenks miró hacia abajo, intentando ver qué hostias estaba pasando, ya que no podía notar si estaba en marcha. Luego miró hacia arriba y supo que estaba mirando hacia la cosa que producía el ruido. Estaba en la oscuridad, tras los árboles.

El tío Muerto saltó de la moto, y se puso a balbucear en dirección a aquello, como si lo pudiera ver. Pero no, con la mirada buscaba a su alrededor como un loco hablando consigo mismo. Pero ella no podía oír ni una palabra. Baby Jenks sólo sabía que aquello estaba allí, que los estaba observando, ¡y el chalado de tío Muerto estaba gastando saliva!

Baby Jenks ya no estaba encima de la Harley. Ésta había caído. El ruido se detuvo. Luego oyó un agudo silbido en sus oídos.

—¡... lo que quieras! —decía el Muerto junto a ella—. ¡Lo que quieras! Sólo dilo y lo haremos. Somos tus esclavos. —Luego echó a correr, casi tumbó a Baby Jenks, llegó a la moto y la levantó.

—¡Eh! —le gritó ella. Pero en el mismo momento en que se abalanzaba hacia él, ¡el tío estalló en llamas! Y gritó.

Y entonces ella también gritó. Gritó y gritó. El Muerto en llamas giró y se revolcó por el suelo, como una girándula. Y detrás de ella, la casa de reunión explotó. Sintió el ardor en su espalda. Vio materiales volando por el aire. El cielo pareció iluminarse como en el punto del mediodía.

«¡Oh, dulce Jesús, déjame vivir, déjame vivir!»

Por una fracción de segundo, creyó que el corazón le había reventado. Quería mirar hacia abajo para ver si su pecho se había partido y su corazón vomitaba sangre como un volcán vomitaría lava líquida, pero entonces el calor estalló en el interior de su cabeza y ¡zum!, ella desapareció.

Ascendió arriba y arriba, a través de un túnel negro, y luego, muy arriba, se quedó flotando, mirando hacia abajo la escena en su conjunto.

Oh, sí, exactamente igual que antes. Y allí estaba, aquello que los había exterminado, una figura blanca en el bosquecillo. Y allí en la calzada, estaban las ropas del tío Muerto humeando. Y su propio cuerpo, el de Baby Jenks, consumiéndose por el fuego.

A través de las llamas pudo distinguir la pura silueta negra de su propio cráneo y sus huesos. Pero ya no la asustó. Ni siquiera le pareció curioso.

Era la figura blanca lo que la asombraba. Se asemejaba a una estatua, como la Santísima Virgen María de la Iglesia católica. Miraba los centelleantes hilos plateados que parecían salir de la figura en todas direcciones, hilos que formaban una especie de luz danzarina. Y, al ascender más, vio que los hilos plateados se extendían, entretejiéndose con otros hilos hasta tramar una red gigante que recubría todo el mundo. Y por todas partes de la red había Muertos atrapados, como indefensas moscas en una telaraña. Diminutos puntos luminosos palpitaban y estaban conectados con la figura blanca; aquel espectáculo era casi bello, pero triste. Oh, las pobres almas de todos los Muertos y las Muertas atrapados en la materia indestructible incapaces de envejecer o de morir.

Pero ella era libre. La red estaba lejos de ella ahora. ¡Veía tantas y tantas cosas!

Como si hubiera miles y miles de personas muertas flotando por allí también, en una gran capa nebulosa y grisácea. Algunas estaban perdidas, otras luchaban mutuamente y otras estaban mirando hacia donde habían muerto, tan miserables, como si no supieran o no quisieran creer que habían muerto. Incluso había un par de ellas que intentaban hacerse ver y oír por los vivos; pero en vano.

Baby Jenks sabía que estaba muerta. Ya le había

ocurrido antes. Atravesaba aquella lóbrega guarida de gente errabunda y triste. Seguía su propio camino. Y la miserable vida que llevó en la Tierra le dio lástima. Pero ahora aquello no era lo importante.

La luz brillaba de nuevo, la magnífica luz que había vislumbrado la primera vez que estuvo a punto de morir. Se dirigió a ella, entró en ella. Aquello era verdaderamente bello. Nunca había visto tales colores, tal radiación, nunca había oído la música pura que escuchaba ahora. No había palabras para describirla; estaba más allá de ningún lenguaje que pudiera saber. ¡Y aquella vez, nadie la devolvería a la Tierra!

Porque, quien se estaba acercando a ella, para cogerla y ayudarla... ¡era su propia madre! Y su madre no la soltaría.

Nunca había sentido tal amor por su madre; pero es que ahora estaba inmersa en amor; luz, color, amor...: eran completamente indivisibles.

«¡Ah!, aquella pobre Baby Jenks», pensó mientras miraba hacia la Tierra por última vez. Pero ella ya no era Baby Jenks. No, en absoluto.

3
LA DIOSA PANDORA

Una vez teníamos las palabras.
Buey y halcón. Arado.
Había claridad.
Salvajes como cuernos
curvos.
Vivíamos en estancias de roca.
Colgábamos nuestro pelo de las ventanas
y por él subían los hombres.
Un jardín tras las orejas, los rizos.
En cada colina, un rey
de esa colina. Por la noche se tiraba de los
hilos
de los tapices. Los hombres desenmarañados gritaban.
Todas las lunas se revelaban. Teníamos las
palabras.
[...]

STAN RICE
de «Una vez las palabras»
Muchacho blanco (1976)

Era muy alta; iba vestida de negro, y embozada hasta los ojos; con sus largas zancadas se movía a una velocidad inhumana por el sendero recubierto de nieve traicionera.

En el aire enrarecido de la cordillera del Himalaya, la noche de diminutas estrellas era casi clara; muy a lo lejos, más allá de su poder para estimar la distancia, surgía la maciza ladera plegada del Everest, visible en todo su esplendor por encima de la corona de blancas nubes turbulentas. Cada vez que lo contemplaba, sentía que se le cortaba la respiración, y no sólo a causa de su belleza, sino porque aparecía tan lleno de significado, aunque allí no existiera ningún significado auténtico.

¿Adorar aquella montaña? Sí, uno podía hacerlo con total impunidad porque la montaña nunca respondería. El viento aullante que le helaba la piel era la voz de nada y de nadie. Y esta grandiosidad accidental e indiferente le provocó deseos de llorar.

Lo mismo provocó el espectáculo de la vista de los peregrinos muy por debajo de ella: parecía una estrecha hilera de hormigas, subiendo la pendiente en zigzag por una senda de una estrechez imposible. La ilusión de los peregrinos era demasiado, hasta lo indecible, triste. No obstante, ella se dirigía hacia el mismo templo, oculto en las montañas. Se dirigía hacia el mismo dios, menospreciable y engañoso.

El frío la hacía sufrir. La escarcha le cubría el rostro, los párpados. Se pegaba a sus pestañas en diminutos cristales. Y cada paso en el fuerte viento era un tormento incluso para ella. En realidad, no le podía causar ni dolor ni muerte; era demasiado vieja para ello. Su sufrimiento era algo mental. Le llegaba de la tremenda resistencia de los elementos, de no ver nada durante horas y horas sino la nieve blanca y cegadora.

No importaba. Un profundo escalofrío de alarma había recorrido su médula dos noches atrás, en las calles abarrotadas y hediondas de la vieja Delhi, y, a partir de entonces, casi cada hora se había repetido el escalofrío, como si la tierra hubiera empezado a temblar desde su núcleo.

En determinados momentos, tenía la certeza de que la Madre y el Padre debían estar despertando. En algún lugar, muy lejos, en una cripta en donde su querido Marius los había colocado, Los Que Deben Ser Guardados se habían movido por fin. Nada inferior a una tal resurrección podía transmitir aquella poderosa, aunque vaga, señal: Akasha y Enkil levantándose (después de seis mil años de horrorosa quietud) del trono que compartían.

Pero aquello era pura fantasía, ¿no? Por lo mismo, podría pedir a la montaña que hablara. Porque Los Que Deben Ser Guardados, los padres ancestrales de todos los bebedores de sangre, no eran una mera leyenda para ella. A diferencia de muchos de su estirpe, ella los había visto con sus propios ojos. En el umbral de su cripta la habían hecho inmortal; se había arrastrado de rodillas hacia la Madre y la había tocado; había agujereado la superficie lisa y brillante que una vez había sido la piel humana de la madre, y había recibido en su boca abierta la sangre de la Madre brotando a chorro. ¡Qué milagro había sido, la sangre viva surgiendo del cuerpo sin vida, antes de que las heridas se cerraran como por encanto!

Pero, en aquellos siglos primitivos de creencias magníficas, había compartido con Marius la convicción de que la Madre y el Padre sólo dormitaban, que llegaría un día en que despertarían y hablarían una vez más a sus hijos.

En la luz de la vela, juntos, ella y Marius les habían cantado himnos; ella misma había quemado el incienso, había colocado ante ellos las flores; había jurado no revelar nunca el lugar del santuario a menos que otros bebedores de sangre llegaran para destruir a Marius, para robarle a los que tenía a su cargo y atracarse con glotonería de la sangre original y más poderosa.

Pero de aquello hacía mucho tiempo, cuando el

mundo estaba dividido en tribus e imperios, cuando héroes y emperadores eran divinizados en un día. En aquella época había tomado afición a las elegantes ideas filosóficas.

Ahora sabía qué significaba vivir para siempre. Díselo a la montaña.

«Peligro.» Volvió a sentir que una descarga abrasadora recorría su cuerpo. Luego se esfumaba. Y después vislumbraba un lugar verde y húmedo, un lugar de tierra blanda y vegetación sofocante. Pero se desvanecía casi de inmediato.

Se detuvo, la luz de la luna reflejada en la nieve la cegó un momento y ella levantó los ojos a las estrellas, que parpadeaban a través de una delgada capa de nubes pasajeras. Escuchó para intentar oír otras voces inmortales. Pero no oyó ninguna transmisión clara y vital, sólo un leve palpitar del templo al cual se dirigía, y, a mucha distancia, a sus espaldas, elevándose de la oscura colmena de una ciudad superpoblada, las grabaciones muertas, electrónicas, del bebedor de sangre loco, de la «estrella de rock», de El Vampiro Lestat.

Estaba sentenciado, aquel crío moderno e impetuoso que había osado amañar canciones de pedazos e ideas sueltas de verdades antiguas. Ella había visto incontables ascensiones y caídas de jóvenes neófitos.

Sin embargo, su audacia la intrigaba, incluso la sorprendía. ¿Podría ser que la alarma que oía estuviese relacionada de algún modo con sus quejumbrosas y roncas canciones?

Akasha Enkil,
escuchad a vuestros hijos.

¿Cómo osaba pronunciar los nombres ancestrales ante el mundo mortal? Parecía imposible, un ultraje a la razón, que aquella criatura no fuera despachada en el acto. No obstante, el monstruo, deleitándose en una improbable celebridad, revelaba secretos que sólo podía haber aprendido del mismo Marius. ¿Y dónde estaba Marius, quien durante dos mil años había cargado con Los Que Deben Ser Guardados de un santuario secreto a otro? Ponerse a pensar en Marius, en las peleas que mucho tiempo atrás los habían dividido, le destrozaba el corazón.

Pero la voz grabada de Lestat se esfumó ahora, absorbida por otras débiles voces eléctricas, por vibraciones surgidas de ciudades y pueblos e incluso por los gritos audibles de almas mortales. Como ocurría a menudo, sus poderosos oídos no podían aislar una señal. La marea creciente (informe, horrorosa) la sobrecogió de tal forma que se encerró en sí misma. Sólo el viento de nuevo.

¡Ah!, ¿qué debían ser las voces colectivas de la tierra para la Madre y para el Padre, cuyos poderes habían aumentado, inevitablemente, desde la aurora de tiempos inmemoriales? ¿Tenían el poder, mientras permanecían sentados inmóviles, de cerrarse al flujo o de seleccionar de tiempo en tiempo las voces que querían oír? Quizás eran tan pasivos a este respecto como en cualquier otro; quizás eran los irrefrenables clamores lo que los mantenía fijos; quizás eran incapaces de razonar mientras oían los inextinguibles gritos, mortales e inmortales, del mundo entero.

Levantó la vista hacia el gran pico escarpado que se alzaba ante ella. Debía continuar. Se embozó más con la ropa que le cubría el rostro. Y echó a andar de nuevo.

Y, cuando la senda la llevó a un pequeño promontorio, distinguió al fin su destino. Al otro lado de un inmenso glaciar, al borde de un precipicio insondable, se levantaba el templo, una construcción de roca, una roca de casi invisible blancura; el campanario desaparecía en la nieve atorbellinada que había empezado a caer en aquel mismo momento.

¿Cuánto tardaría en alcanzarlo, andando lo más deprisa que podía? Sabía que lo tenía que hacer, aunque lo temía. Tenía que levantar los brazos, desafiar las leyes de la naturaleza y su propia razón, levantarse por encima del abismo que la separaba del templo, y descender suavemente sólo cuando hubiera llegado al otro lado de la garganta helada. Ningún otro poder de los que poseía la hacía sentir tan insignificante, tan inhumana, tan lejos del ordinario ser terrestre que había sido una vez.

Pero quería alcanzar el templo. Tenía que hacerlo. Y así, levantó despacio sus brazos, con consciente elegancia. Cerró los ojos un momento mientras se imprimía el impulso hacia arriba y sintió que su cuerpo se elevaba de inmediato, como si careciera de peso, como con una fuerza desencadenada (aparentemente) por la propia sustancia; y con misteriosa determinación, cabalgó el mismo viento.

Durante un largo rato dejó que las ráfagas la abofetearan; dejó que su cuerpo serpenteara, errara. Subió arriba y más arriba, se permitió desviar por completo la vista de la tierra, y las nubes pasaron volando junto a ella mientras miraba las estrellas. ¡Qué pesados notaba sus atavíos! ¿No estaría a punto de volverse invisible? ¿No sería el próximo paso? «Una mota de polvo ante los ojos de Dios», pensó. El corazón le dolía. El horror de aquello, de estar totalmente aislada... Las lágrimas inundaron sus ojos.

Y, como siempre ocurría en tales momentos, el pasado humano apenas resplandeciente, al que se aferraba, parecía, más que nunca, una leyenda que había que apreciar cuando las creencias prácticas se desvanecían. «Que pueda vivir, que pueda amar, que mi carne sea cálida.» Vio a Marius, a su hacedor, no como era ahora, sino como era entonces, un joven inmortal con un secreto sobrenatural que le quemaba las entrañas: «Pandora, queridísima...». «Dímelo, te lo ruego.» «Pandora, ven conmigo a suplicar la bendición de la Madre y del Padre. Entra en la cripta.»

Sin nada en que anclarse, desesperada, podía haber olvidado su destino. Podía haberse dejado errar hacia el sol naciente. Pero de nuevo le llegó la alarma, la señal silenciosa, palpitante, de «peligro», para recordarle su objetivo. Extendió los brazos en cruz y se colocó de nuevo de faz a la tierra, y, directamente debajo, vio el patio del templo con sus fuegos humeantes. «Sí, aquí.»

La velocidad de su descenso la aturdió; momentáneamente, le anuló la razón. Se encontró de pie en el patio; le dolió el cuerpo durante un brevísimo instante, y luego frío y quietud.

El aullido del viento era ahora distante. La música del templo le llegaba a través de los muros, un pulso vertiginoso, los platillos y los tambores acordes en el ritmo, las voces diluyéndose en un sonido espantoso y repetitivo. Ante ella se alzaban las piras, escupiendo chispas, crepitando, los cuerpos muertos ennegreciéndose amontonados encima de la leña en llamas. El hedor le provocó náuseas. Sin embargo, durante un largo momento, observó las llamas trabajando en la carne chisporroteante, los miembros que se carbonizaban, el pelo que soltaba repentinas nubecitas de humo blanco. El olor la asfixiaba; el aire purificador de la montaña no alcanzaba allí.

Se quedó mirando fijamente la distante puerta de madera que daba al interior del santuario. Volvería a poner a prueba su poder, amargamente. *Allí.* Y se encontró la puerta abierta, cruzando el umbral, la deslumbrante luz de la sala interior, el aire cálido y el ensordecedor cántico.

—¡Azim! ¡Azim! ¡Azim! —coreaban los celebrantes una y otra vez, de espaldas a ella, mientras se apiñaban hacia el centro de la sala iluminada por velas, con los brazos levantados y haciendo girar las manos por las muñecas, a ritmo con el balanceo de sus cabezas—. ¡Azim! ¡Azim! ¡Azim-Azim-Azim! ¡Aaaaziiiim! —Humo surgía de los pebeteros; un inacabable enjambre de figuras rodaban, daban vueltas sobre sí mismas con los pies descalzos, pero no la veían. Tenían los ojos cerrados, sus oscuros rostros tersos; solamente sus bocas se movían para repetir el nombre reverenciado.

Se abrió camino a empujones hacia lo más espeso del gentío, hombres y mujeres en harapos, otros en suntuosas sedas de colores y repiqueteantes joyas de oro, todos repitiendo la invocación en hórrida monotonía. Captó el olor de la fiebre, del hambre, de los cadáveres caídos en medio de la congregación apretada, olvidados en el delirio colectivo. Se aferró a una columna de mármol, como para anclarse en el turbulento torrente de movimiento y ruido.

Y entonces vio a Azim en el centro de la piña. Su piel, de un bronce oscuro, estaba húmeda y resplandecía a la luz de las velas; en su cabeza se enrollaba un turbante de seda negra; su larga túnica de bordados estaba manchada con una mezcla de sangre mortal e inmortal. Sus ojos negros, maquillados con *kohl* eran enormes. Bailaba al son del áspero batir de fondo de los tambores, ondulando, lanzando y retrayendo sus puños, como si golpeara un muro invisible. Sus pies resbaladizos pegaban en el mármol con ritmo frenético. Sangre le rezumaba de las comisuras de los labios. Su expresión era la de uno en completo ensimismamiento mental.

Sin embargo, él sabía que ella había venido. Y, desde el centro de su danza, la miró directamente y ella vio que sus labios manchados de sangre se retorcían en una sonrisa.

«Pandora, mi bellísima e inmortal Pandora...»

Estaba rollizo de festín, gordo y caliente de festín, como Pandora pocas veces había visto a un inmortal. Lanzó su cabeza hacia atrás, dio una vuelta sobre sí mismo y soltó un grito agudísimo. Sus acólitos avanzaron hacia él, acuchillando sus muñecas extendidas con los puñales ceremoniales.

Y los fieles arremetieron contra él, con las bocas hacia arriba para recoger la sangre sagrada que manaba a borbotones. El cántico aumentó de volumen, se hizo más insistente por encima de los gritos estrangulados de los más próximos a Azim. Y, de repente, ella vio que lo levantaban, y su cuerpo quedaba estirado en toda su extensión sobre los hombros de sus seguidores; sus zapatillas doradas apuntaban hacia el altísimo techo decorado con mosaicos; los cuchillos hacían cortes en sus tobillos y otra vez en sus muñecas, donde las heridas ya se habían cerrado.

La masa enloquecida parecía expandirse a la par que sus movimientos se hacían más frenéticos; cuerpos hedientes chocaban contra ella, inconscientes de la frialdad y de la dureza de los antiquísimos miembros bajo sus ropas de lana de corte indefinido. Ella no se movió. Dejó que la envolvieran, que la arrastraran. Vio que descendían de nuevo a Azim al suelo; sangrado, gimiente, con las heridas ya cicatrizadas. Azim le hizo señas para que se uniese a él. En silencio, ella rehusó.

Y observó cómo estiraba el brazo y agarraba a una víctima, a ciegas, al azar: una joven de ojos pintados y con columpiantes pendientes de oro en las orejas, y le abría la esbelta garganta de par en par.

La masa había perdido la forma perfecta de las sílabas del cántico; ahora era simplemente un grito sin palabras que emergía de todas y cada una de las bocas.

Con los ojos desorbitados como en horror a su propio poder, Azim, en un largo sorbo, engulló la sangre de la mujer hasta secarla; luego lanzó el cuerpo a sus pies, al suelo de roca, donde quedó como un fardo; mientras, los fieles lo rodearon, con los brazos extendidos y las manos abiertas como en súplica a su ahora tambaleante dios.

Ella volvió la espalda a la escena, y salió al aire frío del patio, alejándose del calor de las hogueras. Peste a orina, a basura. Se apoyó contra el muro, mirando hacia arriba, pensando en la montaña, sin prestar atención a los acólitos que pasaban por delante de ella arrastrando los cadáveres de los muertos recientes para echarlos a las llamas.

Recordó a los peregrinos que había visto en la senda por debajo del templo, la larga cadena que avanzaba lentamente día y noche a través de las montañas desiertas de aquel lugar innombrable. ¿Cuántos morirían sin alcanzar siquiera el precipicio? ¿Cuántos morirían a las puertas del templo, esperando a que los dejaran entrar?

Lo aborrecía. Pero no tenía ninguna importancia. Era un horror ancestral. Esperó. Entonces Azim la llamó.

Se volvió y cruzó nuevamente la puerta; luego otra la condujo a una antecámara exquisitamente decorada. Allí, de pie en una alfombra roja bordada con rubíes, él la esperaba en silencio, rodeado por tesoros esparcidos, ofrendas de oro y plata, por la música de la sala, menos intensa, llena de pavor y languidez.

—Queridísima —dijo él.

Le tomó el rostro entre las manos y la besó. Un torrente de sangre caliente brotó de su boca y entró en la de ella, y por un momento extático sus sentidos se colmaron con la canción y la danza de los fieles, con los gritos embriagadores. Una inundación cálida de adoración mortal, rendición. Amor.

Sí, amor. Vio a Marius por un instante. Abrió los

ojos y dio un paso atrás. Por un instante vio los muros con sus pavos reales pintados, azucenas; vio montones de oro reluciente. Finalmente vio sólo a Azim.

Era invariable, como su gente, invariable como los pueblos de los que su gente había venido, errando a través de la nieve y yermos para hallar aquel hórrido final sin sentido. Mil años atrás, Azim había empezado a regir su templo, del cual nunca ningún acólito había salido vivo. Su maleable piel dorada, nutrida por un inacabable río de sangre sacrificada, había palidecido sólo ligeramente con el paso de los siglos, mientras que la de ella había perdido su rubor humano en la mitad del tiempo. Sólo sus ojos, y quizá su pelo pardo oscuro, le daban una inmediata apariencia de vida. Tenía belleza, sí, lo sabía, pero él poseía un gran vigor, sobrecogedor. *Maligno*. Irresistible para sus seguidores, amortajado en la leyenda, reinaba, sin pasado ni futuro, ahora tan incomprensible para ella como siempre lo había sido.

No quería quedarse mucho tiempo. El lugar le repelía más de lo que quería que él supiese. Con mucho sigilo le contó el propósito de su visita, la alarma que había oído. Algo andaba mal en alguna parte, algo estaba cambiando, ¡algo que no había ocurrido nunca! Y le contó también lo referente al joven bebedor de sangre que grababa canciones en América, canciones llenas de verdades acerca de la Madre y del Padre, cuyos nombres conocía. Fue simplemente abrirle la mente, sin dramatizar.

Observó a Azim, percibió su inmenso poder, la habilidad con que recogía de ella cualquier idea o pensamiento al azar y le ocultaba los secretos de su propia mente.

—Sagrada Pandora —le dijo él burlonamente—. ¿Qué me importan la Madre o el Padre? ¿Qué son para mí? ¿Qué me importa tu precioso Marius? ¿Qué me importa que grite socorro una y otra vez? ¡No tengo nada que ver con él!

Quedó un poco aturdida. Marius pidiendo socorro. Azim rió.

—Explícame lo que estás diciendo —exigió ella.

Volvió a reír. Él le dio la espalda. No había nada que ella pudiera hacer sino esperar. Marius la había creado. Y todo el mundo podía oír la voz de Marius, menos ella. ¿Lo que llegaba a ella era un eco (borroso en su refracción) de un poderoso grito que los demás habían oído? «Cuéntame, Azim. ¿Por qué enemistarte conmigo?»

Cuando él se volvió de nuevo, estaba pensativo; su cara redonda y rolliza presentó una apariencia humana al ceder a su ruego; los dorsos carnosos de sus manos mostraron hoyuelos al apretarse una contra la otra bajo su húmedo labio inferior. Él quería algo de ella. Ahora se guardó su sarcasmo y su malevolencia.

—Es un aviso —dijo él—. Llega una y otra vez, resonando a través de una cadena de oyentes que lo transportan desde sus orígenes en algún lugar distante. Todos estamos en peligro. Luego le sigue una llamada de socorro, más débil. Socorrerlo para que pueda intentar conjurar el peligro. Pero en esto hay poca convicción. Por encima de todo, es el aviso a lo que quiere que prestemos atención.

—Las palabras, ¿cuáles son?

Él se encogió de hombros.

—Yo no escucho. No me importa.

—¡Ah! —Ahora ella le dio la espalda. Oyó que se le acercaba por detrás, sintió sus manos en los hombros.

—Tienes que responder a *mi* pregunta ahora —dijo Azim. Y la volvió hacia él—. Es el sueño de las gemelas lo que me preocupa a mí. ¿Qué significa?

El sueño de las gemelas...; no tenía respuesta. La

pregunta no tenía sentido para ella. No había tenido aquel sueño.

Él la estudió en silencio, como si pensara que estaba mintiendo. Luego habló despacio, evaluando con cuidado su respuesta.

—Dos mujeres, pelirrojas. Les ocurren cosas terribles. Vienen a mí en visiones inquietantes y perturbadoras poco antes de abrir los ojos. Veo a esas mujeres violadas ante una corte de espectadores. Sin embargo, no sé quiénes son ni dónde tiene lugar el ultraje. Y no soy el único a preguntar. Allí fuera, esparcidos por el mundo, hay otros dioses oscuros que tienen el mismo sueño, otros dioses a quienes les gustaría saber por qué este sueño viene ahora a nosotros.

«¡Dioses oscuros! No somos dioses», pensó ella con menosprecio.

Él le sonrió. ¿No estaba de veras en su propio templo? ¿No oía los gemidos de los fieles? ¿No olía su sangre?

—No sé nada de esas dos mujeres —dijo ella. Gemelas, pelirrojas. No. Tocó sus dedos afablemente, casi seductora—. Azim, no me tortures. Quiero que me hables de Marius. ¿De dónde viene su llamada?

¡Cuánto lo odiaba en aquel momento! ¡Cómo odiaba que pudiera ocultarle el secreto!

—¿De dónde? —repitió él retador—. ¡Ah!, eso es lo esencial, ¿no? ¿Crees que sería capaz de conducirnos al santuario de la Madre y el Padre? Si yo lo creyese, respondería a su llamada, ¡oh, sí, de veras! Dejaría mi templo para encontrarlo, naturalmente. Pero no puede engañarnos.

Preferiría verse destruido antes de revelar el lugar de la cripta.

—¿De dónde viene su llamada? —preguntó ella paciente.

—Esos sueños —dijo con el rostro ensombrecido

por la ira—, esos sueños de las gemelas, ¡eso querría que se me explicara!

—Y yo te diría quiénes son y qué significa el sueño, sólo con que lo supiera. —Pensó en las canciones de Lestat, en las palabras que había oído. Canciones acerca de Los Que Deben Ser Guardados y de criptas bajo ciudades europeas, canciones de búsqueda, de pena. Nada de mujeres pelirrojas, nada...

Furioso, le hizo un ademán para que se detuviera.

—El Vampiro Lestat —dijo, con una risa sarcástica—. No me hables de una tal abominación. ¿Por qué no ha sido destruido aún? ¿Están dormidos, como la Madre y el Padre, los dioses oscuros?

Él la observó, estimando. Ella esperó.

—Muy bien. Te creo —dijo al fin—. Me has dicho lo que sabías.

—Sí.

—Hago oídos sordos a Marius. Te lo dije. ¿No robó a la Madre y al Padre? Pues déjalo que llore pidiendo ayuda hasta el fin de los tiempos. Pero por ti, Pandora, por quien siento el mismo amor que he sentido siempre, me voy a ensuciar metiéndome en esos asuntos. Cruza el mar hasta llegar al Nuevo Mundo. Busca en el norte glacial, más allá de los últimos bosques próximos al mar occidental. Y allí podrás encontrar a Marius, enterrado bajo una ciudadela de hielo. Gimotea que es incapaz de moverse. Y por lo que se refiere a su aviso, es tan vago como persistente. Estamos en peligro. Debemos socorrerlo para que pueda detener el peligro. Para que pueda ir hacia el vampiro Lestat.

—¡Ah, así que es el joven quien ha provocado el peligro!

Un escalofrío violento, doloroso, recorrió su cuerpo. Vio, con su ojo mental, los rostros vacíos, insensibles, de la Madre y del Padre, monstruos indestructibles de forma humana. Miró confusa a Azim. Él había hecho una pausa, pero no había terminado. Y ella esperaba que continuase.

—No —dijo con voz decaída, perdido ya en el agudo matiz de la ira—. Hay un peligro, Pandora, sí. Un gran peligro, y no se requiere a Marius para anunciarlo. Tiene que ver con las gemelas pelirrojas. —¡Qué ardor tan poco común poseía! ¡Qué imprudente era!—. Sé eso porque ya era viejo cuando hicieron a Marius. Las gemelas, Pandora. Olvida a Marius. Y escucha tus sueños.

Ella se había quedado sin habla, contemplándolo. Él la miró un largo rato y sus ojos parecieron empequeñecerse, solidificarse. Pandora sintió que Azim se retiraba, que se alejaba de ella y de todas las cosas de que habían hablado. Al final, dejó de verla.

Él oía los insistentes gemidos de sus adoradores; volvía a sentir sed; deseaba los himnos y la sangre. Dio media vuelta, e iba a salir de la cámara cuando volvió la vista atrás.

—¡Ven conmigo, Pandora! ¡Únete a mí sólo por una hora! —Su voz era ebria, pastosa.

La invitación la cogió por sorpresa. La consideró. Hacía años y años que no se procuraba el placer exquisito. No pensaba solamente en la misma sangre, sino en la unión momentánea con otra alma. Y allí estaba, de repente, esperándola, entre los que habían escalado la cordillera más alta de la Tierra para buscar aquella muerte. También pensaba en la búsqueda que quedaba ante ella (encontrar a Marius) y en los sacrificios que acarrearía.

—Ven, queridísima.

Ella tomó su mano. Dejó que la condujera fuera de la estancia y hacia el centro de la sala atestada. El resplandor de la luz la sorprendió; sí, la sangre de nuevo. El olor de los humanos la envolvió, atormentándola.

El grito de los fieles era ensordecedor. Las violentas pisadas de los pies humanos parecían sacudir los muros decorados, el techo de oro centelleante. El incienso le quemaba los ojos. Débil recuerdo de la cripta, eternidades atrás, de Marius abrazándola. Azim se situó frente a ella y le sacó el abrigo exterior, revelando su rostro, sus brazos desnudos, la simple túnica de lana negra que vestía y su largo pelo castaño. Ella se vio reflejada en miles de pares de ojos mortales.

—¡La diosa Pandora! —gritó él, echando la cabeza hacia atrás.

Agudos gritos se alzaron por encima del rápido redoble de tambores. Incontables manos humanas la acariciaron.

—¡Pandora, Pandora, Pandora! —El cántico se mezcló con los gritos de «¡Azim!».

Un joven de piel bronceada bailó ante ella, con la camisa de seda blanca pegada al sudor del pecho bronceado. Los ojos negros, relucientes bajo las espesas y oscuras cejas, estaban encendidos por el reto. «¡Yo soy tu víctima, diosa!» De repente, Pandora no vio, en la luz parpadeante y en el fuerte sonido, nada sino sus ojos, su rostro. Lo abrazó, aplastándole las costillas en su ansia, clavándole profundamente los colmillos en el cuello. *Vivo*. La sangre se vertió en ella, llegó a su corazón e inundó sus cavidades; luego envió su calor a todos sus fríos miembros. Aquella gloriosa sensación (y el deseo exquisito, el anhelo de nuevo) fue más que el recuerdo. La muerte la sobresaltó, le cortó el aliento. Sintió que pasaba por su cerebro. Estaba como enceguecida, gimoteaba. Entonces, en un momento dado, la claridad de su visión se tornó paralizadora. Las columnas de mármol vivían y respiraban. Dejó caer el cuerpo y tomó otro joven, medio muerto de hambre, desnudo hasta la cintura; sus fuerzas al borde de la muerte la enloquecían.

Rompió su tierno cuello al beber, oyó cómo su propio corazón se hinchaba, sintió incluso la superficie de la piel inundada de sangre. Pudo ver color en sus propias manos, antes de cerrar los ojos, sí, manos humanas, la muerte más lenta, resistente y cediendo por fin en un torrente de luz y un bramido estrepitoso. *Vivas*.

—¡Pandora! ¡Pandora! ¡Pandora!

Dios, ¿no hay justicia, no hay final?

Quedó tambaleándose, adelante, atrás, adelante, atrás; rostros humanos, cada uno distinto, lívidos, bailando ante ella. La sangre en su interior hervía en busca de cada tejido, de cada célula. Vio a su tercera víctima lanzarse a ella, lustrosos miembros jóvenes envolviéndola, tan suave aquel pelo, aquel vello en los brazos, los frágiles huesos, tan ligeros, como si ella fuera el ser real y aquéllas no fueran sino criaturas de su imaginación.

Medio arrancó la cabeza del cuello, contempló un momento los huesos blancos de la médula espinal rota y en un instante se tragó la muerte con el violento surtidor de sangre de la arteria desgarrada. Pero el corazón, el corazón palpitante, quería verlo, quería saborearlo. Echó el cuerpo encima de su brazo derecho, fraccionando huesos, y con la mano izquierda le partió el esternón y abrió la caja de las costillas; introdujo la mano en la cavidad sangrante y caliente y le arrancó el corazón.

Todavía no estaba muerto aquel corazón, no del todo. Y era resbaladizo, reluciente como un racimo de uvas mojadas. Los fieles se apiñaron contra ella mientras lo sostenía en alto, encima de su cabeza, estrujándolo suavemente de tal forma que el jugo vital se escurría por entre sus dedos y caía en su boca abierta. Sí, eso, por los siglos de los siglos.

—¡Diosa! ¡Diosa!

Azim la estaba observando, y sonreía. Pero ella no lo miraba. Tenía la vista fija en el corazón aplastado que rendía las últimas gotas de sangre. Una pulpa. Lo dejó caer. Sus manos resplandecían como manos vivas, manchadas de sangre. Podía sentirla en su rostro, la calidez estremecedora. Una oleada de memoria acechó, una oleada de visiones sin comprensión. La apartó de sí. Esta vez no la esclavizaría.

Fue a buscar su capa negra. Sintió que la envolvían con ella: cálidas, solícitas manos humanas cubrieron su pelo, la parte inferior de su rostro, con la suave lana negra. E, ignorando los ardientes gritos de su nombre a su alrededor, se volvió y salió; sus miembros golpearon accidentalmente y magullaron a los frenéticos adoradores con los que tropezó en su camino.

Tan deliciosamente frío, el patio. Inclinó la cabeza respirando un viento errabundo que descendía al recinto amurallado, agrandando las piras antes de arrastrar consigo su humo amargo. La luz de la luna era clara y bella al dar en los picos recubiertos de nieve de más allá de los muros.

Se detuvo a escuchar la sangre de su interior, a maravillarse de un modo enloquecedor y desesperante de que aún pudiera alimentarla y darle fuerzas. Triste, apenada, miró la encantadora y desolada infinidad que rodeaba el templo, miró hacia arriba, a las nubes sueltas y ondulantes. ¡Cómo le dio valor la sangre, cómo le proporcionó una momentánea creencia en la misteriosa rectitud del universo..., frutos de un acto horroroso e imperdonable!

Si la mente no puede hallar el significado, entonces los sentidos lo dan. Vivir para eso, ser miserable que eres.

Se acercó a la pira más próxima, y, cuidando de no chamuscar sus ropajes, alargó las manos al fuego para purificarlas, para quemar la sangre, los restos de corazón. Las llamas que le lamían las manos no eran nada comparadas con el ardor de la sangre en su interior.

Cuando finalmente le llegó el más leve principio de dolor, la más débil señal de mutación, las retiró y contempló su piel blanca e inmaculada.

Pero ahora había de partir. Sus pensamientos rebosaban de ira, de nuevos resentimientos. Marius la necesitaba. «Peligro.» La alarma llegó de nuevo, más intensa que nunca, porque la sangre hizo de ella un receptor más poderoso. Pero parecía no provenir de una única voz. Más bien parecía una voz común, el lejano toque de corneta de un saber colectivo. Tenía miedo.

Permitió que su mente se vaciara a la par que las lágrimas nublaban su visión. Levantó las manos, sólo las manos, con delicadeza. Y comenzó su ascenso. En silencio y con rapidez, tan invisible a los ojos mortales como quizás el mismo viento.

Muy por encima del templo, su cuerpo hendió una niebla suave y extendida. El grado de luz la asombró. Por todas partes blancura rutilante. Y debajo, el almenado paisaje de picos rocosos y de cegadores glaciares descendiendo en la dulce sombra de los valles y bosques inferiores. Agrupados y dispuestos como nidos, aquí y allá aparecían racimos de luces parpadeantes: el puntillado irregular de pueblos y ciudades. Podía haberse quedado mirándolo una eternidad. Pero, al cabo de pocos segundos, una capa ondulante de nubes lo oscureció todo. Y se quedó sola con las estrellas.

Las estrellas: duras, relucientes, abrazándola como si ella misma fuera una de ellas. Pero las estrellas no pedían nada, en realidad; ni a nadie. Sintió terror. Luego, una pena abismal; no muy diferente al gozo, en definitiva. No más lucha. No más tristeza.

Escrutó el espléndido techo de constelaciones, aminoró su ascenso y extendió ambas manos hacia el oeste.

El amanecer estaba nueve horas tras ella. Y empezó su viaje alejándose de él, siguiendo con la noche de su camino hacia la otra parte del mundo.

4

LA HISTORIA DE DANIEL, EL FAVORITO DEL DIABLO, O EL MUCHACHO DE *CONFESIONES DE UN VAMPIRO*

¿Quiénes son esas sombras que esperamos
y creemos
que algún atardecer vendrán en limusinas
desde el Cielo?
La rosa,
empero, sabe
que no tiene garganta
y no puedo decirlo.
Mi mitad mortal ríe.
El código y el mensaje no son lo mismo.
¿Y qué es un ángel
sino un fantasma travestido?

STAN RICE
de «Del Cielo»
Cuerpo de trabajo (1983)

Era un joven delgado y alto, de pelo ceniciento y ojos violeta. Vestía una sucia y sudada camisa gris y pantalones tejanos, y, con el helado viento que soplaba a lo largo de Michigan Avenue a las cinco, tenía frío.

Su nombre era Daniel Molloy. Tenía treinta y dos

años, aunque aparentaba menos; aquella especie de rostro juvenil era como el de un sempiterno estudiante, no como el de un hombre maduro. Murmuraba en voz alta para sí mismo y andaba.

—Armand, te necesito. Armand, el concierto es mañana por la noche. Y algo terrible va a ocurrir, algo terrible...

Tenía hambre. Habían pasado treinta y seis horas desde que había tomado el último bocado. No había nada en la nevera de la pequeña y sucia habitación de su hotel; y, además, lo habían echado aquella misma mañana por no haber pagado la cuenta.

Luego recordó el sueño que hacía días que tenía, el sueño que hacía su aparición cada vez que cerraba los ojos, y no quiso comer de ninguna manera.

Vio a las gemelas del sueño. Vio el cuerpo asado de la mujer, ante ellas, con el pelo chamuscado y la piel crispada. El corazón de la mujer, reluciente como una fruta madura, se hallaba en una bandeja junto a ella. El cerebro, en otra bandeja; era exactamente igual a un cerebro cocido.

Armand sabría algo acerca de ello, tenía que saberlo. No era un sueño corriente aquél. Seguro que tenía algo que ver con Lestat. Y Armand vendría pronto.

Dios, se encontraba débil, delirante. Necesitaba algo, una copa al menos. En su bolsillo no había dinero, sólo un viejo y arrugado cheque por los derechos de autor del libro *Confesiones de un vampiro*, que había «escrito» bajo seudónimo hacía más de doce años.

Aquél sí que era otro mundo, cuando recorría como joven reportero con su magnetófono todos los bares, intentando llegar a los despojos nocturnos de la sociedad para que le contasen algunas verdades. Bien, una noche, en San Francisco, encontró un tema magnífico para sus investigaciones. Y, de repente, la luz que guiaba su vida corriente se apagó.

Ahora era una ruina de hombre, andando demasiado aprisa bajo el encapotado cielo nocturno de Chicago, en pleno octubre. El domingo anterior había estado en París; y el viernes antes de eso, en Edimburgo. Antes de Edimburgo había estado en Estocolmo, y antes..., ya no lo podía recordar. El cheque de los derechos de autor había tropezado con él en Viena, pero no sabía cuánto tiempo hacía de eso.

En todos esos lugares infundía temor a los que se cruzaban con él. Lestat, el vampiro, tenía una frase ideal para aquello en su autobiografía: «Uno de esos pesados mortales que ha visto espíritus... ¡Ese soy yo!».

¿Dónde estaba el libro, *Lestat, el vampiro*? Ah, alguien se lo había quitado en el banco del parque, aquella tarde, mientras Daniel dormía. Bien, que se quede con él. El mismo Daniel también lo había robado, y ya lo había leído tres veces.

Pero si lo tuviera, podría venderlo, quizás obtener lo suficiente para una copa de brandy que lo reconfortase. ¿Y cuál era, en aquellos momentos, su valor neto, el valor de aquel hambriento y enfriado vagabundo que andaba arrastrando los pies por Michigan Avenue, odiando el viento que lo helaba a través de sus ropas sucias y gastadas? ¿Diez millones? ¿Cien millones? No lo sabía. Armand lo sabría.

«¿Quieres dinero, Daniel? Lo conseguiré para ti. Es más simple de lo que crees.»

Mil quinientos kilómetros al sur, Armand esperaba en su isla privada, la isla que, en realidad, pertenecía únicamente a Daniel. Y si sólo tuviera una moneda de veinticinco centavos ahora, una sola moneda, la podría introducir en un teléfono público y comunicar a Armand que quería regresar a casa. Y del mismísimo cielo descendería alguien a buscarlo. Siempre ocurría. O bien el gran avión de la habitación de terciopelo, o el pequeño, de techo bajo y sillas de cuero. ¿Le dejaría alguien, en aquella calle, un cuarto de dólar a cambio de un pasaje de avión para Miami? Probablemente no.

«¡Armand, ahora! Quiero estar a salvo contigo cuando Lestat suba al escenario mañana por la noche.»

¿Quién le haría efectivo el cheque? Nadie. Eran las siete, y las tiendas de lujo de Michigan Avenue estaban en su mayoría cerradas, y no podía identificarse, porque anteayer, no sabía cómo, le había desaparecido la cartera. Tan deprimente era aquel crepúsculo invernal, gris y reverberante, con el cielo hirviendo en silencio de nubes bajas y plúmbeas. Incluso las tiendas habían tomado un aspecto siniestro poco corriente, con sus duras fachadas de mármol o granito, con la riqueza interior brillando como reliquias arqueológicas bajo cristales de museo. Al arreciar el viento, al sentir el primer aguijonazo de la lluvia, hundió las manos en los bolsillos para calentarlas y agachó la cabeza.

En realidad, el cheque le importaba un comino. No podía imaginarse marcando los números de un teléfono. Nada de allí le parecía real, ni siquiera el frío. Sólo el sueño le parecía real, y la sensación de un desastre inminente, sensación de que el vampiro Lestat había desencadenado, de algún modo, algo que ni él mismo podría nunca llegar a controlar.

Comer de un cubo de basura, si tuviera que comer, dormir en cualquier parte, incluso en un parque. Nada de eso importa. Pero acabaría congelado si se tumbaba otra vez al aire libre, y, además, la pesadilla regresaría.

Ahora aquel sueño regresaba cada vez que cerraba los ojos. Y cada vez era más largo, más detallado. ¡Las gemelas pelirrojas eran tan delicadas, tan bellas! No quería oírlas gritar.

La primera noche, en la habitación del hotel, no le había prestado atención. Sin sentido. Se había enfrascado de nuevo en la lectura de la autobiografía de Lestat, echando una ojeada de vez en cuando a los videoclips que ponían en la pequeña tele en blanco y negro que iba con el alquiler del cuartucho.

Había quedado fascinado por la audacia de Lestat; y, sin embargo, ¡la mascarada como estrella de rock era tan simple! Ojos penetrantes, brazos y piernas delgados pero poderosos, y una sonrisa equívoca, sí. Pero, en realidad, nadie lo podría decir. ¿O sí podría? Nunca había puesto los ojos en Lestat.

Pero era un experto con Armand, ¿no?; había estudiado todos y cada uno de los detalles del rostro y del cuerpo juveniles de Armand. ¡Ah, qué delirante placer había sido leer acerca de Armand en las páginas de Lestat, preguntándose todo el tiempo si los mordaces insultos de Lestat y sus excelentes análisis habrían enfurecido a Armand!

Mudo de fascinación, Daniel, en el canal MTV, había mirado el videoclip que retrataba a Armand como el maestro de la asamblea de los viejos vampiros del cementerio de París; allí presidía rituales demoníacos hasta que Lestat, el iconoclasta del siglo dieciocho, había destruido las Viejas Leyes.

Armand debía de haber aborrecido ver su historia privada expuesta crudamente en imágenes relampagueantes, mucho más irrespetuosas que la historia más meditada, escrita por la mano de Lestat. Armand, cuyos ojos escrutaban siempre a los seres vivientes que lo rodeaban, que rechazaba incluso hablar de los nomuertos. Pero era imposible que no lo supiese.

Y todo ofrecido a las multitudes, como el antropólogo que, al regresar del ritual sagrado, publica, en barata edición de bolsillo, su reportaje, vendiendo así los secretos de la tribu por un puesto en la lista de los más leídos.

Dejemos pues que los dioses demoníacos guerreen entre ellos. Este mortal ha estado en la cima de la montaña donde cruzan las espadas. Y ha regresado. Lo han echado.

A la noche siguiente, el sueño había retornado con la claridad de una alucinación. Sabía que él no podría haberlo inventado. Nunca había visto gente como aquélla, nunca había visto aquellas joyas rústicas, fabricadas con huesos y maderas.

El sueño había vuelto tres noches después. Daniel había estado mirando un vídeo del rock de Lestat, quizá por decimoquinta vez: era el que trataba de los padres de los vampiros, de los antiquísimos e inamovibles Padre y Madre egipcios, de Los Que Deben Ser Guardados:

Akasha y Enkil,
somos tus hijos,
pero, ¿qué nos dais?
¿Es vuestro silencio
un don mejor que la verdad?

Y entonces Daniel soñaba. Y las gemelas estaban a punto de comenzar el banquete. Repartirían los órganos de las bandejas de barro. Una tomaría el cerebro; la otra, el corazón.

Había despertado con una sensación de urgencia, de temor. «Algo terrible va a ocurrir, algo nos va a ocurrir a todos...» Aquélla fue la primera vez que lo había relacionado con Lestat. Y había querido coger el teléfono. En Miami eran las cuatro de la madrugada. ¿Por qué diablos no lo había hecho? Armand habría estado sentado en una terraza de la villa, observando la incansable flotilla de barcas que iban y venían de la Isla de la Noche. «¿Sí, Daniel?» Aquella voz sensual, hipnótica. «Tranquilízate y dime dónde estás, Daniel.» Pero Daniel no había llamado. Habían pasado seis meses desde que había partido de la Isla de la Noche y se suponía que aquel período le habría hecho bien. Había renunciado de una vez por todas al mundo de limusinas y de aviones particulares, de armarios licoreros repletos de vinos de raras cosechas y de armarios roperos llenos de trajes de corte exquisito, y de la callada y sobrecogedora presencia de su amante inmortal que le proporcionaba todas las posesiones terrenales que pudiera desear.

Pero ahora hacía frío y no tenía techo ni dinero, y estaba asustado.

«Sabes dónde estoy, demonio. Sabes lo que ha hecho Lestat. Y sabes que quiero regresar a casa.»

¿Qué diría a esto Armand?

«Pero yo no lo sé, Daniel. Yo escucho. Intento saber. Yo no soy Dios, Daniel.»

«No importa. Sólo ven, Armand. Ven. Es oscuro y hace frío en Chicago. Y, mañana por la noche, El Vampiro Lestat cantará sus canciones en un escenario de San Francisco. Y algo horroroso va a ocurrir. Ese mortal lo sabe.»

Sin aminorar el paso, Daniel introdujo la mano bajo el cuello de su harapienta y sudada camisa y palpó el pesado relicario de oro que llevaba siempre consigo (el amuleto, como lo llamaba Armand con su inconfesado pero irreprimible gusto por lo teatral), que contenía el frasquito con la sangre de Armand.

Y si nunca hubiera probado aquel líquido, ¿tendría aquel sueño, aquella visión, aquel presagio de fatalidad?

La gente se volvía para mirarlo; de nuevo hablaba para sí mismo, ¿no? Y el viento hacía que suspirara más fuerte. Por primera vez, en todos aquellos años, sintió la necesidad imperiosa de reventar el relicario y abrir el frasco, de saborear aquella sangre que le quemaba la lengua. «Armand, ¡ven!»

Aquel mediodía, el sueño lo había visitado en su forma más alarmante.

Había estado sentado en un banco del pequeño parque cerca de Water Tower Place. Alguien había dejado allí un periódico; lo abrió y vio el anuncio: MAÑANA POR LA NOCHE. CONCIERTO EN VIVO DE EL VAMPIRO LESTAT EN SAN FRANCISCO. La televisión por cable transmitiría el concierto a las diez, hora de Chicago. ¡Qué bien para los que aún vivían a cubierto, podían pagar la cuenta y tenían electricidad! Había querido reírse de ello, deleitarse con ello, disfrutar con ello, con Lestat asombrándolos a todos. Pero un escalofrío había recorrido su cuerpo, convirtiéndose en una herida profunda e irritante.

¿Y si Armand no lo supiera? Pero las tiendas de discos de la Isla de la Noche debían de tener *El Vampiro Lestat* en sus escaparates. Los salones elegantes debían de estar ambientados por sus canciones fantasmales, hipnotizantes.

Hasta el momento, a Daniel no se le había ocurrido irse a California por su cuenta. Seguramente podría poner en marcha algún milagro, procurarse el pasaporte del hotel, entrar en un banco con él para identificarse... Rico, sí, muy rico, este pobre muchacho mortal...

¿Pero cómo podría pensar en algo tan deliberado? El sol le había calentado la cara y los hombros mientras había estado tendido en el banco. Dobló el periódico para hacerse una tosca almohada.

Y allí estaba el sueño que había estado esperando agazapado todo el tiempo...

Mediodía en el mundo de las gemelas: el sol cayendo como una cascada en el claro. Silencio, salvo por el canto de los pájaros.

Y las gemelas arrodilladas muy quietas, juntas, en el polvo. Unas mujeres tan pálidas, de ojos verdes, de cabello largo, rizado y de un rojo cobrizo. Vestían ropas delicadas, vestidos de lino blanco que habían hecho su camino desde los mercados de Nínive, comprados por la gente del poblado en honor a sus poderosas hechiceras, a quienes los espíritus obedecían.

El banquete funerario estaba dispuesto. Habían retirado las paredes que conformaban el horno y se habían llevado los ladrillos de barro; y el cuerpo había quedado caliente y humeante en la losa; los jugos amarillentos rezumaban de donde la piel crispada se había agrietado, una masa negra y desnuda tapada sólo con una capa de hojas cocidas. Daniel se sintió horrorizado.

Pero aquel espectáculo no horrorizaba a ninguno de los presentes, ni a las gemelas ni a la gente del poblado que estaba arrodillada esperando a que empezara el banquete.

El banquete era el derecho y el deber de las gemelas. *Era su madre, el cuerpo carbonizado en la losa.* Y lo que era humano debía quedar con los humanos. Un día y una noche podía durar el banquete, pero todos permanecerían velando hasta que finalizase.

Ahora una corriente de excitación recorre la muchedumbre situada alrededor del claro. Una de las gemelas levanta la bandeja en donde reposa el cerebro, junto con los ojos, y la otra hace una señal de asentimiento con la cabeza y toma la bandeja que contiene el corazón.

Y así el reparto está hecho. El redoblar del tambor crece, aunque Daniel no puede ver al tamborilero. Lento, rítmico, brutal.

«Dejemos que el banquete empiece.»

Pero el espantoso grito llega, en el mismo momento en que Daniel sabía que llegaría. «¡Detén a los soldados!» Pero no puede. Todo aquello ha sucedido en alguna parte, de eso está ahora bien seguro. No es un sueño, es una visión. Y él no está allí. Los soldados asaltan el claro, la reunión de la gente del pueblo se disuelve, las gemelas bajan las bandejas y se lanzan a las vísceras humeantes. Pero es locura.

Los soldados las arrancan de donde están sin apenas esfuerzo; levantan la losa, cae el cuerpo, rompiéndose en pedazos; y el cerebro y el corazón ruedan por el polvo. Las gemelas gritan y gritan.

Pero la gente también grita: los soldados los aniquilan en su huida. Los muertos y los moribundos atestan los senderos de las montañas. Los ojos de la madre han caído de la bandeja al suelo y, junto con el corazón y el cerebro, son pisoteados.

Una de las gemelas, mientras le sujetan los brazos a la espalda, clama venganza a los espíritus. Y vienen, vienen. Es un torbellino. Pero no basta.

«¡Que acabe el sueño...!» Pero Daniel no puede despertar.

Quietud. Una humareda llena el aire. Nada queda en pie en donde el poblado había vivido durante siglos. Los ladrillos yacen desparramados por el suelo, la artesanía de arcilla hecha añicos, todo lo que puede arder ha sido quemado. Niños degollados yacen desnudos en el suelo mientras llegan las moscas. Nadie asará aquellos cuerpos, nadie consumirá aquella carne. Se perderán para la humanidad, con todo su poder y su misterio. Los chacales se aproximan ya. Y los soldados se han ido. ¿Dónde están las gemelas? Las oye llorar, pero no puede verlas. Una gran tempestad retruena por encima del estrecho sendero que baja serpenteando por el valle y se dirige al desierto. Los espíritus provocan los truenos. Los espíritus provocan la lluvia.

Sus ojos se abrieron. Chicago, Michigan Avenue, mediodía. El sueño se había desvanecido como una luz que se apaga. Sentado allí, temblaba, sudaba.

Una radio había estado sonando junto a él. Lestat cantando con su voz fantasmal y lóbrega acerca de Los Que Deben Ser Guardados.

Madre y Padre.
Guardad vuestro silencio,
guardad vuestros secretos,
pero los que tenéis lengua
cantad mi canción.

Hijos e Hijas
de las Tinieblas,
levantad vuestras voces,
haced un coro,
haced que el cielo nos oiga.

Venid juntos,
hermanos y hermanas,
venid a mí.

Se había levantado y había echado a andar. Entró en Water Tower Place, tan parecida a la Isla de la Noche, con sus atrayentes tiendas, música y luces inacabables, cristales resplandecientes.

Ya eran casi las ocho y había estado andando sin parar, huyendo de dormir, huyendo del sueño. Estaba lejos de cualquier música y de cualquier luz. ¿Cuánto duraría la próxima vez? ¿Descubriría si estaban vivas o muertas? Bellezas mías, mis pobres bellezas...

Se detuvo, dando la espalda por un momento al viento, escuchando las campanadas de algún lugar, avistando un sucio reloj encima de la barra de una casa de comidas; sí, en la Costa Oeste, Lestat se había levantado.

¿Quién está con él? ¿Está Louis allí? Y el concierto, a ya casi veinticuatro horas. ¡Catástrofe! «Armand, por favor.»

El viento se lanzó a ráfagas, lo empujó por la acera unos pocos pasos y lo dejó temblando. Tenía las manos heladas. ¿Había experimentado alguna vez en su vida aquel frío? Con obstinación, cruzó Michigan Avenue con los peatones, por el paso cebra, y se detuvo ante el escaparate de grueso cristal de una librería, donde pudo ver expuesto el libro *Lestat, el vampiro*.

Seguro que Armand lo había leído, devorando cada palabra con aquella horrible, misteriosa forma que tenía de leer, volviendo página tras página sin descanso, disparando los ojos a las palabras, hasta que había acabado el libro; luego lo echaba a un lado. ¿Cómo una criatura podía brillar con tal belleza y sin embargo provocar una tal...? ¿Qué era?, ¿repulsión? No, Armand nunca le había causado repugnancia, tenía que admitirlo. Lo que siempre había sentido era un deseo arrebatador, y vano.

Una joven entró en el calor de la tienda y cogió un ejemplar del libro de Lestat; después se quedó mirando a Daniel por el cristal del escaparate. El aliento de éste creó un halo de vapor en la superficie vítrea que tenía a centímetros de su rostro. «No te preocupes, querida, soy rico. Podría comprar la tienda entera con todos sus libros y regalártela. Soy dueño y señor de mi propia isla; soy el favorito del Diablo; el cual me concede todos los deseos. ¿Quieres cogerte a mi brazo?»

Hacía horas que había oscurecido en la costa de Florida. La Isla de la Noche estaba ya abarrotada de gente.

A la puesta de sol, las tiendas, los restaurantes, los bares (en cinco plantas de pasillos ricamente enmoquetados) habían abierto sus anchísimas puertas de una sola lámina de cristal. Las escaleras metálicas plateadas habían iniciado su zumbido de grave vibración. Daniel cerró los ojos y se imaginó las paredes de cristal surgiendo por encima de las terrazas del puerto. Casi podía oír el estentóreo bramido de las fuentes danzantes, ver los largos y estrechos lechos de narcisos y tulipanes floreciendo eternamente fuera de estación, oír la hipnótica música que retumbaba como un corazón palpitante en las entrañas del conjunto.

Y Armand deambulaba probablemente por las salas de iluminación menguada de la villa, sólo a unos pasos de los turistas y de los comerciantes, pero aislado de ellos por puertas de acero y muros blancos: un extenso palacio de ventanales largos como paredes y anchos balcones sobre la blanca arena. El vasto salón, solitario, aunque muy cerca del alboroto sin fin, presentaba su fachada a las parpadeantes luces de la playa de Miami.

O quizás había cruzado una de las puertas ocultas que daban a la galería pública. «Para vivir y respirar entre los mortales», según su expresión, en aquel universo seguro y autónomo que él y Daniel habían creado. ¡Cuánto amaba Armand las cálidas brisas del Golfo, la primavera interminable de la Isla de la Noche!

Las luces no se apagarían hasta el alba.

—Envía a alguien por mí, Armand. ¡Te necesito! Sabes que quieres que regrese a casa.

Naturalmente, había ocurrido así una y otra vez. No se necesitaban extraños sueños o que Lestat reapareciera, bramando como Lucifer desde cintas y filmes.

Todo iba bien durante meses, mientras Daniel se sentía obligado a mudarse de ciudad a ciudad, a batir el asfalto de Nueva York o Chicago o Nueva Orleans. Luego, la súbita desintegración. Se había percatado de que hacía cinco horas que no se había movido de la silla. O había despertado de repente en una cama asquerosa, de sábanas usadas, asustado, incapaz de recordar el nombre de la ciudad donde se hallaba o donde había estado los días anteriores. Luego llegaba el coche para él, luego el avión que lo llevaba a casa.

¿No lo provocaba Armand? ¿No lo empujaba, de una forma u otra, a aquellos períodos de alienación? ¿No drenaba, por medio de algún truco de magia negra, todas las fuentes de sostén de Daniel hasta que éste recibía con inmenso alivio la aparición del chófer familiar, el chófer que lo llevaba al aeropuerto, el hombre a quien nunca sorprendía el aspecto de Daniel, su rostro sin afeitar, sus ropas sucias?

Cuando al fin Daniel alcanzaba la Isla de la Noche, Armand lo negaba.

—Has vuelto a mí porque tú has querido, Daniel —decía siempre Armand, tranquilo, con el rostro radiante, los ojos llenos de amor—. Ya no existe nada para ti, Daniel, excepto yo. Ya lo sabes. La locura espera afuera.

—La misma historia de siempre —respondía una y otra vez Daniel. Y todo el lujo, tan embriagador, camas blandas, música, la copa de vino en su mano... Las habitaciones estaban siempre llenas de flores; la comida que anhelaba llegaba en bandejas de plata.

Armand yacía repantigado en su enorme sillón de orejas, de terciopelo negro, frente a la televisión: Ganímedes en pantalones blancos y camisa blanca de seda, mirando las noticias, las películas, las grabaciones que había hecho de sí mismo recitando poesía, las idiotas telecomedias, el teatro, los musicales, el cine mudo.

—Entra, Daniel, siéntate. No esperaba que volvieras tan pronto.

—Maldito hijo de perra —decía Daniel—. Me querías aquí y aquí me has traído. No podía comer, dormir, nada, sólo deambular y pensar en ti. Tú lo has hecho.

Armand sonreía, a veces incluso reía. Armand tenía una risa bella, rica, que expresaba con elocuencia tanto el agradecimiento como el humor. Tenía un aspecto y una voz mortales cuando reía.

—Cálmate, Daniel. Tu corazón va a estallar. Me asusta. —Un levísimo fruncimiento de la lisa frente, la voz un momento más grave por la compasión—. Dime qué es lo que quieres, Daniel, y lo conseguiré para ti. ¿Por qué sigues huyendo?

—Mentiras, cabrón. Di que querías que viniese. Me atormentarás hasta la eternidad, ¿no?, y luego contemplarás mi muerte y descubrirás que es interesante, ¿no? Era cierto lo que decía Louis. Contemplas cómo mueren tus esclavos mortales: no significan nada para ti. Observarás cómo cambian los colores de mi rostro al morir.

—El mismo lenguaje de Louis —decía Armand paciente—. Por favor, no me hagas citas de ese libro. Preferiría morir antes que verte morir, Daniel.

—¡Entonces dámela! ¡Maldito seas! La inmortalidad que ata, que abraza como tus brazos.

—No, Daniel, porque también preferiría morir antes que hacerlo.

Pero, aunque Armand no provocara la locura que devolvía a Daniel a casa, seguramente siempre sabía dónde estaba Daniel. Podía oír la llamada de Daniel. La sangre los mantenía unidos, tenía que ser así: eran las preciosas gotitas de ardiente sangre sobrenatural. Sólo había las suficientes para despertar los sueños de Daniel, y la sed de eternidad, para hacer que las flores del papel pintado cantaran y bailaran. Fuera lo que fuese, Armand siempre podía encontrarlo, de eso no tenía la menor duda.

En los primeros años, antes del intercambio de sangre, Armand había perseguido a Daniel con la perfidia de una harpía. No había habido lugar en la Tierra donde Daniel pudiera esconderse.

Horrorizante y atormentador había sido su inicio en Nueva Orleans, doce años atrás, cuando Daniel había entrado en una antigua casa en ruinas del Garden

District y había sabido de inmediato que era la guarida del vampiro Lestat.

Diez días antes de partir de San Francisco, después de la entrevista (que duró toda la noche) con el vampiro Louis, había experimentado en su propia piel la definitiva confirmación del terrorífico cuento que le había contado. Con un repentino abrazo, Louis había demostrado a Daniel su sobrenatural poder de succión hasta el límite de la muerte. Las punzadas del mordisco habían desaparecido, pero el recuerdo había dejado a Daniel casi al borde de la locura. Enfebrecido, a veces delirante, no había logrado viajar más de algunos cientos de kilómetros por día. En baratos moteles de carretera, donde se obligaba a tomar alimento, había hecho duplicados de las cintas de la entrevista, una a una, enviando las copias a un editor neoyorquino; de este modo, el libro ya estaba en prensa y él no había alcanzado aún las puertas de la casa de Lestat.

Pero la publicación del libro había sido un asunto secundario, un acontecimiento relacionado con los valores de un mundo nebuloso y distante.

Tenía que buscar al vampiro Lestat. Tenía que sacar de su guarida al inmortal que había hecho a Louis, al inmortal que dormitaba en algún lugar de aquella vieja ciudad bella, decadente y húmeda, esperando a que quizá Daniel lo despertara, que lo sacara a la luz del siglo que lo había aterrorizado y lo había empujado a esconderse bajo tierra.

Casi seguro, era lo que Louis quería. ¿Por qué, si no, habría proporcionado a un mensajero mortal tantas pistas acerca de cómo encontrar a Lestat? Sin embargo, algunos detalles eran pistas falsas. ¿Había habido ambivalencia por parte de Louis? En el registro público, Daniel había encontrado el título de la propiedad, la calle y el número, bajo el nombre inconfundible: Lestat de Lioncourt.

La verja de hierro ni siquiera estaba cerrada, y, una vez que se había abierto paso por entre la exuberante y silvestre vegetación del jardín, había logrado romper con toda facilidad la cerradura oxidada de la puerta principal.

Entró sólo con la ayuda de una pequeña linterna de bolsillo. Pero había luna llena y estaba alta, y brillaba con su blanca luz a través de las ramas del roble. Había visto con toda claridad las filas y filas de libros apilados hasta el techo, que llenaban todas las paredes de todas las habitaciones. Ningún humano podría haber realizado una tarea tan metódica. Y luego, en la habitación de arriba, se había arrodillado en la espesa capa de polvo que cubría la alfombra apolillada y había encontrado el reloj de oro en donde estaba escrito el nombre de Lestat.

¡Ah!, qué momento más emocionante, el momento en que el péndulo llega a su punto culminante de demencia creciente y se lanza en su oscilación a una nueva pasión... ¡Seguiría hasta el fin de la Tierra a aquellos seres pálidos y fatales cuya existencia había sólo vislumbrado!

¿Qué había deseado en aquellas primeras semanas? ¿Esperaba poseer los espléndidos secretos de la vida misma? Seguramente aquel conocimiento no le proporcionaría ninguna meta para una existencia ya colmada de desencanto. No, quería que le arrebataran todo lo que había amado alguna vez. Anhelaba el sensual y violento mundo de Louis.

Maldad. Ya no tenía miedo.

Quizás ahora era como el explorador perdido que, abriéndose paso a través de la jungla, tropieza de repente con el muro del templo legendario, con sus estatuas llenas de lianas y telarañas colgantes: ya no le importa vivir para contar la historia, ha contemplado la verdad con sus propios ojos.

Pero si pudiera abrir la puerta un poco más, captaría la plena magnificencia. ¡Si lo dejaban entrar! Quizá lo único que quería era vivir para siempre. ¿Podría alguien echárselo en cara?

Se había sentido bien y a salvo en solitario en la vieja casa en ruinas de Lestat, con las rosas silvestres trepando por la ventana rota y la cama de dosel, un mero esqueleto de telas arnadas.

«Cerca de ellos, cerca de su preciosa oscuridad, de su encantadora, devoradora, penumbra.» ¡Cuánto había amado la desesperanza que inspiraba la casa, las molduradas sillas con las insinuaciones de figuras talladas, los pedazos de terciopelo y las larvas comiéndose los últimos restos de la alfombra!

Pero la reliquia; ¡ah!, la reliquia lo era todo, ¡el reluciente reloj de oro que llevaba un nombre inmortal!

Al cabo de unos minutos, ya había abierto el armario; las levitas negras cayeron hechas harapos nada más tocarlas. Botas enmohecidas y retorcidas reposaban en los estantes de cedro.

«Pero, Lestat, usted está aquí.» Había sacado su magnetófono, lo había preparado, lo había cargado con la primera cinta y había dejado que la voz de Louis llenara suavemente la sombría habitación. Hora tras hora, las cintas sonaron.

Luego, poco antes del alba, había distinguido una figura en el pasillo, y había sabido que quería ser vista. Había descubierto cómo el claro de luna daba en aquel rostro juvenil, en aquel pelo castaño. La tierra se inclinaba, la oscuridad decaía. La última palabra que pronunció había sido el nombre de Armand.

Debería haber muerto entonces. ¿Qué capricho lo había mantenido vivo?

Despertó en un sótano oscuro y húmedo. El agua rezumaba de las paredes. Tanteando en la oscuridad, había llegado a una ventana tapiada y a una puerta cerrada, revestida de acero.

Y cuál no fue su consuelo al percatarse de que había descubierto a otro dios del panteón secreto, a Armand, el más antiguo de los inmortales que Louis había descrito, a Armand, el maestro de la asamblea del parisiense Teatro de los Vampiros del siglo XIX, quien había confiado su terrible secreto a Louis: de nuestros orígenes nada sabemos.

Daniel había permanecido en aquella cárcel tal vez durante tres días con sus noches. Era imposible decirlo. La verdad es que había estado a punto de morir; el hedor de su orina le había provocado unas náuseas horribles, y los insectos casi lo habían enloquecido. Sin embargo, aquello fue un fervor religioso. Había llegado más cerca que nunca de las oscuras verdades palpitantes que Louis le había revelado. Deslizándose de la consciencia a la inconsciencia, soñaba con Louis, con el Louis que le hablaba en aquella pequeña y sucia habitación de San Francisco, *siempre ha habido seres como nosotros, siempre*, con Louis que lo abrazaba, con Louis, cuyos verdes ojos se oscurecían de repente al tiempo que mostraba a Daniel sus colmillos.

La cuarta noche, cuando Daniel había despertado, de inmediato había notado que alguien, o algo, estaba también en la celda. La puerta que daba al pasillo estaba abierta. En algún lugar, unas aguas seguían su rápido curso, como una cloaca subterránea. Poco a poco, sus ojos se fueron acostumbrando a la sucia luz verdosa de la entrada; al final distinguió a la figura de piel pálida apoyada en el muro.

Tan inmaculado el traje negro, la almidonada camisa blanca, como una imitación del hombre del siglo XX. Y el pelo castaño de corte corto y las uñas centelleando en la semioscuridad. Como un cadáver para el ataúd, aquella esterilidad, aquella perfección.

La voz había sido amable, con un rastro de acento extranjero. Europeo no; algo más agudo, y sin embargo al mismo tiempo más suave. Árabe o quizá griego, aquel tipo de musicalidad. Las palabras fueron lentas y sin matiz de cólera.

—Sal y llévate las cintas que están junto a ti. Conozco tu libro, nadie lo va a creer. Ahora vete y coge tus cosas.

«Así pues, no me vas a matar. Ni vas a hacer de mí uno de los tuyos.» Desesperados, estúpidos pensamientos, pero no podía evitarlos. ¡Había visto el poder! No eran mentiras, no eran trucos. Y había sentido que lloraba, tan debilitado estaba por el miedo y el hambre, reducido a un niño.

—¿Hacer de ti uno de nosotros? —El acento se hizo más perceptible, proporcionando una bella cadencia a las palabras—. ¿Por qué lo haría? —Ojos entrecerrándose—. No lo haría ni con los que considero despreciables, con los que querría ver ardiendo en el infierno como mínimo. ¿Por qué habría de ser un tonto ingenuo, como tú?

«Lo quiero. Quiero vivir para siempre.» Daniel se había sentado; luego, despacio, había logrado ponerse en pie, esforzándose por ver a Armand con más claridad. Una bombilla de baja intensidad quemaba en algún punto alejado del pasillo. «Quiero estar con Louis y contigo.»

Risa, grave, suave. Pero despectiva.

—Ya veo por qué te eligió a ti como confidente. Eres cándido y bello. Pero la belleza podría ser la única razón, y tú lo sabes.

Silencio.

—Tus ojos tienen un color poco corriente, casi violeta. Y eres a la vez desafiante y suplicante.

«Hazme inmortal. ¡Dámelo!»

Risa otra vez. Casi triste. Luego silencio, el agua que corría rápida en algún lugar lejano. La celda se había hecho visible, un sucio agujero en los sótanos. Y la figura, más cuasi-mortal. La piel lisa tenía incluso un leve tinte rosado.

—Todo es cierto, lo que él te contó. Pero nadie lo va a creer. Y llegará un día en que este conocimiento te llevará a la locura. Es lo que siempre ocurre. Pero tú todavía no estás loco.

«No. Esto es real, esto está sucediendo. Tú eres Armand y estamos hablando. Y yo no estoy loco.»

—Sí. Y lo encuentro más bien interesante..., interesante que sepas mi nombre y que estés vivo. Nunca he dicho mi nombre a nadie que continúe vivo. —Armand dudó—. No quiero matarte. De momento.

Daniel había sentido el primer contacto con el miedo. Si se miraba a aquellos seres lo suficiente cerca, se podía ver lo que eran. Había ocurrido lo mismo con Louis. No, no eran vivos. Eran horrorosas imitaciones de los vivos. Y éste, ¡el reluciente maniquí de un jovencito!

—Voy a permitir que te vayas de aquí —dijo Armand. Tan educadamente, tan dulcemente—. Quiero seguirte, observarte, ver adónde vas. Mientras te encuentre interesante, no voy a matarte. Sin embargo, también puedo perder el interés y no molestarme en matarte. Esto siempre es posible. Y te da esperanzas. Y tal vez tengas la suerte de que te pierda la pista. Tengo mis limitaciones, desde luego. Tienes todo el mundo por delante por recorrer, y puedes desplazarte durante el día. Vete ahora. Echa a correr. Quiero ver lo que haces, quiero saber lo que eres.

—Vete ahora. ¡Echa a correr!

Había tomado el vuelo matutino a Lisboa, con el reloj de oro de Lestat apretado fuertemente en la mano. Sin embargo, dos noches después, en Madrid, al volverse en el autobús, se había topado con Armand, que estaba sentado sólo a centímetros de él. Una semana más tarde, en Viena, al mirar por la ventana del café había visto a Armand que lo observaba desde la calle. En Berlín, Armand se había escabullido junto a él en un taxi y se había quedado dentro mirándolo, hasta que, por fin, Daniel había saltado en lo más denso del tráfico y había huido.

Al cabo de unos meses, no obstante, estas agobiantes y silenciosas confrontaciones habían dado paso a asaltos más vigorosos.

Despertaba en la habitación de un hotel en Praga y encontraba a Armand en pie junto a él, enloquecido, violento.

—¡Háblame ahora! Te lo pido. Despierta. Quiero que me acompañes, que me enseñes las cosas de la ciudad. ¿Por qué viniste a este lugar en particular?

Viajando en un tren por Suiza, levantaba la vista y veía a Armand frente a él, que lo observaba desde detrás del cuello levantado de su abrigo de pieles. Armand le arrebataba el libro de las manos e insistía en que le explicara de qué trataba, por qué lo leía, qué significaba la ilustración de la cubierta.

En París, de noche, Armand lo perseguía por los bulevares y las callejuelas, y sólo de vez en cuando le preguntaba acerca de los lugares adonde iba, de las cosas que hacía. En Venecia, había mirado por la ventana de su habitación a los Danieli y había visto a Armand en una ventana del edificio opuesto.

Luego pasaban semanas sin ninguna aparición. Daniel vacilaba entre el terror y la esperanza, volviendo a temer por su cordura. Pero Armand lo estaba aguardando en el aeropuerto de Nueva York. Y, a la noche siguiente, en Boston, Armand se hallaba en el salón del Copley cuando entró Daniel. La cena de Daniel ya estaba encargada. «Por favor, siéntate.» ¿Sabía Daniel que el libro *Confesiones de un vampiro* estaba ya en las librerías?

—Debo confesar que me halaga esta pequeña medida de celebridad —había dicho Armand con exquisita cortesía y una sonrisa perversa—. Lo que me desconcierta es que tú no busques la fama. Tu nombre no figura como autor, lo que significa que o bien eres muy modesto o bien eres un cobarde. Cualquiera de las dos explicaciones sería muy insulsa.

—No tengo hambre, salgamos de aquí —había respondido Daniel débilmente. Sin embargo, una gran cantidad de comida, plato tras plato, era colocada en la mesa; todo el mundo los miraba.

—No sabía lo que te gusta —le confiaba Armand, con una sonrisa que se había tornado extática—. Así que encargué todo lo que tenían.

—Crees que puedes volverme loco, ¿no? —había gruñido Daniel—. Bueno, pues no puedes, óyeme bien. Cada vez que te pongo los ojos encima, me doy cuenta de que no eres una invención mía y de que estoy en mi sano juicio.

—Y empezó a comer, ávidamente, con glotonería: un poco de pescado, un poco de buey, un poco de ternera, unas cuantas mollejas, un poco de queso, un poco de todo, todo mezclado, qué importaba, y Armand había disfrutado, riendo y riendo como un colegial mientras observaba, sentado, con los brazos cruzados. Era la primera vez que Daniel había oído aquella risa suave, sedosa. Tan seductora. Se emborrachó tan deprisa como pudo.

Sus encuentros se alargaban y alargaban. Conversaciones, charlas de salón y auténticas discusiones se convirtieron en la norma. Una vez, en Nueva Orleans, Armand había sacado a Daniel de la cama y le había gritado:

—El teléfono, quiero que llames a París, quiero ver si es verdad que con esto se puede hablar con París.

—¡Maldito seas! ¡Hazlo tú mismo! —había bramado Daniel—. ¿Tienes quinientos años y no sabes utilizar el teléfono? Lee las instrucciones. ¿Qué eres, un idiota inmortal? ¡No voy a hacerlo!

¡Qué cara de sorpresa había puesto Armand!

—De acuerdo. Llamaré a París. Pero tú pagarás la factura.

—Pues naturalmente —había dicho Armand con cara de inocencia. Había sacado de su bolsillo docenas de billetes de cien dólares y había sembrado la cama de Daniel con ellos.

En sus citas discutían más y más a menudo sobre filosofía. Después de sacar a Daniel de un teatro de Roma, Armand le había preguntado qué creía que era la muerte exactamente. ¡Los aún vivos sabían cosas como éstas! ¿Sabía Daniel lo que Armand temía de verdad?

Como era pasada la medianoche y Daniel estaba borracho y exhausto y había estado durmiendo como un tronco en el teatro antes de que Armand lo encontrara, no le preocupaba.

—Te diré lo que temo —dijo Armand, con el mismo apasionamiento de un joven estudiante—. Que después de la muerte viene el caos, que es un sueño del cual uno no puede despertar. Imagínate errando medio consciente, intentando en vano recordar quién eres o qué eres. Imagínate luchando eternamente en busca de la claridad perdida de los vivos...

Esto había asustado a Daniel. Algo de lo que había dicho sonaba como verdadero. ¿No había historias de médiums conversando con presencias incoherentes aunque poderosas? No lo sabía. ¿Cómo demonios podía saberlo? Quizá cuando uno moría no quedaba nada de nada. Tal cosa aterrorizaba a Armand, y no hacía ningún esfuerzo para ocultar su miseria.

—¿Y no crees que me aterroriza a mí? —le había preguntado Daniel, contemplando con la mirada fija a aquella criatura de rostro blanquísimo junto a sí—.

¿Cuántos años tengo? ¿Puedes decirlo simplemente mirándome? Dímelo.

Cuando Armand lo había despertado en Puerto Príncipe, era de la guerra de lo que quería hablar. ¿Qué pensaba realmente de la guerra el hombre del presente siglo? ¿Sabía Daniel que Armand era un muchacho cuando aquello había empezado en él? Diecisiete años, y en sus tiempos aquella edad era muy temprana, muy temprana. Los chicos de diecisiete años en el siglo XX eran monstruos virtuales; tenían barba, tenían pelo en el pecho, y, sin embargo, eran niños aún. En su época, no. Y no obstante, los niños trabajaban como hombres.

Pero no nos desviemos del tema. La cuestión era que Armand no sabía lo que los hombres sentían. Nunca lo había sabido. Oh, naturalmente, había conocido los placeres de la carne, eso estaba fuera de duda. Nadie de su tiempo pensaba que los niños fuesen inocentes a los placeres sensuales. Pero, de la auténtica agresión él sabía muy poco. Mataba porque era intrínseco a su naturaleza vampírica; y la sangre era irresistible. Pero, ¿por qué los hombres encontraban irresistible la guerra? ¿Era el deseo de chocar con armas violentamente contra la voluntad de otros? ¿Era la necesidad física de destruir?

En tales ocasiones, Daniel se las componía como podía para responder: para algunos hombres, era la necesidad de afirmar su propia existencia mediante la aniquilación de los demás. Seguramente, Armand sabía esas cosas.

—¿Saber? ¿Saber? ¿Y qué importa saber si uno no comprende? —había preguntado Armand, con una brusquedad poco frecuente en él a causa de su agitación—. ¿Si uno no puede distinguir una percepción de otra? ¿No te das cuenta? Eso es lo que no sé hacer.

Cuando había encontrado a Daniel en Frankfurt, el tema había sido la naturaleza de la Historia, la imposibilidad de dar ninguna explicación coherente de los acontecimientos que no fuera en sí misma una falsedad. La imposibilidad de conocer la verdad por medio de generalidades y la imposibilidad de aprender sin estudiar por medio de ellas.

Algunas veces, aquellos encuentros no habían sido meramente egoístas. En un hostal rural inglés, Daniel despertó al sonido de la voz de Armand que le avisaba de que saliera del edificio enseguida. Luego un incendio destruía el hostal en menos de una hora.

Otra vez había sido en una cárcel de Nueva York, estando detenido por borrachera y vagancia, cuando Armand apareció para pagar la fianza, con un aspecto demasiado humano, como tenía siempre que acababa de alimentarse: de un joven abogado en abrigo de *tweed* y pantalones de franela, que escoltaba a Daniel hasta una habitación en el Carlyle, donde lo dejó dormir la mona. Allí le esperaría una maleta con ropas nuevas y una cartera llena de dinero metida en un bolsillo.

Finalmente, después de un año de aquella locura, Daniel empezó a hacer preguntas a Armand. ¿Cómo habían sido realmente sus días en Venecia? «Mira esta película, ambientada en el siglo XVIII, dime lo que es falso.»

Pero Armand era notablemente evasivo.

—No puedo responder a lo que me preguntas porque no lo he vivido. Mira, yo tengo muy poca habilidad para sintetizar el conocimiento; yo trato lo inmediato con una fresca intensidad. ¿Cómo era París? Pregúntame si llovió la noche del sábado día cinco de junio de mil setecientos noventa y tres. Quizá te lo pueda decir.

No obstante, en otros momentos, hablaba en rápidos arranques de las cosas que lo rodeaban, de la limpidez chillona de la época de Daniel, de la hórrida aceleración producida por el cambio.

—Fíjate, inventos impresionantes que son inútiles u obsoletos antes de pasar un siglo (el barco de vapor, los globos); sin embargo, ¿sabes lo que significan después de seis mil años de galeras de esclavos y hombres a caballo? Ahora la bailarina de music-hall compra un producto químico para matar la simiente de sus amantes, y vive para llegar a los setenta y cinco en una habitación llena de aparatos que enfrían el aire y se comen, literalmente, el polvo. Y, a pesar de todas las películas históricas y de los libros de historia de bolsillo que abordan a la gente desde cada local y desde cada tienda, el público no tiene una memoria exacta de nada; cada problema social se observa en relación a unas «normas» que, en realidad, nunca han existido; la gente se imagina «privada» de los lujos de la paz y de la tranquilidad, y la paz y la tranquilidad que, de hecho, nunca han sido propias de nadie ni de ninguna parte.

—Pero la Venecia de tu tiempo...

—¿Qué? ¿Que era sucia? ¿Que era bella? ¿Que la gente deambulaba vestida con harapos, que tenía los dientes carcomidos, el aliento apestoso y que se reía en las ejecuciones públicas? ¿Quieres saber la diferencia clave? En la época presente hay una terrible soledad que lo mina todo. No, escúchame. En aquellos días, cuando me contaba entre los vivos, vivíamos seis y siete en una sola habitación. Las calles de las ciudades eran mares de humanidad; pero ahora, en esos altísimos edificios, almas de juicio nebuloso pululan en una lujuriante privacidad, mirando por la ventana televisiva a mundos inalcanzables al beso y al contacto. El amor a la soledad está destinado a producir una grandiosa acumulación en el conocimiento común, un nuevo nivel en la conciencia humana, un curioso escepticismo.

Daniel se sentía fascinado, y, a veces, intentaba

anotar las cosas que le contaba Armand. Pero Armand seguía infundiéndole miedo. Daniel siempre estaba en acción.

No podía asegurar con total certeza cuánto tiempo había transcurrido hasta que había dejado de huir, aunque le era bastante imposible olvidar la noche en que había sucedido.

Quizás habían pasado ya cuatro años desde que el juego había comenzado. Daniel había tenido un largo y tranquilo verano en el sur de Italia, durante el cual no había visto a su demonio familiar ni siquiera una sola vez.

En un hotel barato, sólo a media manzana de las ruinas de la antigua Pompeya, había ocupado sus horas leyendo, escribiendo, intentando definir lo que su breve visión de lo sobrenatural le había reportado y cómo debía volver a aprender a desear, a imaginar, a soñar. La inmortalidad en la Tierra era, en efecto, posible. Lo sabía, no tenía dudas; pero, ¿qué importaba la inmortalidad si él, Daniel, no había de poseerla?

Durante el día, deambulaba por las calles abiertas de la excavada ciudad romana. Y cuando había luna llena, también paseaba por ellas de noche, solo. Parecía que había recuperado el sano juicio. Y que pronto recuperaría la vida. Las hojas verdes desprendían una fragancia fresca al estrujarlas entre los dedos. Miraba hacia les estrellas y no se sentía ni resentido ni triste.

Sin embargo, en otros momentos ardía en deseos de ver a Armand, como si fuera un elixir sin el cual no pudiera continuar viviendo. La oscura energía que lo había inflamado durante cuatro años se desvanecía. Soñaba que Armand estaba junto a él; despertaba llorando como un tonto. Después, llegaba la mañana y estaba triste pero calmado.

Luego Armand había regresado.

Era tarde, quizá las diez de la noche, y el cielo, como ocurre a menudo en el sur de Italia, era de un azul oscuro y brillante. Daniel había estado paseando solo a lo largo del camino que va de la Pompeya propiamente dicha a la Villa de los Misterios, con la esperanza de que los guardias no lo echaran afuera.

Tan pronto como había llegado a la antigua casa, una quietud se había abatido sobre ella. No había guardias. Ningún vivo. Sólo la súbita y callada aparición de Armand ante la entrada. Otra vez Armand.

Había salido en silencio de las sombras al claro de luna, un joven con pantalones vaqueros sucios y una cazadora tejana gastada; había deslizado su brazo alrededor de Daniel, y con mucha suavidad, le había besado el rostro. Una piel tan cálida, llena de la sangre fresca de la matanza. Daniel se imaginaba que podía olerla, que podía oler el perfume del vivo, perfume que aún estaba adherido a Armand.

—¿Quieres entrar en la casa? —había susurrado Armand.

No existía cerradura que se resistiera a Armand. Daniel había temblado, al borde de las lágrimas. ¿Y por qué tenía lugar aquello? Tan contento de verlo, de tocarlo, ah, ¡maldito sea!

Habían entrado en las habitaciones oscuras, de techo bajo; Armand empujaba su brazo contra la espalda de Daniel de un modo raramente acogedor. ¡Ah, sí!, aquella intimidad, porque esto era, ¿no? Tú, mi secreto...

Amante secreto.

Sí.

La comprensión había llegado a Daniel cuando estaban juntos en el comedor de la casa en ruinas, con sus famosos murales de flagelación apenas visibles en la oscuridad: «No me va a matar, después de todo. No va a matarme. Naturalmente no me hará lo que él es, pero no me va a matar. El baile no acabará así.»

—¿Pero cómo podías ignorar algo así? —había dicho Armand, leyendo sus pensamientos—. Te quiero. Si no hubiera aprendido a quererte, te habría matado tiempo atrás, desde luego.

El claro de luna se derramaba entre las celosías de madera. Las lujuriantes figuras de los murales tomaban vida al destacar sobre su fondo rojo, color de sangre seca.

Daniel miró con dureza a la criatura que tenía ante sí, a aquello que aparentaba ser humano y hablaba como un humano, pero que no lo era. Se produjo un cambio en su conciencia: veía a aquel ser como un enorme insecto, un monstruoso y malvado depredador que había devorado un millón de vidas humanas. Sin embargo, lo amaba. Amaba su piel fina y blanca, sus grandes ojos pardos oscuros. Lo amaba no porque se pareciera a un joven afable y pensativo, sino porque era horroroso, atroz, aborrecible, y bello al mismo tiempo. Lo amaba del mismo modo en que la gente ama lo perverso, por el escalofrío que causa en la médula de sus almas. Imaginad, matar así, tomar la vida en cualquier momento que a uno le apetezca, simplemente hacerlo, hundir los colmillos en otro ser y arrebatar todo lo que una persona pueda dar de sí.

Fíjate en la ropa que lleva. Camisa azul de algodón, cazadora tejana con botones de chapa. ¿De dónde había sacado aquella ropa? De una víctima, sí, como si hubiera desenvainado el puñal y la hubiera despellejado mientras aún estaba caliente. No era de extrañar que oliera a sal y a sangre, aunque no fueran visibles sus manchas. Y el pelo cortado como si, en veinticuatro horas, no creciera hasta su longitud normal de media melena. Esto es el mal. Esto es la ilusión. «Esto es lo que quiero ser, por eso no puedo soportar mirarlo.»

Los labios de Armand habían dibujado una dulce, ligeramente disimulada, sonrisa. Luego sus ojos se habían humedecido y se habían cerrado. Se había inclinado hacia Daniel y le había aplicado sus labios en el cuello.

Y, una vez más, tal como había experimentado en una pequeña habitación de Divisadero Street, en San Francisco, con el vampiro Louis, Daniel sintió que los agudos dientes agujereaban la superficie de su piel. Dolor súbito y calidez palpitante.

—¿Me vas a matar al fin? —Se adormeció, encendido, colmado de amor—. Hazlo, sí.

Pero Armand sólo le había tomado unos pocos sorbitos. Soltó a Daniel y empujó con suavidad sus hombros hacia abajo, obligándolo a arrodillarse. Daniel levantaba el rostro para ver la sangre que brotaba de la muñeca de Armand. Potentes descargas eléctricas recorrían el cuerpo de Daniel al probar la sangre. En un momento relampagueante, había parecido que la ciudad de Pompeya se había llenado de susurros, de gritos, de alguna vaga y pulsante señal de sufrimiento antiquísimo, y de muerte. Miles pereciendo en humo y cenizas. Miles muriendo juntos. *Juntos*. Daniel se había aferrado a Armand. Pero la sangre se había terminado. Sólo unas gotas, nada más.

—Eres mío, muchacho precioso —había dicho Armand.

A la mañana siguiente, cuando despertaba en una cama del Excelsior de Roma, Daniel sabía que ya nunca más huiría de Armand. Menos de una hora después de la puesta de sol, Armand iba a verlo. Ahora marcharían a Londres; el coche los esperaba para llevarlos al avión. Pero había tiempo suficiente, ¿no?, para otro abrazo, otro pequeño intercambio de sangre.

—Aquí, de mi cuello —había susurrado Armand, acompañando con la mano la cabeza de Daniel. Un delicado palpitar silencioso. La luz de las lámparas se expandía, resplandecía, aniquilaba la habitación.

Amantes. Sí, se había tornado en un asunto extático y absorbente.

—Eres mi maestro —le dijo Armand—. Vas a explicármelo todo sobre este siglo. Ya estoy aprendiendo secretos que se me habían escapado al principio. Podrás dormir cuando salga el sol, si lo deseas. Pero las noches serán mías.

Se zambulleron en el mismo corazón de la vida. En cuestión de disfraces, Armand era un genio, y, cualquier atardecer en que mataba temprano, pasaba por humano dondequiera que fueran. En aquellas horas tempranas, su piel ardía, su rostro manifestaba una tremenda curiosidad apasionada, sus abrazos era febriles y breves.

Daniel hubiera tenido que ser otro inmortal para poder seguir su ritmo. Cabeceaba en las sinfonías y en las óperas o durante los cientos y cientos de películas que Armand lo arrastraba a ver. Luego estaban las inacabables fiestas, las concurridas y ruidosas reuniones desde Chelsea hasta Mayfair, donde Armand discutía de política y de filosofía con estudiantes o damas de sociedad, o con cualquiera que le ofreciera la más leve oportunidad de hacerlo. Sus ojos se humedecían de excitación, su voz perdía su resonancia sobrenatural y tomaba el acento más sólido de los demás jóvenes del salón.

Ropas de todas clases lo fascinaban, no por su belleza, sino por las significaciones que creía que implicaban. Vestía pantalones vaqueros y camisetas, como Daniel; vestía jerséis de lana gruesa y enormes zapatos negros y fuertes, cazadoras de piel y gafas reflectantes echadas hacia arriba, en el pelo. Vestía trajes de sastre, esmóquines, corbata blanca y levita cuando le venía en gana; una noche llevaba el pelo apretado, de tal forma que parecía un joven caído de Cambridge, y a la siguiente se lo dejaba largo y rizado, como si fuese la melena de un ángel.

Parecía que él y Daniel hubiesen estado subiendo cuatro tramos de escalera sin iluminar para visitar a algún pintor, escultor o fotógrafo o para ver alguna especialísima película nunca proyectada, pero revolucionaria durante toda la vida. Pasaban horas y horas en pisos fríos y húmedos de chicas de ojos negros que tocaban música rock y hacían té de hierbas que Armand nunca bebía.

Hombres y mujeres se enamoraban de Armand, naturalmente, «¡tan inocente, tan apasionado, tan brillante!». Innecesario decirlo. De hecho, el poder seductor de Armand llegaba casi más allá de lo que él mismo podía controlar. Y era Daniel quien tenía que acostarse con aquellas o aquellos desafortunados, si Armand podía arreglarlo; mientras, él observaba de cerca, sentado en una silla, un Cupido de ojos oscuros y tierna y aprobadora sonrisa. Ardiente, abrasadora, aquella pasión contemplada; Daniel trabajaba el otro cuerpo todavía con mayor entrega, entrega provocada por el doble objetivo de cada gesto íntimo. Pero después, permanecía tendido, vacío, con los ojos clavados en Armand, resentido, frío.

En Nueva York, proliferaban inauguraciones de museos, de cafés, de bares. Adoptaban a un joven bailarín, pagando todas sus facturas, empezando por las de la escuela. Se sentaban en los pórticos del Soho y del Greenwich Village matando las horas con cualquiera que pasase y quisiera añadirse a ellos. Iban a clases nocturnas de literatura, filosofía, historia del arte y política. Estudiaban biología, compraban microscopios, coleccionaban especímenes. Estudiaban libros de astronomía y montaban telescopios gigantes en las azoteas de los edificios donde vivían unos días, o un mes a lo sumo. Iban a combates de boxeo, conciertos de rock, espectáculos de Broadway.

Las invenciones tecnológicas empezaron a obsesionar a Armand, una tras otra. Primero fue la batidora de cocina, con la cual producía horripilantes brebajes, la mayoría basados en los colores de los ingredientes; luego los hornos microondas, en los que cocía cucarachas y ratones. Las trituradoras de basura le encantaban: las alimentaba de toallas de papel y de paquetes enteros de cigarrillos. Luego los teléfonos. Hacía conferencias de larga distancia a todo el planeta, hablando durante horas con «mortales» de Australia o de la India. Finalmente, la televisión lo cautivó por completo, de tal forma que tenían el piso lleno de potentísimos altavoces y pantallas parpadeantes.

Cualquier proyección que tuviera cielos azules lo atraía. Luego tenía que mirar los noticiarios, las series de mayor audiencia, los documentales, y, al final, indiferente a su calidad intrínseca, todos los filmes, fueran cuales fuesen.

Pero hubo películas concretas que excitaron su imaginación. Revisó una y otra vez *Blade Runner*, de Ridley Scott, fascinado por Rutger Hauer, el actor de poderosa complexión que, como líder de los androides rebeldes, se enfrenta a su hacedor humano, lo besa y le aplasta el cráneo. El crujido de los huesos al romperse y la expresión de los ojos fríos y azules de Hauer arrancaba una risa lenta y casi pícara en Armand.

—Éste es tu amigo Lestat —susurró una vez Armand a Daniel—. ¿Tendría Lestat los... (¿cómo lo decís?)... huevos... de hacer una cosa semejante?

Después de *Blade Runner*, fue la comedia hilarante *Los ladrones del tiempo*, en donde cinco enanos roban un «Mapa de la Creación», con el cual pueden viajar a través de los agujeros del Tiempo. Caen de un siglo a otro, robando y armando jaleo en compañía de un chico, hasta que van a parar a la guarida del diablo.

Una escena en particular se convirtió en la favorita de Armand: los enanos, en un escenario derruido en Castelleone, cantando «Yo y mi sombra» para Napoleón. Armand lo encontraba absolutamente delirante. Perdía toda su compostura sobrenatural y se tornaba totalmente humano, riendo a carcajada limpia hasta que le saltaban las lágrimas.

Daniel tenía que conceder que había un horrible encanto en la escena, en el número de «Yo y mi sombra», con los enanos tropezando y cayendo, peleándose todos contra todos y echando a perder finalmente la actuación entera, con los aturdidos músicos del siglo XIX en el foso sin saber qué hacer de la canción del siglo XX. Napoleón primero quedaba estupefacto, pero luego disfrutaba mucho con el espectáculo. Un golpe de genio cómico, la escena entera. Pero ¿cuántas veces podría mirarla un mortal? A Armand parecía no agotarlo nunca.

Aunque, al cabo de seis meses, trocaba la afición a las películas por las cámaras de vídeo y se ponía a filmar sus propias películas. Arrastraba a Daniel por toda Nueva York, entrevistando a los noctámbulos callejeros. Grababa cintas de él mismo recitando poesía en italiano o latín, o simplemente posando con los brazos cruzados, una reluciente presencia blanca, escabulléndose del enfoque y volviendo a él en una eterna nebulosa luz bronceada.

Luego, en alguna parte, de alguna manera, en un lugar desconocido para Daniel, Armand grabó una larga cinta de él mismo yaciendo en el ataúd durante su sueño letárgico de las horas diurnas. A Daniel le resultaba imposible mirarlo. Armand permanecía sentado durante horas ante el lentísimo film, observando cómo su propio pelo, cortado al alba, crecía lentamente encima del satén mientras permanecía tendido, inmóvil y con los ojos cerrados.

Lo siguiente fueron los ordenadores. Llenaba disco tras disco de anotaciones secretas. También alquiló apartamentos adicionales en Manhattan para albergar sus procesadores de textos y máquinas de videojuegos.

Finalmente desvió su atención hacia los aviones.

Daniel había sido un viajero empedernido toda su vida, había huido de Armand por todas las ciudades del mundo, y, ciertamente, él y Armand habían tomado aviones juntos. No había nada nuevo en ello. Pero lo de ahora era una exploración concentrada; tenían que pasarse la noche entera en el aire. Volar a Boston, luego a Washington, después a Chicago, luego otra vez de vuelta a Nueva York no fue algo inhabitual. Armand lo observaba todo: viajeros, azafatas; hablaba con los pilotos; se repantigaba en las profundas butacas de primera clase escuchando el rugido de los motores. En especial le encantaban los *jets* de dos pisos. Tuvo que intentar aventuras más largas, más osadas: hasta Puerto Príncipe o San Francisco, o Roma, o Madrid o Lisboa: no importaba, mientras lo pusieran a salvo en tierra antes del amanecer.

Al alba, Armand, como quien dice, desaparecía. Daniel no había de saber nunca dónde dormía Armand. Pero no importaba, porque Daniel, al despuntar el día, estaba muerto de agotamiento. Ya hacía cinco años que no veía la luz del mediodía.

Muchas veces, Armand aparecía en la habitación de Daniel antes de que éste despertase. El café estaría subiendo, la música en marcha (Vivaldi o cualquier pianista de cabaret, a Armand le gustaban igualmente) y Armand pasearía habitación arriba habitación abajo, esperando a que Daniel se levantase.

—Venga, amor, esta noche vamos al ballet. Quiero ver a Baryshnikov. Y, después, al Village. ¿Recuerdas aquella banda de jazz que me encantó el verano pasado? Bien. Pues han regresado. Vamos, tengo hambre, querido. Debemos irnos.

Y como Daniel se hiciera el perezoso, Armand lo empujaba a la ducha, lo enjabonaba, lo enjuagaba, lo secaba de pies a cabeza; luego lo afeitaba con tanta delicadeza como un barbero a la antigua y después de seleccionar muy a conciencia en el armario de su ropa sucia y descuidada, lo vestía.

Daniel adoraba el contacto de aquellas manos relucientes y duras recorriendo su piel; era como si llevaran guantes de satén. Y los ojos pardos que parecían arrancar a Daniel de sí mismo; ¡ah!, el delicioso vértigo, la certeza de ser arrastrado hacia el fondo, de ser arrebatado de todo lo físico y de que las manos se cerrarían en su garganta con suavidad y los dientes perforarían su piel.

Cerraba los ojos; su cuerpo se calentaba poco a poco, y, cuando la sangre de Armand tocaba sus labios, ardía. Volvía a oír los suspiros distantes, los gritos... ¿Eran de almas en pena? Parecía que allí había una gran continuidad luminosa, como si los sueños se entretejieran de repente y adquirieran una importancia vital, pero todo se escabullía de nuevo...

Una vez se había lanzado a Armand, lo había agarrado con todas sus fuerzas y había intentado desgarrarle la piel del cuello. Armand había demostrado mucha paciencia, haciendo el corte para él y dejándole cerrar su boca durante el más largo de los tiempos (sí, éste) y luego apartándolo de sí con toda dulzura.

Daniel era incapaz de dominar sus decisiones. Daniel vivía sólo en dos estados alternos: miseria y éxtasis, unidos por el amor. Nunca sabía cuándo recibiría la sangre. Ya no sabía si las cosas tenían un aspecto diferente a causa de la sangre (los claveles contemplándolo desde sus jarrones, los rascacielos patentes y visibles como plantas surgidas de simientes de acero en una sola noche), o a causa de que estaba enloqueciendo.

Luego llegó la noche en que Armand dijo que estaba dispuesto a hacer su entrada en serio en el siglo XX, que ya conocía lo suficiente de él. Deseaba riquezas «incalculables». Deseaba una vastísima morada llena de los objetos que había aprendido a apreciar. Y yates, aviones, coches..., millones de dólares. Quería que Daniel se comprase cualquier cosa que pudiera desear.

—¿Qué quieres decir con millones? —se había burlado Daniel—. Tiras los vestidos después de usarlos, alquilas apartamentos y olvidas dónde están. ¿Sabes qué es un código postal, o un impuesto de lujo? Soy yo el que compra todos los malditos billetes de avión. Millones. ¿Cómo vamos a conseguir millones? Roba otro Maserati y, por Dios, que estamos perdidos.

—Daniel, tú eres para mí un regalo de parte de Louis —dijo Armand con gran ternura—. ¿Qué haría yo sin ti? Lo has entendido todo al revés. —Tenía los ojos muy abiertos, como un niño—. Quiero estar en el centro vital de las cosas, igual que años atrás en París, en el Teatro de los Vampiros. Seguramente lo recuerdas. Quiero ser un cáncer en el mismo centro del mundo.

Daniel había quedado perplejo por la velocidad de los acontecimientos.

Todo había empezado con un tesoro descubierto en aguas de Jamaica. Armand había alquilado un bote para mostrar a Daniel dónde debían iniciarse las operaciones de salvamento. Al cabo de pocos días, habían descubierto un galeón español en el fondo del mar, cargado con lingotes de oro y joyas. Lo siguiente fue un hallazgo arqueológico consistente en varias figurillas aztecas de valor incalculable. Otros dos barcos naufragados fueron localizados en rápida sucesión. Un pedazo de tierra en Sudamérica, conseguido a un precio ridículo, les hizo dueños de una productiva mina de esmeraldas, no explotada en muchos años.

Adquirieron una mansión en Florida, yates, lanchas rápidas y un avión, pequeño, pero con un interior exquisitamente amueblado.

Y ahora debían ir vestidos como príncipes para todas las ocasiones. El mismo Armand supervisaba las medidas para los trajes, camisas y zapatos hechos especialmente para Daniel. Escogía las telas para confeccionar una tanda inacabable de cazadoras, pantalones, batas, pañuelos de seda. Naturalmente, para climas más fríos, Daniel debía tener abrigos de visón; para Montecarlo, esmóquines y gemelos de oro, e incluso una larga capa de ante negro, que Daniel, con su «estatura del siglo XX», luciría con gran elegancia.

A la puesta de sol, cuando Daniel despertaba, ya tenía la ropa a punto. Que el cielo lo ayudase si cambiaba un solo artículo, desde el pañuelo de hilo hasta los calcetines negros de seda. La cena le esperaba en el grandioso comedor con ventanas que daban a la piscina. Armand estaba sentado ya en su escritorio del despacho adyacente. Había trabajo por hacer: mapas que consultar, más riqueza que obtener.

—Pero ¿cómo lo haces? —le había preguntado Daniel, mientras observaba cómo Armand tomaba notas: escribía instrucciones para las nuevas compras.

—Si uno puede leer la mente de los hombres, puede obtener absolutamente todo lo que desea —había respondido Armand cargado de paciencia. ¡Ah!, aquella voz suave y razonable, aquel rostro confiado y de una ingenuidad casi infantil, aquel pelo castaño que siempre le caía tapándole el ojo un poco como al descuido, aquel cuerpo que sugería tanto la serenidad humana, la soltura física.

—Dame *a mí* lo que quiero —le había exigido Daniel.

—Te estoy dando todo lo que nunca podrías ni soñar.

—Sí, pero, no lo que he pedido, ¡no lo que deseo!

—Sé vivo, Daniel —un débil susurro y un beso—. Deja que, desde lo más profundo de mi corazón, te diga que la vida es mucho mejor que la muerte.

—No quiero estar vivo, Armand. Quiero vivir para siempre; entonces seré *yo* quien te diga *a ti* si la vida es mejor que la muerte.

El hecho era que la riqueza lo enloquecía, hacía que sintiera más intensamente su mortalidad. Navegando por la cálida corriente del Golfo con Armand, bajo un claro cielo nocturno rociado de numerosísimas estrellas, desesperaba por poseer todo aquello para siempre. Con una mezcla de amor y de odio, miraba cómo Armand conducía sin esfuerzo la embarcación. ¿De veras dejaría Armand que él muriese?

El juego de la obtención de riquezas continuaba.

Picassos, Degas, Van Goghs, eran unos de los pocos cuadros robados que Armand recuperaba sin explicación alguna y los pasaba a Daniel para reventas o recompensas. Desde luego que los últimos propietarios no se atrevían a hacer ningún paso para recuperarlos, en el caso de haber sobrevivido a las silenciosas visitas nocturnas a los santuarios del arte donde esos tesoros robados habían sido exhibidos. A veces no existía un título de propiedad claro de la obra en cuestión. De las subastas se llevaban millones. Pero incluso esto no era suficiente.

Perlas, rubíes, esmeraldas, tiaras de diamantes, todo se lo llevaba a Daniel.

—No te preocupes, son robados, nadie los reclamará. —Y a los salvajes traficantes de narcóticos de la costa de Miami, Armand se lo robaba todo y cualquier cosa: armas, maletas llenas de dinero, incluso las lanchas.

Daniel contemplaba con ojos desorbitados los fajos y fajos de billetes verdes, mientras las secretarias los contaban y los envolvían para ingresarlos en cuentas codificadas de bancos europeos.

Con frecuencia, Daniel veía a Armand salir solo «a la caza» por las cálidas aguas meridionales: un joven en suave camisa negra de seda y pantalones negros, tripulando una lancha rápida sin luces, con el viento azotando su largo pelo sin cortar. Un enemigo tan mortal. En algún lugar, lejos de allí, fuera del alcance de la vista desde tierra, encuentra a sus contrabandistas y ataca: el pirata solitario, muerto. Las víctimas, ¿eran lanzadas a las profundidades, con el pelo ondulado quizás un momento mientras la luna aún los iluminaba para que pudieran dar una última mirada a lo que había sido su ruina? ¡Qué chico! Y ellos que creían que eran los malos...

—¿Me dejarías ir contigo? ¿Me dejarías ver cuando lo haces?

—No.

Al fin, habían acumulado suficiente capital; Armand estaba preparado para la acción de verdad.

Ordenó a Daniel que realizara compras sin pedir consejo ni dudar: una flota de cruceros, una cadena de restaurantes y hoteles. Cuatro aviones particulares estaban ahora a su disposición. Armand tenía ocho teléfonos.

Y luego llegó el sueño final: la Isla de la Noche, la propia y personal creación de Armand, con sus cinco deslumbrantes plantas de teatros, restaurantes y tiendas. Él mismo dibujó los proyectos para los arquitectos que había elegido. Les dio interminables listas de los materiales que deseaba emplear, de las telas, de las esculturas para las fuentes, incluso de las flores, de los árboles plantados en macetas.

¡Admirad! ¡La Isla de la Noche! Desde la puesta de sol hasta el amanecer, los turistas la abarrotaban, turistas traídos barca tras barca de los muelles de Miami. La música tocaba continuamente en los salones, en las pistas de baile. Los ascensores de cristal nunca detenían su vuelo al cielo; estanques, canales, cascadas brillantes en medio de lechos de flores húmedas, frágiles.

En la Isla de la Noche se podía comprar de todo: diamantes, Coca-Cola, libros, pianos, loros, diseño moderno, muñecas de porcelana. Las cocinas más delicadas del mundo a disposición de cualquiera. En los cines se proyectaban cinco películas en una noche. Allí había el *tweed* inglés y el cuero español. Seda india, alfombras chinas, plata de ley, helados de cucurucho o azúcar en algodón, objetos de marfil y zapatos italianos.

O se podía vivir cerca, en lujo secreto, saliendo y entrando disimuladamente y a voluntad del torbellino.

—Todo esto es tuyo, Daniel —dijo Armand, paseando con calma por las espaciosas y aireadas habitaciones de su propia Villa de los Misterios, que ocupaba tres plantas (y sótanos, prohibidos para Daniel), ventanas abiertas al ardiente paisaje nocturno de Miami, a las difusas y altas nubes planeando por el cielo.

Magnífica era la hábil mezcolanza de lo viejo y lo nuevo. Puertas corredizas de ascensores que se abrían a enormes habitaciones rectangulares, llenas de tapices medievales y candelabros antiguos; pantallas gigantes de televisión en cada estancia. Pinturas renacentistas llenaban la alcoba de Daniel, cuyo suelo de parquet estaba recubierto de alfombras persas. Lo mejor de la escuela veneciana rodeaba a Armand en su despacho enmoquetado de blanco y lleno de resplandecientes ordenadores, interfonos y monitores. Los libros, las revistas, los diarios, llegaban de todo el mundo.

—Ésta es tu casa, Daniel.

Y así había sido, y Daniel la había amado, tenía que admitirlo; y lo que había amado aún más había sido la libertad, el poder y el lujo que estaban a su servicio en cualquier parte adonde fuera.

Armand y él habían viajado, de noche, a los confines de la selva de América Central para ver las ruinas mayas; habían escalado por la ladera del Anapurna para vislumbrar su distante cima bajo la luz de la luna. Habían paseado juntos por las calles bulliciosas de Tokio, por Bangkok, El Cairo y Damasco, por Lima, Río y el Katmandú. De día, Daniel nadaba en las comodidades de los mejores hoteles y paradores; de noche, deambulaba sin miedo junto a Armand.

De vez en cuando, sin embargo, la ilusión de la vida civilizada se hacía añicos. A veces, en algún lugar muy lejano, Armand percibía la presencia de otros inmortales. Explicaba que había lanzado su escudo protector alrededor de Daniel, pero quedaba preocupado. Daniel tenía que permanecer a su lado.

—Conviérteme en lo que tú eres y no te preocupes más.

—No sabes lo que dices —había respondido Armand—. Ahora eres uno entre los miles de millones de humanos y pasas inadvertido. Si te convirtieras en uno de nosotros, serías un faro en la oscuridad.

Daniel no quería aceptarlo.

—Te localizarían sin error —continuaba Armand. Estaba furioso, aunque no con Daniel. El hecho era que le disgustaba enormemente hablar de los no-muertos—. ¿No sabes que los viejos se dedican a destruir a los más jóvenes a la primera oportunidad que se les presenta? —le había preguntado—. ¿No te lo explicó tu querido Louis? Es lo que hago en los lugares donde nos establecemos algún tiempo: los limpio de jóvenes, de sabandijas. Pero no soy invencible. —Hizo una pausa como si estuviera meditando en si debía continuar o no. Luego prosiguió—: Soy como cualquier bestia salvaje. Tengo enemigos que son más viejos y más fuertes que yo y que podrían destruirme, si les viniera en gana. Estoy seguro.

—¿Más viejos que tú? Pero yo creía que eras el más viejo —había dicho Daniel. Hacía años que no hablaban de las *Confesiones de un vampiro*. De hecho, nunca habían discutido en detalle el contenido de la obra.

—No, desde luego, no soy el más viejo —había contestado Armand. Parecía ligeramente inquieto—. Sólo el más viejo que podía encontrar Louis. Hay otros. No sé sus nombres; pocas veces he visto sus rostros. Pero, a veces, los siento. Se podría decir que nos sentimos mutuamente. Nos transmitimos nuestras señales, silenciosas y poderosas. «Manténte alejado de mí.»

A la noche siguiente le había dado a Daniel el relicario, el amuleto, tal como lo llamaba, para que lo llevase siempre encima. Primero lo había besado y luego lo había frotado con fuerza entre sus manos, como para calentarlo. ¡Qué extraño ser testigo de aquel ritual! Más extraño todavía ver el objeto en sí mismo, con la letra A grabada y, en el interior, el frasquito que contenía la sangre de Armand.

—Fíjate aquí, rompe el cierre si se te acercan. Rompe el frasco al instante. Y sentirán el poder que te protege. No osaran...

—¡Ah!, dejarás que me maten. Lo sabes —había dicho Daniel obstinado—. Dame el poder para defenderme por mí mismo.

Pero había llevado el relicario consigo desde entonces. Bajo la lámpara, había examinado la A y los intrincados grabados que cubrían por entero el objeto hasta descubrir que eran diminutas figuras que parecían sufrir, algunas mutiladas, otras retorciéndose por la agonía, algunas muertas. Algo realmente horripilante. Había dejado caer la cadena en el interior de la camisa, y notó la frialdad contra su pecho desnudo, pero al menos así quedó fuera del alcance de la vista.

No obstante, Daniel no vería nunca ni percibiría la presencia de otro ser sobrenatural. Recordó a Louis como si hubiera sido una alucinación, algún producto de la fiebre. Armand era el único oráculo de Daniel, su despiadado y amoroso dios demoníaco.

Su amargura se incrementaba más y más. La vida con Armand lo encendía, lo enloquecía. Hacía años que Daniel no tenía un pensamiento para su familia, para los amigos que solía frecuentar. Enviaba cheques a sus parientes, de esto se aseguraba, pero ya sólo eran nombres de una lista.

—Nunca morirás, y sin embargo me miras y miras cómo muero; noche tras noche miras cómo muero.

Horribles luchas, terribles luchas; al final, Armand destrozado, con los ojos vidriosos de cólera contenida; luego llorando dulcemente pero sin control, como si hubiera redescubierto una emoción que amenazaba con partirle el corazón.

—No lo haré, no puedo hacerlo. Pídeme que te mate, será mucho más fácil. ¿No te das cuenta? No sabes lo que pides. Siempre es un tremendo error. ¿No comprendes que cada uno de nosotros lo abandonaría todo por tener vida humana?

—¿Abandonar la inmortalidad, sólo para vivir una vida? No te creo. Es la primera vez que me dices una mentira tan flagrante.

—¡Cómo te atreves!

—No me pegues que podrías matarme. Eres muy fuerte.

—Lo abandonaría todo. Si no me acobardara cuando pienso detenidamente en la muerte; si, después de quinientos codiciosos años en este torbellino, no continuara aterrorizado, aterrorizado hasta la médula de los huesos, ante la muerte.

—No, no lo harías. El miedo no tiene nada que ver con ello. Imagínate una vida en la época en que naciste. Y perder todo esto. El futuro en el cual has conocido poderes y lujos con que nunca podría soñar Genghis Khan. Pero olvida los milagros técnicos. ¿Te decidirías por desoír el destino del mundo? ¡Ah!, no me digas que lo harías.

Nunca se llegaba a nada definitivo con sólo palabras. Se acababa con el abrazo, con el beso, con la sangre aguijoneándolo, con la mortaja de los sueños envolviéndolo como una gran red..., con el hambre. «¡Te quiero! ¡Dame más! Sí, más.» Pero nunca bastaba.

Era inútil.

¿Cuál había sido el producto de aquellas transfusiones en su cuerpo y en su alma? ¿Le habían hecho ver la caída de la hoja con mayor detalle? ¡Armand no se lo iba a dar!

Armand vería a Daniel partir una y otra vez, y errar por los terrores de la vida cotidiana, sufriría este riesgo mejor que el otro. No había nada que Daniel pudiera hacer, nada que pudiera dar.

Y empezó su viaje errabundo, su fuga continua, pero Armand no lo siguió. Armand esperaría cada vez, hasta que Daniel le pidiese que lo hiciera regresar. O hasta que Daniel estuviera más allá de toda llamada, hasta que Daniel estuviese en el mismo borde de la muerte. Y entonces, sólo entonces, Armand enviaría a por él.

La lluvia azotaba las anchas aceras de Michigan Avenue. La librería estaba vacía, las luces se habían apagado. En algún lugar, un reloj dio las nueve. Daniel estaba apoyado en el cristal del escaparate, observando el flujo de vehículos que pasaba ante él. Ningún lugar adonde ir. Bebería las gotitas de sangre del interior del relicario. ¿Por qué no?

Y Lestat en California, merodeando, quizás en aquel mismo momento, al acecho de una nueva víctima. Ya estaban preparando el local para el concierto. Hombres mortales montando luces, micrófonos, tribunas, ignorantes de que los códigos secretos estaban dados, ignorantes del siniestro público que se escondería entre la gran masa humana indiferente y, por supuesto, histérica. ¡Ah!, quizá Daniel había cometido un terrible error de cálculo. ¡Quizás Armand estaría allí aquella noche!

Al principio parecía imposible, luego se evidenciaba cierto. ¿Por qué Daniel no se había dado cuenta antes?

¡Seguro que Armand iría! Si había alguna verdad en todo lo que Lestat había escrito, Armand iría para estimar, para ser testimonio, para buscar quizás a los que había perdido a lo largo de los siglos y que ahora Lestat arrastraba en la misma llamada.

¿Y qué importaría entonces un amante mortal, un humano que no había sido más que un juguete durante una década? No, Armand se había ido sin él. Y esta vez no acudiría a rescatarlo.

Se sentía frío y pequeño esperando allí. Se sentía miserablemente solo. No importaba. Sus premoniciones, el sueño de las gemelas que se abatía sobre él y luego lo abandonaba dejándolo lleno de presagios... Ésas eran cosas que pasaban junto a él como grandes alas negras. Se notaba su viento indiferente barriendo la calle. Armand se había dirigido, sin Daniel, hacia un destino que éste nunca comprendería del todo.

Lo llenaba de horror, de tristeza. Las puertas cerradas. La ansiedad sublevada por el sueño, mezclada con un monótono pavor vertiginoso. Había llegado al final del camino. ¿Qué haría? Con gran fatiga, se imaginaba la Isla de la Noche cerrada para él. Veía la Villa tras sus muros blancos, encumbrada, dominando la playa, imposible de alcanzar. Imaginaba su pasado desaparecido, junto con su futuro. La muerte era la razón de ser del presente inmediato: definitivamente, no existe nada más.

Anduvo algunos pasos más. Tenía las manos entumecidas. La lluvia había empapado su camisa ya sudada y quería tenderse en la misma calzada y dejar que las gemelas regresaran. Las frases de Lestat atravesaban veloces su cabeza. Llamaba Rito Oscuro al momento de renacer; llamaba Jardín Salvaje al mundo que podía acoger a unos monstruos tan exquisitos, ¡ah, sí!

«Pero déjame ser un amante en el Jardín Salvaje, contigo, y la luz de la vida que se apaga tornará con gran estallido de gloria. Saldré de la carne mortal y entraré en la eternidad. Seré uno de los tuyos.»

Mareado. ¿Había caído? Alguien hablando con él, alguien preguntándole si estaba bien. No, desde luego que no. ¿Por qué habría de estarlo?

Pero una mano se posó en su hombro.

«Daniel.»

Levantó la vista. Armand estaba en la acera.

Al principio no lo creía, tanta era la desesperación con que lo deseaba, pero no podía negar lo que veía. Armand estaba allí. Lo escrutaba en silencio desde la quietud extraterrena que parecía arrastrar consigo, su rostro ruborizado bajo el más leve tinte de palidez antinatural. Qué normal parecía, si la belleza ha sido alguna vez normal. Pero qué extrañamente aislado de las cosas materiales que lo envolvían, la gabardina blanca arrugada y los pantalones. Tras él, el gran volumen gris del Rolls esperaba, como una visión superpuesta, con unas gotas de lluvia que hormigueaban en su techo plateado.

«Vamos, Daniel. Me lo has puesto muy difícil esta vez, muy difícil.»

¿Por qué la orden apremiante cuando la mano que había tirado de él era tan fuerte? Era algo muy extraño ver a Armand colérico. ¡Ah, cuánto amaba Daniel aquella cólera! Sus rodillas cedieron bajo su peso y sintió que lo levantaban. Luego el suavísimo terciopelo del asiento trasero del coche se extendió bajo él. Cayó de manos y cerró los ojos.

Pero Armand lo incorporó con mucha delicadeza, y lo sostuvo. El coche se columpiaba suavemente mientras avanzaba. Qué bueno era dormir en brazos de Armand. Tenía mucho que contar a Armand, mucho acerca del sueño, del libro.

—¿Crees que no lo sé? —susurró Armand. Un extraño fulgor en los ojos, ¿qué era? Algo puro y tierno en la manera de mirar de Armand, desnudo de toda compostura. Levantó un vaso medio lleno de brandy y lo puso en la mano de Daniel.

—Y huyes de mí —dijo—, de Estocolmo, de Edimburgo, de París. ¿Qué crees que soy para que pueda seguirte a tanta velocidad y por tantos caminos? Y el peligro...

Labios contra el rostro de Daniel, de repente, «ah, esto está mejor, me gusta besar. Y acurrucarme en cosas muertas, sí, abrázame». Enterró su rostro en el cuello de Armand. «Tu sangre.»

—Todavía no, querido —Armand lo apartó de sí, aplicando sus dedos en los labios de Daniel. Una sensación tan poco común con aquella voz baja y controlada—. Escucha lo que te voy a decir. Por todo el mundo, nuestra especie está siendo destruida.

Destruida. Un calambre de pánico recorrió su cuerpo, tan intensamente que se puso alerta a pesar de toda su fatiga. Intentó fijar la vista en Armand, pero volvió a ver a las gemelas pelirrojas, los soldados, el cuerpo calcinado de la madre, echado en las cenizas. Pero el significado, la continuidad... «¿Por qué?»

—No puedo decírtelo —dijo Armand. Y se refería al sueño de que hablaba, porque también él había tenido el sueño. Llevó el brandy a los labios de Daniel.

Oh, muy cálido, sí. Si no se agarraba fuerte, resbalaría hacia la inconsciencia. Ahora corrían en silencio por la autopista, fuera de Chicago; la lluvia inundaba los cristales, cerrados en aquel pequeño lugar acogedor, recubierto de terciopelo. ¡Ah, qué lluvia plateada más encantadora! Y Armand se había vuelto, distraído, como si escuchara alguna música lejana, con la boca semiabierta, paralizada a punto de decir algo.

«Estoy contigo, a salvo contigo.»

—No, Daniel; a salvo no —respondió él—. Quizá ni por una noche, quizá ni por una hora.

Daniel intentó pensar, formular una pregunta, pero estaba demasiado débil, demasiado adormecido. El coche era tan cómodo, el movimiento tan relajante. Y las gemelas. ¡Las bellas gemelas pelirrojas querían entrar ahora! Sus ojos se cerraron por un fracción de segundo y se hundió en el hombro de Armand; sintió la mano de Armand en su espalda.

Oyó la voz de Armand, muy lejana:

—¿Qué hago contigo, querido mío? Especialmente ahora, cuando yo mismo estoy tan asustado.

Oscuridad de nuevo. Se concentró en el sabor del brandy en su boca, al contacto de la mano de Armand, pero ya estaba soñando.

Las gemelas andaban por el desierto; el sol estaba alto y quemaba sus blancos brazos, sus rostros. Tenían los labios hinchados y agrietados por la sed. Sus ropas estaban manchadas de sangre.

—Haced que llueva —susurró en voz alta Daniel—. Podéis hacerlo, haced que llueva. —Una de las gemelas cae de rodillas; su hermana se arrodilla junto a ella y la abraza. Pelo rojo contra pelo rojo.

En algún lugar lejano oyó de nuevo la voz de Armand. Armand decía que estaban demasiado adentro del desierto. Que ni siquiera los espíritus podían hacer llover en un lugar como aquél.

Pero, ¿por qué? ¿No lo podían todo los espíritus?

Sintió que Armand lo besaba otra vez suavemente.

Las gemelas habían entrado ahora en un paso bajo entre montañas. Pero no había sombra porque el sol estaba directamente en su vertical, y las paredes rocosas eran demasiado traicioneras para que ellas las pudieran escalar. Continúan andando. ¿No puede ayudarlas nadie? Ahora tropiezan y caen cada pocos pasos. Las rocas parecen demasiado calientes para tocarlas. Por fin, una cae de bruces en la arena; la otra se tiende encima de ella, protegiéndola con su pelo.

Oh, sólo con que llegara la noche, con sus vientos refrescantes...

De pronto, la gemela que protege a su hermana mira hacia arriba. Movimiento en los peñascos. Quietud de nuevo. Una roca cae, ecos con un claro sonido de algo que se arrastra. Y luego Daniel ve unos hombres moviéndose arriba de los precipicios, gente del desierto con la misma apariencia de miles de años atrás, con su piel oscura y sus pesadas ropas blancas.

Juntas, las gemelas se hincan de rodillas al ver que los hombres se les acercan. Los hombres les ofrecen agua. Vierten agua fresca encima de las gemelas. De súbito, las gemelas se ponen a hablar y a reír históricamente, tan grande es su alivio; pero los hombres no comprenden. Entonces hacen aquellos gestos muy elocuentes: una gemela señala el vientre de su hermana y cruza los brazos haciendo el signo universal de mecer a un bebé. Ah, sí. Los hombres levantan a la mujer embarazada. Y juntos se dirigen hacia el oasis, alrededor del cual se hallan sus tiendas.

Finalmente, junto a la luz de la hoguera al exterior de la tienda, las gemelas se duermen, a salvo, entre el pueblo del desierto, los beduinos. ¿Sería posible que los beduinos existieran ya tan antiguamente, que su historia se remontara a miles y miles de años? Al alba, una de las gemelas se levanta, la que no lleva al hijo. Mientras su hermana se queda observándola, ella se dirige a los olivos del borde del oasis y levanta los brazos. Al principio parece que sólo da la bienvenida al sol. Otros ya han despertado y se reúnen para ver. Luego se levanta un viento suave que balancea las ramas de los olivos. Y la lluvia, la dulce y ligera lluvia, empieza a caer.

Abrió los ojos. Estaba en el avión.

Reconoció la pequeña habitación de inmediato por las paredes de plástico blanco y la relajadora cualidad de la difusa luz amarilla. Todo sintético, compacto y reluciente como los grandes huesos de las costillas de las criaturas prehistóricas. ¿Se ha completado ya el círculo? La tecnología ha recreado la cavidad del interior del vientre de la ballena donde estuvo Jonás.

Estaba tendido en la cama que no tenía cabecera ni pie, ni patas ni marco. Alguien le había lavado las manos y la cara. Estaba recién afeitado. ¡Ah!, le sentaba tan bien. Y el rugido de los motores era un inmenso silencio, el respirar de la ballena, deslizándose por el mar. Aquello hacía posible que viera las cosas de su alrededor con mucha claridad. Había una botella de bourbon; y quería bourbon, pero estaba demasiado agotado para moverse. Además algo no andaba bien, algo... Alargó el brazo, sintió su cuello. ¡El amuleto había desaparecido! Pero no importaba. Estaba con Armand.

Armand estaba sentado en una mesita junto al ojo-ventana de la ballena, con la pestaña de plástico echada del todo para abajo. Se había cortado el pelo. Y vestía ahora lana negra, lisa y fina, como el cadáver vestido de nuevo para el funeral; hasta los zapatos eran negros y relucientes. Siniestro todo. Ahora alguien habría de leer el Salmo veintitrés. Traed las ropas blancas.

—Estás muriendo —dijo Armand suavemente.

—*Y aunque cruce el lúgubre valle de la muerte*, etcétera —murmuró Daniel. Tenía la garganta tan seca... Y le dolía la cabeza. No importaba que dijera lo que en verdad pensaba. Todo había sido dicho tiempo atrás.

Armand volvió a expresarse, silenciosamente, un rayo láser trepanando el cerebro de Daniel:

«¿Debemos molestarnos por los detalles? Ahora no pesas más de sesenta y cinco kilos. El alcohol te está consumiendo y estás medio loco. En este mundo ya no hay casi nada que pueda hacerte feliz.»

—Excepto hablar contigo alguna que otra vez. Es tan fácil escuchar todo lo que dices...

«Si no volvieras a verme nunca más, las cosas sólo empeorarían. Si continúas como ahora, no vivirás otros cinco días.»

«Insoportable pensamiento, en verdad. Pero, si es así, ¿por qué he estado huyendo?»

No hubo respuesta.

Qué claro parecía todo. No sólo era el rugido de los motores, era el curioso movimiento del avión, una inacabable ondulación irregular, como si el aire estuviera lleno de baches, pendientes, obstáculos, y, de vez en cuando, una colina. La ballena lanzada a toda velocidad por la senda de la ballena, según la expresión de Beowulf.

El pelo de Armand estaba cepillado hacia un lado, con pulcritud. El reloj de oro en su muñeca, uno de los ejemplares de alta tecnología que tanto adoraba. Pensar en aquel objeto parpadeando sus dígitos durante el día, en el interior del ataúd. Y la americana negra, algo pasada de moda con sus solapas estrechas. El chaleco era de seda negra, o al menos lo parecía. Pero su rostro, ah, se había alimentado muy bien. Alimentado en abundancia.

«¿Recuerdas algo de lo que te dije antes?»

—Sí —dijo Daniel. Pero la verdad es que tenía dificultades para saber de qué se trataba. Luego lo recordó de repente—. Algo sobre destrucción por todas partes. Pero yo estoy muriendo. Ellos están muriendo, yo estoy muriendo. Tienen que ser inmortales antes de que suceda; yo soy meramente vivo. ¿Ves? Recuerdo. Me gustaría tomar un bourbon ahora.

«No hay nada que pueda hacer para lograr que desees vivir, ¿no es así?»

—¿Otra vez con lo mismo? No. Saltaré del avión si sigues.

«¿Me escucharás, pues? ¿Me escucharás de veras?»

—¿Cómo lo impediré? No puedo huir de tu voz cuando quieres que escuche; es como un minúsculo micrófono en el interior de mi cabeza. ¿Qué es eso? ¿Lágrimas? ¿Vas a llorar por mí?

¡Durante un segundo pareció tan joven! ¡Qué parodia!

—Maldito seas, Daniel —dijo para que Daniel oyera las palabras en voz alta.

Un escalofrío atravesó a Daniel. Era horroroso verlo sufrir. Daniel no dijo nada.

—Lo que somos —dijo Armand—, no teníamos

intención de serlo, y tú lo sabes. No tienes que leer el libro de Lestat para deducirlo. Cualquiera de nosotros podría haberte dicho que era una abominación, una fusión demoníaca.

—Entonces lo que Lestat escribió era verdad. —Un demonio que entró a los antiguos Madre y Padre egipcios. Bien, de cualquier forma, un espíritu. Por aquel entonces lo llamaban un espíritu maligno.

—No importa si es verdad o no. El principio ya no es importante. Lo que importa es el final, que puede estar a la vuelta de la esquina.

Intensa compresión de pánico, la atmósfera del sueño regresando, el estridente sonido de los gritos de las gemelas.

—Escúchame —dijo Armand lleno de paciencia, llamándolo de nuevo, retirándolo de las dos mujeres—. Lestat ha despertado a alguien o a algo...

—Akasha... Enkil.

—Tal vez. Quizá más de uno o dos. Nadie lo sabe con certeza. Hay un grito vago y repetido de peligro, pero nadie parece saber de dónde proviene. Sólo se sabe que estamos siendo perseguidos y aniquilados, las casas de las asambleas, los lugares de reunión, todo envuelto en llamas.

—He oído el grito de peligro —susurró Daniel—. A veces muy fuerte en medio de la noche y, en otros momentos, como un eco. —Vio de nuevo a las gemelas. Tenía que estar relacionado con las gemelas—. Pero, ¿cómo sabes esas cosas acerca de las casas de las asambleas, acerca de...?

—Daniel, no insistas. No queda mucho tiempo. Lo sé y basta. Los demás lo saben. Es como una corriente, circulando por los hilos de una gran telaraña.

—Sí. —Siempre que Daniel había probado la sangre vampírica, había vislumbrado por un instante la gran malla parpadeante de conocimiento, relaciones, visiones a medio entender. Así pues, era verdad. La red había comenzado con la Madre y el Padre...

—Años atrás —interrumpió Armand—, no me habría importado todo esto.

—¿Qué quieres decir?

—Pero no quiero que termine ahora. No quiero continuar a menos que tú... —La expresión de su rostro cambió ligeramente. Una leve mirada de sorpresa—. No quiero que mueras.

Daniel no dijo nada.

Era misteriosa la quietud del momento. Incluso el avión planeó con absoluta suavidad por encima de las corrientes. Armand allí sentado, tan reservado, tan paciente, pero las palabras desmentían la lisa calma de su voz.

—No tengo miedo porque tú estás aquí —dijo Daniel de súbito.

—Entonces eres un tonto. Pero te voy a contar otro misterio de la cosa.

—¿Sí?

—Lestat sigue existiendo. Continúa con sus planes. Y los que se han unido a él no han sufrido ningún daño.

—Pero, ¿cómo lo sabes con tanta seguridad?

Breve risita aterciopelada.

—Hete aquí otra vez. Tan irrefrenablemente humano. O bien me sobrestimas o bien me subestimas. Pocas veces aciertas.

—Trabajo con herramientas limitadas. Las células de mi cuerpo están sujetas a desgaste, a un proceso llamado envejecimiento y...

—Están reunidos en San Francisco. Atestan los cuartos traseros de una taberna llamada La Hija de Drácula. Quizá lo sepa porque otros lo saben: una mente poderosa recoge imágenes de otra y, queriendo o sin querer, las transmite a otros. A lo mejor un testimonio telegrafía la imagen a muchos. No puedo decirlo. Pensamientos, sentimientos, voces, están ahí. Viajando por la telaraña, por los hilos. Unos son claros; otros, difusos. Alguna que otra vez el aviso pasa por encima de todo. *Peligro*. Es como si nuestro mundo quedara silencioso por un instante. Luego las voces se alzan de nuevo.

—¿Y Lestat? ¿Dónde está Lestat?

—Ha sido visto, pero sólo fugazmente. No pueden seguirlo hasta su guarida. Es demasiado inteligente para dejar que eso ocurra. Pero se burla de ellos. Corre a toda velocidad con su Porsche negro por las calles de San Francisco. Puede que no sepa todo lo que ha ocurrido.

—Explícate.

—El poder de comunicar varía. Escuchar los pensamientos de los demás significa a menudo ser oído por los demás. Lestat está ocultando su presencia. Puede que su mente esté completamente aislada.

—¿Y las gemelas? Las dos mujeres del sueño, ¿quiénes son?

—No lo sé. No todos hemos tenido esos sueños. Pero muchos saben cosas de ellas, y todos parecen temerlas, parecen compartir la convicción de que, de algún modo, Lestat tiene la culpa. De todo lo que ha ocurrido, Lestat tiene la culpa.

—Un auténtico diablo entre diablos —rió Daniel.

Con un sutil asentimiento, Armand reconoció la pequeña broma. Llegó a sonreír.

Quietud. Rugido de motores.

—¿Comprendes lo que te estoy diciendo? Ha habido ataques a nuestra especie en todas partes excepto allí.

—Donde está Lestat.

—Exactamente. Pero el destructor se mueve sin rumbo fijo. Y parece que tiene que estar cerca de lo que quiere destruir. Puede que esté esperando al concierto para acabar con lo que ha empezado.

—No puede herirte. Ya lo habría...

Risa breve, burlona, apenas audible. ¿Una risa telepática?

—Tu fe en mí siempre me conmueve, pero de momento no seas uno de mis acólitos. La cosa no es omnipotente. No puede desplazarse a velocidad infinita. Tienes que comprender la decisión que he tomado. Vamos a ir donde está Lestat porque no hay otro lugar seguro. Lo destructor ha encontrado proscritos en sitios remotísimos y los ha quemado hasta dejar sólo las cenizas.

—Y también porque quieres estar con Lestat.

Sin respuesta.

—Sabes que es así. Quieres verlo. Quieres estar allí por si te necesita. Si va a tener lugar una batalla...

Sin respuesta.

—Y si Lestat lo ha provocado, a lo mejor puede detenerlo.

Pero Armand siguió sin responder. Parecía estar confundido.

—Es más simple que eso —dijo finalmente—. *Debo* ir.

El avión parecía suspendido en una espuma de ruido. Daniel contemplaba adormecido el techo, la luz que se movía.

«Ver a Lestat, al fin.» Pensó en la vieja casa de Lestat en Nueva Orleans. En el reloj de oro que recogió del suelo polvoriento. Y ahora estaba de vuelta a San Francisco, de vuelta al principio, de vuelta a Lestat. Dios, un bourbon, por favor. ¿Por qué Armand no se lo quería dar? Se sentía tan débil... Irían al concierto, vería a Lestat...

Pero entonces la sensación de miedo retornó de nuevo, haciéndose más profunda, el miedo que inspiraban los sueños.

—No dejes que vuelva a tener otro —susurró de pronto.

Creyó haber oído decir sí a Armand.

Junto a la cama, Armand se levantó de un salto. Su sombra cayó sobre Daniel. El vientre de la ballena pareció más pequeño, pareció no ir más allá de la claridad que rodeaba a Armand.

—Mírame, querido —dijo.

Oscuridad. Y luego las altas rejas de hierro abriéndose, y la luna inundando de luz el jardín. «¿Qué es este lugar?»

¡Oh, Italia! Tenía que serlo, con su brisa cálida, afable, acogedora y con el claro de luna llena brillando en la gran extensión de árboles y flores, y, más allá, la Villa de los Misterios en el mismo límite de la antigua Pompeya.

—Pero ¿cómo hemos llegado aquí? —Se volvió hacia Armand, que se hallaba junto a él, vestido en un extraño y anticuado traje de terciopelo. Por un momento no pudo sino mirar fijamente a Armand, a su negra capa de terciopelo, a sus polainas y a su largo y ondulado pelo castaño.

—En realidad, no estamos aquí —dijo Armand—. Sabes que no estamos aquí. —Se volvió y echó a andar por el jardín, hacia la Villa; sus talones no producían más que un leve sonido al pisar las grises piedras gastadas.

¡Pero era real! Las antiguas y desmoronadas paredes de ladrillo, y las flores en sus largos parterres y el mismo camino con las huellas frescas de Armand! ¡Y las estrellas en el cielo, las estrellas! Se dio la vuelta, alargó la mano hacia el limonero y arrancó una sola y fragante hoja.

Armand se volvió, y extendió el brazo para coger el de Daniel. El perfume de tierra removida recientemente se levantó de los lechos de flores. «Ah, podría morir aquí.»

—Sí —dijo Armand—, podrías. Y morirás. ¿Sabes?, no lo he hecho nunca; te lo dije, pero no me creíste. Y Lestat te lo dijo en su libro. Nunca lo hice. ¿Le crees a él?

—Por supuesto que te creí. La promesa que hiciste, todo lo que explicaste. Pero Armand (y ésta es mi pregunta): ¿A quién hiciste la promesa?

Risa.

Sus voces flotaban por el jardín. Las rosas y los crisantemos, ¡qué enormes eran! Y la luz se derramaba de las puertas de la Villa de los Misterios. ¿Tocaban música? Y el lugar entero, las ruinas, estaba iluminado con gran resplandor bajo el azul incandescente del cielo nocturno.

—Así pues, quieres que rompa mi promesa. Quieres tener lo que piensas que deseas. Pero fíjate bien en este jardín, porque, una vez lo hayas hecho, nunca volverás a leer mis pensamientos ni a ver mis visiones. Un velo de silencio caerá entre nosotros.

—Pero seremos hermanos, ¿no te das cuenta? —observó Daniel.

Armand estaba tan cerca de él que casi se estaban besando. Las flores se aplastaban contra ellos, enormes dalias amarillas adormecidas y gladiolos blancos, un perfume tan embriagador... Se habían detenido bajo un árbol moribundo en donde la glicina crecía silvestre. Sus delicadas flores temblaban en racimos, sus inmensos brazos retorcidos, blancos como marfil. Y más allá, voces que surgían de la Villa. ¿Había gente cantando?

—Pero, ¿dónde estamos en realidad? —preguntó Daniel—. ¡Dímelo!

—Te lo dije. Sólo se trata de un sueño. Pero si quieres un nombre, llamémoslo la puerta de la vida y de la muerte. Te haré cruzar esta puerta. ¿Y por qué? Porque soy un cobarde. Y te quiero demasiado para dejar que te vayas.

Daniel sintió una alegría inmensa, un inmenso

triunfo, frío y encantador. Así pues, el momento era suyo, y ya no estaba perdido en la vertiginosa caída libre del tiempo. Ya no pertenecía a la masa de millones hacinados que dormían en la tierra odorífera y malsana, bajo las flores rotas y marchitas, sin nombre ni conocimiento, toda visión perdida.

—No te prometo nada. ¿Cómo podría? Ya te conté lo que te aguarda.

—No me importa. Marcharé contigo.

Los ojos de Armand estaban enrojecidos, cansados, viejos. ¡Qué ropas más delicadas eran, cosidas a mano! Polvorientas, como las ropas de un fantasma. ¿Eran las que la mente conjuraba sin esfuerzo cuando uno quería ser sólo uno mismo?

—¡No llores! No es juego limpio —dijo Daniel—. Es mi renacimiento. ¿Cómo puedes llorar? ¿No sabes lo que significa? ¿Es posible que nunca lo sepas? —Levantó la vista para contemplar el vasto paisaje, la distante Villa, la tierra ondulante, más elevada y más baja. Levantó más el rostro y los cielos lo asombraron. Nunca había visto tantas estrellas.

Bien, pues parecía que el mismo cielo subiera y subiera eternamente, con las estrellas tan pletóricas y tan brillantes que las constelaciones estaban casi perdidas por completo. Sin modelos. Sin significado. Sólo la magnífica victoria de la energía y materia puras. Pero entonces vio las Pléyades (la constelación que las fatales gemelas del sueño adoraban) y sonrió. Vio a las gemelas juntas en la cima de una montaña, y eran felices. ¡Le alegraba tanto!

—Cuando tú quieras, mi amor —dijo Armand—, lo haré. Después de todo, estaremos juntos en el infierno.

—¿Lo ves? —respondió Daniel—. Todas las decisiones humanas se toman así. ¿Crees que la madre sabe qué será del hijo que lleva en su vientre? Dios mío, estamos perdidos, te lo digo. ¿Qué importancia tiene si dármelo es un error? ¡No hay error! Sólo hay desesperación, y ¡quiero *tenerlo*! Quiero vivir para siempre contigo.

Abrió los ojos. El techo de la cabina del avión, las suaves luces amarillas reflejadas en las cálidas paredes recubiertas de madera, y, alrededor de él, el jardín, el perfume, el espectáculo de las flores a punto de soltarse de sus tallos.

Estaban bajo el retorcido árbol muerto, lleno de purpúreas flores de glicina. Y las flores acariciaban su rostro, los racimos de pétalos cerosos. Algo le vino a la memoria, algo que había sabido hacía tiempo: que en el lenguaje de un pueblo antiguo la palabra que significaba flor era la misma que significaba sangre. Sintió el súbito y agudo aguijonazo de los dientes en su garganta.

Su corazón quedó atrapado, agarrado y apretado poderosamente. La presión era más de lo que podía soportar. Sin embargo, por encima del hombro de Armand podía ver: la noche se posaba a su alrededor y las estrellas crecían hasta ser tan grandes como las flores aromáticas y húmedas. ¡Estaban subiendo al cielo!

Por una fracción de segundo, vio al vampiro Lestat, conduciendo zambulléndose en la noche con su aerodinámico y bruñido coche negro. ¡Cuánto se parecía a un león!, con su melena hacia atrás por el viento, los ojos llenos de humor enloquecido y ánimo excitado. Entonces Lestat se volvió y miró a Daniel, y de su garganta salió una risa suave y profunda.

Louis también estaba allí. Louis, en una habitación de Divisadero Street, mirando por la ventana, esperando; luego, dijo:

—Sí, ven, Daniel, si esto es lo que ha de suceder.

¡Pero no sabían nada de las casas de reunión incendiadas! ¡No sabían nada de las gemelas! ¡Del grito de peligro!

Ahora estaban todos en una habitación abarrotada, en el interior de la Villa, y Louis, en levita, se apoyaba en la repisa de la chimenea. ¡Todo el mundo estaba allí! ¡Incluso las gemelas!

—¡Gracias a Dios que habéis venido! —dijo Daniel. Besó a Louis en una mejilla y en la otra, todo con mucho recato—. ¡Vaya, si mi piel es tan pálida como la vuestra!

Soltó un grito cuando su corazón quedó libre, y el aire llenó sus pulmones. El jardín otra vez. Por todas partes a su alrededor había hierba. Más alta que su estatura. «No me dejes aquí; aquí, contra la tierra, no.»

—Bebe, Daniel. —El sacerdote pronunció las palabras latinas; al mismo tiempo, vertió la Sagrada Comunión del vino en su boca. Las gemelas pelirrojas tomaron las bandejas consagradas, el corazón, el cerebro—. Éstos son el cerebro y el corazón de mi madre que yo devoro con toda la reverencia por su espíritu...

—¡Dios, dámelo! —Torpemente hizo caer el cáliz al suelo de mármol de la iglesia. ¡Pero Dios! ¡La sangre!

Se sentó, estrujando a Armand en su abrazo, succionándolo, sorbo tras sorbo. Habían caído juntos en el blando lecho de flores. Armand yacía junto a él, y su boca estaba abierta en la garganta de Armand y la sangre era una fuente inagotable.

—Entra en la Villa de los Misterios —le dijo Louis. Louis le tocaba el hombro—. Te esperamos. —Las gemelas se abrazaban, acariciándose el largo pelo rizado y rojo.

En el exterior del auditorio, los jóvenes *fans* gritaban porque no había más entradas. Acamparían en el aparcamiento hasta la noche siguiente.

—¿Tenemos las entradas? —preguntó—. ¡Armand, las entradas!

Peligro. Hielo. ¡Proviene de alguien que está atrapado bajo el hielo!

Algo lo golpeó, con fuerza. Él flotaba.

—Duerme, querido.

—Quiero regresar al jardín, a la Villa. —Intentó abrir los ojos. Le dolía el estómago. Extrañísimo dolor, parecía tan lejano...

—¿Sabes que está enterrado bajo el hielo?

—Duerme —dijo Armand, tapándolo con la manta—. Y cuando despiertes, serás como yo. Muerto.

San Francisco. Antes de abrir los ojos, ya sabía que estaba allí. Y se alegraba de dejar aquel sueño tan espantoso: asfixia, negrura, ¡aterrorizador viaje por las encrespadas corrientes marinas! Pero el sueño se desvanecía. Un sueño a ciegas, sólo con el bramido del agua, ¡la sensación del agua! Un sueño de pavor indecible. En él, él había sido una mujer, sin lengua para gritar.

Déjalo ir.

Algo acerca del aire glacial en su rostro, una blanca frescura que casi podía saborear. San Francisco, naturalmente. El frío lo recubría como una vestimenta apretada; dentro, sin embargo, el calor era delicioso.

«Inmortal. Para siempre.»

Abrió los ojos. Armand lo había colocado allí. A través de la viscosa oscuridad del sueño, había oído a Armand que le decía que se quedase allí. Armand le había dicho que allí estaría a salvo.

Allí.

Las puertas vidrieras de la pared más alejada estaban abiertas. Y la habitación en sí misma era opulenta, desordenada, uno de los lugares espléndidos que tan a menudo encontraba Armand, tan afectuosamente queridos.

«Fíjate en la fina cortina de encajes que se hincha por la brisa de las puertas vidrieras. Fíjate en las blancas plumas que se doblan y resplandecen en la alfombra de Aubusson.» Con esfuerzo se puso en pie y salió por las puertas abiertas.

Un gran tejido de ramas se alzaba entre él y el húmedo cielo brillante. Follaje rígido de los cipreses de Monterrey. Y a lo lejos, por entre las ramas, recortado contra la oscuridad aterciopelada, vio el gran arco encendido del puente colgante de la Golden Gate. La niebla surgía como un espeso humano blanco y subía más allá de las inmensas torres. En bandazos y ráfagas intentaba tragarse los pilones, los cables, y luego se desvanecía, como si el mismo puente, con su centelleante flujo de tráfico, la incendiara.

Demasiado magnificente este espectáculo, y también la profunda y oscura silueta de las distantes colinas bajo su capa de luces cálidas. ¡Ah!, tomar sólo un pequeño detalle: los tejados húmedos derramándose desde donde estaba él hacia abajo, o las nudosas ramas alzándose ante él. Como la piel de elefante, aquella corteza, aquella piel viviente.

«Inmortal... para siempre.»

Pasó los dedos por entre su pelo, y un agradable cosquilleo le recorrió la espalda. Sintió los suaves surcos de los dedos en el cuero cabelludo después de pasar al arado de las manos. El viento lo azotaba. Recordó algo; levantó la mano para buscar sus colmillos. Sí, eran hermosos: largos y afilados.

Alguien lo tocó. Se volvió, tan rápido que casi perdió el equilibrio. ¡Era todo tan diferente! Afianzó su pie, pero la vista de Armand hizo que le entraran ganas de llorar. Incluso en las sombras profundas, los ojos pardo oscuros de Armand estaban llenos de una luz vibrante. Y la expresión de su rostro, tan encantadora. Extendió el brazo con mucho cuidado y tocó las pestañas de Armand. Quería tocar las diminutas y delicadas formas de los labios de Armand. Armand lo besó. Empezó a temblar. ¡Qué sensación, la fresca boca sedosa, como un beso en el cerebro, la pureza eléctrica de un pensamiento!

—Entra, pupilo mío —dijo Armand—. Nos queda menos de una hora.

—Pero los demás...

Armand había descubierto algo muy importante. ¿Qué era? Que ocurrían cosas terribles, casas de reunión incendiadas. Sin embargo, por el momento, nada parecía más importante que la calidez de su interior, y el cosquilleo al mover los miembros.

—Aumentan, traman —dijo Armand. ¿Estaba hablando en voz alta? Debía de haber hablado en voz alta. Pero era una voz tan clara...—. Están asustados por la destrucción en masa, pero San Francisco no ha sido tocado. Algunos dicen que la causa es Lestat, que quiere atraer a todo el mundo. Otros dicen que es obra de Marius, o incluso de las gemelas. O de Los Que Deben Ser Guardados, que, desde su cripta, fustigan con un poder infinito.

¡Las gemelas! Volvió a sentir la oscuridad del sueño a su alrededor, el cadáver de una mujer sin lengua asediándolo. ¡Ah!, nada podría hacerle daño ahora. Ni sueños ni tramas. Era el hijo de Armand.

—Pero esas cosas deben esperar —dijo Armand afablemente—. Tienes que venir y hacer lo que yo te diga. Debemos terminar lo que está empezado.

—¿Terminar? —Estaba terminado. Había renacido.

Armand lo hizo entrar, salir del viento. Destello de la cama de cobre amarillo en la oscuridad, de un jarrón de cerámica animado con dragones dorados. Del gran piano de cola con sus teclas como dientes sonriendo. Sí, tócalo, nota el marfil, las borlas de terciopelo colgando de la pantalla de la lámpara...

La música, ¿de dónde venía la música? Una trompeta grave, melancólica, jazz, tocando en solitario. Lo detuvo, aquella canción hueca y melancólica, las notas fluyendo lentamente una en otra. En aquel preciso instante, no quería moverse. Quería decir que comprendía lo que sucedía, pero estaba absorbiendo cada sonido.

Iba a decir «muchas gracias por la música», pero de nuevo su voz sonó tan extraña..., aguda y sin embargo con más resonancia. Incluso el contacto de su lengua; y fuera, la niebla. «Mira —señaló—, la niebla soplando más allá de la terraza, ¡la niebla comiéndose la noche!»

Armand era paciente. Armand era comprensivo. Armand lo condujo despacio a la habitación a oscuras.

—Te quiero —dijo Daniel.

—¿Estás seguro? —respondió Armand.

Esto lo hizo reír.

Habían entrado a un largo y alto pasillo. Unas escaleras descendían hacia sombras oscuras. Una barandilla pulida. Armand lo apremió en su avance. Quería mirar la alfombra bajo sus pies, una larga cadena de medallones tejida con azucenas, pero Armand lo había conducido a una habitación brillantemente iluminada.

Contuvo la respiración ante la absoluta inundación de luz, luz moviéndose por encima de los bajos sofás de piel, de las sillas. ¡Ah, el cuadro de la pared!

Tan vívidas las figuras del cuadro, criaturas informes que, en realidad, eran grandes manchas espesas de deslumbrante pintura amarilla y roja. Todo lo que parecía vivo estaba vivo, era una neta posibilidad. Pintaste seres desarmados, nadando en un color cegador y tuvieron que existir así para siempre. ¿Podían verte con esos ojos diminutos y esparcidos? ¿O sólo veían el cielo y el infierno de su propio reino resplandeciente, anclado en un clavo de la pared por medio de un pedacito de acero retorcido?

Pensar en ello podría haberlo hecho llorar, llorar

por el hondo gemido gutural de la trompeta..., pero no lloró. Había captado un aroma fuerte, seductor. *¿Dios, qué era?* Su cuerpo entero parecía endurecerse inexplicablemente. Luego, de pronto, estaba contemplando a una muchacha.

Se sentaba en una pequeña silla dorada, mirándolo, con las piernas cruzadas por los tobillos; su espeso pelo castaño formaba una melena reluciente que enmarcaba su pálido rostro. Sus escasas ropas estaban sucias. Una pequeña fugitiva, con los tejanos rotos y la camisa manchada. ¡Qué imagen más perfecta, incluso con el rocío de pecas que le cruzaba la nariz, y la mugrienta mochila a sus pies! ¡Pero la forma de sus bracitos, la forma de sus piernas! ¡Y sus ojos, sus ojos pardos! Reía dulcemente, pero era una risa sin humor, una risa loca. Tenía un tono siniestro; ¡qué extraño! Se percató de que había tomado aquel rostro entre sus manos y que ella lo contemplaba sonriendo, y un leve rubor aparecía en sus pequeñas y cálidas mejillas.

Sangre, ¡aquél era el aroma! Le quemaba los dedos. ¡Hasta podía distinguir las venas bajo la piel! Y podía oír el sonido de su corazón. Se hacía más intenso; era un sonido... tan húmedo. Se apartó de ella.

—Dios, ¡sácala de aquí! —gritó.

—Tómala —susurró Armand—. Y hazlo ahora.

5

KHAYMAN, MI KHAYMAN

Nadie está escuchando.
Ahora puedes cantar tu canto,
como hace el pájaro, no para el territorio
o el dominio,
sino para tu autoexpansión.
Deja que algo
provenga de nada.
[...]

STAN RICE
de «Suite Tejana»
Cuerpo de trabajo (1983)

Hasta aquella noche, aquella terrible noche, se había hecho una pequeña broma acerca de sí mismo: no sabía quién era ni de dónde provenía, pero sabía qué le gustaba.

Y lo que le gustaba estaba a su alrededor: los parterres de flores en los rincones, los grandes edificios de acero y cristal llenos de láctea iluminación nocturna, los árboles, la hierba bajo sus pies. Y las cosas que compraba, de plástico brillante y de metal: juguetes, ordenadores, teléfonos, lo que fuera. Le gustaba descubrir cómo funcionaban, dominarlos, y finalmente aplastarlos hasta hacer de ellos pedacitos multicolores con los que jugueteaba o lanzaba a los cristales de las ventanas cuando no había nadie cerca.

Le gustaban la música de piano, las películas de cine y los poemas que encontraba en los libros.

También le gustaban los automóviles que consumían líquido extraído de debajo de la tierra, como los quinqués. Y los grandes aviones *jets* que volaban con los mismos principios científicos, por encima de las nubes.

Siempre se paraba a escuchar a la gente que reía y charlaba en los aviones que volaban por encima de su cabeza.

Conducir era para él un placer extraordinario. En un Mercedes-Benz plateado, en una sola noche había recorrido a toda velocidad, por carreteras lisas y vacías, la distancia de Roma a Florencia y a Venecia. También le gustaba la televisión, su proceso eléctrico en un conjunto, con sus diminutos puntos de luz. ¡Qué relajante era tener la compañía de la televisión, la intimidad de tantos rostros pintados con habilidad hablando amistosamente desde la brillante pantalla!

El rock and roll también le gustaba. Le gustaba toda la música. Le gustaba El Vampiro Lestat cantando *Réquiem por la Marquesa*. No prestaba demasiada atención a la letra. Era la melancolía, y el apagado fondo de la batería y de los platillos. Le hacía entrar ganas de bailar.

Le gustaban las grandes máquinas amarillas que excavaban la tierra a altas horas de la noche en las grandes ciudades, con hombres uniformados que hormigueaban a su alrededor; le gustaban los autobuses de doble techo de Londres; y las personas (los mortales inteligentes de todas partes) le gustaban también, desde luego.

Le gustaba pasear por Damasco durante la entrada de la noche y en aquellas calles descubrir, en repentinas evocaciones fugaces e inconexas, la ciudad de los antiguos romanos, griegos, persas, egipcios.

Le gustaban las bibliotecas donde podía encontrar fotografías de antiguos documentos en grandes libros satinados y de agradable olor. Tomaba sus propias fotografías de las nuevas ciudades por las que deambulaba, y a veces ponía en esas fotos imágenes que provenían de sus pensamientos. Por ejemplo, en su fotografía de Roma había personas en túnica y sandalias, superpuestas a sus modernas versiones vestidas en bastas ropas sin elegancia.

¡Oh, sí!, siempre tenía muy buena disposición a que le gustara mucho lo que lo rodeaba: la música para violín de Bartók, niñas en vestiditos blancos como la nieve saliendo de la iglesia a medianoche después de haber cantado en la Misa del Gallo...

También le gustaba la sangre de sus víctimas, claro está. No hacía falta decirlo. No formaba parte de su pequeña broma. La muerte no era divertida para él. Acechaba en silencio a su presa, no quería conocer a sus víctimas. Todo lo que tenía que hacer un mortal era hablarle, y él daba media vuelta. No estaba bien, según su opinión, hablar con esos dulces seres de ojos cálidos y luego engullir su sangre, romper sus huesos y sorber su médula, estrujar sus miembros hasta escurrir totalmente la pulpa. Y era así como se alimentaba ahora, con tanta violencia. Ya no sentía mucha necesidad de sangre; pero la deseaba. Y el deseo lo dominaba en toda su pureza arrebatadora, muy distinta de la sed. En una sola noche, podía hacer un festín y despachar tres o cuatro mortales.

Pero estaba seguro, absolutamente seguro, de que una vez había sido un humano. De que había andado bajo la luz y el calor del día; sí, una vez lo había hecho, aunque, evidentemente, ahora no podía. Se imaginaba sentado en una mesa de madera, cortando por la mitad un melocotón maduro con su pequeño cuchillo de cobre. Era bello el fruto que tenía ante sí. Conocía su sabor. Conocía el sabor del pan y de la cerveza. Veía el sol brillando en la monotonía amarilla de la arena que, afuera, se extendía kilómetros y kilómetros. «Túmbate y descansa en el calor del día», le había dicho alguien una vez. ¿Era el último día en que había estado vivo? «Descansa, sí, porque hoy el Rey y la Reina llamarán a todo el mundo a la Corte y algo terrible, algo...»

Pero no podía recordar con precisión.

No, sólo lo sabía, es decir, hasta aquella noche. Aquella noche...

Ni siquiera cuando había oído a El Vampiro Lestat había recordado. El personaje lo atraía sólo un poquito: un cantante de rock que afirmaba ser bebedor de sangre. Sí, la verdad es que parecía ultraterrenal, pero aquello era la televisión, ¿no? Muchos humanos del deslumbrante mundo de la música rock tenían un aspecto ultraterrenal. Y había mucha emoción humana en la voz de El Vampiro Lestat.

No era sólo emoción; era ambición humana, de una clase especial. El Vampiro Lestat quería ser un héroe. Cuando cantaba, decía: «¡Concededme un significado! Soy el símbolo del mal; y si soy un símbolo auténtico, entonces sirvo al bien.»

Fascinante. Sólo un ser humano podía pensar en semejante paradoja. Y él lo sabía, porque, claro, había sido humano.

Ahora tenía una comprensión sobrenatural de las cosas. Era cierto. Los humanos no podían mirar las máquinas y percibir sus principios como hacía él. Y el modo en que todo le era «familiar»: esto tenía que ver también con sus poderes sobrehumanos. Cierto, no había nada que, en realidad, lo sorprendiera. Ni la física cuántica, ni la teoría de la evolución, ni la pintura de Picasso, ni el proceso por el cual se inoculaban górmenes a los niños para protegerlos de las enfermedades. No, era como si hubiera sido consciente de las cosas antes de que recordase estar allí. Mucho antes de que pudiera decir: «Pienso, luego existo.»

Pero, dejando a un lado todo aquello, continuaba poseyendo una perspectiva humana. No lo podía negar nadie. Era capaz de sentir el dolor humano con una rara y terrorífica perfección. Sabía lo que significaba amar, y sentirse solo, ¡ah, sí!, lo sabía por encima de todo, y lo sentía con mucha mayor intensidad cuando escuchaba las canciones de El Vampiro Lestat. Por ese motivo no prestaba atención a la letra.

Y otra cosa. Cuanta más sangre bebía, más apariencia humana tenía.

Al principio de aparecerse de nuevo, ante sí mismo y ante los demás, su aspecto no había sido nada humano. Había sido un repulsivo esqueleto, andando a lo largo de la autovía de Grecia que lleva a Atenas, con los huesos envueltos en tensas venas como de caucho y el conjunto enfundado en una capa de piel blanca y endurecida. Había aterrorizado a la gente. ¡Cómo habían huido de él, pisando a fondo el gas de sus cochecitos! Pero había leído sus mentes, se había visto como ellos lo veían, y había comprendido; y lo había sentido mucho, naturalmente.

En Atenas había conseguido unos guantes, unas ropas anchas de lana con botones de plástico y aquellos curiosos zapatos modernos que cubrían el pie entero. Se había envuelto la cabeza con vendas dejando sólo agujeros para los ojos y la boca. Se había cubierto el pegajoso pelo negro con un sombrero de fieltro gris.

Continuaban mirándolo, pero ya no huían gritando. A la puesta de sol, deambulaba entre el espeso gentío de la plaza Omonia y nadie le prestaba atención. ¡Qué maravilloso era el bullicio moderno de la antiquísima ciudad, de la ciudad que épocas atrás había tenido la misma vitalidad, cuando estudiantes de todo el mundo se dirigían allí para estudiar Filosofía y Arte! Podía mirar hacia la Acrópolis y ver el Partenón como había sido entonces, perfecto, la casa de la diosa. No la ruina que era actualmente.

Los griegos, como siempre, eran un pueblo generoso, amable y confiado, aunque tenían el pelo y la piel más oscuros debido a la sangre turca. No se preocupaban por los vestidos raros. Cuando él hablaba con su voz suave y tranquilizadora, imitando a la perfección su idioma (salvando unos pocos errores al parecer muy cómicos), lo adoraban. Y en privado se había dado cuenta de que su carne se iba llenando poco a poco. Era dura al contacto como la roca. Pero estaba cambiando. Por fin, una noche, cuando desenrolló la venda que le cubría la cara, vio los contornos de un rostro humano. Así pues, aquél era su aspecto, ¿no?

Grandes ojos negros, con delicadas y suaves arrugas en las comisuras, y unos párpados bastante lisos. Tenía una boca bonita, sonriente. La nariz era de una constitución precisa y elegante; no la desdeñaba. Y las cejas: era lo que le gustaba más porque eran muy negras y rectas, y ni quebradas ni densas; estaban dibujadas muy por encima de sus ojos, de tal forma que daban al rostro una expresión abierta, una mirada de asombro velado que inspiraba confianza. Sí, era un joven rostro muy bello.

Después de esto, había marchado descubierto, vistiendo camisas y pantalones modernos. Pero tenía que permanecer en la sombra. Tenía una piel demasiado fina y demasiado blanca.

Decía que su nombre era Khayman..., cuando se lo preguntaban. Pero no sabía de dónde lo había sacado. Una vez se había llamado también Benjamin, eso lo había sabido tiempo después. Había otros nombres... Pero, ¿cuándo? Khayman. Aquél era el primer nombre, el nombre secreto, el que nunca olvidaba. Era capaz de trazar dos pequeños dibujos que significaban Khayman, pero no tenía ni idea de dónde había sacado aquellos símbolos.

Su fuerza lo desconcertaba más que cualquier otra cosa. Podía cruzar paredes de cemento, levantar un automóvil y lanzarlo al aparcamiento de al lado. Sin embargo, era quebradizo y ligero. Se atravesaba la mano con un largo y estrecho cuchillo. ¡Qué sensación más extraña! Y sangre por todas partes. Enseguida las heridas se cerraban y tenía que volver a abrirlas para poder arrancar el cuchillo.

Y por lo que se refería a su levedad, bien, no había ningún lugar adonde no pudiera subir. Era como si la gravedad no tuviese control sobre él una vez la hubiera desafiado. Y una noche, después de trepar por un edificio altísimo en medio de la ciudad, se lanzó desde lo alto, y descendió suavemente a la calle.

Aquello fue encantador. Sabía que podría salvar grandes distancias sólo con atreverse a ello. Casi seguro que lo había realizado ya antes, viajando por entre las mismas nubes. Pero entonces..., quizá no.

También tenía otros poderes. Cada puesta de sol, cuando despertaba, se encontraba escuchando voces de todas partes del mundo. Permanecía tumbado en la oscuridad bañado en sonidos. Oía a gente hablando en griego, inglés, rumano, indostánico. Oía risas, gritos de dolor. Y si se quedaba muy quieto, podía oír los pensamientos de la gente, un ruido de fondo, confuso, lleno de salvaje exageración, que lo asustaba. No sabía de dónde provenían aquellas voces. O por qué una voz ahogaba a otra. Era como si fuera Dios y estuviera escuchando las plegarias.

Y, de vez en cuando, muy distintas de la voces mortales, le llegaban también las voces inmortales. Otros como él en el mundo, pensando, sintiendo, ¿enviando un aviso? Sus poderosos gritos argentinos provenían de muy lejos, pero los podía aislar con toda claridad de la humana urdimbre.

Sin embargo, su capacidad de recepción lo hería, le traía el espantoso recuerdo de estar encerrado en un lugar oscuro, solamente con aquellas voces como compañía durante años y años. Pánico. No quería recordarlo. Hay cosas que uno no quiere recordar. Como ser quemado, encarcelado. Como recordarlo todo y llorar de angustia terrible.

Sí, le habían ocurrido cosas terribles. En otros tiempos, había estado en la Tierra bajo otros nombres. Pero siempre con la misma disposición de ánimo amable y optimista, amando las cosas. ¿Era un alma transmigratoria? No, siempre había poseído aquel cuerpo. Por eso era tan ligero y tan fuerte.

Inevitablemente, desconectaba las voces. De hecho, recordaba una antigua admonición: «Si no aprendes a desconectar las voces, te volverán loco.» Pero ahora era fácil para él. Las acallaba con el mero gesto de levantarse, abriendo los ojos. En realidad, habría requerido un esfuerzo escuchar. Hablaban y hablaban y se convertían en un ruido irritante.

El esplendor del momento lo esperaba. Y era fácil ahogar los pensamientos de los humanos más próximos. Podía cantar, por ejemplo, o fijar su atención en algo que se encontrara cerca de él. Silencio bendito. En Roma había distracciones por todas partes. ¡Cómo amaba las viejas casas romanas pintadas de ocre y siena quemada y verde oscuro! ¡Cómo amaba las estrechas callejuelas de piedra! Era capaz de conducir a toda velocidad por el ancho bulevar lleno de mortales que quedaban intactos o deambular por la vía Veneto hasta encontrar a una mujer de quien enamorarse durante unos momentos.

Y amaba tanto a la gente inteligente de la época.

Aún eran personas, pero sabían tanto... Un hombre de Estado era asesinado en la India, y en menos de una hora todo el mundo podía estar de luto. Todo tipo de desastres, de invenciones y milagros médicos pesaban enormemente en el pensamiento del hombre corriente. La gente jugaba con hechos y fantasías. Camareras escribían durante la noche novelas que las harían famosas. Trabajadores se enamoraban de estrellas de cine desnudas en cintas de vídeo alquiladas. Los ricos se adornaban con joyas de papel y los pobres compraban pequeños diamantes. Y princesas andaban con majestuosidad por los Campos Elíseos en harapos cuidadosamente desteñidos.

¡Ah!, habría deseado ser humano. Después de todo, ¿qué era? ¿Cómo eran los demás, los de las voces que desconectaba? No eran de la Primera Generación, estaba seguro. Los de la Primera Generación jamás podían relacionarse entre ellos sólo por medio de la mente. Pero, ¿qué diablos era la Primera Generación? ¡No podía recordarlo! Sintió cierto pánico. «No pienses en esas cosas.» Escribía poemas en un cuaderno de notas, modernos y simples; sin embargo, sabía que eran poemas en el primer estilo que había aprendido.

Viajaba sin cesar por Europa y Asia Menor, a veces andando, a veces levantándose en el aire y volando hacia algún lugar concreto. Hechizaba a los que se metían con él y dormitaba tranquilo en escondrijos durante el día. Después de todo, el sol ya no lo quemaba. Pero su organismo no funcionaba bajo la luz del sol. Sus ojos empezaban a cerrarse tan pronto como veía el primer rayo de sol en la mañana. Voces, todas aquellas voces, otros bebedores de sangre gritando de angustia...; luego, nada. Y despertaba al crepúsculo, deseoso de leer los antiquísimos dibujos de las estrellas.

Finalmente, se envalentonó con sus vuelos. En las afueras de Estambul se izaba, subiendo como un globo más allá de las azoteas. Daba vueltas, daba tumbos, riendo libremente, y volaba a Viena, a donde llegaba antes del alba. Nadie lo veía. Viajaba demasiado aprisa como para que los demás lo vieran. Y, además, no ponía en práctica tales experimentos ante ojos curiosos.

También tenía otro poder extraordinario. Podía trasladarse sin su cuerpo. Bien, no era trasladarse realmente. Podía enviar su visión, por decirlo de algún modo, a mirar cosas muy distantes. Tumbado y quieto pensaba, por ejemplo, en algún lugar lejano que le gustaría ver y, de repente, se encontraba ante él. Había algunos mortales que podían hacerlo también, en sueños o cuando estaban despiertos, con una gran y deliberada concentración. Ocasionalmente pasaba junto a sus cuerpos dormidos y sentía que sus almas viajaban por otra parte. Pero nunca podía ver fantasmas ni ninguna clase de espíritus.

Pero sabía que estaban allí. *Tenían* que estar.

Y se le hacía presente un antiguo recuerdo: una vez, como hombre mortal, en el templo, había bebido una fuerte poción que le habían dado los sacerdotes y había viajado de la misma forma, saliendo de su cuerpo y entrando en el firmamento. Los sacerdotes lo llamaron para que regresara. Pero él no quería volver. Estaba con ciertos muertos a quienes quería. Pero sabía que debía regresar. Era lo que se esperaba de él.

Entonces había sido un ser humano, cierto. Sí, con toda seguridad. Podía recordar la sensación de sudor en su pecho desnudo cuando yacía en la polvorienta sala y le llevaban la poción. Miedo. Pero todos tenían que pasar por ello.

Quizás era mejor ser lo que era ahora y poder volar con el cuerpo y el alma juntos.

Pero no saber, no recordar realmente, no comprender cómo podía hacer tales cosas, o por qué vivía de la sangre de los humanos, le causaba un inconmensurable dolor.

En París, iba a ver películas de «vampiros», y se rompía la cabeza intentando discernir lo que era verdad de lo que era falso. Todo aquello le resultaba familiar, aunque gran parte eran tonterías. El Vampiro Lestat había tomado su vestimenta de aquellas películas en blanco y negro. La mayoría de las «criaturas de la noche» vestían el mismo atuendo: la capa negra, la camisa blanca almidonada, el elegante esmoquin, los pantalones negros.

Cosas sin sentido, por supuesto, pero que le proporcionaban cierto consuelo. Al fin y al cabo, todos eran bebedores de sangre, seres que hablaban amablemente, que amaban la poesía, pero que sin cesar mataban a mortales.

Compraba tebeos de vampiros y recortaba ilustraciones de bellísimos caballeros bebedores de sangre, parecidos a El Vampiro Lestat. Quizá debiera probarse él también aquella vestimenta encantadora; otra vez, sería un consuelo. Le haría sentir que era parte de algo, incluso si ese algo no existía realmente.

En Londres, pasada la medianoche, en una tienda ya cerrada y con sus luces apagadas, encontró sus ropas de vampiro. Chaqueta y pantalones, zapatos de charol negro, una camisa tan rígida como un papiro y una corbata blanca de seda. Y, ¡oh!, la capa de terciopelo negro, esplendorosa, con el forro de satén blanco; le colgaba hasta el suelo.

Dio vueltas majestuosas ante los espejos. ¡Cómo lo habría envidiado El Vampiro Lestat! Y pensar que él, Khayman, no era un impostor humano, sino real... Se cepilló por primera vez su espeso pelo negro. Encontró perfumes y ungüentos en envases de cristal y se ungió adecuadamente como para una grandiosa velada. Encontró anillos y gemelos de oro.

Ahora era bello, como había sido en otro tiempo con otros atavíos. Inmediatamente, en las calles de Londres, la gente lo adoró. Había hecho lo más acertado. Lo seguían mientras paseaba sonriendo y saludando con la cabeza de tanto en tanto, y guiñando el ojo. Incluso cuando mataba era mejor. La víctima se quedaba mirándolo como si estuviera ante una visión, como si *comprendiera*. Él se inclinaba, como hacía El Vampiro Lestat cuando aparecía cantando por televisión, y bebía, con suavidad primero, de la garganta de la víctima; y luego la degollaba.

Naturalmente, todo era una broma. Había algo pavorosamente trivial en ello. No tenía nada que ver con un bebedor de sangre, aquello era el secreto oscuro, no tenía nada que ver con las cosas borrosas que recordaba a medias y de vez en cuando, y que apartaba de su mente. Sin embargo, por el momento, era divertido ser «alguien» y «algo».

Sí, el momento, el momento era espléndido. Y el momento era lo único que tenía. Después de todo, también olvidaría aquella época, ¿no? Aquellas noches con sus exquisitos detalles se desvanecerían, y en un futuro, más complicado y exigente, volvería a estar libre, recordando sólo su nombre.

Finalmente, regresó a casa, a Atenas.

Con un cabo de vela erraba de noche por el museo, inspeccionando las antiguas tumbas con las figuras esculpidas que le arrancaban lágrimas. La mujer muerta sentada (los muertos, casi siempre están sentados) extiende las manos para coger al hijo que ha dejado atrás en los brazos de su esposo. Le vienen a la memoria nombres, como si murciélagos le susurraran al oído. «Ve a Egipto: recordarás.» Pero no irá. Demasiado pronto para la locura y el olvido. A salvo, en Atenas, rodando por el cementerio bajo la Acrópolis, de la cual se habían llevado todas las lápidas; no importa el tráfico que pasa rugiendo junto a él; la tierra allí es bella. Y continúa perteneciendo a los muertos.

Compró un guardarropa de vestidos de vampiro. Incluso compró un ataúd, pero no le gustó meterse dentro. Por un motivo: aquel ataúd no tenía forma de persona, no tenía el rostro dibujado ni escritos para guiar el alma del muerto. No era adecuado. Se parecía más a un gran cofre joyero, según lo veía él. Pero, sin embargo, siendo un vampiro, pensó que debería tenerlo y que sería divertido. A los mortales que iban a su piso les encantaba el ataúd. Les servía vino del color de sangre en copas de cristal. Les recitaba «La canción del viejo marinero» o les cantaba canciones en extrañas lenguas, que ellos amaban. A veces les leía sus propios poemas. ¡Qué mortales más bonachones! Y el ataúd les servía para sentarse en un piso en el que apenas si había algún otro sitio para sentarse.

Pero, gradualmente, las canciones del cantante americano de rock, El Vampiro Lestat, habían empezado a turbarlo. Ya no eran divertidas. Ni lo eran las viejas e ingenuas películas. El Vampiro Lestat lo preocupaba realmente. ¿Qué bebedor de sangre soñaría con actos de pureza y de valor? Un tono muy trágico en las canciones.

Bebedor de sangre... A veces, cuando despertaba, solo, en el suelo de un caluroso piso sin ventilación, con la última luz del día desvaneciéndose a través de las cortinas de las ventanas, sentía que un pesado sueño lo abandonaba, un sueño en que criaturas suspiraban y gemían de dolor. ¿Había estado siguiendo el rastro de dos bellas mujeres pelirrojas que sufrían una injusticia indecible (bellezas gemelas a quienes tendía la mano una y otra vez), por un paisaje nocturno de espanto? Después de que le cortaran la lengua, la mujer pelirroja del sueño la arrebataba de los soldados y se la comía. Su valor los había dejado estupefactos...

«¡Ah, no mires esas cosas!»

Le dolía el rostro, como si también hubiera estado llorando o sintiendo una angustia indecible. Dejó que su cuerpo se relajara poco a poco. Mira la lámpara. Las flores amarillas. Nada. Sólo Atenas con sus millares y millares de edificios semejantes, de paredes estucadas, y el gran y derruido templo de Atenas en la colina, surgiendo por encima de todo a pesar del aire nublado de humo. Caída de la noche. El divino bullicio: millares de personas en sus ropas grises de trabajo se lanzaban por escaleras mecánicas hacia los trenes subterráneos. La plaza Sintagma se llenaba de perezosos bebedores de vino, sufriendo bajo el calor del incipiente anochecer. Y los pequeños kioscos vendiendo revistas y periódicos de todos los países.

No escuchó nada más de la música de El Vampiro Lestat. Dejó de acudir a los salones de baile americanos donde la tocaban. Se alejó de los estudiantes que llevaban pequeños radiocasetes colgados de sus cinturones.

Luego, una noche, en el centro de la Plaka, con sus luces deslumbrantes y sus ruidosas tabernas, vio a otros bebedores de sangre apresurándose a través del gentío. Su corazón se paró. Soledad y miedo lo dominaron. No pudo moverse ni hablar. Luego les siguió el rastro por las calles empinadas, entrando y saliendo de una sala de baile a otra, donde las músicas eléctricas sonaban a todo volumen. Los estudió con detenimiento mientras pasaban raudos por entre la masa de turistas, ignorantes de la presencia de él.

Dos varones y una hembra con ropas ligeras de seda negra, los pies de la mujer aprisionados dolorosamente en zapatos de tacón altísimo. Gafas reflectantes cubrían sus ojos; se hablaban en susurros y estallaban en súbitas carcajadas estridentes; sobrecargados de joyas y de perfume, ostentaban su piel y pelo lustrosos y sobrenaturales.

Pero, aparte de estas cuestiones superficiales, eran muy diferentes a él. Para empezar, no eran nada duros ni blancos. En realidad, estaban hechos de tanto tejido humano que aún eran cuerpos animados. Engañosamente rosados y débiles. ¡Y cómo necesitaban la sangre de sus víctimas! ¡Si en aquel preciso momento estaban sufriendo una agonía de sed terrible! Y seguramente éste era su destino nocturno. Porque la sangre tenía que trabajar sin descanso en todo el blando tejido humano. Trabajaba no solamente para animar el tejido, sino para convertirlo poco a poco en algo diferente.

Por lo que se refería a él, estaba hecho de este algo diferente. Ya no le quedaba nada de blando tejido humano. Aunque anhelaba la sangre, ya no la necesitaba para su conversión. Más bien (se percató de pronto) la sangre se limitaba a refrescarlo, incrementaba sus poderes telepáticos, su capacidad de volar o de viajar fuera de su cuerpo, o su prodigiosa fuerza. ¡Ah, él comprendía! Para el innombrable poder que trabajaba en el interior de todos, él era ahora un anfitrión casi perfecto.

Sí, de eso se trataba. Ellos eran más jóvenes, y eso era todo. No habían hecho más que empezar su viaje hacia la auténtica inmortalidad vampírica. ¿No lo recordaba? Bien, en realidad no, pero lo *sabía*, sabía que eran neófitos, con no más de cien o doscientos años de camino. Aquélla era una edad peligrosa, cuando a uno lo vuelve loco su estado, o los demás lo atrapan, lo encierran, lo queman, y cosas de ésas. No hay muchos que sobrevivan a esos años. Y para él, ¡cuánto tiempo hacía de la Primera Generación! ¡Tanto tiempo, que era casi inconcebible! Se detuvo junto a la pared pintada de un jardín, alargando la mano para reposarla en una rama nudosa, y dejó que las frescas y verdes hojas velludas tocaran su rostro. De repente, se sintió inundado de tristeza, tristeza más terrible que el miedo.

Oyó gritar a alguien, no allí, sino en su cabeza. ¿Quién era? ¡Basta!

Bien, él no quería hacerles daño, a los tiernos niños. No; sólo quería conocerlos, abrazarlos. «¡Después de todo, somos de la misma familia, bebedores de sangre, vosotros y yo!»

Pero al acercárseles, al enviar su silencioso pero exuberante saludo, se volvieron y lo miraron con terror no disimulado. Huyeron. Bajaron una trama de callejuelas empinadas, alejándose de las luces de la Plaka y nada de lo que él dijera o hiciera los detendría.

Permaneció rígido y silencioso, sintiendo un dolor agudo como no había sentido nunca antes. Después ocurrió algo singular y terrible. Fue tras ellos hasta que los divisó de nuevo. Se enfureció, se enfureció de veras. «Malditos seáis. ¡Que sean castigados los que me hieren!» Y he aquí que notó una repentina sensación en la frente, un espasmo frío inmediatamente detrás del hueso. Y una energía pareció salir de él como una lengua invisible. En el acto la energía penetró al más rezagado del trío de fugitivos, a la mujer, y aquel cuerpo estalló en llamas.

Contempló aquello estupefacto. Y comprendió lo que había ocurrido. La había alcanzado con una fuerza aguda y dirigida. Y había encendido la sangre tan combustible que tenían en común, y en el acto el fuego se había extendido velozmente por el circuito de las venas. Había invadido la médula de los huesos y había provocado la explosión del cuerpo. En segundos, dejó de existir.

¡Por todos lo dioses! ¡Lo había hecho él! Apenado y aterrorizado, permaneció mirando aquellas ropas vacías, sin quemar, aunque ennegrecidas y manchadas de grasa. Sólo había quedado un poco de pelo en las piedras del pavimento, y ahora ardía soltando vetas de humo mientras él seguía mirando atónito.

Quizás había algún error. Pero no, sabía que él lo había hecho. Había percibido que lo hacía. ¡Y ella había tenido tanto miedo...!

Silencioso y aturdido, se dirigió a su casa. Sabía que nunca antes había usado aquel poder, ni siquiera había sido consciente de que lo tenía. ¿Le había llegado ahora, después de siglos de trabajo de la sangre, secando sus células, haciéndolas delgadas, blancas y fuertes como las celdas de un nido de abejas?

Solo, en su piso, con las velas encendidas y el incienso quemando para darle consuelo, se hizo otro corte con el cuchillo para ver brotar su sangre. Era espesa y caliente; formó un charco ante él, en la mesa, y relució en la luz de la lámpara como si estuviera viva. ¡Lo estaba!

En el espejo, observó con atención el oscuro esplendor que le había retornado después de tantas semanas de cazar y beber. Un débil matiz amarillo en sus mejillas, un rastro de rosa en sus labios. Pero, a pesar de ello, era como la piel abandonada de la serpiente, tendida en la roca: muerta, ligera y crispada, salvo por el constante bombeo de aquella sangre. Aquella vil sangre. Y su cerebro, ¡ah, su cerebro!, ¿qué apariencia tenía ahora? ¿Traslúcido como cristal y con la sangre circulando a través de sus diminutos compartimentos? Y, en el interior, vivía el poder con su invisible lengua, ¿no?

Salió de nuevo y probó aquella fuerza recién descubierta en los animales, en los gatos, por los cuales sentía un irrazonable aborrecimiento (aquellas viles criaturas), y en las ratas, que todos los hombres desdeñan. No era lo mismo. Mataba aquellas criaturas con un latigazo de energía de su invisible lengua, pero no se incendiaban. Lo más probable era que sus cerebros y sus corazones sufrieran algún tipo de ataque fatal, pero su sangre natural no era combustible. Y por eso no ardían.

Esto lo fascinó de un modo frío y desgarrador.

—¡Qué tema soy para un estudio! —susurró, con los ojos brillantes por algunas lágrimas inoportunas. Capas, corbatas blancas, películas de vampiros, ¡qué significaban para él! *¿Quién diablos era?* ¿El bufón de los dioses, vagando por los caminos de momento a momento a través de la eternidad? Vio un gran póster sensacionalista de El Vampiro Lestat burlándose de él desde un escaparate de aparatos de vídeo; se volvió, y, con un latigazo de energía de su lengua, hizo añicos el cristal.

¡Ah, encantador, encantador! Dadme los bosques, las estrellas. Aquella noche fue a Delfos, ascendiendo en silencio desde la tierra a oscuras. Y descendió en la hierba húmeda y anduvo hacia donde una vez había estado la sede del oráculo, aquella casa de los dioses, ahora en ruinas.

Pero no se marcharía de Atenas. Debía encontrar a los otros dos bebedores de sangre y decirles que lo sentía, que nunca, nunca más, utilizaría su poder contra ellos. Tenían que hablar con él. Tenían que estar con él... ¡Sí!

A la noche siguiente, después de despertar, escuchó, intentando localizarlos. Y, una hora después, oyó que se levantaban de sus tumbas. Una casa en la Plaka era su guarida; la casa era una taberna ruidosa y llena de humo, cuya entrada daba a la calle. En sus sótanos dormían de día, comprendió, y subían cuando había oscurecido; y entonces contemplaban a los mortales de la taberna cantar y bailar. Lamia, la antigua voz griega para vampiro, era el nombre del establecimiento en el cual las guitarras eléctricas tocaban música griega tradicional y los jóvenes mortales bailaban entre ellos, meneando las caderas con todo el encanto seductor de las mujeres; mientras, el vino fluía por sus venas. En las paredes colgaban fotogramas de películas de vampiros

(Bela Lugosi en el papel de Drácula, la pálida Gloria Holden en el de su hija) y pósters del rubio y de ojos azules Vampiro Lestat.

Así pues, tenían sentido del humor, pensó afablemente. Pero, cuando se asomó al interior, la pareja de vampiros, aturdidos por la pena y el miedo, estaban sentados, juntos, mirando fijamente la puerta abierta. ¡Qué aspecto tan indefenso tenían!

Cuando lo vieron en el umbral, de espaldas a la claridad blanca de la calle, permanecieron absolutamente inmóviles. ¿Qué pensaron al ver su larga capa? ¿Un monstruo que surgía vivo de sus propios pósters, para llevarles la destrucción cuando tan pocos en la tierra podían?

«Vengo en son de paz. Solamente deseo hablar con vosotros. Nada va a enfurecerme. Vengo en son de... amor.»

La pareja se quedó paralizada. Luego, de improviso, uno se levantó de la mesa y ambos soltaron un espontáneo grito horroroso. El fuego lo cegó como cegó a los mortales que lo empujaban en su súbita estampida hacia la calle. Los bebedores de sangre ardían en llamas, morían atrapados en una escalofriante danza de brazos y piernas retorcidos. La misma casa estaba en llamas, las vigas humeaban, las botellas de cristal explotaban, y chispas anaranjadas se disparaban hacia el cielo nocturno.

¿Lo había hecho él? ¿Era la muerte para los demás, tanto si era su voluntad como si no?

Lágrimas sanguinolentas se precipitaron por su rostro blanco y cayeron al pecho de su camisa almidonada. Levantó un brazo y, con la capa, se cubrió el rostro. Era un gesto de respeto por el horror que tenía lugar ante él, por los bebedores de sangre muriendo en el interior.

No, no podía haberlo hecho él, no podía. Dejó que

los mortales lo empujaran, que lo apartaran del camino. Las sirenas hirieron sus oídos. Parpadeó intentando ver a pesar de las luces relampagueantes.

Y luego, en un momento de brusca comprensión, supo que no lo había hecho él. ¡Porque vio al ser que lo había hecho! Allí estaba, envuelta en una capa de lana gris y medio oculta en un callejón oscuro, en silencio, observándolo.

Y cuando sus ojos se encontraron, ella susurró suavemente su nombre:

—Khayman, mi Khayman...

Le quedó la mente en blanco. Completamente vacía. Fue como si una luz blanca hubiera descendido sobre él, quemando todos los detalles. Durante un sereno momento, no sintió nada. No oyó el rugido del fuego arrasador, nada de los que aún lo empujaban en su precipitada carrera.

Simplemente contemplaba aquel ser, aquel bellísimo y delicado ser, exquisito como siempre había sido. Un horror insoportable lo dominó. Lo recordó todo, todo lo que había visto, sido, sabido.

Los siglos se abrieron ante él. Los milenios se extendieron, remontándose hasta el mismo principio. *Primera Generación*. Lo sabía todo. Temblaba, lloraba. Se oyó a sí mismo decir con todo el rencor de una acusación:

—¡Vos!

De súbito, en un gran relámpago fulminante sintió la plena fuerza del auténtico poder de ella. El calor lo fustigó en el pecho, y sintió que retrocedía y se tambaleaba.

«¿Vosotros, dioses, también me mataréis a mí?» Pero ella no podía oír sus pensamientos. Él estaba aplastado contra una pared encalada. Un agudísimo dolor se concentró en su cabeza.

Sin embargo, ¡continuaba viendo, sintiendo, pensando! Y los latidos de su corazón era tan regulares como siempre. ¡No estaba ardiendo!

Y luego, con repentino cálculo, reunió todas sus fuerzas y contraatacó aquella energía invisible disparando violentamente la suya propia.

—¡Ah, de nuevo es malevolencia, mi soberana! —gritó en la antigua lengua. ¡Qué humana había sonado su voz!

Pero todo había terminado. El callejón estaba vacío. Ella había desaparecido.

O, con más exactitud, había emprendido el vuelo, subiendo arriba en vertical, igual que él mismo hacía a menudo, y tan deprisa que la vista no la pudo seguir. Sí, percibió que aquella presencia se alejaba. Levantó la cabeza y la localizó sin esfuerzo: un minúsculo punto, que se desplazaba hacia el poniente por encima de las pálidas nubes.

Sonidos ásperos lo sorprendieron: sirenas, voces, el estrépito de las últimas vigas que caían en la casa incendiada. La estrecha callejuela estaba abarrotada de gente; la ululante música del resto de las tabernas no se había parado. Se retiró, se alejó del lugar, llorando, dedicando una última mirada al dominio de los bebedores de sangre, muertos. ¡Ah, cuántos miles de años, imposibles de contar, y sin embargo continuaba la misma guerra!

Deambuló durante horas por las oscuras calles retiradas.

El silencio se apoderaba de Atenas. La gente dormía detrás de paredes de madera. La calzada relucía en la niebla, que se hizo tan espesa como la lluvia. Su historia era como el caparazón de un caracol gigante, una espiral inmensa en sus hombros, aplastándolo contra la tierra con su peso imposible.

Subió a una colina y entró en el fresco y lujoso bar de un gran hotel de acero y cristal. El lugar era blanco y negro, como él, con su pista de baile a cuadros blancos y negros, sus mesas negras, sus sofás de piel negra.

Pasó inadvertido y se sentó en un sofá en la parpadeante semioscuridad y dio rienda suelta a las lágrimas. Lloró como un tonto, con la frente apoyada en el brazo.

La locura no lo alcanzaba; tampoco el olvido. Vagaba por los siglos, volviendo a visitar los lugares que había conocido con tierna intimidad. Lloraba por todos los que había conocido y amado.

Pero lo que lo hería por encima de todo era la implacable sensación de asfixia del principio, del auténtico principio, antes incluso del lejano día en que se había tendido en su casa junto al Nilo, en la quietud del mediodía, sabiendo que por la noche tendría que ir al palacio.

El auténtico principio había tenido lugar un año antes, cuando el Rey le había dicho: «De no ser por el amor que profeso a mi Reina, tomaría placer en esas dos mujeres. Demostraría que no son brujas de temer. Tú lo harás en mi lugar.»

Era tan real como el momento presente; la inquieta Corte reunida, mirando; hombres y mujeres de ojos negros, con preciosas túnicas de lino, y pelo negro de peinado elaborado; unos rondando tras las columnas esculpidas; otros, orgullosamente cerca del trono. Y las gemelas pelirrojas ante él, las bellas prisioneras que había llegado a amar en su cautiverio. «No puedo hacerlo.» Pero lo había hecho. Mientras la Corte y la Reina aguardaban, el Rey le colocaba su collar con el medallón de oro, para actuar en su nombre. Y había descendido los peldaños del estrado, mientras las gemelas lo miraban fijamente, y las había ultrajado, una tras otra.

Seguro que aquel dolor no podía durar siempre, eternamente.

Se habría hundido hasta el seno de la Tierra, si hubiese tenido fuerza para ello. Bendita ignorancia, cómo la deseaba. Ve a Delfos, vaga por la alta y dulcemente perfumada hierba verde. Coge las diminutas flores silvestres. ¡Ah!, ¿se abrirían para él, como por la luz del sol, si las sostenía bajo la lámpara?

Pero ahora no quería olvidarlo de ningún modo. Algo había cambiado; algo hacía que aquel momento presente no tuviese igual. ¡*Ella* se había levantado de su largo sueño! ¡La había visto con sus ojos en una calle de Atenas! El pasado y el presente se habían fundido en un solo momento.

Mientras se secaban sus lágrimas, se inclinó pensativo hacia atrás en el sofá.

Jóvenes que bailaban se retorcían en el tablero de ajedrez iluminado ante él. Las mujeres le sonreían. ¿Era para ellas un bello Pierrot de porcelana, con su rostro blanco y mejillas ligeramente rosadas? Levantó los ojos a la palpitante y resplandeciente pantalla de vídeo, situada en lo alto de la sala. Sus pensamientos se fortalecían como sus poderes físicos.

Esto tenía lugar en el mes de octubre, en los últimos años del siglo XX después del nacimiento de Cristo. ¡Y sólo unas pocas noches atrás, había visto a las gemelas en sueños! No. No había retirada. Para él la verdadera agonía acababa de empezar; pero no importaba. Estaba más *vivo* que nunca.

Despacio, frotó su cara con un pequeño pañuelo de hilo. Se limpió los dedos en la copa de vino que tenía ante él, como si los fuera a consagrar. Y volvió a mirar a la alta pantalla de vídeo donde El Vampiro Lestat cantaba su trágica canción.

Demonio de ojos azules, de pelo amarillo flotando en torno a su cabeza, de poderosos brazos y pecho joven. Irregulares pero elegantes sus movimientos, labios seductores, voz llena de dolor calculadamente modulado.

«Y todo este tiempo me lo has estado contando, ¿no? ¡Llamándome! ¡Invocando mi nombre!»

La imagen del vídeo parecía estar devolviéndole la mirada, parecía responderle, cantar para él, cuando evidentemente no podía verlo en absoluto. *¡Los Que Deben Ser Guardados! Mi Rey y mi Reina.* Pero escuchaba con toda atención cada sílaba articulada con perfecta precisión, articulada por encima del estrépito de las trompetas y de la palpitante batería.

Sólo cuando el sonido y la imagen se desvanecieron, se levantó y salió del bar. Y echó a andar; a ciegas recorrió los pasillos del hotel y penetró en la oscuridad del exterior.

Oyó voces que lo llamaban, voces de bebedores de sangre del mundo entero, haciendo señales. Voces que siempre habían estado allí. Hablaban de calamidades, de reunirse para prevenir un desastre horripilante. «La Madre anda.» Hablaban de los sueños de las gemelas como si no los comprendieran. ¡Y él había sido sordo y ciego a todo aquello!

—¡Qué poco comprendes, Lestat! —murmuró.

Subió a un promontorio oscuro y contempló la Alta Ciudad de los templos, muy a lo lejos, mármol blanco roto brillando bajo las débiles estrellas.

—¡Maldita seáis, mi soberana! —murmuró—. ¡Maldita seáis en el infierno por todo lo que nos hicisteis a todos! —«Y pensar que, aún en este mundo de acero y gasolina, de estruendosas sinfonías electrónicas y silenciosos y centelleantes circuitos de ordenadores, continuamos errando.»

Pero le vino a la memoria otra maldición, mucho más grave que la que había pronunciado. Se le había ocurrido un año después del atroz momento en que había violado a las dos mujeres: una maldición clamada en el patio del palacio, bajo un cielo nocturno tan distante como indiferente.

—Pongo a los espíritus por testigos, porque ellos saben el futuro (tanto de lo que puede ser como de *lo que seré yo*): ¡Sois la Reina de los Condenados! El mal es vuestro único destino. Pero, en vuestra hora más grandiosa, seré yo quien os derrote. Mirad bien mi rostro. Seré yo quien os aplaste.

¿Cuántas veces, durante aquellos primeros siglos, había recordado aquellas palabras? ¿En cuántos lugares del desierto, de las montañas, de los fértiles valles, había buscado a las dos hermanas pelirrojas? Entre los beduinos que les habían dado cobijo, entre los cazadores que aún vestían pieles y entre la gente de Jericó, la ciudad más antigua del mundo. Ya eran una leyenda.

Y la bendita locura había descendido; él había perdido todo conocimiento, rencor, dolor. Era Khayman; se había llenado de amor por todo lo que veía en su entorno, un ser que entendía la palabra «alegría».

¡Ah, qué pensamiento más brillante y más sobrecogedor, que se reunieran los de la Primera Generación, que la Primera Generación conociera finalmente la victoria!

Pero, con una sonrisa amarga, pensó en la humana sed de heroísmo de El Vampiro Lestat. «Sí, hermano mío, perdona mi burla. Yo también las quiero; la bondad, la gloria. Pero probablemente no hay destino ni redención. Sólo hay lo que contemplo ante mí desde este antiguo y embrutecido paisaje: sólo nacimiento y muerte, y horrores que nos aguardan a todos.»

Echó un último vistazo a la ciudad dormida, al feísimo y asqueado lugar moderno donde le había satisfecho tanto deambular por incontables viejas tumbas.

Y luego se elevó, llegando en segundos a las más altas nubes. Ahora pondría su magnífico don a la más grande prueba; ¡y cómo amaba la súbita sensación de tener un objetivo, por más ilusorio que fuera! Viajó hacia el poniente, hacia El Vampiro Lestat y hacia las voces que suplicaban por comprender el sueño de las gemelas. Emprendió el viaje hacia el oeste, como ella había hecho antes que él.

Su capa se extendió como si de unas alas tersas y brillantes se tratara, y el delicioso aire frío lo azotó y lo hizo reír, como si por un momento volviera a ser el tontuelo feliz de siempre.

6

LA HISTORIA DE JESSE, LA GRAN FAMILIA Y LA TALAMASCA

i.

Los muertos no comparten.
Aunque extienden su mano hacia nosotros
desde la tumba
(juro que lo hacen),
no te tienden sus corazones.
Tienden sus cabezas,
la parte que mira.

STAN RICE
de «Su parte»
Cuerpo de trabajo (1983)

ii.

Cubrid su rostro; me deslumbra; ha
muerto joven.

JOHN WEBSTER

iii.

LA TALAMASCA
Investigadores de lo paranormal.
Observamos
y siempre estamos aquí.
Londres   Amsterdam   Roma

Jesse gimoteaba en su sueño. Era una mujer delicada de treinta y cinco años, de largo y rizado pelo rojo. Yacía hundida en un informe colchón de plumas, en una cama de madera que se mecía colgada del techo con cuatro cadenas oxidadas.

En algún lugar de la inmensa casa laberíntica, un reloj dio la hora. Debía levantarse. Quedaban dos horas antes del concierto de El Vampiro Lestat. Pero ahora no podía dejar a las gemelas.

Aquello era nuevo para ella, aquella parte que se revelaba tan rápidamente, en especial en un sueño de confusión enloquecedora, como habían sido todos los sueños de las gemelas. Ahora sabía que las gemelas volvían a estar en el reino del desierto. La turba que las rodeaba era peligrosa. Y las gemelas, ¡qué aspecto tan diferente tenían, qué pálidas estaban! Quizás aquel brillo fosforescente fuera una ilusión, pero en realidad parecía que resplandecían en la semioscuridad, y sus movimientos eran lánguidos, como si estuvieran atrapadas en el ritmo de una danza. Mientras estaban abrazadas les lanzaban antorchas; pero mira, hay algo que está mal, muy mal. Una de ellas es ahora ciega.

Sus párpados estaban cerrados, con la tierna piel arrugada y hundida. Sí, le habían arrancado los ojos. Y la otra, ¿por qué hacía aquellos terribles sonidos? «Cálmate, no luches más», decía la ciega en el viejo lenguaje siempre comprensible de los sueños. Y de la otra gemela salió un gemido hórrido, gutural. No podía hablar. ¡Le habían cortado la lengua!

«No quiero ver nada más, quiero despertarme.» Pero los soldados se abrían camino a empujones por entre la masa, algo espantoso iba a ocurrir, y las gemelas se quedaron muy quietas. Los soldados las cogen, y las separan, a rastras.

«¡No las separéis! ¿No sabéis lo que significa para

ellas? Apartad las antorchas. ¡No las queméis! No queméis su pelo rojo.»

La gemela ciega extendió las manos buscando a su hermana, chillando su nombre: «¡Mekare!» y Mekare, la muda, la que no podía responder, rugió como una bestia herida.

La muchedumbre abría un corredor, haciendo un paso para dos inmensos ataúdes de piedra, cada uno transportado en unas grandes y pesadas andas. Los sarcófagos eran toscos; pero las tapas tenían la forma aproximada de cuerpos humanos, de rostros humanos, de miembros humanos. «¿Qué han hecho las gemelas para que las pongan en los ataúdes? No puedo soportarlo.» Depositan las andas en el suelo, arrastran a las gemelas hacia los ataúdes, levantan las toscas tapas de roca. «¡No lo hagáis!» La ciega está luchando como si viera, pero la dominan, la levantan y la depositan dentro del receptáculo de piedra. Muda y aterrorizada, Mekare observa, pero también a ella la arrastran hacia el otro ataúd. «¡No bajéis la tapa o gritaré por Mekare! ¡Por ambas...!»

Jesse se sentó bruscamente, con los ojos desorbitados. Había gritado.

Sola en la casa, sin nadie que la pudiera oír, había gritado y aún podía sentir el eco. Luego, nada; excepto la quietud que se posaba a su alrededor, y el leve crujir de la cama al moverse en sus cadenas. El canto de los pájaros en el exterior, en el bosque, en lo profundo del bosque; y su propia, rara, conciencia de que el reloj había dado las seis.

El sueño se desvanecía. Trató desesperadamente de aferrarse a él, de ver los detalles que siempre se le escapaban: los vestidos de aquella extraña gente, las armas que llevaban los soldados, los rostros de las gemelas. Pero ya había desaparecido. Sólo quedaban el hechizo y una aguda consciencia de lo que había sucedido..., y la certeza de que El Vampiro Lestat estaba relacionado con aquellos sueños.

Medio dormida aún, comprobó la hora en su reloj. No quedaba tiempo. Quería estar en el auditorio cuando El Vampiro Lestat hiciera su aparición en escena; quería estar al mismo pie del escenario.

Sin embargo, contemplando las rosas blancas de la mesita de noche, dudaba. Más allá, al otro lado de la ventana abierta, vio el cielo meridional lleno de una débil luz anaranjada. Cogió la nota que se hallaba junto a las flores y la leyó entera una vez más.

> Querida mía:
>
> Acabo de recibir tu carta, pues me encontraba lejos de casa y tardó algún tiempo en llegar hasta mí. Comprendo la fascinación que esta criatura, Lestat, ejerce sobre ti. Ponen su música incluso en Río. Ya he leído los libros que me enviaste con la carta. Y sé acerca de tu investigación de esta criatura para la Talamasca. Por lo que se refiere al sueño de las gemelas, debemos hablar de ello, tú y yo. Es de vital importancia. Ya que hay otros que han tenido sueños similares. Pero te pido; no...: te ordeno que no asistas al concierto. Tienes que permanecer en la villa de Sonoma hasta que yo llegue. Partiré del Brasil tan pronto como pueda.
>
> Espérame. Te quiere,
>
> tu tía Maharet.

—Maharet, lo siento —susurró. Pero era impensable que no asistiera. Y si alguien en el mundo debía comprenderlo, era Maharet.

La Talamasca, para la que había trabajado durante doce largos años, nunca la perdonaría por haber desobedecido sus órdenes. Pero Maharet sabía la razón; *Maharet era la razón*. Maharet la perdonaría.

Mareo. La pesadilla aún no la soltaba. La diversidad de objetos esparcidos por la habitación se desvanecían en las sombras, pero el crepúsculo ardió repentinamente y con tanta claridad que incluso las colinas boscosas reflejaron la luz. Y las rosas se tornaron fosforescentes, como la blanca piel de las gemelas del sueño.

Rosas blancas... Intentó recordar algo que había oído acerca de las rosas blancas. Uno envía rosas blancas en un funeral. Pero no, Maharet no podía haber querido decir aquello.

Jesse extendió el brazo, tomó una de las flores entre ambas manos y los pétalos se abrieron al instante. Una tal dulzura... Los apretó contra sus labios, y le vino a la memoria una imagen, débil pero brillante, de aquel verano, de hacía ya mucho tiempo, con Maharet, en aquella misma casa, en una habitación a la luz de una vela, tendida en una cama de pétalos de rosa (¡tantos pétalos blancos, amarillos y rosas!); y había recogido pétalos y se los había aplicado contra el rostro y el cuello.

¿Había visto de veras Jesse una cosa así? Tantos pétalos rosa atrapados en el largo pelo rojo de Maharet. Pelo como el pelo de Jesse. Pelo como el pelo de las gemelas del sueño..., espeso, rizado, veteado de oro.

Era uno de los cien fragmentos de memoria que después nunca podía encajar para formar un todo. Pero ya no importaba, lo que podía recordar o no de aquel verano perdido de ensueño. El Vampiro Lestat esperaba: habría un final, si no una respuesta; seguro, tan seguro como la misma muerte.

Se levantó. Se puso la chaqueta gastada y con rotos que, junto con la camisa de chico, de cuello abierto, y con los vaqueros que vestía siempre, constituían su segunda piel en aquellos días. Se calzó las raídas botas de cuero. Se pasó el cepillo por el pelo.

Ahora era tiempo de dejar la casa vacía que aquella madrugada había invadido. Le dolía dejarla. Pero le habría dolido mucho más no haber venido.

A la primera luz del alba, había llegado a la margen del claro, en silencio y aturdida al descubrirlo todo tan poco cambiado después de quince años: un edificio laberíntico construido al pie de la montaña, con su tejado y porches de pilares ocultos bajo las enredaderas, azules como la gloria de la mañana. Más arriba, medio escondidas en las laderas herbosas, unas diminutas ventanas secretas captaban el primer destello de luz matutina.

Cuando subió por la escalera principal con la vieja llave en la mano, se sintió como una espía. Hacía meses que nadie había estado por allí, o eso parecía. Polvo y hojas en todas partes era lo que aparecía a la vista.

Sin embargo, la esperaban rosas en un jarrón de cristal y una carta para ella clavada en la puerta, con la nueva llave en el sobre.

Durante horas había deambulado, reconocido, explorado. No importaba que estuviera cansada, que hubiera conducido toda la noche. Tenía que pasear por los largos corredores sombríos, tenía que errar por las espaciosas y sobrecogedoras habitaciones. Nunca como ahora le había parecido el lugar tan semejante a un primitivo palacio, con sus enormes vigas sosteniendo los maderos rústicamente cortados del tejado, las chimeneas oxidadas levantándose de los hogares redondos de piedra.

Incluso los muebles eran macizos: mesas como ruedas de molino, sillas y sofás de madera sin pulir, con montones de blandísimos almohadones, estanterías para libros y huecos abiertos, esculpidos, en las paredes de adobe sin pintar.

Poseía la ruda grandiosidad medieval. Los pequeños objetos de arte maya, las copas etruscas y las estatuas hititas, parecían formar parte íntima del lugar, entre las profundas ventanas y el suelo de piedra. Era como una fortaleza. Daba la sensación de seguridad.

Sólo las creaciones de Maharet rebosaban de colores brillantes, como si las hubiera sacado de los árboles y del cielo del exterior. El recuerdo no había exagerado en nada su belleza. Alfombras de lana de nudo profundo, suaves y gruesas, mostrando la misma libre disposición de las flores del bosque y de la hierba por todas partes, como si la alfombra fuera la misma tierra. Y los incontables almohadones de retales, con sus curiosas figuras y raros símbolos cosidos, y finalmente los gigantescos tapices colgantes, hechos de retales: tapices modernos que cubrían las paredes con infantiles ilustraciones de campos, riachuelos, montañas y bosques, cielos llenos de sol y luna a la vez, de gloriosas nubes y lluvia cayendo. Tenían el vibrante poder de la pintura primitiva, con sus miríadas de minúsculos pedacitos de tela cosidos con mucho cuidado para poder crear el detalle de una cascada de agua o de una hoja que cae.

Volver a ver todo aquello había causado un dolor de muerte a Jesse.

A mediodía, hambrienta y con gran pesadez de cabeza por la larga noche sin dormir, había logrado el valor necesario para levantar el cerrojo de la puerta trasera; esta puerta daba a las habitaciones secretas sin ventanas situadas en el mismo interior de la montaña. Sin aliento, había seguido el corredor de roca. Su corazón latió con fuerza al encontrar la biblioteca abierta y al encender las luces.

¡Ah!, quince años atrás, simplemente el verano más feliz de su vida. Todas sus maravillosas aventuras posteriores (la caza de fantasmas para la Talamasca) no habían sido nada comparadas con aquella temporada mágica e inolvidable.

Maharet y ella, en aquella biblioteca, juntas, con el fuego llameante del hogar. Y los incontables volúmenes de la historia familiar, asombrándola y deleitándola. El linaje de «la Gran Familia», como Maharet siempre la llamaba, «el hilo que agarramos en el laberinto que es la vida». ¡Con cuánto amor había bajado los libros para Jesse, le había abierto los cofres que contenían los antiguos rollos de pergamino!

Aquel verano, Jesse no había aceptado por completo lo que podía implicar todo lo que había visto. Había habido una lenta confusión, una deliciosa suspensión de la realidad cotidiana, como si los papiros recubiertos de una escritura que no podía clasificar pertenecieran más bien a un sueño. Después de todo, Jesse, por aquella época, ya se había convertido en una experta arqueóloga. Había realizado sus prácticas en excavaciones en Egipto y Jericó. Sin embargo, no podía descifrar aquellos extraños jeroglíficos. «En nombre del Señor, ¿qué antigüedad tenían?»

Durante los años posteriores Jesse intentó recordar otros documentos que había visto. Seguramente, una mañana había entrado en la biblioteca y había descubierto un cuarto trasero con la puerta abierta.

Siguiendo un largo corredor, había pasado por otros cuartos sin iluminar. Por fin, había encontrado un interruptor y había descubierto un gran almacén lleno de tablillas de arcilla..., ¡de tablillas de arcilla cubiertas de diminutos dibujos! Sin duda alguna, había tomado aquellos objetos en sus manos.

Algo más había ocurrido; algo que, en verdad, nunca quería recordar. ¿Había otro pasillo? Estaba segura de que allí había habido una escalera de caracol, de hierro, que la llevó a cuartos inferiores con simples paredes de tierra. Pequeñas bombillas colgaban de viejos casquillos de porcelana. Había tirado de las cadenillas para encenderlas.

Seguro que lo había hecho. Seguro que ella había abierto una maciza puerta de secoya...

Después, durante años, le había vuelto a la memoria en minúsculos y fugaces recuerdos: una vasta sala de techo bajo, con sillas de roble y una mesa y bancos que parecían estar hechos de roca. ¿Y qué más? Algo que al principio le había parecido muy familiar. Y luego...

Más tarde, aquella noche, no había recordado nada más que la escalera. De pronto, dieron las diez: acababa de despertar y Maharet estaba a los pies de su cama. Maharet se le había acercado y la había besado. Un beso cálido y encantador: había enviado una profunda y palpitante sensación a través de su cuerpo. Maharet dijo que la habían encontrado en el claro junto al riachuelo, dormida, y, a la puesta de sol, la habían llevado dentro.

¿Junto al riachuelo? Durante los meses siguientes, había «recordado» haberse dormido allí realmente. De hecho, era otra rica «evocación» de la paz y la quietud del bosque, del agua cantando en las rocas. Pero nunca había sucedido, ahora estaba segura de ello.

Pero lo mismo ahora, unos quince años después, no había encontrado evidencia, en absoluto, de aquellos hechos y lugares de recuerdo difuso. Las habitaciones estaban cerradas para ella. Incluso los pulcros volúmenes de la historia familiar estaban cerrados en cajas de cristal que no se atrevió a tocar.

No obstante, nunca había creído tan firmemente en su capacidad de recordar. Sí, tabletas de arcilla repletas de nada más que diminutas figuras que representaban a personas, árboles, animales. Las había visto, las había bajado de los estantes y las había sostenido bajo la débil luz que colgaba del techo. Y la escalera de caracol, y el cuarto que la asustaba, que la aterrorizaba, sí..., todo allí. Sin embargo, el lugar había sido como un paraíso, en aquellos cálidos días y noches de verano, cuando había pasado horas y horas sentada hablando con Maharet, cuando había bailado con Mael y Maharet a la luz del claro de luna. Olvida de momento el dolor posterior, intentando comprender por qué Maharet la había enviado de nuevo a Nueva York para no volver nunca más.

> Querida mía:
> El hecho es que te quiero demasiado. Mi vida absorbería la tuya si no nos separáramos. Tienes que tener tu libertad, Jesse, para concebir tus propios planes, ambiciones, sueños...

No era para revivir el antiguo dolor que ella había regresado, era para volver a experimentar, por un breve espacio de tiempo, la alegría que se había desvanecido años atrás.

Por la tarde, luchando contra el cansancio, había salido a dar una vuelta por los alrededores de la casa y había bajado hasta el largo pasaje entre los robles. Era tan fácil encontrar los viejos senderos entre las espesas secoyas... Y el claro, circundado de helechos; y trébol en los empinados márgenes rocosos del umbrío e impetuoso riachuelo.

Aquí, una vez, Maharet la había guiado a través de la total oscuridad, la había bajado al agua y la había conducido por un sendero de piedras. Mael se había unido a ellas. Maharet había servido vino a Jesse y juntos habían cantado una canción que Jesse nunca más había podido recordar, aunque de tanto en tanto se hallaba tarareando aquella misteriosa melodía con una inexplicable exactitud; luego se paraba, consciente de ello, y no era capaz de entonar la nota adecuada.

Tal vez hubiese quedado dormida junto al riachuelo, en los sonidos entremezclados del bosque, como decía el falso «recuerdo» de años atrás.

¡Tan deslumbrante el verde brillante de los arces, recogiendo los esparcidos rayos de luz...! Y las secoyas, ¡qué monstruosas parecían en la quietud ininterrumpida! Descomunales, indiferentes, elevándose decenas y decenas de metros hasta que su sombrío follaje dentado cerraba la deshilachada banda de cielo.

Y había sabido qué exigiría de ella el concierto de la noche, con los *fans* de Lestat chillando a todo pulmón. Pero había tenido miedo de que el sueño de las gemelas empezara de nuevo.

Luego había regresado a la casa y había tomado consigo las rosas y la carta. Su antigua habitación. Las tres. ¿Quién daría cuerda a los relojes en aquel lugar, para que dieran la hora? El sueño de las gemelas estaba al acecho. Y simplemente ella estaba demasiado cansada para luchar más. Se sentía tan bien en aquel lugar... Allí no había fantasmas del tipo con que se había tropezado tantas veces en su trabajo. Sólo paz. Se había tumbado en la vieja cama colgante, en la colcha que ella misma, con Maharet, había cosido con tanto esmero aquel verano. Y el sopor le había llegado al mismo tiempo que las gemelas.

Ahora le quedaban dos horas para llegar a San Francisco, y debía abandonar la casa, quizá con lágrimas otra vez. Comprobó sus bolsillos. Pasaporte, papeles, dinero, llaves. Recogió su bolso de piel, se lo colgó del hombro y, por el largo corredor, se apresuró hacia las escaleras. El crepúsculo caía rápidamente, y cuando la oscuridad cubriera el bosque nada sería visible. Cuando llegó a la sala principal, aún había un poco de luz solar. Por las ventanas que daban al poniente, unos pocos largos rayos polvorientos iluminaban el gigante tapiz de retales de la pared.

Jesse contuvo el aliento al contemplarlo. Siempre había sido su preferido, por lo intrincado de sus dibujos, por su tamaño. Al principio, parecía un gran caos de diminutos zurcidos y pedazos cosidos, pero luego, gradualmente, el paisaje boscoso emergía de la miríada de piezas de tela. Lo veías un minuto, y al siguiente había desaparecido. Eso era lo que le había sucedido una y otra vez aquel verano, cuando, ebria de vino, miraba el tapiz, de cerca, de lejos, perdiendo la imagen, luego recobrándola: la montaña, el bosque, un pequeño poblado asentado en un verde valle en la parte baja.

—Lo siento, Maharet —susurró de nuevo. Tenía que irse. Su viaje casi había acabado.

Pero, al desviar la vista, algo en el tapiz de retales captó su atención. Se volvió otra vez, lo estudió de nuevo. ¿Había figuras que nunca había visto? Una vez más era un enjambre de fragmentos cosidos entre ellos. Luego, despacio, emergía la ladera de la montaña, después los olivos y luego los tejados del poblado, no más que chozas amarillas diseminadas por el liso suelo del valle. ¿Las figuras? No pudo encontrarlas. Es decir, hasta que volvió a desviar la vista. Con el rabillo del ojo se hicieron visibles por una fracción de segundo. Dos diminutas figuras abrazándose, ¡dos mujeres pelirrojas!

Poco a poco, casi con cautela, se volvió de nuevo hacia el tapiz. El corazón le daba brincos. Sí, allí. ¿Pero era una ilusión?

Cruzó la sala hasta que estuvo exactamente frente al tapiz. Extendió el brazo y lo tocó. ¡Sí! Cada pequeño ser de trapo tenía un minúsculo par de botones como ojos, y el pelo era hilo rojo, haciendo ondas quebradas y cosido por encima de los blancos hombros.

Se quedó contemplando aquello, medio incrédula. Sin embargo, allí estaban, ¡las gemelas! Y mientras ella permanecía allí, petrificada, la sala empezó a oscurecerse. La última luz se había deslizado tras el horizonte. El tapiz se desvanecía ante sus ojos y se tornaba un ilegible dibujo.

Aturdida, oyó el reloj dar el cuarto. «Llama a la Talamasca. Llama a Londres, a David. Cuéntale algo, cualquier cosa...» Pero era imposible y ella lo sabía. Y le partía el corazón comprender que fuera lo que fuese lo que le sucediera aquella noche, la Talamasca nunca sabría la historia entera.

Se obligó a marchar, a cerrar la puerta tras de sí, a andar por el ancho porche y a bajar por el largo sendero.

No acababa de comprender sus sentimientos, por qué estaba tan emocionada y al borde de las lágrimas. Confirmaba todas sus sospechas, todo lo que sabía. Y no obstante, estaba asustada. Estaba llorando de veras.

«Espera a Maharet.»

Pero no lo podía hacer. Maharet la hechizaría, la confundiría, la alejaría del misterio en nombre del amor. Era lo que había ocurrido aquel verano tiempo atrás. El Vampiro Lestat no ocultaba ya nada. El Vampiro Lestat era la pieza crucial del rompecabezas. Verlo y tocarlo lo confirmaría todo.

El Mercedes biplaza rojo arrancó enseguida. Con una rociada de grava hizo marcha atrás, giró y se lanzó por el estrecho camino sin asfaltar. El techo descapotable estaba sin echar; estaría helada cuando llegase a San

Francisco, pero no importaba. Amaba el aire frío en su rostro, amaba conducir deprisa.

El camino se zambulló enseguida en la oscuridad de los bosques. Ni siquiera la luna naciente podía penetrarla. Aceleró hasta llegar a sesenta, sorteando con facilidad los bruscos virajes. Su tristeza se intensificó de pronto, pero ya no hubo más lágrimas. El Vampiro Lestat..., casi allí.

Cuando llegó a la carretera del condado, ya iba a toda velocidad, cantando para sí sílabas que apenas podía oír por encima del viento. La plena noche llegó cuando cruzaba, con el motor bramando, la pequeña ciudad de Santa Rosa y enlazaba con el ancho y ligero fluir de la autopista 101, en dirección sur.

La niebla costera se hacía más espesa. Convertía en fantasmas las oscuras colinas al este y al oeste. Pero el brillante flujo rojo de las luces posteriores de los vehículos alumbraba la calzada ante ella. Cada vez se sentía más agitada. Una hora para llegar a la Golden Gate. La tristeza la estaba abandonando. Toda su vida había sido una persona confiada, con suerte; y a veces impaciente con la gente más cautelosa que había conocido. Y, a pesar de la sensación de fatalidad que arrastraba aquella noche, de la viva conciencia de los peligros que le aguardaban, sentía que su suerte usual estaría con ella. No estaba asustada.

Había nacido con suerte, según lo veía ella; la habían hallado junto a la carretera, después del accidente de automóvil que había matado a su adolescente madre, embarazada de siete meses: un bebé espontáneamente abortado de la matriz moribunda, y chillando con fuerza para aclarar sus pulmones cuando llegó la ambulancia.

Durante dos semanas, mientras languidecía en

el hospital del condado, condenada por horas a la asepsia y frialdad de las incubadoras, no había tenido nombre; pero las enfermeras la habían adorado, llamándola cariñosamente «el gorrión», meciéndola en brazos y cantándole siempre que tenían un momento.

Años más tarde le escribirían, enviándole las instantáneas que habían tomado de ella y contándole pequeñas anécdotas, y esto había amplificado en gran manera la temprana sensación de que había sido querida.

Maharet era quien al final había ido por ella, identificándola como la única superviviente de la familia Reeves de Carolina del Sur y llevándosela a Nueva York a vivir con unos parientes de diferente nombre y condición. Allí iba a crecer en un viejo y lujoso piso de dos plantas, en Lexington Avenue, con Maria y Matthew Godwin, quienes le dieron no solamente amor sino todo lo que pudiese desear. Una niñera inglesa había dormido en la habitación de Jesse hasta que ésta había tenido doce años.

No podía recordar cuándo se había enterado de que su tía Maharet se había hecho cargo de sus gastos, para que pudiera matricularse en la Universidad y en la Facultad que eligiese. Matthew Godwin era médico; Maria había sido bailarina y profesora; su afecto y dependencia para con Jesse eran sinceros. Era la hija que siempre habían deseado, y aquellos años fueron ricos y felices.

Las cartas de Maharet empezaron antes de que tuviera edad para leer. Eran maravillosas, y, a menudo, iban acompañadas de postales de vivos colores y de curiosas monedas de los diferentes países en donde residía. A los diecisiete años, Jesse tenía un cajón lleno de rupias y de liras. Pero, además y mucho más importante, tenía una verdadera amiga: Maharet. Maharet, que respondía cada palabra que le escribía, y con sentimiento y dedicación.

Fue Maharet quien la inició en la lectura, quien la animó a tomar lecciones de música y de pintura, quien le preparó los viajes a Europa y quien consiguió su admisión en la Universidad de Columbia, donde Jesse estudió Arte y Lenguas Antiguas.

Fue Maharet quien preparó sus visitas navideñas a los primos europeos: los Scartino de Italia, una poderosa familia de banqueros que vivía en una villa en las afueras de Siena, y los Borchart, más humildes, de París, que la recibieron con los brazos abiertos en su superpoblada pero alegre casa.

El verano en que Jesse cumplió los diecisiete años, fue a Viena a conocer a una rama de la familia emigrada de Rusia, jóvenes intelectuales apasionados y músicos, a quienes amó con fervor. Luego fue a Inglaterra para conocer a la familia Reeves, emparentada directamente con los Reeves de Carolina del Sur, que habían emigrado de Inglaterra hacía siglos.

Cuando tuvo dieciocho años, fue a visitar a los primos Petralona en su villa en Santorini, unos griegos ricos y de aspecto exótico. Vivían casi en el esplendor feudal, rodeados de sirvientes campesinos, y se habían llevado a Jesse en un improvisado crucero a bordo de su yate, a Estambul, Alejandría y Creta.

Jesse casi se había enamorado del joven Constantin Petralona. Maharet le había insinuado que el casamiento tendría la bendición de todos, pero que había de decidirlo ella misma. Jesse dio un beso de despedida a su enamorado y voló de nuevo hacia América, la Universidad y la preparación para la primera excavación arqueológica en Iraq.

Pero, durante sus años universitarios, permaneció tan próxima a la familia como siempre. Todos eran tan buenos con ella... Pero es que todos eran buenos con todos. Todos creían en la familia. Eran corrientes las visitas entre las diversas ramas. Frecuentes casamientos entre diferentes miembros de la familia habían creado interminables interrelaciones; en todas las casas de la familia había habitaciones preparadas para parientes que podían dejarse caer en una visita inesperada. Los árboles genealógicos familiares parecían remontarse hasta la prehistoria; se contaban curiosas historias acerca de famosos parientes, muertos trescientos o cuatrocientos años atrás. Jesse había sentido una gran compenetración con toda aquella gente, por más diferentes que parecieran.

En Roma quedó encantada con sus primos, quienes conducían sus relucientes Ferraris a velocidades que cortaban la respiración, con los estéreos a todo volumen, y sólo regresaban a casa de noche, y la casa era un antiguo palacete en donde los grifos no funcionaban y el techo goteaba.

Los primos judíos en el sur de California eran un puñado de deslumbrantes músicos, autores y productores que de algún modo habían estado relacionados con el cine y con los grandes estudios por espacio de cincuenta años. Su antigua casa en Hollywood Boulevard era el hogar de una veintena de actores sin trabajo. Jesse podía utilizar el ático siempre que lo desease; la cena se servía a las seis a todos y a cualesquiera de los que entrasen en la casa.

¿Pero quién era aquella mujer, Maharet, que siempre había sido la guía, consejera distante pero vigilante, la que la orientaba en sus estudios con frecuentes y reflexionadas cartas, la que le daba sus directrices personales a las cuales Jesse respondía con tanto provecho y las cuales anhelaba en secreto?

Para todos los primos que Jesse llegó a visitar, Maharet era una presencia palpable, aunque sus visitas fueran tan escasas como notables. Ella era la conservadora de los documentos de la Gran Familia, es decir, de todas las ramas de la Familia, esparcidas bajo muchos nombres distintos por todas partes del mundo. Muchas veces era ella quien reunía a los miembros, la que arreglaba los matrimonios para unir las diferentes ramas y la que invariablemente podía proporcionar ayuda en caso de problemas, ayuda que a veces podía significar la distancia entre la vida y la muerte.

Antes de Maharet, había habido su madre, ahora llamada Vieja Maharet, y, antes de ésta, la tía abuela Maharet, y así sucesivamente hasta que el recuerdo se perdía en los recodos del tiempo. «Siempre habrá una Maharet» era un viejo dicho familiar, pronunciado en italiano con la misma facilidad que en alemán, ruso, yídish o griego. Es decir, una única descendiente de cada generación tomaba el nombre y las obligaciones de conservadora de los documentos; o así lo parecía, ya que, de cualquier forma, nadie salvo la misma Maharet conocía realmente aquellos detalles.

«¿Cuándo te voy a conocer?», le había escrito Jesse muchas veces durante aquellos años. Había coleccionado los sellos que despegaba de los sobres que Maharet enviaba desde Delhi, Río, México, Bangkok, Tokio, Lima, Saigón y Moscú.

Toda la familia era devota de aquella mujer y estaba fascinada por ella, pero entre Jesse y ella había otra relación, secreta y poderosa.

Desde sus tempranos años, Jesse había tenido experiencias «poco corrientes», diferentes a las de las personas que la rodeaban.

Por ejemplo, Jesse podía leer los pensamientos de la gente, de un modo vago, sin palabras. «Sabía» cuando no caía bien a una persona o cuando alguien le estaba mintiendo. Tenía un don innato para los idiomas, ya que con frecuencia comprendía su «espíritu», aunque no conociera el vocabulario.

Y veía fantasmas: gente y edificios que era imposible que estuviesen presentes.

Cuando era muy pequeña, a menudo distinguía la borrosa silueta gris de una casa frente a su ventana, en Manhattan. Sabía que no era real, y al principio fue para ella motivo de risa: la manera como aparecía y desaparecía, a veces transparente, otras sólida como la misma calle, con luces en sus ventanas de cortinas de encaje. Pasaron años antes de que se enterase de que la casa fantasma había sido propiedad del arquitecto Stanford White. Había sido derruida hacía décadas.

Las imágenes humanas que veía no eran tan claramente definidas al principio. Al contrario, eran apariciones breves y fluctuantes que con frecuencia formaban parte de la inexplicable incomodidad que sentía a veces en determinados lugares.

Pero, a medida que fue creciendo, aquellos fantasmas se hicieron más visibles, más duraderos. Una vez, en una oscura tarde lluviosa, la figura traslúcida de una anciana había andado, pausadamente pero directamente, hacia ella, y por fin había pasado a través de ella. En un ataque de histeria, Jesse había huido corriendo a refugiarse en la tienda más próxima, cuyos dependientes llamaron de inmediato a Matthew y Maria. Una y otra vez, Jesse intentaba describir el rostro ansioso de la mujer, su vista nublada, que parecía por completo ajena al mundo real que la rodeaba.

Lo más frecuente era que sus amigos no le creyeran cuando describía aquellas apariciones. Sin embargo, quedaban fascinados y le pedían encarecidamente que les repitiera las historias. Aquello dejaba a Jesse con una desagradable sensación de vulnerabilidad. Así pues, intentaba no contar nada a nadie de los fantasmas, aunque, al tiempo de llegar a la temprana adolescencia, viera aquellas almas perdidas con más y más regularidad.

Incluso paseando por entre el denso bullicio de la Quinta Avenida al mediodía, vislumbraba aquellas pálidas y penetrantes criaturas. Una mañana, en el Central Park, cuando Jesse tenía dieciséis años, vio la aparición, clarísima, de un joven sentado en un banco, no lejos de ella. El parque estaba lleno de gente, de ruido; sin embargo, la figura parecía como superpuesta, parecía no formar parte de nada de lo que la rodeaba. Los sonidos en derredor de Jesse empezaron a difuminarse como si la aparición los estuviera absorbiendo. Rezó para que se fuera. Pero, en lugar de ello, el joven se volvió y clavó los ojos en Jesse. Incluso intentó hablarle.

Jesse arrancó a correr y no paró hasta llegar a su casa. Tenía un ataque de pánico. Aquellas cosas la conocían ahora, dijo a Matthew y a Maria. Tenía miedo de salir del piso. Finalmente Matthew le dio un sedante y le dijo que con él podría dormir. Y dejó la puerta de su habitación abierta para aplacar su terror.

Mientras Jesse permanecía tendida, en un estado de duermevela, entró una jovencita en la habitación. Jesse advirtió que conocía a aquella chica. Naturalmente: era alguien de la familia, siempre había estado allí, junto a Jesse, habían hablado montones de veces, ¿no? Y no le sorprendió nada que fuera tan dulce, tan encantadora y tan familiar. Sólo era una adolescente, no mayor que Jesse.

Se sentó en la cama de Jesse y le dijo que no se preocupara, que aquellos espíritus nunca podrían hacerle ningún daño. Ningún fantasma había hecho daño nunca a nadie. No tenían poder para hacerlo. Eran unas pobres cosas débiles y dignas de compasión. «Escribe a tía Maharet», dijo la chica; besó a Jesse y le apartó el pelo del rostro. Entonces el sedante empezó a hacer efecto de veras. Jesse ya no podía mantener los ojos abiertos. Había una pregunta que quería hacer acerca del accidente de coche a causa del cual había nacido, pero no conseguía formularla. «Adiós, vida mía», dijo la chica, y Jesse cayó dormida antes de que ella saliera de la habitación.

Cuando despertó, eran las dos de la madrugada. El piso estaba a oscuras. Se puso a escribir la carta a Maharet enseguida, narrando todos y cada uno de los extraños sucesos que recordaba.

No fue hasta la hora de comer cuando pensó con un sobresalto en la jovencita. Era imposible que aquella persona hubiera vivido allí, le fuera familiar y que siempre hubiera estado junto a ella. ¿Cómo podía haber aceptado sin más algo así? Incluso en su carta había dicho: «Naturalmente, Miriam estaba aquí y Miriam dijo...» ¿Y quién era Miriam? Un nombre en el certificado de nacimiento de Jesse. Su madre.

Jesse no contó a nadie lo sucedido. Sin embargo, ahora una agradable calidez la envolvía. Podía sentir a Miriam allí, estaba segura.

La carta de Maharet llegó cinco días después. Maharet la creía. Aquellas apariciones de espíritus no eran nada sorprendentes. Tales cosas existían, con absoluta certeza, y Jesse no era la única persona que las veía.

> Durante el paso de las generaciones, en nuestra familia ha habido muchos videntes de espíritus. Y como ya sabrás, eran los brujos y brujas de las épocas pasadas. Con frecuencia este poder aparece en aquellos que han sido agraciados con tus atributos físicos: ojos verdes, piel pálida y pelo rojo. Parece que los genes viajan juntos. Quizás algún día la ciencia nos dé alguna explicación. Pero, por ahora, ten por seguro que tus poderes son completamente naturales.
>
> Todo lo cual no implica, sin embargo, que los espíritus sean constructivos. Aunque son rea-

les, no provocan casi ninguna alteración en la sociedad humana ni en el mundo físico. Pueden ser infantiles, vengativos y engañosos. En general, uno no puede ayudar a los entes que intentan comunicarse y, a veces, lo que uno contempla no es más que un fantasma sin vida, es decir, un eco visual de una personalidad que ya no está presente.

No los temas, pero no dejes que te hagan perder el tiempo. Porque es una de las cosas que les gusta hacer, toda vez que saben que uno los puede ver. Por lo que se refiere a Miriam, si la vuelves a ver, tienes que contármelo. Pero, puesto que has hecho lo que te pidió (que me escribas), no creo que considere necesario volver. Con toda probabilidad, está muy por encima de los tristes payasos que verás más a menudo. Escríbeme acerca de esos seres siempre que te asusten. Pero procura no contarlo a los demás. Los que no los ven, nunca te creerán.

Aquella carta demostró ser de un valor incalculable para Jesse. Durante años, la llevó consigo, en el bolso o en el bolsillo, a donde quiera que fuese. No sólo tenía en Maharet a alguien que la creía, sino que Maharet le había proporcionado un modo de comprender y de sobrevivir a aquel inquietante poder. Todo lo que Maharet dijo había tenido sentido.

Después de aquello, algunas veces los espíritus volvieron a asustar a Jesse; y compartió aquellos secretos con sus amigos más íntimos. Pero, en general, hizo tal como Maharet le había aconsejado, y los poderes cesaron de molestarla. Parecieron aletargarse. Durante largas temporadas los olvidaba.

Las cartas de Maharet llegaron todavía con más asiduidad. Maharet era su confidente, su mejor amiga.

Al entrar en la Universidad, Jesse se dio cuenta de que Maharet era mucho más real para ella por medio de sus cartas que todas las personas que había conocido. Sin embargo, hacía tiempo que había aprendido a aceptar que quizá nunca se verían.

Entonces, un anochecer, durante el tercer año de Jesse en Columbia, había abierto la puerta de su piso y se había encontrado las luces encendidas, el fuego ardiendo en la chimenea, y una mujer alta, pelirroja, de pie junto a los morillos y con el atizador en la mano.

¡Qué belleza! Ésta había sido la primera y sobrecogedora impresión de Jesse. Empolvada y pintada con destreza, su rostro tenía todo el artificio oriental, excepto por la notable intensidad de los ojos verdes y el espeso y rizado pelo rojo cayendo en sus hombros.

—Querida —dijo la mujer—. Soy Maharet.

Jesse se había lanzado a sus brazos. Pero Maharet la había frenado, manteniéndola apartada de sí como para contemplarla. Luego la había cubierto de besos como si no se atreviera a tocarla de ninguna otra manera, con sus manos enguantadas apenas cogiendo los brazos de Jesse. Había sido un momento encantador y de una extrema delicadeza. Jesse había acariciado el suave y espeso pelo rojo de Maharet. Tan parecido al suyo.

—Tú eres mi hija —había susurrado Maharet—. Eres todo lo que yo había esperado que fueras. ¿Sabes lo feliz que soy?

Como hielo y como fuego, le había parecido Maharet aquella noche. Inmensamente fuerte, pero con una irremediable calidez. Una criatura delgada y con calidad de estatua clásica, de cintura estrecha y con falda ondulante, que tenía el porte misterioso de las modelos, el maravilloso encanto de las mujeres que han hecho de sí mismas una escultura. Su larga capa parda flotaba extendida con elegancia majestuosa cuando salieron juntas del piso. Pero, a pesar de todo, ¡qué fácil les había sido entenderse!

Había sido una larga noche por la ciudad; habían visitado galerías de arte, habían ido al teatro y luego a cenar de madrugada, aunque Maharet no había querido comer nada. Estaba demasiado emocionada, dijo. Ni siquiera se sacó los guantes. Sólo quería oír lo que Jesse tenía que contarle. Y Jesse había hablado sin parar acerca de todo: Columbia, su trabajo en arqueología, sus sueños de un campo de trabajo en Mesopotamia.

¡Tan diferente de la intimidad de las cartas! Incluso habían paseado por Central Park en la más absoluta oscuridad, y Maharet le decía que no había la más ligera razón para tener miedo. Entonces había parecido completamente normal, ¿no? Y tan bello, como si siguieran los senderos de un bosque encantado, sin temer nada, hablando con voces animadas pero susurrantes. ¡Qué divino era sentirse tan segura! Casi al alba, Maharet acompañaba a Jesse al piso con la promesa de llevarla a visitar California muy pronto. Maharet tenía una casa, en las montañas Sonoma.

Pero iban a transcurrir dos años antes de que llegase la invitación. Jesse acababa de licenciarse. Estaba inscrita para trabajar en una excavación en el Líbano, en julio.

«Tienes que venir a pasar dos semanas», había escrito Maharet. El billete de avión acompañaba a la nota. Mael, «un amigo querido», la recogería en el aeropuerto.

Aunque entonces Jesse no lo había admitido, habían sucedido cosas muy extrañas ya desde el principio.

Mael, por ejemplo, un hombre extraordinariamente alto, de ondulado y largo pelo rubio, y unos ojos hundidos y azules. Había algo casi misterioso en su modo de andar, en el timbre de su voz, en la precisión con que conducía el coche mientras se dirigían al norte del condado de Sonoma. Vestía ropas de piel, que parecían de ranchero; las botas eran de piel de cocodrilo sin curtir, pero los guantes eran de exquisita cabritilla negra, y llevaba unas grandes gafas de montura de oro y cristales azules.

Pero había sido tan acogedor, había estado tan contento de verla que a ella le había caído bien en el acto. Y le había contado la historia entera de su vida antes de que llegaran a Santa Rosa. Mael tenía una risa de lo más encantadora. Pero Jesse había quedado mareada al mirarlo fijamente una o dos veces. ¿Por qué?

La villa en sí misma era increíble. ¿Quién podía haber construido un lugar semejante? Se hallaba al final de un sinuoso camino sin asfaltar, eso para empezar; y sus habitaciones traseras habían estado excavadas en la montaña, como por medio de enormes máquinas. Luego estaba aquel llamativo techo de vigas. ¿Eran de secoyas vírgenes? Debían de haber medido cuatro metros de circunferencia. Y las paredes de adobe, antiguas sin lugar a dudas. ¿Había habido europeos en California tantos siglos atrás para poder...? ¡Pero qué importaba! La casa era magnífica. Adoraba los hogares redondos de hierro y las pieles de animales y la enorme biblioteca y el rudimentario observatorio con su antiguo telescopio de cobre.

Había adorado a los sirvientes bonachones que venían cada mañana de Santa Rosa para hacer la limpieza, lavar la ropa, preparar comidas suntuosas. Ni siquiera le molestaba estar sola tanto tiempo. Le gustaba pasear por el bosque. Iba a Santa Rosa en busca de novelas y de periódicos. Estudiaba los tapices de retales. Eran antiguas obras de artesanía que no podía clasificar; amaba examinar aquellas cosas.

Y el lugar tenía todas las comodidades. Antenas situadas en lo alto de la montaña recibían emisiones de televisión de todas partes del mundo. Había una sala de cine subterránea, completa, con proyector, pantalla y una inmensa colección de filmes. En tardes cálidas nadaba en el estanque situado al sur de la casa. Cuando caía la noche trayendo consigo el inevitable frío de la California septentrional, fuegos inmensos llameaban en cada hogar.

Naturalmente, el mayor descubrimiento para ella había sido la historia de la familia, es decir, la existencia de incontables volúmenes encuadernados en piel que trazaban el linaje de todas las ramas de la Gran Familia hasta muchos siglos atrás. Había quedado emocionadísima al descubrir cientos de álbumes de fotografías, y baúles llenos de retratos pintados, algunos tan sólo miniaturas ovales, otros largas telas ahora cubiertas con una capa de polvo.

De inmediato devoró la historia de los Reeves de Carolina del Sur, su propia familia, ricos antes de la Guerra Civil, y arruinados después. Sus fotografías eran casi más de lo que podía soportar. Allí, al fin, aparecían los antepasados con los que tenía ciertas semejanzas: podía distinguir sus propios rasgos en aquellos rostros. Su piel pálida, ¡incluso su expresión! Y dos de ellos lucían el largo pelo rizado y rojo. Para Jesse, una niña adoptada, todo aquello tenía un significado muy especial.

Hasta el final de su estancia, al abrir los rollos escritos en latín antiguo, griego y jeroglíficos egipcios, Jesse no comenzó a comprender las implicaciones de los documentos familiares. Después de aquel verano, jamás fue capaz de recordar con exactitud dónde había hallado las tablillas de arcilla, ocultas en alguna parte del sótano. Pero la memoria de las conversaciones con Maharet nunca se borró. Habían hablado durante horas de la crónicas familiares.

Jesse había pedido poder trabajar en la historia de la familia. Por aquella biblioteca habría abandonado la

Universidad. Quería traducir y adaptar los antiguos documentos e introducirlos en ordenadores. ¿Por qué no publicar la historia de la Gran Familia? Ya que seguramente un linaje tan largo era algo muy infrecuente, si no único. Incluso las testas coronadas de Europa no podían remontarse más allá de los primeros siglos de la Baja Edad Media.

Maharet había sido comprensiva con el entusiasmo de Jesse y había intentado hacerle ver que sería una pérdida de tiempo y un trabajo sin recompensa. Después de todo, sólo era la historia de la evolución de una familia a través de los siglos; y, a veces, sólo había documentos con listas de nombres, o breves descripciones de vidas anodinas, registros de nacimientos y de muertos, documentos de emigraciones.

Buenos recuerdos, aquellas conversaciones. Y la suave y difusa luz de la biblioteca, el delicioso olor a piel y pergamino, a velas y a fuego. Y Maharet junto a la chimenea, la encantadora modelo, con sus pálidos ojos verdes protegidos con gafas de color suave, advertía a Jesse de que aquel trabajo podría absorberla demasiado, y le decía que ella había de reservarse para cosas mejores. Era la Gran Familia lo que importaba, no documentarla, era la vitalidad de cada generación y el conocimiento y el amor de los parientes. Los papeles se limitaban a hacer esto posible.

El anhelo de Jesse por llevar a cabo aquel trabajo era mucho mayor de lo que nunca había experimentado. ¡Seguro que Maharet la dejaría quedarse allí! ¡Pasaría años en aquella biblioteca, descubriría por fin los orígenes exactos de la familia!

Sólo tiempo después, lo vislumbró como un asombroso misterio, uno entre los muchos que contempló durante aquel verano. Sólo después... Tantos pequeños detalles en la cabeza que fueron como una carcoma para su mente.

Por ejemplo, Maharet y Mael nunca aparecían antes de que oscureciera, y la explicación que daban para ello (que dormían de día) no era en absoluto satisfactoria. ¿Y dónde dormían? Ésa era otra pregunta. Sus aposentos permanecían vacíos durante todo el día y con las puertas abiertas, que dejaban ver los armarios roperos rebosantes de trajes exóticos y llamativos. A la puesta de sol, aparecían como si se hubieran materializado. Jesse levantaba la vista. Maharet se hallaba junto al fuego, con un maquillaje elaborado y sin defecto alguno, el vestido teatral, sus joyas, pendientes y collar, centelleando a la luz oscilante. Mael, vestido como siempre con suave ante pardo, chaqueta y pantalones, se apoyaba en la pared.

Pero cuando Jesse les preguntaba acerca de su horario intempestivo, las respuestas de Maharet la dejaban convencida del todo. Mael y Maharet eran unos seres pálidos, que detestaban la luz del sol y que permanecían en vela hasta muy tarde. Cierto. A las cuatro de la madrugada, aún podían estar discutiendo sobre política o historia, siempre desde una rara perspectiva, grandiosa, llamando a las ciudades por sus nombres antiguos, y a veces hablando en una lengua rápida y desconocida que Jesse ni siquiera podía clasificar, y no digamos comprender. Con su don psíquico, a veces sabía lo que estaban diciendo; pero la fonética extraña la confundía.

Y era obvio que alguna cosa en Mael molestaba a Maharet. ¿Era el amante de ella? La verdad..., no lo parecía.

Era extraño también aquel modo de dialogar de Mael y Maharet: parecía que se leyeran los pensamientos. De repente, Mael comentaba: «pero te dije que no te preocuparas», cuando de hecho Maharet no había pronunciado ni una sola palabra en voz alta. Y a veces también lo hacían con Jesse. Una vez (Jesse estaba segura de ello), Maharet la había llamado, le había pedido que bajara al comedor principal, aunque Jesse podía haber jurado que sólo había oído la llamada en el interior de su cabeza.

Claro que Jesse tenía poderes psíquicos. ¿Pero los tenían también Mael y Maharet, y mucho más intensos?

La comida: aquello era otra cosa, los platos preferidos de Jesse aparecían como por arte de magia. No tenía que decir a los criados lo que le gustaba y lo que no. ¡Lo sabían ya! Caracoles, ostras hervidas, *fettucini alla carbonara*, buey a la Wellington, y todos sus platos predilectos estaban en el menú de la noche. Y el vino... Nunca había probado unas cosechas tan deliciosas. Sin embargo, Maharet y Mael comían como pajaritos, o así lo parecía. A veces permanecían sentados durante toda la cena sin quitarse los guantes.

¿Y qué decir de los curiosos visitantes? Santino, por ejemplo, un italiano de pelo oscuro, que llegó un anochecer, a pie, acompañado de un joven llamado Eric. Santino se había quedado mirando a Jesse como si ésta fuera un animal exótico, luego le había besado la mano y le había regalado un anillo con una esmeralda magnífica, el cual había desaparecido sin explicación alguna varias noches después. Durante dos horas, Santino había discutido con Maharet en la misma lengua extraordinaria; al final, había partido enfurecido, acompañado del agitado Eric.

Y también eran como para tener en cuenta aquellas extrañas fiestas nocturnas. ¿No había despertado Jesse a las tres o las cuatro de la madrugada para encontrar la casa llena de gente? Había hallado gente hablando y riendo en todas las habitaciones. Y todos tenían algo en común. Eran muy pálidos y tenían los ojos muy penetrantes, muy parecidos a los de Mael y Maharet. Pero Jesse estaba tan soñolienta... Ni siquiera podía recordar cuándo había vuelto a la cama. Sólo recordaba que, en un determinado momento, varios jóvenes bellísimos hicieron corro en torno de ella, le llenaron una copa de vino, y... lo siguiente de que tuvo conciencia fue que era de mañana. Estaba en la cama. El sol entraba por la ventana. La casa estaba vacía.

Además, Jesse había oído cosas raras a horas raras. El rugido de helicópteros, de avionetas. Pero nadie comentaba nada sobre ello.

¡Pero Jesse era tan feliz! ¡Todo aquello parecía tener tan poca importancia! Las respuestas de Maharet barrían en un instante las dudas de Jesse. Con todo, ¡qué extraño era que Jesse cambiase de opinión con tanta facilidad! Jesse era una persona muy confiada. Conocía al instante sus propios sentimientos. Y, en realidad, era bastante terca. Pero siempre tenía dos actitudes acerca de las variadas cosas que Maharet le decía. Por un lado: «¡Vaya, si eso es ridículo!», y por otro: «¡Naturalmente!»

Pero Jesse lo estaba pasando demasiado bien como para que algo la preocupara. Pasó las primeras noches de su visita hablando con Maharet y Mael sobre arqueología. Maharet era una abundante fuente de información aunque tenía unas ideas muy extrañas.

Por ejemplo: mantenía que la implantación de la agricultura había tenido lugar porque tribus que vivían bien de la caza querían poder disponer de plantas alucinógenas para sus trances religiosos. Y porque también querían cerveza. No importaba que no hubiera rastro de evidencia arqueológica. Había que continuar cavando. Jesse lo encontraría.

Mael recitaba poesía maravillosamente; Maharet a veces tocaba el piano, muy lento, como meditando. Eric reapareció por un par de noches, añadiéndose con entusiasmo a sus canciones.

Había traído consigo películas del Japón y de Italia, y disfrutaron mucho mirándolas. *Kwaidan*, en especial, había sido bastante impresionante, aunque aterrorizadora. Y la italiana *Julieta de los espíritus* había hecho que Jesse prorrumpiera en lágrimas.

Toda aquella gente parecía encontrar a Jesse muy interesante. De hecho, Mael le hacía preguntas muy raras. ¿Había fumado alguna vez en su vida un cigarrillo? ¿Qué gusto tenía el chocolate? ¿Cómo se atrevía a ir con chicos, sola, en sus coches o a sus apartamentos? ¿No se daba cuenta de que podían matarla? Ella casi se echaba a reír. No, en serio, podría ocurrir, insistía él. Y dándole vueltas a la cosa se puso furioso. «Mira los periódicos. Las mujeres de las ciudades modernas son perseguidas por los hombres como venados por el bosque.»

Mejor sacarlo de aquel tema y tratar el de viajes. Las descripciones de los lugares donde había estado eran maravillosas. Había vivido durante años en la selva del Amazonas. Sin embargo, no volaría nunca en un «aeroplano». Era demasiado peligroso. ¿Y si explotaba? Y no le gustaban los «vestidos de ropa» porque se rompían con demasiada facilidad.

Jesse tuvo un momento de especial emoción con Mael. Habían estado hablando en la mesa del comedor. Ella le había estado explicando lo de los fantasmas que a veces veía, y él, muy malhumorado, se había referido a ellos como muertos perturbados, muertos dementes, lo cual la había hecho reír a su pesar. Pero era cierto; los fantasmas se comportaban en realidad como si estuvieran un poco perturbados, y aquello era su horror. ¿Cesamos de existir cuando morimos? ¿O erramos en un estado de estupidez, apareciendo a la gente en momentos inesperados y haciendo comentarios sin sentido a los médiums? ¿Cuándo un fantasma había dicho algo interesante?

—Pero son meramente terrestres, desde luego

—había dicho Mael—. ¿Quién sabe adónde vamos cuando nos libramos de la carne y de sus placeres seductores?

En aquellos momentos, Jesse estaba casi borracha; sintió que un terrible pavor se abatía sobre ella: recuerdos de la vieja mansión fantasma de Stanford Whte y de los espíritus vagando a través del bullicio de Nueva York. Fijó los ojos en Mael, quien por una vez no llevaba sus guantes ni sus gafas de color. Elegante Mael, de ojos muy azules excepto por un punto de negrura en el centro.

—Además —había dicho Mael—, hay otros espíritus que siempre han estado aquí, que nunca fueron ni carne ni sangre; y eso los enfurece en gran manera.

¡Qué idea más curiosa!

—¿Cómo lo sabes? —había preguntado Jesse, todavía con los ojos clavados en Mael.

Mael era hermoso. Su hermosura era una suma de defectos: nariz aguileña, mandíbula inferior demasiado prominente, rostro flaco, pelo salvaje, ondulado y de color paja. Incluso los ojos estaban demasiado hundidos, y, sin embargo, eran igualmente muy visibles. Sí, hermoso, para abrazarlo, para besarlo, para acostarse con él... Y entonces, de repente, la atracción que siempre había sentido por él se hizo sobrecogedora.

Luego, una singular conclusión se apoderó de ella. *No es un ser humano*. Es algo que finge ser un ser humano. Era clarísimo. Pero también era ridículo. Si no era un ser humano, ¿entonces qué diablos era? Ciertamente no un fantasma o un espíritu. Obvio.

—Supongo que no sabemos lo que es real o lo que es irreal —había dicho sin pensar—. Uno se queda mirando algo durante largo tiempo y de súbito se le aparece monstruoso. —Y en realidad había desviado la vista de él para mirar el jarrón de flores del centro de la mesa. Flores secas de té, cayendo pétalo tras pétalo entre el aliento de una chica, helechos y zinnias púrpuras. ¡Y parecían tan extrañas al mundo, del mismo modo en que nos aparecen los insectos, y tan horribles! ¿Qué eran en realidad? Luego el jarrón se rompió en pedazos y el agua se desparramó por todas partes. Y Mael dijo con absoluta naturalidad:

—Oh, perdona, no quería hacerlo.

Ahora bien, que aquello había ocurrido estaba fuera de dudas. Sin embargo, no había tenido lugar el más mínimo impacto. Mael se había escabullido a dar un paseo por el bosque, le había besado la frente antes de irse, y, al intentar acariciarle el pelo con la mano temblorosa, la retiró de pronto.

Naturalmente, Jesse había estado bebiendo. De hecho, Jesse bebió demasiado todo el tiempo de su estancia. Pero nadie parecía notarlo.

De tanto en tanto, salían y bailaban en el claro, bajo la luz de la luna. No era un baile organizado. Se movían individualmente, en círculos, con la vista fija en el cielo. Mael tarareaba o Maharet cantaba canciones en la lengua desconocida.

¿Cuál había sido su estado mental para hacer tales cosas durante tantas horas? ¿Y por qué nunca había preguntado, ni siquiera interiormente, acerca del curioso hábito de llevar guantes por la casa o andar en la oscuridad con las gafas puestas?

Una madrugada, mucho antes del alba, Jesse había ido ebria a la cama y había tenido un sueño terrible. Mael y Maharet estaban enzarzados en una pelea. Mael no paraba de decir, una y otra vez:

—Pero, ¿y si muere? ¿Y si alguien la mata, o un coche la atropella? ¿Pero y si, y si, y si...? —Y se había convertido en un estruendo ensordecedor.

Algunas noches después, la atroz y definitiva catástrofe había empezado. Mael había salido un rato; pero luego había vuelto. Ella había estado bebiendo

Borgoña toda la tarde y ahora estaba en la terraza con él; él la había besado y ella había perdido la conciencia, y no obstante sabía lo que estaba sucediendo. La estaba abrazando, le besaba los pechos, y ella resbalaba hacia una oscuridad insondable. Y la chica había regresado, la adolescente que la había visitado en Nueva York, cuando ella había estado tan asustada. Pero Mael no podía ver a la chica, y era claro que Jesse sabía con exactitud quién era: era la madre de Jesse, Miriam, y además sabía que Miriam tenía miedo. Mael había soltado de repente a Jesse.

—¿Dónde está ella? —había exclamado él enfurecido.

Jesse había abierto los ojos. Maharet estaba allí. Atizó un golpe tan fuerte a Mael, que éste salió despedido por encima de la barandilla de la terraza. Jesse chilló, y, apartando de sí con un gesto a la jovencita, corrió a mirar hacia el margen.

Abajo, a lo lejos, en el claro, Mael estaba indemne. Imposible, y sin embargo así era. Ya estaba en pie; hizo una profunda reverencia a Maharet. Se hallaba en una zona iluminada por la luz de las ventanas de las habitaciones inferiores; envió un beso a Maharet. Maharet parecía triste, pero sonrió. Dijo algo por lo bajo e hizo a Mael ademán de que se fuera, como diciendo que no estaba enojada.

Jesse temía que Maharet se hubiera enfadado con ella, pero, cuando miró en sus ojos, supo que no había motivo para preocuparse. Luego, Jesse bajó la vista y vio que la parte delantera de su propio vestido estaba rasgada. Sintió un agudo dolor allí donde Mael la había estado besando, y, cuando se volvió hacia Maharet, quedó desorientada, incapaz de oír sus palabras.

Sin saber cómo, estaba sentada en la cama, apoyada contra las almohadas, y llevaba una larga bata de franela. Le contaba a Maharet que su madre había regresado, que la había visto en la terraza. Pero aquello era sólo parte de lo que había estado diciendo, porque ella y Maharet habían estado hablando durante horas de lo sucedido. ¿Pero qué era lo sucedido? Maharet le dijo que lo olvidara.

¡Oh, Dios, cómo intentó recordarlo después! Fragmentos de memorias la habían atormentado durante años. Maharet llevaba el pelo suelto, y era muy largo y espeso. Habían paseado por la oscura casa juntas, como fantasmas, Maharet y ella; Maharet la tenía cogida, y de vez en cuando se detenía para besarla; y ella había abrazado a Maharet. El cuerpo de ésta se sentía como una piedra que respirase.

Se encontraban en lo alto de la montaña, en un cuarto secreto. Allí había unos ordenadores macizos, con sus bobinas y sus luces rojas, produciendo un zumbido electrónico, grave. Y allí, en una inmensa pantalla rectangular, de varios metros de altura, aparecía un enorme árbol genealógico, dibujado electrónicamente por medio de luces. Era la Gran Familia, remontándose milenios atrás. Ah, sí, hasta llegar a la raíz. El esquema era matrilineal, como siempre había sido en los pueblos antiguos, incluso en los egipcios, que trazaban su descendencia por medio de las princesas de la casa real. Y como era, en cierto modo, con las tribus hebreas hasta el presente día.

En aquel instante, todos los detalles se aclararon para Jesse: nombres antiguos, lugares, el principio (Dios, ¿había llegado a saber incluso el principio?), la asombrosa realidad de cientos y cientos de generaciones exhibida ante sus propios ojos. Había visto el desarrollo de la familia a través de los antiguos países del Asia Menor, Macedonia, Italia, para llegar finalmente a Europa y luego al Nuevo Mundo. Aquello podía haber sido el mapa de cualquier familia humana.

Después, nunca más fue capaz de evocar los detalles del plano electrónico. No, Maharet le había dicho que lo olvidara. El milagro era que recordase algo.

Pero, ¿qué más había sucedido? ¿Qué había sido lo que había motivado realmente su larga charla?

Maharet llorando, aquello lo recordaba. Maharet sollozando con el delicado tono de una muchacha. Maharet nunca había parecido tan atractiva; su rostro se había ablandado aunque sin dejar de poseer su luminosidad, sus pocas y finas arrugas. Pero luego había quedado sombrío, y Jesse apenas podía recordar con claridad, los ojos verdes y pálidos, nublados pero vibrantes, y las pestañas rubias lanzando destellos como si los diminutos pelitos fuesen pinceladas de oro.

Velas que ardían en su habitación. El bosque que aparecía tras la ventana. Jesse había estado suplicando, protestando. Pero, en el nombre de Dios, ¿de qué trataba la discusión?

«Lo olvidarás todo. No recordarás nada.»

Cuando había abierto los ojos a la luz del sol, había sabido que todo había terminado: se habían ido. Nada había recordado en aquellos primeros momentos, excepto que se había dicho algo irrevocable.

Luego había encontrado la nota en la mesita de noche:

> Querida mía:
>
> Ya no es bueno para ti que estés con nosotros. Temo que todos nos hayamos enamorado de ti y temo que te arrebataríamos de tu lugar y que te apartaríamos de las cosas que estás destinada a emprender.
>
> Perdónanos por marcharnos tan de improviso. Estoy segura de que es lo mejor para ti. He llamado un coche que te llevará al aeropuerto. Tu avión sale a las cuatro. Tus primos Maria y Matthew te esperarán en Nueva York.

Ten por seguro que te quiero más de lo que las palabras pueden expresar. Al llegar a tu hogar, encontrarás carta mía esperándote. Una noche, a muchos años de este día, volveremos a discutir la historia de la familia. Quizá puedas ser mi ayudante en el trabajo de documentación, si aún lo deseas. Pero ahora esto no ha de absorberte. No debe alejarte de la vida misma.

Tuya siempre, con incuestionable amor,

Maharet.

Jesse nunca había vuelto a ver a Maharet.

Sus cartas llegaban con la misma asiduidad de siempre, llenas de afecto, preocupación, consejos. Pero nunca más iba a haber otra visita. Nunca más fue invitada a la casa del bosque de Sonoma.

En los meses siguientes, Jesse había sido colmada de presentes: una bellísima y antigua casa en Washington Square, en Greenwich Village, un coche nuevo, un embriagador aumento en los ingresos, y los usuales billetes de avión para visitar a los miembros de la familia de todo el mundo. Por fin, Maharet financió una parte sustancial del trabajo arqueológico de Jesse en Jericó. En realidad, con el paso de los años, Maharet proporcionó a Jesse todo lo que deseó y pudo desear.

A pesar de todo, aquel verano había causado una profunda herida a Jesse. Una vez, en Damasco, había soñado con Mael y había despertado llorando.

Estaba en Londres, trabajando en el British Museum, cuando empezó a revivir con plena fuerza los recuerdos. Nunca supo lo que los había despertado. Quizás el efecto de la admonición de Maharet («Olvidarás») simplemente se había disipado. Un anochecer, en Trafalgar Square, había visto a Mael, o a un hombre que se le parecía mucho. El hombre, que se encontraba a unas decenas de metros de ella, la había estado mirando. Ella se dio cuenta cuando sus miradas se cruzaron. No obstante, cuando ella había levantado la mano para saludarlo, él había dado media vuelta y se había alejado sin el más leve síntoma de haberla reconocido. Jesse había echado a correr en un intento de alcanzarlo; pero había desaparecido como si nunca hubiera estado allí.

Aquello la había dejado dolorida y frustrada. Pero, tres días después, había recibido un regalo anónimo, un brazalete de plata trabajada. Era una antiquísima reliquia celta, como luego descubrió, y casi seguro que de valor incalculable. ¿Podría Mael haberle enviado aquella joya, preciosa, encantadora? Quiso creerlo así.

Agarrando firmemente el brazalete con la mano, sintió la presencia de Mael. Recordó aquella noche, hacía años, cuando habían hablado de los fantasmas perturbados. Sonrió. Era como si él estuviera allí, presente, abrazándola, besándola. Cuando escribió a Maharet, le contó lo del regalo. A partir de entonces, siempre llevó el brazalete.

Jesse llevaba un diario de los recuerdos que le venían a la memoria. Anotaba sueños, fragmentos de recuerdos que veía sólo fugazmente. Pero esto no lo mencionó en las cartas a Maharet.

Tuvo un idilio en su estancia en Londres. Acabó mal, y se sintió muy sola. Fue entonces cuando la Talamasca entró en contacto con ella y el curso de su vida cambió para siempre.

Jesse había estado viviendo en una antigua casa de Chelsea, no lejos de donde una vez había vivido Oscar Wilde. James McNeill Whistler también había formado parte de la vecindad, y también Bram Stoker, autor de *Drácula*. Jesse amaba aquel lugar. Pero, sin saberlo, la casa que había alquilado había sido habitada por fantasmas durante muchos años. Jesse observó varios fenómenos extraños durante los primeros meses. Eran apariciones débiles, fluctuantes, del tipo de las que se ven a menudo en tales lugares: ecos (como los había llamado Maharet) de las personas que habían vivido allí años antes. Jesse no hacía caso de ellos.

Sin embargo, cuando una tarde un reportero la abordó, explicándole que estaba escribiendo una historia de la casa encantada, ella le contó, sin darle demasiada importancia, lo que había visto. Fantasmas muy corrientes para un sitio como Londres: una anciana llevando un jarrón de la despensa, un hombre en levita y sombrero de copa que aparecía poco más de un segundo en las escaleras...

Aquello bastaba para un artículo más bien sensacionalista. Jesse había hablado demasiado, sin duda. Le adjudicaron poderes psíquicos y la llamaron «médium natural», porque Jesse veía aquellas apariciones desde siempre. Un pariente de la familia Reeves, de Yorkshire, la llamó para reírse un poco de ella con motivo del artículo. Jesse también opinó que era divertido. Pero, aparte de eso, era un tema que no le preocupaba demasiado. Estaba muy enfrascada en sus estudios en el British Museum. Simplemente, no tenía ninguna importancia.

Luego, la Talamasca, después de haber leído el artículo, la llamó.

Aaron Lightner, un caballero a la antigua, de pelo canoso y modales exquisitos, pidió a Jesse que fueran a comer juntos. En un Rolls Royce, viejo pero muy cuidado, Jesse y él fueron conducidos a través de Londres hasta un pequeño y elegante club privado.

Con toda seguridad, era el más extraño de los encuentros que Jesse había tenido nunca. De hecho, le recordaba al verano de hacía mucho tiempo, no porque coincidieran en algún sentido, sino porque ambas experiencias eran completamente diferentes a todo lo que antes le había ocurrido a Jesse.

Lightner tenía cierto encanto romántico, según la opinión de Jesse. Tenía todo su pelo, que era canoso y lo llevaba peinado con esmero, y vestía un impecable traje hecho a medida, de *tweed* de Donegal. Era el único hombre que había visto en su vida que se apoyase en un bastón con incrustaciones de plata.

Rápido y complacido, explicó a Jesse que era un «detective psíquico», que trabajaba para una «orden secreta llamada Talamasca», cuyo único propósito era recoger datos de las experiencias «paranormales» y conservar los datos recogidos para el estudio de tales fenómenos. La Talamasca tendía la mano a las personas con poderes paranormales. Y, a veces, a los que poseían unas capacidades extremadamente patentes, les ofrecía formar parte de la orden, les ofrecía un puesto en la «investigación psíquica», lo cual, en realidad, era más una verdadera vocación que un trabajo, ya que la Talamasca exigía plena dedicación además de lealtad y obediencia a sus reglas.

Jesse casi se echa a reír. Pero al parecer, Lightner estaba preparado para su escepticismo. Tenía algunos «trucos», que siempre utilizaba en entrevistas de presentación. Así pues, para completo asombro de Jesse, se las apañó para mover varios objetos de la mesa sin tocarlos. Un poder sencillo, dijo él, que servía como «tarjeta de presentación».

Jesse, al contemplar con ojos atónitos cómo el salero bailaba adelante y atrás por la mera volición de Lightner, quedó demasiado aturdida para hablar. Pero la sorpresa real llegó cuando Lightner le confesó que lo sabía todo acerca de ella. Sabía de dónde venía, dónde había estudiado. Sabía que había visto espíritus de pequeña. Ella había llamado la atención de la orden hacía ya años; la información había llegado por medio de los «canales ordinarios», y se había abierto una ficha para Jesse. Pero no tenía que sentirse ofendida.

Tenía que comprender que la Talamasca, en sus investigaciones, procedía con el máximo respeto por el individuo. La ficha contenía sólo informes acerca de rumores de cosas que Jesse había contado a sus vecinos, profesores y compañeros de escuela. Jesse podría ver la ficha en cualquier momento que lo desease. Aquél era, de siempre, el sistema de la Talamasca. Al final, se intentaba el contacto con los sujetos sometidos a observación. La información se ofrecía al sujeto, y, por lo demás, era estrictamente confidencial.

Jesse disparó a Lightner una implacable andanada de preguntas. Pronto quedó claro que sabía mucho acerca de ella, pero que no sabía nada de nada de Maharet y de la Gran Familia. Y fue aquella combinación de conocimiento y desconocimiento lo que cautivó a Jesse. Una sola mención del nombre de Maharet y habría vuelto la espalda a la Talamasca para siempre, porque Jesse era leal a la Gran Familia. Pero a la Talamasca sólo le importaban las habilidades de Jesse. Y, Jesse, a pesar de los consejos de Maharet, siempre les había dado también mucha importancia.

Además, la historia de la Talamasca probó ser en sí misma poderosamente atractiva. ¿Decía la verdad aquel hombre? ¿Una orden secreta, cuya existencia se remontaba al año 758, una orden con documentos de brujas, brujos, médiums y videntes de espíritus, que retrocedía hasta aquel remoto período? Aquello la deslumbró tal como los documentos de la Gran Familia la habían deslumbrado años atrás.

Y Lightner soportó con gracia otro asalto de ininterrumpidas preguntas. Tenía profundos conocimientos de historia y de geografía, quedó clarísimo. Hablaba con fluidez y precisión acerca de la persecución de los cátaros, de la abolición de la Orden de los Caballeros Templarios, de la ejecución de Grandier, y de una docena de otros «acontecimientos» históricos. En definitiva, Jesse no logró confundirlo. Muy al contrario, él se refirió a antiguos «magos» y «brujos» de quien ella nunca había oído hablar.

Aquel anochecer, cuando llegaron a la Casa Madre en las afueras de Londres, el destino de Jesse ya estaba decidido. No salió de la Casa Madre durante una semana y, cuando lo hizo, fue sólo para cerrar definitivamente su piso de Chelsea y regresar a la Talamasca.

La Casa Madre era un descomunal edificio de piedra, construido en el siglo XV y adquirido por la Talamasca hacía «sólo» doscientos años. Aunque las suntuosas bibliotecas y salas revestidas de paneles de madera, junto con las molduras y frisos de yeso, habían sido producto del siglo XVIII, el comedor y la mayoría de las habitaciones estaban datadas en el período isabelino.

Jesse quedó prendida al instante de aquella atmósfera, del solemne mobiliario, de las chimeneas de piedra, de los relucientes suelos de roble. Y los silenciosos y educados miembros de la orden, al darle la bienvenida con entusiasmo y luego regresar a sus discusiones o a la lectura de los periódicos de la tarde, sentados en el vasto salón público iluminado cálidamente, también cautivaron a Jesse. La riqueza total del lugar era abrumadora. Daba solidez a las afirmaciones de Lightner. Y uno se sentía bien allí. Psíquicamente bien. Allí la gente era lo que decía que era.

Pero fue la biblioteca lo que más la sobrecogió y la retrotrajo al trágico verano de cuando otra biblioteca y sus antiguos tesoros le fueron cerrados. En la biblioteca de la Talamasca había incontables volúmenes que narraban juicios a brujas, encantamientos de casas, investigaciones acerca de duendes, casos de posesión, de psicocinesis, reencarnación, etc. También, bajo el edificio, había museos, cuartos abarrotados de objetos misteriosos relacionados con eventos paranormales. Había sótanos en donde nadie podía entrar, excepto los miembros más antiguos de la orden. Deliciosa la perspectiva de secretos revelados sólo al cabo de un cierto período de tiempo.

—Siempre hay tanto trabajo por hacer —había dicho Aaron como por casualidad—. Todos estos documentos antiguos, ¿ves?, están en latín, pero ya no podemos exigir a los nuevos miembros que lean y escriban en latín. En la época actual, está simplemente fuera de lugar. Y esos almacenes, ¿ves?, la información sobre la mayoría de estos objetos no ha sido revisada en cuatro siglos...

Naturalmente, Aaron sabía que Jesse leía y escribía no sólo en latín, sino en griego, egipcio antiguo, y también en sumerio antiguo. Lo que no sabía era que Jesse, allí, había encontrado un sustituto a los tesoros de su verano perdido. Había encontrado otra «Gran Familia».

Aquella noche enviaron un coche al piso de Chelsea a recoger la ropa de Jesse y cualquier otra cosa que pudiera necesitar. Su nuevo aposento estaba en la esquina sudoeste de la Casa Madre, un cuarto pequeño y acogedor, de techo artesonado y con un hogar Tudor.

Jesse nunca querría dejar aquella casa, y Aaron lo sabía. El viernes de aquella misma semana, sólo tres días después de su llegada, fue recibida en la orden como novicia. Se le ofrecieron unos impresionantes honorarios, un despacho privado contiguo a su habitación, un conductor a pleno tiempo y un coche antiguo y cómodo. Dejó su trabajo en el British Museum tan pronto como le fue posible.

Las reglas y ordenanzas eran simples. Pasaría dos años haciendo prácticas a jornada completa, y viajaría donde y cuando fuera necesario con los demás miembros, por todo el mundo. Podía hablar de la orden a los de su familia o a sus amigos, por supuesto. Pero todos los temas, contenidos de archivos y demás detalles interrelacionados debían permanecer como confidenciales. Y nunca debía intentar publicar nada acerca de la Talamasca. De hecho, nunca debía llegar a una «mención pública» de la Talamasca. Las referencias a misiones específicas debían siempre omitir nombres y lugares, y en general ser vagas.

Su principal trabajo sería en los archivos, traduciendo y «adaptando» antiguas crónicas y documentos. Y en los museos trabajaría, al menos un día a la semana, clasificando los diferentes objetos de artesanía y reliquias. Pero, en todo momento, las tareas de campo (investigaciones de encantamientos y cosas por el estilo) pasarían por delante de las investigaciones de despacho.

Transcurrió un mes antes de que hablara de su decisión a Maharet. Y en su carta se sinceró por completo. Amaba a aquella gente y su trabajo. Era evidente que la biblioteca le recordaba el archivo familiar de Sonoma y los días que habían sido tan felices para ella. ¿Comprendería Maharet?

La respuesta de Maharet la dejó atónita. Maharet ya sabía lo que era la Talamasca. En realidad, Maharet parecía conocer con todo detalle la historia de la Talamasca. Dijo sin rodeos que admiraba mucho los esfuerzos de la orden, sobre todo durante la caza de brujas de los siglos XV y XVI, para salvar de la hoguera a los inocentes.

> Seguro que te han contado lo de su «expreso de medianoche», por medio del cual sacaban a muchos acusados de los pueblos y aldeas, donde podían haber sido quemados, y les daban refugio

en Amsterdam, una ciudad iluminada, donde ya no se creía en las mentiras y las idioteces acerca de la era de la brujería.

A Jesse no le habían contado todavía nada de ello, pero pronto confirmaría todos los detalles. Sin embargo, Maharet tenía sus reservas sobre la Talamasca.

Tanto como yo admiro su compasión por los perseguidos de todas las épocas, tú tienes que comprender que yo crea que sus investigaciones no sirvan para mucho. Para aclararlo: espíritus, fantasmas, vampiros, hombreslobo, brujas, entes que desafían cualquier descripción, pueden existir todos, y la Talamasca puede pasar otro milenio estudiándolos, pero ¿qué diferencia provocará en el destino de la raza humana?

Sin duda alguna, en un pasado lejano, ha habido individuos que tenían visiones y que hablaban con los espíritus. Y tal vez, como las brujas, hechiceros y shamanes, estas personas tenían algún valor para sus tribus o naciones. Pero hay religiones complejas y extravagantes que han sido basadas en tales experiencias simples y engañosas, dando nombres míticos a entes vagos y creando un enorme vehículo para creencias amañadas y supersticiosas. Estas religiones, ¿no han hecho más mal que bien?

Permite que te sugiera que, sea cual sea la interpretación de la Historia, hemos sobrepasado, y con mucho, el momento en que el contacto con los espíritus podía ser de alguna utilidad. Puede que una justicia cruda pero inexorable esté impregnando el escepticismo de muchos individuos, por lo que se refiere a fantasmas, médiums y cosas parecidas. Lo sobrenatural, sea cual sea su forma de existir, *no debería* interferir en la historia humana.

En resumen, pongo en tela de juicio que, excepto para el consuelo de unas pocas almas confundidas aquí y allá, la Talamasca recopile documentos y cosas que sean de alguna importancia, o que deban serlo. La Talamasca es una organización interesante. Pero no puede llevar a cabo grandes empresas.

Te quiero. Y respeto tu decisión. Pero espero, por tu propio bien, que te canses de la Talamasca y regreses muy pronto al mundo real.

Jesse reflexionó mucho, antes de responder. La atormentaba que Maharet no aprobase lo que había hecho. Pero Jesse sabía que en su decisión había una recriminación a Maharet: ésta la había alejado de los secretos de la Familia; y la Talamasca le había abierto sus puertas.

Cuando le escribió, insistió a Maharet en que los miembros de la orden no se hacían ilusiones acerca de la importancia de su trabajo. Habían contado a Jesse que en gran parte era secreto; no había gloria, a veces ni siquiera satisfacción auténtica. Estarían por completo de acuerdo con las opiniones de Maharet sobre la significación de los médiums, espíritus, fantasmas.

Pero, ¿no pasaba también que millones de personas consideraban que los polvorientos hallazgos de los arqueólogos tenían escasísima importancia? Jesse suplicó a Maharet que comprendiese lo que aquello significaba para ella. Y finalmente, para gran sorpresa suya, escribió las siguientes líneas:

Nunca contaré nada de la Gran Familia a la Talamasca. No les contaré nada de la casa de Sonoma ni de las cosas misteriosas que acaecieron mientras estuve allí. Se pondrían demasiado ansiosos por conocer el misterio. Y mi lealtad es para contigo. Pero, te lo suplico, déjame volver algún día a la casa de California. Déjame hablar contigo de las cosas que vi. Después he ido recordando cosas. He tenido sueños desconcertantes. Pero confío en tu juicio para estas cuestiones. ¡Has sido tan generosa conmigo! No dudo en absoluto de que me amas. Por favor, entiende cuánto te quiero yo.

La respuesta de Maharet fue breve.

Jesse, soy un ser excéntrico y obstinado; muy pocas cosas me han sido negadas. Alguna vez que otra me engaño a mí misma acerca de la influencia que tengo sobre los demás. Nunca debí haberte llevado a la casa de Sonoma; fue un acto de puro egoísmo por mi parte, por el cual nunca me podré perdonar. Pero tienes que calmar mi conciencia por mí. Olvida que tuvo lugar la visita. No intentes negar la verdad de lo que recuerdes; pero tampoco le des muchas vueltas. Vive tu vida como si no hubiera sido nunca interrumpida tan imprudentemente. Algún día responderé a tus preguntas, pero nunca intentes subvertir tu destino. Te felicito por tu nueva vocación. Tienes mi amor incondicional para siempre.

Pronto siguieron a la carta elegantes regalos. Maletas de piel para los viajes de Jesse y un encantador abrigo de visón para protegerse del frío en «el abominable clima británico». Es un país que «sólo los druidas pueden amar», escribió Maharet.

Jesse adoró el abrigo porque el pelo de visón estaba

por dentro y no llamaba la atención. Las maletas le hicieron un perfecto servicio. Y Maharet siguió escribiéndole dos y tres veces por semana. Continuó tan solícita como siempre.

Y, con el paso de los años, fue Jesse quien se fue alejando de ella (sus cartas se tornaron breves; y su frecuencia, irregular), porque su trabajo en la Talamasca era confidencial. Simplemente, no podía contar lo que estaba haciendo.

Jesse continuó visitando a los miembros de la Gran Familia, por Navidades, y por Semana Santa. Siempre que sus primos viajaban a Londres, los acompañaba a hacer turismo o salía a comer con ellos. Pero todos aquellos contactos fueron breves y superficiales. La Talamasca absorbió pronto toda la vida de Jesse.

Al iniciar sus traducciones del latín, un mundo nuevo se reveló a Jesse en los archivos de la Talamasca: documentos de familias e individuos con poderes psíquicos, casos de brujería «obvia», de maleficio «auténtico», y por fin las transcripciones, repetitivas, pero fascinantes, de juicios reales a brujas, que siempre involucraban al inocente y al indefenso. Trabajaba día y noche, traduciendo con el procesador de textos, extrayendo material histórico de valor incalculable de arrugadas páginas de pergamino.

Pero otro mundo, todavía más seductor, se le abrió en el trabajo de campo. En un año que hacía que había entrado en la Talamasca, Jesse había visto casas encantadas por duendes, duendes tan pavorosos como para hacer que hombres adultos salieran corriendo a la calle. Había visto a un niño telecinético levantar una mesa de roble y lanzarla por la ventana rompiendo los cristales. Se había comunicado en total silencio con lectores mentales que recibían todos los mensajes que ella les enviaba. Había visto fantasmas más palpables que lo que nunca hubiera imaginado. Proezas de psicometría, escritura automática, levitación, médiums en trance: de todo fue testimonio; después tomaba notas de los hechos, pero siempre quedaba maravillada ante su propia sorpresa.

¿No se acostumbraría nunca? ¿No llegaría un momento en que nada le parecería nuevo? Pero incluso los miembros más antiguos de la Talamasca confesaban que no dejaban nunca de sorprenderse por lo que veían.

Y, sin duda, el poder de Jesse para «ver» era muy intenso. Y con su constante uso lo desarrolló en gran manera. Dos años después de ingresar en la Talamasca, Jesse fue enviada a visitar casas encantadas por toda Europa y Estados Unidos. Por cada uno o dos días que pasaba en la paz y tranquilidad de la biblioteca, pasaba una semana en un corredor fustigado por corrientes de aire, observando las apariciones intermitentes de un espectro silencioso que había atemorizado a otros.

Jesse apenas llegaba a alguna conclusión acerca de aquellas apariciones. En efecto, aprendió lo que ya sabían todos los miembros de la Talamasca: no había una única teoría de lo oculto que abarcase todos los extraños fenómenos que uno veía u oía. El trabajo era atormentador, y, en el fondo, frustrante. Jesse se sentía insegura de sí misma cuando se dirigía a aquellos «entes inquietos» o espíritus perturbados, como una vez Mael los había descrito con mucho acierto. No obstante, Jesse les aconsejaba que se desplazaran a «niveles superiores», que buscaran la paz para sí mismos y que, por lo tanto, dejaran a los mortales en paz también.

Éste parecía el único camino posible a tomar, aunque la asustaba que pudiera estar obligando a los fantasmas a salir de la única forma de vida que les quedaba. ¿Y si la muerte era el final y los fantasmas existían sólo cuando almas tenaces no querían aceptarla? Demasiado atroz pensar en ello, pensar en el espíritu del mundo como un brillo crepuscular borroso y caótico precediendo a las tinieblas definitivas.

Cualquiera que fuera el caso de encantamiento, Jesse lo disipaba. Y era siempre reconfortada por el alivio de los vivos. Lo cual desarrolló en ella un profundo sentido de excepcionalidad de su vida. Era muy emocionante. No lo habría cambiado por nada del mundo.

Bien, por casi nada. Ya que podría dejarlo todo en un instante si Maharet apareciera en la puerta y le pidiera que volviera a la villa de Sonoma y se pusiera a trabajar en serio en los documentos de la Gran Familia. Pero quizá no podría.

Sin embargo, Jesse tuvo una experiencia con los documentos de la Talamasca que le causó una considerable confusión personal en lo concerniente a la Gran Familia.

Al transcribir los documentos acerca de brujas, Jesse descubrió que la Talamasca había seguido durante siglos la pista a ciertas «familias de brujas», en cuyas fortunas parecía tener una cierta influencia una sobrenatural intervención de tipo verificable y predecible. ¡La Talamasca estaba observando cierto número de tales familias en aquel mismo momento! Por lo general había una «bruja» en cada generación de la familia, y aquella bruja podía, según el documento, atraer y manipular fuerzas sobrenaturales para asegurar a la familia una regular acumulación de riqueza y otros éxitos en los asuntos humanos. El poder parecía ser hereditario, es decir, basado en lo físico, pero nadie lo sabía con toda seguridad. Algunas de aquellas familias ignoraban su propia historia; no comprendían a las «brujas» que habían hecho su aparición en el siglo XX. Y, aunque la Talamasca intentaba con cierta regularidad entrar en «contacto» con ellas, muchas veces se veía rechazada o llegaba un momento en que descubría que el trabajo era demasiado «peligroso» para ser proseguido. Después de todo, las brujas podían echar maleficios auténticos.

Estupefacta e incrédula por aquel descubrimiento, Jesse no hizo nada durante semanas. Pero no podía sacarse aquel «esquema familiar» de la cabeza. Era demasiado semejante al de Maharet y la Gran Familia.

Luego hizo lo único que podía hacer sin quebrantar su lealtad para con nadie. Revisó con cuidado todos los documentos de cada familia de brujas que había en los archivos de la Talamasca. Los comprobó y los volvió a comprobar. Se remontó hasta los documentos más antiguos en existencia y los repasó con minuciosidad.

No se mencionaba a nadie llamado Maharet. No había nadie relacionado con ninguna rama ni con ningún apellido de la Gran Familia que Jesse hubiera oído alguna vez. No había mención de nada que fuese siquiera vagamente sospechoso.

Su alivio fue enorme; pero, al fin y al cabo, no estaba tan sorprendida. Su instinto le decía que había seguido una pista falsa. Maharet no era una bruja. No en aquel sentido de la palabra. *Había algo más.*

Pero, a decir verdad, Jesse nunca trató de descubrirlo. Se resistía a teorizar acerca de lo que había ocurrido, como se resistía a teorizar acerca de todo. Y se le ocurrió, más de una vez, que en la Talamasca había buscado olvidar su misterio personal entre una infinidad de misterios ajenos. Rodeada de fantasmas y duendes y niños poseídos, pensaba cada vez menos en Maharet y en la Gran Familia.

Cuando Jesse se convirtió en miembro de pleno derecho de la Talamasca, ya era una experta en sus reglas, los procedimientos, el modo de documentar investigaciones, cuándo y cómo ayudar a la policía en casos criminales, cómo evitar todo contacto con la prensa. También llegó a aprender que la Talamasca no era una organización dogmática. No requería a sus miembros que creyeran en *algo*, sino que se limitaran a ser honrados y cautelosos con todos los fenómenos que observaban.

Modelos, similitudes, repeticiones, eso fascinaba a la Talamasca. Los términos abundaban, pero el vocabulario no era estricto. Sencillamente, los ficheros tenían docenas de maneras diferentes de remitirse unos a otros.

No obstante, había miembros de la Talamasca que estudiaban a los teóricos. Jesse leyó todos los trabajos de los grandes detectives psíquicos, médiums y mentalistas. Estudió todas y cada una de las obras relacionadas con las Ciencias Ocultas.

Y muchas veces pensó en el consejo de Maharet. Lo que Maharet había dicho era verdad. Fantasmas, apariciones, personas con poderes psíquicos que podían leer la mente y mover los objetos por telecinesia, todo era fascinante para los que lo presenciaban en vivo. Pero para la raza humana, a largo plazo, significaba muy poco. De momento no había, ni habría nunca, un gran descubrimiento en ocultismo que alterase la historia humana.

No obstante Jesse nunca se cansaba de su trabajo. Se convirtió en una adicta a las emociones, al secreto. Se hallaba en las entrañas de la Talamasca, y, aunque se acostumbró al lujo de su entorno (a los bordados antiguos, a las camas con dosel, a los cubiertos de plata de ley, a los coches con chófer y a los criados), ella, en sí misma, se volvió más simple y reservada.

A los treinta años, era una mujer de aspecto frágil y de piel blanca, con el pelo rojo rizado, peinado con una simple raya en medio; se lo dejaba tan largo que le colgaba en los hombros. No se maquillaba, ni se ponía perfume, ni joyas, salvo el brazalete celta. Una chaqueta de *sport* de cachemira era su pieza de vestir favorita, y pantalones de lana, o tejanos, si estaba en América. Pero todavía era atractiva, y llamaba la atención de los hombres más de lo que creía que era conveniente. Tuvo líos amorosos, pero siempre fueron breves. Y raramente de alguna importancia.

Lo que le importaba más era su amistad con el resto de los miembros de la orden; en ellos tenía muchos hermanos y hermanas. Y ellos se preocupaban de ella como ella de ellos. Adoraba la sensación de pertenecer a una comunidad. A cualquier hora de la noche, uno podía bajar a la planta principal, y, con toda seguridad, encontraría un salón alumbrado y con gente en vela, leyendo, charlando, quizá discutiendo en voz baja. Podía ir a la cocina donde el cocinero del turno de noche estaba siempre dispuesto a preparar un desayuno temprano o una cena tardía, todo lo que uno pudiese desear.

Jesse podría haber seguido siempre en la Talamasca. Como una orden religiosa católica, la Talamasca cuidaba de sus ancianos y de sus enfermos. Morir en el seno de la orden era conocer todo lujo y atención médica, era pasar los últimos momentos de la vida del modo que uno quería, solo en la cama, o con la compañía de otros miembros, dándole consuelo, cogiéndole la mano. Uno podía ir a casa de sus parientes, si lo deseaba. Pero la mayoría, con el paso de los años, prefería morir en la Casa Madre. Los funerales eran dignos y suntuosos. En la Talamasca, la muerte formaba parte de la vida. Una gran reunión de hombres y mujeres de luto asistía al funeral.

Sí, aquella gente se había convertido en la familia de Jesse. Y si los acontecimientos hubiesen seguido su curso normal, lo habrían sido para siempre. Pero cuando llegó al final de su octavo año, ocurrió algo que lo cambiaría todo, algo que la llevaría a romper definitivamente con la orden.

Los logros de Jesse hasta aquel momento habían sido impresionantes. Pero, en el verano de 1981, continuaba trabajando bajo la dirección de Aaron Lightner y raras veces había hablado con el consejo de gobierno de la Talamasca ni con el reducido grupo de hombres y mujeres que estaba en realidad a cargo de la orden.

Así pues, cuando David Talbot, el director supremo de la orden, la llamó a su oficina de Londres, quedó muy sorprendida. David era un hombre enérgico, de sesenta y cinco años, de complexión pesada y con el pelo gris canoso; tenía unas maneras moderadamente alegres, y no tardaron en tutearse. Ofreció una copa de jerez a Jesse y habló de temas intrascendentes durante un cuarto de hora, antes de entrar realmente en el tema.

Estaba ofreciendo a Jesse una misión de muy diferente clase. Le dio una novela titulada *Confesiones de un vampiro*. Dijo:

—Quiero que leas este libro.

Jesse quedó desconcertada.

—El hecho es que ya lo he leído —le respondió ella—. Hace un par de años. Pero, ¿qué tiene que ver con nosotros una novela como ésta?

Jesse había comprado un ejemplar de una edición de bolsillo en un aeropuerto y lo había devorado en un largo vuelo transcontinental. El relato, supuestamente contado por un vampiro a un joven reportero en el San Francisco actual, había afectado a Jesse como una pesadilla. No podía asegurar que le hubiese gustado. En realidad, después lo había tirado; había preferido esto a dejarlo en un banco del aeropuerto de llegada y permitir que una persona confiada tropezase con él.

Los principales personajes de la obra (inmortales

muy encantadores, cuando uno había entrado bien en el texto) habían formado una pequeña y malvada familia en la Nueva Orleans de la preguerra, donde se alimentaron del populacho durante más de cincuenta años. Lestat era el malo de la historia, y el protagonista. Louis, su angustiado subordinado, era el héroe y el narrador. Claudia, su exquisita «hija», vampira, era una figura auténticamente trágica: su mente maduraba año tras año, pero su cuerpo sería por siempre el de una chiquilla. La fructuosa búsqueda de la redención por parte de Louis era el tema del libro, estaba claro, pero el odio de Claudia por los dos vampiros que habían hecho de ella lo que era, y su propia destrucción final habían impresionado mucho más a Jesse.

—El libro no es una ficción —explicó David—. Sin embargo, con qué objetivo fue escrito el libro, aún no está claro. Y el hecho de que se haya publicado en forma de novela, más bien nos ha alarmado.

—¿No es ficción? —preguntó Jesse—. No comprendo.

—El nombre del autor es un seudónimo —prosiguió David—; los cheques para los derechos de autor van a parar a un joven viajero incesante que resiste todo intento de entrar en contacto con él. Sea como sea, es un reportero muy semejante al muchacho entrevistador de la novela. Pero nunca se lo encuentra en ninguna parte. Tu trabajo será ir a Nueva Orleans y documentar los acontecimientos de la narración que tuvieron lugar allí antes de la Guerra de Secesión.

—Espera un momento. ¿Con esto me estás queriendo decir que los vampiros existen? ¿Que estos personajes, Louis, Lestat y la pequeña Claudia, son reales?

—Sí, eso mismo —respondió David—. Y no olvides a Armand, el mentor del Théâtre des Vampires de París. ¿Recuerdas a Armand?

Jesse no tuvo dificultades para recordar a Armand

ni el teatro. Armand, el inmortal más viejo de la novela, el que tenía el rostro y el cuerpo de un adolescente. Y por lo que se refería al teatro, había sido un horripilante establecimiento en cuyo escenario se mataba a seres humanos, ante un confiado público parisiense, lo cual formaba parte habitual del espectáculo.

Jesse estaba reviviendo el tono de pesadilla del libro. Especialmente las partes que trataban de Claudia. Claudia había muerto en el Teatro de los Vampiros. La asamblea de vampiros, bajo las órdenes de Armand, la había destruido.

—David, no sé si he comprendido bien. ¿Lo que me estás diciendo es que los vampiros existen?

—Exactamente —respondió David—. Hemos estado observando este tipo de seres desde el principio de nuestra existencia. Hablando con propiedad, se creó la Talamasca para estudiar esta clase de criaturas, pero esto es otra historia. Con toda seguridad, no son personajes de ficción los de esta novelita o lo que sea; pero ésta será tu misión: documentar la existencia del grupo de Nueva Orleans, como está descrito aquí: Claudia, Louis, Lestat.

Jesse rió. No pudo evitarlo. Rió de veras. La paciente expresión de David la animó a reír más. Pero Jesse no sorprendió a David, no más que su risa había sorprendido a Aaron Lightner ocho años antes, cuando se encontraron por primera vez.

—Excelente actitud —dijo David con una sonrisa maliciosa—. No queremos que seas demasiado imaginativa ni demasiado confiada. Pero este campo requiere gran precaución, Jesse, y estricta obediencia a las reglas. Créeme cuando te digo que esta área puede ser extremadamente peligrosa. Por supuesto, eres libre de renunciar a la misión ahora mismo.

—Voy a echarme a reír de nuevo —dijo Jesse.

Raras veces, si no ninguna, había oído la palabra

«peligroso» en la Talamasca. Sólo la había visto al hacer anotaciones en los ficheros de las familias de brujas. Ahora podía creer sin demasiada dificultad en una familia de brujas. Las brujas eran seres humanos, y los espíritus, muy probablemente podían ser manipulados. ¿Pero los vampiros?

—Bien, planteemos el asunto de este modo —dijo David—. Antes de que te decidas, examinemos ciertos objetos pertenecientes a esas criaturas, que conservamos en los sótanos.

La idea fue irresistible. Había veintenas de sótanos bajo la Casa Madre en los cuales Jesse nunca había sido admitida. No iba a dejar pasar aquella oportunidad.

Mientras descendían juntos las escaleras, la atmósfera de la villa de Sonoma le vino a la memoria de súbito y muy vívidamente. El largo pasillo con sus difusas bombillas eléctricas le recordaron el sótano de Maharet. Se sintió más y más emocionada.

Siguió en silencio a David, pasando almacén tras almacén, todos cerrados. Vio libros, una calavera en un estante, lo que parecía ropa vieja amontonada en el suelo, muebles, pinturas al óleo, baúles y cajas fuertes, polvo.

—Todo este batiburrillo —dijo David con un gesto de abandono— está relacionado, de un modo u otro, con nuestros inmortales amigos bebedores de sangre. En realidad, tienden a ser bastante materialistas. Y dejan detrás de sí toda clase de restos. No es raro en ellos abandonar el menaje entero de una casa: muebles, ropas e incluso ataúdes (muy adornados e interesantes ataúdes), cuando se cansan de un sitio o de una identidad concretos. Pero hay algunas cosas especiales que debo enseñarte. Creo que serán muy concluyentes para tu decisión.

¿Concluyentes? ¿Había algo concluyente en aquel

trabajo? Verdaderamente, aquélla era una tarde de sorpresas.

David la llevó a un cuarto final, una estancia muy grande, con las paredes recubiertas de zinc e iluminada por una hilera de luces en el techo.

Vio un enorme cuadro en la pared del fondo. De inmediato lo situó en el Renacimiento, y probablemente veneciano. Estaba realizado en pintura al temple sobre madera. Y tenía el maravilloso brillo de aquel tipo de pinturas, un lustre que ningún material sintético podía crear. Leyó el título en latín, junto con el nombre del artista, en unas pequeñas letras de estilo romano, pintadas en la esquina inferior derecha.

LA TENTACIÓN DE AMADEO
por Marius

Retrocedió para observarlo mejor.

Un espléndido coro de ángeles de alas negras flotaba alrededor de una sola figura arrodillada, un joven de pelo castaño. El cielo cobalto tras ellos, visto a través de una serie de arcos, estaba magníficamente logrado, con masas de nubes doradas. Y el suelo de mármol ante las figuras tenía una perfección fotográfica. Se podía percibir su frialdad, ver las vetas de la roca.

Pero las figuras eran la auténtica gloria del cuadro. Las caras de los ángeles estaban muy bien perfiladas, sus ropajes al pastel y sus alas de plumas negras, extraordinariamente detallados. Y el chico... ¿cómo decirlo?, ¡el chico estaba vivo! Sus ojos pardos resplandecían en su mirada al frente, hacia fuera del cuadro. Su piel aparecía húmeda. Estaba a punto de moverse o de hablar.

De hecho, era demasiado realista para ser del Renacimiento. Las figuras eran más concretas que ideales. Los ángeles tenían una expresión poco alegre, casi amarga. Y la tela de la túnica del chico y sus polainas estaban dibujadas con demasiada precisión. Hasta se podían ver las costuras, una ligera rasgadura, el polvo en la manga. Había otros detalles así: hojas secas esparcidas por el suelo, y dos pinceles reposando en un lado, sin razón aparente.

—¿Quién es Marius? —susurró ella. El nombre no le decía nada. Y nunca había visto un cuadro italiano con tantos elementos turbadores. Ángeles de alas negras...

David no respondió. Señaló al chico.

—Es en el chico en lo que quiero que te fijes —dijo—. No será el verdadero tema de tu trabajo, pero sí un eslabón muy importante.

¿Tema? ¿Eslabón?... Estaba demasiado absorta en la pintura.

—Mira, huesos en un rincón, huesos humanos cubiertos de polvo, como si alguien simplemente los hubiera apartado del medio. ¿Pero qué diablos significa todo esto?

—Sí —murmuró David—. Cuando aparece la palabra «atención», normalmente hay demonios que rodean a un santo.

—Exactamente —respondió—. Y el arte es excepcional. —Cuanto más contemplaba el cuadro, más alterada se sentía—. ¿Dónde conseguisteis el cuadro?

—La orden lo compró hace siglos —respondió David—. Nuestro emisario en Venecia lo recuperó de una mansión quemada en el Canal Grande. Por cierto, estos vampiros están siempre relacionados con incendios. Es la única arma efectiva que pueden utilizar contra ellos mismos. Siempre hay algo en llamas. En las *Confesiones de un vampiro* hay varios incendios, no sé si lo recuerdas. Louis prende fuego a la casa de Nueva Orleans en un intento de destruir a su hacedor y mentor, Lestat. Y, más tarde, Louis quema el Teatro de los

Vampiros en París, después de la muerte de Claudia.

La muerte de Claudia... Un escalofrío recorrió la espalda de Jesse, la sobresaltó.

—Pero fíjate con atención en el muchacho —dijo David—. Es de él de quien tenemos que hablar.

Amadeo. Significa «el que ama a Dios». Era una criatura bella, perfecta. Dieciséis años, quizá diecisiete, de rostro cuadrado y de proporciones fuertes y con una curiosa expresión implorante.

David había puesto algo en la mano de ella. Contra su voluntad, arrancó la vista de la pintura. Se encontró escrutando un daguerrotipo, una fotografía de finales del siglo XIX. Al cabo de un momento susurró:

—¡Es el mismo muchacho!

—Sí. Y es una especie de experimento —dijo David—. Lo más probable es que fuera tomada al anochecer en unas condiciones de luz imposible, unas condiciones de luz que no habrían funcionado con otro individuo. Fíjate que, salvo su cara, poco más es realmente visible.

Cierto, pero aún distinguió que el estilo de peinado era del período que decía.

—Puedes echar un vistazo a esto también —dijo David.

Y ahora le dio una antigua publicación, un diario del siglo XIX, del tipo con columnas estrechas, diminutas letras e ilustraciones a la tinta. Allí estaba otra vez el mismo muchacho, descendiendo de un birlocho, un apunte apresurado, aunque se podía observar que el muchacho estaba sonriendo.

—El artículo habla de él y del Teatro de los Vampiros. Aquí hay un periódico inglés del mil setecientos ochenta y nueve. Más de ochenta años antes, creo. Pero encontrarás otra descripción muy completa del establecimiento y del mismo joven.

—El Teatro de los Vampiros... —Levantó la mirada hacia el chico de pelo castaño arrodillado en el cuadro—. ¡Pero si es Armand, el personaje de la novela!

—Precisamente. Parece que le gusta el nombre. Podía haber sido Amadeo cuando estaba en Italia, pero se convirtió en Armand en el siglo XVIII, y ha usado Armand desde entonces.

—Despacio, por favor —dijo Jesse—. ¿Tratas de decirme que el Teatro de los Vampiros ha sido documentado? ¿Por nosotros?

—Completamente. El archivo es enorme. Incontables memorias describen el teatro. También tenemos las escrituras de propiedad. Aquí llegamos a otro eslabón que une nuestros archivos con esta novela, *Confesiones de un vampiro*. El nombre del propietario del teatro era Lestat de Lioncourt, quien lo adquirió en mil setecientos ochenta y nueve. Y la propiedad, en el París moderno, incluso el de hoy en día, está en manos de un hombre que se llama igual.

—¿Está esto verificado? —interrogó Jesse.

—Todo está en los archivos —dijo David—; fototipias de los antiguos documentos y de los recientes. Puedes estudiar la firma de Lestat, si así lo deseas. Lestat lo hace todo a lo grande: ocupa la mitad de la página con su magnífica escritura. Tenemos fototipias de varios ejemplos. Queremos que lleves estas fototipias contigo a Nueva Orleans. Hay un relato periodístico del fuego que destruyó el teatro, exacto a la descripción que hizo Louis. La fecha es acorde con los hechos de la historia. Puedes revisarlo todo, por supuesto. Y la novela, léela de nuevo, y hazlo con mucha atención.

A finales de semana, Jesse volaba ya hacia Nueva Orleans. Su trabajo consistiría en comentar y documentar la novela desde todos los aspectos posibles, buscando títulos de propiedad, traslados, periódicos y publicaciones antiguos, cualquier cosa que pudiera encontrar que apoyase la teoría de que los personajes y los acontecimientos eran reales.

Pero Jesse todavía no lo creía. Sin duda, allí había «algo», pero tenía que ser un engaño. Y el engaño era con toda probabilidad un novelista histórico muy inteligente que había realizado una interesante investigación y la había convertido en una historia ficticia. Después de todo, las entradas de teatro, las escrituras de propiedad, los programas y lo demás no probaban en modo alguno la existencia de los inmortales chupadores de sangre.

Y por lo que se refería a las precauciones que Jesse tenía que tomar, pensó que eran una mera broma.

No le era permitido quedarse en Nueva Orleans más que entre la hora de la salida del sol y las cuatro de la tarde. A esta hora tenía que tomar un coche y dirigirse hacia el norte, a Baton Rouge, y pasar la noche a salvo en una habitación de la planta dieciséis de un moderno hotel. Si tenía la mínima sensación de que alguien la observaba o la seguía, buscaría de inmediato colocarse a salvo entre la muchedumbre. Y, desde un lugar bullicioso y bien iluminado, llamaría en el acto por teléfono a Londres.

Nunca, bajo ninguna circunstancia, debía intentar la «visión» de uno de esos individuos vampiros. La Talamasca no conocía los parámetros de los poderes vampíricos. Pero una cosa era segura: esos seres podían leer las mentes. También podían crear confusión mental en los seres humanos. Había evidencias considerables de que eran muy fuertes. Y con toda certeza, podían matar.

Además, algunos de ellos, sin duda, conocían la existencia de la Talamasca. A lo largo de los siglos, varios miembros de la orden habían desaparecido mientras llevaban una investigación en este campo.

Jesse tenía que leer con mucha atención las noticias de los diarios. La Talamasca tenía motivos para creer que, en la actualidad, ya no había vampiros en Nueva Orleans. En caso afirmativo, Jesse no habría ido. Pero, en cualquier momento, Lestat, Armand o Louis podían hacer acto de presencia. Si Jesse tropezaba con un artículo acerca de una muerte sospechosa, tenía que salir de inmediato de la ciudad y no volver a ella.

Jesse opinó que todo aquello era hilarante. Ni siquiera un puñado de antiguas noticias acerca de misteriosas muertes la impresionó o la asustó. Después de todo, aquellas personas podían haber muerto víctimas de un rito satánico. Eran muertes demasiado humanas.

Pero Jesse había aceptado la misión.

De camino al aeropuerto, David le había preguntado por qué.

—Si no puedes aceptar lo que te cuento, entonces, ¿por qué quieres investigar el libro?

Ella se había tomado su tiempo para responder.

—Hay algo obsceno en la novela. Hace que las vidas de esos seres parezcan atractivas. Al principio, no te das cuenta; es una pesadilla de la cual no puedes salir. Luego, de súbito, te sientes a gusto en ella. Quieres quedarte. Ni siquiera la tragedia de Claudia es capaz de disuadirte.

—¿Y?

—Quiero demostrar que es pura ficción —dijo Jesse.

Lo cual bastaba a la Talamasca, sobre todo viniendo de una investigadora experimentada.

Pero, en el largo vuelo a Nueva York, Jesse se había dado cuenta de que había algo que no podía contar a David. Lo acababa de comprender en aquel preciso momento. *Confesiones de un vampiro* le «recordaba» al verano de muchos años atrás con Maharet, aunque Jesse no sabía por qué. Una y otra vez detenía su lectura para pensar en aquellos días. Y pequeños fragmentos le iban viniendo a la memoria. Incluso, en algún momento del viaje, soñó otra vez con aquel verano. Pero aquello quedaba bastante fuera del tema en cuestión, se dijo a sí misma. Sin embargo, había alguna relación, había algo que tenía que ver con la atmósfera del libro, con el ambiente, incluso con las actitudes de los personajes, y, en conjunto, con la manera en que las cosas parecían ser de un modo y eran de otro completamente distinto. Pero Jesse no podía explicárselo. Su razón, como su memoria, estaban curiosamente trabadas.

Los primeros días de Jesse en Nueva Orleans fueron los más extraños en toda su carrera en las Ciencias Ocultas.

La ciudad poseía una belleza casi caribeña y un persistente sabor colonial que le encantó enseguida. Sin embargo, en todas las partes adonde iba, «percibía» cosas. El lugar entero parecía encantado. Las imponentes mansiones de la preguerra eran seductoramente silenciosas y lúgubres. Incluso las calles del barrio francés, atestadas de turistas, tenían una atmósfera sensual y siniestra que la distraía de su camino o la detenía durante largos ratos a soñar sentada, desplomada, en un banco de Jackson Square.

Odiaba tener que dejar la ciudad a las cuatro de la tarde. El altísimo hotel de Baton Rouge le proporcionaba un grado sublime de lujo americano que no le desagradaba. Pero el suave ambiente perezoso de Nueva Orleans se pegaba a ella. Cada mañana despertaba con la confusa sensación de haber soñado con los personajes vampíricos. Y con Maharet.

Luego, al cabo de cuatro días de haber iniciado su investigación, hizo una serie de descubrimientos que la llevaron directamente al teléfono. Era cierto que había habido un Lestat de Lioncourt en el censo de impuestos en Louisiana. De hecho, en 1862 había entrado en posesión de una casa en Royal Street, que había comprado a su socio Louis Pointe du Lac. Louis Pointe du Lac había sido propietario de siete fincas, en Louisiana, una de las cuales había sido la plantación descrita en *Confesiones de un vampiro*. Jesse quedó estupefacta. También tuvo un inmenso gozo.

Pero hubo más hallazgos. Alguien llamado Lestat de Lioncourt poseía en la actualidad casas en varias partes de la ciudad. Y la firma de aquella persona, que aparecía en documentos fechados en 1895 y 1910, era idéntica a las firmas del siglo XVIII.

¡Oh, era demasiado maravilloso! Jesse estaba entusiasmada.

De inmediato se dispuso a fotografiar las propiedades de Lestat. Dos eran mansiones en el Garden District, claramente inhabitables y desmoronándose tras las verjas oxidadas. Pero el resto de ellas, incluyendo la casa de Royal Street (la misma escriturada a nombre de Lestat en 1862), estaban arrendadas por una agencia local que pagaba los beneficios a un apoderado en París.

Era más de lo que Jesse podía soportar. Telegrafió a David pidiendo dinero. Tenía que conseguir que los inquilinos actuales de Royal Street hicieran el traspaso, ya que aquélla era con seguridad la casa que habitaron Lestat, Louis y la niña Claudia. Quizás hubiesen sido vampiros o quizá no, ¡pero vivieron allí!

David envió el giro de inmediato, junto con instrucciones estrictas de no acercarse a las mansiones en ruinas que había mencionado. Jesse respondió en el acto que ya había examinado aquellos lugares. Nadie había estado allí durante años.

Era la otra casa la que importaba. Al final de la semana ya había conseguido el traspaso. Los antiguos inquilinos se marcharon contentísimos con los bolsillos repletos de dinero. Y el lunes, de buena mañana, Jesse se paseaba por el suelo de la ahora vacía primera planta.

Deliciosamente abandonada. Las viejas chimeneas, las molduras, las puertas, ¡todo allí!

Jesse se puso a trabajar con un destornillador y un cincel en las piezas principales. Louis había descrito un incendio en esos salones, incendio en el cual Lestat había sufrido graves quemaduras. Bien, Jesse lo aclararía.

Al cabo de una hora, ya había descubierto las vigas quemadas. Y los yeseros (¡que Dios los bendijera!) que habían acudido para reparar los daños, habían tapado los agujeros con viejos periódicos, fechados en el 1862. Lo cual encajaba a la perfección con el relato de Louis. Había cedido la casa a Lestat, había trazado los planes para marchar a París, y luego tuvo lugar el fuego durante el cual Louis y Claudia habían huido.

Naturalmente, Jesse se decía a sí misma que continuaba escéptica, pero los personajes del libro estaban adquiriendo una rara realidad. El viejo teléfono negro en el vestíbulo había sido desconectado. Tenía que salir, para telefonear a David, lo cual en aquellos momentos era un fastidio. Quería contárselo todo en el acto.

Pero no salió de la casa. Al contrario, permaneció sentada en el salón durante horas, sintiendo la calidez del sol que caía en las toscas tablas que constituían el suelo a su alrededor, escuchando los crujidos del edificio. Una casa con aquella antigüedad nunca está en silencio, y menos aún en un clima húmedo. Se siente como algo vivo. Allí no había fantasmas, al menos que ella pudiera ver. Sin embargo, no se sentía sola. Al contrario, había allí una calidez acogedora. De repente, alguien la sacudió para despertarla. No, desde luego que no. No había nadie más que ella. Un reloj dando las cuatro...

Al día siguiente, alquiló una máquina de vapor para quitar el papel de la pared y se puso a trabajar en las otras habitaciones. Tenía que llegar al recubrimiento original. El estilo podría ser fechado, y además, estaba buscando algo concreto. Pero había un canario cantando cerca, quizás en otro piso o en una tienda, y su canto la distraía. Tan encantador... No olvides el canario. El canario morirá si lo olvidas. De nuevo, cayó dormida.

Cuando despertó, hacía rato que había oscurecido. Podía oír la música de un clavicordio próximo. Durante largos minutos, permaneció escuchando con los ojos cerrados. Mozart, muy rápido. Demasiado rápido, pero ¡qué digitación! Una gran frase musical ondulante, una asombrosa virtuosidad. Por fin, hizo un esfuerzo para levantarse, ir a encender las luces del techo y volver a enchufar la máquina de vapor.

Era una máquina pesada; el agua caliente goteaba y se escurría a lo largo de su brazo. En cada habitación, arrancaba el papel de una sección de pared hasta llegar al enyesado original; luego se iba a otra. Pero el continuo zumbido de la máquina la atontaba. Le parecía que oía voces en el interior de la máquina: personas que reían, charlaban entre ellas, alguien que hablaba francés en un murmullo grave y rápido, una niña llorando..., ¿o era una mujer?

Había apagado el maldito trasto. Nada. Sólo un engaño del mismo ruido en una resonante casa vacía.

Volvió de nuevo al trabajo sin tener conciencia de la hora, o de que no había comido, o de que se estaba durmiendo. Cargó con la pesada máquina de un lado a otro hasta que, cuando menos lo pensaba, en la habitación del centro encontró lo que había estado buscando: un mural pintado a mano en una pared lisa de yeso.

Durante unos momentos, estuvo demasiado emocionada para moverse. Luego se puso a trabajar frenéticamente. Sí, era el mural del «bosque mágico» que Lestat había encargado para Claudia. Y, en rápidos barridos de la goteante máquina, fue descubriendo más y más del mural.

«Unicornios y pájaros dorados y árboles llenos de frutos por encima de ríos deslumbrantes.» Era exactamente como Louis lo había descrito. Al final, consiguió dejar al descubierto una gran parte del mural, que ocupaba las cuatro paredes de la habitación. La habitación de Claudia, sin duda alguna. Sintió que la cabeza le daba vueltas. Se sentía mareada, pero no era por comer. Echó un vistazo a su reloj. La una.

¡La una! Había estado allí casi la mitad de la noche. Debía irse ahora, ¡inmediatamente! ¡Era la primera vez, en todos los años de Talamasca, que había quebrantado una regla!

Pero no conseguía ponerse en movimiento. Estaba tan cansada, a pesar de su agitación... Estaba sentada, apoyada en la repisa de mármol de la chimenea, y la luz de la bombilla del techo era tan triste..., y, además, le dolía la cabeza. Pero continuó contemplando los pájaros dorados, las diminutas y trabajadas flores, y los árboles. El cielo era de un bermellón profundo, pero había luna llena y no sol, y un gran barrido de minúsculas estrellas errantes. Fragmentos de plata maleada seguían pegados a las estrellas.

Poco a poco se fue percatando de un muro de piedra, pintado como fondo en una esquina. Tras él había un castillo. ¡Qué encantador sería andar por el bosque hacia el castillo, cruzar la puerta de madera cuidadosamente pintada! Entrar en otro reino. Oyó una canción en el interior de su cabeza, algo que había olvidado por completo, algo que Maharet solía cantar.

Luego, de súbito, vio que la puerta estaba pintada en una auténtica abertura en la pared.

Aún sentada, se inclinó hacia adelante. Pudo distinguir las junturas en el yeso. Sí, una abertura cuadrada que, trabajando tras la pesada máquina, le había pasado inadvertida. Fue a arrodillarse frente a ella y la palpó. Una puerta de madera. Cogió el destornillador e intentó abrirla haciendo palanca. No hubo suerte. Trabajó en un costado y luego en el otro. Pero lo único que consiguió fue estropear la pintura.

Se sentó en cuclillas y la estudió atentamente. Una puerta pintada ocultando una puerta de madera... Y había una franja desgastada allí donde estaba dibujada la empuñadura. ¡Sí! Alargó la mano y dio un golpe seco a la empuñadura. La puerta se abrió de par en par. Fue así de simple.

Levantó su linterna. Un armario empotrado, de paredes revestidas de cedro, apareció ante ella. Y había objetos en su interior. ¡Un libro blanco de tamaño pequeño y encuadernado en cuero! También algo que parecía un rosario; y una muñeca, una muñeca de porcelana, muy antigua.

Durante unos momentos, no tuvo valor suficiente para tocar aquellos objetos. Era como profanar una tumba. Y había un leve olor como de perfume. No estaba soñando, ¿verdad? No, la cabeza le dolía demasiado como para que aquello fuera un sueño. Alargó la mano hacia el interior, antes que nada sacó la muñeca.

El cuerpo era tosco en comparación con los modelos actuales, pero las extremidades de madera estaban bien formadas y bien articuladas. El vestido blanco y el lazo lavanda estaban raídos y se caían a trizas. Pero la cabeza de porcelana era encantadora; y los grandes ojos de cristal, perfectos; y la peluca de pelo rubio y suelto, aún intacta.

—Claudia —susurró.

Su voz la hizo consciente del silencio imperante. En aquella hora no había tráfico. Sólo los viejos maderos crujiendo. Y el suave y relajante parpadeo de un quinqué en una mesa cercana. Y, además, la música del clavicordio seguía llegando de algún lugar; alguien tocaba Chopin ahora, el *Pequeño Vals*, con la misma asombrosa digitación que Jesse había oído antes. Se sentó, inmovilizada, mirando la muñeca que tenía en el regazo. Quería cepillarle el pelo, arreglarle el lazo.

Los acontecimientos culminantes de *Confesiones de un vampiro* le volvieron a la memoria: Claudia destruida en París. Claudia atrapada por la luz mortal del sol naciente en un pequeño patio de paredes de ladrillo del cual no podía escapar. Jesse sintió un golpe apagado, y el rápido y silencioso latir de su corazón contra su cuello. Claudia desaparecida, mientras los demás continuaban existiendo. Lestat, Louis, Armand...

Luego, con un sobresalto, se dio cuenta de que tenía la vista fija en los demás objetos del interior del armario. Extendió el brazo y cogió el libro.

¡Un diario! Las hojas eran frágiles, manchadas como de puntos. Pero la anticuada escritura sepia aún era legible, especialmente ahora que los quinqués estaban todos encendidos y la habitación tenía una acogedora luminosidad. Podía traducir del francés sin demasiado esfuerzo. La primera anotación estaba fechada el 21 de setiembre de 1836:

> Éste es el regalo de cumpleaños de Louis. Que haga con él lo que quiera, me dice. Quizá me gustaría copiar en él aquellos poemas ocasionales que cautivan mi imaginación y leérselos de vez en cuando.
>
> No acabo de comprender qué quieren decir con mi cumpleaños. ¿Nací al mundo un 21 de setiembre o en este día fue cuando abandoné todo lo humano para convertirme en lo que soy?
>
> Mis distinguidos padres son reacios siempre a iluminarme en tales simples materias. Uno

pensaría que es de mal gusto tratar esos temas. Louis parece desconcertado, luego miserable, y después vuelve a su periódico de la tarde. Y Lestat sonríe y toca un poco de Mozart para mí; después, con un encogimiento de hombros, contesta:

—Fue el día en que naciste *para nosotros.*

Por supuesto, me ha regalado una muñeca, como de costumbre, una doble de mí, que siempre viste un duplicado de mi vestido más reciente. Quiere que sepa que envía a buscar esas muñecas a Francia. ¿Y qué debo hacer con ella? ¿Jugar como si fuera de veras una niña?

—¿Hay alguna insinuación en esto, queridísimo padre? —le he preguntado esta noche—. ¿Que debo ser una muñeca para siempre? —A lo largo de los años me ha regalado treinta muñecas iguales, si no me falla la memoria. Y la memoria nunca me falla. Cada muñeca ha sido idéntica a la anterior. Si las guardase, abarrotarían mi habitación hasta sacarme de ella. Pero no las guardo. Las quemo, más tarde o más temprano. Hago añicos sus caras de porcelana con el atizador. Contemplo cómo el fuego quema su pelo. No puedo decir que me guste hacer eso. Después de todo, las muñecas son bonitas. Y se parecen realmente a mí. Sí, se ha convertido en el gesto adecuado. La muñeca lo espera. Y yo también.

Y ahora me ha traído otra y se ha quedado en el hueco de la puerta, mirándome, como si mi pregunta lo agarrotara. Y de repente la expresión de su rostro se ensombrece tanto que creo que éste no puede ser mi Lestat.

Desearía poder odiarlo. Desearía poder odiarlos a ambos. Pero me derrotan, no con su fuerza, sino con su debilidad. ¡Son tan encantadores! Y me gusta tanto mirarlos. ¡Dios mío, cuántas mujeres van tras ellos!

Mientras está quieto allí, mirándome, mirando cómo examino la muñeca que me ha regalado, le pregunto abruptamente:

—¿Te gusta lo que ves?

—Ya no las quieres más, ¿no? —susurra.

—¿Las querrías tú, si fueras yo? —le pregunto.

La expresión de su rostro se ha ensombrecido aún más. Nunca lo había visto de esa manera. Un calor abrasador le sube al rostro y parece que parpadea para alcanzar su visión. Su perfecta visión. Me ha dejado y ha vuelto al salón. He ido tras él. A decir verdad, no puedo soportar verlo de esta manera, pero lo he perseguido.

—¿Te gustarían, si fueras yo? —he vuelto a preguntar.

Se ha quedado mirándome como si le diera miedo, a él, a un hombre de metro ochenta, yo, una niña de la mitad, como máximo, de su estatura.

—¿Me consideras bonita? —inquiero.

Ha pasado por delante de mí y se ha ido por el vestíbulo hacia la puerta trasera. Pero lo he alcanzado. Lo he cogido fuertemente por la manga cuando se encontraba en el último escalón.

—¡Contéstame! —le he dicho—. Mírame. ¿Qué ves?

Se encontraba en un estado terrible. He creído que se soltaría, se reiría y lanzaría un destello de sus habitualmente exuberantes colores. Pero, en lugar de ello, se ha dejado caer de rodillas ante mí y me ha cogido ambos brazos. Me ha besado rudamente en la boca.

—Te quiero —ha susurrado—. ¡Te quiero!

—ha repetido como si fuera una maldición que echara a mi persona; y enseguida me ha recitado estos versos:

Cubrid su rostro;
me deslumbra;
ha muerto joven.

Es Webster, estoy casi segura. Una de esas obras de teatro que Lestat ama tanto. Me pregunto... ¿le agradarán a Louis estos breves versos? No puedo imaginarme por qué no. Son breves pero muy bonitos.

Jesse cerró con delicadeza el libro. Le temblaba la mano. Levantó la muñeca de porcelana, la apretó contra su pecho, se sentó y se apoyó contra la pared pintada, y la meció dulcemente.

—Claudia —susurró.

Sentía el pulso de la sangre en su cabeza, pero no importaba. La luz de los quinqués era tan relajante, tan diferente a la estridente luz de la bombilla eléctrica... Continuaba sentada, acariciando la muñeca con los dedos, casi como lo haría una mujer ciega, palpando su pelo suave y sedoso, su vestido almidonado, rígido. El reloj volvió a dar las horas, potente, y cada nota sombría resonó en la habitación. No debía desmayarse allí. Tenía que conseguir levantarse. Tenía que coger el libro, la muñeca y el rosario, y marcharse.

Las ventanas vacías con la noche al otro lado eran como espejos. Reglas quebrantadas. Llama a David. Pero el teléfono estaba sonando. En aquellas horas, imagina. El teléfono sonando. Y David no tenía el número de aquella casa porque el teléfono... Intentó no oírlo, pero seguía tocando y tocando. «De acuerdo: ¡responde!»

Besó la frente de la muñeca.

—En seguida vuelvo, querida —musitó.

¿Y dónde estaba el maldito teléfono en aquella planta? En el hueco del pasillo, por supuesto. Casi había llegado a él cuando vio el hilo cortado en el extremo, deshilachado y enrollado. No estaba conectado. Podía ver que no estaba conectado. Pero estaba sonando, podía oírlo, y no era una alucinación auditiva, ¡aquello estaba soltando un pitido estridente tras otro! ¡Y los quinqués! ¡Dios mío, en aquella planta no había quinqués!

«Muy bien, ya has visto cosas de esta clase otras veces. No dejes que el miedo te paralice, por el amor de Dios. ¡Piensa! ¿Qué debo hacer?» Pero estaba a punto de chillar. ¡El teléfono no paraba de emitir su silbido! «Si te dejas arrastrar por el pánico, perderás el control. ¡Tienes que apagar los quinqués, parar el teléfono! Pero los quinqués no pueden ser reales. Y el salón al final del corredor... ¡el mobiliario no es real! ¡El parpadeo del fuego no es real! Y lo que se mueve por allí, ¿qué es?, ¿un hombre? ¡No lo mires!» Extendió la mano y dio un empujón al teléfono, que salió disparado del hueco y cayó al suelo. El receptor rodó hasta quedar boca arriba. Débil y fina, una voz de mujer salió de él.

—¿Jesse?

Con un terror ciego, echó a correr de nuevo hacia la habitación, tropezó con la pata de una silla y cayó en la ropa almidonada de una cama con dosel. «No es real. Aquí no. ¡Coge la muñeca, el libro, el rosario!» Lo metió todo en su bolso de lona, se puso en pie y salió corriendo del piso de arriba hacia las escaleras posteriores. Casi se cayó cuando su pie topó con el hierro resbaladizo. El jardín, la fuente... «Pero ya sabes que aquí no hay nada más que hierbajos.» Una reja de hierro forjado le cerraba el paso. Ilusión. «¡Pasa a través de ella! ¡Corre!»

Era la pesadilla total y ella estaba atrapada en su interior: los sonidos de caballos y carruajes redoblaban en sus tímpanos mientras ella corría por el pavimento adoquinado. Cada uno de sus torpes movimientos se alargaba eternamente; sus manos luchaban por coger las llaves del coche, por abrir la puerta, y el coche no arrancaba.

Cuando llegó a los límites del barrio francés, estaba sollozando y tenía el cuerpo empapado de sudor. Siguió conduciendo por las pobres y chillonas calles del centro de la ciudad hacia la autopista. En la retención del carril de entrada, volvió la cabeza. Asiento trasero vacío. «Bien, no me siguen.» Y el bolso estaba en su regazo; notaba la cabeza de porcelana de la muñeca contra su pecho. Salió del desvío en Baton Rouge.

Cuando llegó al hotel, desfallecía. Apenas pudo llegar al mostrador. Una aspirina, un termómetro. «Por favor, acompáñenme al ascensor.»

Cuando despertó, ocho horas más tarde, era mediodía. El bolso de lona continuaba en sus brazos. Estaba a 40° de fiebre. Llamó a David, pero se oía muy mal. Él la llamó luego a ella; la línea no acababa todavía de estar bien. A pesar de todo, ella intentó hacerse comprender. El diario era de Claudia, y ¡lo confirmaba todo, absolutamente! Y el teléfono no estaba conectado, ¡pero había oído la voz de la mujer! Los quinqués estaban encendidos cuando había salido corriendo de la casa. La casa estaba llena de muebles, en las chimeneas ardía el fuego. ¿Podrían incendiar la casa, los quinqués y el fuego de las chimeneas? ¡David tenía que hacer algo! Y él le respondía, pero Jesse apenas podía oírlo. Tenía el bolso, le dijo ella, él no debía preocuparse.

Cuando abrió los ojos, estaba oscuro. El dolor de cabeza la había despertado. El reloj digital en el tocador señalaba las diez treinta. Sed, terrible sed, y el vaso de la mesita de noche estaba vacío. *Había alguien más en la habitación.*

Se dio la vuelta hacia el otro lado. Por las finas cortinas blancas entraba claridad. Sí, allí. Una niña, una niña pequeña. Estaba sentada en la silla de la pared.

Jesse apenas podía distinguir la silueta, el largo pelo amarillo, el vestido de mangas abombadas, las piernas que colgaban porque no llegaban al suelo. Intentó concentrar su mirada. Una niña... No es posible. Aparición. No. Algo que ocupa espacio. Algo malvado que amenaza... Y la niña estaba mirando.

«Claudia.»

A trompicones, salió de la cama, casi cayó, abrazó con fuerza el bolso contra su pecho, y se apoyó de espaldas contra la pared. La niña se levantó. Se oyeron con claridad sus pasos en la moqueta. La sensación de amenaza pareció agudizarse. La niña entró en la luz que derramaba la ventana y avanzó hacia Jesse. Y la luz hirió sus ojos azules, sus mejillas rollizas, sus blancos bracitos desnudos.

Jesse chilló. Estrechó el bolso contra su pecho, y se lanzó a la carrera hacia la puerta. Tanteó, arañó, agarró el pestillo y la cadenilla, aterrorizada, sin mirar por encima del hombro. Los gritos salían desatados de su garganta. Alguien estaba llamando desde el otro lado de la puerta; por fin ésta se abrió y ella cayó en el pasillo.

Varias personas la rodearon; pero no pudieron impedir que tratara de alejarse de su habitación. Luego alguien la ayudó, pues, por lo visto, había vuelto a caer. Alguien más trajo una silla. Jesse lloraba, intentaba calmarse, pero era incapaz de detener el torrente de lágrimas y aferraba con ambas manos el bolso que contenía la muñeca y el diario.

Cuando llegó la ambulancia, se negó a que le quitaran el bolso. En el hospital le dieron antibióticos, sedantes, drogas suficientes para aturdir a cualquiera. Yacía en la cama, encogida como un niño, con el bolso bajo las sábanas. Sólo bastaba que la enfermera lo tocase, para que ella se despertase de inmediato.

Cuando dos días después llegó Aaron Lightner, ella le entregó el bolso. Y aún estaba enferma cuando tomaron el avión hacia Londres. El bolso estaba en su regazo, y él era tan bueno con ella, calmándola, cuidando de ella mientras dormitaba a ratos en el largo vuelo de regreso a casa... Sólo antes de aterrizar se dio cuenta de que su brazalete había desaparecido, su precioso brazalete de plata. Lloró en silencio, con los ojos apretados. El brazalete de Mael, desaparecido.

La relevaron de la misión.

Lo supo antes de que se lo notificaran. Era demasiado joven para aquel tipo de trabajo, dijeron, aún le faltaba experiencia. Había sido culpa de ellos enviarla allí. Sencillamente, era demasiado peligroso que ella siguiera. Claro que lo que había hecho era de «inmenso valor». Y el fantasma que encantaba la casa había sido uno con poderes poco corrientes. ¿El espíritu de un vampiro muerto? Era posible. ¿Y el teléfono que sonaba? Bien, había muchos informes acerca de tales fenómenos, los entes utilizaban diferentes métodos para «comunicarse» o asustar. Por ahora, lo mejor era descansar, sacárselo de la cabeza. La investigación ya la proseguirían otros.

Por lo que se refería al diario, sólo incluía unas pocas anotaciones más, sin añadir nada de importancia a lo que ella misma había leído. Los psicómetras que habían examinado el rosario y la muñeca no habían conseguido extraer de ellos ningún dato. Guardaron con todo cuidado aquellos objetos. Pero Jesse tenía que alejar su mente del asunto; y cuanto antes, mejor.

Jesse discutió la decisión. Pidió que la dejaran regresar. Al final, incluso hizo una escena. Pero fue como hablar con el Vaticano. Algún día, dentro de diez años, quizá veinte, podría volver a trabajar en aquel campo especial. Nadie descartaba tal posibilidad, pero por el momento la respuesta era un «no» rotundo. Jesse tenía que descansar, recuperarse, olvidar lo sucedido.

Olvidar lo sucedido...

Estuvo enferma durante varias semanas. Iba todo el día en bata blanca de franela y bebía interminables tazones de té caliente. Se pasaba horas sentada frente a la ventana de su habitación. Contemplaba el suave verdor del parque, los viejos y pesados robles. Miraba los coches que iban y venían, diminutas manchas de mudo color moviéndose en el distante camino de grava. Encantadora, aquella quietud. Le llevaban cosas deliciosas para comer, para beber. La visitaba David y le hablaba dulcemente de todo menos de vampiros. Aaron llenaba de flores su habitación. Venían otros.

Ella hablaba poco, o nada. No podía explicarles lo mucho que le hería aquello, cómo le recordaba a un verano de tiempo atrás, cuando fue apartada de otros secretos, de otros misterios, de otros documentos guardados en sótanos. Era la misma historia de siempre. Había vislumbrado algo de inestimable importancia, sólo para que se lo sacaran delante de las narices.

Y ya nunca comprendería qué había visto o experimentado. Debía permanecer callada con sus pesares. ¿Por qué no había descolgado el teléfono, hablado, escuchado la voz del otro extremo?

Y la niña, ¿qué había querido el espíritu de la niña? ¿El diario o la muñeca? No, ¡Jesse había estado destinada a encontrar aquellos objetos y a cogerlos! ¡Y, no obstante, había huido del espíritu de la niña! ¡Ella, Jesse, que se había dirigido a tantos entes innombrables, que había permanecido valiente en habitaciones a oscuras, hablando con débiles cosas fluctuantes cuando los demás habían huido aterrorizados! Ella, que proporcionaba consuelo a los demás con su serenidad: esos seres, fuera lo que fuesen, no pueden hacernos daño...

Una oportunidad más, suplicó. Pensaba y repensaba en todo lo que había ocurrido. Tenía que regresar a la casa de Nueva Orleans. David y Aaron permanecieron silenciosos. Al final, David se acercó a ella y le pasó el brazo alrededor de los hombros.

—Jesse, querida —dijo—, te amamos. Pero en este ámbito, mucho más que en los otros, no se pueden quebrantar las reglas.

Por las noches, soñaba con Claudia. Una vez despertó a las cuatro de la madrugada; fue a la ventana y miró hacia el parque, haciendo esfuerzos por ver más allá de las difusas luces de las ventanas inferiores. Afuera había una niña, una pequeña figura bajo los árboles, en abrigo rojo y caperuza, una niña mirando hacia donde estaba ella. Jesse bajó las escaleras corriendo, sólo para encontrarse sola y desamparada en la vacía y húmeda hierba, con el frío de la aurora al llegar.

En primavera la mandaron a Nueva Delhi.

Su trabajo consistiría en documentar evidencias de reencarnación, informes sobre niños de la India que recordaban sus vidas anteriores. Había habido una obra muy prometedora en aquel campo, realizada por un tal doctor Ian Stevenson. Y Jesse iba a emprender un estudio independiente, por cuenta de la Talamasca, que produjese resultados igualmente fructíferos.

Dos miembros más antiguos de la orden se encontraron con ella en Nueva Delhi. La hicieron sentirse como en su casa en la vieja mansión británica que habitaban. Poco a poco, aprendió a amar su nuevo trabajo; después de las empresas iniciales y de las pequeñas incomodidades, aprendió también a amar a la India.

Y ocurrió algo más, algo más bien insignificante, pero que pareció un buen augurio. En un bolsillo de su vieja maleta (la que le había regalado Maharet hacía años), había encontrado el brazalete de plata de Mael. Sí, qué feliz se había sentido.

Pero no olvidaba lo sucedido. Había noches en que recordaba con toda nitidez la imagen de Claudia, que se levantaba y encendía todas las luces de la habitación. Otras veces creía ver a su alrededor, en las calles de la ciudad, extraños seres de cara blanca muy parecidos a los personajes de *Confesiones de un vampiro*. Se sentía observada.

Como no podía contar a Maharet nada de su atormentada aventura, sus cartas se tornaron más apresuradas y más superficiales. No obstante, Maharet seguía tan fiel como siempre. Cuando miembros de la familia iban a Delhi, pasaban a visitar a Jesse. Se esforzaban para que no se sintiese extraña a la familia. Le enviaban participaciones de boda, de nacimiento, esquelas. La invitaban a que los visitase durante las vacaciones. Matthew y Maria le escribían desde América, suplicándole que volviese pronto a casa. La echaban de menos.

Jesse pasó cuatro años felices en la India. Documentó más de trescientos casos de individuos que contenían sorprendente evidencia de reencarnación. Trabajó con algunos de los mejores investigadores en el ocultismo que nunca había conocido. Y halló que su trabajo le proporcionaba continuas recompensas. Muy diferente a la persecución de fantasmas que había realizado en sus primeros años.

En el otoño de su quinto año, cedió por fin a los ruegos de Matthew y Maria. Iría a Estados Unidos para una visita de cuatro semanas. Estaban rebosantes de alegría.

Para Jesse, el reencuentro significó más de lo que había pensado. Le encantó volver a encontrarse en su antiguo piso de Nueva York. Adoró las cenas a altas horas de la noche con sus padres adoptivos. No le hicieron preguntas acerca de su trabajo. Durante el día, la dejaban sola, y ella llamaba a viejos amigos de la Universidad para salir a comer, o daba largos paseos solitarios por el bullicioso paisaje urbano, el paisaje de las esperanzas, sueños y penas de su infancia.

Dos semanas después de su llegada, Jesse vio el libro *Lestat, el vampiro* en el aparador de una librería. Al principio creyó que se había confundido. No era posible. Pero allí estaba. El dependiente de la librería le contó lo del álbum discográfico del mismo nombre y lo del próximo concierto en San Francisco. De camino a casa,Jesse compró una entrada en la tienda de discos donde también adquirió el elepé.

Jesse se pasó todo el día sola en su habitación, leyendo el libro. Era como si la pesadilla de *Confesiones de un vampiro* hubiera retornado de nuevo y no pudiera desprenderse de ella. Pero cada palabra se imponía extrañamente sobre su voluntad. *Sí, vosotros sois reales.* ¡Y cómo la narración daba vueltas y vueltas, y retrocedía hasta el tiempo de la asamblea romana de Santino, hasta el refugio isleño de Marius y hasta el bosque sagrado del druida Mael! Y al final llegaba a Los Que Deben Ser Guardados, vivos, pero duros y blancos como el mármol.

¡Ah, sí, había tocado aquella piedra! Había mirado en los ojos de Mael; había sentido el apretón de la mano de Santino. ¡Había visto el cuadro pintado por Marius en el sótano de la Talamasca!

Cuando cerró los ojos para dormir, vio a Maharet en la terraza de la villa de Sonoma. La luna estaba alta, por encima de las cumbres de las secoyas. Y la cálida noche parecía llena de presagios y peligros. Eric y Mael estaban allí. Y también otros que no había visto nunca, excepto en las páginas del libro de Lestat. Todos de la misma tribu; ojos incandescentes, pelo reluciente, piel sin poros, de una materia que resplandecía. En su brazalete plateado había seguido miles de veces los antiquísimos símbolos celtas de dioses y diosas a quienes los druidas hablaban desde sus bosques sagrados, como aquel en que Marius había sido hecho prisionero. ¿Cuántos eslabones necesitaba para unir aquellas ficciones esotéricas al inolvidable verano?

Uno más, sin duda alguna. El mismísimo vampiro Lestat, en San Francisco, donde podría verlo y tocarlo; éste sería el eslabón final. Entonces sabría la respuesta a todo.

El reloj continuaba con su tictac. La lealtad de Jesse a la Talamasca moría en la cálida quietud. No podría contarles ni una palabra de aquello. Era así de trágico; la habían cuidado con esmero y no habían esperado nada a cambio; nunca lo habrían sospechado.

La tarde perdida. Allí estaba de nuevo. Bajando al sótano de Maharet por la escalera de caracol. ¿No podría abrir de un empujón la puerta? «Mira. Ve lo que viste entonces.» Algo no tan horrible a primera vista; simplemente los que conocía y quería, dormidos en la oscuridad, dormidos. Pero Mael yace en el suelo frío como si estuviera muerto y Maharet está sentada, apoyada en la pared, erguida como una estatua. ¡Tiene los ojos abiertos!

Despertó con un sobresalto, con la cara encendida, en su habitación, ahora fría y semioscura.

—Miriam —dijo en voz alta.

Poco a poco el pánico cedió. Se había acercado más, aterrorizada. Había tocado a Maharet. Fría, yerta. ¡Y Mael muerto! El resto era tiniebla.

Nueva York. Estaba tumbada en la cama, con el libro en las manos. Y Miriam no venía a ella. Se puso en pie, y, cruzando la habitación, se acercó a la ventana.

Frente a ella, en medio de la sucia penumbra de la tarde, se levantaba la alta y estrecha casa fantasma de Stanford White. La contempló hasta que la voluminosa imagen se fue desvaneciendo poco a poco.

Desde la cubierta del disco, apoyada encima del tocador, el vampiro Lestat le sonreía.

Cerró los ojos, y percibió a la pareja trágica de Los Que Deben Ser Guardados. Rey y Reina indestructibles en su trono egipcio, a quienes el vampiro Lestat cantaba sus himnos desde las radios, las máquinas de discos y los pequeños casetes que la gente llevaba colgados en la cintura. Vio la cara de Maharet brillando en las sombras. Alabastro, la piedra que siempre está llena de luz.

Llegaba el crepúsculo, muy deprisa, como sucede en el otoño tardío, y la tarde apagada se diluía en el estridente resplandor del anochecer. El tráfico rugía por la calle abarrotada, resonando hacia arriba por las paredes de los edificios. ¿Había otro lugar en que el tráfico sonase tan fuerte como en Nueva York? Apoyó la frente contra el cristal. La casa de Stanford era sólo visible por el rabillo del ojo. En su interior, había figuras moviéndose.

Al día siguiente, por la tarde, Jesse partió de Nueva York en el viejo biplaza de Matt. Le pagó el coche a pesar de sus protestas. Sabía que no lo podría devolver nunca. Luego abrazó a sus padres, y, como de paso, les expresó todas las cosas simples y sinceras que siempre había querido decirles.

Aquella mañana, había enviado una carta urgente a Maharet junto con las dos novelas de «vampiros». Le contaba que había dejado la Talamasca, que iba al oeste a escuchar el concierto de El Vampiro Lestat y que quería hacer una visita a la villa de Sonoma. Tenía que ver a Lestat, era de crucial importancia. ¿Encajaría su vieja llave en la cerradura de la casa de Sonoma? ¿Le daba permiso Maharet para detenerse allí?

Fue durante la primera noche, en Pittsburgh, cuando soñó con las gemelas. Vio a dos mujeres arrodilladas ante el altar. Vio el cuerpo asado dispuesto para ser devorado. Vio a una gemela levantar la bandeja con el corazón; a la otra, con la bandeja del cerebro. Luego los soldados, el sacrilegio.

Cuando llegó a Salt Lake City, había soñado tres veces con las gemelas. Había visto cómo las violaban en una escena horrorosa, terrorífica. Había visto a un bebé nacido de una de las hermanas. Había visto al bebé oculto cuando de nuevo perseguían y hacían prisioneras a las gemelas. ¿Las habían matado? No podía decirlo. El pelo rojo la atormentaba.

Sólo cuando llamó a David desde una cabina telefónica a pie de carretera supo que había otros que habían tenido aquellos sueños; personas con poderes psíquicos y médiums de todo el mundo. Una y otra vez, se los había relacionado con El Vampiro Lestat. David ordenó que regresara a casa inmediatamente.

Jesse intentó explicárselo con calma. Iba a ver en persona el concierto de Lestat. Tenía que ir. Había más por contar, pero ahora era demasiado tarde. David tenía que intentar perdonarla.

—No lo hagas, Jessica —dijo David—. Lo que está ocurriendo no es una simple cuestión de documentos y archivos. Tienes que volver, Jessica. La verdad es que te necesitamos. Te necesitamos desesperadamente. Es inconcebible que intentes esta «visión» por ti sola; Jesse, escucha lo que te digo.

—No puedo volver, David. Siempre te he querido.

Os he querido a todos. Pero dime, y es la última pregunta que te hago: ¿Cómo no puedes venir tú mismo?

—Jesse, no me estás escuchando.

—David, la verdad. Dime la verdad. ¿Has creído alguna vez en ellos? ¿O siempre ha sido una cuestión de objetos de artesanía, archivos y pinturas de sótanos, cosas que se pueden ver y tocar? Ya sabes a lo que me refiero, David. Piensa en el sacerdote católico, cuando pronuncia las palabras de la consagración, en la misa. ¿Cree realmente que Cristo está en el altar? ¿O simplemente es una situación de cálices, de vino consagrado y de un coro cantando?

¡Oh, qué mentirosa había sido al ocultarle tantas cosas y ahora insistirle tanto! Pero la respuesta de él no la decepcionó.

—Jesse, lo has comprendido mal. Sé lo que son esas criaturas. Siempre lo he sabido. Nunca he albergado la más pequeña duda. Y por eso mismo, ningún poder en la Tierra podría inducirme a asistir al concierto. Eres tú quien no quiere aceptar la verdad. ¡Tienes que verlo para creerlo! Jesse, el peligro es real. Lestat es exactamente lo que hace profesión de ser, y allí habrá otros de su calaña, incluso más peligrosos, otros que pueden localizarte por lo que eres y tratar de hacerte daño. Date cuenta de esto y haz como te digo. Ven a casa ahora mismo.

¡Qué momento más crudo y doloroso! Él ponía todas sus fuerzas para alcanzarla, y ella sólo le estaba diciendo adiós. David había dicho otras cosas, había dicho que le contaría «la historia entera», que le abriría los archivos, que todos la necesitaban en relación con aquel mismo tema.

Pero la mente de Jesse estaba errando a la deriva. Ella no podía contarle su «historia entera», qué lástima. De nuevo, se sintió en un estado de sopor; era la pesadilla que la amenazaba al colgar el teléfono. Vio las bandejas, el cuerpo en el altar, la madre de las gemelas. Sí, su madre. Hora de dormir. El sueño quiere entrar. Y luego continuar.

Autopista 101, Las siete treinta y cinco. Veinticinco minutos para el concierto.

Acaba de cruzar el puerto de montaña en Waldo Grande y allí estaba el milagro de siempre: la gran silueta ininterrumpida de San Francisco desparramándose a lo largo de las colinas, más allá del negro barniz del mar. Las torres de la Golden Gate surgían ante ella, la fría brisa de la bahía helaba sus manos desnudas que aferraban el volante.

¿Sería puntual El Vampiro Lestat? Era de risa pensar en una criatura inmortal teniendo que llegar puntual. Bien, ella sí sería puntual; el viaje había casi finalizado.

Y toda la aflicción por David, Aaron y los que había amado se había desvanecido. Tampoco sentía pena por la Gran Familia. Sólo gratitud por todo. Pero quizá David tuviera razón. Quizá no había aceptado la fría y aterrorizadora verdad de la cuestión, quizá simplemente se había dejado deslizar en el reino de los recuerdos y de los fantasmas, de las pálidas criaturas que constituían la exacta materia de los sueños y de la locura.

Andaba a pie hacia la casa de Stanford White, y ya no importaba quién viviera allí. Sería bien recibida. Habían estado tratando de decírselo desde que podía recordar.

SEGUNDA PARTE

LA NOCHE DE HALLOWEEN

Poca cosa hay
de más valor en nuestro tiempo
que comprender
el talento de la Sustancia.

[...]

Una abeja, una abeja viva,
en el cristal de la ventana, intentando salir,
sentenciada,
no puede comprender.

STAN RICE
Poema sin título
de *El progreso del cerdo* (1976)

DANIEL

Vestíbulo alargado y curvo; la muchedumbre era como un líquido chapoteando contra los muros de color indefinido. Adolescentes con disfraz de Halloween cruzaban como un torrente las puertas principales; se formaban colas para adquirir pelucas amarillas, capas de satén negro («¡Colmillos a cincuenta centavos!»), programas glaseados. Caras blancas visibles por todas partes. Ojos y bocas pintados. Y aquí y allí bandas de hombres y mujeres cuidadosamente ataviados con auténticas ropas del siglo XIX, con maquillaje y peinado exquisitos.

Una mujer de terciopelo lanzaba al aire capullos de rosa, por encima de su cabeza. Sangre pintada corría por las caras cenicientas abajo. Risas.

Podía oler la crema de maquillaje, y la cerveza, tan ajenos ahora a sus sentidos; atrofiados. Los corazones que latían a su alrededor producían un grave y delicioso retumbar en los delicados tímpanos de sus oídos.

Debió de haber soltado una carcajada, ya que sintió el agudo pellizco de los dedos de Armand en el brazo.

—¡Daniel!

—Lo siento, jefe —susurró. De todas formas, nadie les estaba prestando la más mínima atención, todos los mortales a la vista iban disfrazados; y, ¿quiénes eran Armand y Daniel sino dos jóvenes pálidos corrientes que se movían por entre los apretujones, con suéteres negros, pantalones tejanos, el pelo parcialmente oculto bajo una gorra de marinero de lana azul y los ojos tras gafas oscuras?—. Así pues, ¿éste es el trato? ¿No puedo reírme a gusto, en especial ahora que todo es tan divertido?

Armand estaba distraído; escuchando de nuevo. A Daniel no podía entrarle en la cabeza estar asustado. Ahora tenía lo que quería. ¡Y vosotros no, hermanos y hermanas!

Antes, Armand le había dicho: «Te cuesta mucho aprender.» Esto fue durante la cacería, la seducción, la matanza, la inundación de sangre en su corazón glotón. Pero, después de la torpe angustia del primer asesinato, del asesinato que lo había sacado de la temblorosa culpabilidad y lo había llevado al éxtasis en segundos, había llegado a ser natural siendo antinatural, ¿no? La vida en un bocado. Había despertado sediento.

Hacía treinta minutos, habían cazado a dos pequeños y exquisitos vagabundos en las ruinas de una escuela abandonada, junto al parque, donde los niños vivían en barracas de madera, sacos de dormir, andrajos y latitas de Sterno para cocinar la comida que robaban de los vertederos de Haight-Ashbury. Ninguna protesta aquella vez. No, sólo la sed y la creciente (siempre creciente) sensación del perfeccionamiento y de la inevitabilidad de este perfeccionamiento, la memoria sobrenatural del sabor puro. Rápido. Sin embargo, había sido un arte excelente con Armand, nada de las prisas de la noche anterior, cuando el tiempo había sido un elemento crucial.

Armand había acechado en silencio fuera de la construcción, escrutando, aguardando a «los que querían morir»; era como le gustaba hacerlo; en silencio, los llamaba, y ellos salían. Y la muerte tenía una seriedad propia. Tiempo antes había intentado enseñar aquel truco a Louis, según había dicho, pero Louis lo había considerado desagradable.

Y, en verdad, los querubines vestidos de tejano habían salido dando la vuelta por una puerta lateral, como hipnotizados por la música del Flautista de Hamelin. «Sí, venís, sabíamos que vendríais...» Voces apagadas y monótonas los recibían mientras los conducían hacia las escaleras y hacia un salón hecho con mantas del ejército colgadas de cuerdas. Morir en aquella pocilga con el barrido de los faros de los coches atravesando las rendijas del contrachapado de madera.

Bracitos cálidos alrededor del cuello de Daniel; hedor de hachís en el pelo de ella; apenas podía soportarlo, el baile, sus caderas contra él. Luego hundía los colmillos en la carne. «Me quieres, sabes que me quieres», había dicho ella. Y él había respondido «sí» con la conciencia tranquila. ¿Siempre será así de bueno? Con la mano, él le agarró la barbilla, empujándole la cabeza hacia atrás, y luego, la muerte, como un puño bajando por el cuello, hacia sus entrañas, el calor expandiéndose, inundando su espinazo y su cerebro.

La había dejado caer. Demasiado y demasiado poco. Había clavado las uñas en la pared un instante, pensando que también debería ser de carne y sangre, y, que si fuera de carne y sangre, podría poseerla. Luego, qué dolor saber que ya no tenía más hambre. Estaba lleno y saciado y la noche esperaba, como algo hecho de luz pura, y la otra estaba muerta, acurrucada como un bebé durmiendo en el suelo mugriento, y Armand, refulgiendo en la oscuridad, sólo se dedicaba a observar.

Después de aquello, deshacerse de los cadáveres había sido duro de veras. La noche anterior lo había llevado a cabo sin que lo viera, mientras lloraba. La suerte del principiante. Esta vez Armand dijo «ni rastro significa ni rastro». Así que juntos habían bajado a enterrarlos en el suelo del sótano, en el cuarto del viejo horno, colocando de nuevo con cuidado los adoquines en su lugar. Fue un trabajo muy duro, incluso para su fuerza. ¡Qué asqueroso tocar el cadáver así! Sólo por un instante, en su mente parpadeó la pregunta *¿quiénes eran?* Dos seres caídos en un pozo. Ya no existían, *ahora* ya no tenían destino. ¿Y la niña abandonada la noche anterior? ¿La estarían buscando por alguna parte? Él se había echado a llorar. Lo había oído, había levantado un brazo y había tocado las lágrimas de sus ojos.

—¿Qué creías que era? —había preguntado Armand, haciendo que lo ayudara con los adoquines—. ¿Una horrorosa novela barata? No comas si no puedes ocultarlo.

El edificio había estado hormigueante de amables humanos que no notaron que les habían robado las ropas que ahora vestían, uniformes de la juventud, y habían salido al callejón por una puerta reventada. «Ya no son mis hermanos y hermanas. Los bosques siempre han estado llenos de esas cosas blandas de ojos de gama, con corazones palpitando por temor a la flecha, la bala, la lanza. Y ahora al fin revelo mi identidad secreta; siempre he sido cazador.»

—¿Está bien como soy ahora? —había preguntado a Armand—. ¿Eres feliz? —Haight Street, las siete y treinta y cinco. Gentío entrechocando, yonkis chillando en un rincón. ¿Por qué no van al concierto? Las puertas abiertas ya. No podía soportar la espera.

Pero la casa de reunión estaba cerca, había explicado Armand, una gran mansión en ruinas, a una manzana del parque; allí aún quedaban algunos que tramaban la destrucción de Lestat. Armand quería acercarse, sólo un momento, para saber lo que se estaba cocinando.

—¿En busca de alguien? —había preguntado Daniel—. Contéstame, ¿estás contento de mí o no?

¿Qué había visto en el rostro de Armand? ¿Un súbito destello de humor, de deseo? Armand le había dado prisa por el pavimento manchado y sucio, dejando atrás los bares, los cafés, las tiendas rebosantes de hediondas ropas viejas, los clubs de lujo con letras doradas en el grasiento espejo y los ventiladores del techo removiendo humos y vapores con paletas de madera dorada, mientras los helechos de la maceta morían de una muerte lenta en el calor y la semioscuridad. Dejando atrás a los primeros chiquillos («¡Truco o treta!») en sus relucientes vestidos de tafetán.

Armand se había detenido, rodeado de inmediato por pequeñas caras hacia arriba cubiertas de máscaras de compra, espectros de plástico, espíritus necrófagos, brujas; la luz cálida y encantadora había llenado sus ojos pardos; de ambas manos había dejado caer relucientes dólares plateados en sus pequeñas bolsitas de caramelos, luego había cogido a Daniel por el brazo y había continuado arrastrándolo.

—Me gusta mucho cómo has resultado ser —le había susurrado con una súbita sonrisa irrefrenable, con calidez aún—. Eres mi primogénito —había dicho. ¿Se había atragantado de repente? ¿Había echado una súbita ojeada a derecha e izquierda como si se hubiera sentido acorralado? Vuelta al trabajo que tenía entre manos—. Ten paciencia. Temo por ambos, ¿te acuerdas?

¡Oh, iremos juntos a las estrellas! Nada podrá detenernos. ¡Todos los fantasmas que corren por la calle son mortales!

Entonces la casa de reunión había estallado.

Había oído el estruendo antes de verlo, y un súbito penacho ondulante de humo y fuego, acompañado de un estridente sonido que nunca antes había detectado; gritos sobrenaturales como papel de plata rizándose por el calor. Repentino escampar de melenudos corriendo a ver el incendio.

Armand había sacado a Daniel de la calle y lo había empujado hacia el interior de una estrecha tienda de licores de aire estancado. Iluminación biliosa; sudor y peste a tabaco; mortales, ignorantes de la conflagración que estaba por caer, leyendo grandes y glaseadas revistas eróticas. Armand lo había empujado hasta el fondo del pequeño pasillo. Una anciana comprando de la máquina refrigeradora diminutos cartones de leche y dos latas de comida para gatos. No había salida por allí.

Pero, ¿cómo podía uno esconderse de lo que estaba pasando por encima de ellos, del ensordecedor fragor que ni siquiera los mortales podían oír? Se llevó las manos a los oídos, pero era una tontería, era inútil. Muerte afuera, en los callejones. Seres como él corriendo por los escombros de los patios traseros, atrapados, carbonizados en el sitio. Lo vio en destellos chisporroteantes. Luego, nada. Silencio sonoro. Las campanas tañendo y el chirrido de los neumáticos del mundo mortal.

Sin embargo, había estado demasiado cautivado aún para asustarse. Cada segundo era eterno; la escarcha en la puerta del refrigerador, bella. La anciana con la leche en la mano, ojos como dos guijarros de cobalto.

El rostro de Armand había quedado vacío tras la máscara de sus gafas oscuras, las manos metidas en los bolsillos de sus apretados pantalones. Entró un joven, y la campanilla de la puerta tintineó y no dejó de tintinear durante el tiempo en que compraba una botella pequeña de cerveza alemana y salía.

—Ha acabado ya, ¿no?

—Por ahora —había respondido Armand.

Hasta que subieron al taxi, no dijo nada más.

—Sabía que estábamos allí; nos oía.

—Entonces, ¿por qué no...?

—No lo sé. Sólo sé que sabía que estábamos allí. Lo sabía antes de que hallásemos el refugio.

Y ahora, apretar y empujar en la sala, y lo amaba, amaba el gentío arrastrándolos más y más hacia las puertas interiores. Ni siquiera podía levantar el brazo, de tan apretujados que estaban; no obstante, chicos y chicas conseguían adelantarlo a base de codazos, lo zarandeaban con sus choques deliciosos; volvió a reír al ver los pósters de tamaño natural de Lestat cubriendo las paredes.

Sintió los dedos de Armand en su espalda; y sintió también un cambio repentino en el cuerpo entero de Armand. Más adelante, una mujer pelirroja había vuelto la cabeza y los miraba atentamente mientras se dirigía hacia la puerta abierta.

Una suave descarga eléctrica recorrió el cuerpo de Daniel.

—Armand, el pelo rojo. —¡Tan igual al de las gemelas del sueño! Pareció que sus ojos verdes se hubieran clavado en él al decir—: ¡Armand, las gemelas!

Luego ella se volvió; su rostro se esfumó y desapareció en el interior de la sala.

—No —susurró Armand. Leve balanceo de la cabeza. Tenía una furia silenciosa, Daniel podía notarla. Tenía la mirada rígida y vidriosa de cuando estaba profundamente ofendido—. Talamasca —susurró, con una sonrisa burlona poco frecuente en él.

—Talamasca.

La palabra sacudió repentinamente a Daniel por su belleza. Talamasca. La derivó del latín, comprendió sus partes. Le vino a la cabeza de algún lugar de su reserva memorística; máscara animal. Voz antigua para hechicera o shaman.

—Pero ¿qué significa en realidad? —preguntó.

—Significa que Lestat es un estúpido —respondió Armand. Centelleo de profundo dolor en sus ojos—. Pero ahora ya no tiene ninguna importancia.

KHAYMAN

Khayman observaba desde la arcada el coche del vampiro Lestat que cruzaba la entrada a la zona de aparcamiento. Khayman era casi invisible, incluso con los elegantes pantalones de tejano que antes había robado de un maniquí en una tienda. No necesitaba gafas de sol que ocultasen sus ojos. Su piel resplandeciente no llamaba la atención. No cuando a todas partes a donde dirigía la mirada veía máscaras y pintura, vestidos relucientes, de gasa y de lentejuelas.

Se acercó más a Lestat, como si nadara por entre los agitados cuerpos de los jóvenes que se agolpaban en torno al coche. Por fin vislumbró el pelo rubio de la criatura, y sus ojos azul violeta, mientras sonreía y soplaba besos a sus admiradores y admiradoras. ¡Qué encanto tenía el diablo! Conducía el coche él mismo, dando acelerones y abriéndose paso con el parachoques por entre los tiernecitos humanos, a la par que flirteaba, hacía guiños, seducía, como si él y su pie en el pedal de gas no estuvieran unidos.

Alegría. Triunfo. Era lo que Lestat sentía y conocía en aquel momento. Y su reticente compañero, Louis, el de pelo oscuro, que iba en el coche junto a él, contemplando con timidez a los niños chillones como si fueran aves del paraíso, no comprendía lo que en realidad estaba sucediendo.

Tampoco sabían que la Reina había despertado. Ni nada acerca de los sueños de las gemelas. Su ignorancia era asombrosa. Y sus mentes jóvenes eran tan transparentes... Aparentemente, el vampiro Lestat, que se había escondido bastante bien hasta aquella noche, estaba ahora preparado para hacer frente a todo el mundo. Llevaba sus pensamientos y sus intenciones como una banda de honor.

—¡Cazadnos! —Eso era lo que gritaba a sus *fans*, aunque no lo oyeran—. Matadnos. Somos malvados. Somos perversos. Está muy bien que ahora cantéis y os divirtáis con nosotros. Pero cuando comprendáis bien, entonces el asunto empezará en serio. Y recordaréis que nunca os mentí.

Durante un instante, sus ojos y los de Khayman se encontraron. «¡Quiero ser bueno! ¡Moriría por serlo!» Pero no hubo indicios de quién o de qué había recibido el mensaje.

Louis, el observador, el paciente, estaba allí a causa del amor puro y simple. Se habían encontrado sólo la noche anterior, y su reunión había sido una de las más extraordinarias. Louis iría a donde Lestat lo llevase. Louis moriría si Lestat moría. Pero los temores y esperanzas de ambos respecto a la noche eran de una humanidad que rompía el corazón.

Ni siquiera sabían que la airada Reina había incendiado la casa de reunión de San Francisco hacía menos de una hora. O que la infame taberna vampírica en Castro Street estaba ardiendo en aquel mismo momento mientras la Reina daba caza a los que huían.

Pero tampoco la mayoría de bebedores de sangre que había esparcidos entre la muchedumbre tenían conocimiento de aquellos simples hechos. Eran demasiado jóvenes para escuchar las advertencias de los viejos, para oír los gritos de los sentenciados a perecer. Los sueños de las gemelas sólo los habían confundido. Desde lugares diversos espiaban a Lestat, rebosantes de odio o de fervor religioso. Lo destruirían o harían de él un dios. No se percataban del peligro que se cernía sobre ellos.

Pero, ¿qué era de las gemelas? ¿Cuál era el significado de los sueños?

Khayman observaba el avance del vehículo, labrando su camino hacia la parte posterior del auditorio. Levantó la vista hacia las estrellas de encima de su cabeza; diminutos puntos de luz tras la niebla suspendida encima de la ciudad. Creyó poder sentir la proximidad de su antigua soberana.

Se volvió hacia el auditorio y avanzó con cuidado a través de la masa. Olvidar su fuerza entre una tal muchedumbre habría sido desastroso. Magullaría la carne y quebraría los huesos sin darse cuenta siquiera.

Lanzó una última ojeada al cielo y entró, confundiendo al portero mientras pasaba el pequeño torniquete y se dirigía hacia la escalera más cercana.

El auditorio estaba ya casi lleno. Miró su persona saboreando aquel momento como lo saboreaba todo. El local en sí no era nada: una concha para contener la luz y el sonido. Muy moderno y de una fealdad sin remedio.

Pero los mortales, ¡qué bellos eran!, luciendo su salud, con los bolsillos llenos de oro, cuerpos en plenitud por todas partes, cuerpos en los cuales ningún órgano había sido carcomido por los gusanos de la enfermedad, ningún hueso nunca roto.

En realidad, el bienestar saludable de la ciudad entera sorprendía a Khayman. Cierto, en Europa había visto riquezas que nunca hubiera imaginado, pero nada igualaba el aspecto exterior sin defecto del pequeño y superpoblado lugar, lo cual valía incluso para los proletarios, que ahogaban sus casitas de paredes de estuco con lujos indescriptibles. Los pasajes privados estaban atestados de elegantes automóviles. Los pobres sacaban su dinero de cajeros automáticos con mágicas tarjetas de plástico. No había barracas en ninguna parte. La ciudad tenía grandes torres, fabulosos hoteles y profusión de mansiones; no obstante, rodeada como estaba por el mar, las montañas y las resplandecientes aguas de la famosa Bahía, no parecía tanto una capital como un balneario de reposo, una escapada del grandioso dolor y de la hórrida fealdad del mundo.

No era extraño que Lestat hubiese elegido aquel lugar para arrojar el guante. En general, aquellos niños mimados eran buena gente. Las privaciones nunca los habían herido o debilitado. Podían demostrar ser perfectos combatientes para el mal auténtico. Es decir, si llegaban a la conclusión de que el símbolo y la cosa eran únicos e indivisibles. ¡Despertad y oled la sangre, jóvenes!

Pero, ¿habría ahora tiempo para ello?

El plan de Lestat, por más bueno que fuera, podía fallar; ya que seguramente la Reina tenía un plan propio, y Lestat no lo conocía.

Khayman se encaminó hacia la parte superior del local. Hasta la última hilera de asientos de madera, donde ya había estado antes. Se sentó en el mismo lugar, apartando los dos «libros de vampiros» que aún se hallaban en el suelo, abandonados.

Antes había devorado los textos: el testamento de Louis («Contemplad: el vacío») y la historia de Lestat («Y esto, esto y lo otro no significa nada»). Le habían esclarecido muchas cosas. Y lo que Khayman había adivinado de las intenciones de Lestat había sido confirmado plenamente. Pero, del misterio de las gemelas, por supuesto, el libro no decía nada.

Y por lo que se refería a los verdaderos propósitos de la Reina, continuaban desconcertándolo.

La Reina había aniquilado a cientos de bebedores de sangre por todas partes del mundo; y, sin embargo, dejaba a otros inermes.

Incluso Marius estaba vivo. Al destruir su cripta, lo había castigado pero no lo había matado, lo cual habría sido muy fácil. Marius llamaba a los viejos desde su cárcel de hielo, advirtiendo, suplicando ayuda. Sin esfuerzo alguno, Khayman percibió a dos inmortales que viajaban para responder a la llamada, aunque uno de los dos, la misma hija de Marius, ni siquiera podía oír la llamada. Pandora era su nombre: era un ser alto, era un ser fuerte. El otro, llamado Santino, no tenía sus poderes, pero podía oír la voz de Marius; también tenía que hacer grandes esfuerzos para seguir el paso de Pandora.

Sin duda alguna, la Reina podría haberlos abatido, si hubiese querido hacerlo. No obstante, viajaban y viajaban, claramente visibles, claramente audibles, pero sin que nadie los turbara.

¿Cómo hacía tales elecciones la Reina? Seguro que en aquella misma sala había alguien a quien la Reina había perdonado la vida, con algún propósito...

DANIEL

Habían alcanzado las puertas; ahora tenían que avanzar a empujones los últimos metros por una estrecha rampa que bajaba al enorme óvalo abierto de lo que constituía la planta principal.

La masa se desparramó, como canicas rodando en todas direcciones. Daniel avanzó hacia el centro, con los dedos enganchados en el cinto de Armand para no perderlo, con los ojos errando por el teatro en forma de herradura, por las altas gradas de asientos que subían hasta el techo. Por todas partes, los mortales llenaban como enjambres las escaleras de hormigón, se colgaban por las barandillas de hierro o se mezclaban con la multitud aplastante de su alrededor.

De repente, todo fue una visión confusa, un fragor como el grave demoler de una máquina gigante. Pero entonces, en el momento de visión distorsionada, vio a *los demás*. Vio la simple, ineludible diferencia entre los vivos y los muertos. Seres como él en todas direcciones, ocultos entre el bosque de mortales, y sin embargo brillando como los ojos de una lechuza a la luz de la luna. Ni maquillaje ni gafas oscuras, ni sombreros informes ni capas con capucha conseguirían ocultar su presencia entre los humanos. Y no era sólo el brillo ultraterrenal de sus rostros o de sus manos. Era la lenta y ágil elegancia de sus movimientos, como si fueran más espíritu que carne.

«¡Ah, hermanos y hermanas, al fin!»

Pero era odio lo que sentía a su alrededor. ¡Un odio muy perverso! Amaban a Lestat, y a la vez lo condenaban. Amaban el mismo acto de odiar, de castigar. De pronto, captó la mirada de una poderosa y voluminosa criatura, de pelo negro y grasiento, que desnudó sus colmillos en un horroroso destello y reveló el plan en su asombrosa totalidad. Ante los curiosos ojos de los mortales cuartearían a Lestat; lo decapitarían; luego, los restos los quemarían en una pira junto al mar. El fin del monstruo y su leyenda. «¿Estás con nosotros o contra nosotros?»

Daniel soltó una carcajada.

—Nunca lo podréis matar —dijo Daniel.

No obstante, quedó boquiabierto al vislumbrar la afilada hoz que la criatura mantenía apretada contra su pecho, en el interior de su abrigo. Luego la bestia se volvió y se esfumó. Daniel levantó la vista hacia arriba, a través de la luz humeante. «Uno de ellos, ahora. ¡Saber todos sus secretos!» Se sintió mareado, al borde de la locura.

La mano de Armand aferró su hombro. Habían llegado al mismo centro del local. La multitud se hacía más y más densa a cada segundo. Chicas bonitas en túnicas de seda negra empujaban y apretaban a los rudos motoristas vestidos de cuero negro raído. Plumas suaves frotaron su mejilla; vio un diablo rojo con cuernos gigantes; una calavera coronada con rizos dorados pegados, y en ellos peinetas de perlas. Gritos al azar se levantaban en la penumbra azul. Los motoristas aullaban como lobos; alguien gritó «¡Lestat!» con una voz ensordecedora y otros repitieron la llamada instantáneamente.

De nuevo, Armand tenía la expresión perdida, una expresión que indicaba un profundo ensimismamiento, como si lo que viera ante él no significase nada en absoluto.

—Quizá treinta —susurró al oído de Daniel—; no más que ésos, y uno o dos de los más viejos, tan viejos que podrían destruir al resto en un abrir y cerrar de ojos.

—¿Dónde?, dime, ¿dónde?

—Escucha —dijo Armand—, y velo por ti mismo. No tienen dónde ocultarse.

KHAYMAN

«La hija de Maharet. Jessica.» El pensamiento cogió a Khayman por sorpresa. «Protégela; que de un modo u otro salga de aquí.»

Se levantó, con los sentidos agudizados. Había estado escuchando a Marius otra vez, a Marius que intentaba llegar a los jóvenes oídos desafinados del vampiro Lestat, quien se acicalaba en los bastidores, ante un espejo roto. ¿Qué podía significar aquello, la hija de Maharet, Jessica? Más: ¿qué podía significar cuando los pensamientos hacían referencia, sin lugar a dudas, a una mujer mortal?

Volvió otra vez la comunicación de una mente fuerte pero no velada: «Cuida a Jesse. Consigue, como sea, detener a la Madre...» Pero, en realidad, no eran palabras: sólo una centelleante visión fugaz del alma de otro, un derrame chispeante.

La mirada de Khayman recorrió con lentitud las gradas opuestas, la atestada planta baja. Muy a lo lejos, en algún rincón remoto de la ciudad, uno de los viejos rondaba, rebosante de miedo por la Reina y sin embargo anhelando dar una mirada a su rostro. Había venido a morir, pero quería ver su rostro en el instante final.

Khayman cerró los ojos para alejar aquella imagen.

Luego, ¡otra vez!, lo oyó de nuevo. «Jessica, Jessica mía.» Y tras la llamada del alma, ¡reconoció a Maharet! La súbita visión de Maharet, encerrada en la cárcel del amor, y antigua y blanca como él mismo era. Fue un momento de dolor aturdido. Se hundió de nuevo en su asiento de madera y agachó un poco la cabeza. Después, levantó la vista de nuevo hacia las vigas de acero, hacia las horrorosas marañas de cable negro y luces cilíndricas oxidadas. «¿Dónde estás?»

Allí, a lo lejos, en la pared opuesta, vio a la figura de la que provenían los pensamientos. Ah, el más viejo que había visto en aquella parte de mundo. Un bebedor de sangre, un gigante nórdico, experimentado y astuto, vestido con prendas de piel parda, ruda y sin curtir, de pelo suelto de color paja; de gruesas cejas y ojos pequeños y hundidos que le daban una expresión meditabunda.

El ser estaba siguiendo la pista a una pequeña mujer mortal que se abría camino a través de la masa de la planta baja. Jesse, la hija mortal de Maharet.

Enloquecido, incrédulo, Khayman fijó la vista en la pequeña mujer. Al percatarse de la asombrosa semejanza, sintió que los ojos se le humedecían por las lágrimas. Allí estaba el largo pelo rojo cobrizo, rizado, tupido, y la misma figura alta, de ave, los mismos ojos verdes y curiosos recorriendo la escena mientras dejaba que los que la empujaban la hicieran girar una y otra vez.

El perfil de Maharet. La piel de Maharet, que en vida había sido tan pálida, casi luminosa, tan parecida a la superficie interior de una concha.

En un súbito y vívido recuerdo, vio la piel de Maharet por entre los intervalos de sus propios dedos oscuros. Al apartar el rostro de ella a un lado durante la violación, las puntas de sus dedos le habían tocado los delicados pliegues de la piel que cubrían los ojos. No fue hasta un año después cuando le arrancaron los ojos, y él había estado presente, recordando el momento, la sensación de la piel. Eso fue antes de que él recogiera los ojos y...

Tuvo un escalofrío. Sintió un dolor punzante en los pulmones. La memoria no le iba a fallar. No se escabulliría de aquel momento, no sería el tonto feliz que no recuerda nada.

La hija de Maharet, de acuerdo. Pero, ¿cómo? ¿A través de cuántas generaciones habían logrado sobrevivir aquellos rasgos para brotar de nuevo en aquella mujercita, una mujer que aparecía luchando por abrirse camino hacia el escenario situado al extremo de la sala?

No era imposible, por supuesto. Pronto se dio cuenta. Quizá trescientos antepasados se contaban entre la mujer del siglo XX y la remota tarde, cuando se había colocado el medallón del Rey y había bajado del estrado para cometer la violación del Rey. Quizás aun menos que eso. Una mera fracción de aquel gentío, para ponerlo en una perspectiva más clara.

Pero lo más asombroso de todo era que Maharet conociera a sus propios descendientes. Y Maharet conocía a aquella mujer. La mente del alto bebedor de sangre produjo aquella noticia de inmediato.

Con la vista buscó a la alta nórdica. Maharet, viva. Maharet, la tutora de su familia mortal, la encarnación de la fuerza y la voluntad sin límites. Pero Maharet no había dado al criado rubio ninguna explicación para los sueños de las gemelas; en lugar de ello, lo había enviado allí para llevar a cabo su orden: salvar a Jessica.

«¡Ah, pero ella vive!», pensó Khayman. «Vive, y, si vive, ¡las dos viven realmente, las hermanas pelirrojas!»

Khayman estudió con más atención a la criatura, sondeando con más profundidad. Pero todo lo que captó ahora fue una feroz vigilancia. Rescatar a Jesse, no sólo del peligro de la Madre, sino incluso del lugar, donde los ojos de Jesse verían lo que nadie podría explicar jamás.

Y cómo aborrecía a la Madre, aquel ser alto y rubio, con la actitud guerrera y sacerdotal fundidas en una sola. Aborrecía que la Madre hubiera interrumpido la serenidad de su intemporal y melancólica existencia; aborrecía que su amor triste y dulce por aquella mujer, Jesse, exacerbara la alarma que sentía por sí mismo. También conocía el alcance de la destrucción, sabía que todos los bebedores de sangre de un extremo del continente a otro habían sido aniquilados, salvando a unos pocos, la mayoría de los cuales estaban bajo aquel techo sin imaginar siquiera el destino que los amenazaba.

Él también sabía lo de los sueños de las gemelas, pero no los comprendía. Después de todo, eran dos hermanas pelirrojas que nunca había conocido; sólo una belleza pelirroja gobernaba su vida. Y de nuevo Khayman vio el rostro de Maharet, una imagen errabunda de ojos ablandados, cansados, humanos, de ojos mirando desde una máscara de porcelana: «Mael, no me preguntes nada más. Haz como te digo y basta.»

Silencio. De repente, el bebedor de sangre supo que lo estaban observando. Con una pequeña sacudida de su cabeza, miró en derredor de la sala, intentando localizar al intruso.

El nombre era el causante, como a menudo lo eran

los nombres. La criatura se había sentido reconocida. Y Khayman había reconocido el nombre de inmediato y lo había relacionado con el Mael de las páginas de Lestat. Sin duda alguna eran uno, el mismo: era el sacerdote druida que había atraído a Marius al bosque sagrado, donde el dios de la sangre lo había hecho uno de los suyos y lo había enviado a Egipto, en busca de la Madre y el Padre.

Sí, era el mismo Mael. Y la criatura se sintió reconocida y odió sentirse reconocida.

Después del inicial espasmo de rabia, todo pensamiento y emoción se desvanecieron. Una exhibición de fuerza más bien deslumbradora, concedió Khayman. Se relajó en la silla. Pero la criatura no lograba encontrarlo. Localizó a otras dos docenas de caras blancas entre la multitud, pero no a él.

La intrépida Jesse, mientras tanto, había llegado a su destino. Agachada, se había escurrido por entre los musculosos motoristas, que reclamaban el espacio ante el escenario como suyo propio, y se había alzado hasta conseguir agarrarse al borde de la plataforma de madera.

Destello de su brazalete de plata en la luz. Y que también podía haber sido una pequeña daga contra el escudo mental de Mael, porque su amor y sus pensamientos fueron totalmente visibles durante un instante escurridizo.

«Éste también va a morir, si no se vuelve juicioso», pensó Khayman. «Ha sido instruido por Maharet, sin duda, y quizás alimentado con su poderosa sangre; sin embargo, su corazón es indisciplinado, y su carácter descontrolado es evidente.»

Luego, a pocos metros a espaldas de Jesse, en el torbellino de color y ruido, Khayman localizó a otra figura intrigante, mucho más joven, pero casi tan poderosa como Mael, el galo.

Khayman rastreó en busca del nombre, pero la mente de la criatura era un vacío perfecto; ni un parpadeo de personalidad se le escapaba. Era un joven al morir, de pelo liso y castaño rojizo, y de ojos tal vez demasiado grandes para su rostro. Pero de pronto fue fácil: hurtó el nombre del ser a Daniel, el novicio, el recién nacido que se hallaba junto a él. Armand. Y el novicio, Daniel, apenas estaba muerto. Todas las diminutas moléculas de su cuerpo bailoteaban con la invisible química demoníaca.

Armand llamó la atención de Khayman de inmediato. Casi seguro que era el mismo Armand de quien Louis y Lestat habían escrito; el inmortal en la figura de un joven. Lo cual significaba que no tenía más de quinientos años; pero se velaba por completo a los demás. Aparentaba ser astuto y frío, pero carecía de talento: un defecto que no necesitaba aspecto externo para mostrarse. Entonces, percibiendo con claridad que lo estaban observando, volvió sus grandes ojos pardos hacia arriba y los fijó en la distante figura de Khayman.

—No tengo intención de haceros daño ni a ti ni a tu joven —susurró Khayman para que sus labios pudieran conformar y controlar sus pensamientos—. No soy amigo de la Madre.

Armand oyó pero no respondió. Enmascaró por completo el terror que sintiera a la vista de uno tan viejo. Uno podría haber pensado que estaba mirando a la pared situada tras la cabeza de Khayman, mirando al continuo torrente de juventud que, gritando y riendo, se derramaba escaleras abajo desde las aberturas más altas.

Y, casi sin poder evitarlo, aquel raro seductor de quinientos años fijó sus ojos en Mael, al tiempo que éste sentía otro irresistible arranque de preocupación por su frágil Jesse.

Khayman comprendía a aquel ser, a Armand. Sentía que lo comprendía y que era de su gusto. Cuando sus ojos volvieron a encontrarse, se dio cuenta de que todo lo escrito sobre aquella criatura en los dos relatos estaba inspirado y pensado en su innata ingenuidad. La soledad que Khayman había sentido en Atenas fue entonces muy intensa.

—No eres diferente a mi alma sencilla —susurró Khayman—. Estás perdido en este asunto porque conoces demasiado bien el terreno. Y, por más lejos que vayas, volverás otra vez a las mismas montañas, al mismo valle.

Ninguna respuesta. Claro. Khayman encogió los hombros y sonrió. A éste le habría dado todo lo que estuviera en su mano; y fue sincero, y dejó que Armand lo supiera.

Ahora la cuestión era cómo ayudarlos, cómo ayudar a los que podrían tener alguna esperanza de dormir el sueño de los inmortales hasta la próxima puesta de sol. Y, lo más importante de todo, cómo llegar a Maharet, para quien el fiero y desconfiado Mael no escamoteaba fidelidad.

Khayman dijo a Armand, con el más ligero movimiento de labios:

—No soy amigo de la Madre. Ya te lo he dicho. No te muevas de la muchedumbre humana. Ella te cazará cuando te apartes de los humanos. Así de simple.

El rostro de Armand no registró ningún cambio. Junto a él, el novicio Daniel era feliz, estaba exultante con el espectáculo que lo rodeaba. No conocía ni miedo ni planes ni sueños. ¿Y por qué habría de hacerlo? Tenía a una criatura de poderes extraordinarios que lo protegía. Tenía muchísima más suerte que los demás.

Khayman se puso en pie. Era la soledad más que nada. Le gustaría estar cerca de cualquiera de los dos, de Armand o de Mael. Era lo que había deseado en

Atenas cuando todo aquel glorioso recordar y conocer había empezado. Estar junto a otro como él mismo. Hablarle, tocarlo..., algo.

Recorrió el pasillo superior de la sala, que daba la vuelta entera al recinto, salvo por una parte en el extremo más alejado, tras el escenario, destinada a la pantalla gigante de vídeo.

Anduvo con lenta elegancia humana, atento a no estrujar a los mortales que se apretujaban contra él. Aquel lento andar buscaba también otro objetivo; que Mael tuviera la oportunidad de verlo.

Por instinto sabía que, si aparecía de repente ante aquel orgulloso e irritable ser, constituiría para él un insulto insoportable. Y así prosiguió, sólo reanudando su paso normal cuando vio que Mael se había dado cuenta de su acercamiento.

Mael no podía ocultar su miedo como Armand. Mael nunca había visto un bebedor de sangre de la edad de Khayman, si exceptuaba a Maharet; estaba frente a un enemigo potencial. Khayman envió el mismo cálido saludo que había enviado a Armand (Armand, que miraba), pero nada cambió en la actitud del viejo guerrero.

El auditorio estaba lleno y habían cerrado ya el acceso; los que se habían quedado fuera gritaban y aporreaban las puertas. Khayman oyó la estática y los ronquidos de las radios de la policía.

El Vampiro Lestat y su cohorte observando la sala desde agujeros practicados en el inmenso telón de sarga.

Lestat abrazó a su compañero Louis y se besaron en la boca mientras los músicos mortales los rodeaban con sus brazos.

Khayman se detuvo para sentir la pasión de la multitud, el aire impregnado del ardor de aquella muchedumbre.

Jessica había reposado los brazos en el borde de la plataforma. Había reposado el mentón en el dorso de sus manos. Los hombres a su espalda, voluminosas criaturas vestidas de negra piel lustrosa, la empujaban sin miramientos, con desatada indiferencia y exageración, pero no lograban arrancarla de su puesto.

Ni podría Mael, si se daba el caso de que lo intentara.

Y, repentinamente, al mirar abajo, hacia ella, a Khayman se le aclaró algo más. Fue una sola palabra: Talamasca. Aquella mujer pertenecía a ellos; pertenecía a la orden.

No era posible, pensó otra vez; luego se rió en silencio de su suprema inocencia. Aquélla era una noche de sorpresas, ¿no? Sin embargo, parecía increíble que la Talamasca hubiera sobrevivido desde la época en que la había conocido, hacía siglos; en aquella época, había jugado con sus adeptos y los había atormentado, y luego les había vuelto la espalda sin piedad, por su fatal combinación de inocencia e ignorancia.

¡Ah, la memoria era una cosa demasiado atroz! ¡Dejemos que las vidas pasadas resbalen hacia el olvido! Aún podía ver los rostros de aquellos vagabundos, de aquellos monjes seglares de la Talamasca que con tantos tropiezos lo habían perseguido por toda Europa, documentando, con plumas que arañaban el silencio de las altas horas de la noche, las visiones fugaces que captaban de él en grandes libros encuadernados en piel. Benjamín había sido su nombre en aquel breve lapso de consciencia, y Benjamín, el Diablo, lo habían etiquetado con su fantástica escritura latina en las cartas (pergaminos crujientes con grandes sellos de lacre pegajoso) enviadas a sus superiores en Amsterdam.

Para él había sido un juego, robar sus cartas y agregarles anotaciones; asustarlos; por la noche, salir arrastrándose de debajo de sus camas, agarrarlos por el cuello y pegarles una sacudida; había sido divertido. ¿Y qué no lo era? Cuando la diversión se acababa, siempre volvía a perder la memoria.

Pero los había querido; no eran exorcistas, ni sacerdotes cazadores de brujas, ni brujos que buscaban encadenarlo o controlar su poder. Una vez, al irse a dormir, se le había ocurrido que podría utilizar para su reposo los sótanos de la mohosa Casa Madre. Pero, a pesar de toda su entrometida curiosidad, nunca lo habrían traicionado.

¡Y pensar ahora que la orden había sobrevivido, con la tenacidad de la Iglesia de Roma, y que aquella bellísima mortal del reluciente brazalete en la muñeca, amada de Maharet y de Mael, era una de sus miembros especiales! No era de extrañar que hubiese luchado para abrirse camino hasta las primeras filas, como si fuera el primer peldaño hacia el altar.

Khayman se acercó más a Mael, pero se paró en seco a algunos metros de él; el gentío pasaba sin cesar entre ellos. Se paró por respeto a las aprehensiones de Mael y a la vergüenza que sentía éste por estar asustado. Al final, fue Mael quien se acercó a Khayman y se situó a su lado.

La agitada masa pasaba por delante de ellos como si fueran la misma pared. Mael se inclinó hacia Khayman, lo cual, a su modo, era un saludo, un ofrecimiento de confianza. Miró a la sala en derredor suyo, donde no había asiento libre visible, y la planta baja era un mosaico de deslumbrantes colores, cabelleras relucientes y puños levantados. Luego extendió el brazo y tocó a Khayman como si no pudiera contenerse. Con las puntas de los dedos rozó el dorso de la mano izquierda de Khayman. Y Khayman permaneció inmóvil para permitirle aquella pequeña exploración.

¡Cuántas veces había visto Khayman un gesto parecido entre inmortales, el joven verificando por sí mismo la textura y la dureza de la carne del mayor! ¿No existía un santo cristiano que había introducido los dedos en las llagas de Cristo porque verlas no le había bastado? Comparaciones más mundanas hicieron sonreír a Khayman. Era como si dos perros feroces se examinaran, se estudiaran.

Más abajo, Armand permanecía impasible, con los ojos fijos en las dos figuras. Casi seguro que se había percatado de la súbita mirada desdeñosa de Mael, pero hizo caso omiso de ella.

Khayman se dio la vuelta y abrazó a Mael, y le sonrió. Pero esto simplemente asustó a Mael, y Khayman se sintió muy decepcionado. Con delicadeza, se apartó de él. Durante un momento, estuvo dolorosamente confundido. Miró hacia Armand. Bellísimo Armand que sostuvo su mirada con completa pasividad. Pero era tiempo de decir lo que había venido a decir.

—Tienes que fortalecer tu escudo, amigo mío —explicó amablemente a Mael—. No dejes que tu amor por la chica te ponga en peligro. La chica estará bien a salvo de nuestra Reina sólo con que retengas tus pensamientos acerca de los orígenes de la chica y acerca de su protectora. El nombre es anatema para la Reina. Siempre lo ha sido.

—¿Y dónde está la Reina? —preguntó Mael, con el miedo que brotaba de nuevo en su interior, que brotaba junto a la rabia que necesitaba para combatirlo.

—Está cerca.

—Sí, pero ¿dónde?

—No sé decirlo. Ha incendiado su taberna. Caza a los pocos proscritos que no han venido al concierto. Se toma su tiempo. Lo he sabido por las mentes de sus víctimas.

Khayman pudo ver cómo la criatura se estremecía. Pudo ver cambios sutiles en él que señalaban su furia creciente. Bien. El miedo se consumió en el calor de la furia. ¡Pero qué criatura más irritable era aquélla! Su mente no hacía grandes distinciones.

—¿Y por qué me das este aviso —preguntó Mael—, cuando ella puede oír cada palabra que nos decimos?

—No, no creo que pueda —replicó Khayman muy sereno—. Soy de la Primera Generación, amigo mío. Oír a los demás bebedores de sangre, como nosotros oímos a los hombres mortales, es una maldición que sólo pertenece a los primeros distantes. Yo no podría leer su mente si ella estuviera en este lugar; y también la mía está cerrada para ella, puedes estar seguro. Y así ha sido con nuestra especie desde las primeras generaciones.

Esto fascinó al gigante rubio. ¡Así pues, Maharet no podía oír a la Madre! Maharet no se lo había revelado.

—No —dijo Khayman—, y la Madre sólo puede saber acerca de ella a través de tus pensamientos, así que guárdalos celosamente. Ahora háblame con voz humana, ya que esta ciudad es una jungla de voces humanas.

Mael reflexionó un momento, con el entrecejo fruncido. Lanzó una mirada a Khayman como si quisiera pegarle.

—¿Y esto la desbaratará?

—Recuerda —dijo Khayman— que lo excesivo puede ser lo contrario a lo esencial. —Mientras hablaba, volvió la vista hacia Armand—. Ella, que oye una multitud de voces, puede no oír una sola voz. Y ella, que escucharía atentamente una sola, debe cerrarse a las otras. Eres lo suficiente viejo para conocer el truco.

Mael no respondió en voz alta. Pero era claro que había comprendido. El don telepático había sido siempre una maldición también para él, tanto si se sentía asediado por las voces de los bebedores de sangre como por las dos de los humanos.

Khayman hizo un ligero gesto de asentimiento. El don telepático. Unas palabras tan bellas para la locura que se había abatido sobre él eternidades atrás, después de años de escuchar, de años de yacer inmóvil, cubierto por el polvo en las profundidades recónditas de una olvidada tumba egipcia, escuchando los lloros del mundo, sin conocimiento de sí mismo o de su condición.

—Éste es precisamente el quid de la cuestión, amigo mío —dijo—. Durante dos mil años has combatido contra las voces mientras nuestra Reina podía haber sido ahogada por ellas. Parece que el vampiro Lestat ha gritado por encima del clamor; es decir, ha chasqueado sus dedos en el rabillo del ojo de la Reina para llamar su atención. Pero no sobreestimemos a la criatura que ha permanecido sentada durante tanto tiempo. Hacerlo no sería nada útil.

Aquellas ideas sobresaltaron un poco a Mael. Pero comprendía su lógica. Más abajo, Armand permanecía atento.

—Ella no lo puede todo —dijo Khayman—, tanto si lo sabe como si no. Siempre ha sido una de las que ambicionan las estrellas, pero en el momento preciso se retira horrorizada.

—¿Cómo es eso? —dijo Mael. Ansioso, se le acercó—. ¿Cómo es ella en realidad? —susurró.

—Tenía la cabeza llena de sueños y altos ideales. Era como Lestat. —Khayman se encogió de hombros—. El rubio quiere ser bueno, hacer el bien y reunir en torno suyo a los adoradores necesitados.

Mael sonrió, frío y cínico.

—Pero, en el nombre del infierno, ¿qué intenta hacer ella? —preguntó—. Así pues, él la ha despertado con sus abominables canciones. ¿Por qué no nos destruye?

—Existe un propósito, puedes estar seguro. Con nuestra Reina, siempre ha habido un propósito. No puede hacer nada, por pequeño que sea, sin un gran propósito. Y tienes que saber que no cambiamos con el paso del tiempo; somos como flores que se abren; simplemente nos convertimos más y más en nosotros mismos. —Volvió a mirar a Armand—. Y por lo que respecta a cuál puede ser su propósito, sólo te puedo ofrecer especulaciones...

—Sí, cuéntame.

—El concierto tendrá lugar porque Lestat lo quiere. Y cuando haya terminado, ella hará una carnicería con algunos más de nuestra especie. Pero dejará a unos pocos para que le sirvan en sus propósitos, para que le sirvan quizá como testimonio.

Khayman miró a Armand. Era extraordinario ver cómo su inexpresivo rostro expresaba sensatez, mientras que la cara asolada, cansada, de Mael, no. ¿Y quién podría decir cuál de los dos comprendía más? Mael soltó una leve risa amarga.

—¿Como testimonio? —repitió Mael—. No lo creo. Me parece que es más simple. Perdona la vida a los que Lestat ama, así de fácil.

Tal cosa no se le había ocurrido a Khayman.

—Ah, sí, reflexiona —dijo Mael en el mismo inglés de pronunciación dura—. Louis, el compañero de Lestat. ¿No está vivo? Y Gabrielle, la madre del diablo, está muy cerca, esperando encontrarse con su hijo; tan pronto como sea prudente hacerlo. Y Armand, allí abajo, a quien te gusta tanto mirar, a quien parece que Lestat tiene ganas de volver a ver, también está vivo; y aquel proscrito que lo acompaña, el que ha publicado el odioso libro, el que sería hecho pedazos por los demás sólo con que sospecharan...

—No, hay algo más que eso. Tiene que haberlo —dijo Khayman—. Quizá no pueda matar a algunos de nosotros. Y de los que van con Marius ahora, Lestat no sabe sino sus nombres.

El rostro de Mael cambió ligeramente; experimentó un profundo y humano rubor, a la par que entrecerraba los ojos. Era claro para Khayman que Mael habría ido a ayudar a Marius si hubiera podido. Habría ido aquella misma noche, sólo con que Maharet hubiera llegado para proteger a Jessica. Intentó alejar el nombre de Maharet de sus pensamientos. Tenía miedo de Maharet, mucho miedo.

—Ah, sí, tratas de esconder lo que sabes —dijo Khayman—. Y esto es exactamente lo que debes revelarme.

—Pero no puedo —dijo Mael. La muralla se había levantado. Impenetrable—. No me han dado respuestas, sólo órdenes, amigo mío. Y mi misión es sobrevivir esta noche y sacar de aquí a mi protegida, sana y salva.

Khayman tenía la intención de insistir, de exigir. Pero no hizo ni lo uno ni lo otro. Había percibido un cambio suave, sutil, en la atmósfera que lo rodeaba, un cambio tan insignificante pero tan puro que no pudo llamarlo ni movimiento ni sonido.

Ella venía. Se acercaba al auditorio. Khayman sintió que se escurría de su propio cuerpo para convertirse en oído puro: sí, era ella. Todos los ruidos de la noche se alzaron para confundirlo, pero logró captarlo; un sonido grave, irreducible, que ella no podía velar, el sonido de su respiración, de los latidos de su corazón, de una fuerza que se desplazaba por el espacio a una velocidad tremebunda, antinatural, causando el inevitable tumulto entre los visibles y los invisibles.

Mael lo percibió, también Armand. Incluso el joven que acompañaba a Armand lo oyó, aunque muchos otros jóvenes no.

Incluso algunos de los mortales de fino oído parecieron percibirlo, parecieron estar distraídos de su atención por el sonido.

—Debo irme, amigo —le dijo Khayman—. Ten

presente mi consejo. —Imposible decir nada más por ahora.

Ella estaba muy cerca. Sin duda alguna, observaba, escuchaba. Khayman sintió el primer irresistible impulso de verla, de escrutar en las mentes de las desventuradas almas que vagaban en la noche, cuyos ojos podían haberse posado en ella.

—Adiós, amigo —dijo—. No es bueno para mí estar cerca de ti.

Mael lo miró confundido. Abajo, Armand tomó a Daniel consigo para dirigirse a un lado del gentío.

De repente, la sala quedó a oscuras; y, por una fracción de segundo, Khayman pensó que había sido causa de la magia de ella, que ahora un juicio grotesco y vengativo iba a tener lugar.

Pero los jóvenes mortales que lo rodeaban conocían el ritual. ¡El concierto iba a empezar! La sala enloqueció de gritos, vivas y pataleos. Terminó por convertirse en un gran clamor colectivo. Sintió que el suelo temblaba.

Aparecieron muchas llamitas: eran los mortales que rasgaban sus cerillas, que accionaban sus encendedores a gas. Una bellísima iluminación de ensueño reveló una vez más las miles y miles de formas móviles. Los gritos eran un coro que provenía de todos los rincones.

—No soy un cobarde —susurró Mael de pronto, como si no pudiera permanecer callado. Cogió el brazo de Khayman y luego lo soltó, como si su dureza le produjese repulsión.

—Lo sé —dijo Khayman.

—Ayúdame. Ayuda a Jessica.

—No vuelvas a pronunciar su nombre. Mantente alejado de ella, tal como te he dicho. De nuevo estás bajo el yugo del vencedor, druida. ¿Recuerdas? Es tiempo de luchar con astucia, no con odio. Quédate entre la grey mortal. Te ayudaré cuando pueda y si puedo.

¡Había muchas más cosas que quería decir! «¡Cuéntame dónde está Maharet!» Pero era demasiado tarde para aquello. Dio media vuelta y marchó con presteza por el pasillo hasta que llegó a un espacio abierto que daba a un estrecho y largo tramo de escaleras de hormigón.

Abajo, en el escenario a oscuras, aparecieron los músicos mortales, saltando por encima de cables y altavoces para recoger los instrumentos del suelo.

El Vampiro Lestat salió de detrás del telón dando grandes zancadas, con su capa negra planeando tras él en su decidido avance hasta la parte frontal del escenario. Micrófono en mano, se encontraba a menos de un metro de Jesse.

La muchedumbre había llegado al éxtasis. Aplausos, silbidos, aullidos formaban un fragor que Khayman nunca había oído. Rió, sin querer, de aquel loco frenesí, de la diminuta figura del fondo que amaba aquello por completo, que se reía mientras Khayman reía.

Entonces, con un gran destello blanco, la luz inundó el pequeño escenario. Khayman miraba, pero no a las diminutas figuras que se pavoneaban en sus galas, sino a la pantalla gigante de vídeo que, tras ellos, se alzaba hasta el techo. La viva imagen de El Vampiro Lestat, de diez metros de altura, resplandecía ante Khayman. La criatura sonreía; levantaba los brazos y sacudía su melena de pelo amarillo; lanzaba la cabeza atrás y aullaba.

La masa que se hallaba bajo sus pies deliraba; el mismo edificio retumbaba; pero era el aullido lo que llenaba todos los oídos. La poderosa voz de El Vampiro Lestat ahogaba cualquier otro sonido del público.

Khayman cerró los ojos. Por entre el monstruoso

rugido de El Vampiro Lestat, volvió a escuchar, en busca del sonido de la Madre, pero ya no lo pudo localizar.

—Mi Reina —susurró, buscando, aunque en vano. ¿Estaría por ahí arriba, en alguna verde ladera, escuchando la música de su trovador? Notó la brisa húmeda y suave y vio el cielo gris y sin estrellas como cualquier mortal hubiera notado y visto algo semejante. Las luces de San Francisco, sus colinas sembradas de lentejuelas y sus refulgentes torres; ésos eran los faros de la noche urbana, de súbito tan terribles como la luna o la estela de las galaxias.

Cerró los ojos. La imaginó de nuevo como la había visto en la calle de Atenas: contemplando cómo ardía la taberna con sus hijos dentro, con su andrajosa capa colgando suelta de sus hombros y la capucha echada hacia atrás mostrando su pelo trenzado. ¡Ah, la Reina de los Cielos había parecido, como en otro tiempo le había gustado que la conocieran, presidiendo siglos de letanías! Sus ojos habían sido brillantes y vacíos en la luz eléctrica; su boca suave, inocente. La rara dulzura de su rostro había sido infinitamente hermosa.

Ahora la visión lo arrastró siglos atrás, hasta un instante borroso y atroz, un instante en que él, un hombre mortal, había ido, con el corazón palpitando con violencia, a oír su voluntad. Su Reina, ahora condenada y consagrada a la Luna, con el demonio en su sangre exigente, su Reina, que ni siquiera permitía luces encendidas a su lado. ¡Qué agitada había estado, andando arriba y abajo por el suelo fangoso, con los muros decorados a su alrededor, muros repletos de silenciosos centinelas pintados!

—Esas gemelas —había dicho—, esas malvadas hermanas, han pronunciado grandes abominaciones.

—Tened piedad —había suplicado él—. No era su intención hacer daño; juro que dicen la verdad. Soltadlas, Vuestra Alteza. Ahora no lo pueden cambiar.

¡Oh, qué compasión había sentido por ellas! Por las gemelas y por su soberana afligida.

—Ah, pero ¿no te das cuenta?, tenemos que ponerlas a prueba, sus repugnantes mentiras —había dicho ella—. Tienes que acercarte más, mi fiel mayordomo, tú que siempre me has servido con tanta devoción...

—Mi Reina, mi querida Reina, ¿qué queréis de mí?

Y con la misma encantadora expresión en su rostro, ella había alzado sus heladas manos para tocarle la garganta, para abrazarlo súbita y estrechamente con una fuerza que lo aterrorizó. Petrificado, había visto cómo los ojos de ella perdían toda expresión, la boca abierta. La Reina se había levantado, se había puesto de puntillas con una misteriosa elegancia de pesadilla y él había visto sus dos pequeños colmillos. *A mí no. ¡No me lo hagáis! Mi Reina, ¡soy Khayman!*

Hacía ya tiempo que él debería haber muerto, como muchos bebedores de sangre habían muerto a partir de entonces. Desaparecido sin dejar rastro, como las anónimas multitudes disueltas en el interior de la tierra de todos los países y naciones. Pero él no había muerto. Y las gemelas, al menos una, también habían seguido viviendo.

¿Lo sabía la Reina? ¿Conocía aquellos terribles sueños? ¿Habían llegado a ella provenientes de las mentes de otros que sí los habían recibido? ¿O había viajado durante toda la noche alrededor del mundo, sin soñar, y sin cesar, y se había dedicado a una sola tarea desde su resurrección?

«Viven, mi Reina, siguen viviendo, en una, si no en las dos juntas. ¡Recordad la antigua profecía!» ¡Si ella pudiera oír su voz!

Khayman abrió los ojos. De nuevo estaba en el momento presente, dentro de la osificación que era su cuerpo. Y la creciente música lo saturaba con su ritmo despiadado. Golpeaba contra sus oídos. Las deslumbrantes luces lo cegaban.

Volvió la espalda y apoyó la mano en la pared. Nunca se había sentido tan sumergido en el sonido. Notaba que perdía la conciencia, pero la voz de Lestat lo llamó a la realidad.

Con la mano extendida ante sus ojos, Khayman miró hacia abajo, hacia el llameante cuadrado que era el escenario. Contemplad al diablo bailando y cantando con alegría desbordante. Llegó al corazón de Khayman, a pesar suyo.

La poderosa voz de tenor de Lestat no necesitaba amplificación eléctrica. Incluso los inmortales perdidos entre sus presas posibles cantaban con él, tan contagiosa era la pasión. Por todas partes adonde mirase, Khayman los veía a todos pendientes de él, mortales e inmortales por igual. Los cuerpos se retorcían al compás de los cuerpos del escenario. Las voces se alzaban; la sala entera se balanceaba en oleadas de la masa que se sucedían sin cesar.

El rostro gigante de Lestat se expandía en la pantalla de vídeo mientras la cámara recorría sus facciones. Los ojos azules se clavaron en Khayman y le hicieron un guiño.

—¿POR QUÉ NO ME MATÁIS? ¡YA SABÉIS QUIÉN SOY!

La risa de Lestat se alzaba por encima de los arpegios chillones de las guitarras.

—¿NO DISTINGUÍS EL MAL A PRIMERA VISTA?

¡Ah, qué credulidad en la bondad, en el heroísmo! Khayman podía captarlo en los ojos de la criatura: una sombra gris oscura de trágica necesidad. Lestat echaba atrás la cabeza y rugía de nuevo; daba una patada en el suelo y aullaba; miraba las vigas del techo como si del firmamento se tratara.

Khayman hizo un esfuerzo para moverse: tenía

que escapar. Torpemente, como ahogado por el ensordecedor ruido, se dirigió hacia la puerta. Incluso su sentido del equilibrio había sido afectado. La estruendosa música lo perseguía por las escaleras, pero al menos había conseguido ponerse a cubierto de las relampagueantes luces. Apoyándose en la pared, intentó aclarar su visión.

Olor a sangre. Hambre de tantos bebedores de sangre en la sala. Y el batir de la música a través de la madera y del cemento.

Bajó las escaleras, incapaz de oír sus propios pies en el hormigón, y terminó por desplomarse en un rellano vacío. Se envolvió las rodillas con los brazos y agachó la cabeza.

La música era como la música de antaño, cuando todas las canciones eran las canciones del cuerpo, y las canciones de la mente aún no habían sido inventadas.

Se vio a sí mismo danzando; vio al Rey (el rey mortal a quien tanto había amado) girar y saltar en el aire; oyó el redoblar de los tambores; oyó el sonido creciente de las trompetas; el Rey puso la cerveza en manos de Khayman. La mesa se tambaleaba bajo el peso de la abundancia de la caza asada y de los frutos relucientes, de las humeantes hogazas de pan. La Reina estaba sentada en su trono de oro, inmaculada y serena, una mujer mortal con un pequeño cucurucho de cera aromatizada en la cima de su elaborado peinado, que se disolvía lentamente con el color y perfumaba así sus trenzas.

Luego alguien había puesto el ataúd en sus manos; el pequeño ataúd que ahora pasaba de comensal en comensal; el pequeño recordatorio: Come. Bebe. Porque la Muerte nos aguarda a todos.

Lo sostuvo firmemente: ¿debía pasarlo al Rey?

De repente, sintió los labios del Rey en su cara.

—Danza, Khayman. Bebe. Mañana partimos hacia el norte para aniquilar a los últimos comedores de carne. —El Rey ni siquiera miró el pequeño ataúd al cogerlo; lo deslizó en las manos de la Reina, y ésta, sin bajar la vista, lo pasó a otro.

Los últimos comedores de carne. Qué simple había parecido; qué bueno. Hasta que había visto a las gemelas arrodilladas ante el altar.

El gran redoble de la batería ahogaba la voz de Lestat. Los mortales que pasaban por delante de Khayman apenas se daban cuenta de su presencia acurrucada; y un bebedor de sangre pasó corriendo por su lado sin prestarle ni la más mínima atención.

¡A la luz
hemos salido,
Hermanos y Hermanas míos!

¡MATADNOS!
¡Hermanos y Hermanas míos!

Muy despacio, Khayman se levantó. Aún andaba con paso inseguro, pero prosiguió su descanso hasta llegar al vestíbulo, donde el ruido quedaba algo apagado, y descansó allí, frente a las puertas interiores, en una renovadora corriente de aire fresco.

Estaba poco a poco retornando a la calma, cuando se percató de que dos mortales se habían detenido cerca de él y lo estaban escrutando, mientras él permanecía apoyado en la pared, con las manos en los bolsillos y la cabeza gacha.

Y entonces se vio como lo veían ellos. Percibió su aprehensión, mezclada con una súbita e irreprimible sensación de victoria. Hombres que habían sabido algo de su especie, hombres que habían vivido por llegar a un momento como aquél, aunque lo habían temido y nunca habían tenido verdaderas esperanzas de conseguirlo.

Levantó la cabeza poco a poco. Se hallaban a unos cinco metros, cerca de un atiborrado tenderete, como si ello pudiera ocultarlos..., educados caballeros ingleses. Eran dos individuos de cierta edad, instruidos, de rostros surcados por profundas arrugas y de aspecto exterior pulquérrimo. Allí, con sus elegantes abrigos grises, con el cuello almidonado que se insinuaba, con el brillante nudo de la corbata de seda, estaban completamente fuera de lugar. Parecían exploradores de otro mundo, entre la juventud llamativa que sin cesar iba de un lado para otro, entre la juventud que crecía entre ruidos bárbaros y charlas fragmentadas.

Y lo miraban con una gran reticencia natural, como si fueran demasiado educados para tener miedo. Miembros antiguos de la Talamasca buscando a Jessica.

«¿Nos conocen? Sí, claro que sí. No van a sufrir daño alguno. No se preocupen.»

Sus mensajes silenciosos empujaron un paso atrás al que se llamaba David Talbot. La respiración del hombre se aceleró y una súbita humedad apareció en su frente y encima de su labio superior. Pero supo guardar la noble compostura. David Talbot entrecerró los ojos como si no quisiera quedar deslumbrado por lo que veía; como si quisiese ver las minúsculas moléculas danzarinas en los haces de claridad.

¡Qué pequeño parecía de pronto el alcance de la vida humana! Mirad a este frágil humano, para quien la educación y el refinamiento no habían hecho más que incrementar sus riesgos. ¡Qué simple era alterar el tejido de su pensamiento, de sus esperanzas! ¿Debía Khayman decirles dónde se encontraba Jesse? ¿Debía mezclarse en el asunto? En definitiva, no alteraría nada.

Khayman percibió que temían quedarse y que temían irse, que los había casi paralizado, como si los hubiera hipnotizado. En cierto sentido, era el respeto lo que los mantenía allí, contemplándolo. Parecía que estuviera en la obligación de ofrecer algo, aunque sólo fuera para concluir aquel atroz examen.

«No vayan por ella. Serán unos estúpidos si lo hacen. Ahora ella tiene a otros como yo que la cuidan. Mejor que se marchen. Yo, en su lugar, me iría.»

Ahora bien, ¿cómo se interpretaría aquello en los archivos de la Talamasca? Alguna noche se acercaría a descubrirlo. ¿A qué modernos lugares habían trasladado sus antiguos documentos y tesoros?

«Benjamín el Diablo. Ése soy. ¿No me conocen?» Sonrió para sí. Dejó que su cabeza cayera, mirando al suelo. No se había sabido poseedor de aquella vanidad. Y de repente dejó de interesarle lo que aquel momento significaba para ellos.

Con indiferencia, pensó en aquellos tiempos pasados, en Francia, cuando había jugado con los de la orden. «¡Tan sólo deja que podamos hablar contigo!», suplicaban. Eruditos polvorientos de pálidos ojos con eternas ojeras y ropas de terciopelo gastado, tan diferentes a aquellos elegantes caballeros, para quienes el ocultismo era una cuestión de ciencia, no de filosofía. La desesperación del tiempo pasado lo asustó; la desesperación del tiempo presente era igualmente atemorizadora.

«Váyanse.»

Sin levantar los ojos, supo que David Talbot había asentido. El y su compañero se retiraron. Dieron una mirada por encima del hombro, se apresuraron hacia la vuelta del vestíbulo y entraron en el concierto.

Khayman se hallaba solo de nuevo; el ritmo de la música le llegaba a través de la puerta; se hallaba solo y se preguntaba por qué había venido, qué era lo que quería; deseaba poder olvidar otra vez; deseaba estar en algún lugar encantador, un lugar acariciado por las brisas cálidas y habitado por mortales que no lo conocieran, lleno de resplandecientes luces eléctricas bajo las nubes desteñidas, lleno de inacabables y planas calles urbanas para pasear hasta el amanecer.

JESSE

—¡Déjame en paz, hijo puta! —Jesse dio una patada al hombre que estaba junto a ella, al que le había deslizado el brazo alrededor de la cintura y la había levantado y apartado del escenario—. ¡Cabrón! —Doblado en dos por el dolor del puntapié, quedó completamente indefenso ante el súbito empujón. Perdió el equilibrio y se derrumbó.

Cinco veces ya la habían echado del escenario. Agachó de nuevo la cabeza, y, empujando, se abrió paso a través del pequeño grupo que había ocupado su lugar, escurriéndose entre paredes de piel negra como si fuera un pez, y levantándose por fin para agarrarse a la madera sin pintar; y con una mano se asió a la resistente tela sintética que la decoraba retorciéndola en una cuerda.

En las relampagueantes luces vio al vampiro Lestat saltar muy arriba en el aire y aterrizar en el escenario sin sonido perceptible alguno, y alzar de nuevo la voz sin la ayuda del micro hasta llenar el auditorio, mientras sus guitarristas bailoteaban a su entorno como diablillos.

La sangre se escurría en hilillos en el pálido rostro de Lestat, como si llevara la corona de espinas de Cristo; su largo pelo rubio giraba en redondo cuando daba vueltas sobre sí mismo; sus manos rasgaban la camisa, rompiéndola y dejando su pecho al descubierto; la corbata se soltaba y caía. Y, mientras chillaba las triviales letras de sus canciones, sus pálidos y cristalinos ojos brillaban y se inyectaban de sangre.

Cuando Jesse levantó la vista hacia él, hacia el balanceo de sus caderas, hacia la apretada tela de sus pantalones negros que revelaban los poderosos músculos de sus muslos, sintió de nuevo que los latidos de su corazón eran como golpes estruendosos en su pecho. Lestat volvió a saltar, ascendiendo sin esfuerzo, como si quisiera elevarse hasta el mismo techo del auditorio.

Sí, lo ves, ¡no hay error posible! ¡No hay otra explicación!

Se frotó la nariz. Volvía a llorar. Pero tocarlo..., «¡maldita sea, tienes que tocarlo!». Aturdida, observó cómo terminaba su canción, golpeando el suelo con el pie a compás de las tres últimas retumbantes notas, mientras los músicos danzaban atrás y adelante, con gestos provocativos, sacudiendo el pelo con movimientos bruscos de sus cabezas, con sus voces perdidas en la de Lestat mientras luchaban por alcanzar su ritmo.

¡Dios, cuánto amaba aquello Lestat! Allí no había nada fingido. Lestat se bañaba en la adoración que recibía. Se empapaba en ella como si fuera en sangre.

Y ahora, al atacar la frenética obertura de otra canción, de un arrebato se sacó la negra capa de terciopelo, la hizo girar por encima de su cabeza y la lanzó volando al público. El público gimoteó, osciló en una gran ola. Jesse sintió una rodilla en la espalda, una bota arañando su talón, pero aquélla era su oportunidad: cuando el servicio de orden bajase del escenario para contener la avalancha.

Aplicó firmemente las manos en la madera, se impulsó hacia arriba, se apoyó en el estómago e hizo pie en las tablas. Y echó a correr hacia la figura danzante, que de inmediato clavó los ojos en los de Jesse.

—¡Sí, tú! ¡Tú! —llamó ella. Con el rabillo del ojo vio a uno del servicio de orden que se acercaba. Y, con todo el empuje de su cuerpo, se precipitó hacia el vampiro Lestat. Cerró los ojos y se abrazó a su cintura. Sintió el frío impacto del pecho de piel sedosa contra su cara, y de repente, ¡probó la sangre en sus labios!—. ¡Oh, Dios, es real! —susurró. El corazón le iba a estallar, pero siguió agarrándose a él. Sí, la piel de Mael, así, y la piel de Maharet, también así, y todas así. ¡Sí, así! Real, pero no humano. Como siempre. Y allí estaba, en sus brazos, ¡y sabía que era demasiado tarde para que pudiera detenerla ahora! Su mano izquierda se levantó y cogió un espeso mechón de pelo de Lestat; y, cuando abrió los ojos, vio que le sonreía, vio la reluciente piel sin poros, vio los diminutos colmillos—. ¡Tú, demonio! —susurró ella. Reía como una loca, llorando y soltando carcajadas.

—Te quiero, Jessica —le respondió él en un murmullo, sonriéndole como si se burlara, con su rubio pelo húmedo cayendo en los ojos de ella.

Estupefacta, sintió que la envolvía con su brazo, la alzaba, la apoyaba en su cadera y la hacía voltear en un círculo. Los ruidosos músicos fueron una imagen difuminada; las luces, violentas franjas de blanco, de rojo. Jesse gemía, pero no dejó de mirarlo, de mirar a sus ojos, sí, reales. Al borde de la desesperación, continuó agarrada a él, porque parecía que tenía intención de lanzarla por encima de las cabezas del público. Y entonces, cuando la depositó en el suelo e inclinó su cabeza (el pelo cayendo en la mejilla de Jesse), Jesse sintió la boca de él en la suya.

La palpitante música se tornó opaca como si se hubiera zambullido en el mar. Sintió que Lestat le echaba su aliento, que suspiraba contra ella, que le deslizaba sus finos dedos hacia la nuca. Los pechos de Jesse estaban apretados contra el palpitante corazón de Lestat; y una voz estaba hablando a Jesse, con gran pureza, una voz semejante a otra de tiempo atrás, otra voz que la conocía, una voz que comprendía sus preguntas y que sabía cómo había de responderlas.

«Maldad, Jesse. Siempre lo has sabido.»

Unas manos tiraban de ella. Manos humanas. La estaban separando de Lestat. Soltó un chillido.

Desconcertado, él se quedó mirándola. Buscaba en las profundidades, en las insondables profundidades de sus sueños, algo que sólo recordaba muy vagamente. El banquete funerario; las gemelas pelirrojas arrodilladas a ambos lados del altar. Pero no fue más que una fracción de segundo; luego se desvaneció; Lestat estaba confundido, pero su sonrisa centelleó de nuevo, impersonal, como cualquiera de las luces que no dejaban de cegar a Jesse.

—¡Hermosa Jesse! —dijo, con la mano levantada como despidiéndose. A rastras la separaban de él, la sacaban del escenario.

Cuando la bajaron, estaba riendo.

Su camisa blanca estaba manchada de sangre. Sus manos estaban cubiertas de sangre: pálidas vetas de sangre salada. Sintió que conocía su sabor. Lanzó la cabeza atrás y rió; y era tan curioso no ser capaz de oírlo, ser sólo capaz de sentirlo, de sentir el escalofrío que recorría su espinazo, de saber que estaba llorando y riendo al mismo tiempo... El del servicio de orden le dijo algo rudo, grosero. Pero no importaba.

De nuevo, la muchedumbre se cerró sobre ella. Se la tragó, la envió de un lado para otro, la empujó fuera del centro vital. Un zapato pesado le aplastó el pie derecho. Tropezó, dio tumbos, y dejó que la siguieran empujando, aún con más violencia, hacia las puertas.

Ya no importaba. *Sabía*. Lo sabía todo. La cabeza le daba vueltas vertiginosamente. No habría podido mantenerse en pie de no ser por los hombros que se agolpaban contra ella. Y nunca había experimentado un abandono tan maravilloso. Nunca había sentido una tal liberación.

La demencial música cacofónica proseguía, insistente; los rostros aparecían y desaparecían bajo inundaciones momentáneas de luces de colores. Olió a marihuana, a cerveza. Sed. Sí, algo frío para beber. Algo frío. Tanta sed... Alzó de nuevo la mano y lamió la sal, y lamió la sangre. Su cuerpo se estremeció, vibró, como a menudo ocurre cuando uno está al borde del sueño. Un suavísimo y delicioso temblor que anuncia la llegada de los sueños. Volvió a lamer la sangre y cerró los ojos.

De improviso, sintió que entraba en un espacio abierto. Nadie la empujaba ya. Levantó la mirada y vio que había llegado a la salida, a la lisa rampa que daba al vestíbulo, unos tres metros más abajo. La muchedumbre había quedado tras ella, por encima de ella. Allí pudo descansar. Se encontraba bien.

Pasó la mano por la resbaladiza pared, pisando el amontonamiento de vasos de plástico, una peluca caída con rubios rizos de baratillo. Echó la cabeza atrás con un gesto brusco y descansó, con la hórrida luz del vestíbulo que se reflejaba en sus ojos. El sabor de la sangre yacía en la punta de su lengua. Parecía que iba a llorar de nuevo, lo cual era bien comprensible. En aquel momento, no había pasado ni presente, no había necesidad, y el mundo entero había cambiado, desde lo más simple a lo más grandioso. Flotaba, como si estuviera en el centro del más seductor estado de paz y aceptación que nunca hubiese conocido. ¡Oh, si sólo pudiera contárselo a David, si pudiera, de algún modo compartir aquel inmenso y sobrecogedor secreto!

Algo la tocó. Algo hostil a ella. De mala gana, se volvió: vio a un energúmeno junto a ella. *¿Qué?* Hizo un esfuerzo por verlo con claridad.

Miembros huesudos, pelo negro lacio, peinado

hacia atrás, pintura roja en la horrorosa y retorcida boca, y la piel..., la misma piel. Y los colmillos. No humano. ¡Uno de ellos!

«¿Talamasca?»

Llegó a ella como en un siseo, un siseo que la fustigó en el pecho. Instintivamente, levantó los brazos, protegiéndose los senos, cerrando los dedos en torno a los hombros.

«¿Talamasca?»

En su rabia, aquella voz no tenía sonido pero era ensordecedora. Retrocedió en un intento de alejarse, pero aquella mano la cogió, y los dedos le mordieron la nuca. Se sintió alzada, sintió que sus pies perdían el contacto con el suelo. Intentó gritar.

Luego cruzó volando el vestíbulo, y volando gritó hasta que su cabeza se aplastó contra la pared.

Negrura. Vio el dolor. Fue un relámpago, primero amarillo y luego blanco, que descendió por la médula espinal y se desparramó como en un millón de ramificaciones por sus miembros. Su cuerpo quedó entumecido. Golpeó el suelo con otro impacto de dolor en el rostro y en las palmas abiertas de sus manos, y rodó hasta quedar boca arriba.

No podía ver. Quizá tenía los ojos cerrados, pero lo más curioso de todo, por decirlo de algún modo, era que no los podía abrir. Oía voces, gente gritando. Un silbato sonó, ¿o era el repiqueteo de una campanilla? Hubo un estruendoso fragor, pero era el público de la sala aplaudiendo. Junto a ella, discutían algunas personas.

Alguien muy cerca de su oído dijo:

—No la toquen. Tiene el cuello roto.

¿Roto? ¿Se puede vivir con el cuello roto?

Alguien reposó una mano en su frente. Pero no la podía sentir realmente; la percibía como un hormigueo, como si ella tuviera mucho frío, anduviese por la nieve y toda sensación auténtica la hubiese abandonado. «No puedo ver.»

—Escucha, muñeca —la voz de un joven. Una voz que uno podía oír en Boston o en Nueva Orleans o en Nueva York. Bombero, poli, salvador de los heridos—. Nos estamos encargando de ti, muñeca. La ambulancia está en camino. Ahora permanece tendida, sin moverte, muñeca, no te preocupes.

Alguien le tocaba el pecho. No, sacaba las tarjetas y documentos de su bolsillo. Jessica Miriam Reeves. Sí.

Se encontraba junto a Maharet y estaba mirando el gran plano con todas sus lucecitas. Y comprendía. Jesse nacida de Miriam, quien había nacido de Alice, quien había nacido de Carlotta, quien había nacido de Jane Marie, quien había nacido de Anne, quien había nacido de Janet Belle, quien había nacido de Elizabeth, quien había nacido de Louise, quien había nacido de Frances, quien había nacido de Frieda, quien había nacido de...

—Permitan, por favor, somos sus amigos...

«David.»

La estaban levantando; oyó que gritaba, aunque no había querido gritar. De nuevo vio la pantalla y el gran árbol de nombres. «Frieda, nacida de Dagmar, nacida de...»

—Despacio, ahora, ¡despacio! ¡Maldita sea!

El aire cambió; se tornó húmedo y fresco; sintió que la brisa recorría su rostro; luego toda sensación desapareció por completo de sus pies y sus manos. Podía notar los párpados, pero no moverlos.

Maharet le estaba hablando: «... salieron de Palestina, entraron en Mesopotamia y cruzaron lentamente el Asia Menor, penetraron en Rusia y después en la Europa Oriental. ¿Lo ves?».

El vehículo era o un coche fúnebre o una ambulancia; pero parecía demasiado silencioso para ser ambulancia, y la sirena, aunque continua, se hallaba demasiado lejos. ¿Qué le había ocurrido a David? No la habría abandonado, a menos que estuviese muerta. Pero entonces, ¿cómo podía haber estado David allí? Él le había dicho que nada podría inducirlo a ir al concierto. David no estaba allí. Debía haberlo imaginado. Y lo más raro era que Miriam tampoco estaba allí. «Santa María, Madre de Dios... ahora y en la hora de nuestra muerte...»

Escuchaba: cruzaban la ciudad a toda velocidad; sintió que tomaban una curva, pero, ¿dónde estaba su cuerpo? No podía notarlo. El cuello roto. Eso significaba que tenía que estar muerta.

¿Qué era aquello, la luz que podía ver a través de la jungla? ¿Un río? Parecía demasiado ancho para ser un río. ¿Cómo cruzarlo?, pero no era Jesse quien andaba por la jungla, y ahora por la margen de un río. Era alguien más. Podía ver las manos extendidas ante sí, apartando las lianas y las hojas mojadas y pegajosas, como si fueran sus propias manos. Cuando miraba hacia abajo, veía el pelo rojo en largas marañas rizadas, llenas de hojas rotas y de tierra...

—¿Me oyes, muñeca? Estás con nosotros. Te vamos a curar. Tus amigos van en el coche de atrás. No te preocupes pues.

Decía más cosas. Pero había perdido el hilo. No podía oírlo, sólo captaba su tono, el tono de cuidado afectuoso. ¿Por qué sentía tanta pena por ella? Si ni siquiera la conocía... ¿Sabía que la sangre que manchaba su camisa no era suya? ¿Sus manos? Culpable. Lestat había intentado decirle que era el mal, pero aquello era de tan poca importancia para ella, tan imposible de relacionar con el conjunto... No era que a ella no le preocupase lo que era bueno y lo que estaba bien, sino que, en aquel momento, todo lo sucedido era grandísimo. *Sabiendo*. Y él había estado hablando como si ella estuviera destinada a hacer algo, pero ella no había sido destinada a hacer nada en absoluto.

Por eso morir era, con toda probabilidad, sencillamente bueno. ¡Si Maharet comprendiera! ¡Y pensar que David estaba con ella, en el coche que los seguía! De cualquier forma, David sabía algo de la historia y la Talamasca debía de tener una ficha de ella; Reeves, Jessica. Y habría más evidencias. «Una de nuestros miembros más fieles, el resultado de... muy peligroso... bajo ninguna circunstancia debía intentar una visión...»

De nuevo la movían. De nuevo aire fresco, y olores de gasolina y éter que llegaban a ella. Sabía que al otro lado de aquel entumecimiento, de aquella oscuridad, había un dolor terrible, y que lo mejor era quedarse tumbada muy quieta y no intentar salir de allí. Dejemos que te lleven, dejemos que empujen la camilla por el corredor.

Alguien llorando. Una niña pequeña.

—¿Me oyes, Jessica? Quiero que sepas que te encuentras en el hospital y que estamos haciendo todo lo posible por ti. Tus amigos están fuera. David Talbot y Aaron Lightner. Les hemos dicho que tienes que permanecer totalmente inmóvil...

Desde luego. Cuando una tiene el cuello roto, o está muerta o muere si se mueve. Eso es. Hacía ya mucho tiempo, en un hospital había visto a una jovencita con el cuello roto. Ahora lo recordaba. Y habían atado el cuerpo de la chica a un enorme marco de aluminio. De vez en cuando una enfermera movía el marco para cambiar de posición el cuerpo de la muchacha. «¿Lo haréis conmigo?»

Él hablaba de nuevo, pero esta vez desde mucho más lejos. Ella andaba un poco más deprisa por la jungla, para acercarse, para oír el sonido del río. Él decía...

—... pues claro que podemos hacerlo todo, podemos pasarle esas pruebas, por supuesto, pero tiene que comprender lo que le estoy diciendo; su situación es extrema. Tiene la parte posterior del cráneo completamente aplastada. Se ve el cerebro. Y la herida que se aprecia en el órgano es enorme. Así pues, dentro de pocas horas, si es que aún nos queda alguna, el cerebro va a empezar a hincharse...

«Cabrón, me has matado. Me lanzaste contra la pared. Si pudiera mover algo, los párpados, los labios. Pero estoy atrapada aquí dentro. ¡Ya no tengo cuerpo pero estoy atrapada aquí dentro! Cuando era pequeña, solía pensar que sería así la muerte. Uno queda atrapado dentro de su cabeza, en la tumba, sin ojos para ver y sin boca para gritar. Y los años pasan y pasan.

»O uno yerra por el reino del crepúsculo con los pálidos fantasmas; pensando que está vivo cuando en realidad está muerto. Buen Dios, tengo que saber cuando esté muerta. ¡Tengo que saber cuando haya empezado!»

Sus labios. Percibían una ligerísima sensación. Algo húmedo, cálido. Algo que le abría los labios. Pero aquí no hay nadie, ¿verdad? Están en el pasillo, y la habitación esta vacía. De haber alguien allí, lo habría sabido. Ahora notaba su sabor, el fluido cálido entrando en su boca.

«¿Qué es? ¿Qué me están dando? No quiero que me lo den.»

«Duerme, querida.»

«No quiero. Quiero sentir cuando muera. ¡Quiero saberlo!»

Pero el fluido estaba llenando su boca y ella estaba tragando. Los músculos de su garganta estaban vivos. Qué delicioso aquel sabor, su matiz salado. ¡Conocía aquel sabor! Conocía aquella sensación encantadora, hormigueante. Sorbió con más fuerza. Notaba que la piel de su rostro revivía y que el aire se movía a su alrededor. Podía sentir la brisa circulando por la habitación. Una adorable calidez le empezaba a recorrer la espina dorsal. Bajaba hacia los pies, avanzaba por los brazos, y todos los miembros retornaban en sí.

«Duerme, querida.»

La parte posterior de su cabeza le hacía cosquillas; y las cosquillas corrían hacia las raíces de su pelo.

Tenía las rodillas magulladas, pero las piernas estaban intactas y podría volver a andar; podía sentir el contacto de la sábana bajo su mano. Quería extenderla, pero aún era demasiado pronto para ello, demasiado pronto para moverse.

Además, alguien la estaba levantando, se la llevaba.

Y ahora lo mejor era dormir. Porque si aquello era la muerte..., bien, pues no estaba tan mal. Apenas podía oír las voces, los hombres discutiendo, amenazando, ahora no importaba. Parecía que David la estaba llamando. ¿Pero qué quería David que hiciese ella? ¿Morir? El doctor amenazaba con llamar a la policía. Pero la policía ya no podría hacer nada. Casi era divertido.

Bajaron escaleras y más escaleras. Adorable aire fresco.

El sonido del tráfico aumentó; pasó un autobús con gran fragor. Nunca le habían gustado aquellos ruidos, pero ahora eran como el mismo viento, tan puros. Alguien la mecía de nuevo, con mucha dulzura, como en una cuna. Sintió que el coche arrancaba con una sacudida, y luego tiró de ella el suave y agradable ímpetu. Miriam estaba allí y quería que Jesse la mirara, pero Jesse estaba demasiado cansada.

—No quiero ir, madre.

—Pero Jesse. Por favor. Aún no es tarde. ¡Aún puedes llegar! —Como si David la llamara—. Jessica.

Cuando el concierto llegaba a su mitad, Daniel comprendió. Los hermanos y hermanas caras blancas se rodearían mutuamente, se vigilarían mutuamente, incluso se amenazarían durante toda la actuación, pero nadie haría nada. La regla era demasiado rígida y firme: no dejar evidencias de lo que eran: ni víctimas, ni una sola célula de su tejido vampírico.

Lestat sería el único que debía ser destruido, lo cual tenía que hacerse con el máximo cuidado. Los mortales no tenían que ver las hoces, a menos que fuera inevitable. Atacar al cabrón cuando intentase largarse, ése era el plan; descuartizarlo sólo ante los conocedores. Es decir, a menos que se resistiese, en cuyo caso debería morir ante sus *fans*, y el cuerpo tendría que ser destruido por completo.

Daniel reía y reía. ¡Imaginar a Lestat permitiendo que tal cosa tuviera lugar!

Daniel se reía de sus caras llenas de odio. Pálidas como orquídeas pálidas, aquellas pérfidas almas llenaban la sala con su ultraje ardiente, con su envidia, con su codicia. Uno podría haber pensado que odiaban a Lestat sólo por su extravagante belleza.

Al fin, Daniel había escapado de la tutela de Armand. ¿Por qué no?

Nadie podía hacerle daño alguno, ni siquiera la figura de piedra reluciente que había visto en las sombras, aquella figura tan vieja y de tanta dureza que parecía el Golem de la leyenda. Qué cosa más rara era, aquella piedra mirando a la mortal mujer herida, tendida en el suelo con el cuello roto, la del pelo rojo, la que se parecía a las gemelas del sueño. Y, con toda seguridad, algún estúpido ser humano se lo había hecho, romperle el cuello así. Y el rubio vampiro con la piel de ante, apartándolos a empujones para llegar hasta el centro de la escena, también había sido una visión impresionante; cuando se acercó a la pobre víctima malherida, mostró las venas de su cuello y de los dorsos de las manos, endurecidas y protuberantes. Armand, con una expresión muy poco frecuente en su rostro, había observado con atención cuando los hombres se habían llevado a la mujer pelirroja, como si él mismo tuviera que intervenir de algún modo; o quizá sólo fue aquel Golem que estaba como ausente lo que lo hizo actuar con cautela. Después, empujó a Daniel de nuevo hacia la masa cantante. Pero no había necesidad de temer. Para ellos, aquel lugar, aquella catedral de sonido y luz era un santuario.

Y Lestat era el Cristo en la cruz de la catedral. ¿Cómo describir aquella autoridad sobrecogedora e irracional? Su rostro habría tenido un aspecto cruel de no haber sido por aquel éxtasis y aquella exuberancia infantiles. Alzando el puño al aire, berreaba, suplicaba, bramaba a los poderes que fueran como él cuando cantaba acerca de su propia caída: ¡Lelio, el actor de bulevar, convertido contra su propia voluntad en una criatura de la noche!

Su abrazadora voz de tenor parecía dejar, hecho materia, su cuerpo, mientras relataba su derrota, sus resurrecciones, la sed interior que no había sangre que pudiera colmar.

—¡Yo no soy el mal que tenéis en vuestro interior! —gritaba, no a los monstruos de la masa que tenían a la Luna por sol, sino a los mortales que lo adoraban a él, a Lestat.

Incluso Daniel chillaba, aullaba, saltando en el sitio a la par que lanzaba gritos de acuerdo, aunque las palabras, mirándolas bien, ya no significaran nada; era sólo la cruda fuerza del desafío de Lestat. Lestat maldecía los cielos en representación de todos los que alguna vez habían sido proscritos, de todos los que alguna vez habían conocido el ultraje, y luego se volvía, culpable y malevolente, hacia los de su propia especie.

En los momentos más culminantes, le pareció a Daniel como si todo presagiara que se haría dueño de su propia inmortalidad en la víspera de aquella gran Misa. El Vampiro Lestat era Dios; o la cosa más próxima a Dios que nunca había conocido. El gigante en la pantalla de vídeo daba su bendición a todo lo que siempre había deseado Daniel.

¿Cómo podían resistir los demás? Seguro que la ferocidad de su premeditada víctima la hacía mucho más tentadora. El mensaje último que subyacía en todas las letras de las canciones de Lestat era muy simple: Lestat tenía el don que había prometido a cada uno de ellos; Lestat era indestructible. Había devorado el sufrimiento que le habían infligido y había salido más fuerte de la experiencia. Unirse a él era vivir para siempre:

Este es mi Cuerpo. Esta es mi Sangre.

Pero el odio hervía entre los hermanos y hermanas vampiros. Cuando el concierto llegaba a su conclusión, Daniel lo sintió con mucha intensidad: un olor que se elevaba de la masa, un siseo que se expandía por debajo de la estridencia de la música.

Matar al Dios. Despedazarlo miembro a miembro. Dejemos que los adoradores mortales hagan como siempre han hecho: plañir por los que van a morir. «Hermanos, id con Dios.»

La iluminación general se encendió. Los *fans* desencadenaron una tormenta en el escenario de madera, arrancando la cortina de sarga negra para seguir a los músicos que huían.

Armand agarró el brazo de Daniel.

—Salgamos por la puerta lateral —dijo—. Nuestra única oportunidad es alcanzarlo ahora mismo.

Era exactamente lo que él había esperado. Ella golpeó al primero de los que habían golpeado a Lestat. Éste había cruzado la puerta trasera, con Louis a su lado, y se precipitó hacia su Porsche negro cuando los asesinos se lanzaron a él. Parecía un tosco círculo que pretendía cercarlo, pero en el acto, el primero, con la hoz levantada, estalló en llamas. La muchedumbre fue presa del pánico, y la juventud aterrorizada echó a correr en todas direcciones en una gran estampida. Otro asaltante inmortal ardió. Y luego otro.

Khayman se escabulló hasta la pared, donde se apoyó, al tiempo que los torpes humanos pasaban lanzados por delante de él. Vio a una elegante y alta bebedora de sangre que, inadvertida, se escurría entre la masa y se colocaba con disimulo tras el volante del coche de Lestat, y llamaba a éste y a Louis para que se reunieran con ella. Era Gabrielle, la madre del demonio. Y, lógicamente, el fuego letal no la alcanzaba. Mientras ponía en marcha el vehículo con gestos decididos y rápidos, no mostró ni un destello de miedo en sus fríos ojos azules.

Mientras tanto, Lestat giraba sobre sí mismo en un estanque de rabia. Enfurecido porque alguien le escamoteaba la batalla, decidió subir al coche, sólo porque los demás lo obligaron a hacerlo.

Y mientras el Porsche avanzaba sin contemplaciones por entre los jóvenes que huían enloquecidos, bebedores de sangre explotaban en llamas por todas partes. Sus gritos, sus frenéticas maldiciones, sus últimos interrogantes se alzaban en un coro hórrido y silencioso.

Khayman se cubrió el rostro. El Porsche se hallaba a medio camino de las puertas del recinto cuando la muchedumbre lo obligó a detenerse. Las sirenas chillaron, hubo voces que rugían órdenes, muchos adolescentes habían caído con los miembros rotos, muchos mortales gemían de pena y confusión.

Llegar a Armand, pensó Khayman. Pero, ¿de qué serviría? Vio que ardían por todas partes a su alrededor; ardían en grandes penachos de llamas anaranjadas y azules, llamas que, cuando se liberaban de las ropas chamuscadas que caían en el pavimento, se tornaban blancas por su incandescencia... ¿Cómo podría situarse entre el fuego y Armand? ¿Cómo podría salvar al joven, a Daniel?

Levantó la mirada hacia las distantes colinas, hacia una diminuta figura que resplandecía contra el cielo oscuro, ignorada de todos los que, en torno suyo, chillaban, corrían y pedían auxilio.

De repente, sintió el calor; sintió que el calor lo tocaba como lo había tocado en Atenas. Sintió que danzaba cerca de su rostro, sintió que se le humedecían los ojos. Con firmeza contempló su fuente diminuta y distante. Y entonces, por razones que nunca pudo acabar de comprender, decidió no rechazar el fuego, sino esperar a ver qué le podría hacer. Cada fibra de su cuerpo le decía: *contraataca*. Pero permanecía inmóvil, vacío de pensamientos, notando el sudor que goteaba por su piel. El fuego lo rodeó, lo abrazó. Y al final se alejó, dejándolo en paz, frío, y herido más de lo que se hubiera podido imaginar. Murmuró una plegaria: *Que las gemelas puedan destruirte.*

DANIEL

—¡Fuego!

Daniel captó el hedor de grasa quemada al mismo tiempo que veía las llamas surgiendo aquí y allá entre la multitud. ¿Qué protección tenía la gente ahora? Los fuegos eran como pequeñas explosiones; grupos de frenéticos adolescentes tropezaban y caían al intentar alejarse de ellos; corrían en círculos demenciales y chocaban sin remedio unos con otros.

El sonido. Daniel lo oyó de nuevo. Se movía por encima de ellos. Armand tiró de él, de nuevo hacia el edificio. Era inútil. No podían llegar a Lestat. Y no tenían protección. Arrastrando a Daniel consigo, Armand retrocedió de nuevo hasta llegar a la sala. Un par de aterrorizados vampiros corrían y cruzaban la entrada tan deprisa como les permitían sus piernas y explotaban en pequeños incendios.

Horrorizado, Daniel observó los esqueletos refulgiendo mientras se diluían en el pálido resplandor de la llamarada. Tras ellos, en el auditorio desierto, una figura fugaz quedó atrapada en las mismas llamas terroríficas. Girando sobre sí mismo y retorciéndose, se derrumbó en el suelo de hormigón, y el humo emergió de sus ropajes vacíos. En el pavimento se formó un charco de grasa, que se secó antes de que Daniel apartase la vista de él.

Salieron corriendo de nuevo hacia el exterior, hacia los mortales que huían, hacia las lejanas puertas de la verja, salvando metros y metros de asfalto.

Y, de repente, se encontraron desplazándose tan aprisa que los pies de Daniel dejaron de tocar el suelo. El mundo no fue sino una mancha de color. Incluso los patéticos gritos de los atemorizados *fans* se suavizaron. Armand y Daniel se detuvieron en las puertas, en el mismo instante en que el Porsche negro de Lestat salía a toda velocidad de la zona de aparcamiento, pasaba como un rayo por delante de ellos y enfilaba la avenida. En pocos segundos, desapareció, como una bala, viajando en dirección sur, hacia la autopista.

Armand no hizo ademán de seguirlo, incluso pareció no verlo. Permaneció cerca del pilar, mirando hacia atrás, por encima de la sala, hacia el distante horizonte.

El misterioso ruido telepático era ahora ensordecedor. Ahogaba cualquier otro sonido del mundo; se tragaba cualquier otra sensación.

Daniel no pudo evitar llevarse las manos a los oídos, no pudo evitar que las rodillas se le doblaran. Sintió que Armand se le acercaba. Pero no pudo ver más. Sabía que, si tenía que ocurrir, ocurriría en aquel mismo instante; y sin embargo, continuaba sin sentir el miedo; continuaba sin poder creer en su propia muerte; estaba paralizado de maravilla y confusión.

Poco a poco, el sonido se desvaneció. Entumecido, sintió que su visión empezaba a aclararse; vio la gran forma roja de un pesado camión escalera que se aproximaba, y los bomberos que le gritaban que se apartase de la entrada. La sirena llegó como si fuera de otro mundo, como una invisible aguja de sonido que se le clavara en las sienes.

Armand lo apartó con suavidad del camino. Gente asustada pasaba como si fuera empujada por el viento. Sintió que caía. Pero Armand lo sostuvo. Pasaron al otro lado de la verja, hacia los cálidos apretujones de los mortales, escabulléndose por entre los que miraban desde la valla la avalancha.

Cientos de personas huían aún. Sirenas, ásperas y discordantes, ahogaban sus gritos. Un camión de bomberos tras otro rugieron hacia la entrada, abriéndose paso entre los mortales dispersados. Pero esos sonidos eran leves y distantes, aún estaban apagados por el ruido sobrenatural, ya en retroceso. Armand se agarró a la valla, con los ojos cerrados, la frente apretada contra el metal. La valla tembló, como si sólo ella pudiera oír aquel ruido como lo oían ellos.

El ruido se desvaneció.

Cayó un silencio helado. El silencio posterior al impacto, el silencio del vacío. Y aunque el pandemonio proseguía, ya no los alcanzaba.

Estaban solos; los mortales se disolvían, se arremolinaban, se alejaban. Y el aire arrastraba otra vez aquellos sobrenaturales gritos errabundos como el oropel ardiendo; muriendo..., pero ¿dónde?

Al cruzar la avenida, se situó a la altura de Armand. Sin prisas. Y emprendieron su camino por un oscuro callejón lateral, pasaron por delante de casas de estuco sucio y de tienduchas, dejaron atrás carteles de neón caídos y pisaron pavimentos agrietados.

Caminaron y caminaron. La noche se enfrió y se tranquilizó en su entorno. El sonido de las sirenas era remoto, ahora casi sonaba lúgubre.

Al salir a un ancho bulevar de luces chillonas, apareció un inmenso y pesado tranvía, inundado de luz verdosa. Parecía un fantasma, avanzando hacia ellos a través del vacío del silencio. Sólo unos pocos pasajeros mortales y tristes escrutaban desde detrás de los cristales manchados y sucios de las ventanillas. El conductor conducía como adormecido.

Armand levantó la vista, cansadamente, como si sólo quisiera verlo pasar. Y, para total asombro de Daniel, el tranvía paró ante ellos.

Subieron a bordo juntos, sin fijarse en la máquina expendedora, y se dejaron caer sentados, codo con codo, en el largo banco recubierto de cuero. El conductor no volvió ni un instante la cabeza del parabrisas que tenía ante él. Armand se apoyó contra la ventanilla y contempló estupefacto el suelo de caucho negro. Su pelo estaba despeinado y tenía la mejilla manchada de hollín. El labio inferior le colgaba ligeramente. Perdido en sus pensamientos, parecía inconsciente de sí mismo.

Daniel miró a los sombríos mortales; la mujer con cara de caballo y con una raja como boca lo escrutaba recelosa; el borracho, sin cuello, que roncaba sobre su pecho; y la adolescente de cabeza pequeña, de pelo como cuerdas y con el dolor marcado en las comisuras de sus labios, que sostenía en su regazo a un bebé gigantesco de piel como chicle. Sí, había algo horrible y fuera de lugar en cada uno de ellos. Y allí, el muerto en el asiento trasero, con los ojos a media asta y la saliva seca en su barbilla. ¿Sabía alguien de los presentes que estaba muerto? La orina debajo de él hedía al evaporarse.

Las propias manos de Daniel parecían muertas, lívidas. El conductor, al mover la palanca, parecía un cadáver con un brazo vivo. ¿Era aquello una alucinación? ¿El tranvía hacia el infierno?

No. Sólo un tranvía como cualquiera del millón que había tomado en su vida, un tranvía en que los cansados y los desarrapados circulaban por las calles de la ciudad en las horas tardías. Sonrió de pronto, estúpidamente. Iba a echarse a reír, pensando en el hombre muerto del asiento trasero, en aquella gente que viajaba, en la apariencia que daba la luz a cada uno de ellos, pero de pronto lo inundó una sensación de temor.

El silencio lo turbaba. El lento balanceo del tranvía lo turbaba; el desfile de sórdidos hogares tras las ventanillas lo turbaba; la vista del rostro indiferente de Armand y de su mirada vacía eran insoportables.

—¿Regresará a por nosotros? —preguntó. No podía aguantarlo más.

—Ella sabía que estábamos allí —respondió Armand, con los ojos sin brillo y la voz sorda—. Nos ha pasado por alto.

KHAYMAN

Se había retirado hasta la alta ladera herbosa, y el frío Pacífico quedaba más allá.

Ahora era como un panorama; la muerte a cierta distancia, perdida entre las luces; los gemidos de las almas sobrenaturales, finos como un vaho, entretejidos con las voces más oscuras, más ricas de la ciudad humana.

Los demonios habían perseguido a Lestat, y habían provocado que el Porsche se saliese de la autopista. Lestat había salido del accidente dispuesto a pelear; pero el fuego había azotado de nuevo, dispersando o destruyendo a los que lo habían rodeado.

Después había quedado solo con Louis y Gabrielle, y había accedido a retirarse, sin saber qué o quién lo había protegido.

Y la Reina, de quien el trío no sabía nada, perseguía, por ellos, a sus enemigos.

Por encima de los tejados, su poder viajaba, aniquilando a los que habían huido, a los que habían tratado de esconderse, y a los que habían permanecido indecisos, confusos y angustiados, cerca de sus compañeros caídos.

La noche apestaba a sus cuerpos quemados; aquellos gimoteantes fantasmas no habían dejado nada en el pavimento vacío excepto sus ropas chamuscadas. Más abajo, bajo los faroles de la zona de aparcamientos, ahora libres, los hombres de la ley buscaban, en vano, cadáveres; los bomberos buscaban, en vano, a quien prestar asistencia. Los jovencitos mortales lloraban sin consuelo.

Las pequeñas heridas recibían tratamiento; los histéricos eran narcotizados y alejados del lugar con suavidad. ¡Tan eficientes eran los servicios en esta época de abundancia! Mangueras gigantes limpiaban el pavimento. Pero no quedaba ninguna evidencia. Ella había destruido a sus víctimas por completo.

Y ahora se marchaba de la sala, para seguir su búsqueda en los refugios más ocultos de la ciudad. Su poder vaciaba rincones y entraba por puertas y ventanas. Y en algún lugar aparecería una pequeña llamarada, repentina, como de una cerilla de azufre al encenderse, y luego nada.

La noche se apaciguaba. Los bares y las tiendas bajaban sus persianas, como párpados que se cierran en la oscuridad creciente. El tráfico se aclaraba en las calzadas.

En las calles de North Beach, cazó al viejo, al que sólo había querido ver el rostro de ella; y lo quemó lentamente, mientras se arrastraba por la acera. Sus huesos se convirtieron en cenizas, el cerebro, en sus últimos momentos, fue una gran brasa refulgente. A otro lo cazó en una elevada azotea, de tal modo que cayó como una estrella fugaz encima de la parpadeante ciudad. Cuando todo hubo terminado para él, sus ropas vacías emprendieron el vuelo como papel oscuro.

Y hacia el sur iba Lestat, hacia su refugio en Carmel Valley. Triunfante, ebrio del amor que sentía por Louis y Gabrielle, hablaba de viejos tiempos y de nuevos sueños, indiferente a la carnicería definitiva.

—Maharet, ¿dónde estás? —susurró Khayman.

La noche no le dio respuesta. Si Mael estaba cerca, y oía la llamada, no daba signos de ello. Pobre, desesperado Mael, que había salido corriendo al espacio abierto después del ataque a Jessica. Mael, que ahora también podía estar destruido. Mael, contemplando indefenso cómo la ambulancia se le llevaba a Jesse.

Khayman no lograba hallarlo.

Peinó las colinas punteadas de luces, los profundos valles en donde el latir de los corazones era como un susurro.

—¿Por qué he sido testimonio de tales hechos? —preguntó—. ¿Por qué los sueños me han traído aquí?

Se detuvo a escuchar el mundo mortal.

Las radios parloteaban de culto al diablo, de revueltas, de fuegos por doquier, de alucinaciones masivas. Se quejaban del vandalismo y de la juventud alocada. Pero era una gran ciudad a pesar de su pequeñez geográfica. La mente racional ya había encasillado la experiencia y ya la había olvidado. Miles de personas no se enteraron. Otras revisaban lenta y cuidadosamente en su memoria las cosas extraordinarias que habían presenciado. El Vampiro Lestat era una estrella de rock, humana y nada más, y su concierto una previsible, pero incontrolable, escena de histeria.

Quizás era parte de los designios de la Reina abortar tan suavemente los sueños de Lestat. Exterminar a sus enemigos de la capa de la Tierra ante la frágil cobertura de prejuicios humanos podría producir un daño irreparable. Si era así, ¿castigaría finalmente a la criatura?

Ninguna respuesta llegó a Khayman.

Sus ojos se desplazaron por encima del terreno adormecido. La niebla oceánica había entrado, depositándose en hondas capas rosadas por debajo de las cimas de las colinas. Ahora, en las primeras horas pasada la medianoche, el paisaje tenía la dulzura de un cuento de hadas.

Haciendo acopio de su poder más fuerte, buscó dejar los límites de su cuerpo y enviar su visión fuera de sí mismo, como el errabundo *ka* de los egipcios muertos, para ver a quienes la Madre podría haber perdonado la vida, para acercarse a ellos.

—Armand —dijo en voz alta.

Y luego las luces de la ciudad se hicieron más débiles. Sintió la calidez y la iluminación de otro lugar, y Armand estaba allí, ante él.

Él y su novicio, Daniel, habían llegado sanos y salvos a la mansión donde dormirían bajo el suelo de sótano sin ser atacados. Tambaleándose, el joven bailaba recorriendo las grandes y suntuosas habitaciones, con la mente llena de los ritmos y de las canciones de Lestat. Armand contemplaba la noche, con su juvenil cara tan impasible como siempre. ¡Vio a Khayman! Vio que estaba inmóvil en una lejana colina, pero lo sintió tan cerca, que casi pudo tocarlo. Silenciosamente, y sin verse, se estudiaron el uno al otro.

Pareció que la soledad de Khayman era más de lo que Armand podía soportar; pero los ojos de éste no manifestaron emoción, ni confianza, ni bienvenida.

Khayman continuó viajando, sacando de sí fuerzas todavía más poderosas, elevándose más y más arriba en su búsqueda, tan lejos de su cuerpo que por un momento ni siquiera lo pudo localizar. Fue hacia el norte, llamando los nombres de Santino, de Pandora.

En una asolada llanura de nieve y hielo los vio, dos figuras negras en la inacabable blancura: los ropajes de Pandora recibían el azote del viento, sus ojos estaban llenos de lágrimas sanguinolentas mientras buscaba la borrosa silueta de la casa de Marius. Estaba contenta de tener a Santino a su lado, aquel inverosímil explorador con su elegante vestimenta de terciopelo negro. La larga noche sin sueño durante la cual Pandora había dado la vuelta al mundo la había dejado con todos los miembros exhaustos, y estaba casi a punto de desplomarse. Toda criatura debía dormir, debía soñar. Si no se tumbaba pronto en algún lugar oscuro, su mente no podría combatir las voces, las imágenes, la locura. No quería subir al aire otra vez, y además Santino no podía realizar tales cosas; así pues, andaba junto a él.

Santino se pegaba a ella, sintiendo sólo la fuerza de ella, con su corazón encogido y dolorido por los distantes pero ineludibles gritos de los que la Reina había aniquilado. Sintiendo el suave roce de la mirada de Khayman, tiró de su capa negra y se arropó el rostro. Pandora no percibió nada.

Khayman viró y se alejó. Lo hería verlos tocarse, verlos juntos.

En la mansión de la colina, Daniel abrió el cuello

de una rata viva y coleando y dejó que la sangre fluyera en una copa de cristal.

—Un truco de Lestat —dijo contemplándola en la luz.

Armand estaba sentado junto al fuego, observando el rojo rubí de sangre en la copa mientras Daniel se la llevaba a los labios.

Khayman se dirigió de nuevo hacia la noche, errando de nuevo muy alto, lejos de la ciudad, trazando una gran órbita.

«Mael, respóndeme. Hazme saber dónde estás.» ¿También le había lanzado la Madre su feroz rayo frío? ¿O se lamentaba tanto por Jesse que no oía ni nada ni a nadie? Pobre Jesse, deslumbrada por los milagros, abatida por un novato en un abrir y cerrar de ojos sin que nadie pudiese evitarlo.

«¡La hija de Maharet, mi hija!»

Khayman sentía miedo por lo que pudiera ver, tenía miedo de lo que no osaba intentar cambiar. Quizás ahora el druida era demasiado fuerte para él; el druida se ocultaba, y ocultaba a su protegida de todas las miradas y de todas las mentes. O eso, o la Reina se había salido con la suya y todo había acabado.

JESSE

Qué tranquilo aquí. Yacía en una cama dura y blanda, y sentía su cuerpo esponjoso como una muñeca de trapo. Podía levantar la mano, pero le volvía a caer, y aún seguía sin ver nada, excepto objetos en cierta manera fantasmal que podían haber sido ilusiones.

Por ejemplo, las lámparas a su alrededor: antiguas lámparas de arcilla de forma pisciforme y cargadas con aceite. Despedían un espeso y aromático olor que se esparcía por la habitación. ¿Era su capilla ardiente?

Volvió de nuevo el pavor de estar muerta, encerrada en la carne, pero desligada de ella. Oyó un curioso sonido, ¿qué era? Unas tijeras cortando. Le recortaban las puntas de su pelo; y aquella sensación viajó hacia su cuero cabelludo. La sintió incluso en los intestinos.

Un minúsculo pelo solitario fue arrancado súbitamente de su rostro; uno de esos pelos molestos, fuera de lugar, que las mujeres odian tanto. La estaban arreglando para el ataúd, ¿no? ¿Quién si no se preocuparía tanto, quién levantaría ahora su mano e inspeccionaría sus uñas tan cuidadosamente?

Pero el dolor llegó de nuevo, como una descarga eléctrica que descendiera por su espalda; y gritó. Gritó en voz alta, en aquella habitación donde había estado sólo horas antes, en aquella misma cama de chirriantes cadenas.

Oyó un jadeo de alguien que estaba cerca de ella. Intentó ver, pero sólo distinguió otra vez las lámparas. Y una figura borrosa junto a la ventana. Miriam observaba.

—¿Dónde? —preguntó él. Estaba sobresaltado, intentando captar la visión. ¿No había ocurrido ya antes aquello?

—¿Por qué no puedo abrir los ojos? —preguntó. Él podría mirar siempre, pero nunca vería a Miriam.

—Tus ojos están abiertos —contestó. Qué pura y tierna sonaba su voz—. No puedo darte más, a menos que te lo dé todo. No somos de los que curan, somos de los que matan. Es hora de que me digas lo que quieres. Aquí no hay nadie que pueda ayudarme.

«No sé lo que quiero. ¡Lo único que sé es que no quiero morir! No quiero dejar de vivir.» Qué cobardes somos, pensó ella, qué mentirosos. Una gran tristeza fatalista la había acompañado durante toda la noche, pero ¡siempre había tenido la secreta esperanza de aquello! No sólo para ver, para saber, sino para formar parte de...

Quería explicarlo, conformarlo con cuidado en palabras audibles, pero el dolor volvió otra vez. Como un hierro candente, el dolor se le clavó en la espina dorsal y corrió hacia sus piernas. Y luego el bendito entumecimiento. Parecía que la habitación, que no podía ver, se oscurecía, y que las lumbres de las lámparas antiguas vacilaban. En el exterior, el bosque susurraba. El bosque se retiraba en las tinieblas. Y el apretón de Mael en su muñeca se aflojó de pronto, pero no porque la hubiese soltado sino porque ella ya no lo podía notar.

—¡Jesse!

La zarandeó con ambas manos y el dolor fue como el relámpago que resquebraja la noche. Jesse chilló a través de los dientes apretados. Miriam, con la mirada petrificada y callada, observaba airada desde la ventana.

—Mael, ¡hazlo! —gritó.

Con un enorme esfuerzo se incorporó y se sentó en la cama. El dolor no tenía ahora ni forma ni confín; el grito se estranguló en su interior. Pero entonces abrió los ojos,los abrió realmente. En la luz nebulosa, vio la fría y despiadada expresión de Miriam. Vio la alta y encorvada figura de Mael dominando la cama. Y luego se volvió hacia la puerta abierta. Llegaba Maharet.

Mael no lo supo, no se dio cuenta, hasta que ella lo advirtió. Con suaves y sedosos pasos, con su larga falda ondulando y crujiendo sombríamente, Maharet subió las escaleras, avanzó por el pasillo.

¡Oh, después de todos aquellos años, de aquellos larguísimos años! A través de las lágrimas observó a Maharet entrar en la claridad de las lámparas, vio su cara reluciente y el ardiente resplandor de su pelo.

Maharet hizo un ademán a Mael para que las dejara a solas.

Luego Maharet se acercó a la cama. Levantó las manos, con las palmas abiertas hacia arriba como en una invitación; y extendió los brazos hacia adelante como si fuera a recoger un bebé.

—Sí, hazlo.

—Despídete de Miriam pues, querida.

En los tiempos antiguos, en la ciudad de Cartago existía un terrible culto. El pueblo ofrecía a sus hijos pequeños en sacrificio al gran dios de bronce, Baal. Los pequeños cuerpos eran depositados en los brazos extendidos de la estatua, y luego, por medio de un resorte, los brazos se levantaban y los niños caían en el rugiente horno del vientre del dios.

Después de la destrucción de Cartago, sólo los romanos transmitieron el antiguo relato, y, con el paso de los siglos, los hombres sensatos dejaron de creerlo. Parecía demasiado terrible, la inmolación de aquellos chiquillos. Pero cuando los arqueólogos llegaron con sus palas y empezaron a cavar, encontraron huesos de las pequeñas víctimas en gran abundancia. Desenterraron necrópolis enteras de nada más que de pequeños esqueletos.

Y el mundo supo que la antigua leyenda era cierta; que los hombres y mujeres de Cartago habían llevado a sus hijos al dios, y, en sumisión, habían permanecido ante él mientras los niños caían chillando al fuego. Era religión.

Ahora, cuando Maharet levantó a Jesse, cuando los labios de Maharet tocaron su garganta, Jesse recordó la vieja leyenda. Los brazos de Maharet eran como los duros brazos metálicos del dios Baal, y, en un ardiente instante, Jesse conoció el indecible tormento.

Pero no fue su propia muerte lo que vio Jesse; lo que vio fue las muertes de los demás, de las almas de los no-muertos inmolados, que se elevaban para alejarse del terror, para huir del dolor físico del fuego que consumía sus cuerpos sobrenaturales. Oyó sus gritos; oyó sus avisos; vio sus caras cuando dejaban la tierra, deslumbrantes mientras aún arrastraban con ellos la marca de su forma humana, de la forma sin la sustancia; sintió que pasaban del sufrimiento a lo desconocido; oyó su canción, que acababa de empezar.

Y luego la visión palideció, se desvaneció, como la música medio oída, medio recordada. Estaba cerca de la muerte; su cuerpo había desaparecido, todo el dolor había desaparecido, toda la sensación de permanencia o de angustia había desaparecido.

Se encontraba en un claro, soleado, mirando a la madre en el altar.

—En la carne —dijo Maharet—. En la carne empieza toda la sabiduría. Cuidado con los que tienen carne. Cuidado con los dioses, cuidado con la *idea*, cuidado con el demonio.

Luego vino la sangre, se desparramó por cada fibra de su cuerpo; mientras electrificaba sus miembros y su piel la escocía por el calor, volvía a ser piernas y brazos; y, mientras la sangre trataba de fijar su alma a la sustancia para siempre, el hambre hacía que su cuerpo se retorciera.

Yacían abrazadas, ella y Maharet, y la piel dura de Maharet era tan acogedora y sedante que ambas se fundieron en una sola, húmeda y entrelazada, con el pelo enmarañado; y el rostro de Jesse, mientras roía la fuente, mientras los momentos de éxtasis recorrían su cuerpo, se hundía en el cuello de Maharet.

De repente, Maharet se apartó y volvió el rostro de Jesse contra la almohada. La mano de Maharet cubrió los ojos de Jesse, y Jesse sintió los dientes afilados como navajas de afeitar horadar su piel; sintió que le estiraban todo su ser, que se lo arrancaban. Como el silbido del viento, la sensación de ser vaciada, de ser devorada, ¡de ser nada!

—Vuelve a beber, querida mía.

Abrió los ojos, vio la blanca garganta, los blancos pechos; extendió el brazo y tomó la garganta entre sus manos, y esta vez fue ella quien buscó la carne, quien la desgarró. Y cuando la primera gota de sangre llegó a su lengua, atrajo a Maharet y la colocó bajo sí. Maharet se entregaba dócil; suya; los pechos de Maharet contra sus pechos; los labios de Maharet contra su rostro, mientras sorbía su sangre, la sorbía más y más. «Eres mía. Eres completamente mía, totalmente mía.» Entonces todas las imágenes, todas las voces, todas las visiones desaparecieron.

Dormían, o casi dormían, una en los brazos de la otra. Parecía que el placer abandonaba su destello; parecía que iba a sentir de nuevo su respiración; que frotarse en las sedosas sábanas o en la sedosa piel de Maharet volvería a ser posible.

La fragante brisa recorrió la habitación. Un gran suspiro colectivo se alzó del bosque. Miriam ya no existía, ya no existían los espíritus del reino del crepúsculo, atrapados entre la vida y la muerte. Había encontrado su lugar; su lugar eterno.

Al cerrar los ojos, vio que el ser de la jungla se paraba a mirarla. El ser pelirrojo la vio y vio a Maharet en sus brazos; vio el pelo rojo; dos mujeres pelirrojas; y el ser cambió su dirección y se fue hacia ellas.

KHAYMAN

Una quietud absoluta, la paz de Carmel Valley. Tan feliz estaba en casa el pequeño grupo, Lestat, Louis,

Gabrielle; ¡tan felices de estar juntos! Lestat se había librado de sus ropas sucias y estaba resplandeciente de nuevo con su lustroso «atuendo vampírico» (lo estaba incluso con la capa negra echada al desgaire por encima de un hombro). Y los demás, ¡qué contentos se sentían! La mujer, Gabrielle, deshaciéndose la trenza de pelo amarillo, como distraída, hablando con fluidez apasionada. Y Louis, el humano, callado pero muy emocionado por la presencia de los otros dos, cautivado, por decirlo así, por sus gestos más simples.

En cualquier otro momento, qué conmovido se habría sentido Khayman ante tal felicidad. Habría deseado tocarles las manos, mirar sus ojos, contarles quién era y lo que había visto; habría deseado estar en su compañía.

Pero ella estaba cerca. Y la noche no había acabado aún.

El cielo palideció y la ligerísima calidez de la mañana se arrastró por los campos. Las cosas se movían en la luz creciente. Los árboles se agitaban, sus hojas se desenrollaban, aunque fuera muy despacio.

Khayman se hallaba en pie junto al manzano, contemplando los cambios en el color de la sombras; escuchando la mañana. Ella estaba allí, sin duda alguna.

Se ocultaba, al acecho, con todo su enorme poderío en tensión. Pero a Khayman no lo podía engañar. Khayman observaba, esperaba, escuchaba las risas y la charla del pequeño conciliábulo.

En la puerta de la casa, Lestat abrazó a su madre, despidiéndose. Gabrielle salió a las primeras luces del amanecer, con paso vivo, en sus polvorientas y descuidadas ropas caqui, con su tupido pelo amarillo, cepillado hacia atrás: la viva estampa de una trotamundos despreocupada. Y el de pelo negro, el apuesto Louis, la acompañaba.

Khayman los observó mientras cruzaban el césped; la mujer se dirigió a campo abierto, hasta la linde de los bosques, donde tenía la intención de dormir bajo la misma tierra, mientras que el varón entró en la fresca oscuridad de una pequeña dependencia. Había tal refinamiento en él, en su forma de deslizarse bajo los maderos del suelo, en el modo de tenderse, como si estuviera en la tumba; en la forma de componer sus miembros, para caer de inmediato en la más completa oscuridad...

Y la mujer; con asombrosa violencia cavó un escondrijo profundo y secreto, y las hojas se volvieron a colocar como si ella nunca hubiera estado allí. La tierra acogió sus brazos extendidos, su cabeza gacha. Se zambulló en los sueños de las gemelas, en las imágenes de la jungla y del río que nunca recordaría.

Cuanto más lejos, mejor. Khayman no quería que muriesen, que ardiesen. Exhausto, apoyó la espalda en el manzano y dejó que la penetrante fragancia de la fruta lo envolviera.

¿Por qué estaba ella allí? ¿Y por qué se ocultaba? Cuando él se abrió, sintió el grave y radiante sonido de su presencia, un sonido muy parecido a un motor del mundo moderno, que despedía un irrefrenable susurro de su poder letal.

Después, Lestat emergió de la casa y se apresuró hacia la guarida que se había construido bajo las acacias, cerca de la ladera de la colina. Descendió por una trampilla, bajó unos peldaños de tierra y entró en una cámara fría y húmeda.

Así pues, paz para todos, paz hasta la noche, cuando haría el papel de portador de malas noticias.

El sol se acercó al horizonte; los primeros rayos refractados hicieron su aparición, lo cual siempre restaba precisión a la vista de Khayman. Fijó la mirada en los colores del huerto, que poco a poco se intensificaban, mientras el resto del mundo perdía sus contornos delimitados y formas definidas. Cerró los ojos un momento, comprendiendo que tenía que entrar en la casa, que debía buscar algún lugar fresco y sombrío donde los mortales no pudieran molestarlo.

Y a la puesta de sol, él estaría esperando a que despertasen. Les contaría todo lo que sabía; les contaría lo de los demás. Con una súbita punzada de dolor, pensó en Mael y en Jesse, a quienes no logró encontrar, como si la tierra se los hubiese tragado.

Pensó en Maharet y quiso llorar. Pero emprendió el camino hacia la casa. El sol caía cálido en su espalda; sentía pesados sus miembros. Mañana por la noche, pasara lo que pasase, no estaría solo. Estaría con Lestat y su cohorte; y si le daban la espalda, buscaría a Armand. Y se dirigiría hacia el norte, hacia Marius.

Primero oyó el sonido; un rugido potente, crepitante. Se volvió, protegiéndose los ojos del sol naciente. Una gran erupción de tierra que surgió del suelo del bosque. Las acacias oscilaron como azotadas por una tormenta, con ramas que se rompían, raíces arrancadas de cuajo, troncos cayendo aquí y allá.

En una oscura ráfaga de viento que henchía los ropajes, la Reina, con inusitada velocidad, emergió de la tierra, con el cuerpo fláccido de Lestat colgando en sus brazos, y se fue hacia el cielo de poniente, en dirección contraria a la aurora.

Khayman, sin poder evitarlo, soltó un fortísimo grito, un grito que resonó en toda la quietud del valle. Así pues, ella había tomado un amante, su amante.

¡Oh, pobre amante, oh, pobre príncipe bello y rubio...!

Pero ahora no había tiempo para pensar ni para actuar, ni para conocer los sentimientos de su propio corazón; se dirigió hacia la casa en busca de refugio; el sol había herido las nubes y el horizonte se había tornado un infierno.

Daniel se agitó en la oscuridad. El sueño parecía elevarse como una manta que hubiera estado a punto de aplastarlo. Vio el fulgor de los ojos de Armand. Oyó el susurro de Armand:

—Ella lo ha cogido.

Jesse gimió en voz alta. Carente de peso, erraba a la deriva en la penumbra. Vio a dos figuras que se elevaban como en una danza: la Madre y el Hijo. Como los santos que ascienden en el fresco de la cúpula de una iglesia. Sus labios formaron las palabras «la Madre».

En su tumba cavada a una gran profundidad, Pandora y Santino dormían abrazados. Pandora oyó el sonido. Oyó el grito de Khayman. Vio a Lestat con los ojos cerrados y la cabeza colgando hacia atrás, subiendo en los brazos de Akasha. Vio los ojos negros de Akasha mirando fijamente el rostro dormido de Lestat. El corazón de Pandora se paró horrorizado.

Marius cerró los ojos. No podía mantenerlos abiertos por más tiempo. Arriba, los lobos aullaban; el viento arreciaba en el tejado acerado de los edificios del complejo. A través de la ventisca, los débiles rayos del sol llegaron, incendiando la nieve arremolinada; y pudo sentir la sensación embotadora que descendía capa de hielo tras capa de hielo hasta llegar a él y entumecerlo. Vio la figura dormida de Lestat en los brazos de ella; la vio subir al cielo.

—Ten cuidado con ella, Lestat —susurró en su último aliento consciente—. Peligro.

Khayman se tendió en el fresco suelo enmoquetado y se cubrió el rostro con el brazo. Y el sueño le llegó enseguida, un suave y sedoso sueño de una noche de verano en un lugar encantador, donde el cielo era grande encima de las luces de la ciudad, y todos estaban juntos, esos inmortales cuyos nombres sabía y que ahora conservaba en su corazón.

TERCERA PARTE

ASÍ FUE EN UN PRINCIPIO, ES AHORA Y SERÁ SIEMPRE...

Escóndeme
de mí.
Llena esos
agujeros con ojos
porque los míos no son
míos. Escóndeme
cabeza y necesidad
porque no soy bueno
tan muerto en vida
tanto tiempo.
Sé ala y
ocúltame
de mi deseo
de ser
pez pescado.
Aquel gusano de
vino
parece dulce y
me produce
ceguera. Y también
mi corazón esconde
porque tendré, a
este paso, que
comérmelo a tiempo.

STAN RICE
«Caníbal»
Algo de cordero (1975)

1

LESTAT: EN LOS BRAZOS DE LA DIOSA

No sabría decir cuándo desperté, cuándo recuperé mis sentidos.

Recuerdo tener consciencia de que ella y yo habíamos estado juntos durante largo tiempo, de que yo había estado devorando su sangre con abandono animal, de que Enkil estaba destruido y de que ella sola conservaba el poder original; y de que ella era la causa de que yo viera cosas y comprendiera cosas que me hacían llorar como un niño.

Doscientos años antes, cuando bebí de ella en la cripta, la sangre había sido silenciosa, con un silencio magnífico lleno de misterio. Ahora estaba sobrecargada de imágenes, imágenes que arrebataban el cerebro como la misma sangre arrebataba el cuerpo; estaba comprendiendo todo lo que había ocurrido; yo estaba allí mientras los demás morían uno a uno de aquella terrible forma.

Y luego oía las voces; las voces que se elevaban y decaían, al parecer sin objetivo, como el murmullo de un coro en una cueva.

Parece que hubo un momento lúcido en que lo relacioné todo: el concierto de rock, la casa de Carmel Valley, su cara radiante ante mí. Y el hecho de saber que ahora estaba allí con ella, en aquel sitio oscuro y nevado. La había despertado. O mejor dicho, le había dado la razón para levantarse, según había dicho ella misma. La razón para volverse, mirar al trono en el cual se había sentado y dar aquellos primeros pasos vacilantes que la alejarían de él.

«¿Sabes lo que significa levantar la mano y ver que se mueve en la luz? ¿Sabes lo que significa oír el súbito sonido de la propia voz resonando en aquella inmensa cámara de mármol?» Seguramente habíamos bailado, ella y yo, en el oscuro bosque cubierto de nieve, ¿o era sólo que nos habíamos abrazado una y otra vez?

Cosas terribles habían acaecido. Por otras partes del mundo, cosas terribles. La ejecución de los que nunca debieran haber nacido. *Mala semilla.* La masacre del concierto había sido tan sólo el final.

Sin embargo, yo estaba en sus brazos en medio de aquella glacial oscuridad, en el familiar aroma del invierno, y su sangre volvía a ser mía, y me estaba esclavizando. Cuando ella se retiró, me sentí en una agonía. Tenía que aclarar mis pensamientos, tenía que saber si Marius estaba vivo o no; si Louis, Gabrielle y Armand habían conservado la vida o no. Y en cierto sentido, tenía que encontrarme a mí mismo.

Pero las voces, ¡la creciente avalancha de voces! Mortales cerca y lejos. La distancia no era de ninguna relevancia. La intensidad era la medida. Era un millón de veces superior a mi anterior capacidad de oír, cuando podía pararme en una calle de la ciudad y escuchar a los inquilinos de alguna vivienda oscura, cada uno en su propio cuarto, hablando, pensando, rezando, durante tanto tiempo y de tan cerca como yo gustase.

Silencio repentino cuando ella habló:

—Gabrielle y Louis están a salvo. Ya te lo he dicho. ¿Crees que haría daño a los que amas? Mírame a los ojos y escucha sólo lo que te voy a decir. He perdonado la vida a muchos más de los que era necesario.

Y lo hice tanto por ti como por mí misma, para que pueda verme reflejada en ojos inmortales y escuchar las voces de mis hijos cuando me hablen. Pero, he elegido a los que tu amas, a los que volverás a ver. No podía quitarte este consuelo. Pero ahora estás conmigo, y tienes que ver y saber lo que se te está revelando. Tienes que tener un coraje que se corresponda al mío.

No podía resistirlo, las visiones que me estaba ofreciendo: aquella hórrida pequeña Baby Jenks en sus últimos momentos; ¿había sido un sueño desesperado en el instante de su muerte, una cadena de imágenes parpadeando en su cerebro moribundo? No podía soportarlo. Y Laurent, mi antiguo compañero Laurent, desecándose por las llamas en el pavimento; y, al otro lado del mundo, Félix, a quien también había conocido en el Teatro de los Vampiros, conducido en llamas por los callejones de Nápoles, hasta caer al mar. Y los demás, tantos, por todo el mundo; lloré por ellos, lloré por todo. Sufrimiento sin significado.

—Una vida así —dije de Baby Jenks, llorando.

—Por eso te lo mostré todo —respondió ella—. Por eso todo ha terminado. Los Hijos de las Tinieblas ya no existen. Ahora sólo tendremos ángeles.

—Pero, ¿los demás...? —pregunté—. ¿Qué le ha ocurrido a Armand? —Y las voces comenzaron de nuevo, el indicio de zumbido que podía elevarse hasta un clamor ensordecedor.

—Vamos, príncipe —susurró ella. De nuevo silencio. Alargó los brazos y tomó mi cara entre las manos. Sus ojos negros se engrandecieron, su rostro blanco se tornó súbitamente blando y casi suave—. Si tienes que verlo, te mostraré a los que aún viven, a aquellos cuyos nombres se convertirán en una leyenda, junto con el tuyo y el mío.

«¿Leyenda?»

Giró un poco la cabeza; pareció un milagro cuando

cerró los ojos; porque entonces la vida visible se apagó por completo en ella. Algo muerto, perfecto, delicadas pestañas negrísimas, arqueadas exquisitamente. Miré hacia su garganta; el azul pálido de la arteria bajo la piel, bien visible, como si ella quisiera que yo la contemplase. El deseo que sentí fue imparable. ¡La diosa, mía! La tomé violentamente, con una fuerza que habría malherido a una mujer mortal. La piel helada tenía un aspecto impenetrable; mis dientes la horadaron y de nuevo la ardiente fuente se desbordó en mi interior con gran estruendo.

Las voces volvieron, pero se desvanecieron a una orden mía. Y no hubo nada excepto el torrente de sonido grave de la sangre y los lentos latidos de su corazón cerca del mío.

Oscuridad. Un sótano de ladrillos. Un ataúd de madera de roble, madera pulida hasta tomar un fino brillo. Cerraduras de oro. El momento mágico; las cerraduras se abrieron como accionadas por una llave invisible. La tapa se levantó, revelando el forro de satén. Se olía un ligero aroma de perfume oriental. Vi a Armand reposando en la almohada de satén blanco, un serafín de cabello castaño y tupido; la cabeza hacia un lado, los ojos vacíos, como si despertar fuera sobresaltarse de una manera infalible. Observé cómo se levantaba del ataúd, con gestos lentos y elegantes; nuestros gestos, porque somos los únicos seres que se levantan del ataúd por rutina. Vi cómo cerraba la tapa. Cruzó el húmedo suelo de ladrillos en dirección a otro ataúd. Y éste, lo abrió con gran reverencia, como si fuera un cofre que contuviera un raro tesoro. En el interior, un joven yacía dormido; sin vida, pero soñando. Soñando con una jungla en donde una mujer pelirroja andaba, una mujer que yo no podía ver con demasiada claridad. Y luego una escena extrañísima, algo que ya había vislumbrado anteriormente, pero ¿dónde? Dos mujeres arrodilladas ante un altar. Es decir, creía que era un altar...

Una tensión en ella, un endurecimiento. Se movió contra mí como una estatua de la Virgen a punto de aplastarme. Me desvanecí; creo que la oí pronunciar un nombre. Pero la sangre entró en otro borbotón y mi cuerpo palpitó otra vez de placer; no había Tierra, no había gravedad.

El sótano de ladrillos una vez más. Una sombra había caído en el cuerpo del joven. Otra había entrado en el sótano y había colocado una mano en el hombro de Armand. Armand lo conocía. Mael era su nombre. «Ven.»

«Pero ¿adónde los llevaba?»

Anochecer púrpura en el bosque de secoyas. Gabrielle se paseaba con aquel estilo suyo tan propio, despreocupada, con la espalda erguida, imparable, sus ojos como dos diminutos fragmentos de cristal, pero sin reflejar nada de lo que veían a su alrededor; y junto a ella estaba Louis, esforzándose con elegancia en mantenerse a su altura. Louis tenía un aspecto tan conmovedoramente civilizado en medio de lo salvaje, tan fuera de lugar... El disfraz de vampiro de la noche anterior había sido desechado; pero así, con sus viejas ropas raídas, parecía aún más un caballero con su suerte un poco en decadencia. Por su asociación con ella, ¿y ella lo sabía? ¿Se cuidaría ella de él? «Pero ambos temen, ¡temen por mí!»

El pequeño cielo que los cubría se estaba convirtiendo en porcelana fina; los árboles parecían atraer la luz hasta sus macizos troncos y hasta casi sus raíces. Oí un riachuelo corriendo en las sombras. Después lo vi. Gabrielle entraba andando en el agua con sus botas pardas. «Pero ¿adónde van?» Y ¿quién era el tercero que los acompañaba, el que apareció a la vista sólo cuando Gabrielle se volvió para mirarlo? Dios mío, qué rostro tan plácido. Antiguo, poderoso, pero dejando que los dos más jóvenes pasaran delante de él. A través de los árboles pude ver un claro, una casa. En una acumbrada terraza de roca esperaba una mujer pelirroja; ¿la mujer que había visto en la jungla? Un rostro antiguo, con la inexpresividad de una máscara, como el rostro del hombre del bosque que la miraba; un rostro como el rostro de mi Reina.

«Dejemos que se reúnan.» Suspiré mientras la sangre entraba en mí. «Así será todo más fácil.» Pero ¿quiénes eran, esos antiguos, esas criaturas cuyas expresiones eran tan límpidas como la de ella?

La visión cambió. Aquella vez las voces despedían una leve ira a nuestro alrededor, susurrando, llorando. Y durante un momento quise escuchar, quise seleccionar una fugaz canción mortal del monstruoso coro. Imaginadlo, voces de todo el mundo, de las montañas de la India, de las calles de Alejandría, de las pequeñas aldeas, cercanas y remotas.

Pero se acercaba otra visión.

Marius. Marius trepaba para salir de una ensangrentada grieta en el hielo, con la ayuda de Pandora y de Santino. Acababan de conseguir llegar a la plataforma mellada del suelo de un sótano. La sangre seca era una costra que cubría la mitad del rostro de Marius; parecía furioso, amargado, con los ojos sombríos, con su largo pelo amarillo, apelmazado por la sangre. Cojeando, logró subir una escalera de caracol, de hierro, con Pandora y Santino tras él. Ascendían como por una cañería. Cuando Pandora intentó ayudarlo, él la apartó con rudeza.

Viento. Frío penetrante. La casa de Marius estaba abierta ante la intemperie como si un terremoto la hubiera hecho pedazos. Cristales enormes rotos en peligrosos fragmentos; raros y bellísimos peces tropicales helados en el suelo arenoso de un gran depósito quebrado. La nieve recubría el mobiliario y se amontonaba contra la biblioteca, contra las estatuas, contra los estantes de discos y de cintas magnetofónicas. Los pájaros estaban muertos en sus jaulas. Las verdes plantas goteaban produciendo carámbanos. Marius contempló los peces muertos en la lóbrega capa de hielo al fondo del depósito. Contempló las grandes algas muertas que yacían entre los fragmentos del cristal que brillaba.

Mientras miraba a Marius vi cómo se curaba; las magulladuras de su rostro parecieron disolverse; vi que el rostro recuperaba su forma natural. Su pierna sanaba. Casi se podía tener en pie. Encolerizado, miraba fijamente los pececitos azules y plateados. Levantó la vista al cielo, al blanco viento que borraba las estrellas por completo. Con la mano se limpió los coágulos de sangre seca de su cara y de su pelo.

Cientos de páginas habían sido esparcidas por el viento, páginas de pergamino, de viejo papel que se desmenuzaba. La nieve atorbellinada caía ahora con calma en el salón en ruinas. Aquí Marius tomó el atizador de color latón para usarlo como bastón de andar y, a través del muro hendido, miró al exterior, a los famélicos lobos que aullaban en su redil. No tenían alimento desde que él, su amo, había sido enterrado en el hielo. Ah, el sonido de los lobos aullando. Oí a Santino hablar a Marius; trataba de decirle que tenían que irse, que los esperaban, que una mujer los aguardaba en el bosque de secoyas, una mujer tan vieja como la Madre, y la reunión no podía empezar hasta que ellos hubieran llegado. Una sacudida de alarma me recorrió el cuerpo. ¿Qué era aquella reunión? Marius comprendió pero no respondió. Escuchaba a los lobos. A los lobos...

La nieve y los lobos. Soñé con los lobos. Me sentí arrastrado hacia las profundidades de mi propia mente, hacia mis sueños y mis recuerdos. Vi una manada de lobos veloces corriendo por la nieve recién caída.

Me vi a mí mismo como un joven combatiendo contra ellos, contra una manada de lobos que, en invierno cerrado, fueron a buscar sus presas al pueblo de mi padre, hacía doscientos años. Me vi, vi al mortal, tan cerca de la muerte que casi podía olerla. Pero abatí a los lobos uno tras otro. ¡Ah, qué vigor, tan rudo y juvenil, el puro placer de una vida irreflexiva e irresistible! O así lo parecía. En aquel tiempo lo había sentido como una miseria, ¿no? El valle helado, mi caballo y mis perros muertos. Pero ahora lo único que podía hacer era recordar y, ¡ah!, ver la nieve cubriendo las montañas, mis montañas, la tierra de mi padre.

Abrí los ojos. Ella me había soltado y me había obligado a retirarme un paso. Por primera vez comprendí dónde estábamos en realidad. No en alguna noche abstracta, sino en un lugar concreto, en un lugar que una vez había sido, completamente, mío.

—Sí —murmuró ella—. Mira a tu alrededor.

Lo conocía por el aire, por el olor a invierno y, al aclararse de nuevo mi visión, vi las elevadas almenas derrumbadas y la torre.

—¡Es la casa de mi padre! —susurré—. Es el castillo donde nací.

Quietud. La nieve brillaba blanca en el viejo suelo. La estancia donde ahora nos encontrábamos había sido el gran salón. Dios, verlo en ruinas; saber que había estado desolado durante tanto tiempo. Las piedras parecían blandas como la tierra; y allí había habido una mesa, la gran y larga mesa construida en el tiempo de las cruzadas; y allí había habido la chimenea de boca enorme, y allí la puerta principal.

Ahora no nevaba. Levanté la vista y vi las estrellas. La torre aún conservaba su forma circular, elevándose decenas y decenas de metros por encima del techo caído, aunque el resto parecía una concha hecha pedazos. La casa de mi padre...

Con ligereza ella se apartó de mí, y se deslizó por la deslumbradora blancura del suelo, girando despacio en círculos, con la cabeza echada hacia atrás, como si estuviera danzando.

Moverse, tocar cosas sólidas, pasar del reino de los sueños, pasar de todas las satisfacciones de las que ella le había hablado, al mundo real. Mirarla me cortaba la respiración. Sus vestidos eran intemporales, una capa de seda negra, un vestido de pliegues sedosos que giraba suavemente alrededor de su estrecha silueta. Desde los albores de la historia, las mujeres han llevado aquellos vestidos, y ahora los llevan en las salas de baile del mundo real. Quería abrazarla de nuevo, pero me lo prohibió con un delicado gesto repentino. ¿Qué había dicho? «¿Puedes imaginarlo? ¿Puedes imaginar cuándo comprendí que él ya no me podía mantener allí? ¡Que yo estaba en pie ante el trono y que él no se había movido! ¡Que no había salido de él ni la más débil de las respuestas!»

Ella se volvió; sonrió; la pálida luz del cielo hirió los encantadores ángulos de su rostro, los altos pómulos, la suave curva de su mentón. Aparentaba estar viva, totalmente viva.

¡Entonces desapareció!

—¡Akasha!

—Ven a mí —dijo ella.

Pero, ¿dónde estaba? Entonces la vi, lejos, lejos de mí, en el otro extremo de la sala. Una diminuta figura en la entrada de la torre. Ahora apenas podía distinguir sus rasgos faciales, aunque podía ver tras ella el hueco negro que dejaba la puerta abierta.

Eché a andar hacia ella.

—No —dijo—. Ya es hora de que utilices la fuerza que te he dado. Simplemente, ¡ven!

No me moví. Tenía la mente clara. Tenía la visión clara. Y sabía lo que ella quería decir. Pero tenía miedo.

Yo siempre había sido el veloz corredor, el saltador, el que hacía acrobacias. La velocidad sobrenatural que confundía a los mortales, eso no era nuevo para mí. Pero ella pedía un logro diferente. Yo tenía que dejar el lugar donde me encontraba y situarme en el mismo instante junto a ella, con una velocidad que ni yo mismo podría trazar. Requería una entrega total, intentar una proeza semejante.

—Sí, entrégate —dijo ella amablemente—. Ven.

Durante un tenso momento, me quedé simplemente mirándola, con su blanca mano que resplandecía apoyada en el canto de la puerta rota. Y tomé la decisión de estar a su lado. Fue como si un huracán me hubiera arrebatado, fragoroso y de fuerzas desatadas. ¡Ya estaba allí! Sentí que me estremecía de pies a cabeza. La piel de mi cara me dolió un poco, pero ¡qué importaba! Miré en sus ojos y sonreí.

Era hermosa, tan hermosa. La diosa de largo y trenzado pelo negro. Impulsivamente la tomé en mis brazos y la besé, besé sus fríos labios y sentí que cedían ante mí sólo un poco.

Entonces, la blasfemia de aquel acto me sacudió. Era como cuando la había besado en la cripta. Quise decir algo como disculpa, pero de nuevo estaba contemplando su garganta, hambriento de sangre. Me torturaba saber que podía beberla y saber quién era ella; ella, que podía haberme destruido en un segundo con nada más que el deseo de verme morir. Así había actuado con los demás. El peligro me provocaba emoción, oscura emoción. Cerré mis dedos en torno a sus brazos, sentí que su carne cedía, aunque sólo ligeramente. La volví a besar, una y otra vez. Y en los besos sentí el sabor de la sangre.

Se apartó de mí y puso un dedo en mis labios. Luego tomó mi mano y me hizo cruzar la puerta de la torre. La luz de las estrellas caía por el techo roto, decenas de metros por encima de nosotros, y cruzaba un agujero abierto en el suelo del cuarto más alto.

—¿Ves? —dijo ella—. El cuarto de arriba sigue allí. Las escaleras han desaparecido. Es imposible llegar al cuarto. Salvo para ti y para mí, príncipe mío.

Lentamente empezó a subir. Sin quitarme los ojos de encima mientras ascendía; la rara seda de su vestido ondulaba sólo ligeramente. Contemplé con asombro cómo ella se elevaba más y más, con la capa agitada como por una débil brisa. Atravesó la abertura y se quedó en el mismo borde.

¡Decenas de metros! Para mí aquello era imposible hacerlo...

—Ven a mí, príncipe mío —dijo, y su dulce voz viajó por el vacío—. Haz como has hecho antes. Hazlo rápido, y, como dicen los mortales, no mires hacia abajo. —Risa susurrada.

Supongamos que consigo subir una quinta parte de la altura total (un buen salto, la altura, diría yo, de un edificio de cuatro plantas, lo cual era bastante fácil para mí, pero también era mi límite): vértigo. No era posible. Desorientación. ¿Cómo habíamos llegado allí? De nuevo todo daba vueltas. La veía, pero era una ensoñación y las voces empezaban a hacer acto de presencia. No quería perder aquel momento. Quería permanecer conectado con el tiempo en una serie de momentos encadenados, comprenderlo en mis propios términos.

—¡Lestat! —murmuró—. Ahora. —Qué acto más tierno, su delicado gesto indicándome que fuera rápido.

Hice lo mismo que había hecho antes; la miré y decidí que al instante debería encontrarme a su lado.

El huracán de nuevo, el aire azotándome; lancé mis brazos hacia arriba y combatí la resistencia. Creo que vi el agujero en las tablas rotas cuando lo crucé. Y ya estaba allí, temblando, aterrorizado por la posibilidad de caer.

Se oía como si estuviera riendo; pero creo que tan sólo estaba enloqueciendo un poco. En realidad, llorando.

—Pero ¿cómo? —dije—. Tengo que saber cómo lo hice.

—Tú mismo sabes la respuesta —contestó ella—. Lo intangible que te anima tiene muchísima más fuerza que antes. Te ha movido como siempre te ha movido. Tanto si das un paso como si emprendes un vuelo, simplemente es una cuestión de grados de intensidad.

—Quiero probar otra vez —dije yo.

Ella sonrió con mucha suavidad, pero espontáneamente.

—Fíjate en este cuarto —dijo—. ¿Lo recuerdas?

Asentí.

—Cuando era joven, pasaba aquí mucho tiempo —respondí.

Me alejé de ella. Vi montones de muebles decaídos: los pesados bancos y taburetes que una vez habían llenado nuestro castillo, artesanía medieval tan rudimentaria y tan maciza que era casi indestructible, como los árboles caídos en el bosque que permanecen allí durante siglos, los puentes sobre ríos, con los troncos recubiertos de musgo. Así que la carcoma no se había comido por completo aquellos objetos. Incluso los viejos cofres resistían, y una armadura. Oh, sí, la vieja armadura, fantasma de la gloria pasada. Y en el polvo vi un levísimo tinte de color. Tapices, pero estaban totalmente arruinados.

Debían de haber trasladado allí aquellas cosas durante la revolución, para conservarlas en lugar seguro; después las escaleras se habían derrumbado.

Me acerqué a una de las ventanas pequeñas y estrechas y observé el paisaje. Muy a lo lejos, reposando en la ladera de la montaña, aparecían las luces eléctricas de un pueblecito, dispersas, pero allí estaban. Un coche se hacía camino por la estrecha carretera. Ah, el mundo moderno, tan cerca y sin embargo tan lejos. El castillo era el fantasma de sí mismo.

—¿Por qué me has traído aquí? —le pregunté—. Es tan doloroso ver esto, más doloroso que cualquier otra cosa.

—Mira allí, a aquella armadura —dijo—. Y a lo que hay en sus pies. ¿Recuerdas las armas que llevaste contigo el día en que saliste a matar a los lobos?

—Sí. Las recuerdo.

—Vuelve a mirarlas. Yo te daré nuevas armas, armas infinitamente más poderosas, con las cuales a partir de ahora matarás por mí.

—¿Matar?

Di una mirada al cofre de las armas. Parecían oxidadas, inservibles; salvo por la vieja espada, la mejor, la que había sido de mi padre, que había heredado de su padre, quien la había obtenido de su padre y así sucesivamente, hasta remontarse a los tiempos de san Luis. La espada del señor, la que yo, el séptimo de los hijos, había tomado aquella madrugada, tan lejana, para salir como un príncipe medieval a matar lobos.

—Pero ¿a quién mataré? —pregunté.

Se acercó a mí. Qué dulce era su cara: rebosaba inocencia. Juntó las cejas; sólo por un instante apareció en su frente aquel pliegue vertical de carne. Luego volvió a quedar lisa.

—Quiero que me obedezcas sin dudar —dijo con amabilidad—. La comprensión ya llegará luego por sí sola. Pero éste no es tu sistema.

—No —confesé—. Nunca he sido capaz de obedecer a nadie, al menos durante mucho tiempo.

—Tan temerario —comentó sonriendo.

Abrió con gracia la mano derecha y, casi de súbito,

sostuvo la espada. Me pareció haber percibido que el arma se desplazaba hacia ella, como un imperceptible cambio en la atmósfera, nada más. Me quedé contemplándola, la vaina, decorada con joyas, y la gran empuñadura de bronce, que evidentemente tenía la forma de una cruz. El cinto aún colgaba de la vaina, el cinto que había comprado para el arma un verano de muchos años atrás, aquel cinto de piel curtida y acero trenzado.

Era un monstruo de arma, que tanto servía para golpear como para cortar como para clavar. Recordaba su peso, recordaba cómo me había dejado el brazo dolorido al abatirla una y otra vez contra el ataque de los lobos. A menudo, en el combate, los caballeros manejaban tales armas con ambas manos.

Pero ¿qué sabía yo de tales batallas? No había sido caballero. Había ensartado un animal con aquella arma. Mi único momento de gloria mortal y... ¿qué me había proporcionado? La admiración de un maldito chupador de sangre que había decidido hacerme su heredero. Colocó la espada en mis manos.

—Ahora no pesa, príncipe mío —dijo—. Eres inmortal. Un auténtico inmortal. Tienes mi sangre. Y usarás tus nuevas armas para mí, tal como una vez usaste esta espada.

Al tocar la espada, un violento temblor recorrió mi cuerpo; era como si el arma contuviese un recuerdo latente de lo que ella misma había presenciado; de nuevo vi a los lobos; me vi en el ennegrecido bosque helado, en pie, dispuesto a matar.

Y me vi un año más tarde en París, muerto, inmortal; un monstruo, y con motivo de aquellos lobos. «Matalobos», me había llamado el vampiro. ¡Me había elegido de entre el redil de los comunes porque había aniquilado a los malditos lobos! ¡Y qué orgullosamente había vestido sus pieles por las calles invernales de París!

¿Cómo podía sentir aún ahora aquella amargura? ¿Prefería estar muerto y enterrado en el cementerio del pueblo? De nuevo miré por la ventana a la ladera de la montaña cubierta de nieve. ¿No estaba ocurriendo lo mismo? Era amado por lo que había sido en aquellos tempranos años irreflexivos, mortales. De nuevo pregunté:

—Pero ¿a quién o qué voy a matar?

Ninguna respuesta.

Volví a pensar en Baby Jenks, aquella cosita miserable, y en todos los bebedores de sangre que ahora estaban muertos. Yo había deseado una guerra con ellos, una pequeña guerra. Y todos estaban muertos. Todos los que habían respondido al grito de batalla, muertos. Vi la casa de la congregación de Estambul, ardiendo; vi a uno de los viejos que ella había cazado y quemado muy despacito; vi a uno que había luchado con ella y que le había lanzado una maldición. Yo lloraba otra vez.

—Sí, te he quitado el público —dijo—. He incendiado la arena del circo en donde buscabas el éxito. ¡Te he robado la batalla! Pero ¿no te das cuenta? Te ofrezco cosas mucho mejores a las que nunca has aspirado. Te ofrezco el mundo, príncipe mío.

—¿Y cómo?

—Deja de verter lágrimas por Baby Jenks, y por ti mismo. Piensa en los mortales por los que deberías llorar. Imagínate a todos los que han sufrido durante los largos y tristes siglos; las víctimas del hambre, de las privaciones y de la violencia sin límite. Víctimas de la interminable injusticia y del interminable guerrear. ¿Cómo puedes llorar por una raza de monstruos, los cuales, sin guía ni propósito, representaban el papel del diablo con todo mortal con quien se cruzaban?

—Lo sé. Comprendo...

—¿Sí? ¿O simplemente te retractas de tales actos

para representar tus juegos simbólicos? Símbolo del mal en tu música rock. Eso no es nada, príncipe mío, nada de nada.

—¿Por qué no me matas como a los demás? —pregunté, beligerante, miserable. Agarré la empuñadura de la espada con la mano derecha. Me imaginé que aún podría ver la sangre seca de lobo en la hoja. Liberé la espada de la funda de cuero. Sí, sangre de lobo—. No soy mejor que los demás, ¿verdad? —dije—. ¿Por qué has perdonado a algunos?

El miedo me frenó de pronto. El terrible miedo por Gabrielle y Louis y Armand. Por Marius. Incluso por Pandora y Mael. Miedo por mí mismo. No existe nada en la creación que no luche por la vida, incluso si no hay justificación verdadera. Quería vivir; siempre lo he querido.

—Desearía que me amaras —susurró ella tiernamente. Una voz así. En un sentido era como la voz de Armand; una voz que, cuando te hablaba, se podía acariciar. Te arrastraba consigo—. Y por eso voy a tomarme mi tiempo contigo —prosiguió. Puso sus manos en mis brazos y me miró a los ojos—. Quiero que comprendas. ¡Eres mi instrumento! Y también lo serán los demás, si son sensatos. ¿No te das cuenta? Todo se ha realizado bajo un propósito: tu venida, mi despertar. Porque ahora las esperanzas de los milenios pueden ser por fin llevadas a cabo. Fíjate en aquel pueblo, en este castillo en ruinas. Esto podría ser Belén, mi príncipe, mi salvador. Y juntos realizaremos los sueños más perdurables del mundo.

—Pero ¿cómo podrá ser? —pregunté.

¿Sabía ella lo asustado que estaba? ¿Sabía que sus palabras me conducían del simple miedo al pavor puro? Seguro que sí.

—Ah, eres tan fuerte, tan principesco —dijo—. Pero estás destinado a mí, con toda certeza. Nada te vence. Temes y no temes. Durante un siglo he observado cómo sufrías, he observado cómo te debilitabas y finalmente descendías al interior de la tierra para dormir; y luego te vi despertar, la exacta imagen de mi resurrección.

Inclinó la cabeza como si escuchara sonidos muy distantes. Las voces alzándose. Yo también las oía, tal vez porque ella las oía. Oí el sonoro estrépito. Y, luego, molesto, aparté las voces de mí.

—Tan fuerte —dijo—. No te pueden arrastrar hacia ellas, las voces, pero no menosprecies este poder; es tan importante como cualquier otro de los que posees. Te dedican plegarias, al igual que siempre las han dedicado a mí.

Comprendía lo que quería decir. Pero yo no quería escuchar sus plegarias; ¿qué podía hacer por ellos? ¿Qué tenían que ver las plegarias con lo que yo era?

—Durante siglos han sido mi único consuelo —prosiguió—. Durante horas, durante semanas, durante años, he escuchado; en los primeros tiempos me parecía que las voces que oía habían tejido un sudario para hacer de mí una muerta y enterrada. Luego aprendí a escuchar con más atención. Aprendí a seleccionar una voz de entre muchas, a elegir un hilo de entre el conjunto. Sólo escucharía aquella voz y, a través de ella, conocería el triunfo y la ruina de un alma única.

La observaba en silencio.

—Después, con el paso de los años, adquirí más poder; a dejar mi cuerpo, invisiblemente, e ir al único mortal cuya voz escuchaba, para ver a través de los ojos del mortal. Entraba en el cuerpo de éste o de aquél. Andaba en la luz del sol y en la oscuridad; sufría; tenía hambre; conocía el dolor. A veces entraba en los cuerpos de los inmortales; entré en el cuerpo de Baby Jenks. A menudo me introducía en Marius. Egoísta, vano Marius, Marius que confunde la codicia con el respeto, que todavía se siente deslumbrado por las decadentes creaciones de un estilo de vida tan egoísta como él mismo. Oh, no sufras así. Lo quería. Lo quiero ahora; ha cuidado de mí. Mi guardián. —Su voz fue amarga, pero sólo un instante—. Pero más a menudo penetraba en uno de entre los pobres y desdichados. Era la crudeza de la vida auténtica lo que ansiaba.

Se interrumpió; sus ojos estaban nublados; juntó las cejas y las lágrimas brotaron de sus ojos. Yo conocía el poder del que hablaba, pero sólo en parte. Quería consolarla, pero cuando alargué los brazos para abrazarla, con un gesto me indicó que me quedara quieto.

—Olvidaba quién era yo, dónde estaba —continuó—. Me convertía en aquella criatura, era la criatura cuya voz había elegido. A veces durante años. Luego el horror retornaba, me daba cuenta de que estaba inmóvil, de que era algo sin objetivo, ¡algo condenado a permanecer sentado por toda una eternidad en una cripta dorada! ¿Puedes imaginar el horror de despertar súbitamente ante una tal conclusión? ¿Que todo lo que has oído y visto no es sino una ilusión, la observación de otra vida? Regresaba a mí misma. Volvía a ser lo que ahora contemplas ante ti. Este ídolo con un corazón y un cerebro.

Asentí. Siglos atrás, cuando por primera vez posé los ojos en ella, había imaginado el inenarrable sufrimiento que se encerraba en su interior. Había imaginado agonías inexpresables. Y había tenido razón.

—Sabía que él te guardaba allí —dije.

Hablé de Enkil. Enkil que ahora había desaparecido, destruido. Un ídolo caído. Recordé aquel momento, en la capilla, cuando yo había bebido de ella y él había venido a reclamarla y casi acaba conmigo allí mismo. ¿Conocía sus propias intenciones? ¿Estaba sin razón ya entonces?

Como respuesta ella sólo sonrió. Sus ojos bailotearon al mirar hacia la oscuridad. De nuevo había empezado a nevar, en torbellinos casi mágicos, captando la luz de las estrellas y la luna y difundiéndola por todo el mundo.

—Lo que sucedió tenía que suceder —respondió ella al final—. Tenía que pasar todos aquellos años fortaleciéndome más y más. Haciéndome tan fuerte que, al fin, nadie, nadie, pudiese compararse conmigo. —Hizo una pausa. Durante un brevísimo instante su convicción pareció tambalearse. Pero enseguida retomó la confianza—. En última instancia, mi pobre y querido Rey, mi compañero en la agonía, sólo era un instrumento. Su mente había desaparecido, sí. Y no lo destruí, no en realidad. Tomé para mí misma lo que quedaba de él. Algunas veces había estado tan vacía, tan callada, tan desprovista de toda voluntad (incluso para soñar) como él lo estaba. Sólo que para él no había regreso. Enkil había visto sus últimas visiones. Ya no tenía ninguna utilidad. Había muerto como un dios, porque su muerte solamente me hizo más fuerte. Y todo estaba previsto, mi príncipe. Todo previsto, desde el principio hasta el final.

—Pero ¿cómo? ¿Por quién?

—¿Quién? —Volvió a sonreír—. ¿No lo comprendes? Ya no necesitas buscar más la causa de nada. Yo soy la plena consecución y a partir de este momento seré la causa. Ahora ya no hay nada ni nadie que pueda detenerme. —Su rostro se endureció un instante. Aquella vacilación otra vez—. Las viejas maldiciones no significan nada para mí. En silencio he alcanzado tal poder que no hay fuerza en la naturaleza que pueda hacerme daño alguno. Incluso mi primera progenie no puede hacerme nada, aunque trame maldades contra mí. Estaba escrito que pasarían estos años antes de que tú llegaras.

—¿Cómo intervine yo?

Se acercó un paso más. Me rodeó con el brazo y por un momento lo sentí blando, no como la cosa dura que en verdad era. Éramos simplemente dos seres que estaban uno junto al otro, y ella tenía una apariencia tan encantadora para mí, tan pura y extraterrenal... De nuevo sentí el atroz deseo de la sangre. De inclinarla, de besar su cuello, de poseerla como había poseído a miles de mujeres mortales, de poseerla a ella, a la diosa, a la de inmensurable poder. Sentí que mi ansia crecía, se encrespaba.

De nuevo, puso su dedo en mis labios, como para indicarme que guardase silencio.

—¿Recuerdas cuando eras un chico, aquí? —preguntó—. Retrocede al tiempo en que pediste que te enviaran a la escuela del monasterio. ¿Recuerdas lo que te enseñaron los monjes? ¿Las plegarias, los himnos, las horas que trabajaste en la biblioteca, las horas que pasaste en la capilla rezando en solitario?

—Lo recuerdo, claro. —Sentí que las lágrimas surgían otra vez. Lo veía tan vívidamente, la biblioteca del monasterio y los monjes que me habían enseñado y que habían creído que podría llegar a ser un sacerdote. Vi la pequeña y fría celda con su cama de maderos; vi el campanario y el jardín tras el velo de una sombra rosada; Dios, no quería pensar ahora en aquellos tiempos. Pero hay cosas que no pueden olvidarse nunca.

—¿Recuerdas la mañana en que entraste en la capilla —prosiguió—, y te arrodillaste en el desnudo suelo de mármol, con los brazos extendidos en cruz y dijiste a Dios que harías cualquier cosa si Él te hacía bueno?

—Sí, bueno... —Ahora era mi voz la que estaba teñida de amargura.

—Dijiste que sufrirías martirio, tormentos indecibles; cualquier cosa; sólo con que fueras alguien bueno.

—Sí, recuerdo. —Vi a los viejos santos; oí los himnos que me habían partido el corazón. Recordé la mañana en que mis hermanos habían venido para llevarme a casa y que les supliqué de rodillas que me dejaran quedar.

—Y, más tarde, cuando perdiste la inocencia y emprendiste el camino hacia París, aún querías lo mismo; cuando bailabas y cantabas para las gentes de la calle, querías ser bueno.

—Y lo fui —dije vacilante—. Fue una buena cosa hacerlos felices y, por un breve espacio de tiempo, lo logré.

—Sí, felices —susurró ella.

—¿Sabes?, nunca pude explicar a mi amigo Nicolás lo importante que era... creer en un concepto de bondad, incluso si nos lo inventábamos nosotros. En realidad no lo inventamos. Existe, ¿no?

—Oh, sí, existe —dijo—. Existe porque nosotros lo pusimos ahí.

Qué tristeza. No podía hablar. Observé cómo arreciaba la nevada. Aferré su mano y sentí sus labios contra mi mejilla.

—Naciste para mí, príncipe mío —dijo—. Fuiste probado y perfeccionado. Y, en aquellos primeros años, cuando entraste en la alcoba de tu madre y la llevaste contigo al mundo de los no-muertos, no fue sino una premonición de que tú me despertarías. Yo soy tu verdadera Madre, la Madre que nunca te abandonará. También yo he muerto y he renacido. Todas las religiones del mundo, mi príncipe, nos cantan, a ti y a mí.

—¿Cómo es eso? —interrogué—. ¿Cómo puede ser?

—Ah, pero tú lo sabes. *¡Lo sabes!*

Tomó la espada de mí y examinó el viejo cinto detenidamente, pasando la palma de la mano derecha por encima de él. Luego lo dejó caer en el montón de chatarra; los últimos restos en la tierra de mi vida mortal.

Y fue como si un viento soplase en aquellos objetos, empujándolos lentamente por el suelo cubierto de nieve, hasta que desaparecieron.

—Renuncia a tus viejas ilusiones —dijo—. Deja a un lado tus inhibiciones. Ahora no tienen más utilidad que esas armas antiguas. Juntos, crearemos los mitos del mundo real.

Un escalofrío me recorrió la columna vertebral, un tenebroso escalofrío de incredulidad y de confusión; pero su belleza lo aplacó.

—Querías ser un santo cuando te arrodillaste en aquella capilla —dijo—. Ahora, conmigo, serás un dios.

En la punta de mi lengua tenía palabras de protesta; estaba asustado; una sensación sombría se abatió sobre mí. Sus palabras, ¿que querrían decir?

Pero repentinamente sentí que me abrazaba y que salíamos de la torre por el techo derruido, hacia arriba. El viento arreciaba con un tal ímpetu que me hería los párpados. Me volví hacia ella. Mi brazo derecho rodeó su cintura y hundí la cabeza en su hombro.

Oí su suave voz en mi oído, diciéndome que durmiese. Pasarían varias horas antes de que el sol se pusiera en la tierra adonde nos dirigíamos, al lugar de la primera lección.

Lección. Entonces lloraba de nuevo, aferrándome a ella; lloraba porque estaba perdido y ella era lo único a lo que me podía asir. Y estaba aterrorizado por lo que me pediría.

2

MARIUS: REUNIÓN

Se encontraron de nuevo en la linde del bosque de secoyas, con las ropas hechas harapos y los ojos lagrimosos por el viento. Pandora se hallaba a la derecha de Marius, Santino a la izquierda. Y, desde la casa al otro lado del claro, Mael, una figura larguirucha, fue hacia ellos, salvando la hierba recién segada con pasos largos como saltos de ciervo.

En silencio abrazó a Marius.

—Viejo amigo —dijo Marius.

Pero su voz careció de vitalidad. Exhausto, miró más allá de Mael, hacia las ventanas iluminadas de la casa. Percibió, tras la fachada visible de la casa de puntiagudo tejado de dos aguas, una gran morada oculta en el interior de la montaña.

¿Qué le aguardaba allí, a él, a todos? Sólo con que tuviese el estado de ánimo suficiente, sólo con que pudiese hacer revivir la parte más pequeña de su propia alma...

—Estoy fatigado —dijo a Mael—. Estoy rendido por el viaje. Déjame descansar aquí un momento más. Luego iré.

Marius no menospreciaba el poder de volar, como sabía que Pandora hacía; sin embargo, invariablemente, aquel trabajo lo castigaba. Lo había dejado exhausto aquella noche de noches; y ahora tenía la necesidad de sentir la tierra bajo sus pies, de oler el bosque, de escrutar la distante casa en un momento de ininterrumpida quietud. El viento le había enmarañado el pelo, que aún estaba apelmazado con sangre seca. La simple chaqueta de lana gris y los pantalones que había conseguido extraer de las ruinas de su casa apenas le proporcionaban calor. Se arropó con la pesada capa negra, no porque la noche lo hiciese necesario, sino porque aún estaba helado y dolorido por el viento.

A Mael no pareció agradarle su momento de duda, pero condescendió. Receloso, echó una mirada a Pandora, en quien nunca había confiado, y luego, con abierta hostilidad, clavó los ojos en Santino, el cual estaba atareado limpiando de polvo sus negros atavíos y peinando su precioso pelo negro muy bien recortado. Durante un segundo sus ojos se encontraron, Santino erizado de malignidad; y Mael volvió la espalda.

Marius continuaba inmóvil, escuchando, pensando. Pudo sentir el último rincón de su cuerpo curándose; lo asombraba en gran manera que su cuerpo volviera a estar entero. Mientras los mortales aprenden año tras año que se hacen viejos y débiles, los inmortales deben aprender que se hacen más fuertes de lo que nunca hubieran imaginado que llegarían a ser. Por el momento aquello lo molestó.

Apenas había pasado una hora desde que Santino y Pandora lo habían ayudado a salir del pozo de hielo, y ahora era como si nunca hubiera estado allí, aplastado e indefenso durante diez días con sus noches, visitado y vuelto a visitar por los sueños de las gemelas. Pero ya nada podría volver a ser como antes.

Las gemelas. La mujer pelirroja estaba dentro de la casa, esperando, Santino se lo había dicho. Mael también lo sabía. Pero ¿quién era? ¿Y por qué él no quería saber las respuestas? ¿Por qué era aquélla la hora más negra que nunca habla vivido? Su cuerpo estaba curado por completo, no había ninguna duda; pero ¿qué curaría su alma enfermiza?

¿Armand, en aquella extraña casa de madera al pie de la montaña? ¿Armand, después de todo aquel tiempo? Santino le había hablado de Armand también, y de los otros, de Louis y Gabrielle, que tampoco habían sido aniquilados.

Mael lo estaba estudiando.

—Te está esperando —dijo—. Tu Amadeo. —Fue respetuoso, no cínico o impaciente.

Y, del gran banco de recuerdos que Marius llevaba siempre consigo, surgió un momento olvidado de mucho tiempo atrás, asombroso en su pureza: Mael llegando al Palazzo de Venecia, en los alegres años del siglo XV, cuando Marius y Armand habían conocido una gran felicidad, y Mael viendo al muchacho mortal trabajando, con el resto de los aprendices, en un mural, un mural que Marius sólo en el último momento había dejado en las manos mucho menos hábiles de aquéllos. Era extraño cuán vivo era el olor de la pintura al temple, el olor de las velas y aquel olor familiar (ahora, en el recuerdo, no era desagradable) que impregnaba Venecia, el olor de la podredumbre de las cosas, de las aguas oscuras y pútridas de los canales. «¿Así que, a éste, vas a hacerlo?», había preguntado Mael con simple franqueza. «Cuando llegue el momento», había respondido Marius con un gesto elusivo, «cuando llegue el momento». Menos de un año después, había cometido aquel desliz. «Ven a mis brazos, joven, no puedo vivir sin ti un instante más.»

Marius contemplaba con la vista fija la casa en la distancia. «Mi mundo tiembla y pienso en él, en mi Amadeo, mi Armand.» Las emociones que sentía se tornaron repentinamente agridulces como música, como las melodías orquestales armonizadas en los siglos recientes, los trágicos compases de Brahms o de Shostákovich que tanto había llegado a amar.

Pero no había tiempo para llegar a sentir aprecio por aquel encuentro. No había tiempo para notar su calidez acogedora, para estar contento y para decir todo lo que quería decir a Armand.

La amargura era algo poco profundo, comparado con su presente estado mental. «Si los hubiera destruido, a la Madre y al Padre, nos habría destruido a todos.»

—Gracias a Dios —dijo Mael— que no lo hiciste.

—¿Y por qué? —le preguntó Marius—. Dime por qué.

Pandora se estremeció. Marius sintió que el brazo de ella le rodeaba la cintura. ¿Por qué lo enfureció tanto aquel gesto? Se volvió abruptamente hacia ella; quiso golpearla, apartarla de un empujón. Pero lo que vio lo detuvo. Ella ni siquiera lo miraba; y tenía una expresión tan ausente, tan cansada en el alma, que Marius sintió su propio agotamiento con mayor intensidad. Quiso llorar. El bienestar de Pandora siempre había sido crucial para su propia supervivencia. No necesitaba estar cerca de ella (mejor no estar cerca de ella) pero tenía que saber que se hallaba en alguna parte, que continuaba existiendo, y que podrían volver a encontrarse. Lo que vio ahora en ella (lo que había visto antes) lo llenó de presagios. Si él sentía amargura, entonces Pandora sentía desesperación.

—Vamos —dijo Santino—. Nos están esperando. —Lo dijo con gran cortesía y amabilidad.

—Lo sé —respondió Marius.

—¡Ah, menudo trío hacemos! —murmuró Pandora de pronto. Estaba agotada, se sentía frágil, hambrienta de sueño y sueños; sin embargo, protectora, estrechó su abrazo en la cintura de Marius.

—Puedo andar sin ayuda, gracias —dijo con una

esquiveza que no le era propia, sobre todo para con ella, para con la que amaba más.

—Anda entonces —contestó Pandora. Y tan sólo por un breve instante, él vio en ella su perpetua calidez, incluso una chispa de su viejo humor. Ella le dio un empujoncito y emprendió sola el camino hacia la casa.

Ácidos. Sus pensamientos eran ácidos mientras la seguía. Él no podía ser de ninguna utilidad para aquellos inmortales. Y no obstante siguió andando con Mael y Santino hacia la luz que se derramaba de las ventanas inferiores. El bosque de secoyas retrocedió en las sombras; no se movía ni una hoja. Pero allí el aire era agradable, templado, lleno de frescas fragancias y sin mordacidad del norte.

Armand. Hacía que tuviera ganas de llorar.

Luego vio a la mujer aparecer en el umbral de la puerta. Una sílfide, con su largo pelo rojo rizado reflejando la luz del vestíbulo.

Marius no se detuvo, pero seguramente sintió algo de miedo, un miedo razonable. En verdad era vieja como Akasha. Sus pálidas cejas quedaban difuminadas en la radiancia de su semblante. Su boca no tenía ya color. Y sus ojos..., sus ojos no eran realmente sus ojos. No, los había tomado de una víctima mortal y ya le estaban fallando. Cuando lo miró no pudo verlo muy bien. Ah, la gemela que dejaron ciega en los sueños, era ella. Y ahora sentía dolor en los delicados nervios que conectaban con los ojos sustraídos.

Pandora se detuvo al borde de la escalera.

Marius la adelantó y subió al porche. Se paró ante la mujer pelirroja, maravillándose de su estatura (era tan alta como él) y de la hermosa simetría de la máscara que era su rostro. Llevaba un vestido ondulante de lana negra, con cuello alto y mangas largas. La tela caía en largas nesgas sueltas desde un delgado ceñidor de cuerda negra trenzada, colocado justo debajo de sus pequeños pechos. Realmente un hermoso vestido. Hacía que su rostro pareciera mucho más radiante y lo destacaba de todo lo que lo rodeaba: una máscara con luz en su interior, brillando en un marco de pelo rojo.

Pero había mucho más de que maravillarse, aparte de aquellos simples atributos que podía haber poseído de una forma u otra seis mil años atrás. El vigor de la mujer lo asombró. Le daba un aire de infinita flexibilidad y de amenaza sobrecogedora. ¿Era la verdadera inmortal? ¿La que nunca había dormido, nunca había callado, nunca había sido liberada por la locura? ¿La que había andado con una actuación racional y pasos comedidos a través de todos los milenios, desde su nacimiento?

Ella le dejó saber, por si le servía de algo, que aquélla, la que él imaginaba, era exactamente ella.

Marius vio su inconmensurable fuerza como si fuera una luz incandescente; pero pudo percibir una inmediata informalidad, la inmediata receptividad de una mente capaz.

Cómo interpretar su expresión, sin embargo. Cómo saber lo que ella sentía realmente.

De todo su ser emanaba una honda y dulce feminidad (no menos misteriosa que sus otras cualidades), una tierna vulnerabilidad, que él asociaba exclusivamente con las mujeres, aunque de tanto en tanto la encontraba en algún jovenzuelo. En los sueños, aquel rostro había mostrado una tal ternura; ahora era algo invisible pero no menos real. En otro momento, esta ternura lo hubiera subyugado; ahora sólo la admiró, como admiraba las doradas uñas, tan bellamente afiladas, y las sortijas de piedras preciosas que adornaban sus dedos.

—Todos estos años sabías de mí —dijo él con cortesía, hablando en el viejo latín—. Sabías que guardaba a la Madre y al Padre. ¿Por qué no viniste a mí? ¿Por qué no me dijiste quién eras?

Ella meditó durante un instante antes de emitir una respuesta, mientras sus ojos iban de un lado a otro bruscamente, observando a los demás, que ahora se acercaban a él.

A Santino, aquella mujer le provocaba terror, aunque la conocía muy bien. Y Mael también la temía, aunque tal vez un poco menos. De hecho, parecía que Mael la amaba y que estaba ligado a ella con cierto matiz de sumisión. Y, por lo que se refería a Pandora, meramente sentía aprehensión. Ésta se acercó más a Marius, como si quisiese estar a su lado, sin importarle cuáles fueran sus intenciones.

—Sí, sabía cosas de ti —dijo la mujer de pronto.

Habló en un inglés de acento moderno. Pero era la inconfundible voz de la gemela del sueño, la gemela ciega que había gritado el nombre de su hermana muda, Mekare, mientras la furiosa turba las encerraba en ataúdes de roca.

«Nuestras voces nunca cambian en realidad», pensó Marius. La voz era joven, bonita. Cuando volvió a hablar se tiñó con una suavidad reservada.

—Podría haber destruido la cripta si hubiera venido —dijo—. Podría haber sepultado al Rey y a la Reina bajo el mar. Podría incluso haberlos destruido, y destruyéndolos, aniquilarlos a todos. Y esto no quería que sucediese. Por eso no hice nada. ¿Qué hubieras querido que hiciese? No podía cargar con tu responsabilidad. No podía ayudarte. Así que no vine.

Fue una respuesta mejor de la que había esperado. No era imposible que a uno le gustase aquella criatura. Por otra parte, sólo acababan de conocerse. Y su respuesta... no era toda la verdad.

—¿No? —interrogó ella. Su rostro reveló una tracería de sutiles arrugas por un instante, la visión fugaz de algo que una vez había sido humano—. ¿Qué es toda la verdad? —preguntó—. ¿Que no te debía nada, y mucho menos darte a conocer mi existencia, y que eres lo bastante impertinente para sugerir que tendría que haberme dado a conocer a ti? He visto a cientos como tú. Sé cuándo llegaste a la existencia. Cuando perezcas lo sabré. ¿Qué eres para mí? Ahora nos reunimos porque tenemos que reunirnos. Estamos en peligro. ¡Todas las cosas vivientes están en peligro! Y quizá cuando esto termine nos queramos, nos respetemos. Y quizá no. Quizás estemos todos muertos.

—Tal vez sea así —corroboró él a la callada.

No pudo reprimir una sonrisa. Ella tenía razón. Y a él le gustaron sus modales, la dureza pétrea con que hablaba.

La experiencia le decía que todos los inmortales estaban inevitablemente marcados por la edad en que habían nacido. Y eso también era cierto para aquel ser tan antiguo, para aquel ser cuyas palabras poseían una salvaje simplicidad, aunque el timbre de la voz se hubiera suavizado.

—Yo ya no soy yo mismo —añadió él, dudoso—. No he sobrevivido a esto como debería haberlo sobrevivido. Mi cuerpo está curado: el viejo milagro. —Sonrió burlonamente—. Pero no comprendo mi actual punto de vista acerca de las cosas. La amargura, la completa... —se interrumpió.

—La completa oscuridad —completó ella.

—Sí. Nunca la vida misma me ha parecido tan sin sentido —añadió—. No quiero decir para nosotros. Quiero decir, utilizando tu expresión, para todas las cosas vivientes. Es una broma, ¿no? El estar consciente es una especie de broma.

—No —replicó ella—. No lo es.

—No estoy de acuerdo contigo. ¿Me vas a tratar como a un chiquillo? Dime cuántos miles de años has vivido antes de que yo naciera. ¿Cuánto sabes tú que yo no sepa?

Pensó de nuevo en su aprisionamiento, en el hielo hiriéndolo, en el dolor penetrando en sus miembros. Pensó en las voces inmortales que habían respondido a su llamada; en los salvadores que habían emprendido el camino hacia él, sólo para quedar atrapados, uno a uno, en el fuego de Akasha. ¡Los había oído morir, si no los había visto! ¿Y para él, qué había significado dormir? Los sueños de las gemelas.

Ella extendió los brazos de pronto y, afectuosamente, le tomó la mano derecha entre las suyas. A él le dio la impresión de que se la habían cogido las fauces de una máquina; y, aunque, en el transcurrir del tiempo, él había causado aquel mismo efecto en muchos jóvenes, nunca había experimentado en sus carnes una fuerza tan abrumadora.

—Marius, ahora te necesitàmos —dijo ella, acogedora; sus ojos reflejaron, por un instante fugaz, la luz amarilla que se derramaba de la puerta, a sus espaldas, y de las ventanas, a su izquierda y a su derecha.

—Por todos los cielos, ¿por qué?

—No bromees —respondió ella—. Entra en casa. Tenemos que hablar mientras nos quede tiempo.

—¿Sobre qué? —insistió él—. ¿De por qué la Madre nos ha permitido vivir? Conozco la respuesta a la cuestión. Me hace reír. A ti no te puede matar, evidentemente, y nosotros... nosotros conservamos la vida por obra y gracia de Lestat. Te das cuenta, ¿no? Durante dos mil años la he cuidado, protegido, adorado, y ahora me deja con vida por amor a un novicio de doscientos años llamado Lestat.

—¡No estés tan seguro! —intervino entonces Santino.

—No —dijo la mujer—. No es su única razón. Pero hay muchas cosas que debemos considerar.

—Sé que tienes razón —contestó él—. Pero no tengo ánimos para ello. Mis ilusiones se han esfumado, ya ves, y ni siquiera sé si eran ilusiones. ¡Yo que creí haber alcanzado una gran sabiduría! Era mi principal fuente de orgullo. Yo estaba con las cosas eternas. Y cuando la vi levantada en la cripta, supe que todas mis esperanzas y todos mis sueños más profundos se habían realizado. Estaba viva dentro de su cuerpo. Viva, mientras yo jugaba a ser su acólito, su esclavo, ¡el eterno guardián de la tumba!

Pero ¿por qué tratar de buscarle una explicación? Aquella pérfida sonrisa, aquellas palabras burlonas que tuvo para él, el hielo derrumbándose. Después, la fría oscuridad y las gemelas. Ah, sí, las gemelas. Esto, como lo que más, formaba parte del meollo de todo; y de pronto se le ocurrió que los sueños le habían lanzado un conjuro. Debería haberlo preguntado antes. La miró y pareció como si los sueños la envolvieran de pronto, que la arrancaran del momento presente y la retrotrajeran a aquellos desolados tiempos. Vio la luz del sol; vio el cadáver de la Madre; vio a las gemelas a punto de caer sobre el cadáver. Tantas preguntas.

—¡Pero qué tienen que ver esos sueños con la catástrofe! —exclamó de súbito. ¡Había estado tan indefenso ante aquellos inacabables sueños!

La mujer lo miró unos segundos antes de responderle.

—Es lo que te voy a contar, al menos hasta donde sepa. Pero debes calmarte. Es como si hubieras recuperado tu juventud, lo cual debe ser una gran maldición.

Él rió.

—Nunca fui joven. Pero ¿qué quieres decir con eso?

—Vociferas y no sabes lo que dices. Y no te puedo dar consuelo.

—¿Y lo harías si pudieras?

—Sí.

Él rió débilmente.

Y ella, con gran majestuosidad, le abrió los brazos. El gesto le causó hondo impacto, no porque era muy fuera de lo común, sino porque, en los sueños, la había visto abrazar así a su hermana.

—Mi nombre es Maharet —dijo—. Llámame por mi nombre y aleja tu desconfianza. Entra en mi casa.

Ella se inclinó hacia él y sus manos le tocaron los costados de la cara al tiempo que lo besaba en la mejilla. El pelo rojo le frotó la piel, y aquella sensación lo confundió. Y el perfume que se desprendía de sus ropas también lo confundió: el leve aroma oriental le hizo pensar en el incienso, lo cual siempre le recordaba la cripta.

—Maharet —dijo furioso—. Si me necesitabas, ¿por qué no viniste en busca de mí cuando me hallaba en el pozo de hielo? ¿Podría haberte detenido ella, a ti?

—Marius, he venido —respondió—. Y ahora tú estás entre nosotros. —Lo soltó y dejó que las manos le cayeran y se cogieran con elegancia por delante de la falda—. ¿Crees que no tenía nada que hacer durante esas noches en que todos los de nuestra especie estaban siendo aniquilados? A levante y a poniente, por todo el mundo, la Madre liquidaba a los que había amado o conocido. No podía estar en todas partes para proteger esas víctimas. Los gritos llegaban a mis oídos de todos los rincones de la tierra. Y yo tenía mi propia búsqueda, mi propia pena... —se interrumpió.

Un leve rubor apareció en su rostro; en un cálido instante fugaz, los rasgos cotidianos, expresivos, de su rostro regresaron.

Se sentía dolorida, tanto física como mentalmente, y sus ojos se estaban nublando con finas lágrimas ensangrentadas. Qué cosa más rara, la fragilidad de los ojos en el cuerpo indestructible. Y el sufrimiento que emanaba de ella (que él no podía soportar) era como los mismos sueños. Marius vio un gran desfile de imágenes, vivas pero diferentes. Y de repente comprendió.

—¡Tú no eres la que nos envía los sueños! —susurró—. Tú no eres la fuente.

Ella no respondió.

—¡Por Dios!, ¿dónde está tu hermana? ¿Qué significa todo esto?

Notó un sutil encogimiento, como si la hubiera golpeado en el corazón. Ella intentó velarle la mente, pero él sintió el implacable dolor. En silencio, ella se lc quedó mirando, recorriendo con la vista su rostro y su figura, muy despacio, como si quisiera hacerle saber que había cometido una transgresión imperdonable.

Marius percibió el miedo de Mael y de Santino, quienes no osaron decir nada. Pandora se le acercó y le hizo una pequeña señal de aviso, al tiempo que le aferraba la mano.

¿Por qué había hablado de forma tan brutal, con tanta impaciencia? «Mi búsqueda, mi propia pena...» ¡Maldición!

Miró cómo cerraba los ojos y aplicaba tiernamente los dedos en los párpados, como si aquello pudiera hacer desaparecer el dolor de sus ojos, pero no fue así.

—Maharet —dijo con un suave y honesto suspiro—. Estamos en una guerra y perdemos el tiempo en el campo de batalla diciéndonos palabras ásperas. Y yo soy el que más ha ofendido. Sólo quería comprender.

Ella levantó la vista hacia él, con la cabeza aún gacha y la mano en el aire, ante la cara. Fue una mirada feroz, casi maligna. Sin embargo, él se dio cuenta de que estaba observando de manera fija, inconsciente, la delicada curva de los dedos de ella, sus uñas doradas y sus sortijas de rubíes y de esmeraldas que relampagueaban repentinamente como animadas por luz eléctrica.

El pensamiento más errabundo y atroz vino a su mente: que si no dejaba de ser tan estúpido podría ocurrirle que nunca más volviera a ver a Armand. Podría ocurrirle que ella lo echara de allí, o peor... ¡Y deseaba tanto (antes de que todo terminara) ver a Armand!

—Entra ahora, Marius —dijo ella de pronto, pero con la voz cortés, perdonando—. Entra conmigo y reúnete con tu viejo hijo, y luego nos uniremos a los demás, que tienen las mismas preguntas. Vamos a empezar.

—Sí, mi viejo hijo... —murmuró.

El ansia que sintió por ver a Armand de nuevo fue como una música, como los compases de un violín de Bartok tocados en un lugar remoto y seguro, donde había todo el tiempo del mundo para escuchar. Pero odió a Maharet, los odió a todos. Se odió a sí mismo. La otra gemela, ¿dónde estaba la otra gemela? Visiones fugaces de una jungla tórrida. Visiones fugaces de lianas desgarradas y árboles jóvenes rompiéndose bajo pisadas. Intentó razonar, pero no lo logró. El odio lo envenenaba.

Muchas veces había sido testimonio de esta negación total de la vida, en los mortales. Al más sensato de ellos le había oído decir: «No vale la pena vivir», y él nunca lo había comprendido; bien, ahora lo comprendía.

Vagamente, supo que ella se había dirigido a los que se hallaban a su alrededor. Estaba dando la bienvenida a Santino y a Pandora y los invitaba a entrar en la casa.

Como en un trance, la vio volverse y abrir la marcha. Llevaba el pelo tan largo que, por la espalda, le caía hasta el talle: una gran masa de suavísimos rizos rojos. Y sintió el impulso de tocarlo, de notar que era tan suave como aparentaba. Era positivamente curioso que algo encantador lo pudiera distraer en aquel momento, algo impersonal, y que pudiera hacerlo sentirse bien; como si nada hubiera ocurrido; como si el mundo fuese bueno. Captó una visión de la cripta aún intacta; la cripta en el centro de su mundo. «¡Ah, el idiota de cerebro humano —pensó—; cómo se aferra a lo que puede, sea lo que sea!» Y pensar que Armand esperaba, tan cerca...

Maharet los condujo por una serie de grandes habitaciones amuebladas, dispuestas para ser utilizadas. El lugar, a pesar de estar abierto a la naturaleza, tenía aspecto de una ciudadela; las vigas del techo eran enormes; los hogares, todos en rugientes llamas, no eran más que losas colocadas en el suelo.

Tan parecidas a las antiguas salas de audiencia de Europa, en la Baja Edad Media, cuando las rutas romanas habían quedado en ruinas, la lengua latina olvidada y las primitivas tribus guerreras se habían alzado de nuevo. Al final los celtas habían salido triunfantes. Fueron los que conquistaron Europa; los castillos feudales no fueron más que campamentos celtas; incluso en los modernos Estados, las supersticiones celtas sobrevivían por encima de la razón romana.

Pero las instalaciones del lugar lo llevaron a rememorar tiempos todavía más anteriores. Hombres y mujeres habían vivido en las ciudades construidas de aquel modo antes de la invención de la escritura; en habitaciones de yeso y madera; entre telas tejidas a mano u objetos de metal batido artesanalmente.

Le gustó mucho. «¡Ah, el idiota de cerebro otra vez! —pensó—; que pudiera gustarle algo en momentos como aquéllos...» Pero los edificios construidas por inmortales siempre lo habían intrigado. Y aquélla era una casa para ser estudiada con atención, una casa que se llegaba a conocer después de largo tiempo transcurrido.

Ahora cruzaron una puerta de acero que los llevó

al interior de la misma montaña. El olor a tierra viva lo envolvió. Y sin embargo andaban a través de nuevos pasillos de metal, entre paredes de cinc. Oyó los generadores, los ordenadores y los dulces zumbidos eléctricos que lo hicieron sentirse tan seguro como en su propia casa.

Subieron por unas escaleras de hierro. Volvían y revolvían una y otra vez sobre sí mismas; Maharet los conducía arriba y arriba. Luego, unas paredes más rudimentarias mostraron las entrañas de la montaña, sus profundas vetas de arcilla y rocas de colores. Pequeños helechos crecían allí; pero ¿por dónde les llegaba la luz? Por un tragaluz de muy arriba, en el techo. Una pequeña puerta al cielo. Levantó la vista, agradecido, hacia el diminuto destello de luz azul.

Finalmente salieron a un ancho rellano y entraron en un pequeño cuarto a oscuras. Había una puerta abierta que daba a una sala mucho más espaciosa, donde los demás aguardaban; pero lo único que Marius pudo ver en aquel momento fue el brillante impacto de la luz que arrojaba el fuego distante, y que le hizo desviar la mirada.

Alguien lo estaba esperando en aquel pequeño cuarto, alguien cuya presencia había sido incapaz, excepto por los métodos más ordinarios, de detectar. Una figura que ahora estaba tras él. Y, mientras Maharet entraba en la estancia mayor, tomando a Pandora, Santino y Mael consigo, Marius comprendió lo que iba a suceder. Para hacerle frente mejor, aspiró con lentitud y cerró los ojos.

Qué trivial pareció toda su amargura; pensó en aquél cuya existencia había sido, durante siglos, sufrimiento ininterrumpido, cuya juventud, con todas sus necesidades, había sido verdaderamente eternizada; en aquél a quien no había logrado salvar o perfeccionar. Cuántas veces al año no había soñado en aquel encuentro, que nunca había tenido valor para llevar a término; y ahora, en aquel campo de batalla, en aquel tiempo de ruina y de agitación, iban a encontrarse por fin.

—Amor mío —musitó. Se sintió fustigado, como anteriormente, cuando había echado a volar por encima de los yermos, más allá del reino de las calladas nubes. Nunca había pronunciado palabras con más sinceridad—. Mi hermoso Amadeo —dijo.

Y extendió el brazo y sintió el contacto de la mano de Armand.

Blanda aquella carne antinatural, blanda como si fuera humana, y fresca y tan suave. Ahora no pudo evitarlo. Estaba llorando. Abrió los ojos a la figura aniñada que estaba ante él. ¡Oh, qué expresión! De tanta aceptación, de tanta entrega. Luego abrió los brazos.

Siglos atrás, en un Palazzo de Venecia, había intentado captar en pigmentos imperecederos la cualidad de aquel amor. ¿Cuál había sido la lección? ¿Que en todo el mundo no hay dos almas que puedan abrigar el mismo secreto, el mismo don de devoción o de abandono? ¿Que en un niño de la calle, un niño herido, había encontrado una mezcla de tristeza y de grácil simplicidad que rompería su corazón para siempre? ¡Éste lo había comprendido! ¡Éste lo había amado como nadie nunca lo había amado!

A través de las lágrimas, vio que no había recriminación por el gran experimento que había salido mal. Vio el rostro que había pintado, ahora un poco ensombrecido por lo que ingenuamente llamamos sabiduría; y vio el mismo amor en que había confiado tanto en aquellas noches perdidas.

Sólo con que hubiera tiempo, tiempo de buscar la quietud del bosque (algún lugar cálido, recluido entre las acumbradas secoyas), y allí, hablar horas y horas, sin prisas, durante largas noches. Pero los demás esperaban; y así, aquellos momentos fueron los más preciosos y los más tristes.

Estrechó a Armand en sus brazos. Besó los labios de Armand y su largo pelo suelto, vagabundo. Pasó sus manos con avidez por los hombros de Armand. De Armand miró la delgada mano blanca que sostenía entre las suyas. Todos los detalles que había intentado inmortalizar en la tela; todos los detalles que había conservado en la muerte.

—¿Están esperando, no? —preguntó—. No nos van a permitir más que unos instantes.

Armand asintió sin pensarlo. Y en voz baja, apenas audible, dijo:

—Serán suficientes. Siempre supe que nos volveríamos a encontrar. —¡Oh, los recuerdos que despertó aquel timbre de voz! El Palazzo con sus techos artesonados, las camas recubiertas de terciopelo rojo. La figura de aquel muchacho subiendo a toda prisa por la escalera de mármol, con la tez roja por el viento invernal del Adriático, sus ojos pardos encendidos—. Incluso en los momentos de más grave peligro —prosiguió la voz— sabía que nos encontraríamos antes de ser libres para morir.

—¿Libres para morir? —repitió Marius interrogativamente—. Siempre somos libres para morir, ¿no? Ahora bien, lo que hemos de tener es el valor para hacerlo, si en efecto es lo que hay que hacer.

Armand pareció meditar sobre esto un momento. Y el leve distanciamiento que emergió en su rostro atrajo de nuevo la tristeza de Marius.

—Sí, es cierto —dijo.

—Te quiero —susurró de pronto Marius, tan apasionadamente como podría haberlo hecho un mortal—. Siempre te he querido. Desearía poder creer en algo más que en el amor, en estos momentos; pero no puedo.

Un pequeño ruido los interrumpió. Maharet se había acercado a la puerta.

Marius deslizó su brazo y envolvió los hombros de Armand. Hubo un último momento de silencio y entendimiento entre ambos. Y luego siguieron a Maharet hacia una inmensa sala, situada cerca de la cima de la montaña.

Todo era de cristal, excepto la pared tras él y la distante chimenea de hierro que colgaba del techo, encima del fuego inflamado. No había otra luz excepto la de las llamas y, hacia arriba y a lo lejos, las puntiagudas hojas de las monstruosas secoyas y el templado cielo del Pacífico con sus vaporosas nubes y sus diminutas y temerosas estrellas.

Pero aún era bello, ¿no? Aunque no fuera el cielo de la bahía de Nápoles o el que se podía contemplar desde la ladera del Annapurna o desde un navío a la deriva en medio del mar ennegrecido. Era belleza su mera extensión, y ¡pensar que sólo momentos antes había estado allí arriba, errando en la oscuridad, a la vista sólo de sus compañeros de viaje o de las mismas estrellas!

Recuperó de nuevo la alegría, como cuando había mirado el pelo rojo de Maharet. No sentía pena como cuando pensaba en Armand, ahora junto a él; sólo alegría, impersonal e intrascendente. Una razón para seguir vivo.

De pronto se le ocurrió que no era muy bueno para la amargura o el rencor, que no tenía la resistencia necesaria para tales sentimientos y que si quería recobrar su dignidad lo mejor que podía hacer era recomponerse rápidamente.

Fue recibido por una risita, amistosa, discreta; quizás un poco borracha, la risa de un novicio que carecía de sentido común. Sonrió en reconocimiento, lanzando una mirada al divertido, a Daniel, Daniel, el muchacho anónimo de *Confesiones de un vampiro*. Pronto quedó sorprendido de que fuera hijo de Armand, el único hijo que Armand había hecho en su vida. Aquella criatura, aquel ser exuberante y embriagado, fortalecido con todo lo que Armand tuvo que darle, había empezado con buen pie para emprender la Senda del Mal.

Dio un vistazo rápido a los demás que se reunían alrededor de la mesa oval.

A su derecha y a cierta distancia se sentaba Gabrielle, con su pelo rubio peinado en una trenza que le colgaba por la espalda y los ojos llenos de no disimulada angustia; y junto a ella, Louis, incauto y pasivo como siempre, contemplando a Marius calladamente, como si fuera su objeto de investigación científica, o lo estuviese admirando o ambas cosas; luego venía su querida Pandora, con su rizado pelo pardo, suelto encima de los hombros, aún salpicado de diminutas gotas de escarcha ya líquida. Por último, Santino, que se sentaba a su derecha, con el rostro compuesto de nuevo, con sus ropas de terciopelo negro de corte elegante, limpias de polvo.

A su izquierda se sentaba Khayman, otro de los viejos, que participó su nombre silenciosa y generosamente; en realidad era un ser horripilante, con el rostro aún más liso que el de Maharet. Marius se encontró con que no podía sacarle la vista de encima. Los rostros de la Madre y del Padre nunca lo habían sobresaltado tanto, aunque también poseían aquellos ojos de color negro y aquel pelo azabache. Era la sonrisa, ¿no? La expresión abierta y afable, inmanente en aquel rostro, a pesar de todos los esfuerzos del tiempo para erosionarla. La criatura aparentaba ser un místico o un santo, y sin embargo era un despiadado asesino. Festines recientes de sangre humana habían ablandado su piel (sólo un atisbo) y le habían proporcionado un ligero rubor en las mejillas.

Mael, despeinado y desarreglado como siempre, había tomado la silla de la izquierda de Khayman. Y, después de él, venía otro de los viejos, Eric, quien, según los cálculos de Marius, pasaba de los tres mil años, esquelético y engañosamente frágil en apariencia, quizá de treinta años de edad al morir. Sus suaves ojos pardos miraban pensativos a Marius. Sus trajes confeccionados a mano eran exquisitas copias de los que vendían ya hechos en las tiendas y que visten los hombres de negocios hoy en día.

Pero ¿qué era aquel otro ser, el que se sentaba a la derecha de Maharet, el que se sentaba justo frente a Marius, en el extremo opuesto? Contemplar a aquel ser le produjo una sacudida. La otra gemela, fue su primera y precipitada conjetura al fijarse en los ojos, verdes, y en el pelo, de un rojo cobrizo.

Pero aquel ser aún vivía ayer, seguro. Y no podía encontrar explicación a su fuerza, a su frígida blancura, a su mirada penetrante dirigida a él, al sobrecogedor poder telepático que emanaba de ella (una cascada de imágenes oscuras y pulcramente delineadas que parecían escapar de su control). Ella veía con una extraña precisión el cuadro de su Amadeo, rodeado por ángeles de alas negras, rezando arrodillado, el cuadro que había pintado siglos antes. Un escalofrío recorrió la espalda de Marius.

—En el sótano de la Talamasca —murmuró él—. ¿Mi cuadro? —Rió, con rudeza malévola—. ¡Así pues, está allí!

La criatura estaba asustada; no había sido su intención revelar sus pensamientos. Protectora para con la Talamasca, y confusa, hasta llegar a la desesperación, se retrajo en sí misma. Su cuerpo pareció empequeñecer y, sin embargo, doblar su poder. Un monstruo. Un monstruo de ojos verdes y huesos delicados. Nacido ayer, sí, justo lo que se había imaginado; había tejidos vivos en su interior. De repente lo comprendió todo acerca de ella. Se llamaba Jesse y había sido creada por Maharet. Era una descendiente humana auténtica de la mujer; y ahora se había convertido en una novicia de la antigua madre. El alcance de este hecho lo asombraba y lo atemorizaba un poco. La sangre que corría por las venas de la joven tenía una potencia inimaginable para Marius. Ella había saciado su sed; no obstante, ni siquiera estaba muerta del todo.

Pero tenía que parar aquello, tenía que parar aquella apreciación despiadada y detallada hasta la indiscreción. Después de todo, lo estaban esperando a él. Pero no pudo evitar preguntarse dónde, en nombre de Dios, se encontraban sus propios descendientes mortales, la semilla de los nietos y nietas que tanto había querido siendo vivo. Durante unos pocos cientos de años, en verdad, había seguido su rastro; pero al final ya no podía reconocerlos; ya ni podía reconocer la misma Roma. Y había dejado que todo cayese en las tinieblas, como Roma se había hundido en las tinieblas. Pero casi seguro que hoy en día existían seres, de los que pisaban la tierra, en cuyas venas corría sangre de aquella antigua familia.

Siguió con la vista fija en la joven pelirroja. ¡Cómo se parecía a su gran madre! Alta, pero de huesos delicados; hermosa pero severa. *Allí había algún gran secreto, alguna importante relación con el linaje, con la familia...* Vestía suaves ropajes oscuros, muy similares a los de la vieja; sus manos eran inmaculadas; no llevaba perfume ni maquillaje.

Todos eran magníficos a su modo particular. El alto y fornido Santino estaba elegante con su negro sacerdotal, con sus brillantes ojos negros y su boca sensual. Incluso el desaliñado Mael tenía una presencia salvaje y abrumadora cuando clavaba su feroz mirada en la vieja, con su clara mezcolanza de amor y odio. La faz angélica de Armand quedaba fuera de toda descripción; y el muchacho, Daniel, una aparición de pelo ceniciento y de relampagueantes ojos violeta.

¿Existía alguien feo a quien se hubiese dado la inmortalidad? ¿O simplemente la magia oscura extraía belleza de cualquier sacrificio que echase a la hoguera? Pero seguro que Gabrielle había sido encantadora en vida, con el mismo valor de su hijo pero sin resquicio de su impetuosidad; y Louis, ah, bien, Louis, desde luego había sido elegido por sus exquisitos pómulos, por la profundidad de sus ojos verdes. Había sido elegido por la empedernida actitud de estimación pesimista, que ahora revelaba. Aparentaba un ser humano perdido entre ellos, con el rostro suavizado con color y sentimiento; con su cuerpo curiosamente indefenso; con sus ojos maravillados y tristes. Incluso Khayman tenía una innegable perfección de rostro y forma, terrorífico por el efecto de conjunto que había llegado a producir.

Por lo que se refería a Pandora, al mirarla, la vio viva y mortal, vio a la mujer impaciente, de clara inocencia, que había llegado a él hacía eternidades, en las calles negras y nocturnas de Antioquía, suplicándole que la hiciese inmortal; y no el remoto y melancólico ser que ahora permanecía sentado inmóvil, en sus simples ropas bíblicas, contemplando, a través del muro de cristal que tenía, la galaxia que se desvanecía tras las nubes crecientes.

Incluso Eric, emblanquecido por los siglos y levemente radiante, retenía, como la misma Maharet, un aire de gran sentimiento humano, que una elegancia seductoramente andrógina hacía más llamativo.

El hecho era que Marius nunca había presenciado

una asamblea semejante; una reunión de inmortales de todas las edades, desde el recién nacido hasta el más viejo; y cada uno dotado de inconmensurables poderes y debilidades, incluido el delirante joven que Armand había creado tan habilidosamente con toda la inagotable virtud de su sangre virgen. Marius dudaba que un tal «conciliábulo» se hubiese congregado alguna vez.

¿Y cómo encajaba él en la escena, él, que había sido el de más edad en su propio universo controlado con tanto cuidado, en el cual los antiguos habían sido dioses silenciosos? Los vientos le habían limpiado la sangre seca que se le había pegado en la cara y en la melena, larga hasta los hombros. Su larga capa negra estaba húmeda de las nieves de las cuales venía. Y, mientras se acercaba a la mesa, mientras esperaba con cierta altivez a que Maharet le ofreciera asiento, se le ocurrió que su propia apariencia era tanto más monstruosa que la de los demás, con sus ojos azules, y fríos por la animosidad que ardía en su interior.

—Por favor —le dijo ella cortésmente.

Le señaló la silla vacía de madera situada ante él, un lugar de honor, quedaba claro, a los pies de la mesa; es decir, si se concedía que ella se sentaba a la cabecera.

Cómoda lo era, no como muchos de los muebles modernos. Su respaldo curvado le proporcionó una agradable sensación al sentarse, y pudo reposar la mano en el brazo, lo cual también era bueno. Armand se adjudicó la silla vacante a su derecha.

Maharet se sentó en absoluto silencio. Apoyó sus manos con los dedos entrelazados en la madera pulida ante sí. Inclinó la cabeza como si quisiera poner orden a sus pensamientos antes de empezar.

—¿Nosotros somos todo lo que queda? —inquirió Marius—. Aparte de la Reina, del príncipe travieso y... —Se interrumpió.

Una oleada de callada confusión recorrió a los demás. La gemela muda, ¿dónde estaba? ¿Cuál era el misterio?

—Sí —respondió Maharet sobriamente—. Aparte de la Reina, del príncipe travieso y de mi hermana. Sí, somos los únicos que quedamos. O los únicos que quedamos que cuentan.

Hizo una pausa como para dejar que las palabras hicieran su pleno efecto. Sus ojos recorrieron las faces de toda la asamblea.

—Muy lejos —dijo—, puede haber otros, viejos que han preferido quedar al margen. U otros que ella aún caza, que ya están sentenciados. Pero nosotros somos lo que queda en términos de destino o decisión. O de intención.

—Y mi hijo —dijo Gabrielle. Su voz fue cortante, llena de emoción y de sutil indiferencia por los presentes—. ¿No habrá nadie entre vosotros que me diga lo que ella le ha hecho y dónde esta? —Pasó la mirada de la mujer a Marius, con desesperación—. Seguro que alguien de vosotros tiene poder suficiente para saber dónde está.

Su parecido con Lestat conmovió a Marius. Era de esta que Lestat había recibido su fuerza, sin duda alguna. Pero había una frialdad en ella que Lestat nunca comprendería.

—Está con ella, como te dije —respondió Khayman, con voz profunda y calma—. Pero la Madre no nos permite saber más que eso.

Gabrielle no lo creía, evidentemente. En ella había un deseo de huir, de marchar de allí, de irse sola. Nada podía haber obligado a los demás a alejarse de aquella mesa. Pero Gabrielle no se había comprometido con la reunión, era claro.

—Permitid que explique eso —dijo Maharet—, porque es de la mayor importancia. La Madre es muy hábil en esconderse, desde luego. Pero nosotros, los de los primeros siglos, nunca hemos sido capaces de comunicarnos en silencio como la Madre o el Padre, o entre nosotros. Se trata de que estamos demasiado cerca de la fuente del poder que nos hace lo que somos. Somos sordos y ciegos a las mentes de otro viejo, igual que ocurre entre los maestros y los novicios que hay entre vosotros. Sólo con el paso del tiempo y con la creación de más y más bebedores de sangre se adquiere el poder de comunicarse en silencio, como hemos hecho con los mortales a lo largo de siglos.

—Entonces Akasha no te podría encontrar —dijo Marius—. Ni a ti ni a Khayman, si no estuvierais con nosotros.

—Así es. Tiene que ver a través de vuestras mentes o no puede ver. Y así nosotros tenemos que verla a través de las mentes de otros. Exceptuando, por supuesto, cierto sonido que oímos de tanto en tanto, cuando se aproxima un poderoso, un sonido que tiene que ver con un gran derroche de energía, y con la respiración y la sangre.

—Sí, aquel sonido —murmuró Daniel—. Aquel sonido atroz, trepanador.

—¿Pero no existe algún lugar donde nos podamos esconder de ella? —preguntó Eric—. ¿Los de nosotros que pueden oír y ver? —Fue la voz de un hombre joven, claro está, y con un acento marcado e indefinible, cada palabra entonada con gran belleza.

—Ya sabes que no existe tal lugar —respondió Maharet haciendo gala de gran paciencia—. Pero perdemos el tiempo hablando de escondernos. Estáis aquí porque ella no os puede matar o porque no quiere hacerlo. Dejémoslo así. Debemos seguir.

—O porque no ha acabado aún —dijo Eric con fastidio—. ¡Su mente infernal no ha tomado aún una decisión acerca de quién tiene que morir y de quién tiene que vivir!

—Creo que aquí estáis seguros —les dijo Khayman—. Ha tenido su oportunidad con cada uno de los presentes, ¿no es así?

Pero aquello era el quid de la cuestión, se percató Marius. No estaba del todo claro que la Madre hubiese tenido su oportunidad con Eric, porque Eric viajaba, aparentemente, en compañía de Maharet. Eric fijó los ojos en Maharet. Hubo un brevísimo intercambio silencioso, pero no fue telepático. Lo que quedó claro para Marius era que Maharet había creado a Eric, sabía con certeza si Eric era ahora lo bastante fuerte para la Madre. Maharet suplicaba calma.

—Pero puedes leer la mente de Lestat, ¿no? —dijo Gabrielle—. ¿No puedes descubrirlos a los dos por medio de él?

—No siempre puedo salvar una distancia tan enorme —respondió Maharet—. Si quedaran otros bebedores de sangre que pudiesen recoger los pensamientos de Lestat y reexpedírmelos a mí, bien, entonces claro que podría encontrarlo al instante. Pero, por lo que sabemos, esos bebedores de sangre no existen. Y Lestat siempre ha tenido gran pericia para ocultar su presencia; es algo natural en él. Siempre es así con los fuertes, con los que son autosuficientes y agresivos. Esté donde esté ahora, se cierra a nosotros por acto reflejo.

—Ella lo ha raptado —dijo Khayman. Extendió el brazo por encima de la mesa y reposó su mano en la de Gabrielle—. Ella nos lo va a revelar todo cuando esté dispuesta. Y, si mientras tanto decide dañar a Lestat, no hay absolutamente nada que nosotros podamos hacer.

Marius casi rió. Parecía que para aquellos viejos las afirmaciones de verdad absoluta fuesen un consuelo; ¡qué curiosa combinación de vitalidad y pasividad eran! ¿Había sido así en los albores de la historia escrita? ¿Cuando la gente percibía lo inevitable, permanecía en una inmovilidad absoluta y lo aceptaba? Le costaba comprenderlo.

—La Madre no hará daño a Lestat —dijo a Gabrielle, a todos—. Lo ama. Y en lo esencial es un tipo de amor corriente. No le va a hacer daño porque no quiere hacérselo a sí misma. Y ella conoce, al igual que nosotros, todos sus trucos, con toda seguridad. Lestat no va a ser capaz de provocarla, aunque probablemente sea lo bastante estúpido para intentarlo.

Gabrielle hizo un ligero asentimiento con la cabeza, con un rastro de sonrisa triste. Era su opinión comprobada que Lestat podía provocar finalmente a quien fuera, si se le daba suficiente tiempo y oportunidades; pero se guardó aquella opinión para sí misma.

No estaba ni consolada ni resignada. Apoyó bien la espalda en la silla de madera y fijó la mirada más allá de ellos, como si ya no existieran. No se sentía unida a aquel grupo; no se sentía unida a nadie si no era a Lestat.

—De acuerdo pues —dijo ella con frialdad—. Responde a la pregunta crucial. Si destruyo al monstruo que se ha llevado a mi hijo, ¿moriremos todos?

—¿Y cómo diablos vas a destruirla? —interrogó Daniel asombrado.

Eric soltó una risita burlona.

Gabrielle lanzó una mirada condescendiente a Daniel. En Eric no pareció fijarse. Volvió la vista de nuevo hacia Maharet.

—Bien, ¿es verdad el viejo mito? Si me cargo a esa perra, hablando vulgarmente, ¿también me cargo al resto?

Se oyeron unas leves risitas en la reunión. Marius meneó la cabeza. Pero Maharet le hizo una sonrisa de reconocimiento a la vez que asentía.

—Sí. Ya lo probaron en los primeros tiempos. Lo

probaron muchos estúpidos que no lo creían. El espíritu que habita en ella nos anima a todos. Destruye al huésped y destruyes el poder. Los jóvenes morirán primero; los viejos se consumirán lentamente; los más viejos a lo mejor lo resistirán. Pero ella es la Reina de los Condenados y los Condenados no pueden vivir sin ella. Enkil era sólo su consorte y por eso no tiene relevancia alguna que lo haya liquidado y se haya bebido su sangre hasta la última gota.

—La Reina de los Condenados —mascullό Marius por lo bajo.

Había habido una extraña inflexión en la voz de Maharet al pronunciar aquella expresión, como si los recuerdos se hubiesen removido en su interior, dolorosamente, de una manera atroz; recuerdos que el paso del tiempo no había difuminado. Como no estaban difuminados los sueños. De nuevo notó la sensación de rigidez y severidad de aquellos antiquísimos seres, para quienes tal vez el lenguaje (y todos los pensamientos gobernados por el lenguaje) no había sido innecesariamente complejo.

—Gabrielle —dijo Khayman, pronunciando el nombre exquisitamente—. No podemos ayudar a Lestat. Tenemos que aprovechar ese tiempo para hacer un plan. —Se volvió hacia Maharet—. Los sueños, Maharet. ¿Por qué los sueños han venido a nosotros, ahora? Eso es lo que todos deseamos saber.

Hubo un silencio prolongado. Todos los presentes habían sabido, de una forma u otra, algo de aquellos sueños. A Gabrielle y a Louis sólo los habían afectado un poco; de hecho, tan ligeramente que Gabrielle, antes de aquella noche, no les había prestado ninguna atención, y Louis, temeroso por Lestat, los había echado de su mente. Incluso Pandora, quien confesó no tener conocimiento personal de ellos, había hablado a Marius del aviso de Azim. Santino los había catalogado de trances hórridos, de los cuales él no podía escapar.

Marius sabía ahora que habían sido un hechizo dañino para los jóvenes, para Jesse y Daniel, y casi tan crueles como habían sido para él.

Pero Maharet no respondía. El dolor en sus ojos se había intensificado; Marius lo percibió como una vibración sin sonido. Percibió los espasmos en los minúsculos nervios.

Se inclinó ligeramente hacia adelante y cruzó las manos encima de la mesa.

—Maharet —dijo—. Es tu hermana quien nos envía los sueños. ¿No es así?

No hubo respuesta.

—¿Dónde está Mekare? —insistió.

Silencio otra vez.

Notó el dolor en el interior de ella. Y lo lamentó, hondamente, lamentó una vez más haber hablado con tanta brusquedad. Pero si él tenía que ser de alguna utilidad allí, debía forzar las cosas hasta llegar a una conclusión. Pensó de nuevo en Akasha en la cripta, aunque no supo por qué. Recordó la sonrisa en el rostro de ella. Pensó en Lestat, con ganas de protegerlo desesperadamente. Pero Lestat ahora era sólo un símbolo. Un símbolo de sí mismo. De todos.

Maharet lo miraba de la manera más extraña, como si él fuera un misterio para ella. Miró a los demás. Finalmente habló:

—Fuisteis testigos de nuestra separación —dijo—. Todos vosotros. Lo visteis en sueños. Visteis la turba rodeándonos, a mí y a mi hermana; visteis cómo nos separaban a la fuerza; que nos colocaban en ataúdes de roca, Mekare incapaz de gritar porque le habían cortado la lengua y yo incapaz de verla por última vez porque me habían arrancado los ojos.

»Pero yo veía a través de las mentes de los que nos

herían. Sabía que nos llevaban a orillas del mar. A Mekare hacia el oeste y a mí hacia el este.

»Diez noches erré en la balsa de troncos y brea, encerrada viva en un ataúd de roca. Y, finalmente, cuando la balsa se hundió y el agua levantó la tapa del ataúd, quedé libre. Ciega, hambrienta, nadé hasta la costa y robé, al pobre mortal que primero encontré, los ojos para ver y la sangre para vivir.

»Pero ¿Mekare? Hacia el gran océano occidental había sido echada, a las aguas que corrían hacia el fin del mundo.

»Y, desde aquella primera noche en adelante, la busqué; la busqué por Europa, por Asia, por las junglas del sur y las tierras heladas del norte. Siglo tras siglo la busqué; por fin, crucé el océano occidental, cuando lo hicieron los mortales, para seguir mi búsqueda también por el Nuevo Mundo.

»Nunca encontré a mi hermana. Nunca encontré a un mortal o a un inmortal que la hubiera visto o que hubiera oído su nombre. Luego, en este siglo, en los años posteriores a la segunda gran guerra, en las altas montañas selváticas del Perú, un arqueólogo solitario descubrió la indiscutible evidencia de la presencia de mi hermana en las paredes de una cueva poco profunda: pinturas realizadas por mi hermana, figuras de trazo simple y pigmento rudimentario que contaban la historia de nuestras vidas juntas, los sufrimientos que ya conocéis.

»Pero, seis mil años antes, aquellos dibujos ya habían sido grabados en la roca. Y hace seis mil años que mi hermana fue separada de mí. Nunca se encontró otra evidencia de su existencia.

»Sin embargo nunca he abandonado la esperanza de encontrar a Mekare. Siempre he sabido, como sólo puede saber una gemela, que aún anda por la Tierra, que no estoy sola aquí.

»Y ahora, en estas últimas diez noches, por primera vez he tenido pruebas de que mi hermana continúa conmigo. Ha venido a mí por medio de los sueños.

»Esos sueños son los pensamientos de Mekare; las imágenes de Mekare; el dolor y el rencor de Mekare.

Silencio. Todos los ojos estaban clavados en ella. Marius estaba calladamente aturdido. Temía ser el que hablase de nuevo, pero aquello era peor de lo que había imaginado y las implicaciones no estaban del todo claras.

Era casi cierto que el origen de aquellos sueños no era un superviviente milenario consciente; era más probable (muy posible) que las visiones proviniesen de alguien que ahora no tenía más mente que la que tendría un animal, en el cual la memoria es un estímulo para la acción, acción que el mismo animal no pone en duda ni comprende. Eso explicaría su diafanidad; eso explicaría su repetición.

Y las visiones fugaces de algo moviéndose por las junglas: ese algo era la misma Mekare.

—Sí —dijo Maharet inmediatamente—. «En las junglas. Andando.» —Susurró—. Las palabras que el arqueólogo moribundo ha garabateado en un pedazo de papel y ha dejado para mí. «En las junglas. Andando.» Pero ¿dónde?

Fue Louis quien rompió el silencio.

—Así pues, los sueños pueden no ser un mensaje deliberado —dijo en palabras marcadas por un ligero acento francés—. Tal vez sólo sean la efusión de un alma torturada.

—No. Son un mensaje —dijo Khayman—. Son un aviso. Tienen significado para todos nosotros, y también para la Madre.

—Pero ¿cómo puedes decir eso? —preguntó Gabrielle—. No sabemos lo que es ahora su mente, ni siquiera si sabe que estamos aquí.

—Vosotros no conocéis la historia entera —dijo Khayman—. Yo la sé. Maharet os la contará. —Volvió la vista hacia Maharet.

—Yo la he visto —dijo Jesse con discreción, con la voz dubitativa al mirar a Maharet—. Ha cruzado un gran río; viene hacia aquí. ¡La he visto! No, no es exacto. La he visto como si yo fuera ella.

—Sí —respondió Marius—. ¡A través de sus ojos!

—He visto su pelo rojo al bajar la mirada —dijo Jesse—. He visto la jungla abriendo camino a sus pasos.

—Los sueños tienen que ser una comunicación —dijo Mael con súbita impaciencia—. Si no, ¿por qué el mensaje sería tan intenso? Nuestros pensamientos particulares no llevan tal poder. Ella levanta la voz; quiere que alguien, o algo, sepa lo que está pensando...

—O está obsesionada y actúa según esta obsesión —replicó Marius—. Y se dirige a cierto destino. —Se detuvo un instante—. ¡Para reunirse contigo, su hermana! ¿Qué más podría querer?

—No —dijo Khayman—. Ése no es su destino. —De nuevo miró a Maharet—. Hizo una promesa a la Madre y la tiene que cumplir; eso es lo que significan los sueños.

Maharet lo estudió un momento a la callada; parecía que aquella discusión acerca de su hermana estuviese más allá de su aguante; no obstante, en silencio, se daba fuerzas para la terrible prueba que le aguardaba.

—Nosotros estábamos allí al principio de todo —dijo Khayman—. Fuimos los primeros hijos de la Madre; y en esos sueños radica la historia de cómo empezó todo.

—Entonces debes contárnoslo... todo —dijo Marius con tanta amabilidad como fue capaz.

—Sí —suspiró Maharet—. Lo haré. —Los miró uno a uno, y luego otra vez a Jesse—. Tengo que contaros la historia entera —prosiguió—, para que podáis comprender lo que tal vez seamos incapaces de evitar. Y fijaos en que no será simplemente la historia de los orígenes. Puede que sea también la historia del final. —Suspiró de súbito, como si tal perspectiva fuese demasiado para ella—. Nuestro mundo no se ha visto nunca en un tal trastorno —dijo mirando a Marius—. La música de Lestat, el despertar de la Madre, tanta muerte.

Bajó la vista un momento, como si se recompusiera de nuevo para el esfuerzo. Y luego miró a Khayman y a Jesse, que eran sus seres más queridos.

—Hasta ahora nunca lo he contado a nadie —dijo como rogando que fueran indulgentes—. Para mí tiene ahora la pureza diamantina de la mitología, de aquellos tiempos en que yo era viva. Cuando aún podía ver el sol. Pero en esta mitología están las raíces de todas las verdades que conozco. Y, si miramos atrás, tal vez sepamos ver el futuro y los medios para cambiarlo. Lo mínimo que podemos hacer es intentar comprenderlo.

Cayó un silencio. Todos esperaban, respetuosamente pacientes, a que comenzara.

—Al principio éramos hechiceras, mi hermana y yo —dijo—. Hablábamos con los espíritus y los espíritus nos amaban. Hasta que ella envió sus soldados a nuestra tierra.

3

LESTAT: LA REINA DE LOS CIELOS

Me soltó. Inmediatamente empecé a caer en picado; el viento rugía en mis oídos. Pero lo peor de todo era que no podía ver. Oí que ella me decía: «levanta». Hubo un momento de exquisita indefensión. Me zambullía hacia la Tierra y nada iba a detenerlo; luego miré hacia arriba; los ojos me escocían, las nubes se cerraban a mi alrededor y recordé la torre y la sensación de ascender. Tomé la decisión. «¡Sube!» Y mi caída se detuvo en seco.

Era como si una corriente de aire me hubiese recogido. Subí decenas de metros en un instante, y las nubes se situaron debajo de mí (una luz blanca que apenas podía ver). Decidí ir a la deriva. De momento, ¿por qué tengo que ir a alguna parte? A lo mejor podría abrir los ojos del todo y ver a través del viento, si no temiera el dolor.

Ella se hallaba en alguna parte, riendo, dentro de mi cabeza o encima de ella. «Vamos, príncipe, sube más arriba.»

Di la vuelta sobre mí mismo y salí disparado hacia arriba, hasta que la vi venir hacia mí, con sus vestimentas girando atorbellinadas a su entorno, sus pesadas trenzas levantadas blandamente por el aire.

Me cogió y me besó. Intenté recuperar mi equilibrio agarrándome a ella, mirar hacia abajo y ver en realidad algo a través de los resquicios de las nubes. Montañas cubiertas de nieve y deslumbrantes por el claro de luna, con inmensas laderas azuladas que desaparecían en profundos valles de insondables nieves.

—Ahora levántame —me susurró al oído—. Llévame hacia el noroeste.

—No sé cuál es la dirección.

—Sí, lo sabes. El cuerpo lo sabe. Tu mente lo sabe. No les preguntes qué camino es. Diles que es el rumbo que quieres tomar. Ya conoces los principios. Cuando levantaste el fusil, mirabas al lobo que corría; no calculaste la distancia o la velocidad de la bala; disparaste; el lobo cayó.

De nuevo subí con aquella misma increíble flotabilidad; y entonces me di cuenta de que ella se había convertido en un gran peso para mis brazos. Tenía los ojos fijos en mí; hacía que yo la llevara. Sonreí. Creo que solté una carcajada. La acerqué a mí y la volví a besar, y continué la ascensión sin más interrupciones. «Hacia el noroeste.» Es decir, hacia la derecha y hacia la derecha otra vez, y más arriba. Mi mente lo sabía; conocía el terreno por encima del cual habíamos viajado. Tomé un habilidoso pequeño viraje; luego otro; di vueltas sobre mí mismo, estrechándola hacia mí, amando el peso de su cuerpo, la presión de sus pechos contra mi pecho, amando sus labios que se cerraban con delicadeza, de nuevo, en los míos.

Se acercó a mi oído.

—¿Lo oyes? —preguntó.

Escuché; el viento parecía devastador; pero a mis oídos llegó un sordo coro de la tierra; voces humanas salmodiando; algunas a compás con las otras, otras al azar; voces rezando en voz alta en una lengua asiática. Las oía muy lejos, y también más cerca. Era importante distinguir los dos sonidos. Primero, había una larga procesión de fieles que ascendían por la montaña, cruzando puertos y salvando desfiladeros, salmodiando para mantenerse vivos al tiempo que andaban y andaban a pesar de la fatiga y del frío. Y luego, en el interior de un edificio, un coro potente, extático, salmodiando furiosamente por encima del repiqueteo de los platillos y tambores.

Aproximé su cabeza a la mía y miré hacia abajo, pero las nubes se habían convertido en un sólido colchón de blancura. Sin embargo, logré captar, por medio de las mentes de los fieles, la brillante visión de un patio y un templo de arcos de mármol y vastas salas recubiertas de pinturas. La procesión serpenteaba hacia el templo.

—¡Quiero verlo! —dije yo.

Ella no respondió, pero no me detuvo cuando me dirigí hacia abajo, planeando por el aire como los mismísimos pájaros, descendiendo hasta que nos encontramos en el mismo centro de las nubes. Ella se había vuelto ligera de nuevo, como si no fuera nada.

Y, al dejar atrás el mar de blancura, abajo vi el templo reluciente, que ahora parecía un pequeño modelo en arcilla de sí mismo, vi el terreno combándose aquí y allá bajo sus zigzagueantes muros. El hedor de cadáveres ardiendo se elevaba de sus hogueras llameantes. Y, hacia aquel grupo de torres y tejados, hombres y mujeres seguían, en una hilera hasta donde alcanzaba la vista, su peligroso sendero de vueltas y revueltas.

—Dime quién hay dentro, príncipe mío —dijo—. Dime quién es el dios del templo.

«¡Velo! Acércate a él.» El viejo truco, pero en el acto empecé a caer. Solté un terrible grito. Ella me cogió.

—Ten más cuidado, mi príncipe —dijo, frenándome.

Creí que el corazón me iba a estallar.

—No puedes salir de tu cuerpo para mirar en el interior del templo y, al mismo tiempo, volar. Mira por mediación de los ojos de los mortales, como hiciste antes.

Yo seguía temblando con violentas sacudidas, agarrado fuertemente a ella.

—Te vuelvo a dejar caer si no te calmas —dijo con suavidad—. Dile a tu corazón que haga como querías hacerlo.

Solté un largo suspiro. El cuerpo me empezó a doler de repente a causa de la fuerza continua del viento. Y los ojos volvían a escocerme con virulencia; no podía ver nada. Pero intenté dominar aquellos pequeños dolores; o mejor, desoírlos, como si no existieran. La abracé con firmeza y emprendí el vuelo hacia abajo, diciéndome a mí mismo que debía ir despacio; y de nuevo intenté encontrar las mentes de los mortales y ver lo que ellos veían.

Paredes doradas, arcos en cúspide, toda superficie centelleando con decoraciones; incienso elevándose y mezclándose con el olor a sangre fresca. En imágenes fugaces y difusas lo vi a él, «el dios del templo».

—Un vampiro —susurré—. Un diablo chupador de sangre. Los atrae hacia sí y lleva a cabo la matanza cuando le viene en gana. El lugar hiede a muerte.

—Y todavía habrá más muerte —susurró ella, besando otra vez mi rostro con ternura—. Ahora, muy deprisa, tan deprisa que los ojos mortales no te puedan localizar, bájanos al patio, junto a la pira funeraria.

Habría jurado que se realizó antes de yo haberlo decidido; ¡no había hecho más que considerar la idea! Y había caído contra una rudimentaria pared de yeso, de pie contra las piedras macizas, temblando, con la cabeza que me daba vueltas y las entrañas que se me retorcían de dolor. Mi cuerpo hubiera querido seguir bajando, atravesar la sólida roca.

Apoyé la espalda en la pared y oí la salmodia antes de que pudiera ver nada. Olí el fuego, los cuerpos ardiendo; luego vi las llamas.

—Eso ha sido muy torpe, príncipe —dijo ella con dulzura—. Casi nos aplastamos contra la pared.

—No sé exactamente cómo ha sucedido.

—Ah, pero ahí está la clave —respondió—; en la palabra «exacto». El espíritu que hay en tu interior te obedece veloz de una forma total. Considera las cosas un poco más de tiempo. Mientras desciendes, no cesas de oír y de ver; simplemente ocurre más rápido de lo que piensas. ¿Conoces la mecánica pura para chasquear los dedos? No, claro que no. Y sin embargo, sabes hacerlo. Un niño mortal sabe hacerlo.

Asentí. El principio era muy claro, como lo había sido el principio del blanco y el fusil.

—Es sólo una cuestión de grados de intensidad —dije yo.

—Y de entrega, de una entrega sin temor.

Asentí. La verdad era que quería tumbarme en una cama blanda y dormir. Mis ojos parpadeaban por la hoguera bramadora, ante la vista de los cuerpos que las llamas carbonizaban. Uno de ellos no estaba muerto; levantó un brazo, con los dedos crispados. Ahora sí estaba muerto. Pobre diablo. Muy bien.

La fría mano de ella tocó mi mejilla. Tocó mis labios y luego alisó hacia atrás la melena enmarañada de mi cabeza.

—Nunca has tenido un maestro, ¿verdad? —me preguntó—. Magnus te dejó huérfano la misma noche en que te creó. Tu padre y tus hermanos eran unos estúpidos. Y, respecto a tu madre, odiaba a sus hijos.

—Yo siempre he sido mi propio maestro —dije seriamente—. Y debo confesar que también he sido mi alumno preferido.

Risas.

—Quizás era una pequeña conspiración —añadí—. De alumno y maestro. Pero, como tú has dicho, nunca hubo nadie más.

Me sonreía. El fuego jugueteaba en sus ojos. Su rostro era luminoso, aterradoramente bellísimo.

—Entrégate —dijo—, y te enseñaré cosas que nunca hubieras soñado. Nunca has visto una batalla. Una batalla auténtica. Nunca has sentido la pureza de una causa justa.

No respondí. Me sentía mareado, no sólo por el largo viaje por los aires, sino por la suavísima caricia de sus palabras y por la insondable negrura de sus ojos. Parecía que una gran parte de su belleza consistía en la dulzura de su expresión, en su serenidad, en la forma en que sus ojos se mantenían firmes incluso cuando el resplandor de la piel blanca de su rostro cambiaba súbitamente, por una sonrisa o un sutil fruncimiento. Yo sabía que si daba rienda suelta a mis sentimientos, quedaría aterrorizado por lo que estaba sucediendo. Ella también debió notarlo. Me volvió a tomar en sus brazos.

—Bebe, príncipe —susurró—. Toma de mí toda la fuerza que necesites para hacer lo que quiero que hagas.

No sé cuánto tiempo pasó. Cuando ella se arrancó de mí, yo quedé como drogado, un instante; luego, la claridad fue, como siempre, sobrecogedora. La monótona música del templo retronaba a través de los muros.

—¡Azim! ¡Azim! ¡Azim!

Al arrastrarme ella consigo, pareció como si mi cuerpo ya no existiera, excepto como una visión que mantenía en su lugar. Sentía mi propio rostro, los huesos bajo la piel, sentía que tocaba algo sólido que era yo mismo; pero aquella piel, aquella sensación, era completamente nueva. ¿Qué quedaba de mí?

Las puertas de madera se abrieron ante nuestra presencia como por arte de magia. En silencio entramos en un largo pasillo sostenido por esbeltas columnas de mármol y arcos festoneados, pero aquello no era sino el extremo exterior de una inmensa sala central. Esta sala estaba atestada de fieles que gritaban frenéticos y que ni siquiera nos vieron o percibieron nuestra presencia, ya que prosiguieron danzando, salmodiando, saltando en el aire con la esperanza de vislumbrar a su dios, a su único dios.

—Quédate junto a mí, Lestat —dijo ella; su voz se abrió paso trepanando el alboroto, pero yo la oí como si me hubiera acariciado un guante de terciopelo.

La masa se dividió, violentamente, con cuerpos empujados a izquierda y derecha. Poco después, los gritos reemplazaron a la salmodia; la sala quedó convertida en un caos mientras un sendero hacia el centro de la sala permanecía abierto para nosotros. Platillos y tambores fueron acallados; gemidos y débiles sollozos lastimosos nos envolvieron.

Y, cuando Akasha avanzó y echó su velo hacia atrás, se alzó un gran suspiro de admiración.

A algunos metros de distancia, en el centro del suelo decorado, se hallaba el dios de la sangre, Azim, tocado con un turbante de seda negra y vestido en brocados. Al mirar a Akasha, al mirarme a mí, su rostro quedó desfigurado por el odio.

A nuestro entorno, la muchedumbre elevaba plegarias; una voz estridente gritó un himno a «la madre eterna».

—¡Silencio! —ordenó Azim.

Yo no conocía el idioma, pero comprendí la palabra.

Pude oír el gorgoteo de la sangre humana en su voz; pude ver la sangre que corría por sus venas. De hecho, nunca había visto ningún vampiro o bebedor de sangre tan atiborrado de sangre humana como aquél; era tan viejo como Marius, seguramente, pero su piel tenía un fulgor dorado oscuro. Una finísima película de sudor ensangrentado cubría su piel por completo, incluso los dorsos de sus enormes manos de blanda apariencia.

—¡Osas venir a mi templo! —exclamó, y otra vez el idioma se me escapó, pero el significado me quedó por telepatía claro.

—¡Morirás ahora! —sentenció Akasha, con la voz aún más suave de como lo había sido un momento antes—. Has descarriado a estos desesperados inocentes; tú, quien se ha cebado con sus vidas y su sangre como una sanguijuela a punto de reventar.

Chillidos surgieron de los fieles, gritos de piedad. De nuevo Azim los mandó callar.

—¿Qué derecho tienes a condenar mi culto? —interrogó, señalándonos con el dedo—, ¿qué derecho tienes, tú, que has permanecido sentada y callada en tu trono desde la aurora de los tiempos?

—Los tiempos no empezaron contigo, maldito hermoso —respondió Akasha—. Yo ya era vieja cuando tú naciste. Y ahora me he levantado para reinar, tal como era mi destino. Y tú morirás como ejemplo para los tuyos. Eres mi primer y gran mártir. ¡Morirás ahora mismo!

Él trató de arremeter contra ella; y yo intenté interponerme entre los dos; pero todo fue demasiado rápido para ser visto. Ella lo aferró con unos medios invisibles y lo empujó hacia atrás, de tal forma que sus pies se deslizaron por las baldosas de mármol; se tambaleó y casi cayó, pero, por medio de una especie de danza, consiguió mantener el equilibrio. Tenía los ojos en blanco.

Un grito profundo y gorjeante salió de su garganta. Estaba ardiendo. Sus ropajes estaban ardiendo; y luego el humo salió de él, gris, fino y ondulando en la penumbra mientras la aterrorizada turba daba rienda suelta a gritos y gemidos. Azim se retorcía y el calor lo consumía; entonces, repentinamente, se dobló, se irguió y, con los ojos clavados en ella, se lanzó a su encuentro con los brazos abiertos.

Pareció que la alcanzaría antes de que ella supiese qué debía hacer. De nuevo, intenté ponerme ante ella, pero, con un rápido empujón de su mano derecha me lanzó otra vez hacia el enjambre humano. Por todas partes a mi alrededor había cuerpos desnudos, luchando por apartarse de mí, mientras yo intentaba recuperar el equilibrio.

Me di la vuelta y lo vi situado a menos de un metro de ella, gruñendo y tratando de alcanzarla al otro lado de algún obstáculo invisible e insuperable.

—¡Muere, maldito! —exclamó ella. Y me llevé las manos a los oídos—. Vete al pozo de la perdición. Lo he creado especialmente para ti.

La cabeza de Azim explotó. Humo y llamaradas brotaron de su cráneo reventado. Sus ojos quedaron negros. Como un relámpago, su cuerpo entero se incendió; sin embargo cayó en una postura humana, con el puño levantado, amenazador, contra ella, las piernas dobladas como si quisiese tratar de levantarse de nuevo. Luego su forma desapareció por completo en un gran resplandor anaranjado.

El pánico se abatió en la congregación, como había ocurrido con los *fans* rockeros en el exterior de la sala del concierto, cuando los fuegos habían estallado y Gabrielle, Louis y yo habíamos emprendido la huida.

No obstante, aquí parecía que la histeria había alcanzado un tono más peligroso. Cuerpos chocaban contra las esbeltas columnas de mármol. Hombres y mujeres quedaban aplastados al instante cuando otros pasaban por encima de ellos precipitándose hacia las puertas.

Akasha se dio la vuelta, sus ropajes atrapados en una breve danza de sedas blancas y negras a su alrededor; y, por todas partes, seres humanos eran cogidos como por manos invisibles y lanzados al suelo. Sus cuerpos se retorcían convulsamente. Las mujeres, contemplando las víctimas del ataque, aullaban y se mesaban el cabello.

Tardé aún unos momentos en darme cuenta de lo que estaba ocurriendo, en darme cuenta de que ella estaba matando a los hombres. No era por medio del fuego. Era un golpe invisible en los órganos vitales. La sangre les salía por los oídos y por los ojos, y expiraban. Enfurecidas, varias mujeres se lanzaron hacia ella, sólo para encontrarse con el mismo destino. Los hombres que la atacaban eran abatidos al instante.

Luego oí su voz en el interior de mi cabeza:

«Mátalos, Lestat. Aniquila a los hombres, hasta el último.»

Quedé paralizado. Yo estaba a su lado, por si uno de ellos se le acercaba demasiado. Pero no tenían ninguna oportunidad. Aquello iba más allá de cualquier pesadilla, más allá de los horrores en que había tomado parte durante toda mi maldita vida.

De pronto se situó frente a mí, cogiéndome los brazos. Su suave voz helada se había convertido en un sonido arrollador en mi cerebro.

«Príncipe mío, amor mío. Lo harás por mí. Mata a los varones para que así la leyenda de su castigo sobrepase la leyenda del templo. Son los secuaces del dios de la sangre. Las mujeres están indefensas. Castiga a los varones en mi nombre.»

—¡Oh, Dios, ayúdame! ¡Por favor, no me pidas que haga una cosa así! —mascullé—. ¡Son míseros humanos!

La muchedumbre parecía haber perdido toda razón. Los que habían huido hacia el patio trasero estaban acorralados. Los muertos y los que los lloraban yacían esparcidos por todas partes, mientras que, de la multitud que esperaba ante las puertas principales, ignorante de lo que sucedía, se elevaban las súplicas más patéticas.

—Déjalos ir, Akasha, por favor —le dije. ¿Alguna vez en mi vida había rogado por algo como lo hacía ahora? ¿Qué tenían que ver aquellos pobres seres con nosotros?

Ella se acercó a mí. No podía ver sino sus ojos negrísimos.

—Amor mío, esto es una Guerra Santa. No es el aborrecible alimentarse de vidas humanas que has hecho noche tras noche sin plan ni razón, sólo para sobrevivir. Ahora matarás en mi nombre y en nombre de la causa y yo te daré la libertad más grande que nunca se ha dado al hombre; yo te digo que matar al hermano mortal es justo. Ahora utiliza el nuevo poder con que te he dotado. Elige a tus víctimas una a una, usa tu fuerza invisible o la fuerza de tus manos.

La cabeza me daba vueltas. ¿Tenía yo ese poder de derribar a los hombres en el sitio? Miré a la sala humeante a mi entorno, donde el incienso continuaba brotando de los braseros y los cuerpos caían unos encima de otros, donde hombres y mujeres se abrazaban aterrados, mientras unos pocos se arrastraban hacia los rincones, como si allí pudieran encontrarse a salvo.

—Ahora no queda vida para ellos, salvo para constituir un ejemplo —dijo—. Haz como te ordeno.

Me pareció tener una visión; porque seguro que aquello no provenía de mi corazón o de mi mente, vi una figura delgada y demacrada alzarse ante mí; mis dientes rechinaron al mirarla con ferocidad, concentrando mi malignidad como si fuera un rayo láser, y vi a la víctima levantarse del suelo y salir disparada hacia atrás, al tiempo que la sangre salía a borbotones de su boca. Sin vida, reseca, cayó al suelo. Había sido como un espasmo; había ocurrido sólo con el esfuerzo que haría falta para gritar, para lanzar la voz, invisible pero poderosa, a través de un gran espacio.

«Sí, mátalos. Dales en los órganos más tiernos; reviéntaselos; haz que la sangre salga en un manantial. Tú sabes que siempre lo habías querido hacer. ¡Matar como si no fuera nada, destruir sin escrúpulo o remordimiento!»

Era cierto, tan cierto...; pero también era prohibido, prohibido como nada más en la Tierra está prohibido...

«Amor mío, es tan común como el hambre, tan común como el tiempo. Y ahora tienes mi poder y mi mandato. Tú y yo vamos a ponerle fin con lo que ahora vamos a realizar.»

Un joven me embistió, enloquecido, con las manos extendidas para coger mi cuello. «Mátalo.» El joven me maldijo mientras yo lo empujaba hacia atrás con el poder invisible; sentí el espasmo muy en lo hondo de mi garganta y de mi vientre, y luego un súbito apretón en las sienes; sentí que el poder lo tocaba, sentí que salía de mí; lo sentí con tanta certeza como si hubiera penetrado su cráneo con mis dedos y estuviera estrujando su cerebro. Verlo habría sido muy crudo; no había necesidad. Lo único que necesitaba ver era la sangre saliendo a chorro de su boca y de sus oídos y derramándose por su pecho desnudo.

¡Oh, ella tenía razón! ¡Cuánto había deseado hacerlo! ¡Cómo había soñado con ello en mis primeros años mortales! La rara dicha de matarlos, de matarlos, con todos sus nombres, que eran el mismo nombre (enemigo), de matar a los que se merecían la muerte, a los que habían nacido para ser carne de matanza, la matanza con plena fuerza, con todo mi cuerpo tornándose pura musculatura, con mis dientes apretados, con mi odio y mi invisible fuerza hechos uno.

Corrían en todas direcciones, pero aquello sólo hacía que me inflamara más y más. Los empujaba, el poder los aplastaba contra los muros. Apuntaba a su corazón con aquella invisible lengua y oía su corazón estallar. Giraba y giraba sobre mí mismo, dirigiendo el poder cuidadosamente pero enseguida a éste, a aquél y luego a aquel otro que cruzaba la puerta corriendo y a otro que se precipitaba por el pasillo y a otro que arrancaba la lámpara de sus cadenas y me la lanzaba estúpidamente.

Los perseguí hacia las estancias traseras del templo, atravesando con regocijante facilidad montones de oro y plata, tumbándolos de espaldas como con largos dedos invisibles, y después, con esos dedos invisibles, atenazando sus arterias hasta que la sangre brotaba de la carne reventada.

Las mujeres se agruparon llorando; algunas huyeron. Oí cómo se partían los huesos al pisar los cadáveres. Entonces me di cuenta de que ella también los estaba matando; de que lo estábamos haciendo conjuntamente; ahora la sala estaba llena de muertos y mutilados. Un oscuro y fétido olor a sangre lo impregnaba todo; el viento renovador y fresco no podía disiparlo; el aire estaba cargado con débiles gritos de desesperación.

Un hombre gigantesco me arremetió, con los ojos desorbitados, intentando detenerme con una gran espada curva. Enfurecido, le arrebaté el arma y con ella le corté el cuello en redondo. Atravesó la espina dorsal, rompiéndola y rompiéndose, y cabeza y hoja cayeron a mis pies.

De una patada aparté el cuerpo. Salí al patio y contemplé a los que retrocedían ante mí, aterrorizados.

Yo ya no razonaba, ya no tenía conciencia. Perseguirlos, acorralarlos, apartar a un lado a las mujeres detrás de quienes se escondían, a las mujeres que se esforzaban, tan patéticamente, por ocultarlos, dirigir el poder al lugar exacto, y bombear el poder a aquel punto vulnerable hasta que yacían inmóviles; era un juego sin sentido.

¡Las puertas del recinto! Ella me llamaba. Los hombres del patio estaban todos muertos; las mujeres se mesaban los cabellos sollozando. Andando crucé el templo profanado, por entre los muertos y las que lloraban esos muertos. La muchedumbre de las puertas se había arrodillado en la nieve, ignorante de lo que había sucedido en el interior, con las voces alzadas en súplica desesperada.

«Admitidme a la cámara, admitidme a la visión y al hambre del señor.»

A la vista de Akasha, sus gritos aumentaron de volumen. Extendieron los brazos para tocar sus ropajes; los cerrojos se rompieron y las puertas se abrieron de par en par. El viento aullaba al acanalarse en el puerto de montaña; la campana de la torre tañía con sonido débil, hueco.

De nuevo empecé a derribarlos, reventando cerebros, corazones y arterias. Vi sus delgados brazos abiertos en cruz en la nieve. El mismo viento apestaba a sangre. La voz de Akasha se oía por encima de los horripilantes gritos; decía a las mujeres que se retirasen, que se fuesen, que así quedarían a salvo.

Al final, yo estaba matando tan aprisa que ni siquiera podía verlo. Los varones. Los varones deben morir. Me apresuraba a la consecución de aquel objetivo: que todo hombre que se moviese, se agitase o gimotease debía morir.

Como un ángel descendí con una espada invisible por el serpenteante sendero. Y al final, a lo largo de todo el recorrido que bordeaba el precipicio, cayeron todos de rodillas esperando la muerte. ¡La aceptaron con una horrorosa pasividad!

De repente sentí que ella me abrazaba, aunque no estaba cerca de mí. Oí su voz en el interior de mi cabeza:

«Bien hecho, príncipe.»

No podía parar. Aquel poder invisible era ahora uno de mis miembros. No podía frenarlo y devolverlo a mi interior. Era como si mi vida dependiera de tomar aire en aquel momento, como si no tomarlo me llevara a la muerte. Pero ella me inmovilizó y una gran calma se abatió sobre mí, como si me hubieran inyectado una droga en las venas. Finalmente me inmovilicé aún más y el poder se concentró en mi interior, se convirtió en parte de mí y nada más.

Me di la vuelta despacio. Miré hacia las claras cimas nevadas, al cielo perfectamente negro y la larga fila de cadáveres oscuros yaciendo en la senda de las puertas del templo. Las mujeres se abrazaban entre ellas, fuertemente, sollozando de incredulidad o soltando graves y terribles gimoteos. Olí a muerte como nunca había olido en mi vida; bajé la vista hacia las migajas de carne y coágulos de sangre que habían salpicado mi atuendo. ¡Pero mis manos! Mis manos estaban blanquísimas, limpísimas. «Buen Dios, ¡yo no lo hice! Yo no. No lo hice. ¡Y mis manos están limpias!»

¡Oh, pero yo lo había hecho! ¿Y qué soy yo que pude hacerlo, que lo amé, que lo amé más allá de toda razón, que lo amé como los hombres siempre lo han amado en la absoluta libertad moral de la guerra...?

Pareció hacerse un silencio.

Si las mujeres aún lloraban, yo no las oía. Tampoco oía el viento. Me movía, aunque no sabía por qué. Había caído de rodillas y extendía la mano hacia el último hombre que había muerto, el cual estaba tirado en la nieve, como pedazos de leña; puse la mano en la sangre de su boca y la esparcí en mis palmas, y con ellas ensangrentadas me froté el rostro.

En doscientos años nunca había matado sin haber probado la sangre de la víctima, sin haberla tomado, junto con la vida, para mí mismo. Por eso aquello fue algo monstruoso. Y allí habían muerto más, en unos instantes horrorosos, que yo no había enviado a sus tumbas prematuramente en toda mi vida. Y había sido realizado con la facilidad del pensamiento y del aliento. ¡Oh, aquella matanza, nunca podrá expiarse! ¡Nunca podrá justificarse!

Me quedé contemplando la nieve, a través de mis dedos ensangrentados; llorando y odiando a la vez. Luego, gradualmente, noté que en las mujeres había tenido lugar un cambio. Algo estaba ocurriendo a mi alrededor, lo percibía como si el aire frío hubiese sido calentado y el viento hubiese escampado dejando la pronunciada ladera tranquila.

Luego, el cambio pareció penetrar en mí, aplacando mi angustia y disminuyendo la velocidad de los latidos de mi corazón.

Los lamentos habían cesado. Efectivamente, las mujeres bajaban por el sendero en parejas o en grupos de tres, como si estuvieran en trance, pasando por encima de los muertos. Parecía que sonase una música dulce y que de repente de la tierra hubiesen brotado flores primaverales de todo color y descripción y que el aire estuviera impregnado de su perfume.

Pero aquello no estaba sucediendo en realidad, ¿no? En una neblina de colores apagados, las mujeres pasaban junto a mí, en harapos y sedas y capas oscuras. Me estremecí de pies a cabeza. ¡Tenía que pensar con claridad! No había tiempo para estar desorientado. Aquel poder y los cuerpos muertos no eran un sueño, y yo no podía, no podía en absoluto, rendirme a aquella sobrecogedora sensación de paz y bienestar.

—¡Akasha! —exclamé en un susurro.

Luego, levantando los ojos, no porque quisiese, sino porque tuve que hacerlo, la vi subida en un promontorio lejano, y vi a las mujeres, jóvenes y viejas, que andaban hacia ella, algunas tan debilitadas por el frío y por el hambre que tenían que ser arrastradas por las demás por el suelo helado.

Un silencio absoluto se había abatido sobre todas las cosas.

Sin palabras, empezó a hablar a la asamblea reunida ante ella. Pareció que se les dirigiera en su propia lengua, o en algo más que simple lengua. No podría decirlo.

Aturdido, vi que abría los brazos en cruz para ellos. Su pelo negro se derramaba en sus blancas espaldas y los pliegues de su sencillo vestido apenas se movían en el viento insonoro. Me causó un grandioso impacto, ya que nunca en mi vida había contemplado nada tan bello como ella; no era simplemente la suma de sus atributos físicos, era la pura serenidad, la esencia, lo que percibió lo más hondo de mi alma. Una encantadora euforia me invadió mientras ella habló.

No temáis, les decía. El reino sangriento de vuestro dios se ha acabado y ahora podréis regresar a la verdad.

Suaves himnos se alzaron de las adoradoras. Algunas inclinaron las frentes hasta el suelo, ante ella. Pareció que aquello la complacía, o al menos lo permitía.

Debéis regresar a vuestros hogares, decía. Debéis contar a vuestros conocidos que el dios de la sangre ha muerto. La Reina de los Cielos lo ha destruido. La Reina de los Cielos destruirá a todos los varones que aún crean en él. La Reina de los Cielos traerá un nuevo reino de paz en la tierra. Habrá muerte para los varones que os han oprimido, pero debéis esperar a mi señal.

Cuando hacía una pausa, los himnos se elevaban de nuevo. La Reina de los Cielos, la Diosa, la Santa Madre... la vieja letanía, cantada en mil lenguas por todo el mundo, encontraba una nueva forma.

Temblé. Me hice temblar. ¡Tenía que comprender aquel hechizo! Era un truco del poder, igual que la matanza había sido un truco del poder... algo definible y mensurable, pero permanecía drogado por la contemplación de ella, por los himnos, por el suave envolvimiento de aquella sensación: todo está bien, todo es como debería ser. Todos estamos a salvo.

Desde los recovecos soleados de mi mente mortal, me vino a la memoria un día (un día como muchos otros antes de él), un día del mes de mayo, en nuestro pueblo, el día en que habíamos coronado una estatua de la Virgen entre los campos de flores de suave fragancia, en que habíamos cantado exquisitos himnos. Ah, el encanto de aquel momento, cuando habían levantado la corona de azucenas blancas a la cabeza de la Virgen, cubierta con un velo. Por la noche había regresado a casa cantando aquellos himnos. En un viejo libro de plegarias encontré una imagen de la Virgen, y me llenó de encanto y maravilloso fervor religioso, como el que sentía ahora.

Y, desde algún lugar en lo más profundo de mí, donde el sol no había penetrado nunca, me llegó la conclusión de que si creía en ella y en lo que estaba diciendo, aquel hecho inenarrable, aquella matanza cometida en frágiles e indefensos mortales, se redimiría de alguna forma.

«Ahora matarás en mi nombre y en nombre de la causa y yo te daré la libertad más grande que nunca se ha dado al hombre: yo te digo que matar al hermano mortal es justo.»

—Seguid vuestro camino —decía en voz alta—. Dejad este templo para siempre. Dejad a los muertos a la nieve y a los vientos. Contadlo a la gente. Una nueva era está al llegar, una era en que esos hombres que glorifican la muerte y la matanza recibirán su merecido; y la era de paz será para vosotras. Volveré a vosotras. Os enseñaré el camino. Esperad a mi llegada. Y entonces os diré lo que tenéis que hacer. Por ahora, creed en mí y en lo que aquí habéis visto. Y decid a las demás que también pueden creer. Dejad que vengan los hombres a ver lo que les aguarda. Esperad mis señales.

Como un solo cuerpo se movieron para obedecer su mandato; echaron a correr por el sendero montaña abajo, hacia las distanciadas adoradoras que habían escapado de la masacre; sus gritos sonaban ahogados y extáticos en el vacío nevado.

El viento arreciaba con violencia a lo largo del valle; arriba, en la montaña, la campana del templo tañó con otro repique apagado. El viento desgarraba las escasas ropas de los muertos. Había empezado a nevar, al principio con suavidad, después intensamente, cubriendo piernas, brazos y rostros morenos, rostros con los ojos abiertos.

La sensación de bienestar se había disipado, y todos los aspectos crudos del momento estaban de nuevo claros, eran ineludibles. Aquellas mujeres, aquel castigo divino... ¡Cadáveres en la nieve! Innegables demostraciones de poder, trastornador, sobrecogedor.

Luego un dulce y leve sonido rompió el silencio; cosas que se hacían añicos arriba en el templo; cosas cayendo, rompiéndose.

Me volví y la miré. Continuaba en el pequeño promontorio, con la capa suelta en sus hombros, su piel tan blanca como la nieve que caía. Ella tenía los ojos fijos en el templo. Y, como los sonidos seguían, supe lo que estaba ocurriendo en el interior.

Tinajas de aceite quebrándose; braseros cayendo. El suave crepitar de la ropa al prender en llamas. Finalmente surgió el humo, espeso y negro, ondulando desde el campanario y desde encima del muro trasero.

El campanario se estremeció; un estruendo estrepitoso hizo eco en los desfiladeros más alejados; y las piedras se derrumbaron, el campanario se desmoronó. Cayó hacia el valle, y la campana, con un repique final, desapareció en el blando abismo blanco.

El templo se consumió en llamas.

Me quedé mirándolo, con los ojos húmedos por el humo que el viento arrastraba por el sendero, llevando consigo cenizas y partículas de hollín.

Yo era consciente de que mi cuerpo no tenía frío a pesar de la nieve. Que no estaba cansado por el esfuerzo de matar. Ciertamente mi piel estaba más blanca que nunca. Y mis pulmones tomaban el aire con tanta eficacia que no podía oír siquiera mi propia respiración; incluso mi corazón marchaba con más suavidad, con más regularidad. Sólo mi alma estaba magullada y dolorida.

Por primera vez en mi vida, tanto mortal como inmortal, tuve miedo de morir. Tuve miedo de que ella pudiera destruirme, y con razón, porque yo, simplemente, no podría volver a hacer lo que acababa de hacer. No podría colaborar en aquel plan. Y rogué para que ella no pudiera obligarme a hacerlo, para que yo tuviera fuerzas para negarme a hacerlo.

Sentí sus manos en mis hombros.

—Vuélvete y mírame, Lestat —dijo.

Hice lo que me pedía. Y allí estaba de nuevo: la belleza más seductora que jamás contemplé.

«Y yo soy tuya, amor mío. Eres mi único compañero, mi instrumento más preciado. Lo sabes, ¿no?»

De nuevo, un temblor deliberado. En nombre de Dios, ¿dónde estás, Lestat? ¿Vas a reprimir que tu corazón hable con toda sinceridad?

—Akasha, ayúdame —susurré—. Dime. ¿Por qué quieres que lleve a cabo esto, esta matanza? ¿Qué querías decir cuando les anunciaste que los hombres serían castigados, que habría un reino de paz en la Tierra?

Qué estúpidas sonaron mis palabras. Mirando en sus ojos podía creer realmente que era la diosa. Era como si ella me extrajera la convicción, como si me extrajera la sangre.

De súbito eché a temblar de miedo. Temblaba. Por primera vez supe lo que significaba de verdad aquella palabra. Intenté decir algo más, pero tan sólo tartamudeé. Finalmente exploté:

—¿En nombre de qué moralidad vas a hacerlo?

—¡En el nombre de mi moralidad! —respondió, con su leve sonrisa, tan hermosa como siempre—. ¡Yo soy la razón, yo soy la justificación, yo soy el bien por el cual se va a hacer! —Su voz tuvo una frialdad colérica, pero su expresión vacía y dulce no había cambiado—. Ahora escúchame, hermoso mío —prosiguió—. Yo te quiero. Me has despertado de mi largo letargo, me has despertado para mi gran objetivo; me produce alegría simplemente mirarte, ver la luz en tus ojos azules, escuchar el timbre de tu voz. Verte morir me produciría un dolor incomprensible para ti. Pero pongo a las estrellas por testigo que tú me vas a ayudar en esta misión. O no serás más que el instrumento para el inicio, como Judas lo fue para Cristo. Y te destruiré como Cristo destruyó a Judas en cuanto acabó su papel.

La rabia me abrumó. No pude evitarlo. El paso del miedo a la rabia fue tan inmediato que mi interior se puso a hervir.

—¡Pero cómo osas cometer esos actos! —exclamé—. ¡Enviar a esas almas ignorantes a predicar por el mundo mentiras delirantes!

Ella se quedó mirándome en silencio; pareció que iba a golpearme; su rostro se convirtió de nuevo en el de una estatua; y yo pensé: «Bien, ha llegado mi hora, moriré como vi morir a Azim. No puedo salvar ni a

Gabrielle ni a Louis. No puedo salvar a Armand. No voy a luchar porque sería inútil. Ni me moveré cuando suceda. Iré más adentro de mí, tal vez, si debo escapar del dolor. Encontraré alguna última ilusión como Baby Jenks, y me aferraré a ella hasta que ya no sea Lestat.»

Ella no se movió. Las hogueras de la montaña se iban apagando. La nieve caía más tupida, y ella, al quedarse bajo la silenciosa nevada, blanca como blanca era la nieve, se había convertido en un fantasma.

—En realidad no tienes miedo de nada, ¿verdad? —dijo ella.

—Tengo miedo de ti —dije.

—Oh, no, no lo creo.

Asentí.

—Tengo miedo. Y te diré además lo que soy: soy una alimaña para la tierra. Nada más que eso. Un aborrecible asesino de seres humanos. ¡Sé que soy eso! ¡Y no pretendo ser lo que no soy! ¡Has dicho a esas ignorantes gentes que eres la Reina de los Cielos! ¿Cómo tienes intención de dar significado a esas palabras? ¿Qué efecto tendrán entre mentes simples y estúpidas?

—¡Qué arrogancia! —dijo—. ¡Qué increíble arrogancia!, pero te amo. Amo tu valor, tu arrojo, que siempre ha sido tu gracia salvadora. Amo incluso tu estupidez. ¿No comprendes? ¡Ahora no hay promesa que no pueda cumplir! ¡Acabaré con los mitos! *Soy* la Reina de los Cielos. Y finalmente los Cielos gobernarán en la Tierra. ¡Seré lo que diga que soy!

—¡Oh, señor, oh, Dios! —mascullé.

—No pronuncies esas palabras huecas. ¡Esas palabras que nunca han significado nada para nadie! Te hallas en presencia de la única diosa que conocerás. Y tú eres el único dios que la gente conocerá. Bien, ahora tendrás que pensar como un dios, hermosura. Tienes que pensar en algo más allá de tus pequeñas ambiciones egoístas. ¿No te das cuenta de lo que ha tenido lugar?

Negué con la cabeza.

—No sé nada. Me estoy volviendo loco.

Ella rió. Echó la cabeza hacia atrás y rió.

—Nosotros somos lo que ellos sueñan, Lestat. No podemos decepcionarlos. Si lo hacemos, la verdad implícita en la tierra bajo nuestros pies será traicionada.

Se volvió y se alejó de mí. Regresó al pequeño promontorio de piedra que afloraba entre la nieve, a la roca donde había permanecido antes. Miraba hacia el valle, hacia el sendero que seguía el despeñadero vertical que quedaba bajo sus pies, hacia los peregrinos que se volvían atrás cuando las mujeres que huían les transmitían el mensaje.

Oí gritos que resonaban en las laderas rocosas de las montañas. Oí hombres que morían, más abajo, mientras ella, invisible, los abatía con su gran poder, aquel gran, seductor, simple poder. Y las mujeres balbuceaban como dementes acerca de milagros y visiones. Luego se arreció el viento, engulléndolo todo, o así pareció; el gran viento indiferente. Vi el rostro de ella que resplandecía un instante; se acercó a mí; pensé: «Esto es otra vez la muerte, la muerte que llega, los bosques y los lobos que vienen, y no hay lugar para esconderse»; y mis ojos se cerraron.

Cuando desperté me hallaba en una pequeña casa o barraca. No sabía cómo había llegado hasta allí ni cuánto tiempo había pasado desde la matanza de las montañas. Había estado ahogado en las voces y, de vez en cuando, un sueño me había asaltado, un sueño terrible pero ya familiar. Había visto a dos mujeres pelirrojas en el sueño. Estaban arrodilladas ante el altar, donde un cadáver yacía en espera del cumplimiento de un ritual, un ritual crucial. Y había estado luchando desesperadamente por comprender el contenido del sueño, porque parecía que todo dependía de él; no debo volver a olvidarlo.

Pero ahora todo el sueño se había desvanecido ya. Las voces, las inquietantes imágenes; el momento de apremio.

El lugar donde yacía era oscuro, húmedo y lleno de olores nauseabundos. En pequeñas moradas a nuestro alrededor, los mortales vivían en la miseria, los bebés lloraban de hambre entre olor a hogueras y a grasa rancia.

En aquel lugar había guerra, verdadera guerra. No la guerra de la ladera de la montaña, sino la guerra al estilo típico del siglo. Por las mentes de los afligidos la capté en imágenes viscosas (un interminable ejercicio de carnicería y de amenaza): autobuses incendiados, gente atrapada en el interior golpeando las ventanas cerradas; camiones explotando, mujeres y niños huyendo del fuego de las ametralladoras.

Yacía en el suelo como si alguien me hubiese tirado allí. Y Akasha estaba en el umbral de la puerta, estrechamente envuelta en su capa, hasta sus ojos, que escrutaban en la oscuridad.

Cuando me hube incorporado y me acerqué a ella, vi un fangoso callejón lleno de charcos y de otras pequeñas construcciones, algunas con techos de hojalata y otras con techos de periódicos que se hundían. Los hombres dormían apoyados contra las sucias paredes, envueltos de pies a cabeza como por mortajas. Pero no estaban muertos; y las ratas que ellos trataban de esquivar lo sabían. Y las ratas mordisqueaban sus envolturas y los hombres se agitaban y soltaban sacudidas en su sueño.

Hacía mucho calor, y el calor exacerbaba los hedores del lugar; orina, heces, los vómitos de los niños moribundos. Podía incluso oler el hambre de los niños cuando lloraban espasmódicamente. Podía oler el penetrante olor a humedad marina de los desagües y de los pozos negros.

Aquello no era un pueblo; era una agrupación de casuchas y chozas, era un lugar de desesperación. Entre las construcciones yacían cadáveres. Las epidemias se extendían; y los viejos y los enfermos permanecían sentados en silencio, en la oscuridad, soñando en nada, o en la muerte quizá, que era nada, mientras los bebés lloraban.

Por la callejuela bajaba un niño con paso vacilante y vientre inflado, sollozando y frotándose con su pequeño puño su ojo hinchado.

Pareció no vernos en la oscuridad. De puerta a puerta pasaba gritando, con su lisa piel tostada reluciendo al alejarse, por el difuminado parpadeo de las hogueras.

—¿Dónde estamos? —le pregunté a ella.

Aturdido, vi que se volvía y levantaba cariñosamente sus manos para acariciar mi pelo y mi cara. El alivio se derramó por todo mi cuerpo. Pero el crudo sufrimiento del lugar era demasiado intenso para que el alivio tuviese mucha importancia. Así pues, ella no me había destruido; me había llevado al infierno. ¿Con qué propósito? Alrededor de mí, todo era miseria, desesperación. ¿Qué cosa o acto podría anular el sufrimiento de todas aquellas miserables gentes?

—Mi pobre guerrero —dijo con los ojos llenos de lágrimas ensangrentadas—. ¿No sabes dónde estamos?

No respondí.

Habló despacio, cerca de mi oído:

—¿Quieres que te recite los nombres como un poema? —interrogó—. Calcuta, si lo deseas, o Etiopía; o las calles de Bombay; esas pobres almas podrían ser campesinos de Sri Lanka; o del Pakistán; o de Nicaragua o de El Salvador. No importa lo que es; lo que importa es cuánto hay; lo que importa es que, por todas partes, alrededor de los oasis de vuestras rutilantes ciudades occidentales, existe; ¡es tres cuartas partes del mundo! Abre los oídos, querido; escucha sus plegarias; escucha el silencio de los que han aprendido a rezar para nada. Porque nada ha sido siempre su parte, sea cual sea el nombre de su nación, de su ciudad, de su tribu.

Juntos salimos a las calles embarradas; pasamos por delante de montones de excrementos y putrefactos charcos, los perros famélicos nos salían al encuentro y las ratas cruzaban disparadas ante nuestro paso. Llegamos a las ruinas de un antiguo palacio. Los reptiles se deslizaban por entre las piedras. Enjambres de mosquitos llenaban la oscuridad. Piltrafas de hombres yacían en una larga hilera junto a las aguas de un arroyo pestilente. Más allá, en la ciénaga, cadáveres henchidos, podridos, olvidados.

A lo lejos, por la carretera, pasaban los camiones, enviando sus ronquidos a través del sofocante calor como si fueran truenos. La miseria del lugar era como un gas letal, que me envenenaba mientras permanecía allí. Aquél era el confín mísero del jardín salvaje del mundo, el rincón en donde la esperanza no podía florecer. Aquello era un pozo negro.

—Pero ¿qué podemos hacer? —pregunté en un susurro—. ¿Por qué hemos venido aquí? —De nuevo su belleza me distrajo; la mirada de compasión que súbitamente la afectó me provocó ganas de llorar.

—Podemos reformar el mundo —dijo—, tal como te expliqué. Podemos hacer que los mitos sean reales; y vendrá el tiempo en que esto será un mito, en que los humanos no conocerán una tal degradación. Nos encargaremos de ello, mi amor.

—Pero son ellos quienes tienen que resolverlo, ¿no? No es solamente su obligación, es su derecho. ¿Cómo podemos ayudarlos en algo así? ¿Cómo puede nuestra intervención no conducir a la catástrofe?

—Tendremos que cuidar de que eso no ocurra —dijo con calma—. Ah, aún no has empezado a comprender. No te das cuenta de la fuerza que poseemos. Nada puede detenernos. Pero ahora tienes que observar. Todavía no estás preparado y no quiero forzarte otra vez. Cuando vuelvas a matar para mí, deberás tener fe total, absoluta convicción. Ten por seguro que te quiero y que sé que no puede educarse a un corazón en el espacio de una noche. Pero *aprende* de lo que veas y oigas.

Volvió a salir a la calle. Durante un instante no fue más que una frágil figura, avanzando a través de las sombras. Luego, de pronto, pude oír seres que se levantaban en las pequeñas casuchas a nuestro entorno y vi salir a las mujeres y a los niños. Junto a mí, las formas durmientes empezaron a agitarse. Me retiré hacia la oscuridad.

Temblaba. Me desesperaba por hacer algo, suplicarle que tuviera paciencia.

Pero de nuevo me inundó aquella sensación de paz, aquel hechizo de perfecta felicidad; y viajaba hacia atrás en el tiempo, hacia la pequeña iglesia francesa de mi infancia y llegué cuando se iniciaban los himnos. A través de mis lágrimas vi el resplandeciente altar. Vi la imagen de la Virgen, aquel brillante cuadro dorado encima de las flores; oí el murmullo de las avemarías como si fuera un hechizo. Bajo los arcos de Nuestra Señora de París oí a los sacerdotes cantando la salve.

La voz de Akasha llegó clara, ineludible, como había ocurrido la noche anterior, como si estuviera dentro de mi cerebro. Seguro que los mortales la oían con el mismo poder irresistible. El mandato en sí mismo era sin palabras; y la esencia estaba más allá de toda discusión; que un nuevo orden iba a empezar, un nuevo mundo en el que los seres ofendidos y los maltratados encontrarían por fin la paz y la justicia. Exhortaba a las mujeres y a los niños a sublevarse y a aniquilar a los hombres de su poblado. De cada cien varones, todos menos uno debían ser aniquilados y de cada cien bebés niños, todos menos uno debían ser sacrificados inmediatamente. Una vez esto se hubiera ejecutado a lo largo y ancho del mundo, vendría la paz en la Tierra, no habría más guerras, habría comida y abundancia.

Era incapaz de moverme, o de dar voz a mi terror. Horrorizado oía los gritos frenéticos de las mujeres. A mi entorno, las piltrafas de hombres dormidos se levantaban de sus envolturas, sólo para ser lanzados contra las paredes, muriendo de la misma forma que los había visto morir en el templo de Azim.

La calle era un griterío. En imágenes fugaces y difuminadas veía a la gente corriendo; veía a los hombres precipitarse fuera de sus casas, sólo para caer en el fango. En la distante carretera, los camiones estallaban en llamas, las ruedas chirriaban al perder el control los conductores. Metal chocaba violentamente contra metal. Depósitos de gasolina explotaban; la noche rebosaba de luz magnífica. Corriendo de casa en casa, las mujeres rodeaban a los hombres y los mataban a golpes, con cualquier arma que tuvieran a mano. El poblado de chozas y barracas, ¿había conocido alguna vez tanta vitalidad como ahora en nombre de la muerte?

Y ella, la Reina de los Cielos, había ascendido y permanecía suspendida en el aire, por encima de los techos de hojalata, una figura pura y delicada resplandeciente, recortada contra las nubes como si estuviera hecha de llamas blancas.

Cerré mis ojos y me volví hacia la pared, clavando los dedos en la roca que se desmigajaba. Pensar que éramos tan firmes como la roca, ella y yo. Sin embargo, no éramos de roca. No, nunca lo fuimos. ¡Y no pertenecíamos al lugar! No teníamos derecho.

Pero mientras lloraba, sentí el suave abrazo del hechizo otra vez; la dulce sensación adormecedora de estar rodeado de flores, de música lenta, de ritmo inevitable y cautivador. Sentí que el cálido aire me entraba en los pulmones; sentí las antiguas baldosas de piedra bajo mis pies.

Verdes colinas suaves se extendían ante mí en una perfección alucinante: un mundo sin guerras ni privaciones, en el que las mujeres andarían libres y sin temores, las mujeres, que, incluso bajo provocación, se retraerían ante la violencia común que acecha en el corazón de todo hombre.

Contra mi voluntad yo vagaba por aquel nuevo mundo, desoyendo el sonido sordo de los cuerpos cayendo en el suelo mojado, y los gritos y las maldiciones finales de los que eran aniquilados.

En grandes imágenes de ensueño, vi ciudades enteras transformadas; vi calles sin el miedo a los depredadores y a los dementes destructivos; calles en las cuales los seres caminaban sin urgencia o desesperación. Las casas ya no eran fortalezas, los jardines ya no necesitaban vallas.

—Oh, Marius, ayúdame —murmuré mientras el sol se vertía en los caminos bordeados de árboles y en los verdes campos infinitos—. Por favor, ayúdame.

Y entonces otra visión me cogió por sorpresa, expulsando el hechizo. Volví a ver los campos, pero no había luz del sol; era un lugar real, en alguna parte, y yo miraba a través de los ojos de alguien o algo que andaba en línea recta, con pasos largos y decididos a una velocidad increíble. Pero ¿quién era ese alguien? ¿Cuál era el destino de ese ser? Ese alguien me enviaba aquella visión; era poderosa, se negaba a ser olvidada. Pero ¿por qué?

Se esfumó tan deprisa como había venido.

De nuevo me hallaba en la arcada derruida del palacio, entre los muertos por allí esparcidos; desde el umbral contemplaba las figuras que corrían; oía los penetrantes gritos de victoria y alegría.

«Sal, guerrero, donde te puedan ver. Ven a mí.»

Ella estaba ante mí, con los brazos abiertos. Dios, ¿qué creían que estaban viendo? Durante un instante permanecí inmóvil; luego me dirigí hacia ella, aturdido y subyugado, sintiendo los ojos de las mujeres en mí, sintiendo su mirada de adoración. Y cayeron de rodillas cuando ella y yo nos reunimos. Sentí su mano cerrarse con demasiada fuerza; sentí mi corazón palpitar con violencia. «Akasha, esto es una mentira, una terrible mentira. Y el mal que has sembrado aquí dará frutos durante un siglo.»

De repente el mundo se inclinó. Ya no estábamos en el suelo. Ella me sostenía en sus brazos; ascendíamos más allá de los tejados de hojalata; abajo, las mujeres hacían reverencias y saludaban con las manos y con sus frentes tocaban el barro.

Contemplad el milagro, contemplad a la Madre, contemplad a la Madre y a su Ángel...

Luego, en un momento, el pueblo se convirtió en una diminuta salpicadura de tejados plateados a mucha distancia por debajo de nosotros; toda aquella miseria se transmutó en imágenes; de nuevo viajábamos en el viento.

Eché un vistazo atrás, intentando en vano reconocer el lugar concreto, las negras ciénagas, las luces de la ciudad próxima, la delgada cinta que era la carretera donde los camiones volcados aún quemaban. Pero ella tenía razón: en realidad no tenía ninguna importancia.

Sea lo que fuere lo que iba a suceder, ya había comenzado, y yo no sabía qué podría detenerlo.

4

LA HISTORIA DE LAS GEMELAS, PRIMERA PARTE

Todos los ojos estaban puestos en Maharet mientras ésta reflexionaba. Al poco tiempo, reanudó la narración, con palabras de apariencia espontánea, aunque de fluir lento y pronunciación cuidada. No parecía triste, sino impaciente por examinar de nuevo lo que iba a relatar.

—Bien, cuando digo que mi hermana y yo éramos hechiceras, quiero decir lo siguiente: heredamos de nuestra madre (como ella había heredado de la suya) el poder de comunicarse con los espíritus y de conseguir que cumpliesen nuestras órdenes. Podíamos percibir la presencia de los espíritus (que son, en general, invisibles a los ojos humanos) y los espíritus se sentían atraídos por nosotras.

»Y los que poseían poderes como nosotras tenían el respeto y el afecto de la gente de nuestro pueblo, que nos solicitaba para pedirnos consejos, para hacer milagros y predecir el futuro, y a veces para dar descanso a los espíritus de los muertos.

»Lo que estoy tratando de decir es que éramos consideradas buenas; teníamos nuestro lugar y nuestra función en la sociedad.

»Por lo que sé, siempre han existido hechiceras, o brujas. Ahora también existen, aunque ya no comprenden cuáles son sus poderes o cómo se deben utilizar. Luego hay esos que se llaman clarividentes o médiums, o medio. O incluso detectives espiritistas. Todo es lo mismo. Son personas que, por razones que nunca llegaremos a entender, atraen a los espíritus. Los espíritus las encuentran absolutamente irresistibles; y, para captar la atención de esas personas, usan todo tipo de trucos.

»Por lo que se refiere a los espíritus en sí, sé que tenéis mucha curiosidad acerca de su naturaleza y propiedades; sé que no creéis (todos vosotros) en la historia del libro de Lestat, la historia que nos cuenta cómo fueron creados la Madre y el Padre. No estoy segura de si el mismo Marius, cuando se la contaron, la creyó; o la creía cuando se la transmitió a Lestat.

Marius asintió. En aquellos momentos ya había acumulado numerosos interrogantes. Pero Maharet le hizo un ademán, indicándole que no se impacientara.

—Tened paciencia conmigo —dijo—. Os contaré todo lo que sabíamos entonces de los espíritus, que es lo mismo que sé ahora. Comprenderéis, por supuesto, que otros pueden dar a estos entes nombres diferentes. Y otros quizá los definirían más de acuerdo que no lo haré yo, con el lenguaje de la ciencia.

»Los espíritus hablaban con nosotras sólo por telepatía; como he dicho, son invisibles; pero se puede percibir su presencia; poseen distintas personalidades y nuestra familia de hechiceras, con el paso de las muchas generaciones, les había dado nombres diversos.

»Los dividíamos, como siempre habían hecho los hechiceros, en buenos y malos; pero no hay evidencia que ellos mismos tengan sentido del bien o del mal. Los malos espíritus son los abiertamente hostiles a los seres humanos, y les gusta hacer jugarretas como tirar piedras, hacer viento y otras cosas así de molestas. Los que poseen a los humanos son a menudo espíritus “malvados”; los que embrujan las casas y se llaman duendes también entran en esta categoría.

»Los buenos espíritus pueden amar, y por lo general también quieren ser amados. Raras veces maquinan maldades por su cuenta. Responden preguntas acerca del futuro; nos cuentan lo que sucede en otros lugares, en lugares remotos; y para las hechiceras de gran poder, como éramos mi hermana y yo, para aquellos a quienes los espíritus amaban en verdad, realizan su truco más grande y más agotador: hacen llover.

»Pero podéis deducir de lo que estoy diciendo que las etiquetas de bueno y malo son inmediatamente adjudicables. Los buenos espíritus son útiles; los espíritus malignos son peligrosos y destrozan los nervios. Prestar atención a los malos espíritus (invitarlos a acercarse a rondar junto a nosotros) es exponerse al desastre; porque no pueden ser controlados hasta las últimas consecuencias.

»También existen abundantes evidencias de que, los que llamamos espíritus malvados, nos envidian que seamos de carne y poseamos a la vez espíritu, que disfrutemos de los placeres y de los poderes físicos a la vez que poseemos mentes espirituales. Muy probablemente, esta mezcla de carne y espíritu que son los seres humanos hace que todos los espíritus sientan curiosidad por ellos; eso era la fuente de nuestra atracción para con ellos; pero corroe a los malos espíritus; a los espíritus malignos les gustaría experimentar los placeres sensuales, o eso parece; sin embargo no pueden. Los buenos espíritus no manifiestan un tal desasosiego.

»Ahora, por lo que respecta a de dónde provienen los espíritus, ellos mismos nos solían decir que siempre han existido. Se jactaban de haber observado cómo los seres humanos dejábamos de ser animales y nos transformábamos en lo que éramos. Al principio no sabíamos a lo que se referían con tales comentarios. Pensábamos que simplemente querían burlarse de nosotras o que eran mentirosos. Pero ahora, con el estudio de la evolución humana se evidencia que los espíritus presenciaron este desarrollo. Referente a las cuestiones acerca de su naturaleza (cómo fueron creados o quién los creó), bien, nunca se han resuelto. No creo que comprendieran lo que les preguntábamos. Parece que los interrogatorios los ofendían o les causaban cierto miedo; o puede que pensasen que las preguntas eran humorísticas.

»Supongo que algún día llegará a conocerse la naturaleza científica de los espíritus. Yo me imagino que son materia y energía en un complejo equilibrio, como todo en nuestro universo, y que no son más mágicos que la electricidad o las ondas de la radio, o los quarks o los átomos, o las voces al otro lado del teléfono, cosas que sólo doscientos años antes parecían sobrenaturales. De hecho, los términos de la ciencia moderna me han ayudado a comprenderlos, retrospectivamente, mejor que cualquier otra herramienta filosófica. No obstante me aferro, más bien por costumbre, al viejo lenguaje.

»Mekare afirmaba que a veces podía verlos; decía que poseían minúsculos núcleos de materia física y grandes cuerpos de energía atorbellinada, que comparaba a las tormentas de viento y relámpagos. Decía que había criaturas en el mar que eran igual de exóticas en cuanto a su organización; e insectos que se parecían a los espíritus, también. Cuando veía sus cuerpos físicos siempre era de noche, y nunca eran visibles durante más de un segundo, y normalmente sólo cuando estaban furiosos.

»Su tamaño era enorme, decía; pero eso ellos también lo decían. Nos decían que no podíamos imaginarnos lo grandes que eran; pero es que les gusta alardear;

entre sus afirmaciones hay que seleccionar siempre las que tienen sentido.

»Que son capaces de ejecutar grandes pruebas de fuerza en el mundo físico es algo que está fuera de dudas. De otro modo, ¿cómo podrían mover objetos como hacen los duendes en casas embrujadas? ¿Y cómo podrían reunir las nubes necesarias para hacer llover? Sin embargo, sus logros reales son minúsculos en contraste con el derroche de energía. Y esto siempre es una clave para controlarlos. Sólo hay cierta cantidad de cosas que puedan llevar a cabo, y no más, y una buena hechicera era alguien que comprendía esto a la perfección.

»Sea cual sea su composición material, estos seres no tienen necesidades biológicas aparentes. No envejecen; no cambian. Y la clave para comprender su comportamiento caprichoso e infantil está aquí. No tienen *necesidad* de hacer nada; vagan errabundos, inconscientes del tiempo, porque no tienen razón física para preocuparse de él, y hacen lo que cautiva su fantasía. Por supuesto, ven nuestro mundo; forman parte de él; pero qué aspecto tiene para ellos, no lo puedo imaginar.

»Por qué las hechiceras los atraen o captan su interés, tampoco lo sé. Pero esto es lo esencial: ven a la hechicera, van a ella, se le dan a conocer y se sienten enormemente halagados cuando los han percibido; y entonces cumplen las órdenes para obtener más atención; y, en algunos casos, para ser amados.

»Y, a medida que la relación progresa, por el amor de la hechicera se consigue que se concentren en tareas diferentes. Esto los deja agotados, pero a la vez los deleita, porque ven a los seres humanos tan impresionados.

»Así pues, imaginad qué divertido es para ellos escuchar los ruegos de los humanos e intentar responderlos, mantenerse suspendidos encima de los altares y hacer tronar después de haberles ofrecido sacrificios. Cuando un clarividente llama al espíritu de un antecesor muerto para que hable con sus descendientes, los espíritus se emocionan al poder soltar una cháchara pretendiendo pasar por el antepasado muerto, aunque evidentemente no lo son; por medio de la telepatía extraen información de los cerebros de los descendientes para que el engaño sea más completo.

»Seguramente todos conoceréis su forma de comportarse. No es ahora diferente de lo que lo fue en nuestro tiempo. Lo que sí ha cambiado es la actitud de los seres humanos respecto a los hechos de los espíritus; y esta diferencia es crucial.

»Cuando, en los tiempos presentes, un espíritu embruja una casa y hace predicciones a través de las cuerdas vocales de un niño de cinco años, todos, excepto los que lo ven y lo oyen, se muestran incrédulos. No se hace de ello la base de una gran religión.

»Es como si la especie humana hubiese adquirido una inmunidad para esas cosas; tal vez ha evolucionado a un estado más elevado en donde las payasadas de los espíritus ya no confunden a nadie. Y aunque las religiones continúan existiendo (viejas religiones que han quedado anquilosadas en tiempos más oscuros), están perdiendo su influencia entre los instruidos a pasos agigantados.

»Pero después hablaré de eso. Dejad que prosiga ahora definiendo las cualidades de una hechicera, tal como nos fueron transmitidas a mi hermana y a mí, y contando lo que nos ocurrió.

»Fue algo heredado en nuestra familia. Puede que sea algo físico, ya que en nuestro linaje familiar parece legarse a través de las mujeres e ir emparejado invariablemente con ciertos atributos físicos, como los ojos verdes y el pelo rojo. Como todos ya sabéis (como ya os habréis enterado de un modo u otro desde que habéis entrado en esta casa), mi hija, Jesse, era una hechicera, una bruja. Y, en la Talamasca, a menudo utilizaba sus poderes para consolar a los que estaban afectados por los espíritus o los fantasmas.

»Los fantasmas, naturalmente, también son espíritus. Pero, sin lugar a dudas, son espíritus de los que una vez fueron humanos en la Tierra; mientras que los espíritus de los que he estado hablando, no. Sin embargo, una nunca puede estar segura en este punto. Un fantasma terrestre muy viejo puede olvidar que alguna vez estuvo vivo; y posiblemente los espíritus más malignos sean fantasmas; y ése es el motivo por el cual anhelan tanto los placeres de la carne; y cuando poseen a algún pobre ser humano, eruptan obscenidades. Para ellos, la carne es sucia, y quisieran que los hombres y mujeres creyeran que tanto los placeres eróticos como la maldad son peligrosos y perniciosos.

»Pero el hecho es que, dado que los espíritus mienten, si no quieren contarlo, no hay manera de saber por qué hacen lo que hacen. Quizá su obsesión por el erotismo sea meramente algo abstraído de las mentes de los hombres y mujeres, que siempre han tenido un sentimiento de culpabilidad acerca de este aspecto de la vida.

»Para volver al punto principal, en nuestra familia eran principalmente las mujeres quienes adquirían el arte de la hechicería. En otras familias, pasa tanto a través de los hombres como las mujeres. O puede que, por razones que no están a nuestro alcance, aparezca espontánea y completamente desarrollada en un ser humano cualquiera.

»Sea como sea, la nuestra era una antigua familia de hechiceras. Podemos contar hechiceras hasta cincuenta generaciones atrás, hasta lo que se llamaba el Tiempo Anterior a la Luna. Es decir, mantenemos que nuestra familia ya vivió en el muy temprano período de la historia de la Tierra de antes de que la luna hubiera aparecido en el cielo nocturno.

»Las leyendas de nuestro pueblo contaban la llegada de la Luna, y las inundaciones, tempestades y terremotos que ello provocó. Si tal cosa llegó a suceder realmente, yo no lo sé. También creíamos que nuestras estrellas sagradas eran las Pléyades, o las Siete Hermanas, que todas las bendiciones provenían de aquella constelación; pero por qué, nunca lo supe o no puedo recordarlo.

»Ahora hablo de antiguos mitos, de creencias que ya eran viejas antes de que yo naciera. Y los que se comunican con los espíritus se vuelven, por razones obvias, más bien escépticos sobre ciertas cosas.

»Pero la ciencia, incluso ahora, no puede negar ni verificar los relatos del Tiempo Anterior a la Luna. La llegada de la Luna, y la consiguiente atracción gravitatoria, ha sido utilizada teóricamente para explicar el movimiento de los casquetes polares y las últimas eras glaciares. Quizás hay algo de verdad en las viejas historias, verdades que algún día se aclararán para todos.

»Sea cual sea el caso, nuestro linaje era uno de los antiguos. Nuestra madre había sido una poderosa hechicera a quien los espíritus contaban numerosos secretos, leyendo, como hacen, las mentes de los humanos. Y tenía una gran influencia sobre los espíritus intranquilos de los muertos.

»En Mekare y en mí parecía que su poder se había doblado, lo cual a menudo es cierto en las gemelas. O sea, que cada una de nosotras tenía el doble de poder de nuestra madre. Y, en cuanto al poder de las dos juntas, era incalculable. Hablábamos con los espíritus cuando aún estábamos en la cuna. Cuando jugábamos, se situaban a nuestro alrededor. Como gemelas que éramos, desarrollamos nuestro propio lenguaje secreto, que ni siquiera nuestra madre comprendía. Pero los espíritus lo conocían. Los espíritus comprendían todo lo que les decíamos; incluso nos podían responder en nuestro lenguaje secreto.

»Comprenderéis que no os cuento todo eso por orgullo. Sería absurdo. Os lo cuento para que podáis entender lo que era una para la otra, lo que significábamos para nuestro pueblo, antes de que los soldados de Akasha y Enkil vinieran a nuestra tierra. Quiero que comprendáis por qué este mal (la creación de los bebedores de sangre) llegó a la existencia.

»Éramos una gran familia. Habíamos vivido siempre en las cuevas del monte Carmelo, al menos desde los tiempos más remotos que se podían recordar. Y nuestro pueblo había levantado siempre asentamientos en los terrenos del valle al pie del monte. Vivían de los rebaños de cabras y ovejas. Y de vez en cuando cazaban; recogían unas pocas cosechas para la fabricación de drogas alucinógenas (que tomábamos para entrar en trance: formaba parte de nuestra religión) y también para fabricar cerveza. Segaban el trigo silvestre que crecía en abundancia.

»Pequeñas casas, redondas, de ladrillos de barro y tejados de paja formaban nuestro poblado, pero había otros que habían crecido hasta hacer pequeñas ciudades, y otros que hacían las entradas de las casas por el tejado.

»Nuestro pueblo fabricaba una cerámica altamente notable y la llevaban a vender a los mercados de Jericó. De allí traían lapislázuli, marfil, incienso, espejos de obsidiana y otros objetos preciosos. Claro está que conocíamos muchas otras ciudades, extensas y hermosas como Jericó, ciudades que hoy están completamente sepultadas bajo tierra y que tal vez nunca sean descubiertas.

»Pero, en general, éramos gentes sencillas. Sabíamos lo que era la escritura, es decir, su concepto. Pero nunca se nos ocurrió utilizarla, ya que para nosotras las palabras tenían un gran poder y nunca hubiéramos osado escribir nuestros nombres, conjuros o verdades que conocíamos. Si una persona tenía tu nombre, podía invocar a los espíritus para que te maldijeran, podía salir de su cuerpo en un trance y viajar hasta donde tú estuvieras. ¿Quién podía saber qué poder pondrías en sus manos si conseguía escribir tu nombre en una piedra o en un papiro? Incluso para los que no tenían miedo era como mínimo algo muy desagradable.

»Y, en las grandes ciudades, la escritura se utilizaba principalmente para los documentos financieros, los cuales nosotros teníamos que conservar, claro, en nuestras cabezas.

»De hecho, todos los conocimientos de nuestro pueblo eran confiados a la memoria; los sacerdotes que hacían sacrificios al becerro de oro de nuestro pueblo (en el cual nosotras no creíamos, por cierto) confiaban sus tradiciones y sus creencias a la memoria, y las enseñaban a los jóvenes sacerdotes de memoria y en verso. Las historias familiares se contaban de recuerdos, naturalmente.

»No obstante, hacíamos pinturas; cubrían las paredes de los santuarios del becerro en el pueblo.

»Y mi familia, que había vivido en las cuevas del monte Carmelo desde siempre, recubrió las paredes de nuestras grutas secretas con pinturas que nadie, salvo nosotras, vio. Así pues, tomábamos alguna especie de anotaciones. Pero lo hacíamos con mucha cautela. Por ejemplo, nunca pinté o dibujé una imagen de mí misma, hasta después de la catástrofe que se abatió sobre mí y mi hermana, y nos convertimos en lo que ahora somos.

»Pero, volviendo a nuestro pueblo, éramos pacíficos; pastores, a veces artesanos, a veces comerciantes, ni más, ni menos. A veces, cuando los ejércitos de Jericó marchaban a la guerra, nuestros jóvenes se alistaban a ellos; pero era voluntariamente. Estaban deseosos de aventuras, de ser soldados y saborear la gloria de ese modo. Otros se iban a las ciudades, a ver los grandes navíos mercantes. Pero, en general, en nuestro pueblo, la vida seguía como había sido durante siglos, sin variación alguna. Y Jericó nos protegía, casi con indiferencia, porque ella era el polo que atraía la fuerza del enemigo hacia sí.

»Nunca, nunca, cazamos a hombres para comernos su carne. No entraba dentro de nuestras costumbres. Este canibalismo, comerse la carne del enemigo, hubiera sido una grandiosa abominación para nosotras. Porque éramos caníbales y comer la carne tenía un significado especial: nos comíamos a nuestros muertos.

Maharet interrumpió unos momentos su narración, como si desease que el significado de aquellas palabras quedara absolutamente claro para todos.

Marius volvió a ver la imagen de las dos mujeres pelirrojas arrodilladas ante el banquete funerario. Sintió la cálida quietud del mediodía y la solemnidad del momento. Intentó aclarar su mente y ver solamente el rostro de Maharet.

—Comprended —dijo Maharet— que creíamos que el espíritu abandonaba el cuerpo en la hora de la muerte; pero también creíamos que los restos de todo ser vivo contienen cierta pequeña cantidad de energía, aún después de que la vida misma se haya terminado. Por ejemplo, las pertenencias personales de un hombre retienen algo de su vitalidad; y el cuerpo y los huesos, con más seguridad. Y, naturalmente, al consumir la carne de nuestros muertos, este residuo energético, para llamarlo así, también sería consumido.

»Pero la verdadera razón de que nos comiéramos a nuestros muertos era por respeto a ellos. Según nuestro punto de vista, era el modo más adecuado de tratar los restos mortales de los que amábamos. Poníamos en nuestro interior los cuerpos de los que nos habían dado la vida, los cuerpos de los que nuestros cuerpos habían salido. Y así se completaba un ciclo. Y los sagrados restos de los que amábamos quedaban a salvo del horror atroz de la putrefacción bajo tierra, o de ser devorados por las bestias salvajes, o quemados como si fueran combustible o deshechos.

»Hay una gran lógica en todo ello, si lo reflexionáis bien. Pero lo más importante es percatarse de que aquello formaba parte esencial de las tradiciones de nuestro pueblo. El deber sagrado de todo hijo era comerse los restos de sus padres; el deber sagrado de la tribu era comerse la carne de los muertos.

»No había ni un solo hombre, mujer, niño o niña de nuestro pueblo que hubiera muerto y cuyo cadáver no hubiera sido consumido por sus parientes o amigos. No había ni un solo hombre, mujer, niño o niña que no hubiera comido carne de los muertos.

De nuevo, Maharet hizo una pausa y, antes de proseguir, con la mirada recorrió lentamente las caras de los miembros de la reunión.

—Bien, no era época de grandes guerras —dijo—. Jericó había estado en paz desde tiempos inmemoriales. Y Nínive también había estado en paz.

»Pero muy a lo lejos, hacia el sudoeste del valle del Nilo, los pueblos salvajes de aquella tierra guerreaban, como era su quehacer ancestral, contra los pueblos de la jungla, situados más al sur, para capturar enemigos, que destinarían a los asadores y a las ollas. Porque no sólo se comían a sus propios muertos con el respeto pertinente, como nosotros, sino que devoraban los cuerpos de sus enemigos; y se enorgullecían de ello. Creían que la fuerza del enemigo pasaba a sus cuerpos, al consumir su carne. Además, les gustaba el sabor de la carne humana.

»Nosotros los despreciábamos por lo que hacían, por las razones que ya he explicado. ¿Cómo podía alguien querer comerse la carne de un enemigo? Pero, quizá, la diferencia crucial entre nosotros y los guerreros moradores del valle del Nilo no era que ellos comieran a sus enemigos, sino que eran amantes de la guerra y nosotros de la paz. Nosotros no teníamos enemigos.

»Ahora bien, cuando mi hermana y yo llegamos a los dieciséis años, tuvo lugar un gran cambio en el valle del Nilo. O así nos lo contaron.

»La vieja Reina de aquella tierra había muerto sin descendencia femenina para transmitir la sangre real. Entre muchos pueblos primitivos, la sangre real se heredaba solamente por la línea femenina. Como no había varón que pudiera demostrar con toda certeza la paternidad del hijo de su esposa, era la reina o la princesa quienes llevaban consigo el derecho divino al trono. Por eso, los faraones egipcios de la última época se casaban a menudo con sus hermanas. Era para asegurar su derecho real.

»Y así habría sucedido con el joven Rey Enkil si hubiera tenido una hermana, pero no tenía ninguna. Ni siquiera tenía una prima o tía real con quien casarse. Pero era joven y fuerte, y decidido a ser soberano de su tierra. Finalmente se decidió por una nueva esposa, no de su propio pueblo, sino del de la ciudad de Uruk, en el valle del Tigris y del Éufrates.

»Y ésa era Akasha, una belleza de la familia real, que practicaba el culto a la gran diosa Inanna y que podía llevar al reino de Enkil la sabiduría de su tierra. O así corrían los rumores en los mercados de Jericó y Nínive, rumores que acompañaban a las caravanas que venían para comerciar con nosotros.

»Bien, el pueblo del Nilo era agricultor, pero tendía a descuidar esta actividad en beneficio de cazar y hacer la guerra en busca de carne humana. Y esto horrorizó a la bella Akasha, quien se propuso de inmediato apartarlos de aquella bárbara costumbre, como posiblemente cualquiera de una civilización más elevada haría.

»Casi seguro que también llevó consigo la escritura, ya que el pueblo de Uruk la poseía (eran grandes conservadores de documentos); pero como sea que la escritura era algo que desdeñábamos mucho, no puedo asegurarlo. Quizá los egipcios ya habían empezado a escribir por su cuenta.

»No podéis imaginaros la lentitud con que tales hechos afectan a la cultura. Podían llevarse registros referentes a impuestos durante generaciones, antes de que nadie decidiera confiar las palabras de un poema en una tablilla de arcilla. Una tribu podía cultivar pimenteros y otras especias durante doscientos años antes de que a nadie se le ocurriera cultivar trigo o maíz. Como sabéis, los indios de Sudamérica tenían juguetes con ruedas cuando los europeos cayeron sobre ellos; y tenían joyas, metálicas. Pero no tenían ruedas para usarlas en otras actividades; y no utilizaban el metal para fabricar armas. Y por ello los europeos los derrotaron en un abrir y cerrar de ojos.

»Sea cual sea el caso, no sé la relación completa de los conocimientos que Akasha llevó consigo de Uruk. Sé que nuestro pueblo oyó muchos rumores acerca de la prohibición del canibalismo en el valle del Nilo, y que los que desobedecieran serían condenados a muerte y ejecutados. Las tribus que habían cazado carne humana durante generaciones montaron en cólera porque ya no podían practicar aquella actividad; pero todavía mayor fue la furia de los que ya no podían comerse a sus propios muertos. No poder cazar ya fue algo grave, pero tener que confiar los antepasados a la tierra fue un horror para ellos, como lo hubiera sido para nosotros.

»Así pues, para que el edicto de Akasha fuera obedecido, el Rey decretó que todos los cadáveres tenían que ser tratados con ungüentos y amortajados. No solamente nadie podía comerse la carne sagrada de la madre o del padre, sino que se debía proteger esta carne con mortaja de lino, con gran fastuosidad; además, esos cuerpos intactos tenían que ser exhibidos para contemplación de todos; al final, serían sepultados en tumbas con las ofrendas pertinentes y las letanías de los sacerdotes.

»Cuanto más pronto se realizara el amortajamiento, mejor, porque así nadie podría llegar a la carne.

»Y para ayudar a la gente a cumplir aquella nueva norma, Akasha y Enkil los convencieron de que los espíritus de los muertos viajarían mejor al reino adonde iban si, en la tierra, sus cuerpos estaban conservados en aquellos envoltorios. En otras palabras, se decía a la gente: "Vuestros queridos antepasados no son olvidados; sino todo lo contrario: están bien conservados."

»Cuando oímos contar aquello de amortajar a los muertos y meterlos en cámaras amuebladas bajo la arena del desierto, creímos que era muy divertido. Creímos divertido que, con la perfecta conservación de los cadáveres en la tierra, se pudiera ayudar a los espíritus de los muertos. Porque, como todo el que se haya comunicado con muertos sabe, es mejor que las almas olviden sus cuerpos; porque solamente cuando consigan renunciar a su imagen terrestre podrán elevarse a un plano superior.

»Y ahora, en Egipto, en las tumbas de los muy ricos y poderosos, yacen aquellos objetos: las momias cuya carne ya se ha descompuesto.

»Si alguien entonces nos hubiera dicho que la costumbre de la momificación arraigaría en aquella cultura, que durante cuatro mil años Egipto la practicaría, que se convertiría en un gran e imperecedero misterio para el mundo entero, que los niños del siglo XX irían a los museos a ver las momias, no lo habríamos creído.

»Sea como fuere, no nos importaba realmente mucho. Estábamos muy lejos del valle del Nilo. Ni siquiera podíamos imaginar cómo eran aquellas gentes. Sabíamos que su religión provenía de Africa, que adoraban al dios Osiris y al dios del sol Ra, y a dioses animales también. Pero nosotros no comprendíamos del todo a aquel pueblo. Y tampoco comprendíamos su tierra de inundaciones y desiertos. Cuando tomábamos en nuestras manos los delicados objetos fabricados por ellos, vislumbrábamos cierta débil apariencia de sus personalidades, pero era algo desconocido para nosotros. Nos daban pena porque no podían comerse a sus muertos.

»Cuando preguntábamos a los espíritus acerca de los egipcios, parecían enormemente divertidos con sus costumbres. Decían que los egipcios tenían "bonitas voces" y "bonitas palabras" y que era muy agradable visitar sus templos y sus altares; les gustaba la lengua egipcia. Al rato parecían perder interés en las preguntas y se esfumaban, como solía ser el caso.

»Lo que decían nos fascinaba, pero no nos sorprendía. Sabíamos que a los espíritus les gustaban nuestras palabras, nuestros cánticos y nuestras canciones. Así pues, los espíritus fingían tomar a los egipcios por dioses. Con gran frecuencia los espíritus intentaban darse importancia con esos pequeños engaños.

»Pasaron los años y oímos contar que Enkil, para unificar su reino y sofocar la rebelión y la resistencia de los caníbales intransigentes, había formado un gran ejército y se había embarcado en conquistas al norte y al sur. Había botado navíos al gran mar. Era la vieja estratagema: buscar un enemigo exterior contra quien luchar para apaciguar la revuelta interior.

»Pero, otra vez: ¿en qué nos podía afectar aquella

agitación? Nuestra tierra era una tierra de belleza y serenidad, de árboles cargados de frutos, de trigo silvestre en abundancia para todo el que quisiera cortarlo con la hoz. La nuestra era una tierra de hierba verde y brisas frescas. Y no teníamos nada que nadie pudiera querer quitarnos. O así lo creíamos.

»Mi hermana y yo continuamos viviendo en paz absoluta en las suaves laderas del monte Carmelo, a menudo hablando con nuestra madre y entre nosotras silenciosamente, o con unas pocas palabras exclusivamente nuestras y que comprendíamos a la perfección; y aprendiendo de nuestra madre todo lo que sabía de los espíritus y del corazón de los hombres.

»Bebíamos las pociones de los sueños que nuestra madre nos preparaba a partir de plantas que crecían en la montaña; y, en nuestros trances y estados soñolientos, viajábamos hacia atrás en el tiempo y hablábamos con nuestros antepasados: hechiceras muy importantes, cuyos nombres conocíamos. Es decir, atraíamos a los espíritus de esos antiguos hacia la Tierra el tiempo suficiente para que nos proporcionaran algunos conocimientos. También viajábamos sin nuestros cuerpos a mucha altura por encima de la Tierra.

»Podría pasar horas y horas contando lo que veíamos en los trances; cómo, una vez, Mekare y yo anduvimos cogidas de la mano por las calles de Nínive, contemplando maravillas que nunca hubiéramos imaginado..., pero esos detalles ahora no tienen importancia.

»Permitid solamente que os explique lo que significaba para nosotras la compañía de los espíritus: la suave armonía en la que vivíamos con todo lo que nos rodeaba y con los espíritus; y cómo, algunas veces, el amor de los espíritus fue algo palpable para nosotras, semejante a lo que los místicos cristianos han descrito como el amor de Dios o de los santos.

»Vivíamos juntas y dichosas, mi hermana, mi madre y yo. Las cuevas de nuestros antepasados eran cálidas y secas; y teníamos todo lo que necesitábamos: ropas preciosas y joyas, encantadores peines de marfil y sandalias de piel. Nos lo traía la gente como ofrendas, ya que nadie pagaba por nuestros servicios.

»Todos los días, había alguien de nuestro pueblo que venía a hacernos una u otra consulta, y nosotras pasábamos sus preguntas a los espíritus. Intentábamos ver el futuro, lo cual, por supuesto los espíritus pueden realizar según un método, en la medida en que ciertas cosas tienden a seguir un camino inevitable.

»Escudriñábamos en el interior de las mentes con nuestro poder telepático y ofrecíamos los consejos más sensatos que podíamos. De vez en cuando, nos traían algún poseso. Y nosotras expulsábamos de él el demonio, el espíritu maligno, porque no era más que eso. Y cuando una casa estaba endemoniada, íbamos a ella y ordenábamos al mal espíritu que se fuera.

»Dábamos la poción de los sueños a quienes nos lo pedían. Y caían en trance o dormían y soñaban en imágenes vívidas, que nosotras tratábamos de interpretar o explicar.

»Para eso no necesitábamos realmente a los espíritus, aunque a veces solicitábamos algún consejo particular. Para saber lo que significaban las diferentes imágenes usábamos nuestros poderes de comprensión y profunda visión y, a menudo, la información que nos era transmitida por telepatía.

»Pero nuestro mayor milagro (que para ser realizado requería de todos nuestros poderes y que nunca podíamos garantizar) era hacer caer la lluvia.

»Bien, llevábamos a cabo el milagro de dos formas básicas: "pequeña lluvia", que era en gran parte simbólica y constituía una demostración de poder y funcionaba como un gran bálsamo para las almas de nuestra gente; o "gran lluvia", la necesaria para las cosechas, y que, en efecto, era muy difícil de realizar... cuando llegaba a realizarse.

»Ambas requerían que los espíritus fuesen lisonjeados sin restricciones y que sus nombres fuesen invocados infinitas veces, pidiéndoles que se juntaran, que se concentraran y que usasen la fuerza a una orden nuestra. La "pequeña lluvia" era con frecuencia llevada a cabo por nuestros espíritus más familiares, los que especialmente nos querían a mí y a Mekare y que antes habían amado a nuestra madre y a todos nuestros antepasados antes que nosotros, y que siempre estaban dispuestos a llevar a cabo duras tareas con motivo de su amor.

»Pero para la "gran lluvia" se requerían muchos espíritus; y, puesto que algunos de los espíritus parecían aborrecerse mutuamente y aborrecer la cooperación, hacía falta una enorme cantidad de halagos para que accedieran a actuar conjuntamente. Teníamos que salmodiar cánticos, y ejecutar una gran danza. Durante horas trabajábamos en ello; los espíritus iban poco a poco tomando interés en ello, se reunían, se prendaban de la idea y finalmente se ponían manos a la obra.

»Mekare y yo fuimos capaces de realizar la "gran lluvia" solamente tres veces. Pero ¡qué cosa más maravillosa era ver las nubes agruparse en el cielo del valle, ver descender las inmensas sábanas de lluvia cegadora! Todo nuestro pueblo salía corriendo a empaparse bajo el aguacero; la misma tierra parecía hincharse, abrirse, dar gracias.

»La "pequeña lluvia" la hacíamos a menudo; la hacíamos por los demás, la hacíamos por pura alegría.

»Pero era la consecución de la "gran lluvia" lo que realmente extendió nuestra fama por todas partes. Siempre nos habían conocido como las hechiceras de la montaña; pero ahora llegaban a nosotras gentes de las ciudades del lejano norte, de tierras cuyos nombres no conocíamos.

»Los hombres aguardaban, en el pueblo, su turno para subir a la montaña y beber la poción para que nosotras les examináramos los sueños. Esperaban en turno para que les diéramos nuestro consejo, o a veces simplemente para vernos. Y claro está, nuestro pueblo les daba comida y bebida y tomaba lo que le ofrecían en pago de ello, y todo aprovechaba, o así lo parecía. En este sentido, lo que nosotras hacíamos no era muy distinto de lo que hacen los psicólogos en este siglo: estudiábamos las imágenes, las interpretábamos; registrábamos el subconsciente mental en busca de alguna verdad. Los milagros de la "pequeña lluvia" y de la "gran lluvia" meramente reforzaban la fe de los demás en nuestras capacidades.

»Un día, creo que unos seis meses antes de que nuestra madre muriera, llegó una carta a nuestras manos. Un mensajero la había traído de parte del Rey y la Reina de Kemet, que era la tierra de Egipto según el nombre que le daban ellos mismos. Era una carta escrita en una tablilla de arcilla, como las que se utilizaban en Jericó y en Nínive; en la arcilla había dibujitos y los inicios de lo que los hombres llamarían posteriormente escritura cuneiforme.

»Claro que no sabíamos leerla; de hecho, nos asustó y creímos que podría tratarse de una maldición. No queríamos tocarla, pero teníamos que hacerlo si queríamos comprender algo de ella, algo que a lo mejor debíamos saber.

»El mensajero dijo que sus soberanos Akasha y Enkil habían oído hablar de nuestro gran poder y que sería un honor para ellos que hiciéramos una visita a su Corte; nos habían enviado una gran escolta para acompañarnos a Kemet y nos devolverían a casa con abundantes regalos.

»Las tres sentimos desconfianza en el mensajero. Según lo que sabía él mismo, estaba diciendo la verdad; pero había algo oculto en aquel asunto.

»Así pues, nuestra madre tomó la tablilla de arcilla en sus manos. Inmediatamente percibió algo en ella, algo que pasó a través de sus dedos y que le causó una gran aflicción. Al principio no nos quiso decir lo que había visto; luego nos tomó aparte y nos dijo que el Rey y la Reina de Kemet eran malvados, sanguinarios y que despreciaban las creencias de los demás. Y que aquel hombre y aquella mujer serían la causa de una terrible desgracia que nos sobrevendría, no importaba lo que dijera el escrito.

»Luego Mekare y yo tocamos la tablilla y también captamos los presagios del mal. Pero allí había un misterio, una oscura trama, y, atrapado entre la trama del mal, había un ser valiente, que parecía bueno. En resumen, aquello no era un simple complot para raptarnos y conseguir nuestro poder; había algo de genuina curiosidad y respeto.

»Finalmente preguntamos a los espíritus, a los espíritus que Mekare y yo apreciábamos más. Se acercaron a nosotros y leyeron la carta, lo cual fue muy fácil para ellos. Afirmaron que el mensajero había dicho la verdad. Pero que, si decidíamos ir a ver al Rey y a la Reina de Kemet, un terrible peligro nos aguardaba.

»—¿Por qué? —preguntamos a los espíritus.

»—Porque el Rey y la Reina os van a hacer preguntas —contestaron los espíritus—, y si respondéis diciendo la verdad, lo cual haríais, el Rey y la Reina se enfurecerán con vosotras y os destrozarán.

»Naturalmente, tampoco habríamos ido a Egipto. Nunca abandonábamos nuestra montaña. Pero ahora sabíamos con certeza que no deberíamos marchar nunca de allí. Dijimos al mensajero que, con todos nuestros respetos, nunca dejábamos el lugar donde habíamos nacido, que ninguna hechicera de nuestra familia se había ido nunca de allí y le pedimos que así lo dijera al Rey y a la Reina.

»Y así, el mensajero partió y la vida retornó a su rutina cotidiana.

»Si no fuera porque, varias noches después, llegó a nuestra presencia un espíritu maligno, uno que llamábamos Amel. Era enorme, poderosísimo, y rebosaba de odio; y aquella cosa se puso a danzar en el claro situado frente a nuestra cueva, intentando que Mekare y yo le prestásemos atención diciéndonos que pronto podríamos necesitar sus servicios.

»Estábamos ya muy acostumbradas a las zalamerías de los malvados espíritus; los ponía furiosos que no hablásemos con ellos como hacían otras hechiceras y brujos. Pero sabíamos que aquellos entes no eran de fiar, que eran incontrolables; nunca habíamos estado tentadas de utilizarlos y no pensábamos utilizarlos nunca.

»Este Amel, en particular, estaba enloquecido de furia por nuestro "olvido" de él, según su expresión. Y declaró una y otra vez que era "Amel, el poderoso" y "Amel, el invencible" y que deberíamos mostrarle más respeto. Porque en el futuro podríamos necesitarlo mucho. Podríamos necesitarlo más de lo que imaginábamos, porque la desgracia nos venía al encuentro.

»En aquel punto, nuestra madre salió de la cueva y preguntó a aquel espíritu cuál era la desgracia que veía venir.

»Aquello nos sorprendió en gran manera, porque nuestra madre siempre nos había prohibido hablar con los malos espíritus; y porque, cuando ella les había hablado, siempre había sido para maldecirlos o expulsarlos, o para confundirlos con adivinanzas y preguntas sin respuesta, hasta que se enfadaban, se sentían estúpidos y abandonaban.

»Amel, el terrible, el maligno, el arrollador (cualquier cosa de las que se llamaba a sí mismo: su vanidad era infinita), declaró solamente que nos aguardaba una gran desgracia y que deberíamos ser respetuosas con él si teníamos algo de sensatez. Luego se jactó de todo el mal que había realizado para los hechiceros de Nínive. Se jactó de que podía torturar a las personas, endemoniarlas, e incluso picarlas como si fuera una nube de mosquitos. Podía sacar sangre de los humanos, afirmó; y que le gustaba su sabor; y que nos sacaría sangre.

»Mi madre se rió de él.

»—¿Cómo podrías hacer tal cosa? —le preguntó—. No eres más que un espíritu; no tienes cuerpo; ¡no puedes saborear el gusto de nada! —le espetó. Aquél era el tipo de lenguaje que siempre encolerizaba a los espíritus, porque, como ya he dicho, nos envidian la carne.

»Bien, aquel espíritu, para demostrar su poder, cayó encima de nuestra madre como un vendaval; e inmediatamente sus buenos espíritus salieron a luchar contra él; hubo una terrible agitación en el claro y, una vez pasó y Amel fue expulsado por nuestros espíritus de la guarda, vimos que las manos de nuestra madre estaban llenas de diminutas picaduras. Amel, el maligno, le había sacado sangre, exactamente como había descrito: como si una nube de mosquitos la hubiera atacado con sus pequeñas picaduras.

»Mi madre observó aquellos minúsculos aguijonazos; los buenos espíritus estaban terriblemente furiosos al ver que había sido tratada con tanta maldad, pero ella les ordenó que callaran. En silencio consideró aquel hecho. ¿Cómo pudo haber sido posible? ¿Y cómo el espíritu podría probar la sangre que le había extraído?

»Y entonces fue cuando Mekare explicó su visión: los espíritus tenían infinitesimales núcleos de materia en el centro de sus grandes cuerpos invisibles y era posible que el espíritu hubiese saboreado la sangre por medio de aquellos núcleos. Imaginad, dijo Mekare, la mecha de una lámpara, la pequeñísima punta de la mecha en el interior de la llama. La mecha podría absorber la sangre. Y así ha ocurrido con el espíritu, que parecía ser todo llama, pero que tenía una pequeña mecha en su interior.

»Aunque nuestra madre aparentó burlarse, lo cierto es que no le gustó aquello. Con ironía dijo que en el mundo ya había suficientes maravillas, y que los espíritus malignos con inclinación por la sangre no hacían ninguna falta.

»—Vete, Amel —dijo, y le echó pestes: que era insignificante, que era superficial, que no tenía importancia alguna, que no lo reconocerían en ninguna parte y que podía reventar. En otras palabras, lo que siempre decía cuando quería deshacerse de los espíritus malvados, lo que los sacerdotes dicen incluso ahora, aunque en una forma un poco diferente, cuando intentan exorcizar a un niño que está poseído por el demonio.

»Pero lo que preocupó a nuestra madre, más que los ataques físicos de Amel, fue su aviso, el aviso de que el mal iba a nuestro encuentro. Ahondó la aflicción que había sentido al coger la tablilla egipcia. Sin embargo, no pidió a los buenos espíritus ni consuelo ni consejo. Quizás ella sabía mejor lo que había que hacer. Pero eso nunca lo podré saber. Fuera cual fuera el caso, nuestra madre sabía que algo iba a suceder y era claro que se sentía impotente para evitarlo. Quizá comprendía que, a veces, cuando nos esforzamos para prevenir el desastre, no hacemos más que allanarle el camino.

»Cualquiera que fuera la verdad, al cabo de diez días de los sucesos, enfermó, se debilitó, y al final fue incapaz de hablar.

»Durante meses agonizó, paralizada, en un duermevela. Nosotras permanecíamos sentadas noche y día junto a ella y le cantábamos. Le llevábamos flores e intentábamos leer sus pensamientos. Los espíritus estaban en un terrible estado de agitación a causa de su amor por ella. Hacían soplar el viento en la montaña; arrancaban las hojas de los árboles.

»Todo el pueblo estaba apenado. Luego, una mañana, los pensamientos de nuestra madre tomaron forma de nuevo; pero eran fragmentarios. Vimos campos soleados, flores, imágenes de cosas que había conocido en su infancia; después sólo colores brillantes y poco más.

»Sabíamos que nuestra madre estaba muriendo, y los espíritus también lo sabían. Tratamos de hacer lo mejor para calmarlos, pero algunos de ellos estaban enloquecidos, furiosos. Cuando muriese, su alma se levantaría y pasaría al reino de los espíritus y la perderían para siempre, y durante un tiempo sentirían una pena violenta.

»Por fin ocurrió, como era natural e inevitable. Salimos de la cueva para decir a la gente del pueblo que nuestra madre había partido hacia los reinos superiores. Todos los árboles de la montaña se agitaron por el viento provocado por los espíritus; el aire se llenó de hojas verdes. Mi hermana y yo lloramos; y, por primera vez en mi vida, creo que oí a los espíritus; creo que oí sus gritos y lamentaciones por encima del bramido del viento.

»De inmediato la gente vino a hacer lo que debía hacerse.

»Primeramente nuestra madre fue tendida en una gran losa, como era costumbre, para que todos pudieran venir y presentarle respetos. Iba vestida con la túnica blanca de lino egipcio que tanto quiso en vida, y con todas sus preciosas joyas de Nínive y las sortijas y los collares de hueso que contenían pequeñas reliquias de nuestros antepasados y que pronto pasarían a nosotras.

»Al término de diez horas, y después de que cientos de personas, tanto de nuestro pueblo como de los vecinos, le hubieran dicho el último adiós, preparamos el cadáver para el banquete funerario. Los sacerdotes hubieran hecho aquellos honores a cualquier otro muerto del pueblo. Pero nosotras éramos hechiceras y nuestra madre también lo era; y sólo nosotras podíamos tocarla. Y, en la intimidad y a la luz de lámparas de aceite, mi hermana y yo despojamos a nuestra madre de la túnica y cubrimos por completo su cuerpo de flores y hojas recién arrancadas. Aserramos su cráneo y levantamos la parte superior con mucho cuidado de que la frente permaneciera intacta, sacamos el cerebro y lo colocamos en una bandeja, junto a sus ojos. Luego, con una incisión igualmente cuidadosa, le sacamos el corazón y lo colocamos en otra bandeja. Cubrimos las bandejas con unas pesadas tapas en forma de bóveda, para proteger los órganos.

»Y la gente se acercó y construyó un horno de ladrillos en la losa, de tal forma que recubriera a nuestra madre y a las bandejas colocadas junto a ella; encendieron la hoguera bajo la losa, entre las rocas en que descansaba, y el asado empezó.

»Duró toda la noche. Los espíritus se habían tranquilizado porque el espíritu de nuestra madre se había ido. Y no creo que el cuerpo les importase; lo que hacíamos ahora no importaba, salvo ciertamente para nosotras.

»A causa de que éramos hechiceras y de que nuestra madre también lo había sido, sólo nosotras podíamos compartir su carne. Era toda nuestra, por tradición y derecho. La gente no participaría en el banquete, como podrían haber hecho en cualquier otro caso donde sólo quedasen dos descendientes para cumplir con la obligación. No importaba cuánto tardásemos en consumir la carne de nuestra madre. Y hombres y mujeres del pueblo velarían con nosotras.

»Pero, mientras transcurría la noche, mientras los restos de nuestra madre se cocían en el horno, mi hermana y yo meditábamos acerca del corazón y del cerebro. Nos repartiríamos aquellos órganos, evidentemente, pero lo que nos preocupaba era quién tomaría cada uno; porque teníamos profundas creencias acerca de aquellos órganos y de lo que residía en cada uno.

»Ahora bien, en aquel tiempo y para muchos pueblos, era el corazón lo que importaba. Para los egipcios, por ejemplo, el corazón era la sede de la conciencia. Y era así incluso para las gentes de nuestro pueblo; pero nosotras, como hechiceras, creíamos que el espíritu humano (es decir, la parte espiritual de cada hombre o mujer, que era como los espíritus del aire) residía en el cerebro. Y nuestra creencia de que el cerebro era importante provenía del hecho de que los ojos estaban conectados a él; y los ojos eran los órganos de la vista. Y *ver* es lo que hacíamos como hechiceras; *veíamos* en los corazones, veíamos en el futuro, veíamos en el pasado. Vidente, ésta era la palabra que en nuestra lengua designaba lo que éramos, lo que "hechicera" significaba.

»Pero fue principalmente de la ceremonia de lo que hablamos; creíamos que el espíritu de nuestra madre se había ido. A causa de su respeto por ella, consumíamos esos órganos para que no se pudrieran. Así pues, fue fácil para nosotras llegar a un acuerdo. Mekare tomaría el cerebro y los ojos; y yo tomaría el corazón.

»Mekare era la hechicera con más poderes; la que había nacido primera; y la que siempre tomaba la iniciativa en las cosas; la que hablaba claro y en el acto; la que se comportaba como la hermana mayor, como inevitablemente ocurre con uno de los gemelos. Pareció correcto que ella tomase el cerebro y los ojos; y yo, que siempre había sido de una disposición más tranquila y más lenta, debería tomar el órgano asociado con el sentimiento profundo y con el amor: el corazón.

»Quedamos complacidas con la partición y, cuando el cielo de la madrugada se iluminó, dormimos unas pocas horas, con nuestros cuerpos debilitados por el hambre y el ayuno que nos preparaba para el banquete.

»Algún tiempo antes de la salida del sol, los espíritus nos despertaron. Enviaban de nuevo el viento. Salí de la cueva; el fuego ardía bajo el horno. La gente que velaba se había dormido. Furiosa, dije a los espíritus que guardaran silencio. Pero uno de ellos, mi espíritu más amado, dijo que había extranjeros reunidos en la montaña, muchos, muchos extranjeros, que estaban muy impresionados por nuestro poder y que sentían una peligrosa curiosidad por el banquete.

»—Esos hombres quieren algo de ti y de Mekare —me dijo el espíritu—. Esos hombres no están aquí para bien.

»Yo le respondí que siempre habían venido extranjeros; que no era nada y que ahora debía tranquilizarse y dejarnos cumplir con nuestros deberes. No obstante fui a uno de los hombres de nuestro pueblo y le pedí que estuvieran preparados en caso de que ocurriera algo; le dije que los hombres trajesen sus armas consigo cuando se reunieran al empezar el banquete.

»No era una petición desorbitada. La mayoría de hombres llevaban sus armas adonde quiera que fueran. Los pocos que habían sido soldados profesionales, o podían permitirse el lujo de poseer una espada, siempre la cargaban consigo; y muchos llevaban habitualmente un cuchillo metido en el cinto.

»Pero no me preocupé demasiado; después de todo, extranjeros de todas partes venían a menudo al pueblo; no era sino muy natural que vinieran con motivo de un acontecimiento tan especial: la muerte de una hechicera.

»Pero ya sabéis lo que ocurrió. Lo habéis visto en vuestros sueños. Habéis visto a la gente del pueblo reunida en el claro cuando el sol llegaba al cenit. Quizás hayáis visto cómo desmontaban lentamente el horno ya enfriado, ladrillo a ladrillo; o sólo el cuerpo de nuestra madre, ennegrecido, carbonizado, pero en paz, como si durmiese, ahora descubierto, en la losa aún caliente. Habéis visto las flores quemadas cubriendo el cuerpo, y el corazón, el cerebro y los ojos en las bandejas.

»Habéis visto que nos arrodillábamos a cada lado del cadáver de nuestra madre. Y habéis visto a los músicos que empezaban a tocar.

»Lo que no habéis podido ver, pero ahora ya lo sabéis, es que durante miles de años la gente de nuestro pueblo tuvo la costumbre de reunirse para tales banquetes. Durante miles de años habíamos vivido en aquel valle y en las laderas de la montaña, donde la hierba crecía alta y los frutos caían de los árboles. Aquélla era nuestra tierra, nuestras costumbres, nuestro momento.

»Nuestro momento sagrado.

»Y, cuando Mekare y yo nos sentamos una frente a la otra, ataviadas con nuestros vestidos más preciosos y llevando las joyas de nuestra madre y también nuestros propios adornos, vimos ante nosotras, no los avisos de los espíritus, o la aflicción de nuestra madre cuando tocó la tablilla del Rey y la Reina de Kemet, no. Vimos nuestras propias vidas (esperanzadoras, largas, felices) para ser vividas allí, entre los nuestros.

»No sé cuánto tiempo permanecimos arrodilladas; cuánto tiempo preparamos nuestras almas. Recuerdo que, finalmente, al unísono, levantamos las bandejas que contenían los órganos de nuestra madre; y los músicos empezaron a tocar. La música de la flauta y de los tambores llenó el aire que nos rodeaba; se oía el canto de los pájaros.

»Y, entonces, la maldad cayó sobre nosotras; llegó tan repentinamente, con el ruido de las pisadas y los poderosos y agudos gritos de guerra de los soldados egipcios, que apenas supimos lo que estaba ocurriendo. Nos lanzamos encima del cadáver de nuestra madre, en un intento de proteger el sagrado banquete funerario; pero de inmediato los soldados nos arrancaron y nos alejaron de ella, y vimos las bandejas caer en el polvo y la losa volcada.

»Oí a Mekare gritar como nunca había oído gritar a un ser humano. Pero yo también estaba gritando, gritando al ver el cuerpo de mi madre tirado en las cenizas.

»Sin embargo, los insultos llenaban mis oídos; de hombres acusándonos de comedores de carne humana, de caníbales, de hombres acusándonos de salvajes y diciendo que nos ajusticiarían con sus espadas.

»Sólo que nadie nos hizo nada. Gritando, luchando, fuimos atadas, dejadas indefensas, y todos nuestros amigos y parientes fueron aniquilados ante nuestros propios ojos. Los soldados pisotearon el cuerpo de mi madre; pisotearon su corazón, su cerebro y sus ojos. Pisotearon y volvieron a pisotear las cenizas, mientras sus cohortes ensartaban a hombres, mujeres y niños de nuestro pueblo.

»Y luego, a través del coro de gritos, a través del horripilante clamor de aquellos cientos de personas muriendo en la ladera de la montaña, oí a Mekare invocar a nuestros espíritus a vengarse, incitarlos a castigar a los soldados por lo que habían hecho.

»Pero ¿qué era el viento o la lluvia para hombres como aquéllos? Los árboles se agitaron, pareció que la misma tierra temblaba; las hojas llenaron el aire como la noche anterior. Rocas rodaron cuesta abajo; se alzaron nubes de polvo. Pero no hubo más que un momento de duda antes de que el Rey, Enkil en persona, avanzara, destacándose de los demás, y dijera que aquello no eran sino trucos que todos los hombres habían presenciado ya otras veces y que nosotras o nuestros espíritus no podríamos hacer nada más.

»Eran demasiado ciertas aquellas palabras; y la masacre continuó con el mismo ímpetu. Mi hermana y yo nos dispusimos a morir. Pero no nos mataron. No era su intención matarnos; se nos llevaron a rastras y vimos nuestro pueblo ardiendo, vimos los campos de trigo silvestre en llamas, vimos a todos los hombres y mujeres de nuestra tribu yaciendo muertos y supimos que todos sus cadáveres serían dejados a la intemperie para los animales salvajes, para que se consumieran en el polvo, con una indiferencia y un desprecio absolutos.

Maharet se interrumpió. Había juntado las manos haciendo un pequeño tejado en forma de aguja y ahora se tocaba la frente con la punta de los dedos, como descansando antes de proseguir. Cuando reemprendió la narración, su voz fue un poco áspera y más grave, pero tan firme como lo había sido antes.

—¿Qué es una pequeña nación de pueblos? ¿Qué es un pueblo... o incluso una vida?

»Miles de pueblos así están enterrados bajo tierra. Y así nuestro pueblo permanece enterrado aún hoy en día.

»Todo lo que conocíamos, todo lo que habíamos sido, fue arrasado en el espacio de una hora. Un ejército bien entrenado había hecho una carnicería con nuestros sencillos pastores, nuestras mujeres y nuestros jóvenes indefensos. Nuestro pueblo yacía en ruinas, con las chozas derribadas; todo lo que podía arder había sido quemado.

»Por encima de la montaña, por encima del pueblo que se extendía a sus pies, percibí la presencia de los espíritus de los muertos; una gran nube de espíritus, algunos tan agitados y confusos por la violencia desatada contra ellos que se aferraban a la tierra de pavor y de dolor; otros se levantaban y salían de la carne, para no sufrir ya más.

»¿Y qué podían hacer los espíritus?

»Siguieron nuestra procesión durante todo el camino a Egipto; endemoniaban a los hombres que nos mantenían atadas y nos llevaban en una litera a sus hombros, dos mujeres solas, arrimadas una a la otra, horrorizadas y apenadas.

»Cada noche, cuando la compañía montaba el campamento, los espíritus enviaban el viento a rasgar sus tiendas y a dispersarlos. Pero el Rey exhortaba a sus soldados a no tener miedo. El Rey les decía que los dioses de Egipto eran más poderosos que los espíritus de las hechiceras. Y como verdaderamente los espíritus estaban haciendo todo lo que les era posible, como no conseguían empeorar las cosas, los soldados obedecían.

»Cada noche el Rey nos hacía llevar a su presencia. Nos hablaba en nuestra lengua, que era una de las corrientes en el mundo de entonces, y que se utilizaba en todo el valle del Tigris y del Éufrates y también en las faldas del monte Carmelo.

»—Sois grandes hechiceras —decía, con voz amable y exasperantemente sincera—. Por este motivo os he perdonado la vida, aunque sois comedoras de carne humana, como vuestro pueblo, y yo y mis hombres os cogimos en el momento de cometer el delito. Os he perdonado la vida porque quiero sacar provecho de vuestra sabiduría. Quiero aprender de vosotras y mi Reina también quiere aprender. Decidme qué puedo hacer para aliviar vuestro sufrimiento y lo haré. Ahora estáis bajo mi protección; yo soy vuestro Rey.

»Llorando, evitando mirarlo a los ojos, permanecíamos allí sin decir nada, hasta que se hartaba de nosotras y nos mandaba de nuevo a dormir a nuestra pequeña y apretada litera (un minúsculo habitáculo de madera, con sólo diminutas ventanas), donde habíamos estado hasta que nos había llamado.

»Solas de nuevo, mi hermana y yo nos hablábamos en silencio o por medio de nuestro lenguaje, el lenguaje de los gemelos, de gestos y palabras abreviadas que sólo nosotras conocíamos. Recordábamos lo que los espíritus habían dicho a nuestra madre; recordábamos que había caído enferma después de la carta del Rey de Kemet y que nunca se había recuperado. Sin embargo, no teníamos miedo.

»Estábamos demasiado conmovidas por la desgracia para tener miedo. Era como si ya estuviéramos muertas. Habíamos visto nuestro pueblo masacrado, habíamos visto el cadáver de nuestra madre profanado. No sabíamos de nada que pudiera ser peor. Estábamos juntas; quizá nuestra separación sí sería peor.

»Pero durante nuestro viaje a Egipto, tuvimos un pequeño consuelo que más tarde no olvidaríamos. Khayman, el mayordomo del Rey, sintió compasión de nosotras e hizo todo lo que estuvo en su mano, en secreto, para suavizar nuestro dolor.

Maharet se detuvo de nuevo y miró a Khayman, que estaba sentado con las manos enlazadas encima de la mesa y con los ojos humillados. Parecía que se hallaba profundamente inmerso en el recuerdo de los hechos que Maharet describía. Aceptó el tributo, pero ello no pareció consolarlo. Terminó por levantar la vista hacia Maharet como signo de agradecimiento. Parecía aturdido y lleno de preguntas. Pero no las formuló. Dirigió la vista a los demás, agradeciendo también sus miradas, agradeciendo la firme de Armand y la de Gabrielle, pero de nuevo quedó sin decir nada.

Y Maharet continuó:

—Khayman nos aflojaba las ataduras siempre que era posible; nos permitía dar un paseo al anochecer; nos llevaba comida y bebida. Y era una gran delicadeza por parte suya que no nos hablara cuando lo hacía; no pedía nuestra gratitud. Hacía aquello con toda generosidad. Simplemente, no era de su agrado ver a la gente sufrir.

»Creo recordar que viajamos diez días para llegar al país de Kemet. Quizá fue más, quizá fue menos. En algún momento durante el viaje, los espíritus se cansaron de sus trucos; y nosotras, desalentadas y ya sin coraje, dejamos de invocarlos. Al final nos hundimos en el silencio, y sólo de vez en cuando nos mirábamos a los ojos.

»Finalmente entramos en un país cuyo paisaje no habíamos visto nunca. A través de un desierto abrasador fuimos llevadas a la rica tierra negra que bordeaba el río Nilo, el suelo negro del que deriva la palabra Kemet; luego cruzamos el poderoso río en una almadía, cruzó todo el ejército, y llegamos a una vasta ciudad de construcciones de ladrillo y techos de paja, con grandes templos y palacios construidos con los mismos materiales rudimentarios, pero todos muy bellos.

»Eso tuvo lugar mucho tiempo antes de la arquitectura de piedra que ha dado fama a los egipcios: los templos de los faraones que han permanecido hasta nuestros días.

»Pero ya existía un gran amor por la decoración fastuosa, una tendencia hacia lo monumental. Ladrillos sin cocer, juncos, argamasa..., todos esos materiales simples eran los que utilizaban para construir altos muros, que después eran encalados y decorados con pinturas encantadoras.

»Frente al palacio al cual nos llevaban como prisioneras, se levantaban dos grandes columnas, construidas con enormes juncos de la jungla, secados, atados entre ellos y cimentados con fango del río; en el interior, dentro de un patio cerrado, habían creado un estanque, lleno de flores de loto y rodeado de árboles floridos.

»Nunca había visto un pueblo tan rico como el de los egipcios, un pueblo cargado de tantas joyas, un pueblo con un pelo trenzado con tanto primor y unos ojos tan hermosamente pintados. Aquellos ojos pintados tendían a minarnos la moral. Porque el maquillaje endurecía su mirada; daba una ilusión de profundidad donde quizá no la había; instintivamente nos retraíamos ante aquel artificio.

»Pero todo lo que veíamos no hacía más que aumentar nuestra miseria. ¡Cuánto odiábamos todo lo que había a nuestro alrededor! Lo único que percibíamos en aquella gente (aunque no comprendíamos su extraña lengua) era que nos odiaban y que también nos temían. Parecía que nuestro pelo rojo causaba gran confusión entre ellos; y que fuésemos gemelas también les daba miedo.

»Porque entre ellos, en ciertas épocas, habían tenido la costumbre de matar a los bebés gemelos; y los pelirrojos eran invariablemente sacrificados a los dioses. Se creía que daba suerte.

»Todo eso se hizo claro para nosotras en instantáneas y salvajes visiones comprensivas; encarceladas, aguardábamos con pensamientos lúgubres cuál sería nuestro destino.

»Como antes, Khayman fue nuestro único consuelo en aquellas primeras horas. Khayman, el mayordomo general del Rey, procuró que tuviéramos ciertas comodidades en nuestro encierro. Nos trajo sábanas lavadas, frutos para comer, cerveza para beber. Nos trajo incluso peines para el pelo y vestidos limpios; y, por primera vez, nos habló; nos dijo que la Reina era amable y buena y que no debíamos temer.

»Sabíamos que estaba diciendo la verdad, era indudable; pero también había algo que fallaba, como había ocurrido meses antes con las palabras del mensajero del Rey. Nuestras penalidades no habían hecho más que empezar.

»También temíamos que los espíritus nos hubieran abandonado; que tal vez no quisiesen venir a aquella tierra a ayudarnos. No invocábamos a los espíritus, porque invocar y no recibir respuesta... habría sido más de lo que podíamos soportar.

»Llegó el anochecer y la Reina envió a buscarnos; y nos llevaron ante la corte.

»El espectáculo nos abrumó, a pesar de que lo desdeñábamos: eran Akasha y Enkil en sus tronos. La Reina era entonces como es ahora: una mujer de espalda erguida, miembros firmes, con un rostro casi demasiado exquisito para mostrar inteligencia, un ser de atractiva belleza con una dulce voz de soprano. En cuanto al Rey, ahora lo veíamos no como soldado sino como soberano. Llevaba el pelo trenzado y vestía su falda de gala y sus joyas. Sus ojos negros mostraban una gran severidad, como siempre; pero en un momento quedó claro que quien reinaba, y había reinado siempre en aquel país, era Akasha. Akasha tenía el don de la palabra, de la habilidad verbal.

»Nada más llegar, nos dijo que nuestro pueblo había sido castigado justamente por sus abominaciones; y que había sido tratado con misericordia, puesto que todos los comedores de carne humana eran salvajes y la ley decía que debían morir de muerte lenta. Dijo que habían tenido piedad de nosotras porque éramos importantes hechiceras, y que los egipcios querían aprender de nosotras; que querían aprender la sabiduría de los reinos de lo invisible y que nosotras tendríamos que enseñársela.

»Inmediatamente, como si aquellas palabras no

hubieran sido más que puro protocolo, se puso a hacernos preguntas. ¿Cuáles eran nuestros espíritus? ¿Por qué había algunos buenos, si eran espíritus? ¿No eran dioses? ¿Cómo conseguíamos hacer llover?

»Quedamos demasiado escandalizadas por lo rudimentario de sus preguntas para poder responder. Nos sentimos molestas por la rudeza de sus modales, y empezamos a llorar de nuevo. Nos volvimos y nos echamos a los brazos una de la otra.

»Y, por el modo de expresarse de aquella mujer, algo más comenzó a hacerse claro para nosotras, algo muy simple. La rapidez de sus palabras, su impertinencia, el énfasis que ponía en esta o aquella sílaba, todos esos detalles nos evidenciaron que nos estaba mintiendo, pero que ni ella misma sabía que mentía.

»Cerramos los ojos y escrutamos su mentira en profundidad, y vimos la verdad que seguramente ella misma negaría:

»¡Había aniquilado a nuestro pueblo sólo para traernos allí! Había enviado a su Rey y a sus soldados a aquella "guerra santa" sólo porque habíamos rechazado su anterior invitación, y nos quería a su disposición. *Sentía curiosidad por nosotras.*

»Era lo que nuestra madre había visto al tomar la tablilla del Rey y la Reina en sus manos. Quizá los espíritus ya lo habían previsto, a su modo. Solamente entonces comprendimos la plena monstruosidad de aquellos hechos.

»Nuestro pueblo había muerto porque nosotras habíamos atraído el interés de la Reina, al igual que atraíamos el interés de los espíritus; nosotras habíamos traído aquel mal sobre todas las cosas.

»¿Por qué los soldados no nos habían tomado simplemente de nuestro pueblo indefenso?, nos preguntábamos. ¿Por qué habían traído la ruina a todo lo que era nuestro pueblo?

»¡Aquello era el horror puro! Se había echado una cobertura moral al propósito de la Reina, una cobertura que ella no podía ver, más que no vería cualquier otra persona.

»Se había autoconvencido de que nuestro pueblo debía morir, sí, que su salvajismo lo merecía, a pesar de que no fuesen egipcios y su tierra se hallase muy lejos. Y, oh, ¿no había sido un gran acierto que se apiadaran de nosotras y nos llevasen a Egipto para satisfacer finalmente su curiosidad? Y nosotras, desde luego, deberíamos estar agradecidas y dispuestas a responder sus preguntas.

»Y más en lo hondo, más allá de su engaño, captamos la mente que hacía posibles unas contradicciones semejantes.

»Aquella Reina no tenía auténtica moralidad, no tenía un verdadero sistema ético para gobernar los actos que realizaba. Aquella Reina era una de tantos humanos que sienten que quizá no hay nada y que no existe razón para pensar que se pueda llegar a saber nunca algo. Pero no podía soportar este pensamiento. Y así se inventaba, día tras día, sus sistemas éticos, intentaba desesperadamente creer en ellos, pero no eran más que coberturas para sus actos, actos que hacía por meras razones pragmáticas. La guerra contra los caníbales, por ejemplo, se derivaba, más que nada, del *desagrado* que le provocaban tales costumbres. Su gente, los de Uruk, nunca habían comido carne humana; por ello no quería que algo tan repugnante para ella ocurriese a su alrededor; en realidad no había más que eso. Porque en su corazón siempre había un rincón oscuro, lleno de desesperación. Y una gran voluntad para crear significados, porque no existía ninguno.

»Quiero que comprendáis que no era superficialidad lo que veíamos en aquella mujer. Era la creencia juvenil de que con su voluntad podría hacer brillar la luz; de que podía conformar el mundo a sus gustos. Y también veíamos una insensibilidad hacia el dolor de los demás. Sabía que otros sufrían, pero, bien, ¡realmente no podía entretenerse mucho a pensar en ello!

»Al final, incapaces de soportar el alcance de aquella duplicidad evidente, nos volvimos y la estudiamos, porque tendríamos que librar un combate con ella. Aquella Reina no tenía ni veinticinco años, y, en aquella tierra que había deslumbrado con sus costumbres de Uruk, detentaba el poder absoluto. Y era casi demasiado bonita para ser auténticamente bella, porque su belleza eclipsaba cualquier sensación de majestad o de profundo misterio; y su voz aún contenía cierto timbre infantil, un timbre que, por puro instinto, provoca en los demás ternura, un timbre que da una levísima musicalidad a las palabras más simples. Un timbre que nosotras encontramos exasperante.

»Siguió y siguió con sus preguntas. ¿Cómo conseguíamos nuestros milagros? ¿Cómo veíamos en el corazón de los hombres? ¿De dónde provenía nuestra magia y por qué afirmábamos hablar con seres invisibles? ¿Podíamos hablar, por el mismo sistema, con los dioses? ¿Podíamos hacer que sus conocimientos aumentaran o hacer que comprendiera mejor la esencia de lo divino? Estaba dispuesta a perdonarnos nuestro salvajismo si éramos agradecidas, si nos arrodillábamos ante sus altares y exponíamos ante sus dioses y ante ella toda nuestra sabiduría.

»Insistió en sus varios puntos con una tal terquedad que haría reír a una persona sensata.

»Pero eso sublevó la furia más profunda de Mekare. Ella, que siempre había llevado la iniciativa en todo, habló ahora.

»—Parad de hacer preguntas. No decís más que estupideces —soltó—. No tenéis dioses en este reino porque no hay dioses. Los únicos habitantes invisibles del mundo son los espíritus y los espíritus juegan con vos por medio de vuestros sacerdotes y de vuestra religión, como jugarían con cualquier otra persona. Ra, Osiris, son simplemente nombres inventados con los que halagáis y loáis a los espíritus; y, cuando les parece bien, os envían algún pequeño indicio para que os apresuréis a halagarlos un poco más.

»Rey y Reina contemplaron horrorizados a Mekare. Pero Mekare prosiguió:

»—Los espíritus son reales, pero infantiles y caprichosos. Y también peligrosos. Se admiran de nosotros y nos envidian que seamos a la vez espirituales y carnales, lo cual los atrae y los predispone a hacer vuestra voluntad. Las hechiceras como nosotras siempre han sabido cómo utilizarlos; pero se necesita una gran habilidad y un enorme poder para realizarlo, y eso es lo que nosotras tenemos y vos no. Sois estúpidos, y lo que habéis hecho para cogernos prisioneras es una atrocidad. En lo que habéis hecho no hay honestidad alguna. ¡Vivís en la mentira! Pero nosotras no os vamos a mentir.

»Y luego, medio llorando, medio estrangulada por la rabia, Mekare, ante la corte entera, acusó a la Reina de hipocresía y de masacrar a nuestro pueblo sencillo simplemente para que pudiéramos ser llevadas ante ella. Nuestro pueblo no había cazado carne humana desde hacía miles de años, dijo a la Corte; y en nuestra captura se profanó un banquete funerario. Toda aquella maldad fue cometida tan sólo para que la Reina de Kemet pudiera tener hechiceras con quien hablar, hechiceras a quien hacer preguntas, hechiceras cuyo poder intentaría utilizar en beneficio propio.

»La Corte estaba agitada en un tumulto. Nunca nadie había sido tan irrespetuoso, tan blasfemo, y cosas así. Pero los antiguos señores de Egipto, los que aún estaban irritados por la prohibición del canibalismo sagrado, habían quedado horrorizados ante la profanación del banquete funerario. Y otros, que también temían la ira del cielo por no haberse comido los restos de sus padres, habían quedado mudos de pavor.

»Pero en conjunto fue una gran confusión. Salvando al Rey y a la Reina, quienes estaban extrañamente silenciosos y extrañamente intrigados..

»Akasha no nos respondió nada, pero era claro que algo de nuestra explicación se había sentido como verdadero en las regiones más recónditas de su pensamiento. En sus ojos resplandeció durante un instante una curiosidad impaciente. "¿Espíritus que fingen ser dioses? ¿Espíritus que envidian la carne?" Pero, por lo que se refería a la acusación de haber sacrificado innecesariamente a nuestro pueblo, ni siquiera la consideró. Era el lema de los espíritus lo que la fascinaba y, en su fascinación, el espíritu estaba divorciado de la carne.

»Permitidme atraer vuestra atención sobre lo que acabo de decir. Era la cuestión de los espíritus lo que la fascinaba; es decir, la idea abstracta; y, en su fascinación, la idea abstracta lo era todo. No creo que pudiese admitir que los espíritus fueran infantiles o caprichosos. Pero sea lo que fuere, ella quería saberlo, y quería saberlo por medio de nosotras. Y por lo que se refería a la destrucción de nuestro pueblo, ¡no le importaba lo más mínimo!

»Mientras tanto, el supremo sacerdote del templo de Ra exigía nuestra ejecución. Y también el sacerdote supremo del templo de Osiris. Éramos perversas; éramos hechiceras; y todo lo que tuviese el pelo rojo debía ser quemado, como se había hecho siempre en Kemet. Y, de inmediato, la asamblea repitió aquellas acusaciones. Debíamos ser quemadas. En pocos momentos pareció que había estallado una revuelta en el interior del palacio.

»Pero el Rey ordenó silencio. Nos devolvieron a nuestra celda y nos pusieron una fuerte guardia.

»Mekare, enfurecida, recorría a grandes pasos el limitado suelo de la celda, mientras yo le pedía que no contase nada más. Le recordé lo que los espíritus nos habían dicho: que si íbamos a Egipto, el Rey y la Reina nos harían preguntas, y que si respondíamos la verdad (cosa que haríamos) el Rey y la Reina se encolerizarían y nos matarían.

»Pero era como si hablase con la pared; Mekare no quería escuchar. Andaba por la celda de un lado a otro, golpeándose a intervalos el pecho con el puño. Sentía la angustia que ella sentía.

»—Maldita —decía—. Malvada. —Y luego se sumía de nuevo en el silencio y andaba; al poco volvía a repetir las palabras.

»Sabía que estaba recordando el aviso de Amel, el maligno. Y también sabía que Amel estaba cerca; lo podía oír, lo percibía.

»Sabía que Mekare estaba siendo tentada de invocarlo; y yo sentía que no debía hacerlo. ¿Qué podrían significar sus insignificantes ataques para los egipcios? ¿A cuántos mortales podría infligir sus picaduras? No conseguiría más que las tormentas de viento o hacer volar objetos, cosas que nosotras ya sabíamos provocar. Pero Amel oyó aquellos pensamientos, y empezó a sentirse inquieto.

»—Cálmate, demonio —decía Mekare—. ¡Espera hasta que te necesite! —Ésas fueron las primeras palabras que le oí dirigir a un espíritu malvado; y me produjeron un escalofrío de horror que me recorrió todo el cuerpo.

»No recuerdo cuándo caímos dormidas. Sólo que poco después de medianoche, Khayman me despertó.

»Al principio creí que era Amel realizando algún truco, y desperté airada. Pero Khayman me indicó con un gesto que me tranquilizara. Se hallaba en una terrible agitación. Llevaba solamente las ropas de dormir e iba descalzo, con el pelo despeinado. Parecía que había estado llorando. Tenía los ojos enrojecidos.

»Se sentó junto a mí.

»—Dime, ¿es cierto lo que contaste de los espíritus? —No me preocupé de decirle que había sido Mekare quien lo había dicho. La gente siempre nos confundía o pensaba que éramos la misma. Me limité a decirle que sí, que era cierto.

»Le expliqué que aquellos entes invisibles siempre habían existido; que ellos mismos nos habían dicho que, por lo que sabían, no existían ni dioses ni diosas. A menudo se habían jactado ante nosotras de los trucos que habían realizado en los grandes templos de Sumer, Jericó o Nínive. De vez en cuando se nos presentaban alardeando de que *eran* este o aquel dios. Pero nosotras conocíamos sus personalidades y, cuando los invocábamos por sus antiguos nombres, abandonaban la impostura enseguida.

»Lo que no le dije fue que hubiera deseado que Mekare nunca hubiese dado a conocer aquellos hechos. ¿De qué serviría ahora?

»Él estaba sentado junto a mí, abatido, escuchándome, escuchando como si hubiera sido un hombre que hubiese vivido toda la vida en la mentira y ahora repentinamente se despertase a la verdad. Ya que había quedado hondamente emocionado al ver a los espíritus provocar el viento en nuestra montaña y ver a los soldados cubiertos por una lluvia de hojas; aquello le había helado el alma. Y esto es lo que siempre produce fe: la mezcla de la verdad y de la manifestación física.

»Pero entonces advertí que soportaba una carga aún más pesada en su conciencia, o en su razón, se podría decir.

»—La masacre de vuestro pueblo fue una guerra santa; no un acto de egoísmo, como has afirmado.

»—Oh, no —le respondí—. Fue un acto egoísta, pura y simplemente; no puedo decirlo de otro modo. —Le conté lo de la tablilla que nos habían enviado por el mensajero, lo que los espíritus nos habían dicho, los temores y la enfermedad de nuestra madre y lo de mi propio poder para ver la verdad bajo las palabras de la Reina, la verdad que ni ella misma era capaz de aceptar.

»Pero ya antes de que hubiera finalizado mi discurso, quedó anonadado de nuevo. Sabía, por sus propias observaciones, que lo que yo estaba diciendo era verdad. Había luchado al lado del Rey en muchas campañas contra pueblos extranjeros. Que un ejército luchara para conseguir sólo ganancias no era nada para él. Había presenciado masacres y ciudades incendiadas; había visto hacer esclavos; había visto hombres que regresaban a casa cargados de botín. Y, aunque no era soldado, comprendía perfectamente aquellos actos.

»Pero no había habido botín valioso que llevarse de nuestro pueblo; no había habido territorio que el Rey quisiese conservar. Sí, había sido un ataque para capturarnos, lo sabía. Y también sentía asco por la mentira de la guerra santa contra los caníbales. Y sentía una tristeza que aún era mayor que su abatimiento. El pertenecía a una antigua familia; él había comido la carne de sus antepasados; y ahora se encontraba castigando aquella misma tradición en los que había conocido y amado. Consideraba repugnante la momificación de los muertos, pero sentía aún más repugnancia por la ceremonia que la acompañaba, por la profunda superstición en que había caído su país. Tantas riquezas dilapidadas en los muertos; tanta atención a los cadáveres en putrefacción, solamente para que hombres y mujeres no se sintieran culpables de abandonar sus costumbres más antiguas.

»Tales pensamientos lo dejaron exhausto; no eran naturales en él;lo que en definitiva lo obsesionaba era las muertes que había presenciado; las ejecuciones; las masacres. Del mismo modo que la Reina no podía detenerse a pensar ni un momento en tales cosas, él no podía olvidarlas, y ahora era un hombre que estaba perdiendo su capacidad de aguante; un hombre arrastrado a unas arenas movedizas en donde podía ahogarse.

»Finalmente se despidió de mí. Pero antes de irse prometió que haría todo lo que estuviera en sus manos para liberarnos. No sabía cómo podría realizarlo, pero lo intentaría, y me rogó que no tuviera miedo. En aquel momento sentí un gran amor hacia él. Tenía entonces el mismo bello rostro que ahora, la misma figura; sólo que antes era más moreno y más delgado, y su pelo rizado había sido alisado y trenzado y le colgaba hasta los hombros; toda su persona tenía un aire de cortesano, el aire de uno que manda y de uno que tiene el caluroso afecto de su príncipe.

»A la mañana siguiente, la Reina envió de nuevo a por nosotras Esta vez nos condujeron a sus aposentos particulares; con ella se hallaban solamente el Rey y Khayman.

»Era una pieza aún más lujosa que la gran sala de palacio; el lugar estaba repleto, rebosante, de cosas preciosas: un sofá con leopardos esculpidos, una cama recubierta de seda pura, espejos pulidos hasta una perfección que rayaba lo mágico. Y la misma Reina, qué atractiva estaba, adornada con sus mejores galas y perfumada con sus mejores perfumes, modelada por la naturaleza y hecha algo tan encantador como los tesoros que la rodeaban.

»De nuevo insistió con sus preguntas.

»En pie, juntas, con las manos atadas, tuvimos que escuchar las mismas tonterías.

»Y de nuevo Mekare habló a la Reina de los espíritus; le explicó que los espíritus siempre habían existido; le explicó que alardeaban de jugar con los sacerdotes de otras tierras. Le dijo que los espíritus le habían contado que les gustaban las canciones y los cánticos de los egipcios. Todo era un juego para ellos, nada más.

»—Pero, ¡estos espíritus, son dioses, pues! ¡Es lo que estás diciendo! —exclamó Akasha con gran fervor—. ¡Y tú hablas con ellos! ¡Quiero ver cómo lo haces! ¡Hazlo por mí, ahora!

»—¡Pero no son dioses! —intervine yo—. Es lo que tratamos de deciros. Y no aborrecen a los comedores de carne humana como decís que hacen vuestros dioses. No se preocupan de esas cosas. Nunca se han preocupado.

»Con una paciencia fuera de todo límite bregué para mostrarle la diferencia; aquellos espíritus no tenían código de conducta; eran moralmente inferiores a nosotros. Sin embargo, sabía que aquella mujer no podía captar lo que le estaba explicando.

»Percibí la agitación en su interior, la lucha entre la servidora de la diosa Inanna que quería creerse herida y la oscura e indecisa alma que en definitiva no creía en nada. Su alma era un lugar glacial; su fervor religioso no era sino una llamarada que ella misma alimentaba sin descanso, intentando dar calor a aquel lugar glacial.

»—¡Todo lo que decís es una patraña! —explotó al final—. ¡Sois mujeres perversas! —Y ordenó nuestra ejecución. Nos quemarían vivas al día siguiente, y juntas, para que nos pudiéramos ver sufrir y morir. ¿Por qué se había preocupado nunca por nosotras?

»Al instante el Rey la interrumpió. Le dijo que él sí había visto el poder de los espíritus; y también Khayman. ¿Qué no serían capaces de hacer los espíritus si éramos tratadas de aquel modo? ¿No sería mejor dejarnos ir?

»Pero había algo repulsivo y duro en la mirada de la Reina. Las palabras del Rey no tenían valor; nos iban a quitar la vida. ¿Qué podíamos hacer? Parecía que estaba furiosa con nosotras porque no había sido capaz de adoptar nuestras verdades de modo que pudiera utilizarlas o disfrutar de ellas. Ah, era una agonía tratar con la Reina. Con todo, su mente era una mente normal; existen incontables humanos que piensan y sienten como ella pensaba y sentía entonces... y ahora, con toda probabilidad.

»Al fin, Mekare aprovechó el momento. Hizo lo que yo no osaba hacer. Invocó a los espíritus, a todos, y por su nombre, pero tan deprisa que la Reina nunca recordaría las palabras. Los llamó a gritos, les dijo que accedieran a sus ruegos; y les dijo que expresaran su desagrado por lo que estaba ocurriendo a aquellas mortales (a Mekare y a Maharet), mortales que ellos se preciaban de amar.

»Fue una jugada arriesgada. Pero si no sucedía nada, si nos habían abandonado como yo temía, entonces podría llamar a Amel, ya que éste sí estaba allí; estaba al acecho, esperando. Era la única oportunidad, la última que teníamos.

»Al instante el viento comenzó a soplar. Aulló por el patio y silbó a través de los pasillos de palacio. Desgarró los cortinajes; batió las puertas; rompió la frágil cerámica. La Reina, al sentirse rodeada por el viento, quedó aterrorizada. Luego, pequeños objetos empezaron a volar por el aire. Los espíritus cogieron los adornos de su tocador y empezaron a lanzárselos; el Rey se puso junto a ella, intentando protegerla, mientras Khayman quedaba paralizado de terror.

»Ahora bien, aquél era el mismo límite del poder de los espíritus; y no serían capaces de hacerlo durar mucho. Pero antes de que la demostración finalizase, Khayman suplicó al Rey y a la Reina que revocasen la sentencia de muerte. Lo cual hicieron en el acto.

»De inmediato, Mekare, al percibir que los espíritus ya estaban agotados de todas formas, con gran solemnidad les ordenó que se aplacaran. Se hizo el silencio. Y los aterrorizados esclavos corrieron de un lado para otro para recoger los objetos que los espíritus habían tirado.

»La Reina estaba vencida. El Rey intentaba decirle que él ya había contemplado aquel espectáculo antes y que no había recibido daño alguno; pero la Reina había recibido una herida en lo más profundo de su corazón. Nunca había sido testigo de la más mínima experiencia sobrenatural; y ahora estaba muda y petrificada. En aquel rincón oscuro y sin fe de su interior se había hecho una chispa de luz, de auténtica luz. Y, tan antiguo era y asentado estaba su secreto escepticismo, que aquel pequeño milagro fue para ella una revelación de gran magnitud; fue como si hubiera visto la faz de su dios.

»Pidió al Rey y a Khayman que se retiraran. Dijo que quería hablar con nosotras a solas. Y entonces nos imploró que habláramos a los espíritus para que ella pudiera oírlo. Había lágrimas en sus ojos.

»Fue un momento extraordinario, porque sentí lo que había sentido hacía meses al tocar la tablilla de arcilla: una mezcla de bien y de mal que parecía más peligrosa que el mismo mal.

»Por supuesto, no podíamos hacer que los espíritus hablaran de tal forma que ella pudiera entenderlos, le dijimos. Pero quizá podría ponernos algunas preguntas que ellos responderían. Lo cual hizo al instante.

»No eran más que preguntas que la gente ha estado formulando, desde tiempos remotos, a los brujos, hechiceras y santos.

»—¿Dónde está el collar que perdí de niña? ¿Qué quiso decirme mi madre la noche en que murió y ya no podía hablar? ¿Por qué mi hermana detesta mi compañía? ¿Se hará un hombre mi hijo? ¿Será fuerte y valiente?

»En lucha por nuestras vidas, con gran paciencia formulamos aquellas preguntas a los espíritus, engatusándolos y adulándolos hasta que conseguimos atraer su atención. Y obtuvimos respuestas que dejaron atónita a Akasha. Los espíritus sabían el nombre de su hermana; sabían el nombre de su hijo. Al considerar aquellos simples trucos pareció llegar al borde de la locura.

»Entonces, Amel, el maligno, apareció (evidentemente celoso de todo aquel espectáculo) y de improviso lanzó a los pies de Akasha el collar perdido del cual había hablado, un collar perdido en Uruk. Aquello fue el golpe final. Akasha estaba estupefacta.

»Se puso a llorar, agarrando con fuerza su collar. Y nos pidió que pusiéramos a los espíritus las preguntas en verdad importantes cuyas respuestas debía conocer sin falta.

»Sí, los pueblos inventaban a sus dioses, dijeron los espíritus. No, los nombres en las plegarias no importaban. A los espíritus les gustaba meramente la musicalidad y el ritmo del lenguaje, la forma de las palabras, por decirlo de algún modo. Sí, existían espíritus malvados que gustaban de hacer daño a la gente, ¿por qué no? Y también existían espíritus que amaban a esa gente. Y, ¿hablarían a Akasha si nosotras nos íbamos de su reino? Nunca. Si ahora estaban hablando y ella no los podía oír, ¿qué esperaba que hicieran si nosotras no estábamos? Bien, pero había hechiceras en su reino que los podrían oír y ellas dirían a esas hechiceras que vinieran a la Corte de inmediato, si eso era lo que la Reina deseaba.

»Pero mientras ese diálogo seguía su curso, un profundo cambio se fue operando en Akasha.

»Pasó del éxtasis a la sospecha, y de la sospecha a la miseria. Porque aquellos espíritus sólo le confirmaban las mismas cosas deprimentes que nosotras ya le habíamos dicho.

»—¿Qué sabéis de la vida del más allá? —les preguntó.

»Y cuando los espíritus respondieron que las almas de los muertos o bien erraban por encima de la Tierra, confusos y apenados, o bien se elevaban y se vaporizaban por completo, quedó brutalmente decepcionada. El brillo de sus ojos se apagó; estaba perdiendo todo apetito acerca de aquello. Cuando preguntó lo que ocurría con los que habían vivido vidas malvadas, en contraposición a los que habían vivido vidas buenas, los espíritus no pudieron dar respuesta alguna. No sabían a lo que se refería.

»Sin embargo prosiguió con aquel interrogatorio. Pudimos advertir que los espíritus se estaban cansando y que estaban jugando con ella, y que las respuestas serían cada vez mas idiotas.

»—¿Cuál es la voluntad de los dioses? —preguntó.

»—Que cantes todo el tiempo —dijeron los espíritus—. Nos gusta.

»Luego, de repente, el maligno, Amel, tan enorgullecido por el truco del collar, lanzó otro collar de pedrería a los pies de Akasha. Pero ella retrocedió horrorizada ante la nueva joya.

»Al momento nos percatamos del error. Había sido el collar de su madre, el collar que llevaba el cadáver de su madre, enterrada en una tumba cerca de Uruk; y, naturalmente, Amel, al no ser más que un espíritu, no podía imaginarse qué desagradable y atroz sería traer aquel objeto ante su presencia. Incluso después no lo comprendió. Había vislumbrado el segundo collar en la mente de Akasha cuando ésta había hablado del primero. ¿Por qué no lo quería también? ¿No le gustaban los collares?

»Mekare dijo a Amel que aquello no le había gustado. Que era un milagro equivocado. ¿Haría el favor de esperarse a sus órdenes, puesto que ella entendía a la Reina y él no?

»Pero ya era demasiado tarde. Algo irremediable le había ocurrido a la Reina. Había visto dos muestras evidentes del poder de los espíritus y había oído verdades y disparates y ni lo uno ni lo otro podía compararse a la belleza de la mitología de los dioses en los cuales siempre se había autoobligado a creer. Y, no obstante, los espíritus estaban destruyendo su frágil fe. ¿Cómo podría liberarse del oscuro escepticismo que abrigaba su alma si proseguían aquellas manifestaciones?

»Se agachó y recogió el collar sacado de la tumba de su madre.

»—¿Cómo lo consiguió? —preguntó. Pero su corazón no estaba realmente en la pregunta. Ella sabía que la respuesta sería otro tanto de lo mismo que había oído desde nuestra llegada. Estaba asustada.

»No obstante, se lo expliqué; y escuchó cada una de mis palabras.

»Los espíritus leen nuestras mentes; y son enormes y poderosos. Su auténtico tamaño es inimaginable para nosotros; y pueden moverse con la ligereza del pensamiento; cuando Akasha pensó en este segundo collar, el espíritu lo vio; fue en busca de él; después de todo, un primer collar le había gustado, ¿por qué no el segundo? Así pues había encontrado la tumba de su madre, y lo había sacado fuera, quizá por medio de un orificio. Ya que era seguro que no podía pasar a través de las piedras. Sería ridículo.

»Pero, mientras relataba esto último, comprendí la

auténtica verdad. Lo más probable era que aquel collar había sido robado del cadáver de la madre de Akasha, y muy posiblemente el autor del robo había sido el padre de Akasha. El collar nunca había sido enterrado en una tumba. Por eso Amel había podido encontrarlo. O quizá lo había robado un sacerdote. Al menos, así lo creía Akasha, que ahora sostenía el collar en sus manos. Y aborreció al espíritu que le había dado a conocer una verdad tan desagradable.

»En resumen, todas las ilusiones de aquella mujer quedaron arrasadas por completo; y lo único que le quedaba era la estéril verdad que siempre había sabido. Le había hecho preguntas sobre lo sobrenatural (algo muy insensato) y lo sobrenatural le había dado respuestas que ella no podía aceptar; pero tampoco las podía refutar.

»—¿Dónde están las almas de los muertos? —susurró, contemplando aquel collar.

»Con toda la suavidad de que fui capaz, respondí:

»—Los espíritus no lo saben. Eso es todo.

»Horror. Pavor. Y su mente empezó de nuevo a maquinar, a hacer lo que siempre había hecho: encontrar algún gran sistema para explicar lo que le causaba dolor; algún gran método para justificar lo que había visto con sus ojos. El oscuro lugar secreto en su interior se estaba agrandando; amenazaba con consumirla desde dentro; y no podía permitir que algo así ocurriera; tenía que proseguir. Era la Reina de Kemet.

»Por otro lado, estaba furiosa, y la rabia que sentía era contra sus padres y sus maestros, contra los sacerdotes y sacerdotisas de su infancia, contra los dioses que había adorado y contra todos los que le habían dado consuelo o le habían dicho que la vida era buena.

»Se hizo un silencio; algo estaba ocurriendo con su expresión; miedo y admiración habían desaparecido;

en su mirada había algo frío y desencantado y, en definitiva, maligno.

»Entonces, con el collar de su madre en la mano, se levantó y declaró que todo lo que habíamos dicho eran mentiras. Aquellos con quienes hablábamos eran espíritus malvados, espíritus que buscaban pervertirla a ella y a sus dioses, los cuales velaban por el bien de su pueblo. Cuanto más hablaba, más intentaba convencerse de lo que estaba diciendo, más quedaba prendada de la elegancia de sus creencias, más se rendía ante su lógica. Hasta que finalmente se echó a llorar y se puso a acusarnos; la oscuridad de su interior había sido negada. Evocó las imágenes de sus dioses; evocó su lenguaje sagrado.

»Pero volvió a mirar el collar; y el espíritu maligno, Amel, con una cólera encendida, furioso porque a la Reina no le había gustado aquel regalito y furioso de nuevo con nosotras, nos dijo que le dijésemos que, si nos hacía algún daño, le lanzaría todo objeto, joya, copa de vino, espejo, peine, o cualquier otra cosa que pidiese, imaginase, recordase, desease o echase en falta.

»De no haber estado en aquel peligro me habría reído; era una solución maravillosa para la mente del espíritu; pero era ridícula sin duda, desde un punto de vista humano. Sin embargo, era un mal que no desearía a nadie, en verdad.

»Y Mekare transmitió a Akasha exactamente lo que Amel había dicho.

»—Él, que ha podido mostrarte este collar, podrá inundarte de recuerdos penosos —dijo Mekare—. Y no conozco a ninguna hechicera en la Tierra que sea capaz de detenerlo una vez haya empezado.

»—¿Dónde está? —gritó Akasha—. ¡Dejadme ver a este demonio con quien habláis!

»Y, entonces, Amel, inflamado de vanidad y de rabia, concentró todo su poder y arremetió contra Akasha, clamando:

»—¡Yo soy Amel, el maligno, el que pica! —Y levantó alrededor de ella el gran torbellino que había producido alrededor de nuestra madre; sólo que diez veces mayor.

»Nunca vi una violencia semejante. La misma estancia pareció estremecerse cuando aquel inmenso espíritu se comprimió y penetró en aquel reducido espacio. Pude oír el crujido de las paredes de ladrillo. Y, su bello rostro y sus bellos brazos quedaron recubiertos por completo de pequeñas picaduras y de otros tantos puntos rojos de sangre.

»Con gran desesperación se puso a chillar. Amel estaba en éxtasis. ¡Amel podía hacer cosas extraordinarias! Mekare y yo quedamos aterrorizadas.

»Mekare le ordenó que se detuviera. Y le dedicó montones de zalamerías, y grandes agradecimientos y le dijo que sin lugar a dudas era el más poderoso de todos los espíritus, pero que ahora tenía que obedecerla a ella, tenía que demostrarle su gran sabiduría, al igual que le había mostrado su poder; y que ella le permitiría volver a fustigar en el momento adecuado.

»Mientras, el Rey se precipitó a socorrer a Akasha; Khayman corrió también hacia ella; todos los guardias fueron a ella. Pero, cuando los soldados alzaron sus espadas para herirnos, ella ordenó que nos dejaran. Mekare y yo nos quedamos mirándola fijamente, amenazándola en silencio con el poder del espíritu, porque era lo único que nos quedaba. Y Amel, el maligno, aguardaba suspendido encima de nosotras, llenando el aire con los sonidos más arcanos, la gran risa hueca de un espíritu, que en aquellos instantes parecía llenar el mundo entero.

»De nuevo solas en nuestra celda, no supimos qué

hacer o cómo usar aquella pequeña influencia que ahora teníamos sobre Amel.

»Pero, por lo que se refería a Amel, no nos abandonaría. Vociferaba y tronaba en la pequeña celda; hacía que la estera de juncos crujiera, hacía oscilar nuestros vestidos; hacía soplar el viento en la cerrada habitación. Era algo muy desagradable. Pero lo que me asustaba de verdad era oír las cosas de que se jactaba. Que le gustaba extraer sangre; que la sangre lo hinchaba y lo hacía más lento y pesado; pero que tenía un sabor delicioso; y cuando los pueblos del mundo hacían sacrificios de sangre en sus altares, él gustaba de bajar a ellos y sorber aquella sangre.

»Después de todo, la sangre estaba allí para él, ¿no? Más risas.

»Los demás espíritus se retrajeron en masa ante esto. Mekare y yo lo percibimos. Todos menos los que estaban algo celosos y querían saber qué gusto tenía la sangre y por qué a un espíritu le gustaba tanto una cosa semejante.

»Y luego salió a la luz: aquel odio y aquellos celos por la carne, propios de tantos espíritus malignos, aquella sensación de que nosotros los humanos somos abominaciones porque tenemos tanto cuerpo como alma, lo cual no debería existir en la faz de la tierra. Amel discurseaba acerca de los tiempos en que sólo había montañas, océanos y bosques, y no cosas vivas como nosotros. Nos dijo que tener espíritu en un cuerpo mortal era una maldición.

»Yo ya había oído otras veces esas quejas entre los malvados espíritus; pero nunca les había prestado mucha atención. Por primera vez, yaciendo allí tendida y viendo en mis recuerdos a mi pueblo pasado por las armas, las consideré acertadas, aunque sólo en parte. Pensé, como muchos hombres y mujeres habían pensado antes y han pensado después, que tal vez sea una maldición poseer el concepto de inmortalidad sin tener el cuerpo inmortal.

»O, como tú has dicho, esta misma noche, Marius, como si la vida no valiera la pena ser vivida; como si fuera una broma. En aquel momento sólo tenía una palabra, tinieblas, tinieblas y sufrimiento. Todo lo que yo era ya no importaba; nada de lo que contemplaba podía inducirme a querer vivir.

»Pero Mekare volvió a hablar a Amel, haciéndole saber que prefería, mucho más, ser lo que ella era que lo que era él, errando para siempre sin rumbo ni destino. Y esto desató otra vez las iras de Amel. ¡Le demostraría lo que era capaz de hacer!

»—¡Cuando yo te lo ordene, Amel! —dijo—. Espera a que yo elija el momento. Luego todos los hombres sabrán lo que puedes llegar a hacer. —Y aquel espíritu infantil quedó satisfecho y de nuevo se desparramó por el cielo oscuro.

»Nos tuvieron prisioneras durante tres noches. Los guardias no nos miraban ni se acercaban a nosotras. Ni los esclavos. De hecho, habríamos sufrido hambre de no haber sido por Khayman, el mayordomo real, quien nos llevaba comida en persona.

»Y nos dijo lo que los espíritus ya nos habían contado. Había habido un airado debate; los sacerdotes querían que nos condenaran a muerte. Pero la Reina tenía miedo de matarnos, que nuestra muerte desatara aquellos espíritus contra ella, y que no hubiera manera de expulsarlos. El Rey estaba intrigado por lo que había sucedido; opinaba que se podía aprender más cosas de nosotras; sentía curiosidad por los poderes de los espíritus y por los usos que se les podía destinar. Pero la Reina los temía; la Reina ya había visto demasiado.

»Finalmente nos llevaron ante la Corte, reunida al pleno en el gran atrio descubierto del palacio.

»En el reino el sol estaba en su cenit, y el Rey y la Reina hicieron sus ofrendas al dios sol Ra, como era la costumbre, y fuimos obligadas a contemplarlo. Ver aquella solemnidad no significó nada para nosotras; temíamos que aquéllas fuesen las últimas horas de nuestras vidas. Soñé entonces en nuestras montañas, en nuestras cuevas; soñé en los niños que podíamos haber engendrado (preciosos hijos e hijas, algunos de los cuales podrían haber heredado nuestro poder), soñé en la vida que nos había sido arrebatada, en la aniquilación de nuestros amigos y parientes, una aniquilación que pronto podría llegar a ser completa. Agradecí a los poderes existentes que aún pudiera ver el cielo azul encima de mi cabeza y que Mekare y yo aún continuásemos juntas.

»Por fin el Rey habló. Toda su persona exhalaba una terrible tristeza y un agudo cansancio. Él era joven, pero en aquellos momentos tenía algo del alma de un anciano. El nuestro era un gran don, nos dijo, pero era claro que habíamos hecho un mal uso de él y que nadie más podría usarlo ya. Nos acusó de decir mentiras, de dar culto a los espíritus malignos, de practicar la magia negra. Nos habría quemado, dijo, para complacer a su pueblo; pero la Reina y él se compadecían de nosotras. En particular la Reina quería que tuviesen piedad de Mekare y de mí.

»Era una maldita mentira, pero bastó una mirada al rostro de ella para mostrarnos que se había autoconvencido de que era verdad. Y, evidentemente, el Rey le creyó. Pero ¿qué importaba? Qué clase de piedad era aquélla, nos preguntamos, intentando penetrar en lo más hondo de sus almas.

»Y luego, la Reina nos dijo, con tiernas palabras, que nuestra gran magia le había llevado los dos collares que más amaba en el mundo y que por este solo hecho nos dejaría vivir. O sea, que la mentira que estaba tejiendo crecía y se hacía más intrincada y más distante de la verdad.

»Y entonces el Rey dijo que nos soltaría, pero que primero debía demostrar a la Corte que ya no teníamos poder, con lo cual se apaciguarían los sacerdotes.

»Y, si en cualquier momento un espíritu maligno se manifestaba e intentaba ultrajar a los justos fieles de Ra y Osiris, nuestro perdón sería revocado y seríamos ejecutadas al instante. Ya que, con toda seguridad, el poder de nuestros espíritus malignos moriría con nosotras. Y habríamos perdido el perdón de la Reina, que apenas merecíamos.

»Naturalmente nos dábamos cuenta de lo que iba a suceder; lo veíamos en el corazón del Rey y de la Reina. Se había llegado a un compromiso. Y nos habían ofrecido como una parte del trato. Cuando el Rey se quitó la cadena y el medallón de oro y lo puso en el cuello de Khayman, supimos que íbamos a ser violadas ante la Corte, violadas como las prisioneras comunes o las esclavas eran violadas en una guerra cualquiera. Y, si invocábamos a los espíritus, moriríamos. Aquélla era nuestra posición.

»—De no ser por el amor que profeso a mi Reina —dijo Enkil—, tomaría placer en esas dos mujeres, lo cual es mi derecho; lo haría ante todos vosotros para mostraros que no tienen poder y que no son hechiceras importantes, sino simplemente mujeres; pero será el mayordomo general, Khayman, mi querido Khayman, quien tendrá el privilegio de hacerlo en mi lugar.

»Toda la Corte esperaba en silencio mientras Khayman nos miraba y se preparaba para obedecer la orden del Rey. Lo miramos fijamente, desafiándolo, en nuestra indefensión, a no hacerlo, a no ponernos las manos encima, a no violarnos ante aquellas repulsivas miradas.

»Pudimos sentir su dolor y su agitación interiores.

Pudimos sentir el peligro que se cernía sobre él, porque, si desobedecía, moriría, sin duda alguna. Y sin embargo, lo que iba a llevar a cabo era un gran honor; tenía que ultrajarnos, arruinar lo que éramos; y, nosotras, que siempre habíamos vivido bajo la luz del sol y en la paz de nuestras montañas, no sabíamos nada del acto que iba a llevar a cabo.

»Creo que cuando se acercó hacia nosotras pensaba que no podría realizarlo, que un hombre no podía sentir el dolor que él sentía y a la vez excitar su pasión para dar cumplimiento a aquella horrorosa tarea. Pero por entonces yo conocía poco a los hombres, poco sabía de cómo los placeres de la carne pueden combinarse en su interior con el odio y la ira, y de cómo pueden herirnos cuando realizan el acto que las mujeres realizan, con mucha más frecuencia, por amor.

»Nuestros espíritus clamaban contra lo que iba a ocurrir; pero, por nuestras vidas, les ordenamos que se mantuvieran tranquilos. En silencio apreté cariñosamente la mano de Mekare; le hice saber que seguiríamos viviendo cuando aquello hubiese terminado; que seríamos libres; que, después de todo, aquello no era la muerte; y que abandonaríamos aquel miserable pueblo del desierto a sus mentiras y a sus vanas ilusiones; a sus costumbres idiotas; nos iríamos a casa.

»Y entonces Khayman se dispuso a cumplir su deber. Nos desató; cogió a Mekare y la obligó a tenderse de espaldas al suelo, en la estera, le sacó el vestido y la poseyó mientras yo permanecía estupefacta, incapaz de detenerlo; después, yo misma fui sometida al mismo destino.

»Pero en su mente, nosotras no éramos las mujeres a quienes violaba. Como su alma temblaba, como su cuerpo temblaba, alimentaba el fuego de su pasión con fantasías de bellezas sin nombre y medio recordaba momentos para que el cuerpo y el alma fueran uno.

»Y nosotras, evitando mirarlo, cerramos nuestras almas a él y a los mezquinos egipcios que habían cometido aquellos terribles actos contra nosotras; nuestras almas estaban solas e inmaculadas en el interior de nuestros cuerpos; y, a nuestro alrededor, oía lo que era sin duda alguna los sollozos de los espíritus, los tristes, horrorosos sollozos, y, a los lejos, el grave y retumbante trueno de Amel.

»"Sois estúpidas si soportáis esto, hechiceras."

»Caía la noche cuando nos dejaban al borde del desierto. Los soldados nos proporcionaron la comida y la bebida que se nos había concedido. Caía la noche cuando iniciábamos nuestro largo viaje hacia el norte. Nuestro corazón estaba lleno de odio como nunca lo había estado.

»Y vino Amel, mofándose de nosotras, furioso con nosotras; ¿por qué no queríamos que nos vengara?

»—¡Nos perseguirán y nos matarán! —dijo Mekare—. ¡Ahora aléjate de nosotras! —Pero no tuvo ningún efecto. Así que al final intentamos poner a Amel a trabajar en algo en verdad importante—. Amel, queremos llegar a casa vivas. Procúranos vientos frescos y muéstranos dónde podemos encontrar agua.

»Pero aquéllas eran cosas que los malos espíritus nunca gustan de hacer. Amel perdió el interés. Y Amel se esfumó. Y caminamos y caminamos a través de los áridos vientos del desierto, codo con codo, intentando no pensar en las leguas de viaje que nos quedaban por delante.

»En aquel largo trayecto nos ocurrieron muchas cosas, demasiado numerosas para contarlas aquí.

»Pero los buenos espíritus no nos habían abandonado; produjeron los vientos refrescantes y nos condujeron a los manantiales donde podíamos encontrar agua y unos pocos dátiles para comer; y realizaron "pequeñas lluvias" para nosotras tantas veces como les fue posible; pero al final ya nos habíamos adentrado demasiado en el desierto para que un fenómeno como aquél fuera realizable; nos estábamos muriendo y sabía que tenía un hijo de Khayman en mis entrañas y quería que mi hijo viviese.

»Fue entonces cuando los espíritus nos condujeron a los pueblos beduinos; ellos nos acogieron y nos cuidaron.

»Me encontré mal y durante días permanecí tumbada cantando para el hijo de mi vientre, y alejando mi malestar y mis peores recuerdos con mis canciones. Mekare yacía tendida junto a mí, abrazándome.

»Pasaron meses antes de que recuperara las fuerzas suficientes para dejar los campamentos de los beduinos. Yo quería que mi hijo naciera en nuestra tierra y supliqué a Mekare que continuásemos nuestro viaje.

»Por fin, gracias a la comida y la bebida que los beduinos nos habían proporcionado y con los espíritus como guías, llegamos a los verdes campos de Palestina y encontramos el pie de la montaña y a los pueblos de pastores (tan parecidos a nuestra tribu) que habían venido a poblar nuestros terrenos de pasto.

»Nos conocían, como habían conocido a nuestra madre y a todos nuestros parientes; sabían nuestro nombre y nos acogieron en seguida.

»Y volvimos a ser muy felices, entre las verdes hierbas, los árboles y las flores conocidas; y mi hijo crecía en mis entrañas. Viviría, el desierto no lo había matado.

»Así pues, en mi propia tierra di a luz a una hija (pues era una niña) y la llamé Miriam, como habían puesto a mi madre antes que yo. El bebé tenía el pelo negro de Khayman, pero los ojos verdes de su madre. Y el amor que sentí por mi hija y la alegría que conocí en ella constituyeron el bálsamo más eficaz que mi alma pudiera desear. Volvíamos a ser tres. Mekare, que conoció los dolores de parto conmigo y que sacó a mi hija de mi cuerpo, sostenía a Miriam en brazos durante horas y le cantaba como yo misma. La hija era tanto nuestra como mía. Intentamos olvidar los horrores que habíamos sufrido en Egipto.

»Miriam crecía. Finalmente Mekare y yo decidimos subir a la montaña y buscar las cuevas donde habíamos nacido. No sabíamos aún cómo íbamos a vivir o qué haríamos, a tanta distancia de nuestro nuevo pueblo. Pero regresaríamos con Miriam al lugar dónde habíamos sido tan felices; allí invocaríamos a los espíritus para nosotras y realizaríamos el milagro de la lluvia para bendecir a mi hija recién nacida.

»Pero la idea nunca debía llevarse a cabo. Nada de ella.

»Porque, antes de que pudiéramos partir del pueblo de pastores, los soldados regresaron, esta vez bajo el mando del alto mayordomo del Rey, Khayman. Los soldados fueron repartiendo oro a toda la tribu que, a lo largo de su camino, hubiese visto a las gemelas pelirrojas, u oído hablar de ellas, y supiera dónde podían estar.

»Una vez más, a mediodía, cuando el sol derramaba su luz en los campos herbosos, vimos a los soldados egipcios blandiendo las espadas. El pueblo se dispersó en todas direcciones, pero Mekare salió corriendo al encuentro de Khayman y se echó de rodillas ante él, suplicando:

»—No vuelvas a hacer daño a mi pueblo.

»Luego Khayman vino con Mekare al lugar donde yo me escondía con mi hija, y le mostré aquel bebé, que era progenie suya, y le imploré piedad, justicia, que nos dejase en paz.

»Pero sólo tuve que mirarlo para comprender que sería condenado a muerte si no regresaba con nosotras. Tenía el rostro fatigado, demacrado y lleno de miseria;

no la piel lisa, blanca e inmortal que le veis aquí, en esta mesa, esta noche.

»El tiempo enemigo ha erosionado la huella original de su sufrimiento. Pero en aquella tarde de hace muchos siglos era muy evidente.

»Nos habló con voz suave y sumisa:

»—Un grave mal ha atacado al Rey y a la Reina de Kemet —dijo—. Y lo han hecho vuestros espíritus. Y vuestros espíritus me han atormentado día y noche por lo que os hice, hasta que el Rey intentó expulsarlos de mi casa.

»Abrió sus brazos a mí para que pudiera ver las pequeñas heridas que los recubrían. Por allí el espíritu había extraído la sangre. Más pequeñas cicatrices salpicaban su cara y su cuello.

»—Oh, no sabéis la miseria en que he vivido —dijo—, porque no había nada que pudiera protegerme de aquellos espíritus. No sabéis las veces que os maldije, que maldije al Rey por lo que me había obligado a haceros, que maldije a mi madre por haberme traído al mundo.

»—Oh, ¡pero nosotras no somos las causantes! —replicó Mekare—. Hemos sido leales con vosotros. Por nuestras vidas os dejamos en paz. No es sino Amel, el malvado, quien lo ha hecho. ¡Oh, el espíritu maligno! ¡Y pensar que te ha torturado a ti en lugar de hacerlo al Rey y a la Reina, que fueron quienes te obligaron! ¡No podemos hacer nada para detenerlo! Te lo suplico, Khayman, déjanos en paz.

»—Amel se cansará pronto de lo que haga, sea lo que sea —dije yo—. Si el Rey y la Reina son fuertes, él, al final, se irá. Khayman, estás ante la madre de tu hija. Déjanos en paz. Por amor a esta hija: di a tu Rey y a tu Reina que no nos has encontrado. Déjanos aquí si respetas algún tipo de justicia.

»Pero él sólo miraba a aquella niña como si no supiera lo que veía. Él era egipcio. ¿Era aquella niña egipcia? Levantó la vista hacia nosotras.

»—De acuerdo, vosotras no enviasteis al espíritu —dijo—. Os creo. Pero evidentemente no comprendéis lo que ha llegado a realizar este espíritu. Su perversión ha llegado al límite. ¡Ha entrado *dentro* del Rey y de la Reina de Kemet! ¡Está en el interior de sus cuerpos! ¡Ha transformado la misma sustancia de su carne!

»Durante largo tiempo nos quedamos mirándolo y considerando sus palabras. Comprendimos que con aquello no quería indicar que el Rey y la Reina estuvieran poseídos. Y comprendimos también que él había presenciado unos hechos tales que no había podido sino venir en nuestra busca, él en persona, aunque le costase la vida.

»Pero yo no creí lo que decía. ¿Cómo un espíritu podía hacerse carne?

»—No comprendéis lo que ha ocurrido en nuestro reino —susurró—. Tenéis que venir a verlo con vuestros propios ojos. —Y se interrumpió, porque había más, mucho más, que nos quería contar, y tenía miedo. Con amargura, dijo—: Debéis deshacer lo que está hecho, ¡aunque no sea obra vuestra!

»Ah, pero no pudimos deshacerlo, aquello fue el horror. Ya lo sabíamos entonces, lo presentíamos. Recordamos a nuestra madre de pie ante la cueva, mirando las diminutas heridas de su mano.

»Mekare echó atrás la cabeza e invocó a Amel, el malvado; le dijo que viniera a ella, que obedeciera sus órdenes. En nuestra lengua propia, la lengua gemela, gritó:

»—Sal del Rey y de la Reina de Kemet y ven a mí, Amel. Inclínate ante mi voluntad. No hiciste esto bajo órdenes mías.

»Pareció como si todos los espíritus del mundo se

hubieran puesto a escuchar en silencio; aquél era el grito de una hechicera poderosa; pero no hubo respuesta. Entonces lo sentimos: una gran inhibición de muchos espíritus en masa, como si algo más allá de sus conocimientos y más allá de su aceptación les hubiese sido revelado de súbito. Pareció que los espíritus se alejaran de nosotras en retirada y que luego volvieran, tristes e indecisos; buscando nuestro amor pero sintiendo repulsión.

»—Pero ¿qué es? —gritó Mekare—. ¡Qué es! —Invocó a los espíritus que pululaban cerca de ella, a sus elegidos.

Por fin, en la quietud del momento, mientras los pastores aguardaban temerosos, mientras los soldados se preparaban para lo inesperado y Khayman nos miraba con los ojos vidriosos y cansados, oímos la respuesta. Nos llegó con expresión maravillada, incierta.

»—Amel tiene ahora lo que siempre había querido; *Amel tiene la carne. Pero Amel ya no existe.*

»¿Qué querría decir?

»No lo podíamos imaginar. De nuevo Mekare exigió a los espíritus que respondieran, pero parecía que la incertidumbre de los espíritus se estaba transformando en miedo.

»—¡Decidme qué ha ocurrido! —conminó Mekare—. ¡Hacedme saber lo que sabéis! —Era un antigua orden utilizada por incontables hechiceras—. Dadme el conocimiento que me debéis.

»Y otra vez los espíritus respondieron dubitativos:

»—Amel está en la carne; Amel ya no es Amel; ya no puede responder.

»—Tenéis que venir conmigo —dijo Khayman—. Tenéis que venir. ¡El Rey y la Reina quieren que vosotros vayáis!

»En silencio y, aparentemente, sin emoción alguna, miró cómo yo besaba a mi hija y la entregaba a las mujeres de los pastores para que la cuidaran como suya. Y Mekare y yo nos rendimos a él; pero esta vez no lloramos. Era como si ya hubiéramos vertido todas las lágrimas. Nuestro breve año de felicidad con el nacimiento de Miriam ya había pasado, y el horror que había salido de Egipto nos alcanzaba para engullirnos una vez más.

Maharet cerró los ojos un instante, se frotó los párpados con las puntas de los dedos y luego levantó la mirada hacia los demás, que aguardaban cada uno con sus propios pensamientos y consideraciones, todos reticentes a que se interrumpiera la narración, aunque todos sabían que así debía ser.

Los jóvenes estaban cansados, agotados; la expresión extática de Daniel había cambiado poco. Louis estaba demacrado y la necesidad de la sangre lo hería, aunque no le importaba mucho.

—No os puedo contar más por ahora —dijo Maharet—. Casi es de día y los jóvenes deben ir bajo tierra. Tengo que prepararles el camino.

»Mañana por la noche nos reuniremos aquí otra vez y yo continuaré. Es decir, si nuestra Reina nos lo permite. La Reina no está en nuestras proximidades por ahora; no puedo oír ni el más leve rumor de su presencia; no puedo vislumbrar la más leve imagen de su rostro en los ojos de otro. Si sabe lo que estábamos haciendo, lo permite. O bien está lejos y es indiferente, y debemos esperar para conocer su voluntad.

»Mañana os diré lo que vimos cuando llegamos a Kemet.

»Hasta entonces descansad a salvo en el interior de la montaña. Todos vosotros. La casa ha mantenido mis secretos ocultos a los ojos curiosos de los mortales durante incontables años. Recordad que ni siquiera la Reina puede herirnos hasta la caída de la noche.

Marius se levantó al mismo tiempo que Maharet. Se dirigió a la ventana más alejada mientras los demás salían despacio de la sala. Era como si la voz de Maharet aún continuase hablándole. Lo que más le afectaba era la evocación de Akasha y el odio que Maharet sentía por ella; porque Marius también sentía aquel odio; y sentía más intensamente que nunca que, mientras había tenido poder para hacerlo, podía haber puesto fin a aquella pesadilla.

Pero quizá la mujer pelirroja no hubiera querido que ocurriera. Nadie quería morir, y él tampoco. Y Maharet ansiaba vivir, tal vez con más pasión que cualquier inmortal que hubiera conocido nunca.

Sin embargo su relato parecía confirmar la desesperanza de todo. ¿Qué se había accionado al levantarse la Reina de su trono? ¿Qué era aquel ser que tenía a Lestat en sus fauces? No podía imaginarlo.

«Cambiamos, pero no cambiamos —pensó—. Crecemos en sabiduría pero no estamos libres de errores. Solamente somos humanos durante todo el tiempo que vivamos; éste es el milagro y la maldición.»

De nuevo vio el rostro sonriente que había vislumbrado cuando el hielo le había empezado a caer encima. ¿Era posible que amase con tanta intensidad como aún odiaba; que, en su gran humillación, la evidencia le hubiese pasado inadvertida por completo? Honradamente, no lo sabía.

De repente se sintió cansado, anhelando dormir, anhelando comodidad, anhelando el suave placer de yacer en una cama limpia. De espatarrarse en ella y hundir la cabeza en la almohada; de dejar que sus miembros se agrupasen en la más natural y relajada de las posiciones.

Al otro lado del muro de cristal, una suave y radiante luz azul llenaba el cielo del este; pero las estrellas retenían aún su brillo, aunque aparecían diminutas y distantes. Los oscuros troncos de las secoyas se habían hecho visibles; y una encantadora fragancia verde había entrado en la casa, proviniente del bosque, como siempre sucedía al alba.

A lo lejos, donde la pendiente de la montaña acababa y un claro sembrado de trébol se abría a los bosques, Marius distinguió a Khayman caminando solo. Sus manos parecían resplandecer en la levísima oscuridad azulada y, al volverse y mirar hacia arriba, hacia Marius, su faz apareció una máscara sin ojos, de puro blanco.

Marius se dio cuenta de que había levantado una mano en un pequeño gesto de amistad hacia Khayman. Khayman devolvió el gesto y entró en la arboleda.

Luego Marius se volvió y vio lo que ya sabía: en la sala con él, sólo quedaba Louis. Éste estaba muy quieto, mirándolo aún, como antes, como si estuviera viendo un mito hecho realidad.

Entonces le hizo la pregunta que le estaba obsesionando, la pregunta que no perdía de vista, por más absorbente que fuera el hechizo de Maharet.

—Tú sabes si Lestat aún esta vivo, ¿no? —preguntó. Y lo hizo con un tono humano, un tono conmovedor, pero con la voz muy reservada.

Marius asintió.

—Está vivo. Pero no lo sé a través del medio que piensas. No lo sé por medio de preguntas o respuestas. Lo sé simplemente porque lo sé.

Sonrió a Louis. Algo en la manera de actuar de éste hizo que Marius se sintiera extremadamente feliz, aunque no estaba seguro de por qué. Le hizo una indicación para que se le acercara; se encontraron en un extremo de la mesa y salieron de la sala. Marius puso su brazo en el hombro de Louis y juntos bajaron las escaleras de hierro, a través de la tierra húmeda; Marius andaba lentamente, pesado, como podría andar un ser humano.

—¿Estás seguro? —insistió Louis.

Marius se paró.

—Oh, sí, muy, seguro. —Se miraron unos momentos y Marius volvió a sonreír.

Éste estaba tan dotado y al mismo tiempo tan poco... Se preguntaba si la luz humana se apagaría en los ojos de Louis si obtenía más poderes, si tuviera, por ejemplo, un poco de sangre de Marius en sus venas.

Y este joven también estaba hambriento; estaba sufriendo; pero parecía gustarle, parecía gustarle el hambre y el dolor.

—Deja que te cuente algo —dijo Marius ahora, muy amable—. Desde el primer momento en que vi a Lestat supe que nada podría matarlo. Eso es así en algunos de nosotros. No podemos morir.

Pero ¿por qué le decía esto? ¿Lo creía aún, como lo había creído antes de que empezara todo? Recordó de nuevo aquella noche, en San Francisco, cuando había paseado por las calzadas recién barridas y limpias de Market Street con las manos en los bolsillos, ignorado por los mortales.

—Perdona —dijo Louis—, pero esto me recuerda lo que decían de él en La Hija de Drácula, las conversaciones entre los que querían reunirse con él ayer noche.

—Lo sé —dijo Marius—. Pero ellos eran estúpidos y yo sensato. —Rió suavemente.

Sí, lo creía. Y abrazó a Louis con calidez. Sólo un poco de sangre y Louis sería más fuerte, cierto, pero quizás entonces perdiera la ternura humana, la sabiduría humana que nadie podía transmitir; el don de conocer los sufrimientos de los demás, que casi seguro era innato en él.

Pero ahora la noche había acabado para éste. Louis apretó la mano de Marius, se volvió y se dirigió hacia el pasillo de paredes recubiertas de zinc, donde Eric lo esperaba para mostrarle el camino.

Luego Marius fue hacia el interior de la casa.

Aún le quedaba tal vez una hora para que el sol lo obligase a dormir y, aunque estaba cansado, no la desperdiciaría. La encantadora y fresca fragancia del bosque lo sobrecogía. Oía los pájaros y el claro gorgoteo de un riachuelo profundo.

Entró en la gran sala de la morada de paredes de adobe, donde el fuego se había ido apagando en el hogar del centro. Se encontró frente a un tapiz gigante que cubría casi media pared.

Poco a poco comprendió lo que estaba viendo: la montaña, el valle y las diminutas figuras de las gemelas, juntas, en el claro verde bajo el sol ardiente. El ritmo pausado del habla de Maharet le vino a la memoria, junto con el leve destello de las imágenes que sus palabras habían sugerido. ¡Qué inmediato era el claro inundado de sol, y qué diferente parecía ahora de los sueños! ¡Nunca los sueños lo habían acercado tanto a aquellas mujeres! Y ahora las conocía, conocía esta casa.

Qué misterio era, aquella mezcolanza de sentimientos, donde la pena rozaba con algo que era innegablemente positivo y bueno. El alma de Maharet lo atraía; amaba su particular complejidad y deseaba poder decírselo de algún modo.

Luego fue como si despertara de pronto; advirtió que se había olvidado de sentir amargura, de sentir dolor, durante un momento. A lo mejor su alma estaba cicatrizando más deprisa de lo que la suponía capacitada.

O quizás era tan sólo que había estado pensando en los demás: en Maharet, y antes de ésta en Louis y en que Louis necesitaba creer. Bien, diablos, Lestat casi seguro que era inmortal. De hecho, se le ocurrió el punzante y ácido pensamiento de que Lestat quizá sobreviviría a todo, incluso si él, Marius, no sobrevivía.

Pero aquélla era una simple suposición de la cual podía abstenerse. ¿Dónde estaba Armand? ¿Se había enterrado ya Armand? Si solamente pudiera ver a Armand ahora...

Descendió hacia la puerta del sótano, pero algo lo distrajo. A través de una puerta abierta vio a dos figuras, muy probablemente las figuras de las gemelas del tapiz. Pero no: eran Maharet y Jesse, cogidas del brazo ante una ventana que daba al este, contemplando, inmóviles, cómo la luz se hacía más brillante en los oscuros bosques.

Un violento escalofrío lo sobresaltó. Una serie de imágenes inundaron su mente y tuvo que apoyarse en el marco de la puerta para mantener el equilibrio. No era la jungla, ahora; a lo lejos había una carretera, serpenteando en dirección norte, cruzando una tierra yerma, calcinada. Y la criatura se había detenido, sacudida. Pero ¿qué la había detenido? ¿Una imagen de dos mujeres pelirrojas? Oyó que los pies iniciaban sus implacables pisadas de nuevo; vio los pies llenos de tierra como si fueran sus pies, las manos llenas de tierra como si fueran sus manos. Y luego vio el cielo incendiado y soltó un fuerte gemido.

Cuando volvió a levantar la vista, Armand lo estaba abrazando. Y, con los ojos nublados, Maharet le imploraba que le dijera lo que acababa de ver. Lentamente, la estancia tomó vida a su alrededor, el agradable mobiliario y las figuras inmortales junto a él, que pertenecían a ella y sin embargo no pertenecían a nada. Cerró los ojos y volvió a abrirlos.

—Ha alcanzado nuestra longitud —dijo él—, pero está a kilómetros al este. Allí el sol acaba de salir con una fuerza abrasadora. —¡Lo había sentido, el ardor letal! Pero ella había ido a enterrarse; eso también lo había sentido.

—Pero está muy al sur de aquí —le dijo Jesse.

Qué frágil parecía en la oscuridad traslúcida, con sus largos y delgados dedos cogiéndose los enveses de sus esbeltos brazos.

—No tan lejos —dijo Armand—. Y se mueve a gran velocidad.

—Pero ¿en qué dirección va? —preguntó Maharet—. ¿Viene hacia nosotros?

No esperó una respuesta. Y no pareció que ellos pudieran dársela. Levantó la mano para protegerse los ojos como si el dolor que sentía ahora allí fuese intolerable; acercó a Jesse hacia sí, la besó repentinamente y deseó felices sueños a los demás.

Marius cerró los ojos; intentó volver a ver la figura que había vislumbrado antes. Las vestimentas, ¿qué eran? Una pieza tosca, echada por encima del cuerpo como el poncho de un campesino, con una abertura en forma de raja para la cabeza. Atado a la cintura, sí, lo había percibido. Intentó ver más pero no pudo. Lo que había sentido era poder, ilimitable poder e incontenible ímpetu y casi nada más que eso.

Al volver a abrir los ojos, la mañana resplandecía en la sala a su alrededor. Armand estaba arrimado a él, abrazándolo aún; sin embargo Armand parecía hallarse solo, parecía que nada lo perturbaba; sus ojos se movieron sólo un poco para mirar al bosque, que ahora parecía sitiar la casa y acechar en cada ventana, como si se hubiera arrastrado hasta el mismo borde del porche.

Marius besó la frente de Armand. Y luego hizo exactamente lo que hacía Armand.

Observó cómo se iluminaba poco a poco la habitación; observó cómo la luz llenaba los cristales de las ventanas; observó cómo los bellísimos colores iban tomando brillo en el vasto tejido del tapiz gigante.

5

LESTAT: EL PRÍNCIPE DE LOS CIELOS

Cuando desperté todo estaba tranquilo, y el aire era limpio y cálido, con olor a mar.

Me sentía totalmente confundido respecto a la hora. Pero sabía, por la ligera pesadez de cabeza, que no había dormido en todo el día. También que no me hallaba en ningún recinto protector.

Habíamos estado siguiendo la noche alrededor del mundo, tal vez; o a lo mejor habíamos deambulado al azar durante las horas de oscuridad; y es que quizás Akasha no necesitaba dormir en absoluto.

Yo lo necesitaba, era evidente. Pero sentía demasiada curiosidad para no querer estar despierto. Y sentía, con franqueza, una gran miseria. También había estado soñando en sangre humana.

Me hallaba en una espaciosa habitación, con terrazas al oeste y al norte. Podía oler el mar y podía oírlo; sin embargo el aire tenía una fragancia dulce y estaba bastante calmo. Poco a poco fui examinando toda la habitación.

Muebles valiosos y antiguos, muy probablemente italianos (delicados pero adornados), se mezclaban con lujos modernos en todo rincón de la estancia. La cama donde estaba tumbado tenía un dosel de columnas doradas y los cortinajes que de él colgaban eran de tela de gasa; la cama estaba cubierta de almohadones blandísimos y las sábanas eran de seda pura. Una gruesa alfombra blanca ocultaba el antiguo suelo.

Había un tocador repleto de frascos relucientes y objetos plateados, y un curioso y anticuado teléfono blanco. Sillas de terciopelo, un monstruoso aparato de televisión y un equipo estereofónico de música de alta fidelidad; y mesitas lacadas por todas partes, sembradas de periódicos, ceniceros, botellas de vino.

Hacía menos de una hora que allí había vivido alguien; pero ahora esa gente estaba muerta. En realidad, mucha gente estaba muerta en aquella isla. Mientras continuaba tendido, embebiéndome en la belleza que me rodeaba, en mi mente vi el pueblo de donde habíamos marchado hacía algunas horas. Vi la suciedad, los techos de hojalata, el fango. Y ahora estaba tumbado en la cama de aquella mansión, o así lo parecía.

Y allí también había muerte. Nosotros la habíamos traído.

Salté de la cama, salí a la terraza y, por encima de la baranda de piedra, miré hacia la blanca playa. No se veía tierra al horizonte, sólo el mar ondulado. La espuma, como de encaje, que dejaban las olas al retirarse, brillaba en el claro de luna. Me hallaba en algún antiguo palacete batido por los elementos, construido probablemente cuatro siglos atrás, atestado de vasos de cerámica y de querubines, y de paredes repletas de frescos: un lugar bellísimo. Luces eléctricas enviaban sus haces de rayos a través de las persianas de las otras habitaciones. En la terraza que quedaba debajo, había una pequeña piscina.

Al frente, allí donde la playa se curvaba hacia la izquierda, vi otra elegante mansión, excavada en los acantilados. La gente también había muerto allí. Nos encontrábamos en una isla griega, estaba seguro; el mar era el mar Mediterráneo.

Escuché y oí gritos que provenían de la tierra a mis espaldas, del otro lado de la cresta de las colinas. Matanza de hombres. Me apoyé en el marco de la puerta. Intenté parar el frenesí de los latidos de mi corazón.

Una súbita memoria de la carnicería en el templo de Azim me estrujó el corazón: una visión fugaz de mí mismo andando por entre el rebaño humano, usando la invisible espada para horadar la carne sólida. Sed. ¿O era simplemente deseo? De nuevo vi aquellos miembros destrozados; cuerpos consumidos en la sacudida final, rostros manchados de sangre.

«Yo no lo hice, no pude haberlo...» Pero lo hice.

Y ahora podía oler los fuegos ardiendo, fuegos como los del patio de Azim, donde quemaban los cadáveres. El hedor me produjo náuseas. De nuevo me volví hacia el mar y aspiré una gran bocanada de aire limpio. Si las dejaba, las voces venían, voces de toda la isla, y de otras islas y de tierras próximas, también. Podía notarlo, el clamor, al acecho, esperando. Tenía que hacerlo retroceder.

Luego oí ruidos más inmediatos. Mujeres en aquella antigua casa. Se acercaban a la alcoba. Me volví justo a tiempo y vi cómo las dos hojas de la puerta se abrían de par en par, y las mujeres, vestidas con simples blusas y faldas, y pañuelos en la cabeza, entraron en la estancia.

Formaban una abigarrada mezcla de todas las edades, incluyendo jóvenes bellezas y viejas matronas y aun algunas criaturas muy frágiles, de piel oscurecida y arrugada, y pelo blanco como la nieve. Llevaban jarrones de flores consigo; los colocaron por todas partes. Después, una de las mujeres, una vacilante figura esbelta de hermoso y largo cuello, avanzó con una atractiva elegancia natural y empezó a encender la gran cantidad de luces.

Olor de su sangre. ¿Cómo podía ser tan fuerte y seductora, la sangre, cuando no sentía sed?

Luego se agruparon en el centro de la habitación y se quedaron mirándome, como si hubieran caído en un trance. Yo estaba en la terraza, observándolas; enseguida comprendí lo que veían. Veían mi traje desgarrado, los harapos de un vampiro (chaqueta negra, camisa blanca y capa), todo manchado de sangre.

Y mi piel, que había cambiado sensiblemente. Era más blanca, más horrorosa a la vista, claro. Y mis ojos debían de haber sido más brillantes, o quizás era que sus ingenuas reacciones me engañaban. ¿Cuándo habían visto a uno de nosotros?

Sea como fuere, todo parecía una especie de sueño, aquellas mujeres inmóviles con sus ojos negros y sus rostros más bien sombríos (incluso las robustas tenían rostros más bien lúgubres), allí reunidas, con la mirada fija en mí, y cayendo de rodillas una tras otra. Ah, de rodillas. Suspiré. Tenían la expresión delirante de los que contemplan lo extraordinario; estaban ante una visión, y lo más irónico era que, para mí, la visión eran ellas.

Con ciertas reticencias, leí sus pensamientos.

Habían visto a la Santa Madre. En eso se había convertido ahora. La Madona, la Virgen. Había descendido a sus pueblos y les había dicho que matasen a sus hijos y a sus esposos; incluso los bebés varones habían sido sacrificados. Y lo habían hecho ellas, o lo habían presenciado; y ahora flotaban, eran arrastradas, por una ola de fe y júbilo. Eran testigos de milagros; la misma Santa Madre les había hablado. Era la antigua Madre, la Madre que siempre había morado en las grutas de la isla, incluso antes de Cristo, la Madre de quien, de tanto en tanto, se descubrían estatuillas desnudas bajo tierra.

En su nombre habían derribado las columnas de los templos en ruinas, los que los turistas iban a visitar; habían incendiado la única iglesia de la isla; habían roto sus ventanas con palos y piedras. Los antiquísimos retablos de la iglesia habían ardido. Las columnas de mármol, fragmentadas, habían caído al mar.

¿Y yo? ¿Qué era yo para ellas? No era simplemente un dios. No era sólo el elegido de la Santa Madre. No, era algo más. Me sentí perplejo estando allí, acorralado por sus miradas; sentí repugnancia por sus convicciones, a la vez que fascinación y temor.

Temor no de ellas, claro, sino de todo lo que estaba ocurriendo. De aquella deliciosa sensación de ver a los mortales admirándome, admirándome como cuando había aparecido en el escenario. Mortales adorándome y sintiendo mi poder después de años de permanecer oculto, mortales que venían a mí para adorarme. Mortales como aquellas pobres criaturas que llenaban el sendero de las montañas. Habían adorado a Azim, ¿no? Habían ido allí a morir.

Pesadilla. ¡Tengo que darle la vuelta, tengo que detenerlo, tengo que evitar aceptarlo o aceptar cualquier aspecto de ello!

Es decir que podía comenzar a creer que yo era realmente... Pero ya sé lo que soy, ¿no? Y ésas son mujeres pobres e ignorantes; mujeres para quienes los aparatos de televisión y los teléfonos son milagros, son mujeres para quienes cualquier cambio es una forma de milagro... ¡Y mañana despertarán y verán lo que han hecho!

Pero ahora nos envolvió una sensación de paz, a las mujeres y a mí. El olor familiar de las flores, el hechizo. Y en silencio dentro de sus mentes, las mujeres recibían instrucciones.

Hubo cierta agitación; dos de ellas se pusieron en pie y entraron en el cuarto de baño de al lado: uno de aquellos inmensos cuartos de baño de mármol que los ricos italianos y griegos parecen amar. El agua caliente brotaba a chorro; el vapor salía por las puertas abiertas.

Otras mujeres se habían dirigido a los armarios en busca de ropa limpia. Fuera quien fuese el pobre diablo propietario del palacete, el pobre diablo que había dejado el cigarrillo en el cenicero y las leves marcas digitales grasientas en el teléfono blanco, había sido muy rico.

Un par de mujeres avanzó hacia mí. Querían conducirme al baño. No hice nada. Sentí su contacto: cálidos dedos humanos que me tocaban y la concomitante sorpresa y excitación en ellos al notar la peculiar textura de mi carne. Esos contactos enviaron un poderoso y delicioso escalofrío a mi espinazo. Ellas me miraban con sus bellísimos ojos negros y líquidos. Tiraban de mí con sus cálidas manos; querían que las acompañase.

De acuerdo. Accedí a que me llevaran. Baldosas de mármol blanco, dorados grifos de formas esculturales; un esplendor romano a la antigua, si uno se fijaba bien, con esplendorosos frascos de jabón y de perfumes llenando por completo las repisas de mármol. Y la inundación de agua caliente en la bañera (o estanque), con surtidores de agua sembrándola de burbujas, todo era muy atractivo; o podría haberlo sido en otro momento.

Me desnudaron de mis ropas. Una sensación fascinante. Nunca nadie me había hecho algo igual. No desde que había sido vivo, y sólo siendo un niño pequeño. Me hallaba en la nube de vapor del baño, observando aquellas pequeñas manos y sintiendo los pelos erizados en todo mi cuerpo; sintiendo la adoración en los ojos de las mujeres.

A través del vapor me miré al espejo (a la pared que era un espejo, en realidad) y, por primera vez, desde que aquella siniestra odisea había empezado, contemplé mi figura. Durante unos instantes el impacto fue mayor de lo que pude soportar. «Eso no puedo ser yo.»

Estaba mucho más pálido de lo que había imaginado. Con suavidad aparté a las mujeres de mí y me acerqué a la pared espejo. Mi piel tenía un lustre nacarado y mis ojos eran aún más brillantes, reuniendo todos los colores del espectro y mezclándolos en una luz glacial. Sin embargo, no me parecía a Marius. No me parecía a Akasha. ¡Las arrugas continuaban en mi rostro!

En otras palabras, la sangre de Akasha me había cebado, pero todavía no me había alisado la piel. Yo había conservado mi expresión humana. Y lo más singular era que el contraste hacía que todas esas arrugas fuesen mucho más visibles. Incluso los diminutos pliegues de los nudillos de mis dedos estaban más marcados que antes.

Pero, ¿qué consuelo constituía eso cuando, más que nunca, destacaba, sorprendía, era diferente a un ser humano? En cierto sentido, era peor que aquel primer momento, doscientos años atrás, cuando una hora después de mi muerte me había mirado en un espejo y había tratado de encontrar mi humanidad en lo que estaba viendo. Ahora sentía el mismo miedo.

Estudié mi reflejo: mi pecho era como el torso de mármol de un museo, aquella blancura. Y el órgano, que no necesitamos, en posición, como dispuesto para lo que nunca más volvería a saber hacer o a querer hacer, mármol, un Príapo en la puerta de entrada.

Aturdido, miré a las mujeres, que ahora se acercaban; gargantas de cisne, pechos encantadores, miembros húmedos, oscuros. Miré cómo con sus manos recorrían todo mi cuerpo. Para ellas yo era bello, cierto.

Allí, en medio del vapor que se elevaba, el olor de su sangre era más intenso. Pero en realidad no tenía sed. Akasha me había llenado, pero la sangre estaba atormentándome, un poco. No, bastante.

Quería su sangre, pero no tenía nada que ver con la sed. La quería del mismo modo que un hombre puede querer un vino de solera, aunque haya bebido agua.

Sólo que el deseo era aumentado por veinte, treinta o cien. De hecho, era tan poderoso el deseo que me imaginaba que las poseía a todas, que desgarraba sus tiernas gargantas una tras otra, que dejaba sus cadáveres tendidos en el suelo.

No, aquello no iba a tener lugar, razoné. La cualidad penetrante y peligrosa de aquel anhelo me hacía venir ganas de llorar. «¡Qué ha hecho de mí!» Pero yo ya lo sabía, ¿no? Sabía que ahora era tan fuerte que ni veinte hombres a la vez hubieran podido tumbarme. Y pensar en lo que yo podría hacerles a ellos. Si quería, podía ascender, cruzar el techo y quedar libre de todo esto. Podía hacer cosas en las que nunca había soñado. Probablemente ya tenía el don del fuego; podía incendiar, de la misma manera que ella podía incendiar lo que fuera, de la manera que Marius decía que podía. Sólo una cuestión de fuerza, eso era todo. Y vertiginosos niveles de conciencia, de entrega...

Las mujeres estaban besándome. Besaban mis hombros. Simplemente una encantadora sensación, minúscula, la suave presión de sus labios en mi piel. No pude evitar sonreír y, con mucho cariño, las abracé y las besé, hociqueando sus calientes cuellecitos y sintiendo sus pechos contra el mío. Estaba rodeado por aquellas maleables criaturas, estaba envuelto en suculenta carne humana.

Entré en la profunda bañera y dejé que me bañaran. El agua caliente chapoteaba contra mí, estaba deliciosa, llevándose con toda facilidad la suciedad que nunca nos queda realmente adherida; nunca nos penetra. Levanté la cara hacia el techo y dejé que me peinaran el pelo bajo el agua caliente.

Sí, muy agradable todo. Y, sin embargo, nunca me había sentido tan solo. Me hundía en aquellas sensaciones hipnotizantes; flotaba. Porque, en realidad, no había nada más que pudiera hacer.

Cuando hubieron acabado, elegí los perfumes que deseaba y les mandé que se deshicieran del resto. Les hablé en francés, pero parecieron comprender igualmente. Luego me vistieron con las ropas que seleccioné de entre las que me presentaron. Al amo de la casa le gustaban las camisas de hilo, hechas a mano; a mí me iban algo grandes de talla. Y también le gustaban los zapatos hechos a mano, que eran más o menos de mi medida.

Elegí un traje de seda gris (un tejido finísimo), de corte moderno, desenvuelto. Y joyas de plata. El reloj de plata del hombre y sus gemelos, que llevaban diminutos diamantes incrustados. E incluso un pequeño broche también de diamantes para la estrecha solapa de la chaqueta. Pero me sentía raro con todas aquellas ropas; era como poder notar la superficie de la piel y sin embargo no notarla. Y había aquella sensación de algo ya conocido. Doscientos años atrás. Las viejas preguntas mortales. ¿Por qué diablos está ocurriendo esto? ¿Cómo puedo llegar a dominarlo?

Por un instante me pregunté: ¿Era posible no preocuparse por lo que ocurriese? ¿Permanecer apartado y observarlas como criaturas extrañas, cosas de las que me alimento? ¡Había sido arrebatado cruelmente de su mundo! ¿Dónde estaba la vieja amargura, la vieja excusa para la crueldad sin límite? ¿Por qué siempre se había centrado en cosas tan insignificantes? No es que una vida sea insignificante. ¡Oh, no, nunca, ninguna vida! En realidad, éste era el punto esencial. ¿Por qué yo, yo que podía matar con tal abandono, me retraía ante la perspectiva de ver sus preciosas tradiciones arrasadas?

¿Por qué el corazón me subía a la garganta? ¿Por qué estaba llorando en mi interior, yo mismo como algo mortal?

Quizás a algún otro diablo le habría gustado; algún retorcido e inconsciente inmortal podría haberse burlado de sus visiones (las de ella), y sin embargo haberse deslizado en el vestido de un dios con tanta facilidad como yo me había deslizado en aquel baño perfumado.

Pero nada podría darme aquella libertad, nada. Las libertades que me daba ella no significaban nada para mí; su poder no era, en definitiva, sino un grado más del que todos poseíamos. Y lo que poseen todos nunca ha facilitado la contienda; más bien la ha convertido en una agonía, por más que se gane o se pierda.

No podía ocurrir, la subyugación de un siglo a una sola voluntad; el propósito tenía que ser desbaratado de una forma u otra, y sólo con que consiguiera mantener la calma, encontraría la clave.

Sin embargo, los mortales se habían infligido ya tantos horrores entre ellos; hordas bárbaras habían arrasado continentes enteros, destruyendo todo lo que encontraban a su paso. ¿Acaso ella era meramente humana en sus delirios de conquista y dominio? No importaba. ¡Tenía medios no humanos para ver sus sueños hechos realidad!

Echaría a llorar de nuevo si ahora no paraba de buscar la solución; y las pobres y tiernas criaturas que me rodeaban sufrirían más daño y quedarían más confusas que nunca.

Cuando me llevé las manos al rostro, no se alejaron de mí. Me cepillaban el pelo. Escalofríos recorrieron mi espalda. Y el suave palpitar de la sangre en sus venas de pronto fue ensordecedor.

Les dije que quería estar solo. No podía soportar más la tentación. Y podía haber jurado que sabían lo que yo deseaba. Lo sabían y se rendían ante ello. Salada carne oscura tan cerca de mí. Demasiada tentación. Cualquiera que fuese el caso, obedecieron instantáneamente, y un poco con temor. Salieron de la habitación en silencio, retrocediendo, como si fuese impropio darse la vuelta y echar a andar.

Miré la esfera del reloj. Pensé que era algo muy divertido que yo llevase un reloj que marcaba la hora. Pero de repente me enfureció. ¡Y el reloj se rompió! El cristal se hizo añicos; una lluvia de piececitas salió volando de la caja de plata reventada. La correa se partió y el reloj cayó de mi muñeca y fue a parar al suelo. Diminutos y brillantes engranajes desaparecieron en la alfombra.

—¡Dios mío! —susurré en una exhalación.

No obstante, ¿por qué no, si podía reventar una arteria o un corazón? Pero la cuestión estaba en controlar aquello, dirigirlo, no dejar que escapara así.

Alcé los ojos y al azar elegí un pequeño espejo, el que estaba en el tocador, el del marco de plata. Pensé «rómpete», y explotó en centelleantes fragmentos. En la vacía quietud pude oír los pedazos que chocaban contra la pared y la parte superior del tocador.

Bien, aquello era útil, muchísimo más útil que el poder para matar a gente. Miré fijamente el teléfono situado a un lado del tocador. Me concentré, dejé que el poder se concentrase; luego, conscientemente lo dominé y lo dirigí para que empujase el teléfono con lentitud por el cristal que cubría la mesa. Sí. Muy bien. Los frasquitos se tambalearon y cayeron como si yo los estuviera empujando. Luego lo paré; pero no pude volver a ponerlos en pie. No podía cogerlos. Oh, pero un momento, ¡sí!, ¡podía! Imaginé una mano levantándolos. Ciertamente el poder no obedecía aquella imagen en sentido literal; pero yo la utilicé para organizar el poder. Levanté todos los frasquitos. Recogí el que había caído al suelo y lo puse de nuevo en su lugar.

Estaba temblando, pero sólo un poquito. Me senté en la cama para meditar sobre aquello, pero sentía demasiada curiosidad para pensar con calma. Lo importante que había que comprender era esto: era físico, era energía. Y no era más que la prolongación de los poderes que ya poseía. Por ejemplo, ya al principio, en las primeras semanas después de que Magnus me hubiera creado, logré, una vez, mover a una persona, a mi querido Nicolás, con quien había estado discutiendo: lo desplacé por la habitación como si lo hubiera atizado con un puño invisible. En aquellos momentos yo había estado furiosísimo; posteriormente no fui capaz de repetir el pequeño truco. Pero era el mismo poder; la misma característica verificable y mensurable.

«No eres dios», me dije. Pero este aumento del poder, esta nueva dimensión, como dicen con tanto acierto en este siglo... Hummm...

Miré hacia el techo y decidí que quería subir lentamente, tocarlo y, con las manos, recorrer el friso de yeso que rodeaba el cable de la araña. Sentí un vacío en el estómago, y advertí que flotaba por debajo del techo. Y mi mano, sí, parecía que mi mano atravesara el yeso. Descendí un poco y contemplé la panorámica de la habitación.

¡Buen Dios, había subido sin llevarme el cuerpo conmigo! El cuerpo continuaba allí sentado, en un costado de la cama. Yo me estaba mirando a mí mismo, a la parte superior de mi cabeza. Yo (es decir, mi cuerpo) permanecía allí sentado, inmóvil, como soñando, contemplando. «Regresa.» Y allí estaba de nuevo, gracias a Dios, y mi cuerpo estaba bien; levanté la vista hacia el techo e intenté entender lo que había sucedido.

Bien, ya sabía lo que había sucedido. Akasha me había contado cómo su espíritu podía viajar fuera de su cuerpo. Los mortales siempre lo han hecho, o así lo afirman. Los mortales han escrito sobre este viaje invisible desde tiempos antiquísimos.

Ya casi lo había logrado cuando había intentado ver en el interior del templo de Azim, «ve allí a ver». Ella me había detenido porque, al abandonar mi cuerpo, éste había empezado a caer. Y, mucho antes de eso, había habido un par de veces... Pero en general, nunca había creído todas las historias mortales.

Ahora sabía que también podía realizar ese vuelo. Pero ciertamente no quería hacerlo de forma involuntaria. Tomé la decisión de volver a subir hasta el techo, pero esta vez con mi cuerpo, ¡y se realizó de inmediato! Estábamos arriba juntos, apretando el yeso: esta vez mi mano no lo atravesó. Muy bien.

Regresé abajo y decidí probar de nuevo con la otra forma. «Ahora sólo en espíritu.» La sensación de vacío en el estómago volvió; eché una ojeada a mi cuerpo y subí hasta atravesar por completo el techo del palacio. Me encontré viajando por encima del mar. Y las cosas aparecieron totalmente diferentes; no estaba seguro de que aquello fuera el auténtico cielo o el auténtico mar. Era más parecido a un nebuloso concepto de ambos, lo cual no me gustó nada, ni pizca. No, muchas gracias. ¡A casa ahora! ¿Debería atraer mi cuerpo a mí? Lo intenté, pero no ocurrió nada en absoluto, lo cual, en realidad, no me sorprendió. Aquello era una especie de alucinación. La verdad era que no había salido de mi cuerpo; debería aceptar aquel hecho.

¿Y Baby Jenks? ¿Y las cosas maravillosas que Baby Jenks había visto al ascender? ¿Habían sido alucinaciones? Nunca lo sabría, ¿no?

«¡Regresa!»

Estaba sentado al costado de la cama, muy cómodo. Me levanté y caminé al azar unos breves minutos, simplemente observando las flores, la curiosa forma en que los pétalos despedían la luz de la lámpara y lo oscuros que parecían los tonos rojos; y cómo la luz dorada se reflejaba en las superficies de los espejos y todas las demás cosas encantadoras.

De repente, la gran masa de detalles que me envolvió me abrumó; la extraordinaria complejidad de una sola habitación me aturdió.

Prácticamente me desplomé en la silla de junto a la cama. Me apoyé en el terciopelo y escuché los latidos de mi corazón. Ser invisible, dejar mi cuerpo. ¡Lo odié! ¡No volvería a hacerlo nunca jamás!

Entonces oí risas, débiles, suaves risas. Comprendí que Akasha estaba allí, en algún lugar a mis espaldas, junto al tocador, quizá.

Al oír su voz, al notar su presencia, experimenté una gran oleada de alegría. De hecho quedé sorprendido de lo intensas que eran estas sensaciones. Quería verla, pero aún no me moví.

—Viajar sin el cuerpo es un poder que compartes con los mortales —dijo—. Siempre están realizando este truco de viajar fuera de sus cuerpos.

—Lo sé —dije deprimido—. Pueden quedárselo. Lo que me gustaría es volar con mi cuerpo.

Volvió a reír; la suave, cariñosa risa que había oído en mis sueños.

—En los viejos tiempos —dijo—, los hombres iban al templo a realizarlo; bebían las pociones que les daban los sacerdotes; y viajando por los cielos los hombres contemplaron los grandes misterios de la vida y de la muerte.

—Lo sé —repetí—. Siempre pensé que estaban bebidos, o que llevaban un colocón, como se dice actualmente.

—Eres un maestro en brutalidad —murmuró—. Tus respuestas a las cosas son tan inmediatas...

—¿Eso es brutal? —interrogué. Capté de nuevo el olor de los fuegos que ardían en la isla. Mareo. «Dios mío.» Y aquí estamos, charlando, como si no ocurriera nada, como si no hubiéramos infestado su mundo con esos horrores...

—¿Y volar con el cuerpo no te asusta? —preguntó ella.

—Me asusta, y lo sabes —respondí—. ¿Cuándo

descubriré los límites? ¿Desde aquí sentado, puedo llevar la muerte a mortales que están a kilómetros de distancia?

—No —contestó—. Descubrirás los límites más pronto de lo que crees. Es como cualquier otro misterio. Realmente no hay misterio.

Durante una fracción de segundo volví a oír las voces, la marea subiendo; luego se diluyó en un sonido audible; gritos en el viento, gritos provinientes de los pueblos de la isla. Habían quemado el pequeño museo, con las antiguas estatuas griegas que contenía; y los iconos y pinturas bizantinas.

Todo aquel arte convertido en humo. La vida convertida en humo.

Tenía que verla enseguida. No podía hallarla en los espejos, por la forma en que estaban colocados.

Me levanté.

Ella estaba junto al tocador; también se había cambiado de ropa y de estilo de peinado. Aún más arrebatadoramente encantadora y, sin embargo, tan intemporal como antes. En la mano tenía un espejo pequeño; se miraba en él; pero parecía que, en realidad, no mirase nada; estaba escuchando las voces; de nuevo yo también pude oírlas.

Un escalofrío recorrió todo mi cuerpo; Akasha se parecía a su vieja imagen, a la helada estatua de la cripta.

Luego pareció despertar, volver a mirarse en el espejo y, finalmente, al dejarlo a un lado, mirarme a mí.

Se había soltado el pelo; había deshecho todas las trenzas. Y ahora, las rizadas ondas negras caían libres en sus hombros, pesadas, lustrosas, invitando a ser besadas. El vestido era similar al anterior, como si las mujeres se lo hubieran hecho con la seda magenta oscura que ella había encontrado allí. El vestido le daba un atisbo de rubor rosado a las mejillas y a los pechos, que sólo estaban tapados a medias con los pliegues sueltos, que subían a reunirse en los hombros con dos pequeños broches de oro.

Los collares que llevaba eran todos joyas modernas, pero la excesiva profusión le daba un aire arcaico: perlas, cadenas de oro, ópalos y rubíes.

Contra el resplandor de su piel, ¡todos aquellos adornos parecían tan irreales! Se reflejaban en el lustre de toda su persona; eran como la luz de sus ojos, como el brillo de sus labios.

Era bien digna del palacio más lujoso que la mente pudiese imaginarse; algo sensual, y a la vez, divino. Quería otra vez su sangre, la sangre sin fragancia y sin muerte. Quería ir a ella, llevar la mano a su cuello y tocarle aquella piel que tan impenetrable parecía, pero que se rompía súbitamente como la costra más frágil.

—Todos los hombres de la isla están muertos, ¿no? —pregunté. Y la pregunta me sorprendió a mí mismo.

—Todos menos diez. Había setecientos habitantes en esta isla. Siete han sido elegidos para vivir.

—¿Y los otros tres?

—Son para ti.

Me quedé mirándola. ¿Para mí? El deseo de la sangre varió un poco, se revisó, incluyó la sangre de ella y la sangre humana: la cálida y burbujeante, con su fragancia, la especie de sangre que... Pero no había necesidad física. Todavía podía llamarlo sed, técnicamente, pero era algo mucho peor.

—¿No los quieres? —dijo, burlona, sonriéndome—. ¿Es reticente, mi dios, se retrae de su deber? ¿Sabes?, todos esos años, cuando te escuchaba, mucho antes de que me dedicaras canciones, me gustaba que sólo tomases a los duros, a los jóvenes. Me gustaba que cazases ladrones y asesinos; me gustaba que disfrutases tragándote toda su maldad. ¿Dónde está tu coraje ahora? ¿Tu impetuosidad? ¿Dónde están tus ganas de zambullirte, por decirlo de algún modo?

—¿Son malvadas —pregunté— las víctimas que me esperan?

Ella entrecerró los ojos un momento.

—¿Es cobardía en definitiva? —preguntó—. ¿Te asusta la grandiosidad del plan? Ya que seguramente la matanza significa poco.

—Oh, estás totalmente equivocada —dije—. La matanza siempre significa algo. Pero sí, la grandiosidad del plan me asusta. El caos, la pérdida absoluta de todo equilibrio moral, lo significa todo. Pero eso no es cobardía, ¿verdad? —¡Con qué tranquilidad lo dije! ¡Qué seguro de mí mismo parecí! No era la verdad, pero ella lo sabía.

—Deja que te libere de toda obligación a resistirte —dijo—. No puedes detenerme. Te quiero, como ya te dije. Amo contemplarte. Me llena de felicidad. Pero tú no puedes influirme. Es una idea absurda.

Nos miramos fijamente en silencio. Intentaba encontrar palabras para decirle que era encantadora, que tenía un enorme parecido con las antiguas pinturas egipcias de princesas con melenas lustrosas, cuyos nombres se han perdido para siempre. Intentaba comprender por qué mi corazón me dolía al mirarla; y sin embargo no me importaba que fuera bella; me importaba lo que nos decíamos.

—¿Por qué has elegido este camino? —pregunté.

—Tú sabes bien por qué —dijo con su paciente sonrisa—. Porque es el mejor camino. Es el único camino, es la clara visión después de siglos en busca de una solución.

—Pero eso no puede ser verdad, no lo puedo creer.

—Desde luego que puede ser la verdad. ¿Crees que para mi es un impulso? Yo no tomo las decisiones como tú, príncipe mío. Tu juvenil exuberancia es algo que aprecio, pero tales pequeñas posibilidades hace tiempo que ya no existen para mí. Tú piensas en términos de vidas, en términos de pequeños logros y de placeres humanos. Durante miles de años he meditado acerca de mis propósitos para con el mundo, que ahora es mío. Y la evidencia de que tengo que proceder como he decidido es abrumadora. No puedo convertir esta tierra en un jardín, no puedo crear el Edén de la imaginación humana..., a menos que elimine casi por completo a los hombres.

—¿Y con eso quieres decir matar al cuarenta por ciento de la población de la Tierra? ¿Al noventa por ciento de los varones?

—¿No me negarás que esto pondrá fin a las guerras, a las violaciones, a la violencia?

—Pero la cuestión...

—No, responde a mi pregunta. ¿Niegas que pondrá fin a la guerra, a las violaciones, a la violencia?

—¡Matar a todo el mundo acabaría con todo eso!

—Hablo en serio. Contesta a mi pregunta.

—¿No es eso serio? El precio es inaceptable. Es locura; es genocidio, va contra la naturaleza.

—Cálmate. Nada de lo que dices es verdad. Lo que es natural es simplemente lo que he hecho. ¿No sabes que los pueblos de la Tierra limitaron, en el pasado, la descendencia femenina? ¿No sabes que mataron a las niñas a millones porque sólo querían hijos varones, para que esos hijos pudieran ir a la guerra? Oh, no puedes imaginar hasta dónde llegó el alcance de esos actos.

»Y ahora se va a preferir a las hembras en lugar de los varones, y no habrá guerra. Y respecto a los crímenes que los hombres han cometido contra las mujeres: si en la Tierra hubiera una nación que hubiese cometido estos crímenes contra otra nación, ¿no sería considerado como un exterminio? Y no obstante, cada noche, cada día, en todos los rincones de la Tierra, se cometen crímenes semejantes, sin parar.

—De acuerdo, es cierto. Sin duda alguna, es cierto. Pero ¿tu solución es mejor? La matanza de todo lo masculino sería algo horroroso. Seguramente, si quieres reinar... —Pero eso era inconcebible para mí. Pensé en las viejas palabras de Marius, palabras que me había dicho mientras nuestra existencia transcurría en la época de las pelucas empolvadas y de las zapatillas de satén: que la vieja religión, el cristianismo, estaba agotada y que quizá no aparecería ninguna nueva religión.

«Quizá tenga lugar algo más maravilloso», había dicho Marius. «El mundo progresará, dejará atrás a los dioses y diosas, dejará atrás a todos los demonios y ángeles...»

¿Era éste en verdad el destino del mundo? ¿El destino al cual se dirigía sin nuestra intervención?

—Ah, no eres más que un soñador, hermoso mío —dijo con voz áspera—. ¡Cómo eliges tus ilusiones! ¡Fíjate en los países orientales, donde las tribus del desierto, ahora ricas por el petróleo que han extraído de bajo las arenas, se matan unas a otras en nombre de Alá, su dios! La religión no está muerta en la Tierra; y nunca morirá. Tú y Marius, ¡que ajedrecistas no sois!; vuestras ideas no son más que piezas de ajedrez. Y no podéis ver más allá del tablero en donde las colocáis, dispuestas de este o aquel modo, según convenga a vuestras pequeñas almas éticas.

—Estás equivocada —dije furioso—. Quizá no acerca de nosotros. Pero nosotros no importamos. Estás equivocada en lo que has empezado. Estás equivocada.

—No, no estoy equivocada —replicó—. Y no hay nadie que pueda detenerme, hombre o mujer. Y, por primera vez desde que el hombre levantó la quijada para matar a su hermano, veremos el mundo que pueden llegar a crear las mujeres y lo que las mujeres enseñarán a los hombres. Y, sólo cuando los hombres aprendan, se les permitirá circular otra vez libres entre las mujeres.

—¡Tiene que haber otro camino! Oh, dios, yo no soy perfecto, soy débil, no soy mejor que la mayoría de hombres que han vivido. Ahora no puedo abogar por sus vidas. No podría defender la mía propia. Pero, Akasha, por el amor de todas las cosas vivientes, te suplico que abandones esta idea, esta matanza total...

—¿Me hablas de matanza, tú? Dime cuál es el valor de la vida humana, Lestat. ¿No es infinito? ¿Y a cuántos has enviado tú a la tumba? Tenemos las manos sucias de sangre, todos nosotros, como sangre tenemos en las venas.

—Sí, exactamente. Y no todos somos sensatos y sabios. Te pido que te detengas, que consideres... Akasha, casi seguro que Marius...

—¡Marius! —rió suavemente—. ¿Qué te enseñó Marius? ¿Qué te dio? ¿Qué te dio en realidad?

No respondí. No pude. ¡Y su belleza me estaba turbando! Ver la redondez de sus brazos, los hoyuelos de sus mejillas, ¡era tan turbador!

—Querido —dijo ella, con la expresión súbitamente tan tierna y suave como su voz—. Recuerda tu visión del Jardín Salvaje, en la cual los principios estéticos son los únicos principios duraderos: las leyes que gobiernan la evolución de todas las cosas, grandes y pequeñas, de los colores y las formas en gloriosa profusión, y de la belleza. Belleza por todas partes. Eso es naturaleza. Y la muerte está en ella, en todas partes de ella.

»Lo que voy a crear es el Edén, el Edén eterno, y será mejor que la naturaleza. Haré dar un paso más a las cosas; y redimiré la violencia de la naturaleza, esta violencia dañina e inmoral. ¿No comprendes que los hombres nunca harán nada por la paz, si no es soñar con ella? Las mujeres pueden realizar ese sueño. Mi visión se ensancha en el corazón de cada mujer. ¡Pero no puede sufrir al ardor de la violencia masculina! Y este ardor es tan terrible que la misma tierra no sobrevivirá a él.

—¿Y si hay algo que no comprendes? —repliqué. Yo bregaba en busca de palabras, luchaba para aferrarlas—. Supón que la dualidad masculino/femenino es indispensable para el animal humano. Supón que las mujeres quieren a los hombres; supón que se levantan contra ti e intentan proteger a los hombres. ¡El mundo no es esta pequeña isla cruel! ¡No todas las mujeres son campesinas cegadas por visiones!

—¿Crees que son hombres lo que las mujeres quieren? —preguntó. Se acercó más; su rostro cambió imperceptiblemente con la oscilación de la luz—. ¿Es esto lo que tratas de decir? Si es así, entonces vamos a perdonar la vida a unos cuantos hombres más y los vamos a guardar donde las mujeres puedan mirarlos, como éstas te miraron a ti, los puedan tocar, como éstas te tocaron a ti. Vamos a guardarlos donde las mujeres puedan tenerlos cuando lo deseen, y te aseguro que no serán maltratados como lo han sido las mujeres por los hombres.

Solté un suspiro. Era inútil discutir. Tenía absolutamente toda la razón y no la tenía en absoluto.

—Te haces una injusticia —prosiguió—. Conozco tus argumentos. Durante siglos he estado meditando sobre ellos, como he meditado sobre muchas cosas. Crees que hago lo que hago con limitaciones humanas. No es así. Para llegar a entenderme tienes que pensar en términos de capacidades aún no imaginadas. Pronto comprenderás el misterio de la fisión de los átomos o de los agujeros negros en el espacio.

—Tiene que haber un medio sin muertes. Tiene que haber un sistema que triunfe sobre la muerte.

—Eso, hermosura, va contra la naturaleza —repuso—. Ni siquiera yo puedo poner término a la muerte. —Se interrumpió; y pareció ausente; o más bien muy afligida por las palabras que acababa de pronunciar—. Término a la muerte... —musitó. Pareció que un dolor muy personal se hubiera introducido en sus pensamientos—. Término a la muerte —repitió. Pero estaba errando muy lejos de mí. Vi como cerraba los ojos y se llevaba los dedos a las sienes.

Akasha volvía a oír las voces; las dejaba acercarse. O quizá, durante un momento, no fue capaz de detenerlas. Dijo algunas palabras en una lengua antigua, que yo no comprendí. Estaba perplejo por su súbita y aparente vulnerabilidad, por la manera en que las voces parecían sitiarla; por la manera en que sus ojos parecían buscar en la habitación, luego posarse en mí y brillar.

Estaba mudo, sobrecogido de tristeza. ¡Qué insignificantes habían sido siempre mis visiones del poder! El poder para derrotar a un simple puñado de enemigos, para ser visto y amado por los mortales como un ídolo; para encontrar algún lugar en el gran drama de las cosas, que era infinitamente mayor que yo, un drama cuyo estudio podría ocupar la mente de un ser durante mil años. Y de repente, nos hallábamos fuera del tiempo, fuera de la justicia, capaces de colapsar sistemas enteros de pensamiento. ¿O era solamente una ilusión? ¿Cuántos habían buscado tal poder, en una forma u otra?

—No eran inmortales, querido —fue casi una súplica.

—Pero es un accidente que nosotros lo seamos —dije—. Somos algo que nunca debiera haber llegado a existir.

—¡No digas eso!

—No puedo evitarlo.

—Ahora ya no importa. No consigues comprender lo poco que importa nada. No te doy ninguna sublime razón por lo que hago porque las razones son simples y prácticas. Cómo llegamos a existir es irrelevante; lo que importa es que hemos sobrevivido. ¿No te das cuenta? Esto es su belleza total, la belleza de la que nacerán todas las demás bellezas: que hayamos sobrevivido.

Sacudí la cabeza. Estaba horrorizado. Volví a ver el museo que la gente de la isla acababa de incendiar. Vi las estatuas ennegrecidas, tiradas por los suelos. Una espantosa sensación de pérdida me envolvió.

—La Historia no importa —dijo—. El Arte no importa; son cosas que implican continuidades que en realidad no existen. Sacian nuestra necesidad de modelos, nuestra hambre de significados. Pero al final nos estafan. El significado lo hemos de crear nosotros.

Le di la espalda. No quería quedar alucinado por su resolución o por su belleza; ni por el reflejo de la luz en sus ojos negro azabache. Sentí sus manos en mis hombros, sus labios en mi cuello.

—Cuando hayan pasado los años —continuó—, cuando mi jardín haya florecido muchos veranos y haya dormido muchos inviernos, cuando las viejas leyes de violación y de guerra no sean sino un recuerdo y las mujeres miren las viejas películas, perplejas de que cosas así pudieran haber sucedido nunca; cuando las leyes de las mujeres hayan sido inculcadas a todos los miembros de la población, con naturalidad, como hoy en día se inculca la agresión, entonces quizá los hombres puedan reingresar en la sociedad. Poco a poco podrá incrementarse su número. Los niños serán criados en una atmósfera donde la violación sea impensable, donde la guerra sea inimaginable. Y luego..., luego... podrán ser hombres. Cuando el mundo esté preparado para ellos.

—No funcionará. No puede funcionar.

—¿Por qué lo dices? Echemos un vistazo a la naturaleza, como querías hacer hace sólo unos momentos. Salgamos al lujuriante jardín que rodea esta villa; estudiemos las abejas en sus colmenas y las hormigas que trabajan como han hecho siempre. Son hembras, príncipe mío, a millones. Los machos sólo son aberraciones, elementos para cumplir determinada función. Aprendieron este sensato truco mucho antes de que yo me decidiera a limitar el número de hombres.

»Y ahora vivimos en una época en que los varones son completamente innecesarios. Dime, príncipe, actualmente ¿cuál es la principal función de los hombres, sino proteger a las mujeres de los demás hombres?

—¿Qué te hace quererme aquí? —exclamé desesperadamente. De nuevo me volví hacia ella—. ¿Por qué me has elegido como consorte? Por el amor de Dios, ¿por qué no me matas con los demás hombres? ¡Elige a otro inmortal, a algún antiguo ser que ansíe tal poder! Debe haber alguno. ¡Yo no quiero reinar en el mundo! ¡No quiero reinar en nada! Nunca quise.

Su expresión se modificó un poco. Pareció que surgía una débil, evanescente tristeza en toda su persona, una tristeza que le hundió los ojos en la oscuridad durante un instante. El labio inferior le tembló, como si quisiera decir algo pero no pudiese. Por fin respondió.

—Lestat, aunque hubiera que destruir a todo el mundo, a ti no te destruiría —dijo—. Tus limitaciones son tan radiantes como tus virtudes, por razones que ni yo misma acabo de comprender. Pero quizá la verdad sea que te amo porque eres, a la perfección, todo lo que está mal en lo masculino: agresivo, lleno de odio, de impudencia y de elocuentes (interminablemente elocuentes) excusas para la violencia... eres la esencia de la masculinidad. Y esta pureza tiene una magnífica cualidad. Pero sólo porque ahora puede ser controlada.

—Por ti.

—Sí, cariño. Para eso vine al mundo. Para eso estoy aquí. Y no tiene ninguna importancia si nadie ratifica mi propuesta. La llevaré adelante. Ahora mismo el mundo arde con fuego masculino; es una conflagración. Pero cuando el mundo sea corregido, tu fuego arderá aún con más viveza, como arde una antorcha.

—Akasha, ¡demuestras lo que digo! ¿No crees que las almas de las mujeres anhelan ese mismo fuego? Dios mío, ¿por qué no arreglas la vida de las mismísimas estrellas?

—Sí, el alma lo anhela. Pero verlo en la llama de una antorcha, como he indicado, o en la llama de una vela. Pero no como ahora, que atraviesa furioso todos los bosques, montañas y valles. ¡No hay mujer viva que quiera nunca ser quemada por él! ¡Quieren la luz, preciosidad, la luz! ¡Y el calor! Pero no la destrucción. ¿Cómo podrían? Sólo son mujeres. No están locas.

—De acuerdo. Supongamos que realizas tus propósitos, que inicias esta revolución que barre al mundo. Bien, yo no creo que tal cosa ocurra. Pero si tú lo crees, ¿no habrá nada bajo la bóveda del cielo que clame venganza por la muerte de tantos millones? Si no existen dioses ni diosas, ¿no habrá algún modo en que los mismos humanos (y tú y yo) se vean obligados a pagar por lo que hayan hecho?

—Es la entrada a la inocencia y así será recordado. Y nunca jamás se permitirá que la población masculina aumente en tales proporciones, porque ¿quién puede querer otra vez tales horrores?

—Obliga a los hombres a obedecerte. Deslúmbralos como has deslumbrado a las mujeres, como me has deslumbrado a mí.

—Pero, Lestat, he aquí el quid de la cuestión: nunca obedecerían. ¿Obedecerías tú? Antes morirían, como tú morirías. Tendrían otra razón para rebelarse, si alguna vez les ha faltado alguna. Se reunirían y organizarían una resistencia magnífica. Imagínate, ¡una diosa luchando! Y, de lucha, habrá más que suficiente dentro de poco. No pueden evitar ser hombres. Y yo sólo podría mandar por medio de la tiranía, por medio de la inacabable matanza. Y llegaría el caos. Pero, de la otra forma, se interrumpirá la gran cadena de la violencia. Una nueva era de paz total y perfecta hará su aparición.

Quedé en silencio de nuevo. Podía pensar en miles de respuestas, pero serían todas inútiles. Ella sabía demasiado bien cuáles eran sus propósitos. Y la verdad era que tenía razón en mucho de lo que decía.

Ah, ¡pero era una pura fantasía! Un mundo sin hombres. ¿Qué se habría logrado en realidad? Oh, no. No, ni siquiera puedo aceptar la idea por un solo instante. Ni siquiera... Pero la visión volvió, la imagen que vislumbré en aquel miserable pueblo de la jungla, la visión de un mundo sin miedo.

Imaginad intentar explicarles cómo han sido los hombres. Imaginad intentar explicarles que había habido un tiempo en que uno podía ser asesinado impunemente en las calles de las ciudades; imaginad intentar explicar lo que significaba la violación para el macho de la especie... imaginad. Y vi aquellos ojos (los ojos de ellas) que me miraban, aquellos ojos atónitos de incomprensión que trataban de imaginárselo, que intentaban dar aquel gran paso en entendimiento. Sentí que aquellas blandas manos me tocaban.

—¡Pero esto es locura! —susurré.

—Ah, ¿por qué te resistes tanto a mí, príncipe? —mascullé. Su mirada relampagueó de ira, herida.

Se acercó a mí. Si volvía a besarme, echaría a llorar de nuevo. Había creído saber lo que era la belleza en las mujeres; pero la de ésta había sobrepasado todo el vocabulario que poseía para expresarla.

—Príncipe —repitió en un susurro—. Esto tiene una lógica muy refinada. Un mundo en que sólo se conserva un puñado de hombres para la procreación será un mundo femenino. Y será un mundo nunca conocido en nuestra sangrienta y miserable historia, una historia en la cual los hombres producen gérmenes en tubos de ensayo para aniquilar a continentes enteros en una guerra química, y fabrican bombas cuya explosión puede sacar a la Tierra de su trayectoria.

—¿Y si las mujeres se dividen entre ellas según los principios de masculino/femenino, como los hombres hacen con frecuencia cuando hay hembras?

—Ya sabes que esta objeción es una tontería. Estas distinciones ya no son más que superficiales. ¡Las mujeres son mujeres! ¿Puedes concebir bandas de mujeres vagabundas cuyo solo objetivo sea la destrucción? ¿O la violación? Tal cosa es una absurdidad. Para las pocas infractoras habrá justicia inmediata. Pero, sobre todo, algo completamente impensable hasta el momento va a tener lugar. ¿No te das cuenta? La posibilidad de paz en la tierra siempre ha existido, y siempre ha habido personas que podían lograrla, y conservarla, y estas personas son las mujeres. Sólo basta que desaparezcan los hombres.

Me senté en la cama, consternado, como un mortal. Apoyé los codos en las rodillas. ¡Buen Dios, buen Dios! ¿Por qué me venían a la cabeza esas dos palabras una y otra vez? ¡No había Dios! Estaba en la habitación con Dios.

Ella rió exultante.

—Sí, preciosidad —dijo. Me tocó la mano, dio la vuelta a mi alrededor y me acercó hacia ella—. Pero, dime, ¿no te atrae ni siquiera un poco?

—¿Qué quieres decir?

—Tú, el impulsivo. El que convirtió a aquella niña, Claudia, en una bebedora de sangre, sólo para ver lo que ocurría. —Su tono era burlón pero afectuoso—. Venga, ¿no tienes ganas de ver lo que sucede si los varones desaparecen? ¿No sientes ni una pizca de curiosidad? Busca la verdad en las profundidades de tu alma. Es una idea muy interesante, ¿no?

No respondí. Luego sacudí la cabeza.

—No —dije.

—Cobarde —musitó.

Nunca nadie me lo había llamado, nadie.

—Cobarde —repitió—. Un ser insignificante con sueños insignificantes.

—Quizá no habría guerra, ni violaciones, ni violencia —dije—, si todos los seres fuesen insignificantes y tuviesen sueños insignificantes, para utilizar tu término.

Rió, blandamente, perdonando.

—Podríamos estar discutiendo durante toda la eternidad —susurró—. Pero pronto lo vamos a saber. El mundo será como quiero que sea; y veremos que ocurre como yo digo.

Se sentó junto a mí. Por un momento pensé que yo estaba perdiendo la cabeza. Deslizó sus finísimos brazos desnudos entorno a mi cuello. Me pareció que no había existido nunca una mujer con un cuerpo tan suave, nunca nada tan complaciente y voluptuoso como su abrazo. Sin embargo era tan dura, tan fuerte.

Las luces de la alcoba perdían intensidad. Y, en el exterior, el cielo parecía aún más vívido y más oscuramente azul.

—Akasha —susurré.

Yo miraba al otro lado de la terraza descubierta, hacia las estrellas. Quería decir algo, algo crucial que arrasara todos sus argumentos; pero las palabras se me escapaban. Me sentía adormecido, y esto seguramente lo había provocado ella. Akasha estaba echando un hechizo, pero saberlo no me liberaba de él. Sentí de nuevo sus labios en los míos, y en mi cuello. Sentí el fresco satén de su piel.

—Sí, descansa, preciosidad. Y, cuando despiertes, las víctimas estarán esperando.

—Víctimas... —Casi estaba soñando, cuando la tomaba en mis brazos.

—Pero ahora tienes que dormir. Aún eres joven y frágil. Mi sangre está trabajando en tu interior, te está cambiando, perfeccionando.

Sí, destruyéndome; destruyendo mi corazón y mi voluntad. Vagamente era consciente de que me movía, de que me tumbaba en la cama. Me hundí en los almohadones de seda, y la seda de su pelo se acercó a mí, sentí el contacto de sus dedos y, de nuevo, de sus labios en mi boca. Sangre en su beso; sangre retumbando bajo su beso.

—Escucha el mar —susurró—. Escucha cómo se abren las flores. Ahora puedes oírlas, ya sabes. Puedes oír las diminutas criaturas del mar, si escuchas con atención. Puedes oír los delfines cantar, porque cantan.

Flotando. A salvo en sus brazos; ella era poderosa; ella era la que todos temían.

Olvida el acre hedor de los cadáveres quemándose; sí, escucha el mar retronando como cañonazos en la playa de abajo; escucha el sonido del pétalo de una rosa soltándose de la flor y cayendo en el mármol. Y el mundo se va al infierno, y yo no puedo evitarlo; estoy en sus brazos y voy a dormirme.

—¿No ha ocurrido ya un millón de veces, querido? —susurró.

¿Volver la espalda a un mundo lleno de sufrimiento y muerte, como millones de mortales hacen cada noche?

Oscuridad. Espléndidas visiones teniendo lugar; un palacio aún más bello que éste. Víctimas. Sirvientes. La mítica existencia de los pachás y de los emperadores.

—Sí, querido, todo lo que tú desees. Todo el mundo a tus pies. Te construiré palacio tras palacio; lo harán; porque te adoran. Eso no es nada. Es la parte más simple. Y piensa en la caza. Ya que es casi seguro que huirán de ti, se ocultarán de ti, pero los encontrarás.

En la luz menguante (antes de llegar los sueños), pude verlo. Pude verme viajando por el aire, como los héroes de antaño, por encima del extenso campo donde parpadeaban sus hogueras.

En manadas como lobos viajarían, cruzando tanto ciudades como bosques, osando aparecer sólo de día; porque sólo entonces estarían a salvo de nosotros. Llegaríamos al caer la noche; y seguiríamos su rastro por sus pensamientos, por su sangre y por las confesiones susurradas de las mujeres que los habían visto y que quizá los habían cobijado. Saldrían corriendo a campo abierto, disparando sus armas, inútiles para nosotros. Y les caeríamos encima, los destruiríamos uno a uno, nuestras presas, exceptuando a los que quisiéramos vivos, aquellos cuya sangre tomaríamos lentamente, despiadadamente.

¿Y de esta guerra saldría la paz? ¿De este horroroso juego saldría un jardín?

Traté de abrir los ojos. Sentí que me besaba los párpados.

Soñando.

Una llanura yerma y el suelo resquebrajado. Algo que emerge, que empuja y aparta los secos terrones de tierra. Yo soy ese algo. Ese algo que anda por la llanura yerma cuando el sol se pone. El cielo aún está rebosante de luz. Bajo la vista hacia la ropa manchada que me cubre, pero este algo no soy yo. Yo soy sólo Lestat. Y tengo miedo. Desearía que Gabrielle estuviese aquí. Y Louis. Quizá Louis pudiera hacerla entrar en razón. Ah, Louis, el que, de todos nosotros, siempre sabía...

Y he aquí de nuevo el sueño familiar, las mujeres

pelirrojas arrodillándose ante el altar del cadáver (el cadáver de su madre) y dispuestas a consumirlo. Sí, es su deber, su sagrado derecho: devorar el cerebro y el corazón. Pero nunca conseguirán hacerlo porque siempre lo impide algo horroroso. Vienen soldados... Desearía saber el significado.

Sangre.

Desperté con un sobresalto. Habían transcurrido varias horas. La habitación se había refrescado un poco. El cielo se veía maravillosamente claro por las ventanas abiertas. De allí provenía toda la luz que llenaba la habitación.

—Las mujeres están esperando, y las víctimas tienen miedo.

Las víctimas. La cabeza me daba vueltas. Las víctimas estaban llenas de exquisita sangre. Hombres que de todas formas habrían muerto. Muchachos, todos míos, para poseerlos.

—Sí. Pero, ven, por fin, a su sufrimiento.

Vacilante, me levanté. Ella me envolvió con una larga capa tirada a los hombros, algo más simple que su propia vestimenta, pero cálida y suave al tacto. Con las manos me acarició el pelo.

—Masculino versus femenino: ¿es lo único que hay? —susurré. Mi cuerpo quería dormir algo más. Pero la sangre...

Levantó el brazo y me tocó una mejilla. ¿Lágrimas otra vez?

Salimos juntos de la alcoba, seguimos un largo rellano (con una baranda de mármol) del cual descendían las escaleras que, después de una vuelta, daban a una inmensa sala. Candelabros por todas partes. Difuminadas luces eléctricas que creaban una sensual penumbra.

Las mujeres estaban reunidas en el centro; había unas doscientas o quizá más. Incluso en su silencio, parecían bárbaras entre el mobiliario europeo. Miraban más allá de aquella riqueza que nunca les había llegado al corazón y que en efecto no significaba nada para ellas, miraban la visión en el rellano, que ahora se disolvía y en una ráfaga de susurros y de luces de colores, se materializaba repentinamente al pie de las escaleras.

Se alzaron suspiros, se levantaron manos para proteger las cabezas gachas, como si de una explosión de inoportuna luz se tratara. Luego todas las miradas se fijaron en la Reina de los Cielos y su consorte, que aguardaban en la alfombra roja, a poco más de un metro por encima de la asamblea (el consorte un poco agitado, mordiéndose el labio inferior e intentando ver aquel asunto claramente, aquellos sucesos atroces, aquella mezcla de culto y ritual de sangre), aguardando a que trajeran a las víctimas.

¡Qué bellos ejemplares! Pelo oscuro, piel morena, hombres mediterráneos. Todos bellos como jóvenes mujeres. Hombres de la complexión robusta y la exquisita musculatura que ha inspirado a los artistas durante miles de años. Ojos negros como la tinta y rostros afeitados pero oscuros; profunda astucia; profundo odio al mirar a aquellas hostiles criaturas sobrenaturales que habían decretado la muerte de sus hermanos en todo el mundo.

Estaban atados con correas de cuero, probablemente sus propios cinturones y los cinturones de docenas de otros; las mujeres lo habían hecho y lo habían hecho bien. También les habían atado los tobillos, de tal forma que pudieran andar, pero no dar patadas o correr. Iban desnudos hasta la cintura y sólo uno de ellos temblaba, de rabia a la vez que de miedo. De pronto éste empezó a debatirse. Los otros dos se volvieron, se quedaron mirándolo y empezaron a bregar también.

Pero la masa de mujeres los rodeó, obligándolos a arrodillarse. Sentí que el deseo crecía en mi interior ante aquella escena, ante la vista de los cinturones de cuero segando la bronceada piel desnuda de los brazos de los hombres. ¡Por qué es tan seductor! Las manos de las mujeres los contuvieron, aquellas manos atenazadoras, amenazadoras, que en otro momento podían ser tan blandas. No pudieron desasirse de tantas mujeres. Con suspiros ahogados abandonaron toda resistencia, aunque el que había empezado la lucha me miró de forma que acusaba.

Demonios, diablos, seres del infierno, eso es lo que su mente le decía; porque ¿quién más podría haber cometido tales atrocidades en su mundo? Oh, ¡no es más que el principio de las tinieblas, de las terribles tinieblas!

¡Pero el ansia era tan fuerte! «¡Vas a morir y yo seré quien te mate!» Y él pareció oírlo, entenderlo. Y de él brotó un odio salvaje hacia las mujeres, un odio rebosante de imágenes de violación y castigo que provocó en mí una sonrisa; pero comprendí. Casi por completo lo comprendí. ¡Qué fácil era sentir desprecio por ellas, sentirse ultrajado porque hubieran osado convertirse en el enemigo, en el enemigo de la guerra secular, ellas las mujeres! Y era oscuridad aquel castigo imaginado, también era inenarrable oscuridad.

Sentí los dedos de Akasha en mi brazo. La sensación de dicha retornó; el delirio. Intenté resistirlo, pero lo sentía como antes. Y el deseo no desaparecía, se hallaba en mi boca ahora. Sentía su sabor.

Sí, pasemos al momento; pasemos a la pura función; ¡que empiece el sacrificio de la sangre!

Las mujeres se arrodillaron en masa y los hombres, que ya estaban arrodillados, parecieron tranquilizarse, y nos miraron con ojos vidriosos, con el labio inferior caído y temblando.

Miré atentamente los hombros musculosos del primero, el que se había rebelado. Me imaginé, como siempre en aquellos momentos, el contacto del áspero y mal afeitado cuello al tocarlo mis labios, cuando mis colmillos desgarraran su piel, no la piel glacial de la diosa, sino la piel humana, caliente y salada.

«Sí, querido. Tómalo. Es el sacrificio que te mereces. Ahora eres un dios. Tómalo. ¿Sabes cuántos más te esperan?»

Pareció que las mujeres entendieran lo que había que hacer. Di un paso adelante y ellas lo levantaron; cuando lo cogí en mis brazos, se debatió de nuevo, pero no fue más que un espasmo muscular. Mi mano se cerró en su cabeza con demasiado ímpetu; no tenía conciencia de mi nueva fuerza y oí el crujido de los huesos al romperse mientras le hincaba los colmillos. La muerte le sobrevino casi en forma instantánea, tan poderoso fue mi primer sorbo de sangre. Yo ardía de hambre; y la medida entera, colmada y entera en un momento, no había sido suficiente. ¡Mucho menos que suficiente!

De inmediato tomé otra víctima, intentando ir más despacio con ella, para hundirme en las tinieblas a solas con su alma, que me hablaba, como había hecho tantas otras veces. Sí, que me contaba sus secretos mientras la sangre manaba en mi boca, mientras dejaba que mi boca se llenara antes de engullir. «Sí, hermano. Lo siento, hermano.» Luego avancé con paso vacilante, pisé el cadáver que tenía ante mí y lo aplasté bajo mis pies.

—Dadme el último.

Sin resistencia. Me miraba con una inmovilidad total, como si se hubiera hecho la luz en su interior, como si hubiera encontrado, en una teoría o en una creencia, la salvación definitiva. Lo atraje hacia mí (dulcemente, Lestat) y éste constituyó la verdadera fuente que buscaba, la lenta, poderosa muerte que anhelaba, el corazón palpitante que parecía que no iba a detenerse nunca, el suspiro resbalando de sus labios. Al soltarlo, mis ojos aún estaban nublados con las imágenes diluidas de su breve e indocumentada vida, imágenes derrumbadas en un raro segundo lleno de significado.

Lo dejé caer. Ahora ya no había significado.

Sólo había la luz ante mí, y el éxtasis de las mujeres que por fin habían sido redimidas por medio de los milagros.

La habitación quedó en silencio; nada se movía; llegaba el sonido del mar, aquel distante y monótono tronar. Luego la voz de Akasha:

«Los pecados de los hombres han sido expiados; y los que habéis conservado recibirán todos los cuidados, y serán amados. Pero nunca les deis libertad, a esos que quedan, a esos que os han oprimido.»

Y luego, silenciosamente, sin palabras claras, vino la lección. El ansia arrebatadora que acababan de contemplar, las muertes que habían visto a manos mías: todo ello iba a ser el recordatorio eterno de la ferocidad que latía en todas las cosas masculinas y que nunca debían volver a dejarse libres. Los varones habían sido sacrificados a la encarnación de su propia violencia. En suma, las mujeres habían presenciado un ritual nuevo y trascendente: un nuevo sacrificio de la misa. Volverían a verlo; siempre deberían recordarlo.

Mi cabeza fue un torbellino ante aquella paradoja. Mis pequeños propósitos de no hacía mucho tiempo se me aparecían ahora, para atormentarme. Había querido hacerme famoso en el mundo de los mortales. Había querido ser la imagen del mal en el teatro del mundo y, por tanto, de algún modo, hacer el bien.

Y ahora era esta imagen, del todo. Era su encarnación literal; me había convertido en las mentes de aquellas pocas simples almas, en el mito, tal como ella había prometido. Oí una vocecita que me susurró al oído, que me repitió con insistencia aquel viejo adagio: ten cuidado con los deseos que alientas, pues podrían llegar a hacerse realidad.

Sí, aquello era la clave; todo lo que había deseado se estaba haciendo realidad. En la cripta la había besado y la había despertado, y había soñado en su poder; y ahora estábamos juntos, ella y yo, y los himnos se elevaban a nuestro alrededor. Hosannas. Gritos de alegría.

Las puertas del palacete se abrieron de par en par.

Nos despedíamos, ascendíamos en esplendor, como por arte de magia, cruzábamos las puertas, nos elevábamos más arriba del techo de la mansión y planeábamos por encima de las centelleantes aguas, hacia la calma extensión de estrellas.

Ya no tenía miedo de caer; ya no tenía miedo de nada tan insignificante. Porque mi alma entera (mezquina como era y como siempre había sido) sabía de miedos que yo nunca habría imaginado.

6

LA HISTORIA DE LAS GEMELAS, SEGUNDA PARTE

Ella estaba soñando con matar. Era una gran y oscura ciudad como Londres o Roma, y ella corría apresurada por sus calles; tenía el encargo de matar, de abatir a la primera dulce víctima humana que sería su propia víctima. Y justo en el momento antes de abrir los ojos, había dado el salto, desde las creencias de toda su vida hacia aquel simple acto inmoral: matar. Había hecho lo que hace el reptil cuando levanta, en la raja de cuero que es su boca, el ratoncillo chillón que aplastará lentamente sin ni siquiera oír su suave y desgarrador canto.

Despierta en la oscuridad; y la casa viva encima; oye a los viejos diciendo: ven. También capta una televisión que habla en alguna parte. La Santa Virgen María se ha aparecido en alguna isla del mar Mediterráneo.

Sin hambre. La sangre de Maharet era demasiado fuerte. La idea iba creciendo, con el dedo índice te llamaba como una vieja bruja jorobada, desde un callejón oscuro. «Matar.»

Se levantó de la estrecha caja en la que reposaba y de puntillas cruzó la oscuridad, hasta que sus manos palparon la puerta de metal. Salió al pasillo y vio las inacabables escaleras de hierro que daban vueltas y vueltas sobre sí mismas en su ascensión, como si fueran un esqueleto, y vio el cielo a través del cristal ahumado. Mael estaba a medio camino, frente a la puerta de la casa propiamente dicha, mirando hacia abajo, hacia ella.

Por eso ella vaciló («Soy una de vosotros y estamos juntos») y vaciló por el contacto de la barandilla de hierro en su mano y por una pena súbita (sólo una impresión fugaz); porque, todo lo que había sido antes de aquella feroz belleza, la tenía agarrada por el pelo.

Mael bajó como para rescatarla, porque aquella sensación se la estaba llevando.

Comprendían, ¿no?, el modo en que ahora la tierra respiraba para ella y el bosque susurraba y las raíces merodeaban por la oscuridad, atravesando aquellas paredes de tierra.

Se quedó mirando a Mael. Leve olor de piel de ante, polvo. ¿Cómo había podido pensar nunca que aquellos seres eran humanos? Unos ojos brillando así. Y, sin embargo, llegaría el tiempo en que ella volvería a andar entre los seres humanos, y vería su mirada detenerse en ella un momento, y rápidamente desviarla. Había estado andando a paso rápido por alguna ciudad, como Londres o Roma. Mirando en los ojos de Mael volvió a ver a la vieja bruja jorobada en el callejón; pero no había sido una imagen en el sentido literal. No, ella vio el callejón, vio la matanza, con toda su pureza. Y, en silencio, dejaron de mirarse al instante, pero en una forma que indicaba respeto. Él cogió su mano; observó el brazalete que le había regalado. De súbito la besó en la mejilla. Y luego la acompañó escaleras arriba, hacia la sala de la cima de la montaña.

La voz electrónica de la televisión aumentaba y aumentaba, hablando de histeria de masas en Sri Lanka. Mujeres matando a hombres. Incluso bebés varones asesinados. En la isla de Lynkonos había habido alucinaciones en masa y una ola de extrañas muertes.

Sólo gradualmente fue comprendiendo lo que estaba oyendo. Así pues no era la Santa Virgen María; cuando al principio lo había oído, había pensado que era maravilloso que pudieran creer algo así. Se volvió hacia Mael, pero éste miraba al frente. Él ya lo sabía. La televisión había estado hablando para él durante una hora.

Ahora, el entrar en la sala de la cima de la montaña, ella vio el fantasmagórico parpadeo azul. Y el extraño espectáculo de esos nuevos hermanos en la Orden Secreta de los no-muertos, repartidos por la sala como otras tantas estatuas, resplandeciendo en la luz mientras miraban atentamente la grandiosa pantalla.

—... epidemias en el pasado causadas por comida o agua contaminadas. No obstante no se ha encontrado ninguna explicación para la coincidencia de las noticias provinientes de lugares tan diversos y tan alejados, que ahora incluyen también algunos pueblos aislados de las montañas del Nepal. Las detenidas afirman haber visto a una mujer muy bella llamada con varios nombres (la Santa Virgen, la Reina de los Cielos o simplemente la Diosa) que les ordenó masacrar a todos los varones de su pueblo, salvo a unos pocos seleccionados con mucho cuidado. Algunas informaciones describen, además, la aparición de un hombre, una divinidad de pelo rubio que no habla y que no tiene título o nombre ni oficial ni oficioso...

Jesse miró a Maharet, que tenía la vista como perdida, sin expresión, con una mano apoyada en el brazo de la silla.

La mesa estaba repleta de periódicos. Diarios en francés, en indostaní, y también en inglés.

—... de Lynkonos a otras varias islas próximas antes de que se avisara al ejército. Anteriores estimaciones indican que unos dos mil hombres podrían haber sido muertos en este pequeño archipiélago tocando a una punta de Grecia.

Maharet pulsó un botón en el pequeño mando negro que tenía en la mano y la pantalla se desvaneció. Pareció como si el aparato entero se hubiese desvanecido, diluyéndose en la oscura madera, a la par que las ventanas se hacían transparentes y las copas de los árboles aparecían en interminables y neblinosos planos recortados contra el cielo violento. Muy a lo lejos, Jesse vio las centelleantes luces de Santa Rosa, acunadas en las oscuras colinas. Pudo oler el sol que había entrado en la sala; pudo sentir el calor evaporándose lentamente a través del techo de cristal.

Miró a los demás, que estaban sentados en un silencio aturdido. Marius contemplaba enfurecido la pantalla de televisión, los periódicos que se extendían ante él.

—No hay tiempo que perder —dijo rápidamente Khayman a Maharet—. Tienes que proseguir el relato. No sabemos cuándo llegará.

Hizo un imperceptible gesto y los periódicos que llenaban la mesa se apartaron a un lado, quedaron hechos una pelota que fue lanzada en silencio y por una mano invisible al fuego. Allí el papel fue devorado por una gran llamarada que envió una lluvia de chispas hacia la enorme boca de la chimenea.

Jesse sufrió un repentino mareo. Todo era demasiado precipitado. Clavó la vista en Khayman. ¿Llegaría a acostumbrarse algún día? ¿A sus rostros de porcelana y a sus súbitas expresiones violentas, a sus blandas voces humanas y a sus casi imperceptibles movimientos?

¿Era producto de la Madre aquello? Matanza de varones. El entramado vital de aquellas gentes ignorantes, destruido por completo. Una fría sensación de amenaza se cernió sobre ella. Buscó una señal de inteligencia, de comprensión, en el rostro de Maharet.

Pero el rostro de Maharet estaba rígido. No había

contestado a Khayman. Muy despacio, se volvió hacia la mesa y cruzó las manos bajo la barbilla. Sus ojos tenían una expresión apagada, remota, como si no vieran nada de lo que tenían delante.

—El hecho es que tiene que ser destruida —dijo Marius, como si no pudiera contenerse más. El color ardió en sus mejillas, sorprendiendo a Jesse, porque en su rostro habían hecho su aparición momentánea las facciones de un hombre corriente. Y, ahora que habían desaparecido de nuevo, visiblemente temblaba de rabia—. Hemos desatado a un monstruo, y es responsabilidad nuestra apresarlo de nuevo.

—¿Y cómo podremos hacerlo? —preguntó Santino—. Hablas como si fuera una simple cuestión de decidirse. ¡No puedes matarla!

—Perdiendo nuestras vidas, pero se podrá hacer —dijo Marius—. Si actuamos coordinados, acabaremos con esto de una vez por todas, como hace ya tiempo que debería haber acabado. —Los miró a todos, uno a uno, deteniendo la vista en Jesse. Luego la desvió hacia Maharet—. El cuerpo no es indestructible. No está hecho de mármol. Puede ser agujereado, cortado. Yo mismo lo he horadado con mis colmillos. ¡He bebido su sangre!

Maharet hizo un pequeño gesto elusivo, como queriendo decir que aquéllas eran cosas sabidas de todos.

—¿Y si la matamos, nos matamos a nosotros? —inquirió Eric—. Si es así, propongo que nos vayamos de aquí. Propongo que nos ocultemos de ella. ¿Qué ganamos quedándonos aquí?

—¡No! —exclamó Maharet.

—Os matará uno a uno si lo hacéis —dijo Khayman—. Estáis vivos porque os guarda para sus proyectos.

—Por favor, ¿quieres continuar con la narración?

—intervino Gabrielle, hablando directamente a Maharet. Todo el tiempo se había mantenido a la expectativa, y sólo de tanto en tanto escuchaba a los demás—. Quiero saber el resto —dijo—. Quiero oírlo todo. —Se echó hacia adelante, y apoyó los brazos cruzados en la mesa.

—¿Creéis que en esos cuentos de viejas descubriréis algún método para derrotarla? —preguntó Eric—. Estáis locos si pensáis eso.

—Prosigue con la historia, por favor —dijo Louis—. Quiero... —dudó—, yo también quiero *saber* lo que pasó.

Maharet lo escrutó durante un largo momento.

—Sigue, Maharet —dijo Khayman—. Porque, con toda probabilidad, la Madre será destruida, y ambos sabemos cómo y por qué, y toda esa palabrería no significa nada.

—¿Qué puede significar la profecía ahora, Khayman? —interrogó Maharet con voz grave, moribunda—. ¿Caeremos en el mismo error en que ha caído la Madre? Podemos aprender del pasado. Pero el pasado no nos salvará.

—Tu hermana vendrá, Maharet. Vendrá como prometió.

—Khayman —dijo Maharet con una sonrisa estirada y amarga.

—Cuéntanos qué ocurrió —dijo Gabrielle.

Maharet permaneció inmóvil, como si intentase encontrar una forma de empezar. En el intervalo, el cielo tras las ventanas se oscureció. Sin embargo, un ligerísimo tinte rojizo apareció en el lejano poniente, incrementando más y más su brillo contra las nubes grises. Finalmente se disipó y todos hubieran quedado envueltos en la oscuridad absoluta de no ser por el resplandor del fuego y el brillo mortecino de las paredes de cristal, que ahora se habían convertido en espejos.

—Khayman os llevó a Egipto —dijo Gabrielle—. ¿Qué visteis allí?

—Sí, nos llevó a Egipto —confirmó Maharet. Exhaló un suspiro y reclinó la espalda en la silla, con la mirada fija en la mesa ante sí—. No había escapatoria; Khayman nos habría llevado a rastras. Pero la verdad es que aceptamos que teníamos que ir. Durante veinte generaciones habíamos hecho de intermediarias entre los hombres y los espíritus. Si Amel había cometido alguna gran maldad, nosotras intentaríamos remediarla. O al menos... como os dije al empezar la reunión entorno a esta mesa... intentaríamos comprender.

»Dejé a mi hija. La dejé al cuidado de las mujeres en quien confiaba más. La besé. Le conté algunos secretos. Y entonces la dejé; y partimos, a cuestas de la litera real, como si fuéramos huéspedes y no prisioneras (como antes) del Rey y de la Reina de Kemet.

»Khayman fue amable con nosotras durante la larga marcha, pero se mantuvo sombrío y silencioso, evitando mirarnos directamente a los ojos. E hizo bien, puesto que no habíamos olvidado que habíamos sido ultrajadas. Luego, la última noche, acampados a orillas del gran río (que cruzaríamos a la mañana siguiente para llegar al palacio real) Khayman nos llamó a su tienda y nos contó todo lo que sabía.

»Sus modales eran corteses, decorosos. Y, mientras escuchábamos, intentamos dejar de lado nuestras sospechas personales. Nos contó lo que el demonio (como él lo llamaba) había hecho.

»Solamente horas después de nuestra expulsión de Egipto, había advertido que algo lo estaba acechando, alguna oscura y malvada fuerza. A todas partes adonde iba sentía su presencia, aunque a la luz del día tenía tendencia a esfumarse.

»Luego las cosas en el interior de su casa empezaron a cambiar de lugar, cambios que los demás no notaban. Al principio creía que se estaba volviendo loco. Sus instrumentos de escribir no estaban donde debían estar; y tampoco el sello que utilizaba el mayordomo general. Luego, en momentos diversos (y siempre cuando se hallaba solo) aquellos objetos salían disparados contra él, dándole en la cabeza, o aterrizando a sus pies. Algunos aparecían en los lugares más ridículos. El gran sello podía encontrarlo, por ejemplo, en su cerveza o en su caldo.

»Pero no se atrevía a contárselo al Rey y a la Reina. Sabía que los causantes eran nuestros espíritus; y decirlo habría significado sentencia de muerte para nosotras.

»Y así guardó para sí un terrible secreto, mientras las cosas empeoraban cada vez más. Adornos que había conservado como tesoros desde su infancia aparecían hechos añicos y cayendo como una lluvia sobre él. Los amuletos sagrados eran lanzados al retrete; excrementos sacados del pozo negro manchaban las paredes.

»Apenas podía soportar estar en su propia casa, pero mandaba a sus esclavos que no contasen nada a nadie y, si huían despavoridos, él mismo limpiaba su propio lavabo y barría el lugar como un sirviente inferior.

»Pero él también se sentía aterrorizado. Allí, en su casa, había algo con él. Podía olerle el aliento, sentirlo en su rostro y podía jurar que, de vez en cuando, sentía sus dientes, agudos como agujas.

»Al final, ya desesperado, empezó a hablar a la cosa, a suplicarle que se fuera. Pero aquello sólo pareció aumentar sus fuerzas. Al dirigirle la palabra, doblaba su poder. Vaciaba la bolsa de monedas de Khayman en el suelo y hacía tintinear las monedas de oro unas contra otras durante toda la noche. Le volcaba la cama, de tal modo que aterrizaba de bruces en el suelo. Le ponía arena en los zapatos cuando no miraba.

»Habían pasado ya seis meses desde que habíamos salido del reino. Se estaba volviendo loco. Quizá nosotras estábamos fuera de peligro. Pero él no encontraba lugar para estar a salvo y no sabía dónde buscar ayuda, ya que el espíritu lo estaba horrorizando realmente.

»Entonces, en el silencio de la noche, mientras yacía preguntándose qué nueva jugarreta estaría tramando, oyó de repente unos fuertes golpes en la puerta. Estaba aterrado. Sabía que no tenía que responder, que los golpes no provenían de mano humana. Pero, al final, no lo pudo soportar más. Dijo sus oraciones y abrió la puerta de par en par. Y lo que contempló fue el horror de los horrores: la momia putrefacta de su padre con la repugnante mortaja hecha trizas, apoyada en la pared.

»Por supuesto sabía que no había vida en el rostro encogido y arrugado o en los ojos muertos que lo miraban fijamente. Alguien o algo había desenterrado el cuerpo de su mastaba desierta y lo había traído allí. Aquél era el cadáver de su padre, pútrido, hediondo; el cadáver de su padre con todos sus objetos sagrados, el cadáver debería haber sido consumido, en el banquete funerario que les correspondía, por Khayman y sus hermanos y hermanas.

»Khayman cayó de rodillas llorando, casi chillando. Y entonces, ante sus ojos incrédulos, ¡la momia se movió! ¡La momia se puso a bailar! Sus miembros pegaban sacudidas a un lado y a otro, arriba y abajo, mientras que la mortaja caía a pedazos, hasta que Khayman entró corriendo en casa y cerró la puerta a aquel espectáculo. Y el cadáver se lanzó contra la puerta, aporreándola a puñetazos (o eso parecía), exigiendo que le dejase entrar.

»Khayman invocó a todos los dioses de Egipto clamando que le libraran de aquella monstruosidad.

Llamó a los guardias de palacio; llamó a los soldados del Rey. Maldijo a aquel espíritu demoníaco y le ordenó que lo dejase en paz; y Khayman, en su furia, se puso a lanzar objetos y a dar patadas a las monedas de oro.

»Todo el palacio se precipitó por los jardines reales, hacia la casa de Khayman. Pero el demonio parecía hacerse más y más fuerte. Los postigos batían contra la pared y eran arrancados de cuajo. Los escasos restos del precioso mobiliario que aún poseía Khayman empezaron a desplazarse por el suelo y a dar saltos.

»Pero aquello fue sólo el principio. Al alba, cuando los sacerdotes entraban en la casa para exorcizar al demonio, un impetuoso viento llegó del desierto, arrastrando consigo nubes de arena cegadora. Khayman huyó y, a todas partes adonde fue, el viento lo persiguió; finalmente se contempló a sí mismo y vio que tenía los brazos recubiertos de pequeñas picaduras y gotitas de sangre. Incluso sus párpados habían sido atacados. Se encerró en un armario para conseguir algo de paz. Y el espíritu reventó el armario, echando a volar todas sus partes. Y Khayman quedó llorando en el suelo.

»La tormenta continuó durante días. Cuanto más rezaban y cantaban los sacerdotes, más enfurecido estaba el espíritu.

»El Rey y la Reina estaban consternados más allá de lo posible. Los sacerdotes echaron conjuros al demonio. La gente daba las culpas de los sucesos a las hechiceras de pelo rojo. Exclamaban que nunca se debía haber permitido que abandonaran la tierra de Kemet. Tenían que encontrarnos a toda costa, tenían que llevarnos de nuevo a Egipto para ser quemadas vivas. Y entonces el demonio se calmaría.

»Pero las viejas familias no estaban de acuerdo con este parecer. La opinión de éstas era clara. ¿No habían desenterrado los dioses el cuerpo pútrido del padre de Khayman para mostrar que los comedores de carne habían hecho siempre lo que complacía a los cielos? No, eran el Rey y la Reina quienes estaban equivocados, el Rey y la Reina quienes debían morir. El Rey y la Reina, que habían llenado el país de momias y supersticiones.

»Y el reino estuvo al borde de la guerra civil.

»Al final el mismo Rey fue a ver a Khayman, quien estaba en su casa, sentado y llorando desconsoladamente, con una tela tirada encima como un sudario. Y el Rey habló con el espíritu maligno, aun mientras iba infligiendo picaduras a Khayman que manchaban de gotas de sangre la tela que lo envolvía.

»—Pero piensa en lo que las hechiceras nos contaron —decía el Rey—. No son sino espíritus, no demonios. Y se puede hacerlos entrar en razón. Sólo con que pudiera hacerme oír por ellos como hacían las hechiceras, sólo con que pudiera hacerlos responder...

»Pero aquella pequeña charla no hizo más que encolerizar al espíritu. Destrozó lo que aún no había sido destruido de los pequeños muebles. Arrancó la puerta de las bisagras; arrancó de raíz los árboles del jardín y los esparció por el suelo. Y pareció que, por el momento, mientras arrasaba los jardines de palacio despedazando todo lo que se ponía a su alcance, se olvidaba por completo de Khayman.

»Y el Rey fue tras el espíritu, suplicándole que lo reconociera y que hablase con él, y que compartiera sus secretos. Permaneció en la misma nube del torbellino creado por él, sin temor alguno, extático.

»Finalmente apareció la Reina. Con una voz poderosa y penetrante también se dirigió al demonio:

»—¡Nos castigas por el dolor de las hermanas pelirrojas! —gritó—. Pero, en lugar de eso, ¡por qué no nos sirves!

»De inmediato, el espíritu demoníaco desgarró sus ropas y le infligió un gran ataque, como había hecho anteriormente con Khayman. La Reina intentó protegerse los brazos y el rostro, pero fue imposible. Y el Rey la cogió, y juntos echaron a correr hacia la casa de Khayman.

»—Vete, ahora —dijo el Rey a Khayman—. Déjanos solos con esta cosa, puesto que queremos aprender de ella, queremos comprender lo que quiere.

»Llamó a los sacerdotes y, a través del torbellino, les dijo lo que nosotras le habíamos explicado, que el espíritu odiaba a la humanidad porque éramos a la vez espíritu y carne. Pero que él conseguiría atraparlo, reformarlo y controlarlo. Porque él era Enkil, el Rey de Kemet, y podría hacerlo.

»El Rey y la Reina entraron en casa de Khayman, y el espíritu maligno con ellos, devastando la estancia; sin embargo, allí se quedaron. Khayman, ahora que había quedado libre de la cosa, se tendió en el suelo de palacio, exhausto, temiendo por sus soberanos, pero sin saber qué hacer.

»La Corte entera estaba en un gran tumulto; los hombres se peleaban entre ellos; las mujeres lloraban; algunos incluso abandonaban el palacio por miedo a lo que pudiese ocurrir.

»Durante dos días y dos noches, el Rey permaneció con el demonio; y también la Reina. Y entonces, las familias antiguas, las comedoras de carne, se reunieron al exterior de la casa. El Rey y la Reina estaban en un grave error; era el momento de que tomaran en sus manos el futuro de Kemet. A la caída de la noche, entraron en la casa con su misión mortal, con las dagas levantadas. Iban a matar al Rey y a la Reina; y si el pueblo alborotaba en protesta, dirían que el espíritu era el causante; y ¿quién podría afirmar lo contrario? ¿Y no se aplacaría el espíritu cuando el Rey y la Reina estuvieran muertos, el Rey y la Reina que habían perseguido a las hechiceras pelirrojas?

»Fue la Reina quien primero los vio venir; cuando se precipitó a su encuentro con el grito de alarma, ellos hundieron sus dagas en su pecho; la Reina cayó mortalmente herida. El Rey corrió en su ayuda y también lo acuchillaron, con la misma impiedad; y huyeron veloces de la casa, ya que el espíritu no cesaba sus persecuciones.

»Y Khayman, mientras tanto, había permanecido arrodillado en un extremo del jardín, abandonado por los guardias, que lo habían considerado partidario de los comedores de carne. Y él esperaba morir con los demás sirvientes de la familia real. Luego oyó un gran gemido de la boca de la Reina. Un gemido como nunca había oído. Cuando los comedores de sangre oyeron tales ululatos, abandonaron el lugar definitivamente.

»Fue Khayman, el leal mayordomo del Rey y la Reina, quien tomó una antorcha y fue en ayuda de sus soberanos.

»Nadie intentó detenerlo. Todos se alejaron despavoridos. Sólo Khayman entró en la casa.

»Dentro, salvo por la luz de la antorcha, todo estaba negro como un pozo. Y Khayman vio lo siguiente:

»La Reina estaba tendida en el suelo, retorciéndose de agonía, mientras la sangre brotaba de sus heridas y una gran nube rojiza la envolvía; era como si un remolino diera vueltas a su alrededor, como una ráfaga de viento huracanado arrastrando incontables gotitas de sangre. Y, en el centro de aquel viento atorbellinado o lluvia o como pudiera llamársele, la Reina se retorcía y daba vueltas sobre sí misma, con los ojos en blanco. El Rey yacía espatarrado de espaldas al suelo.

»El primer instinto de Khayman fue abandonar el lugar. Irse tan lejos como pudiese. En aquel momento, deseó marcharse de su país para siempre. Pero aquélla era su Reina, aquella que yacía jadeando terriblemente, con la espalda arqueada, con las manos arañando el suelo.

»Luego, la gran nube de sangre que cubría a la Reina, hinchándose y contrayéndose a su entorno, se hizo más densa y, de súbito, como absorbida por las heridas de la Reina, desapareció. El cuerpo de la Reina quedó inmóvil; pero, a los pocos momentos, se incorporó despacio hasta quedarse sentada, con los ojos mirando al frente y, antes de que se inmovilizara de nuevo, un grandioso grito gutural salió desgarrando su garganta.

»Mientras la Reina miraba fijamente a Khayman, no se oyó ni un solo sonido, excepto el chisporroteo de la antorcha. Entonces, Akasha, con los ojos desorbitados, empezó a jadear con aspereza, como si fueran los estertores de la muerte; pero no lo eran. Con la mano se protegió los ojos de la brillante luz de la antorcha, como si le hiriera la vista; y se volvió y vio a su esposo tendido junto a ella como si estuviera muerto.

»En su agonía lo negó a gritos: no podía ser. Y, en el mismo instante, Khayman se percató de que las heridas de la Reina estaban cicatrizando, de que las profundas cuchilladas ya no eran más que arañazos en la piel, superficiales.

»—¡Alteza! —dijo Khayman.

»Y se acercó a ella, que permanecía de rodillas, agachada, llorando y contemplando sus brazos, que los cortes de las dagas habían desgarrado, y sus pechos, que volvían a estar enteros. Sollozaba patéticamente al contemplar aquellas heridas que sanaban. De súbito, con sus largas uñas, rasgó su propia piel, la sangre brotó con fuerza, y ¡la herida cicatrizó de inmediato!

»—¡Khayman, mi Khayman! —gritó, cubriendo sus ojos para no ver la luz de la antorcha—. ¡Qué me ha ocurrido! —Y sus gritos se hicieron más y más fuertes; cayó encima del Rey, en un ataque de pánico, chillando—: Enkil, ayúdame. ¡Enkil, no te mueras! —Y otras exclamaciones y locuras que uno grita en medio de una desgracia.

»Y mientras contemplaba al Rey, un cambio horroroso se operó en ella. Se lanzó al Rey como si fuera un animal hambriento y, con su larga lengua, lamió la sangre que le recubría la garganta y el pecho. Khayman nunca había visto tal espectáculo. Akasha era una leona del desierto lamiendo la sangre de una presa recién cazada. Con la espalda encorvada y con las rodillas levantadas, tiró hacia ella del cuerpo indefenso del Rey y le mordió la arteria de la garganta.

»Khayman dejó caer la antorcha. Retrocedió hasta llegar a medio camino de la puerta abierta. Aunque estaba decidido a correr por su vida, oyó la voz del Rey y se detuvo. Débilmente, el Rey hablaba:

»—Akasha —decía—, mi Reina. —Y ella, incorporándose, temblando, llorando, miró su propio cuerpo y el cuerpo de Enkil, su propia piel lisa y la de él, desgarrada aún por numerosas heridas.

»—Khayman —le gritó—. Tu puñal. Dámelo. Se han llevado todas las armas. Tu puñal. Dámelo ahora mismo.

»Khayman obedeció de inmediato, aunque pensaba que vería a su Rey morir definitivamente. Pero la Reina, con el puñal, se cortó sus propias muñecas y procuró que la sangre cayese en las heridas de su esposo: y vio que las curaba. Y, con grandes exclamaciones de júbilo, manchó con sangre el rostro desgarrado del Rey.

»Las heridas de éste cicatrizaron. Khayman lo vio. Vio cómo los grandes cuchillazos se cerraban. Vio al Rey agitarse, levantar los brazos a un lado y a otro. Con la lengua lamió la sangre que Akasha le había esparcido por el rostro y que ahora se escurría hacia el pecho. Luego, alzándose en aquella misma postura animal en que se había colocado la Reina poco antes, el Rey abrazó a su esposa y abrió su boca en la garganta de ella.

»Khayman había visto ya suficiente. En la luz parpadeante de la moribunda antorcha, aquellas dos figuras se habían convertido, para él, en fantasmas, en espíritus malignos. Retrocedió, salió de la pequeña casa y se dirigió hacia el muro del jardín. Y allí pareció perder la consciencia: cayó y notó el contacto de la hierba en su rostro.

»Cuando despertó, se hallaba tumbado en una cama dorada de los aposentos de la Reina. Todo el palacio estaba en un silencio absoluto. Advirtió que le habían cambiado las ropas, que le habían lavado la cara y las manos, y que en la estancia sólo había una tenue luz y dulce incienso, y que las puertas que daban al jardín estaban abiertas como si no hubiera nada que temer.

»Luego, en las sombras, vio al Rey y a la Reina, que estaban junto a él y lo miraban; sólo que aquéllos no eran su Rey y su Reina. Iba a gritar, iba a dar voz a gritos tan horripilantes como los que nunca había oído; pero la Reina lo apaciguó.

»—Khayman, mi Khayman —dijo. Y le entregó su bellísimo puñal de mango dorado—. Nos has servido bien.

»Aquí Khayman hizo una pausa en su relato.

»—Mañana por la noche —dijo—, cuando el sol se ponga, veréis con vuestros propios ojos lo que ha sucedido. Porque entonces y sólo entonces, cuando toda claridad se haya desvanecido en el cielo de poniente, el Rey y la Reina aparecerán en las estancias de palacio y veréis lo que yo he visto.

»—Pero ¿por qué sólo de noche? —le pregunté—. ¿Qué significa todo esto?

»Y nos contó que, no hacía aún una hora que había despertado, y el sol ni siquiera había salido, el Rey y la Reina habían empezado a apartarse de las puertas abiertas del palacio gritando que la luz les hería los ojos. Anteriormente ya habían huido de antorchas y lámparas; y ahora parecía que el amanecer los persiguiera; y que no hubiese lugar en el palacio que pudiera ocultarlos.

»Escabullidos, envueltos en ropas, abandonaron el palacio. Corrieron con una rapidez que ningún ser humano era capaz de igualar. Corrieron hacia las mastabas, o tumbas de las familias antiguas, de las familias que habían sido obligadas, con toda pompa y ceremonia, a hacer momias de sus muertos. Es decir, a los lugares sagrados que nadie profanaría. Corrieron tan aprisa que Khayman no los pudo alcanzar. No obstante, el Rey se detuvo un momento e imploró misericordia al dios del sol Ra. Luego, sollozando, protegiendo los ojos del sol, gritando como si el astro los quemase aunque su luz apenas había llegado al cielo, el Rey y la Reina desaparecieron de la vista de Khayman.

»—Desde entonces no hubo ni un solo día que aparecieran antes del ocaso; salían del cementerio sagrado, aunque nadie sabía exactamente de dónde. De hecho, el pueblo los esperaba ahora reunido en una gran multitud, los saludaba como si fueran dios y diosa, la misma imagen de Isis y Osiris, divinidades de la Luna, echaba flores a su paso, se inclinaba ante ellos.

»"Porque por todas partes corrió la voz de que el Rey y la Reina, con algún poder celestial, habían vencido a la muerte de manos de sus enemigos; que eran dioses, inmortales e invencibles; y que con aquel mismo poder eran capaces de leer los corazones de los hombres. Que no se les podía ocultar ningún secreto; que sus enemigos serían castigados en el acto; que podían oír las palabras que uno sólo oye en el interior de su cabeza. Eran y son temidos por todos.

»"Sin embargo yo sé, como todos sus criados fieles, que no pueden soportar una vela o una luz muy cerca; que se ponen a chillar ante el brillo de la luz de una antorcha; y que cuando ejecutan a sus enemigos en secreto, ¡beben su sangre! La beben, os lo aseguro. Como felinos salvajes, se alimentan de sus víctimas; después de la carnicería, el lugar parece la guarida de un león. Y soy yo, Khayman, su mayordomo de confianza, quien debe recoger esos cadáveres y arrastrarlos hasta la fosa. —Khayman se interrumpió y dio rienda suelta a sus sollozos.

»Pero la historia había terminado; y era casi el amanecer. El sol salía detrás de las montañas del este; nos preparamos para cruzar el poderoso Nilo. El calor del desierto aumentaba; Khayman se acercó al río mientras la primera gabarra de soldados emprendía la travesía. Aún estaba llorando cuando el sol dio de lleno en el río cuando vimos las aguas incendiarse.

»—El dios sol, Ra, es el dios más antiguo y más grande de todo Kemet —susurró—. Y este dios se ha vuelto contra ellos. ¿Por qué? En secreto, el Rey y la Reina lloran su destino; la sed los enloquece; temen que aumente más de lo que puedan soportar. Tenéis que salvarlos. Tenéis que hacerlo por nuestro pueblo. No han enviado en vuestra busca para acusaros ni haceros daño alguno. Os necesitan. Sois hechiceras poderosas. Haced que el espíritu deshaga su maleficio. —Luego, mirándonos, recordando todo lo que nos había ocurrido, estalló en lágrimas de desesperación.

»Mekare y yo no respondimos. La gabarra estaba esperándonos para llevarnos a palacio. Y, a través del reflejo del agua, contemplamos la interminable hilera de edificios con las paredes decoradas con pinturas que formaban la ciudad regia, y nos preguntamos qué consecuencias acarrearía finalmente aquel horror.

»Al poner el pie en la gabarra pensé en mi hija y, de repente, supe que yo moriría en Kemet. Quise cerrar los ojos y preguntar a los espíritus en un hilo de secreta voz si era realmente lo que iba a ocurrir, pero no osé. No podía permitir que me arrebataran mi última esperanza.

Maharet se puso en tensión.

Jesse observó que sus hombros se erguían, que los finos dedos de su mano derecha se movían encima de la mesa, encogiéndose y extendiéndose, al tiempo que las uñas doradas centelleaban por el fulgor del fuego.

—No quiero que temáis —dijo con una voz que se deslizaba hacia la monotonía—. Pero quiero que sepáis que la Madre ha cruzado el gran océano occidental. Ella y Lestat están ahora más cerca...

Jesse percibió el estremecimiento de alarma que recorrió a todos los que estaban entorno a la mesa. Maharet continuó rígida, escuchando, o quizá viendo; las pupilas de sus ojos se movían imperceptiblemente.

—Lestat llama —dijo Maharet—. Pero su llamada es demasiado débil para que podamos oír palabras, demasiado débil para formar imágenes. No ha sufrido daño alguno, sin embargo; ese extremo lo puedo confirmar... y también que ahora me queda poco tiempo para acabar la historia.

7

LESTAT: EL REINO DE LOS CIELOS

El Caribe. Haití. El Jardín de Dios.

Me hallaba en la cima de la colina, bajo el claro de luna, e intentaba no ver aquel paraíso. Intentaba imaginarme a los que amaba. ¿Estarían reunidos aún en el bosque de cuento de hadas, en el bosque de árboles monstruosos donde yo había visto rondar a mi madre? ¡Si pudiera ver sus caras, oír sus voces! Marius, no seas el padre furioso. ¡Ayúdame! ¡Ayúdanos a todos! No me rindo, pero me doy cuenta de que estoy perdiendo. Estoy perdiendo mi mente y mi alma. Mi corazón, ya no lo tengo. Le pertenece a ella.

Pero estaban más allá de mi alcance; una gran extensión de kilómetros nos separaba; no tenía el poder de salvar tal distancia.

En lugar de ello, contemplé aquellas colinas verdosas, salpicadas de pequeñas granjas, una imagen del mundo de ilustración de libro, con flores creciendo en profusión, con las rojas *poinsettias* elevadas como árboles. Y las nubes, siempre cambiantes, zallando como altos veleros con viento en popa. ¿Qué pensaron los europeos al ver por primera vez aquella tierra fecunda rodeada por el mar centelleante? ¿Que era el Jardín de Dios?

Y pensar que los europeos habían llevado allí la

muerte, provocando la desaparición de los nativos en pocos años, destruidos por la esclavitud, por las enfermedades y las crueldades sin fin. No queda ni un solo descendiente de sangre de aquellos seres pacíficos que habían respirado aquel aire balsámico, que habían recogido los frutos de los árboles que maduraban todo el año, y que quizás habían creído que sus visitantes eran dioses que no podrían sino devolverles su amabilidad.

Ahora, a lo lejos, en las calles de Puerto Príncipe, tumultos y muerte se desataban, y no por causa nuestra. La historia invariable de este lugar sangriento, donde la violencia ha florecido durante cuatrocientos años como florecen las flores; y eso a pesar de que el espectáculo de las colinas surgiendo a través de la niebla podía romper el corazón.

Pero nosotros habíamos llevado a cabo a la perfección nuestro trabajo (ella, porque era la autora, y yo, porque no hice nada para detenerla), nuestra tarea en los pequeños pueblos desparramados a lo largo de la sinuosa carretera que conduce a esta cima boscosa. Pueblos de diminutas casas pintadas de colores pastel y bananos silvestres, y de gente tan pobre, con tanta hambre. Aún en aquellos momentos las mujeres cantaban sus himnos y, a la luz de las velas y de la iglesia en llamas, enterraban a sus muertos.

Estábamos solos. Mucho más allá del final de la estrecha carretera, donde el bosque crece de nuevo, ocultando las ruinas de una antigua mansión que un tiempo había presidido el valle como si de un castillo se tratara. Hacía siglos que los colonos la habían abandonado, siglos que habían danzado, cantado y bebido su propio vino en el interior de aquellas estancias (que ahora se desmoronaban) mientras los esclavos lloraban.

La buganvilla, fluorescente bajo la luz del claro de luna, trepaba por las paredes de ladrillo. Un gran árbol había brotado de entre las baldosas del suelo, y ahora, cargado de capullos blancos, empujaba con sus nudosas ramas los últimos restos de vigas que un tiempo habían sostenido el tejado.

Ah, quedarse allí para siempre, y con ella. Y olvidar el resto. Sin muerte, sin matanza.

Ella suspiró; dijo:

—Éste es el Reino de los Cielos.

En la pequeña aldea de más abajo, las mujeres habían perseguido, descalzas y con porras en la mano, a los hombres. Y el sacerdote vudú había echado sus antiguas maldiciones mientras lo atrapaban en el cementerio. Yo me había ido de la escena de la carnicería; había subido solo a la montaña. Huyendo, furioso, incapaz de soportar por más tiempo ser testigo de la atrocidad.

Ella había venido después, me había encontrado en estas ruinas, buscando agarrarme a algo que pudiera comprender. La reja de hierro, la campana oxidada; las columnas de ladrillo abrazadas por las enredaderas; objetos fabricados con las manos que habían resistido al tiempo. Oh, cómo se había reído de mí.

La campana que había llamado a los esclavos, dijo; ésta era la morada de los que habían inundado esta tierra de sangre; ¿por qué me habían herido, por qué me habían empujado hasta aquí los himnos de almas simples que habían sido exaltadas? ¡Si todas las casas como aquélla hubiesen caído en ruinas! Nos habíamos peleado. Peleado de veras, como se pelean los amantes.

—¿Es eso lo que quieres? —había dicho ella—. ¿No volver a probar nunca más la sangre?

—Era algo simple; sí, peligroso, pero simple. Hice lo que hice para permanecer vivo.

—Oh, me entristeces. Mentiras así. Mentiras así. ¿Qué tengo que hacer para que veas? ¡Eres tan ciego, tan egoísta!

Lo había vislumbrado de nuevo, el dolor de su rostro, el súbito destello de dolor que la humanizaba por completo. Había extendido los brazos hacia ella.

Y durante horas habíamos permanecido abrazados, o eso pareció.

Y ahora la paz y la quietud; me alejé del borde del precipicio y la volví a tomar en mis brazos. Al mirar las grandes y encumbradas nubes a través de las cuales la luna vertía su misteriosa luz, oí que decía:

—Éste es el Reino de los Cielos.

Cosas tan simples como estar tendidos juntos o sentados en un banco de piedra, ya no importaban. En pie, con mis brazos atados a su entorno, era la pura felicidad. Y había bebido de nuevo el néctar, su néctar, a pesar de que había estado llorando y pensando. «Ah, bien, te disuelves como una perla en el vino. Has desaparecido, diablillo, has desaparecido, y lo sabes, en ella. Estabas allí y contemplabas cómo morían; estabas y contemplabas.»

—No hay vida sin muerte —susurró ella—. Yo soy el camino, el camino indiscutible de la única esperanza de vida que jamás existió. —Sentí sus labios en mi boca.

Me pregunté si ella volvería a hacer lo que había hecho en la cripta. ¿Nos uniríamos en un circuito cerrado como otrora, tomándonos mutuamente la sangre caliente?

—Escucha cómo cantan en los pueblos, puedes oírlo.

—Sí.

—Y escucha los sonidos no tan dulces de la ciudad, a lo lejos. ¿Sabes cuánta muerte hay en la ciudad esta noche? ¿Cuántos han sido masacrados? ¿Sabes cuántos más morirán a manos de los hombres, si no cambiamos el destino del lugar? ¿Si no lo arrasamos con una nueva aparición? ¿Sabes cuánto tiempo hace que dura esta guerra?

Siglos atrás, en mi época, había sido la colonia más rica de la corona francesa. Abundante en tabaco, índigo, café. En una estación se habían hecho fortunas. Y, ahora, la gente malvivía de lo que recogía; andaban descalzos por las sucias calles de sus ciudades; las metralletas escupían balas en la ciudad de Puerto Príncipe; los muertos, en camisas coloreadas, yacían amontonados en el pavimento. Los niños recogían con latas agua de las cloacas. Los esclavos se habían levantado; los esclavos habían ganado; los esclavos lo habían perdido todo.

Pero es su destino; su mundo; de ellos, de los que son humanos.

Rió suavemente.

—¿Y nosotros qué somos? ¿Somos inútiles? ¿Cómo justificar lo que somos? ¿Cómo permanecer al margen? ¿Cómo contemplar lo que no se desea cambiar?

—Supongamos que sea una equivocación —dije—, y que el mundo quede peor a causa de ello y que al final todo sea un horror irrealizable, imposible de llevar a término, entonces ¿qué? Todos esos hombres en sus tumbas, el mundo entero una tumba, una pira funeraria. Y nada, es mejor. Es un error, un error.

—¿Quién te va a decir que es un error?

No respondí.

—¿Marius? —¡Qué burlona rió!—. ¿No te das cuenta de que ahora no hay padres, furiosos o no?

—Hay hermanos. Y hay hermanas —repuse—. Y en cada uno encontramos a nuestros padres y a nuestras madres, ¿no es así?

De nuevo rió, pero fue una risa más amable.

—Hermanos y hermanas —dijo—. ¿Te gustaría ver a los verdaderos hermanos y hermanas?

Levanté la cabeza de su hombro. Besé su mejilla.

—Sí. Quiero verlos. —Mi corazón volvía a palpitar

violentamente—. Por favor —dije mientras besaba su garganta, sus pómulos, sus ojos cerrados—. Por favor.

—Bebe otra vez —susurró.

Sentí su pecho hinchado contra mí. Apliqué mis dedos en su cuello y volvió a ocurrir el pequeño milagro, la súbita rotura de la costra, y el néctar manó en mi boca.

Una gran oleada de calor me inflamó. No había gravedad, no había ni tiempo ni lugar específicos. «Akasha.»

Entonces vi las secoyas, la casa con las luces encendidas en su interior y, en la sala de la cima de la montaña, la mesa, y todos alrededor de ella, sus rostros reflejados en las paredes de cristal oscuro y las llamas danzantes en el hogar. Marius, Gabrielle, Louis, Armand. ¡Están juntos y están a salvo! ¿Lo estoy soñando? Están escuchando a una mujer pelirroja. ¡Conozco a esa mujer! He visto a esa mujer.

Aparecía en el sueño de las gemelas pelirrojas.

Pero yo quería ver aquello, aquella reunión de inmortales entorno a la mesa. La joven pelirroja, la que está junto a la mujer, también la he visto. Pero estaba viva entonces. En el concierto de rock, en el frenesí, la había abrazado y había mirado en sus ojos enloquecidos. La había besado y había pronunciado su nombre, y fue como si se me hubiera abierto un pozo bajo los pies y cayera y cayera en aquellos sueños de las gemelas que en realidad nunca podía recordar. Muros decorados; templos.

De repente todo se desvaneció. «Gabrielle. Madre.» Demasiado tarde. Yo tenía los brazos extendidos. Rodando sobre mí mismo, taladraba la oscuridad.

«Ahora tienes mis poderes. Sólo necesitas tiempo para perfeccionarlos. Puedes provocar la muerte, puedes mover la materia, puedes incendiar. Ahora estás listo para ir con ellos. Pero primero, dejaremos que terminen su ensueño; sus estúpidos planes, sus estúpidas discusiones. Les mostraremos un poco más de nuestro poder...»

«No, por favor, Akasha, por favor, vayamos con ellos.»

Se apartó de mí; me golpeó.

El golpe me hizo tambalear. Temblando, con frío, sentí que el dolor se desparramaba por los huesos de mi cabeza como si sus dedos estuvieran aún abiertos apretándome el rostro. Lleno de rabia, me mordí el labio inferior, dejando que el dolor se inflase y se desinflase. Enfurecido, apreté los puños con fuerza y no hice nada.

Cruzó el viejo suelo de losas con paso decidido, con el pelo que le llegaba hasta la espalda, oscilando. Y se detuvo en la reja caída, irguiendo ligeramente los hombros, con la espalda arqueada como si quisiera plegarse.

Las voces aumentaron; y alcanzaron un tono estridente antes de que pudiera detenerlas. Y luego recedieron, como las aguas que se retiran después de una gran inundación.

Volví a ver las montañas a mi alrededor; vi la casa en ruinas. El dolor de mi rostro había desaparecido, pero yo temblaba.

Se volvió y me miró, tensa, con las facciones angulosas, con los ojos entrecerrados.

—Significan mucho para ti, ¿no? ¿Qué crees que harán o dirán? ¿Crees que Marius se interpondrá en mi camino? Conozco a Marius como tú nunca llegarás a conocerlo. Conozco cada repliegue de su razón. Es tan codicioso como tú. ¿Qué crees que soy para que se me pueda apartar a un lado tan fácilmente? Nací Reina. Siempre he reinado; incluso desde la cripta he reinado. —De pronto sus ojos se pusieron vidriosos. Oí las voces, un murmullo apagado que se intensificaba—.

Reiné, aunque sólo fuera en leyenda; aunque sólo fuera en las mentes de los que venían a mí y me rendían homenaje. Príncipes que tocaban música para mí; que me traían ofrendas y me dirigían plegarias. ¿Qué quieres de mí ahora? ¿Que por ti, renuncie a mi trono, a mi destino?

¿Qué respuesta podía darle?

—Puedes leer mi corazón —dije—. Ya sabes lo que quiero: que te reúnas con ellos, que les des la oportunidad de hablar de tus planes como has hecho conmigo. Ellos poseen argumentos que yo no poseo. Saben cosas que yo no sé.

—Oh, pero Lestat, yo no los amo. No los amo como te amo a ti. Así pues, ¿qué importa lo que digan? ¡No quiero perder el tiempo escuchándolos!

—Pero los necesitas. Dijiste que los necesitabas. ¿Cómo puedes empezar sin ellos? Quiero decir empezar de verdad, no con esos pueblecitos de rincones recónditos, sino con las ciudades donde la gente luchará. Tus ángeles: fue así como los llamaste.

Movió la cabeza con tristeza.

—No necesito a nadie —dijo—, excepto... excepto... —dudó y su rostro quedó vacío de pura sorpresa.

No pude reprimir un pequeño, suave suspiro, una pequeña expresión de pena, de indefensión. Creí ver que sus ojos se nublaban; pareció que las voces aumentaban de volumen, no en mis oídos, sino en los suyos; pareció que me miraba pero que no me veía.

—Pero os destruiré a todos si es preciso —dijo, vagamente, mientras sus ojos me buscaban pero no me encontraban—. Créeme cuando lo digo. Esta vez no me derrotará nadie; no retrocederé. Veré mis sueños realizados.

Dejé de mirarla y dirigí la vista hacia la verja desmoronada, hacia el borde quebrado del precipicio, hacia el valle de a lo lejos. ¿Qué no habría dado yo para que me libraran de aquella pesadilla? ¿Estaría dispuesto a suicidarme? Miraba los campos oscuros, pero tenía los ojos llenos de lágrimas. Era una cobardía pensar en ello; yo era el culpable. Ahora no había escapatoria para mí.

Ella estaba completamente inmóvil, escuchando; parpadeó lentamente; sus hombros se movieron como si ella llevara un gran peso en su interior.

—¿Por qué no puedes creerme? —dijo.

—¡Abandona! —respondí—. Aléjate de todas esas visiones. —Me acerqué a ella y le cogí los brazos. Casi desfalleciendo, levantó la cabeza—. Este lugar en donde estamos es eterno, y esos pobres pueblos que hemos conquistado son los mismos que han existido durante cientos de años. Deja que te muestre mi mundo, Akasha; déjame enseñarte sólo la parte más pequeña. Ven conmigo, como una espía, a las ciudades; no para destruirlas, sino para verlas.

Sus ojos volvían a brillar; la lasitud se interrumpió. Me abrazó, y de repente anhelé otra vez la sangre. Era lo único en que podía pensar, aunque me estaba resistiendo, aunque estaba llorando ante la debilidad total de mi voluntad. La ansiaba. La quería y no podía luchar contra ello; sin embargo, mis viejas fantasías regresaban a mí, aquellas visiones de tanto tiempo atrás en que me imaginaba despertándola, llevándola conmigo a la ópera, a los museos, a las salas de conciertos, a las grandes capitales y a sus grandes almacenes, repletos de todo lo bello e imperecedero que hombres y mujeres han creado a lo largo de siglos y siglos, obras de arte que trascienden toda maldad; todo error, toda falibilidad del alma humana.

—Pero ¿qué voy a hacer con esas insignificancias, amor mío? —susurró—. ¿Y tú quieres enseñarme tu mundo? Ah, qué vanidad. Yo estoy por encima del tiempo, siempre he estado por encima del tiempo.

Pero me estaba contemplando con la expresión más desgarradora. Dolor, eso era lo que vi en ella.

—¡Te necesito! —susurró. Y por primera vez, sus ojos se llenaron de lágrimas.

No pude soportarlo. Sentí que los escalofríos me subían por la espalda, como siempre ocurre en momentos de sorprendente dolor. Pero ella me puso los dedos en los labios para silenciarme.

—Muy bien, amor mío —dijo—. Vamos a reunirnos con tus hermanos y hermanas, si lo deseas. Iremos a ver a Marius. Pero antes, deja que te abrace una vez más, cerca de mi corazón. ¿Ves?, no puedo ser distinta de lo que quería ser. Esto es lo que despertaste con tus canciones; ¡esto es lo que soy!

Quise protestar, negarlo; quise volver a empezar la discusión que nos dividiría y que la heriría. Pero, al mirar en sus ojos, no pude encontrar las palabras. Y de pronto comprendí lo que había sucedido.

Había encontrado el modo de detenerla; había hallado la clave; y había estado ante mis narices todo el tiempo. No era su amor por mí; era su necesidad de mí; la necesidad de un aliado en todo el gran reino; un alma hermana, hecha de la misma sustancia que la suya. Akasha había creído que podría hacerme igual a ella, y ahora se daba cuenta de que no podía.

—Ah, pero estás equivocado —dijo, con los ojos relucientes por las lágrimas—. Sólo ocurre que eres joven y tienes miedo. —Sonrió—. Me perteneces. Y si tengo que destruirte, príncipe, te destruiré.

No dije nada. No podía. Sabía lo que había visto, lo sabía aunque ella no podía aceptarlo. Nunca, en todos sus largos siglos de quietud, se había sentido tan sola; nunca había sufrido este aislamiento definitivo. Oh, no era una cosa tan simple como la compañía de Enkil, o como Marius cuando iba a dejarle las ofrendas; era algo mucho más profundo, muchísimo más importante que aquello, ¡ella sola nunca había librado una batalla de argumentos con los que la rodeaban!

Las lágrimas se derramaban por sus mejillas. Dos hilillos de rojo chillón. La boca le colgaba, las cejas se juntaban en un oscuro fruncimiento, aunque su rostro nunca había estado tan radiante.

—No, Lestat —empezó de nuevo—. Estás equivocado. Pero ahora debemos llevarlo hasta el final; si tienen que morir todos para que te unas a mí, morirán. —Abrió los brazos.

Quise alejarme de ella; quise volver a replicarle, a oponerme a sus amenazas; pero cuando ella se acercó a mí, no me moví.

Aquí; la calidez de la brisa del Caribe; sus manos recorriendo mi espalda; sus dedos peinando mi pelo. El néctar manando dentro de mí otra vez, inundándome de nuevo el corazón. Y finalmente sus labios en mi garganta; el súbito aguijonazo de sus colmillos en mi piel. ¡Sí! ¡Como había ocurrido en la cripta, hacía mucho tiempo, sí! Su sangre y mi sangre. ¡Y el ensordecedor trueno de su corazón, sí! Y era el éxtasis y yo no podía entregarme a él; no podía hacerlo; y ella lo sabía.

8

LA HISTORIA DE LAS GEMELAS, FINAL

—Encontramos el palacio iguai que lo recordábamos, o quizás un poco más esplendoroso, con más botín proveniente de los países conquistados. Más cortinajes de brocado, pinturas más vívidas; y el doble de esclavos esparcidos por las salas, como si fueran meros adornos, con sus magros cuerpos desnudos cargados de oro y joyas.

»Fuimos confinadas a un aposento real, con sillas y mesas exquisitas, una alfombra preciosa y platos de carne y pescado para comer.

»A la puesta de sol oímos que aclamaban al Rey y a la Reina, que hacían su aparición en palacio; toda la Corte se inclinó en grandes reverencias, cantando himnos a la belleza de su pálida piel y a su lustroso pelo, a los cuerpos que se habían curado milagrosamente después del ataque de los conspiradores; todo el palacio resonaba con himnos de alabanza.

»Pero cuando ese pequeño espectáculo hubo concluido, nos llevaron a la alcoba de la pareja real y, por primera vez, bajo la débil luz de lámparas distantes, contemplamos la transformación con nuestros propios ojos.

»Vimos a dos seres palidísimos, pero magníficos, parecidos en todos los aspectos a lo que habían sido de vivos; pero una rara luminiscencia los aureolaba; su piel ya no era piel. Y sus mentes ya no eran totalmente sus mentes. Sin embargo, qué espléndidos eran. Como bien os podéis imaginar todos vosotros. Oh, sí, espléndidos, como si la luna hubiese descendido de los cielos y los hubiese moldeado con su luz. Estaban entre su deslumbrante mobiliario dorado, ataviados con sus mejores galas, mirándonos con ojos que brillaban como obsidiana. Entonces, con una voz muy diferente, una voz que parecía amortiguada por música, el Rey habló:

»—Khayman os ha contado lo que nos ha ocurrido —dijo—. En vuestra presencia tenéis a los favorecidos por un gran milagro; porque hemos triunfado ante la muerte segura. Ahora nos hallamos mucho más allá de las limitaciones y de las necesidades de los seres humanos; vemos y comprendemos cosas que antes nos eran ocultas.

»Pero la expresión imperturbable de la Reina se disipó inmediatamente. En un susurro, espetó:

»—¡Tenéis que explicárnoslo! *¿Qué nos ha hecho vuestro espíritu?*

»Ante aquellos monstruos nos hallábamos en el peor de los peligros; intenté comunicar este aviso a Mekare, pero en el acto la Reina soltó una carcajada.

»—¿Crees que yo no sé lo que estás pensando? —preguntó.

»Pero el Rey le rogó que guardara silencio.

»—Dejemos que las hechiceras hagan uso de sus poderes —dijo—. Ya sabéis que siempre os hemos tenido en consideración.

»—Sí —acordó burlona la Reina—. Y vosotras nos enviasteis esta maldición.

»Enseguida declaré que nosotras no éramos las causantes, que habíamos cumplido nuestra promesa al abandonar el reino, que habíamos regresado a nuestro hogar. Y, mientras Mekare los estudiaba en silencio, yo les supliqué que comprendieran que, si el espíritu les había hecho aquello, lo había hecho por capricho propio.

»—¡Capricho! —soltó la Reina—. ¿Qué quieres decir con una palabra como capricho? ¿Qué nos ha ocurrido? ¿Qué somos? —volvió a preguntar.

»Y entonces regañó para que viéramos sus dientes. Y contemplamos los colmillos de su boca, diminutos, pero afilados como cuchillos. Y el Rey también nos mostró su transformación.

»—Para sorber mejor la sangre —susurró el Rey—. ¡No sabéis lo que significa la sed para nosotros! ¡No podemos saciarla! Tres, cuatro hombres, mueren cada noche para alimentarnos y, sin embargo, nos vamos a dormir torturados por la sed.

»La Reina se mesó los cabellos como si quisiera abandonarse a gritar. Pero el Rey reposó la mano en el brazo de ella.

»—Aconsejadnos, Mekare y Maharet —nos dijo—. Porque queremos comprender esta transformación y queremos ver cómo puede ser usada para bien.

»—Sí —afirmó la Reina, haciendo esfuerzos para serenarse—. Ya que seguramente un cambio tal no puede acaecer sin razón alguna.

»Entonces, perdiendo su convicción, cayó en el silencio. Parecía, efectivamente, que su pragmático y débil punto de vista de las cosas, aunque endeble y buscando justificaciones, se había desmoronado por completo. Por su parte, el Rey se aferraba a sus ilusiones, como a menudo hacen los hombres hasta muy tarde en la vida.

»Entonces, cuando ambos callaron, Mekare avanzó y puso las manos en el Rey. Puso las manos en sus hombros; y cerró los ojos. Luego puso las manos en la Reina de la misma manera, aunque la Reina no dejó de mirarla furiosamente con sus ojos envenenados.

»—Contadnos —dijo Mekare dirigiéndose a la Reina— qué ocurrió en el momento exacto. ¿Qué recordáis? ¿Qué visteis?

»La Reina permanecía callada, con el rostro contraído y receloso. Verdaderamente aquella metamorfosis había realzado su belleza; pero había algo repelente en ella, como si no fuera la flor sino la copia de la flor hecha de pura cera blanca. Y, a la par que se sumergía más en la reflexión, aparecía más sombría y más perversa; instintivamente me acerqué a Mekare para protegerla de lo que pudiese tener lugar.

»Pero entonces la Reina habló:

»—¡Vinieron a matarnos, los traidores! Y habrían echado la culpa a los espíritus; éste era el plan. Todos volverían a comer carne humana, la carne de sus padres y de sus madres, y la carne que amaban cazar. Entraron en la casa y me acuchillaron con sus dagas, a mí, su Reina soberana. —Se interrumpió porque pareció que volvía a ver aquellos horrores ante sus ojos—. Me apuñalaron, me hundieron sus dagas en el pecho, y caí. Nadie puede vivir con heridas como las que había recibido; y, por eso, al caer al suelo, supe que estaba muerta. ¿Oís lo que os digo? Sabía que nada podría salvarme. Mi sangre brotaba en grandes chorros y caía al suelo.

»"Al ver el charco que se formaba ante mí, advertí que yo ya no estaba en mi cuerpo herido, advertí que ya había dejado el cuerpo, que la muerte me había tomado y que me estaba absorbiendo rápidamente hacia arriba, como a través de un gran túnel, hacia donde ya no sufriría más.

»"No estaba asustada; no sentía nada; miré hacia abajo y me vi tendida en el suelo de aquella casita, pálida y cubierta de sangre. Pero no me preocupaba. Estaba libre de aquel cuerpo. Pero, de repente, algo me agarró, algo cogió mi ser invisible. El túnel desapareció; estaba atrapada en una gran malla, como la red de un pescador. Con todas mis fuerzas luché por desprenderme; la red cedía ante mis fuerzas pero no se rompía, me ataba y me estrechaba poderosamente y no podía desasirme de ella y elevarme.

»"¡Cuando intenté gritar me encontraba de nuevo en mi cuerpo! Sentí la agonía de las heridas como si los cuchillos volvieran a cortarme de nuevo. Pero aquella red, aquella gran red, todavía me tenía atrapada y, en lugar de ser la cosa infinita que había sido antes, estaba ahora concentrada en un tejido más apretado, como la tela de un gran velo de seda.

»"Y esta cosa (visible y sin embargo invisible) giraba a mi alrededor como si fuera el viento, levantándome, dejándome caer, haciéndome dar vueltas. La sangre salía a borbotones de mis heridas. Y empapaba el tejido del velo, como podía haber empapado la urdimbre de una tela cualquiera.

»"Y lo que antes había sido transparente ahora estaba mojado de sangre. Y vi una cosa monstruosa, informe, con mi sangre esparcida por toda su superficie o su volumen. Con todo, esa cosa tenía otra propiedad: un núcleo central, parecía, un pequeño núcleo ardiente, que estaba dentro de mí y que corría enloquecido por mi cuerpo como un animal asustado. Corría por mis extremidades, chocando, golpeando. Un corazón con piernas y correteando. Daba vueltas por mi vientre mientras yo me lo agarraba, me retorcía. ¡Me habría degollado para sacármelo de dentro!

»"Parecía que la gran parte invisible de la cosa (la niebla sanguinolenta que me envolvía) estaba controlada por aquel diminuto núcleo, que serpenteaba tomando esta u otra forma, que viajaba a toda prisa por mi interior, que penetraba en las manos en un momento y en los pies al siguiente. Que me subía por la espina dorsal.

»"Moriría, seguro que moriría, pensaba. Entonces me sobrevino un momento de total ceguera. Silencio. Me había matado, estaba segura. Volvería a ascender, ¿no? No obstante, abrí los ojos de repente; me senté en el suelo como si no hubiera recibido ningún ataque, ¡y vi con toda claridad! Khayman, la refulgente antorcha en su mano, los árboles del jardín... ¡era como si nunca hubiera visto aquellas simples cosas tal cual eran! El dolor había desaparecido por completo, tanto de mi interior como de las heridas. Sólo la luz hería mis ojos; no podía soportar su brillantez. Sin embargo me había salvado de la muerte; mi cuerpo había sido glorificado y perfeccionado. Pero... —y aquí se interrumpió.

»Durante un momento contempló con mirada vacía, indiferente. Luego agregó:

»—Khayman os ha contado el resto. —Miró al Rey que estaba junto a ella, observándola, intentando imaginarse lo que contaba, como nosotras también tratábamos de imaginar.

»"Vuestro espíritu intentaba destruirnos —prosiguió—. Pero había ocurrido algo más; algún gran poder había intervenido para triunfar sobre su maldad diabólica. —Entonces la convicción la abandonó de nuevo. Las mentiras se detuvieron en la punta de su lengua. De inmediato su rostro se puso frío, amenazante. Y dijo con dulzura—: Contadnos, hechiceras, sabias hechiceras, vosotras que conocéis todos los secretos. ¿Cuál es el nombre para el ser que somos?

»Mekare suspiró. Se volvió hacia mí. Yo sabía que Mekare no quería hablar de ello. Y la vieja advertencia de los espíritus me vino a la memoria. El Rey y la Reina nos harían preguntas y nuestras respuestas no les gustarían. Nos matarían...

»Entonces la Reina volvió la espalda. Se sentó e inclinó la cabeza. Y fue entonces, y sólo entonces, cuando su verdadera tristeza salió a flote. El Rey nos sonrió, cansadamente.

»—Sentimos un gran dolor, hechiceras —dijo—. Podríamos soportar la carga de esta transformación si la comprendiéramos mejor. Vosotras, que os habéis comunicado con todas las cosas invisibles, contadnos lo que sepáis de esta magia; ayudadnos si podéis, ya que sabéis que nunca os quisimos hacer daño, que nuestra intención era sólo extender el imperio de la ley y de la verdad.

»No prestamos atención a la hipocresía de aquellas afirmaciones; de la bondad de extender la verdad a base de matanzas generales y cosas así. Pero Mekare pidió al Rey que contase ahora lo que recordaba.

»Habló de cosas que vosotros, todos los que estáis sentados aquí, conocéis sin duda alguna. De cómo estaba muriendo, de cómo probó la sangre con que su esposa le había cubierto el rostro, de cómo su cuerpo resucitó y anheló aquella sangre, de cómo la tomó de su esposa y de cómo ésta se la dio, y por fin de cómo se convirtió en lo que ella era. Pero para él no hubo la misteriosa nube sanguinolenta. No hubo nada desenfrenado corriendo por su interior.

»—La sed, es insoportable —nos dijo—. Insoportable. —Y también agachó la cabeza.

»Mekare y yo quedamos en silencio un momento, mirándonos y, luego, como siempre, Mekare habló primero:

»—No tenemos nombre para lo que sois —dijo—. No tenemos ninguna referencia de que cosa semejante haya ocurrido nunca en el mundo. Pero lo que ocurrió está muy claro. —Clavó los ojos en la Reina—. Mientras contemplabais la muerte, vuestra alma intentó escapar rápidamente del sufrimiento, como suelen hacer las almas. Pero cuando empezó a ascender, el espíritu Amel la capturó, ese ser que es invisible como el alma.

Si los acontecimientos hubiesen seguido su curso normal, fácilmente podríais haber vencido a este ente terrestre y haberos ido a reinos que desconocemos.

»"Pero el espíritu Amel había puesto en marcha, mucho tiempo atrás, un gran cambio en sí mismo; un cambio que lo transformó por completo. Este espíritu había probado la sangre de los humanos, de los humanos que había picado o fustigado, como vos misma pudisteis ver. Vuestro cuerpo allí tendido y lleno de sangre aún tenía vida, a pesar de sus múltiples heridas.

»"Así pues, el espíritu, sediento, se zambulló en vuestro cuerpo, con su invisible forma, entretejida aún con vuestra alma.

»"No obstante, podíais haber triunfado sobre él, luchando hasta expulsar este ser maligno, luchando como con frecuencia hacen los posesos. Pero el pequeño núcleo de este espíritu (la parte material que constituye el centro motor de todos los espíritus, del cual proviene su inagotable energía) había quedado súbitamente lleno de sangre, como nunca había ocurrido en el pasado.

»"Así pues, la fusión de la sangre y del tejido eterno fue magnificada y acelerada un millón de veces; y la sangre fluyó por todo su cuerpo, tanto material como inmaterial, y eso fue la nube sanguinolenta que visteis.

»"Pero lo más significativo es el dolor que experimentasteis, ese dolor que viajó por vuestros miembros. Ya que lo más probable fue que, puesto que la muerte inevitable llegaba a vuestro cuerpo, el diminuto núcleo del espíritu se aleara con vuestra carne, como su energía se había ya aleado con vuestra alma. Encontró algún lugar concreto, algún órgano, en donde fundir la materia con la materia, como el espíritu ya se había fundido con el espíritu; y un nuevo ser fue creado.

»—Su corazón y mi corazón —musitó la Reina—

se fundieron en uno. —Y, cerrando los ojos, levantó la mano y la reposó en el pecho.

»No replicamos nada, aunque esto nos pareciera una simplificación, aunque no creyéramos que el corazón fuese el centro del intelecto o de las emociones. Para nosotras, el cerebro era quien controlaba esos aspectos. En aquel momento, tanto a Mekare como a mí, nos vino a la memoria un terrible recuerdo: el corazón y el cerebro de nuestra madre tirados por el suelo y pisoteados entre las cenizas y el polvo.

»Pero alejamos este recuerdo. Habría sido una aberración que aquel dolor pudiera ser vislumbrado por los que lo habían causado.

»El Rey nos agobió con otra pregunta:

»—Muy bien —dijo—, habéis explicado lo que le sucedió a Akasha. El espíritu está en su interior, su núcleo está fusionado con su corazón, quizá. Pero ¿qué hay en mi interior? No sentí aquel dolor, no sentí que el espíritu maligno correteara en mi interior. Sentí... sentí sólo la sed cuando las manos ensangrentadas de ella tocaron mis labios. —Y miró a su esposa.

»La vergüenza y el horror que experimentaba por causa de la sed eran evidentes.

»—El mismo espíritu está también en vuestro interior —respondió Mekare—. No hay sino un solo Amel. Su núcleo reside en la Reina, pero también en vos.

»—¿Cómo es posible una cosa así? —inquirió el Rey.

»—Una gran porción de este ser es invisible —contestó Mekare—. Si hubierais podido verlo en toda su extensión, antes de que tuviera lugar la desgracia, hubierais contemplado algo casi infinito.

»—Sí —confesó la Reina—. Era como si la red tapara el cielo entero.

»Mekare explicó:

»—Solamente gracias a la concentración de un tamaño de tal enormidad, los espíritus consiguen toda la fuerza física que desean. Dejados a sus anchas, son como nubes en el horizonte, quizá más grandes; muchas veces han alardeado ante nosotras de no tener verdaderos límites, aunque quizás esto no sea verdad.

»El Rey miró a su esposa.

»—Pero ¿cómo podemos librarnos de él? —interrogó Akasha.

»—Sí. ¿Cómo podemos hacer que se vaya? —insistió el Rey.

»Ninguna de las dos quería responder. Nos preguntábamos si la respuesta no sería obvia para ambos soberanos.

»—Destruid vuestro cuerpo —dijo Mekare a la Reina— y el espíritu quedará destruido también.

»El Rey miró a Mekare con incredulidad.

»—¡Que destruya su cuerpo! —Contempló desesperanzadamente a su esposa.

»Pero Akasha se limitó a sonreír con amargura. Aquellas palabras no constituían una sorpresa para ella. Durante un largo momento no dijo nada. Simplemente nos miró con odio palpable; luego se volvió hacia el Rey. Cuando dirigió la vista de nuevo hacia nosotras, formuló la pregunta:

»—Estamos muertos, ¿no? No podemos vivir si el espíritu se va. No comemos; no bebemos, salvo por la sangre que el espíritu ansía; nuestros cuerpos ya no expulsan excrementos; no ha variado ni el más mínimo detalle de nuestro cuerpo desde aquella noche atroz; ya no estamos vivos.

»Mekare no respondió. Yo sabía que los estaba estudiando; esforzándose para ver sus formas no como un humano las vería sino como las vería una hechicera, esforzándose para dejar que la paz y la quietud se posaran alrededor de ellos; así podría observar los minúsculos e imperceptibles aspectos que escapaban a simple vista. Cayó en un trance de contemplación y escucha. Cuando finalmente habló, lo hizo con voz espesa, apagada:

»—El espíritu está trabajando vuestro cuerpo, está trabajando como el fuego trabaja la leña que consume, como el gusano trabaja el cadáver de un animal. Trabaja y trabaja y su trabajo es inevitable; es la continuación de la fusión que ha tenido lugar; por eso el sol lo hiere, porque usa toda su energía para hacer lo que debe hacer, y no puede resistir el calor del sol en su ser.

»—Ni siquiera la brillante luz de una antorcha —suspiró el Rey.

»—A veces ni siquiera la llama de una vela —añadió la Reina.

»—Sí —acordó Mekare, saliendo finalmente del trance—. Estáis muertos —dijo en un murmullo—. ¡Y, sin embargo, estáis vivos! Si las heridas curaron como dijisteis; si resucitasteis al Rey como decís..., entonces podéis haber derrotado a la muerte. Es decir, si evitáis colocaros bajo los ardientes rayos del sol.

»—¡No, esto no puede continuar! —exclamó el Rey—. La sed, no sabéis lo terrible que es la sed.

»Pero la Reina sólo volvió a sonreír con amargura.

»—Ahora esos cuerpos nuestros no están vivos. Son los huéspedes del espíritu maligno. —Su labio tembló al mirarnos—. ¡O esto o somos auténticos dioses!

»—Contestad, hechiceras —dijo el Rey—. ¿Podría ser que ahora fuésemos seres divinos, favorecidos con los dones que sólo los dioses comparten? —Y él sonrió al decirlo; también quería creerlo—. ¿No podría ser que, cuando vuestro espíritu maligno intentaba destruirnos, nuestros dioses hubiesen intervenido?

»Los ojos de la Reina brillaron con una luz malvada. Cuánto le gustaba aquella idea, pero no la creía... no la creía realmente.

»Mekare me miró. Quería que me acercase a ellos y los tocase como ella había hecho. Quería que los mirase como ella había hecho. Había algo más que quería decir, pero no estaba segura de ello. Ciertamente yo poseía poderes de naturaleza instintiva ligeramente superiores a los de ella, pero estaba menos dotada para el lenguaje.

»Avancé; toqué su piel blanca, aunque me repugnaba como ellos me repugnaban por todo lo que nos habían hecho, a nuestro pueblo y a nosotras. Los toqué, me retiré y me quedé mirándolos; y vi el trabajo del que habló Mekare, incluso pude oírlo: el incansable zumbido del espíritu en su interior. Aquieté mi mente; la limpié por completo de todo prejuicio y todo temor y, entonces, cuando la calma del trance se ahondó en mí, me permití hablar.

»—Quiere más humanos —dije. Miré a Mekare. Era lo que ella había sospechado.

»—¡Le ofrecemos todo lo que podemos! —dijo la Reina con un jadeo.

»Y el rubor de la vergüenza apareció de nuevo, extraordinario en toda su brillantez, en sus palidísimas mejillas. La cara del Rey también enrojeció. Entonces comprendí, como Mekare ya había comprendido, que cuando bebían la sangre sentían éxtasis. Nunca habían conocido un placer semejante, ni en sus lechos, ni en la mesa del banquete ni cuando estaban ebrios de cerveza o vino. Aquello era la fuente de su vergüenza. No era el acto de matar; era aquella monstruosa sensación. Era el placer. ¡Ah, qué par no eran esos dos!

»Pero me habían interpretado mal.

»—No —expliqué—. Quiere a más como vosotros. Quiere entrar en más y crear bebedores de sangre en otros, como hizo con el Rey; es demasiado inconmensurable para permanecer contenido en sólo dos reducidos cuerpos. La sed sólo será soportable cuando creéis a más, porque compartirán la carga con vosotros.

»—¡No! —exclamó la Reina—. Esto es impensable.

»—¡Seguro que no puede ser tan simple! —declaró el Rey—. Ambos fuimos creados en el mismo instante atroz, cuando nuestros dioses combatían contra el espíritu maligno. Decididamente, cuando nuestros dioses combatieron y vencieron.

»—No lo creo así —dije yo.

»La Reina preguntó:

»—¿Quieres decir que, si alimentamos a otros con nuestra sangre, también quedarán infectados de este modo? —Ahora recordaba cada detalle de la catástrofe. Su esposo que se moría, sin pulso ya, y la sangre que goteaba en su boca.

»"¡Pero no tengo sangre suficiente para hacer tal cosa! —exclamó—. ¡Sólo soy lo que soy! —Y pensó en la sed y en todos los cuerpos que habían servido para aplacarla.

»Y comprendimos el hecho evidente: que había succionado la sangre de su esposo antes que él la hubiera bebido de ella. De este modo el contagio pudo llevarse a cabo. Además, ayudó el hecho de que el Rey estuviera al borde de la muerte, siendo así más receptivo, con su espíritu que se sacudía para liberarse del cuerpo, a punto de quedar atrapado en los invisibles tentáculos de Amel.

»—No creo lo que decís —proclamó el Rey—. Los dioses no lo habrían permitido. Somos el Rey y la Reina de Kemet. Carga o bendición, esta magia estaba destinada a nosotros.

»Transcurrió un momento de silencio. Luego volvió a hablar, con total sinceridad.

»—¿No os dais cuenta, hechiceras? Es el destino. Estábamos destinados a invadir vuestra tierra y con ello a traer a este espíritu maligno aquí, para que esta transformación pudiera tener lugar. Sufrimos, es cierto, pero ahora somos dioses; es un fuego sagrado; y debemos dar gracias por lo que nos ha ocurrido.

»Intenté impedir que Mekare hablase. Apreté su mano con fuerza. Pero ellos ya sabían lo que quería decir. Sólo los irritaba su convicción.

»—Con toda probabilidad podía haberle ocurrido a cualquiera —dijo—; en condiciones similares, en un hombre o una mujer debilitados y moribundos, el espíritu hubiera podido encontrar su asidero.

»Nos miraron fijamente, silenciosamente. El Rey sacudió la cabeza. La Reina miró hacia otra parte, con desdeño. Después el Rey murmuró:

»—Si es así, ¡habrá otros que quieran tomarlo de nosotros!

»—Oh, sí —susurró Mekare—. Si los hace inmortales, muchos lo querrán, seguro que sí. Porque, ¿quién no quiere vivir para siempre?

»Ante eso, el rostro del Rey quedó transfigurado. Se puso a andar a grandes zancadas de un lado para otro de la estancia. Miró a su esposa, que tenía la vista fija y ausente de uno que se ha vuelto loco, y le dijo, con mucho cuidado:

»—Entonces ya sabemos lo que tenemos que hacer. ¡No podemos crear una raza de tales monstruos! ¡Lo sabemos!

»Pero la Reina se llevó las manos a los oídos y se puso a chillar. Empezó a sollozar y finalmente a rugir en su agonía, mientras sus dedos se crispaban formando zarpas y levantaba la vista hacia el techo.

»Mekare y yo retrocedimos hasta los límites de la habitación, y nos abrazamos fuertemente. Mekare se puso a temblar y a llorar y yo sentí que las lágrimas me inundaban los ojos.

»—¡Vosotras sois las causantes! —bramó la Reina;

yo nunca había oído una voz alcanzar un tal volumen. Y, enloquecida, empezó a romper todo lo que alcanzó en el aposento; y vimos la fuerza de Amel en su interior, porque hacía cosas que ningún humano puede realizar. Lanzó los espejos al techo; los muebles dorados quedaron hechos astillas bajo sus puñetazos—. ¡Malditas seáis en el inframundo, entre demonios y bestias inmundas para siempre! —nos maldijo—. Por lo que nos habéis hecho. Abominaciones. Hechiceras. ¡Vosotras y vuestro demonio! Dijisteis que no nos lo habíais enviado. Pero en vuestros corazones lo hicisteis. ¡Nos enviasteis este espíritu maligno! Y leí en vuestros corazones, como lo leo ahora, que nos deseasteis mal.

»Pero entonces el Rey la abrazó; la silenció, la besó y ahogó los sollozos en su pecho.

»Al final Akasha se desasió de él. Y nos miró fijamente, con los ojos inyectados de sangre.

»—¡Mentís! —gritó—. Mentís como vuestros espíritus mintieron antes que vosotras. ¿Pensáis que algo así podía ocurrir si no estaba destinado a que ocurriera? —Se volvió hacia el Rey—. Oh, ¿no te das cuenta?, hemos sido unos estúpidos al escuchar a esas simples mortales, ¡que no tienen los poderes que nosotros poseemos! Ah, somos divinidades jóvenes y debemos esforzarnos por conocer los designios del cielo. Y es evidente que nuestro destino está claro; lo vemos en los dones que poseemos.

»No replicamos a lo que había dicho. Me pareció, al menos por unos breves y preciosos momentos, que era una suerte si ella podía creer estupideces semejantes. Porque lo único que yo podía creer era que Amel, el maligno, Amel, el idiota, el obtuso, el imbécil, había tropezado casualmente con aquella desastrosa fusión, y esto lo pagaría el mundo entero. La advertencia de mi madre me vino a la memoria. Y entonces me asaltaron tales pensamientos (deseos de destruir al Rey y a la Reina) que tuve que cubrirme la cabeza con las manos, sacudirme, y tratar de limpiar mi mente, a menos que quisiese enfrentarme a su ira.

»Pero, sea como sea, la Reina no nos estaba prestando atención, salvo para chillar a sus guardias que nos hiciesen prisioneras de inmediato y que a la noche siguiente seríamos juzgadas ante toda la Corte.

»Nos asieron con gran brusquedad; y, mientras ella daba órdenes con los dientes apretados y miradas sombrías, los guardias nos arrastraron violentamente y nos echaron, como dos vulgares presas, a una celda sin luz.

»Mekare me abrazó y en susurros me dijo que hasta que el sol saliese no debíamos pensar en nada que nos pudiese reportar daños: debíamos cantar las viejas canciones que conocíamos y pasear a un lado y otro de la celda para evitar soñar sueños que pudiesen ofender al Rey y a la Reina. Mekare estaba mortalmente aterrorizada.

»Verdaderamente nunca la había visto tan asustada. Mekare era la que estaba siempre dispuesta a clamar encolerizada, mientras que yo me retraía imaginando las cosas más terribles.

»Pero cuando llegó la aurora, cuando estuvo segura de que los malignos Rey y Reina se habían retirado a su refugio secreto, explotó en lágrimas.

»—Yo lo hice, Maharet —me dijo—. Yo lo hice. Yo envié a Amel contra ellos. Intenté no hacerlo; pero Amel lo leyó en mi corazón. Fue como dijo la Reina.

»Sus recriminaciones parecían no tener fin. Fue ella quien había hablado con Amel; ella quien le había dado fuerzas, lo había hinchado y había mantenido su interés; Mekare había deseado que su ira cayese sobre los egipcios y él lo había advertido.

»Traté de consolarla. Le dije que nadie podía controlar los sentimientos del corazón, que Amel había salvado nuestras vidas una vez; que nadie podía imaginarse aquellas terribles fatalidades, aquellas inesperadas desviaciones del curso normal de la vida; que debíamos desechar toda culpabilidad y mirar sólo al futuro. ¿Cómo podíamos salir libres de allí? ¿Cómo podíamos hacer que esos monstruos nos soltasen? Nuestros buenos espíritus ya no los atemorizarían; no había ninguna posibilidad; debíamos pensar; debíamos hacer un plan; teníamos que hacer algo.

»Por fin, lo que secretamente esperaba, sucedió; Khayman hizo su aparición. Estaba aún más delgado y exhausto que antes.

»—Creo que estáis sentenciadas, mis pelirrojas —nos dijo—. El Rey y la Reina se encuentran en un dilema por las cosas que les habéis dicho; antes de amanecer fueron al templo de Osiris a rezar. ¿No podíais darles alguna esperanza de salvación? ¿Alguna esperanza de que su horror tendría fin?

»—Khayman, hay una esperanza —susurró Mekare—. Pongo a los espíritus por testigos; no digo que debas hacerlo, sólo respondo a tu pregunta. Si quieres poner fin a esto, pon fin al Rey y a la Reina. Encuentra su escondrijo y deja que el sol caiga sobre ellos, el sol que sus nuevos cuerpos no pueden soportar.

»Pero él volvió la espalda, aterrado ante la perspectiva de tal traición. Miró atrás por encima del hombro, suspiró y dijo:

»—Ah, mis queridas hechiceras. ¡Qué horrores he presenciado! Y, sin embargo, no me atrevo a realizar una cosa semejante.

»El transcurrir de las horas era una agonía para nosotras, puesto que, con toda seguridad, seríamos ejecutadas. Pero ya no nos reprochábamos las cosas que habíamos dicho o hecho. Tendidas en la oscuridad, abrazadas, volvimos a cantar las canciones de nuestra infancia; cantamos las canciones de nuestra madre; pensé en mi pequeña hija y traté de ir con ella, de elevarme espiritualmente del lugar donde me hallaba y acercarme a ella; pero sin la poción para el trance me fue imposible llevarlo a cabo. Yo nunca había aprendido una tal destreza.

»Llegó el crepúsculo. Y pronto oímos a la multitud cantar los himnos; el Rey y la Reina se aproximaban. Los soldados vinieron por nosotras. Fuimos llevadas al patio abierto del palacio, como tiempo atrás. Allí estaba aquel Khayman que nos había apresado y que nos había deshonrado; delante de los mismos espectadores nos llevaron, otra vez con las manos atadas.

»Sólo que ahora era de noche y las antorchas ardían con luz menguada bajo los arcos del patio; y una claridad de mal augurio oscilaba en las flores de loto doradas de las columnas y en las siluetas pintadas que decoraban los muros. Al fin, el Rey y la Reina subieron al estrado. Y los que allí estaban reunidos cayeron de rodillas. Los soldados nos obligaron a postrarnos en aquella postura sumisa. La Reina dio un paso adelante y empezó a hablar.

»Con voz temblorosa contó a sus súbditos que nosotras éramos hechiceras monstruosas y que habíamos desatado, en su reino, el espíritu maligno que había atormentado a Khayman y que había tratado de atacar a los mismos Rey y Reina con su terrible maldad. Pero, ved, el gran dios Osiris, el más antiguo de todos los dioses, más fuerte incluso que el dios Ra, había abatido aquella fuerza diabólica y había elevado al Rey y a la Reina a la gloria celestial.

»Pero el gran dios no podía mirar sin odio a las hechiceras que habían turbado a su amado pueblo. Y pedía que no se tuviera piedad con ellas.

»—Mekare, por tus malvadas mentiras y por tu asociación con los espíritus malignos —sentenció la

Reina—; se te arrancará la lengua de la boca. Y Maharet, por la maldad que has imaginado y en la que querías hacernos creer; se te sacarán los ojos. Y permaneceréis atadas juntas toda la noche, para que podáis oíros llorar, una incapaz de hablar y la otra incapaz de ver. Y después, mañana al mediodía, en la plaza pública delante de palacio, seréis quemadas vivas para que todo el pueblo pueda contemplarlo.

»"Porque fijaos bien: ninguna maldad semejante dominará nunca a los dioses de Egipto ni a su Rey y Reina elegidos. Porque los dioses nos han mirado con benevolencia y favor especial, y ahora somos como el Rey y la Reina de los Cielos y nuestro destino es hacer el bien común.

»Quedé sin habla al oír la pena a que nos condenaban; el miedo y el dolor estaban más allá de mi alcance. Pero de inmediato Mekare gritó en tono de desafío. Sorprendiendo a los soldados, se separó de ellos y dio unos pasos adelante. Con la mirada en las estrellas, habló. Y, por encima de los cuchicheos ahogados de la Corte, declaró:

»—Pongo a los espíritus por testigos, porque suyo es el conocimiento del futuro, tanto de lo que será, *¡como de lo que yo seré!* ¡Sois la Reina de los Condenados, es lo único que sois! Vuestro único destino es la maldad, como bien lo sabéis. Pero yo os detendré, aunque tenga que resucitar de entre los muertos para hacerlo. ¡Y, en la hora de vuestra mayor amenaza, seré yo quien os derrotará! ¡Seré yo quien os abatirá! ¡Fijaos bien en mi rostro, porque volveréis a verlo!

»No bien hubo pronunciado aquel juramento, aquella profecía, que los espíritus se reunieron y desataron su torbellino; las puertas de palacio se abrieron violentamente y la arena del desierto llenó el aire de sal.

»Los cortesanos, aterrorizados, echaron a gritar.

»Pero la Reina llamó a los soldados.

»—¡Cortadle la lengua como os he ordenado!

»Los soldados salieron de entre los cortesanos que se arrimaban aterrados a los muros, avanzaron hasta Mekare, la cogieron y le cortaron la lengua.

»Fría de horror miré cómo tenía lugar el sacrificio; terminó y oí los jadeos de Mekare. Entonces, con una furia inusitada, apartó a un lado, con sus manos atadas, a los soldados, se arrodilló, de un zarpazo cogió la lengua ensangrentada del suelo y se la tragó antes de que la pisotearan o la tirasen.

»Los soldados me aferraron a mí entonces.

»Lo último que contemplé fue a Akasha, señalándome con el dedo, y con los ojos refulgentes. Y el rostro paralizado de Khayman, con lágrimas que caían por sus mejillas. Los soldados me sujetaron la cabeza, tiraron mis párpados hacia arriba y me arrebataron la visión, mientras yo lloraba en silencio.

»Luego, de repente, sentí que una mano afectuosa me cogía; y sentí algo contra mis labios. Khayman había recogido mis ojos; Khayman los estaba apretando contra mis labios. De inmediato me los tragué, para que no los profanaran o se perdiesen.

»El viento arreció con más violencia; la arena se atorbellinó a nuestro entorno y oí a los cortesanos que echaban a correr en todas direcciones, unos tosiendo, otros jadeando y muchos gritando en su estampida; mientras, la Reina imploraba a sus súbditos que se calmaran. Me di la vuelta, tanteando en busca de Mekare, y sentí que reposaba su cabeza en mi hombro, sentí su pelo contra mi mejilla.

»—¡Ahora quemadlas! —ordenó el Rey.

»—No, es demasiado pronto —dijo la Reina—. Dejad que sufran.

»Se nos llevaron, nos ataron juntas y nos dejaron solas en el suelo de la pequeña celda.

»Durante horas, los espíritus revolvieron el palacio; pero el Rey y la Reina consolaron a su pueblo y les dijeron que no tuvieran miedo. A mediodía de la mañana siguiente todos los males del reino serían expiados; que hasta entonces los espíritus hicieran lo que quisiesen.

»Más tarde, todo quedó tranquilo y silencioso, mientras nosotras yacíamos juntas. Parecía que nada, excepto el Rey y la Reina, anduviese por el palacio. Incluso nuestros guardias dormían.

»Éstas son las últimas horas de mi vida, pensé. Y el sufrimiento de Mekare será mayor que el mío, porque me verá arder, mientras que yo no podré verla y ni siquiera oírla, porque no puede gritar. Acerqué a Mekare contra mí. Reposó su cabeza contra los latidos de mi corazón. Y así transcurrieron los minutos.

»Finalmente, cuando debían faltar unas tres horas para el amanecer, oí ruidos fuera de la celda. Algo violento; el guardia soltando un grito agudo y luego cayendo. Alguien había matado al hombre. Mekare se agitó junto a mí. Oí que descorrían el cerrojo; las bisagras crujieron. Luego me pareció oír un ruido producido por Mekare, algo semejante a un gemido.

»Alguien había entrado en la celda, y supe por mis viejos poderes instintivos que se trataba de Khayman. Cuando nos hubo cortado las cuerdas que nos ataban extendí mi brazo y agarré su mano. Pero al instante pensé ¡éste no es Khayman! Y comprendí.

»—¡Te lo han hecho a ti! ¡Lo han realizado contigo!

»—Sí —susurró, con una voz llena de ira y de amargura, con un nuevo timbre que se había introducido en ella, un timbre inhumano—. ¡Lo han hecho! ¡Para probarlo, lo han hecho! ¡Para ver si decíais la verdad! Han puesto este mal dentro de mi.

»Pareció que sollozaba, un sonido áspero y seco que emergió de su pecho. Y pude sentir la inmensa fuerza de sus dedos, porque, aunque no era su intención hacerme daño en las manos, me lo hacía.

»—Oh, Khayman —dije yo llorando—. ¡Qué traición de los que has servido tan bien!

»—Escuchadme, hechiceras —dijo, con voz gutural, desbordante de odio—. ¿Queréis morir mañana a fuego y humo ante el populacho ignorante o queréis combatir a este ser maligno? ¿Queréis ser su igual y su enemigo en esta Tierra? Porque ¿qué puede detener la fuerza de los hombres poderosos salvo otros de la misma fuerza? ¿Qué detiene a un espadachín salvo un guerrero del mismo temple? Hechiceras, si han podido hacerme esto a mí, ¿no os lo puedo hacer yo a vosotras?

»Me encogí, intenté alejarme de él, pero no me soltaba. Yo no sabía si era posible. Sólo sabía que no lo quería.

»—Maharet —dijo—, crearán una raza de acólitos acérrimos a ellos, a menos que sean vencidos, y ¿quién puede vencerlos sino alguien tan poderoso como ellos mismos?

»—No, antes moriría —repliqué yo, aunque, al acabar de pronunciar las palabras, me vinieron al pensamiento las llamas que nos aguardaban. Pero no, era imperdonable. Mañana vería a mi madre; me iría de allí para siempre, y nada podría hacerme quedar.

»—¿Y tú, Mekare? —oí que decía—. ¿Quieres obtener el cumplimiento de tu maldición? ¿O prefieres morir y dejarla en manos de los espíritus que te han fallado desde el principio?

»Se levantó de nuevo el viento, aullando por todo el palacio; oí las puertas exteriores que batían; oí la arena que azotaba los muros. Criados que corrían por pasillos alejados; gentes que despertaban y se levantaban de las camas. Pude oír los gemidos débiles, vacíos, ultraterrestres de los espíritus más queridos.

»—Calmaos —les exhorté—. No lo haré. No dejaré que este mal entre en mí.

»Pero, al arrodillarme e inclinar la cabeza contra la pared, razonando que debía morir, que de un modo u otro debía encontrar el coraje para morir, advertí que, en los reducidos limites de aquella celda, la indecible magia trabajaba de nuevo. Mientras los espíritus enfurecidos se agitaban contra la magia, Mekare había tomado su decisión. Extendí los brazos y noté aquellas dos formas, hombre y mujer, unidos como amantes; y cuando luché para separarlos, Khayman me asestó un golpe que me tumbó al suelo inconsciente.

»Sólo transcurrieron unos minutos. En algún lugar de la negrura, los espíritus lloraban. Los espíritus supieron el resultado final antes que yo. Los vientos se desvanecieron; se hizo un silencio absoluto en la negrura; el palacio estaba en absoluta quietud.

»Las frías manos de mi hermana me tocaron. Oí un extraño sonido, como una risa; ¿pueden oír los que no tienen lengua? En realidad yo aún no había tomado una decisión; sabía que todas nuestras vidas habían sido la misma; gemelas, una la imagen reflejada de la otra; parecíamos dos cuerpos con una sola alma. Ahora me hallaba sentada en la cerrada y cálida oscuridad de aquel reducido espacio y estaba en brazos de mi hermana; por primera vez ella era diferente, ya no éramos el mismo ser; y sin embargo lo éramos. Y sentí su boca contra mi cuello; sentí que me hería; Khayman sacó su puñal e hizo el trabajo para ella; y la caída al vacío empezó.

»Oh, aquellos segundos divinos; aquellos momentos en que vi en el interior de mi cerebro la encantadora luz del cielo plateado; y mi hermana ante mí, sonriendo, con los brazos hacia arriba mientras la lluvia caía. Danzábamos juntas bajo la lluvia, y todo nuestro pueblo estaba allí, con nosotras, y nuestros pies desnudos se hundían en la hierba mojada; y cuando el rayo rasgó el cielo y el trueno estalló, fue como si nuestras almas se hubieran liberado de todo dolor. Empapadas por la lluvia entramos en la cueva juntas; encendimos una pequeña lámpara y contemplamos las antiguas pinturas en las paredes, las pinturas realizadas por las hechiceras que habían vivido antes que nosotras; arrimándonos una contra otra, con el sonido de la distante lluvia, nos perdimos entre aquellas pinturas de hechiceras danzantes, pinturas que hablaban de la primera aparición de la luna en el cielo nocturno.

»Khayman me alimentó con la magia; luego mi hermana; luego otra vez Khayman. Ya sabéis lo que ocurrió, ¿no? Pero no sabéis lo que significa el Don Oscuro para los que son ciegos. Microscópicas chispas centelleaban en la gaseosa penumbra; luego parecía que el esplendor de una luz empezaba a definir las formas de las cosas a mi alrededor, en débiles latidos; como las imágenes que a uno le quedan en los ojos después de ver algo resplandeciente y cerrar los párpados.

»Sí, me podía mover por la oscuridad. Extendí la mano para verificar lo que veía. La puerta, la pared; luego el pestillo ante mí; un leve mapa del camino que seguía adelante parpadeó un segundo en mi mente.

»Sin embargo, la noche nunca había parecido tan silenciosa; nada inhumano respiraba en la oscuridad. Los espíritus habían desaparecido por completo.

»Y nunca, nunca más, he vuelto a oír o ver a los espíritus. Nunca más han vuelto a responder a mis preguntas o a mis invocaciones. Los fantasmas de los muertos, sí; pero los espíritus han desaparecido para siempre.

»Pero, en aquellos primeros momentos, u horas, o incluso en las primeras noches, no me percaté de este abandono.

»Y muchas más cosas me sorprendieron, muchas más cosas me llenaron de agonía o de alegría.

»Mucho antes del alba ya estábamos escondidas, como el Rey y la Reina estaban escondidos; en las profundidades de una tumba. Khayman nos condujo al mausoleo de su propio padre, al mausoleo donde se había restaurado al mísero cadáver profanado. Por entonces yo ya había bebido mi primera medida de sangre mortal. Había conocido el éxtasis que había hecho enrojecer al Rey y a la Reina de vergüenza. Pero no había osado robar los ojos de mi víctima; ni siquiera había pensado que algo semejante pudiese funcionar.

»Fue cinco noches después cuando hice este descubrimiento, y vi como un bebedor de sangre ve por primera vez.

»Pero por entonces ya habíamos huido de la ciudad real, viajando noche tras noche en dirección norte. Y, lugar tras lugar, Khayman revelaba la magia a personas diversas declarando que debían levantarse contra el Rey y la Reina, ya que el Rey y la Reina les querrían hacer creer que sólo ellos poseían el poder, lo cual era únicamente la peor de sus muchas mentiras.

»Oh, el odio que sentía Khayman aquellas primeras noches. A cualquiera que quisiese el poder, se lo daba, incluso cuando estaba tan debilitado que apenas podía andar a nuestro lado. Que el Rey y la Reina tuvieran enemigos poderosos, ése era su propósito. ¿Cuántos bebedores de sangre se crearon en aquellas primeras semanas irreflexivas, bebedores de sangre que aumentarían y se multiplicarían y llevarían a cabo las batallas con que soñaba Khayman?

»Pero nosotras quedamos sentenciadas en esta primera etapa de la aventura, sentenciadas en la primera rebelión, sentenciadas en nuestra huida. Pronto nos separarían para siempre: a Khayman, a Mekare y a mí.

»Porque el Rey y la Reina, horrorizados por la deserción de Khayman y sospechando que nos había dado la magia, mandaron soldados a perseguirnos, hombres que nos buscarían de día y de noche. Y como cazábamos sin tregua para satisfacer nuestra recién nacida ansia, nuestro rastro a lo largo de los pequeños poblados a orillas del río, o de los asentamientos de las montañas, era muy fácil de seguir.

»Y al fin, cuando aún no hacía dos semanas que habíamos huido del palacio real, fuimos atrapadas por la turba a las puertas de Saqqara, a menos de dos noches de camino al mar.

»¡Si hubiéramos podido llegar al mar! ¡Si hubiéramos conseguido permanecer juntas! El mundo había renacido para nosotras en la oscuridad; nos amábamos desesperadamente; desesperadamente habíamos intercambiado nuestros secretos a la luz del claro de luna.

»Pero en Saqqara nos aguardaba una trampa. Y aunque Khayman luchó y consiguió su libertad, vio que era imposible podernos salvar y huyó hacia las colinas para esperar el momento oportuno; pero el momento oportuno nunca llegó.

»Como recordaréis, como habréis visto en vuestros sueños, nos rodearon y nos atraparon. Me volvieron a arrancar los ojos; y ahora temimos el fuego, porque seguramente nos destruiría, y suplicamos a todas las cosas invisibles que intercediesen por nuestra liberación final.

»Pero el Rey y la Reina tenían miedo de destruir nuestros cuerpos. Habían creído el relato de Mekare acerca del gran y único espíritu, Amel, el que nos había infectado a todos, y temían que cualquier dolor que nos infligiesen a nosotras lo sufrirían ellos también. Evidentemente no era así, pero ¿quién podía saberlo entonces?

»Así pues, nos pusieron en dos ataúdes de piedra, tal como ya os conté. Uno sería botado hacia el este y el otro hacia el oeste. Ya habían construido las balsas para abandonarnos a la deriva en los grandes océanos.

Las había visto incluso en mi ceguera. Nos cargaron en ellas; y supe, por las mentes de los que me habían capturado, lo que iban a hacer. También supe que Khayman no nos podría seguir, porque lo más seguro era que la marcha continuase tanto de día como de noche.

»Cuando desperté, iba errando a la deriva en mitad del mar. Durante diez días la balsa me arrastró, como ya os conté. Sufriría hambre, terror, si no era que el ataúd se hundía al fondo de las aguas, si no era que quedaba enterrada viva para siempre, yo, que no podía morir. Pero eso no ocurrió. Cuando por fin atraqué en la costa oriental del Africa inferior, empecé la búsqueda de Mekare, cruzando el continente hacia el poniente.

»Durante siglos la he buscado de una punta de continente a otra. Fui al norte de Europa. Viajé a lo largo de las costas rocosas, penetré incluso en las islas nórdicas, hasta que llegué a los más remotos yermos de hielo y nieve. Así y todo, una y otra vez regresé a mi pueblecito; pero esta parte de la historia os la voy a contar dentro de un momento, porque es muy importante para mí que la conozcáis, como veréis.

»Pero durante aquellos primeros siglos di la espalda a Egipto; di la espalda al Rey y a la Reina.

»Sólo mucho más tarde supe que el Rey y la Reina habían creado una gran religión a partir de su transformación; y que tomaron para sí la identidad de Isis y Osiris y oscurecieron aquellos antiguos mitos para adecuarlos a sus personalidades.

»Osiris (es decir, el Rey que sólo puede aparecer en la oscuridad) se convirtió en el dios del inframundo. Y la Reina se convirtió en Isis, la Madre, la que recoge los pedazos de su esposo descuartizado, troceado, y los une, los cura y los devuelve a la vida.

»Lo habéis leído en las páginas de Lestat, en la historia que Marius contó a Lestat, que es como se la contaron a él, la historia de cómo los dioses de la sangre creados por la Madre y el Padre tomaban la sangre de los malhechores sacrificados en las criptas ocultas en el interior de las colinas de Egipto; y de cómo la religión duró hasta el tiempo de Cristo.

»Y también habréis oído algo de cómo la rebelión de Khayman fue un éxito, de cómo los enemigos del Rey y la Reina, enemigos cuyo origen eran los mismos Rey y Reina, se levantaron finalmente contra la Madre y el Padre; de cómo hubo grandes guerras entre los bebedores de sangre de todo el mundo. La misma Akasha reveló esos acontecimientos a Marius, quien a su vez los reveló a Lestat.

»En aquellos primeros siglos nació la leyenda de las gemelas; porque los soldados egipcios que habían presenciado los sufrimientos de nuestras vidas, desde la masacre de nuestro pueblo hasta la captura final y definitiva, contaban la historia. La leyenda de las gemelas fue escrita incluso por los escribas de Egipto en períodos posteriores. Se creía que un día reaparecería Mekare y que aplastaría a la Madre, y que todos los bebedores de sangre del mundo morirían al morir la Madre.

»Pero todo eso ocurrió sin mi conocimiento, sin mi vigilancia o mi aquiescencia, porque hacía mucho tiempo que estaba apartada de esos escenarios.

»Solamente trescientos años después me acerqué a Egipto, como un ser anónimo, envuelta en ropajes negros, para ver por mí misma qué había sido de la Madre y del Padre; eran meras estatuas contemplativas, impertérritas, enterradas en piedra bajo su templo subterráneo, sólo con sus cabezas y sus gargantas expuestas. Y los jóvenes que buscaban beber del manantial original iban a los sacerdotes bebedores de sangre que los guardaban.

»El joven sacerdote bebedor de sangre me preguntó si quería beber. Si lo hacía, luego tendría que ir a los Viejos y declarar mi pureza y mi devoción al antiguo culto, y tendría que declarar que no era una proscrita movida por causas personales. Podría haberme partido de risa.

»Pero, oh, ¡el horror de aquellos dos seres contemplativos! Permanecer entre ellos, susurrar los nombres de Akasha y Enkil y no ver ni el más leve parpadeo en los ojos ni el más ligero temblor en la blanca y tersa piel.

»Y así habían estado desde tiempos inmemoriales, me dijeron los sacerdotes; ni siquiera había nadie que supiese si los mitos acerca de los orígenes eran ciertos. Nosotros, sus auténticos primeros hijos, habíamos llegado a ser llamados simplemente la Primera Generación, la que había engendrado a los rebeldes; pero la leyenda de las gemelas cayó en el olvido; y ya nadie conocía los nombres de Khayman, Mekare o Maharet.

»Sólo los iba a ver otra vez más, a la Madre y al Padre. Habían pasado otros mil años. El gran incendio acababa de tener lugar, cuando el Viejo de Alejandría (como Lestat os contó) intentó destruir a la Madre y al Padre colocándolos bajo el sol. Pero éstos habían quedado simplemente bronceados por el calor diurno, según Lestat dijo, tan fuertes habían llegado a ser; porque aunque dormimos indefensos durante el día, la luz en sí misma se hace menos letal con el transcurso del tiempo.

»Pero, en todas partes del mundo, bebedores de sangre habían estallado en llamas durante aquellas horas diurnas de Egipto; mientras que los auténticamente viejos sólo habían sufrido y su piel se había oscurecido, pero nada más. Mi querido Eric tenía por aquel entonces mil años; vivíamos juntos en la India; durante aquellas interminables horas quedó muy quemado. Su restablecimiento costó grandes sorbos de mi sangre.

Yo misma quedé algo bronceada, y aunque sufrí grandes dolores durante muchas noches, aquello tuvo para mí un curioso efecto secundario: a partir de entonces, con la piel algo más oscura, me fue más fácil pasar por un ser humano.

»Muchos siglos después, cansada de mi pálida apariencia, me sometí ex profeso a la acción del sol. Y probablemente lo repetiré.

»Pero aquella primera vez que ocurrió fue un misterio total para mí. Quise saber por qué en mis sueños había visto fuego y oído los gritos de tantos pereciendo, y por qué otros que yo había creado (queridos novicios) habían muerto de aquella indecible muerte.

»Por eso viajé de la India a Egipto, lugar este que siempre me ha sido odioso. Fue entonces cuando oí hablar de Marius, un joven romano bebedor de sangre, que por milagro no se había quemado; este Marius había llegado a Egipto y había robado a la Madre y al Padre; los había sacado de Alejandría y los había llevado adonde nadie pudiese quemarlos (quemarnos) por segunda vez.

»No fue difícil encontrar a Marius. Como ya os dije, en los primeros años no podíamos escucharnos unos a otros. Pero, con el paso del tiempo logramos oír a los más jóvenes exactamente como si fueran seres humanos. Descubrí la casa de Marius en Antioquía, un verdadero palacio, donde vivía con un esplendor romano, aunque, en las últimas horas antes del alba, cazaba víctimas humanas en las calles oscuras.

»Ya había creado una inmortal en Pandora, a quien quería por encima de todas las cosas de la tierra. Y había acomodado a la Madre y al Padre en una exquisita cripta, que había construido con sus propias manos con mármol de Carrara y suelo de mosaico; allí quemaba incienso como si fuera un verdadero templo, como si ellos fueran verdaderos dioses.

»Esperé el momento oportuno. Pandora y él salieron de caza. Entonces entré en la casa, haciendo que los cerrojos se abrieran desde el interior.

»Y vi a la Madre y al Padre, con la piel más oscura, como oscura era la mía, pero bellos y sin vida como habían sido mil años antes. Marius los había sentado en un trono, donde permanecerían sentados dos mil años más, como todos ya sabéis. Me acerqué a ellos; los toqué. Los golpeé. No se movieron. Entonces, con una larga daga hice mi prueba. Agujereé la piel de la Madre, que se había convertido en una capa elástica como la mía. Agujereé el cuerpo inmortal que había llegado a ser tan indestructible como engañosamente frágil; la hoja atravesó el corazón. Lo corté a derecha e izquierda; luego me detuve a observar.

»Su sangre brotó viscosa y espesa un momento; durante un instante su corazón dejó de latir; el corte empezó a cicatrizar; la sangre derramada se endureció como ámbar ante mis propios ojos.

»Pero lo más significativo fue que había percibido en mis entrañas el momento en que el corazón había dejado de bombear sangre; había percibido el vértigo, la vaga desconexión; el mismo murmullo de la muerte. Sin duda alguna, por todas partes del mundo, los bebedores de sangre lo habían sentido; los jóvenes quizá con más fuerza, con un impacto que los hizo tambalearse. El núcleo de Amel aún estaba dentro de ella; las terribles quemaduras y la daga, eso probaba que la vida de los bebedores de sangre residía en el interior del cuerpo de ella y que siempre sería así.

»De no ser así, yo la habría destruido en aquel mismo instante. La habría cortado pedazo a pedazo; porque no había lapso de tiempo que pudiese enfriar el odio que sentía hacia ella; el odio por todo lo que había hecho a mi pueblo; por haberme separado de Mekare. Mekare, mi otra mitad; Mekare, mi propio yo.

»Qué magnífico habría sido que los siglos me hubiesen enseñado el perdón; que mi alma se hubiera abierto a ser comprensiva con todas las maldades infligidas a mi pueblo.

»Y es que es el alma de la humanidad la que a través de los siglos se dirige hacia la perfección, la raza humana la que cada año que pasa aprende a amar mejor y a perdonar. Yo estoy anclada en el pasado por cadenas que no puedo romper.

»Antes de irme limpié todo rastro de mi acción. Contemplé las dos estatuas quizá durante una hora, contemplé los dos seres malignos que tanto tiempo atrás habían destruido a mi gente y nos habían procurado tanta maldad, a mi hermana y a mí, y que, en retorno, habían recibido tanta maldad.

»—Pero al final no venciste —dije a Akasha—. Tú, tus soldados y sus espadas. Porque mi hija, Miriam, sobrevivió para perpetuar la sangre de mi familia y de mi gente a través de los tiempos; y, eso, que tal vez no signifique nada para ti mientras permaneces sentada ahí en silencio, lo significa todo para mí.

»Y las palabras que pronuncié eran verdad. Pero enseguida pasaré a la historia de mi familia. Dejad que trate ahora de una victoria de Akasha; Mekare y yo no nos hemos vuelto a encontrar nunca.

»Porque, como ya os dije, nunca en mis viajes encontré, hombre, mujer, o bebedor de sangre que hubiera visto a Mekare u oído su nombre. Erré por todas las tierras del mundo, en algún momento u otro, en busca de Mekare. Pero había perdido su pista por completo, como si el gran mar occidental se la hubiese tragado. Siempre he sido sólo un ser a medias en busca de lo único que lo puede completar.

»Sin embargo, en los primeros siglos supe que Mekare vivía; había veces en que la gemela que soy sentía el sufrimiento de la otra gemela; en oscuros momentos de ensueño, conocía dolores inexplicables. Pero éstas son cosas que los gemelos humanos también sienten. Al tiempo que mi cuerpo se endurecía, al tiempo que lo humano en mi interior se iba diluyendo, y este cuerpo, más poderoso, resistente e inmortal, se iba haciendo dominante, perdía las simples ataduras humanas con mi hermana. Sin embargo sabía, sabía que estaba viva.

»Hablaba a mi hermana mientras andaba por las costas solitarias, echando ojeadas al mar helado. Y en las cuevas del Monte Carmelo plasmé nuestra historia en grandes dibujos (todo lo que sufrimos), el paisaje que ahora contempláis en vuestros sueños.

»Con el paso de los siglos, muchos mortales encontrarían esas cuevas, verían esas pinturas; y luego serían olvidadas de nuevo y descubiertas de nuevo.

»Finalmente, en el presente siglo, un joven arqueólogo, habiendo oído hablar de ellas, un día subió al Monte Carmelo, linterna en mano. Y, cuando contempló las pinturas que yo había realizado mucho tiempo atrás, su corazón dio un vuelco, porque había visto aquellas mismas imágenes en una cueva al otro lado del mar, en las junglas del Perú.

»Pasaron años antes de que conociera este descubrimiento. El arqueólogo había viajado por todo lo ancho y largo del mundo con sus fragmentos de pruebas; fotografías de los dibujos de las cuevas del Viejo y Nuevo Mundo; una vasija de cerámica hallada en el almacén de un museo, un antiguo objeto de artesanía de aquellos siglos brumosos en que la leyenda de las gemelas aún era conocida.

»No puedo expresar el dolor y la felicidad que experimenté al mirar las fotografías de las pinturas que había descubierto en una cueva poco profunda del Nuevo Mundo.

»Porque Mekare había dibujado las mismas cosas

que yo: el cerebro, el corazón... Y una mano tan parecida a la mía propia había dado expresión a las mismas imágenes de sufrimiento y dolor. Sólo se apreciaban insignificantes diferencias. Pero la prueba estaba más allá de cualquier duda.

»La balsa que transportaba a Mekare cruzó el gran océano occidental y la llevó a una tierra desconocida en nuestro tiempo. Quizá siglos antes de que la especie humana hubiese penetrado en aquellos confines del sur del continente selvático. Mekare había atracado allí, para conocer tal vez la más grande soledad que una criatura pueda conocer. ¿Cuánto tiempo había errado entre pájaros y animales salvajes antes de ver un rostro humano?

»¿Había durado siglos o milenios, aquel inconcebible aislamiento? ¿O enseguida había encontrado mortales que la habían consolado o que habían huido de ella aterrorizados? Nunca hube de saberlo. Mi hermana debía de haber perdido la razón mucho antes de que el ataúd en que viajaba hubiese tocado tierra en la costa sudamericana.

»Lo único que sabía era que ella había estado allí; y que miles de años atrás había realizado aquellos dibujos, como yo había realizado los míos.

»Naturalmente, prodigué mucho dinero en el arqueólogo; le proporcioné todos los medios para que continuara sus investigaciones en la leyenda de las gemelas. Yo misma hice un viaje a Sudamérica. En compañía de Eric y Mael, escalé la montaña del Perú a la luz de la luna y con mis propios ojos vi el trabajo artesanal de mi hermana. Las pinturas eran antiquísimas. Con toda seguridad habían sido realizadas cien años después de nuestra separación, quizá muy posiblemente menos.

»Pero nunca encontraríamos otra prueba evidente de que Mekare vivió o erró por las selvas sudamericanas, o en cualquier otra parte de este mundo. ¿Estaba enterrada en las profundidades de la tierra, más allá del alcance de la llamada de Mael o de Eric? ¿Dormía en las profundidades de alguna cueva, como una estatua blanca, con la vista fija y ausente y con la piel cubierta por capas y capas de polvo?

»No puedo imaginármelo. No puedo soportar pensar en ello.

»Sólo sé, como vosotros, que se ha levantado. Se ha despertado de su larguísimo letargo. ¿Han sido las canciones de El Vampiro Lestat lo que la ha despertado? ¿Esas melodías electrónicas que han llegado a los lugares más recónditos del mundo? ¿Han sido los pensamientos de miles de bebedores de sangre que las han oído, interpretado y que han respondido a ellas? ¿Ha sido Marius avisando de que la Madre anda?

»Tal vez haya sido una difusa sensación (recogida de todas esas señales) de que ha llegado la hora de dar cumplimiento a la vieja maldición. No puedo decirlo. Sólo sé que avanza en dirección norte, que su recorrido es errático, que todos los esfuerzos por mi parte, a través de Eric y de Mael, por encontrarla, han fracasado.

»Y no es a mí a quien busca ella. De eso estoy convencida. Es a la Madre. Y los errabundeos de la Madre la despistan y hacen que cambie de rumbo bruscamente.

»Pero, si es su propósito, encontrará a la Madre. ¡Encontrará a la Madre! A lo mejor se llegará a dar cuenta de que puede elevarse al aire como la Madre, y podrá, una vez hecho este descubrimiento, recorrer kilómetros y kilómetros en un abrir y cerrar de ojos.

»Pero encontrará a la Madre. Lo sé. Y no puede haber sino un final. O bien morirá Mekare o bien morirá la Madre, y con ésta todos nosotros.

»La fuerza de Mekare es igual a la mía, si no mayor. Es igual a la de la Madre; y puede extraer de su locura una ferocidad que ya nadie puede alcanzar o poseer.

»No creo en las maldiciones; no creo en las profecías; los espíritus que me enseñaron la validez de tales cosas me abandonaron hace miles de años. Pero Mekare creyó en la maldición cuando la pronunció. Fue una maldición que surgió de las profundidades de su ser; y ella la ha desencadenado ahora. Y sus sueños hablan sólo del principio, de las fuentes de su rencor, con el cual alimenta seguramente sus deseos de venganza.

»Mekare puede conseguir llevar a cabo el cumplimiento; y puede que sea lo mejor para nosotros. Y si ella no destruye a Akasha, ¿cuál será el resultado? Ya sabemos qué maldades ha comenzado a perpetrar la Madre. ¿Puede el mundo detener a ese ser si el mundo no comprende nada de él? ¿Si no comprende que es inmensamente fuerte, aunque vulnerable; que tiene el poder de aplastar y que sin embargo su piel y sus huesos pueden ser agujereados y cortados? ¿Que puede volar, leer mentes y provocar incendios con sus pensamientos, pero que ella misma puede ser quemada?

»Cómo podemos detener a Akasha y salvarnos, ésa es la cuestión. Quiero vivir, siempre he querido vivir. No quiero cerrar los ojos a este mundo. No quiero que los que amo sufran daño. Haré trabajar a mi mente para que encuentre alguna manera de proteger a los jóvenes, a los que aún tienen que tomar vidas. ¿Está mal por mi parte? ¿O no somos una especie y compartimos con las demás especies el instinto de conservación?

»Reflexionad bien sobre lo que os he dicho de la Madre. Sobre lo que os he dicho de su alma y de la naturaleza del espíritu maligno que reside en su interior; su núcleo fusionado con su corazón. Pensad en la naturaleza de esa gran cosa invisible que nos anima a cada uno de nosotros, y que anima o animaba a todos los bebedores de sangre que han existido.

»Nosotros somos como receptores de la energía de ese ser; como las radios son receptores de las ondas invisibles que transportan el sonido. Nuestros cuerpos no son más que caparazones para esta energía. Somos, como la describió Marius hace ya mucho tiempo, brotes de un solo sarmiento.

»Examinemos este misterio. Porque si lo examinamos atentamente quizá podamos encontrar una manera de salvarnos.

»Y yo examinaría una cosa más en relación con ello; quizá la cosa de más valor que nunca he aprendido.

»En aquellos primeros tiempos, cuando los espíritus nos hablaban, a mi hermana y a mí, en la ladera de la montaña, ¿qué ser humano hubiera pensado que los espíritus eran seres irrelevantes? Incluso nosotras éramos cautivas de su poder, porque creíamos que era nuestro deber usar los dones que poseíamos para el bien de nuestro pueblo, como Akasha creería más tarde.

»Después de aquello, durante miles de años, la firme creencia en lo sobrenatural ha formado parte del alma humana. Había tiempos en que hubiera dicho que era natural, químico, un elemento indispensable del carácter humano; algo sin lo cual los humanos no podían prosperar, y no hablemos de sobrevivir.

»Una y otra vez hemos sido testigos de nacimientos de cultos y religiones, de las temibles proclamaciones de apariciones y milagros y de la subsiguiente promulgación de los credos inspirados en esos "acontecimientos".

»Viajad por las ciudades de Asia y Europa, contemplad los antiguos templos que aún siguen en pie, las catedrales del dios cristiano en las cuales aún se cantan los himnos. Recorred los museos de todos los países: sus pinturas y esculturas religiosas deslumbran y humillan el alma.

»¡Cuán grande parece este logro; la misma maquinaria de la cultura dependiente del ardor de la creencia religiosa!

»Y, sin embargo, ¿cuál ha sido el precio de esta fe que galvaniza países y que envía ejércitos contra ejércitos, que divide el mapa de naciones en vencedores y vencidos, que aniquila a los fieles de los dioses extranjeros?

»Pero en los últimos siglos, ha ocurrido un verdadero milagro que no tiene nada que ver con espíritus o apariciones o voces de los cielos que dicen a este o aquel profeta lo que debe hacer.

»Hemos observado en el animal humano una resistencia infinita a lo milagroso, un escepticismo en cuanto a las acciones de los espíritus o respecto a los que afirman verlos, comprenderlos y transmitir sus verdades.

»Hemos observado cómo la mente humana abandona poco a poco la tradición de la ley basada en la revelación, para buscar verdades éticas por medio de la razón, para buscar un modo de vida basado en el respeto por lo físico y lo espiritual como algo percibido por todos los seres humanos.

»Y con esta pérdida del respeto por la intervención de lo sobrenatural, con esta poca credulidad por todas las cosas divorciadas de la carne, ha llegado la era más iluminada de todas; porque los hombres y las mujeres no buscan la más alta inspiración en el reino de lo invisible, sino en el reino de lo que es humano, en lo que es tanto carne como espíritu; invisible y visible, terrestre y trascendente.

»El médium, el clarividente, la bruja, si queréis, ya no tiene valor, estoy convencida de ello. Los espíritus ya no nos pueden ofrecer más. En definitiva: hemos superado nuestra susceptibilidad de caer en una tal insensatez y vamos hacia una perfección que el mundo nunca ha conocido.

»Finalmente la palabra se ha hecho carne, para citar la vieja frase bíblica con todo su misterio; pero la palabra es la palabra de la razón; y la carne es el reconocimiento de las necesidades y los deseos que todos los hombres y mujeres comparten.

»Y ¿cómo quiere intervenir nuestra Reina en este mundo? ¿Qué le dará, ella, cuya existencia es ahora irrelevante, ella, cuya mente ha permanecido cerrada durante siglos en un reino de sueños a oscuras?

»Tenemos que detenerla; Marius tiene razón; ¿quién puede no estar de acuerdo? Debemos prepararnos para ayudar a Mekare, debemos evitar desbaratar sus planes, aunque eso signifique el final para todos nosotros.

»Pero dejad ahora que exponga ante vosotros el capítulo final de mi historia, que mostrará con la más absoluta claridad la amenaza que la Madre nos pone a todos.

»Como ya he dicho antes, Akasha no aniquiló por completo a mi pueblo. Mi pueblo continuó viviendo en mi hija Miriam y en las hijas de ésta y en las hijas que nacieron de éstas.

»Después de veinte años regresé al pueblo donde había dejado a Miriam y la encontré hecha una joven; había crecido entre las historias que luego conformarían la leyenda de las gemelas.

»Bajo la luz del claro de luna, la llevé a la montaña y le mostré las cuevas de sus antecesores; le di los pocos collares y el oro que aún continuaban ocultos muy adentro de las grutas pintadas, donde otros no habían osado llegar. Y le conté todas las historias de sus antecesores que yo conocía. Pero la conjuré: permanece apartada de los espíritus; manténte lejos de todo trato con las cosas invisibles, sea cual sea el nombre que les dé la gente, y especialmente si les llaman dioses.

»Luego fui a Jericó, en cuyas calles era fácil cazar

víctimas, hacer víctimas de los que deseaban morir y que por tanto no me turbaban la conciencia; y que eran fáciles de esconder a los ojos curiosos.

»Pero en el transcurso de los años iría muchas veces a visitar a Miriam. Miriam dio a luz a cuatro niñas y dos niños, y ésas dieron a luz a su turno a cinco bebés, los cuales vivieron hasta la madurez; de esos cinco dos eran mujeres, y de esas dos mujeres nacieron ocho hijos. Y las leyendas de la familia eran transmitidas de madres a hijos; también aprendieron la leyenda de las gemelas, la leyenda de las hermanas que habían hablado con los espíritus, que habían hecho llover y que habían sido perseguidas por un Rey una Reina malvados.

»Doscientos años después, escribí por primera vez todos los nombres de mi familia, porque por entonces ya formaban un pueblo entero, y me ocupó cuatro tablillas de arcilla completas anotar lo que sabía. Posteriormente llené tablillas y tablillas con las historias de los orígenes, con las historias de las mujeres que se remontaban al Tiempo Anterior a la Luna.

»Y aunque a veces durante un siglo completo deambulaba lejos de mi patria en busca de Mekare, recorriendo las áridas costas de la Europa Nórdica, siempre regresaba a mi pueblo, a mis secretos escondrijos en las montañas y a mi casa en Jericó, y anotaba de nuevo los progresos de la familia, las hijas que habían nacido y los nombres de las hijas que habían nacido de éstas. También de los hijos escribí con detalle, acerca de sus talentos, de sus personalidades y, a veces, de sus heroicidades, como hacía con las mujeres. Pero de la descendencia de éstos no. No era posible saber si los hijos de los hombres eran auténticamente sangre de mi sangre y la sangre de mi familia. De este modo, la trama fue matrilineal, y así ha sido desde entonces.

»Pero nunca, nunca, en todo aquel tiempo revelé a

mi familia la maldición que había caído sobre mí. Estaba determinada a que este mal nunca tocase a mi familia; y así, si utilizaba mis poderes sobrenaturales que aumentaban sin cesar, era en secreto, y de manera que siempre tuvieran fácil explicación.

»Al llegar la tercera generación, yo ya era simplemente una pariente lejana que regresaba a casa después de pasar muchos años en otra tierra. Y cuando intervenía, si es que intervenía, en algo de la familia, era para regalar oro o dar consejo a mis hijas, como hubiera hecho cualquier otro ser humano, y nada más.

»Transcurrieron miles de años mientras observaba a mi familia desde el anonimato; sólo de vez en cuando jugaba el papel de la pariente alejada durante mucho tiempo de los suyos, que llegaba a este o aquel pueblo o a una reunión familiar para tomar a los recién nacidos en sus brazos.

»Pero durante los primeros siglos de la era cristiana, mi imaginación forjó una idea para mi persona. Y así creé la ficción de una rama de la familia que era la encargada de conservar todos sus documentos, ya que por entonces había tablillas y rollos de pergamino en abundancia, e incluso libros encuadernados. Y en cada generación de esta rama imaginaria, había una mujer imaginaria a quien se transmitía la tarea de ser la conservadora de los documentos. El nombre de Maharet iba unido al honor del cargo; y, cuando el tiempo lo exigía, la vieja Maharet moría, y otra joven Maharet la sucedía en el puesto.

»De este modo estuve siempre con la familia; y la familia me conocía y yo conocía el amor de la familia. Me convertí en una asidua escritora de cartas, en la benefactora, en la aglutinadora, en la misteriosa pero íntima visitante que parecía solucionar rencillas familiares y enderezar entuertos. Y, aunque miles de pasiones me consumían, aunque residí durante siglos en países diferentes, aprendiendo nuevas lenguas y nuevas costumbres, y maravillándome de la infinita belleza del mundo y del poder de la imaginación humana, siempre regresé al seno de la familia, de la familia que me conocía y que esperaba cosas de mí.

»Pasaron los siglos, pasaron los milenios, pero nunca me fui bajo tierra, como muchos de vosotros habéis hecho. Nunca me enfrenté a la locura de la pérdida de la memoria, como era corriente en los viejos, que a menudo se transformaban en estatuas enterradas bajo suelo, como la Madre y el Padre. No ha pasado ni una sola noche desde aquellos primeros tiempos que no haya abierto mis ojos, sabido mi nombre, observado con reconocimiento el mundo a mi alrededor y retomado el hilo de mi propia vida.

»Pero no era que la locura no estuviese al acecho. No era que la fatiga no me abrumara muchas veces. No era que la pena no me amargara o que los misterios no me confundieran, o que no conociera el dolor.

»Era que tenía que conservar los documentos de mi propia familia; que tenía mi propia descendencia que cuidar y que guiar en el mundo. Y así, incluso en las épocas más oscuras, cuando toda la existencia humana me parecía monstruosa e insoportable y los cambios en el mundo se me aparecían fuera de toda comprensión, me volvía hacia la familia como si fuera el manantial de la vida misma.

»Y la familia me enseñó los ritmos y las pasiones de cada nueva época; la familia me llevó a países extraños donde quizá nunca me hubiera aventurado a ir sola; la familia me condujo por los reinos del arte que podrían haberme intimidado; la familia fue mi guía a través del tiempo y del espacio. Mi maestra, mi libro de la vida. La familia lo fue todo.

Maharet hizo entonces una pausa.

Por un momento pareció que iba a decir algo más.

Luego se levantó de la mesa. Recorrió con la vista los rostros de los demás y por fin la fijó en Jesse.

—Ahora quiero que vengáis conmigo, quiero mostraros lo que ha llegado a ser la familia.

En silencio, todos se levantaron, esperaron a que Maharet diera la vuelta a la mesa. Maharet salió de la sala y ellos fueron tras ella por el rellano de hierro que daba a la escalera enterrada; siguieron a Maharet y entraron en otra gran sala en la cima de la montaña, con techo de cristal y muros sólidos. Jesse fue la última en entrar, pero antes de cruzar la puerta ya sabía lo que vería. Un dolor exquisito recorrió su espinazo, un dolor lleno de memorias de felicidad y de anhelos inolvidables. Era la estancia sin ventanas en la cual había estado tanto tiempo atrás.

Qué claramente recordaba el hogar de piedra, y los muebles de piel oscura dispuestos al azar en la alfombra; y el ambiente de gran y secreta emoción, que sobrepasaba infinitamente la memoria de las cosas físicas, que desde entonces la habían embrujado siempre, absorbiéndola en sus medio sueños medio recuerdos.

Sí, allí estaba el gran mapa electrónico del mundo con sus continentes aplanados, recubierto de miles y miles de lucecitas encendidas.

Los otros tres muros, muy oscuros, parecían estar cubiertos por una fina malla de alambre negro, hasta que uno se percataba de que lo que tenía ante sí era un inacabable sarmiento dibujado en tinta, que llenaba cada pulgada de pared entre el suelo y el techo, creciendo de un único tronco situado en una esquina y extendiéndose en un millón de ramitas retorcidas, con cada ramita rodeada de incontables nombres escritos con cuidada caligrafía.

Marius, al darse la vuelta, al pasar la mirada del mapa punteado de lucecitas al denso y delicado dibujo del árbol familiar, respiró hondo. Armand esbozó una leve y triste sonrisa, mientras Mael sonreía con un matiz burlón, aunque estaba realmente sorprendido.

Los demás se quedaron mirando en silencio; Eric había conocido esos secretos; Louis, el más humano de todos, tenía lágrimas en los ojos. Daniel contemplaba con franca maravilla. Mientras Khayman, con los ojos apagados como por la tristeza, miraba el mapa como si no lo viera, como si aún mirara en las profundidades del pasado.

Gabrielle asintió lentamente; emitió un leve sonido de aprobación, de placer.

—La Gran Familia —dijo en un simple reconocimiento mientras miraba a Maharet.

Maharet asintió.

Señaló el gran, extenso, mapa del mundo a sus espaldas, que recubría el muro de mediodía.

Jesse siguió la vasta procesión de lucecitas intermitentes que se movían por él, iniciando el recorrido desde Palestina, esparciéndose por toda Europa, entrando en Africa y en Asia y por fin había llegado a los continentes del Nuevo Mundo. Incontables lucecitas de distintos colores parpadeaban; y Jesse, al recorrer lentamente con la mirada aquel panel comprendió la gran amplitud que alcanzaba. También vio los viejos nombres de los continentes, países y mares, escritos en tinta dorada en la lámina de cristal que cubría la ilusión tridimensional de montañas, llanuras y valles.

—Ésta es mi descendencia —dijo Maharet—, la descendencia de Miriam, que fue mi hija y la hija de Khayman, y de mi familia, cuya sangre estaba en mí y en Miriam, trazada por la vía matrilineal, como podéis ver, durante seis mil años.

—¡Asombroso! —musitó Pandora.

También ella estaba triste, casi al borde de las lágrimas. Qué belleza más melancólica, grandiosa y remota poseía, y sin embargo, con reminiscencias de una calidez que había existido en ella, de una forma natural, sobrecogedora. Aquella revelación pareció herirla, recordarle lo que había perdido hacía mucho tiempo.

—No es sino una familia humana —dijo Maharet con dulzura—. A pesar de lo cual no hay nación en la tierra que no contenga algún pedacito de ella; y la descendencia de los varones, sangre de nuestra sangre, incontables, existe seguramente igual de numerosa para todos los que conocemos de nombre. Muchos que fueron a los yermos de la gran Rusia y penetraron en China y Japón y otras regiones nebulosas están perdidos para este registro. Como muchos cuya pista perdí durante el transcurso de los siglos por razones varias. ¡Sin embargo, sus descendientes están aquí! No hay pueblo, raza o país que no tenga a alguien de la Gran Familia, La Gran Familia es árabe, judía, inglesa, india, mongol, es japonesa y china. En suma, la Gran Familia es la familia humana.

—Sí —susurró Marius. Singular era ver la emoción en su rostro, el levísimo rubor de color humano de nuevo, y la sutil luz en sus ojos, desafiando siempre toda descripción—. Una familia y todas las familias —dijo. Se acercó al enorme mapa y no pudo resistir el levantar las manos mientras lo contemplaba, mientras estudiaba el recorrido de las luces que se desplazaban por el terreno cuidadosamente moldeado.

Jesse sintió que la envolvía la atmósfera de aquella noche de tantos años atrás; luego, no pudo explicarse cómo aquellos recuerdos parpadearon un instante y se desvanecieron, como si ya no importasen más. Ella estaba allí con todos los secretos; ella estaba otra vez en la sala.

Se aproximó más al fino y oscuro grabado de la pared. Observó la miríada de diminutos nombres escritos en tinta negra; retrocedió y desde cierta distancia siguió el progreso de una rama, una rama delgada y delicada, que subía lentamente hacia el techo dejando a su paso cientos de otras bifurcaciones y desviaciones.

Y, por entre la deslumbrante niebla de todos sus sueños (realizados ahora), pensó con gran amor en aquellas almas que formaban la Gran Familia y que ella había conocido; en todo el misterio de la herencia y de los lazos de sangre. El momento fue eterno; para ella calmo; no veía las caras blancas de su nueva especie, las espléndidas formas inmortales atrapadas en su quietud misteriosa.

Algo del mundo real aún estaba vivo para ella ahora, algo que le evocaba admiración, pena y quizás el mejor amor que nunca fue capaz de sentir; y por un momento pareció que la existencia natural y la sobrenatural eran iguales en su misterio. Eran iguales en su poder. Todos los milagros de los inmortales no podrían nublar aquella simple y vasta crónica. La Gran Familia.

Su mano se levantó como si tuviera vida propia. Y, cuando la luz se reflejó en el brazalete de plata que aún llevaba en la muñeca, apoyó la mano en el muro, con los dedos extendidos. Un centenar de nombres quedaron cubiertos por la palma de su mano.

—Esto es lo que ahora está amenazado —dijo Marius, con la voz aplacada por la tristeza y la vista aún en el mapa.

La sorprendió que una voz pudiera ser a la vez tan potente y tan suave. No, pensó. Nadie hará daño a la Gran Familia. ¡Nadie hará daño a la Gran Familia!

Se volvió hacia Maharet; Maharet la estaba mirando. Aquí estamos, pensó Jesse, en los extremos opuestos de este sarmiento, Maharet y yo.

Un dolor terrible se expandió en el interior de Jesse. Ser barrida de todo lo real había sido irresistible, pero pensar que todas las cosas reales podían ser barridas era insoportable.

Durante sus largos años en la Talamasca, cuando había visto espíritus y fantasmas agitados, y duendes que eran capaces de aterrorizar a sus confundidas víctimas, y clarividentes hablando en lenguas desconocidas, siempre había sabido que, de ningún modo, lo sobrenatural nunca podría superponerse a lo natural. ¡Maharet había tenido toda la razón! Irrelevante, sí, irrelevante e inerme... ¡incapaz de intervenir!

Pero ahora aquello iba a cambiar. Lo irreal se había hecho real. Era absurdo permanecer en aquella extraña sala, entre aquellas rígidas e imponentes figuras y decir «Esto no puede suceder». Esa cosa, eso llamado la Madre, podía alcanzar, desde detrás del velo que durante tanto tiempo la había mantenido apartada de los ojos mortales, a un millón de almas humanas.

¿Qué veía Khayman cuando ahora la miraba, como si la comprendiera? ¿Veía a su hija, en Jesse?

—Sí —dijo Khayman—. Mi hija. Y no temas. Mekare vendrá. Mekare dará cumplimiento a la maldición. Y la Gran Familia proseguirá.

Maharet suspiró.

—Cuando supe que la Madre se había levantado, no advertí lo que sería capaz de hacer. Abatir a sus hijos, aniquilar la maldad que había salido de ella, de Khayman, de mí y de todos los que, por causa de la soledad, hemos compartido este poder... ¡un poder que realmente no podía evitar poner en duda! ¿Qué derecho tenemos a vivir? ¿Qué derecho tenemos a ser inmortales? Somos accidentes; somos horrores. Y, aunque quiero mi vida, avaramente, la quiero con tanto ardor como siempre la quise, no puedo decir que esté mal que ella haya matado a tantos...

—¡Matará a más! —dijo Eric desesperadamente.

—Pero es la Gran Familia lo que ahora cae bajo su amenaza —dijo Maharet—. ¡Es su mundo, de ellos! Y Akasha quiere poseerlo. A menos que...

—Mekare vendrá —dijo Khayman. La sonrisa más simple animó su rostro—. Mekare dará cumplimiento a su maldición. Yo hice a Mekare lo que es, para que la cumpliera. Ahora es nuestra maldición.

Maharet sonrió, pero su expresión fue harto diferente a la de la alegría. Era una expresión triste, indulgente y curiosamente fría.

—Ah, crees en tal determinación, Khayman.

—¡Todos moriremos, todos nosotros! —exclamó Eric.

—Tiene que haber un modo de matarla —dijo Gabrielle fríamente—, pero sin matarnos a nosotros. Tenemos que pensarlo, estar preparados, tener alguna clase de plan.

—No puedes cambiar la profecía —susurró Khayman.

—Khayman, si algo hemos aprendido —repuso Marius— es que no hay destino. Y, si no hay destino, no existe profecía. Mekare viene aquí a cumplir lo que prometió cumplir; puede que sea lo único que sepa o lo único que pueda hacer, pero eso no significa que Akasha no pueda defenderse contra Mekare. ¿No crees que la Madre sabe que Mekare se ha levantado? ¿No crees que la Madre ha visto y ha oído los sueños de sus hijos?

—Ah, pero las profecías tienen un modo de cumplirse por sí solas —repuso Khayman—. Aquí está la magia de la cuestión. Así lo entendíamos en las épocas antiguas. El poder de los hechizos es el poder de la voluntad; bien se podría decir que en aquellos tiempos oscuros éramos todos grandes genios de la psicología, que uno podía ser muerto por el poder del propósito de otro. Y los sueños, Marius, los sueños no son sino parte de un gran propósito.

—No hables de ello como si ya fuera una cosa hecha —dijo Maharet—. Tenemos otra herramienta. Podemos utilizar la razón. Esta criatura ahora habla, ¿no? Entiende lo que se le dice. Quizá podamos hacer que varíe sus intenciones...

—¡Oh, estás loca, estás loca de remate! —exclamó Eric—. ¿Vas a hablar con el monstruo que recorre el mundo incendiando a su progenie? —A cada minuto que pasaba estaba más asustado—. ¿Qué sabe ese ser de la razón, ese ser que inflama a las mujeres a levantarse contra sus hombres? Ese ser sabe de la masacre, la muerte, la violencia, que es lo único que siempre ha sabido, como tu historia nos ha mostrado claramente. Maharet, nosotros no cambiamos. ¡Cuántas veces me lo has dicho! Nos acercamos más y más a la perfección de lo que estamos destinados a ser.

—Nadie de nosotros quiere morir, Eric —dijo Maharet pacientemente. Pero de repente algo la distrajo.

En el mismo momento, Khayman también lo sintió. Jesse estudió a ambos con atención, intentando descifrar lo que estaba viendo. Entonces se dio cuenta de que Marius también había experimentado un cambio sutil. Eric estaba petrificado. Mael, para sorpresa de Jesse, la miraba fijamente.

Estaban oyendo algún sonido. Esto lo reveló la manera en que movían sus ojos; la gente escucha con los ojos; sus ojos bailan mientras absorben el sonido e intentan localizar la fuente.

De súbito Eric dijo:

—Los jóvenes deberían ir enseguida al sótano.

—No serviría de nada —replicó Gabrielle—. Además, yo quiero estar presente. —Ésta aún no podía oír el sonido, pero lo estaba intentando.

Eric se dirigió a Maharet:

—¿Vas a permitir que nos destruya, a uno tras otro?

Maharet no respondió. Volvió la cabeza muy lentamente y fijó la vista en el rellano.

Después, Jesse oyó el sonido por sí misma. Ciertamente, los oídos humanos no podían percibirlo; era el equivalente auditivo a la tensión sin vibración, una tensión que recorría su cuerpo como recorría cada partícula de sustancia en la sala. Era un sonido que inundaba y desorientaba; y, aunque podía ver que Maharet hablaba a Khayman y que Khayman le respondía, no oía lo que se estaban diciendo. Ingenuamente se llevó las manos a los oídos. Con el rabillo del ojo vio que Daniel también había hecho el mismo gesto, pero ambos sabían que no era de ninguna utilidad.

De pronto pareció que el sonido detenía el tiempo; retenía el péndulo del devenir. Jesse perdía el equilibrio; se apoyó de espaldas en la pared y contempló el mapa que tenía enfrente, como si quisiera sostenerse en él. Miró el tenue flujo de lucecitas saliendo de Asia Menor y desparramándose hacia el norte y hacia el sur.

Una turbulencia nebulosa, inaudible, llenó la sala. El sonido se había desvanecido pero el aire resonaba con un silencio ensordecedor.

En lo que parecía un sueño sin sonido, vio la figura del vampiro Lestat aparecer en la puerta; vio que se lanzaba a los brazos de Gabrielle, vio que Louis se acercaba a él y lo abrazaba.

Y luego vio al vampiro Lestat que la miraba a ella, y Jesse captó la imagen fugaz del banquete funerario, las gemelas, el cadáver en el altar. ¡Lestat no sabía lo que significaba! No lo sabía.

Este hecho la sorprendió. El momento culminante en el escenario le vino de nuevo a la memoria, el momento en que, al separarse, Jesse advirtió que él se había esforzado por comprender una imagen fugaz.

Luego, cuando los demás se separaron de Lestat, otra vez con abrazos y besos (incluso Armand se había acercado a él con los brazos abiertos), él le dedicó una sonrisa sutilísima.

—Jesse —pronunció.

Miró al resto de los reunidos, a Marius, a aquellos rostros fríos y cansados. Y qué blanca era la piel de Lestat, qué completamente blanca; sin embargo, el ardor, la exuberancia, la agitación casi infantil, eran las mismas de siempre.

CUARTA PARTE

LA REINA DE LOS CONDENADOS

i.

Alas remueven el polvo iluminado por el sol
de la catedral donde
el Pasado está enterrado
en mármol hasta el mentón.

STAN RICE
de «Poema al meterse en la cama: amargura»
Cuerpo de trabajo (1983)

ii.

En el reluciente verdor del seto,
de la hiedra
y de las fresas no comestibles,
las azucenas son blancas, remotas, extremas.
¡Si fueran nuestros guardianes!
Son bárbaras.

STAN RICE
de «Fragmentos griegos»
Cuerpo de trabajo (1983)

Estaba sentada en la cabecera de la mesa, esperándolos; tan quieta, tan plácida, con el vestido magenta que en la luz del fuego proporcionaba a su piel un profundo fulgor carnal.

El contorno de su rostro quedaba dorado por el resplandor de las llamas, y el cristal oscuro de la pared la reflejaba vivamente, como un espejo perfecto, como si la imagen fuera lo real, flotando en el exterior, en la noche transparente.

Temiendo. Temiendo por ellos y por mí. Y, extrañamente, por ella misma. El presagio era como un escalofrío. Para ella. Para la que podía destruir todo lo que yo siempre amé.

En la puerta, me volví y besé de nuevo a Gabrielle. Sentí que su cuerpo se desplomaba en el mío un instante; luego su atención se centró en Akasha. Cuando tocó mi rostro sentí el leve temblor en sus manos. Miré a Louis, a mi aparentemente frágil Louis con su aparentemente invencible compostura; y a Armand, el chico con cara de ángel. En definitiva, aquellos a quienes uno ama no son otra cosa que... aquellos a quienes uno ama.

Marius, al hacer su entrada en la sala, se mostró tenso de ira; nada pudo disimularlo. Me lanzó una mirada encendida, a mí, el que había aniquilado aquellos pobres e indefensos mortales y los había dejado esparcidos por la montaña. Él lo sabía, ¿no? Ni toda la nieve del mundo podría encubrirlo.

«Te necesito, Marius. Te necesitamos.»

Su mente estaba velada; todas las mentes estaban veladas. ¿Podrían ocultar sus secretos a Akasha?

Mientras ellos iban entrando en fila en la sala, yo me dirigí a la derecha de Akasha, como ella quería. Y porque yo sabía que era dónde debía estar. Hice una señal a Gabrielle y a Louis para que se sentaran enfrente, cerca, donde pudiera verlos. La expresión del rostro de Louis, tan resignada, tan apenada, me sacudió el corazón.

La pelirroja, la vieja llamada Maharet, se sentó en el extremo opuesto de la mesa, el más próximo a la puerta. Marius y Armand se hallaban a su derecha. Y a su izquierda estaba la joven pelirroja, Jesse. Maharet aparentaba una pasividad total, un sosiego completo, como si nada pudiera alarmarla. Pero era bastante fácil ver por qué. Akasha no podía herir a esa criatura; ni al otro muy viejo, a Khayman, quien ahora se sentó a mi derecha.

El que se llamaba Eric estaba aterrorizado. Sólo con grandes recelos se sentó en la mesa.

Mael también tenía miedo, pero eso lo enfurecía. Lanzaba miradas airadas a Akasha, como si no le importase nada demostrar abiertamente su animosidad.

Y Pandora, la bella de ojos pardos Pandora, aparentaba una total despreocupación cuando tomó asiento junto a Marius. Ni siquiera dirigió una mirada a Akasha. Contempló, a través de las paredes de cristal, el exterior, desplazando los ojos lentamente, encantadoramente, siguiendo con la vista los árboles del bosque, las capas y capas de bosque nebuloso, con sus oscuras tiras de corteza de secoya y de verde punzante.

Otro que no estaba ansioso era Daniel. A éste también lo había visto en el concierto. ¡Nunca me hubiera imaginado que Armand lo acompañase! Ni siquiera había captado la más leve señal de que Armand estaba allí. Y pensar que todo lo que nos pudimos haber dicho estaba ahora perdido para siempre. Pero entonces pareció que eso no podía ser, ¿no? Pareció que tendríamos nuestro momento juntos, Armand y yo, todos nosotros. Daniel lo sabía, hermoso Daniel, el reportero y su pequeño magnetófono que en una habitación en Divisadero Street con Louis había empezado aquello. Por eso miraba con tanta serenidad a Akasha; por eso lo exploraba todo sin perder un detalle.

Miré al de pelo negro, Santino, un ser más bien regio, que me estaba evaluando de un modo calculador. Tampoco tenía miedo. Pero estaba interesado hasta la desesperación por lo que ocurría allí. Cuando volvió la vista hacia Akasha quedó impresionado por su belleza; tocó alguna profunda herida en su interior. La vieja fe llameó por un momento, la fe que había significado más que la supervivencia para él, la fe que se había consumido amargamente.

No había tiempo para comprenderlos a todos, para calibrar los eslabones que los unían, para preguntar el significado de aquella extraña imagen: las dos mujeres pelirrojas y el cadáver de la Madre, que de nuevo vi en una imagen fugaz al fijar mis ojos en Jesse.

Me preguntaba si podrían registrar mi mente y encontrar todos los pensamientos que me esforzaba en ocultar; los pensamientos que inconscientemente me ocultaba a mí mismo.

Ahora la expresión de Gabrielle era ilegible. Sus ojos se habían entornado y se habían vuelto grises, como cerrándose a la luz y al color; me miró a mí y luego otra vez a Akasha, como si intentara descifrar algo.

Una súbita sensación de terror subió por mi espinazo. Quizás el terror había estado agazapado allí todo el tiempo. Ellos, éstos, nunca se rendirían. Algo inveterado lo impediría; así había ocurrido conmigo. Y una resolución fatal tendría lugar antes de que saliéramos de aquella sala.

Quedé paralizado un momento. Extendí el brazo y tomé la mano de Akasha. Sentí que sus dedos se cerraban delicadamente en los míos.

—Tranquilo, mi príncipe —dijo, muy amable—. Lo que percibes en esta sala es la muerte, pero es la muerte de las creencias y de los prejuicios. Nada más. —Dirigió la mirada a Maharet—. La muerte de los sueños, tal vez—dijo—, de los sueños que deberían haber muerto hace ya mucho tiempo.

Maharet aparentaba estar sin vida, pasiva, tan pasiva como pueda aparentar un ser vivo. Sus ojos violeta estaban fatigados, inyectados de sangre. De pronto me di cuenta de por qué. Eran unos ojos humanos. Estaban muriendo en su cabeza. Con la sangre les insuflaba vida una y otra vez, pero no duraba. Demasiados de los diminutos nervios de sus cuerpos estaban muertos.

Vislumbré de nuevo la visión del sueño. Las gemelas, el cadáver ante ellas. ¿Cuál era la relación?

—No es nada —susurró Akasha—. Algo olvidado hace ya mucho tiempo; porque ahora las respuestas no están en la historia. Hemos trascendido la historia. La historia está cimentada en errores; vamos a empezar con la verdad.

Marius replicó de inmediato:

—¿No hay nada que pueda convencerte de que te detengas? —Su tono fue infinitamente más sumiso de lo que yo había esperado. Estaba sentado, inclinado hacia adelante, con las manos cruzadas, en la actitud de uno que se esfuerza por ser razonable—. ¿Qué podemos decir? Queremos que ceses tus apariciones. Queremos que no intervengas.

Los dedos de Akasha apretaron los míos. La mujer pelirroja me miraba ahora fijamente con sus ojos violeta inyectados de sangre.

—Akasha, te lo pido —dijo Marius—. Pon fin a esta rebelión. No te vuelvas a aparecer a los mortales; no des ninguna orden más.

Akasha rió suavemente.

—¿Y por qué no, Marius? ¿Porque trastorna tu precioso mundo, el mundo que has estado observando durante dos mil años, observándolo del modo en que vosotros los romanos observabais la vida y la muerte en la arena, como si tales cosas fueran un espectáculo o una obra de teatro, como si no tuviera la menor consecuencia, como si los hechos palpables del sufrimiento y de la muerte no importaran mientras uno estuviese entretenido?

—Me doy perfecta cuenta de lo que intentas hacer —repuso Marius—. Akasha, no tienes derecho.

—Marius, tu alumno aquí presente me ha ofrecido esos viejos argumentos —respondió ella. Su tono era ahora más calmado, de manifiesta paciencia, como el de él—. Pero, con más trascendencia, yo me los he ofrecido mil veces a mí misma. ¿Cuánto tiempo crees que hace que escucho las plegarias del mundo y que medito acerca de un modo de terminar con el infinito ciclo de violencia humana? Ya es hora de que escuchéis lo que tengo que decir.

—¿Vamos a jugar algún papel en esto? —preguntó Santino—. ¿O seremos destruidos como los demás? —Sus modales fueron más impulsivos que arrogantes.

Por primera vez, la mujer pelirroja manifestó un tenuísimo parpadeo de emoción; sus ojos cansados se clavaron en él de inmediato y sus labios se tensaron.

—Seréis mis ángeles —le respondió Akasha dirigiéndole la mirada con ternura—. Seréis mis dioses. Si no decidís seguirme, os destruiré. En cuanto a los viejos, a los cuales no puedo despachar tan fácilmente —y volvió a mirar a Khayman y a Maharet—, si se vuelven contra mí, serán como los diablos opuestos a mí, y toda la humanidad los perseguirá hasta darles caza; y su oposición me será utilísima para mis planes. Pero, lo que teníais hasta ahora (un mundo por el que errar a escondidas), no lo volveréis a tener nunca.

Pareció que Eric estaba perdiendo su batalla silenciosa contra el miedo. Hizo un movimiento como si fuera a levantarse y a salir de la sala.

—Paciencia —dijo Maharet, lanzándole una mirada. Y volvió la vista de nuevo hacia Akasha.

Akasha sonrió.

—¿Cómo es posible —preguntó Maharet en voz muy baja—, romper un ciclo de violencia con más violencia, con violencia desenfrenada? Estás destruyendo a los varones de la especie humana. ¿Cuál puede ser el resultado de un acto de tal brutalidad?

—Sabes tan bien como yo el resultado —dijo Akasha—. Es demasiado simple y demasiado evidente para no ser comprendido. Había sido inimaginable *hasta ahora*. Todos esos siglos permanecí sentada en mi trono, en la cripta de Marius; soñé que la tierra era un jardín, un mundo en que los seres vivían sin el tormento que continuamente oía, percibía. Soñé en pueblos consiguiendo la paz sin tiranía. Y entonces, la absoluta simplicidad del plan me sorprendió; fue como la llegada de la aurora. Quienes pueden llevar a cabo un sueño así son las mujeres; pero sólo si se retira a todos los hombres, o a casi todos los hombres.

»En épocas anteriores, una revolución semejante no habría funcionado. Pero ahora es fácil; hay una vasta tecnología en que apoyarse. Después de la purga inicial, el sexo de los bebés podrá ser seleccionado; los fetos no deseados podrán abortarse piadosamente, como ya hoy en día se abortan muchos de ambos sexos. Pero en realidad no hay necesidad de discutir esos detalles. No sois tontos, ninguno de vosotros, por más que algunos seáis muy emotivos o impetuosos.

»Vosotros sabéis tan bien como yo que la paz universal quedará garantizada si la población masculina queda limitada a uno por cada cien mujeres. O sea que todas las formas de violencia gratuita desaparecerán.

»El reino de la paz será algo como el mundo no ha conocido nunca. Posteriormente, la población masculina podrá ser incrementada de forma gradual. Pero para que la estructura ideológica se transforme, los varones deben desaparecer. ¿Quién puede discutirlo? Quizá ni siquiera sea necesario mantener a uno de cada cien. Pero se hará como un gesto de generosidad. Por eso lo voy a permitir. Al menos para empezar.

Me percaté de que Gabrielle estaba a punto de hablar. Intenté hacerle un gesto para que callase, pero no me prestó atención.

—De acuerdo, los efectos son obvios —dijo—. Pero si hablas en términos de exterminio en masa, la palabra paz es una ridiculez. Liquidas a una mitad de la población mundial. Si los hombres y mujeres nacieran sin brazos y sin piernas, también podría llegarse a un mundo igual de pacífico.

—Los hombres merecen lo que les va a pasar. Como especie, recogerán lo que han sembrado. Y recuerda, estoy hablando de una purificación temporal, un retiro, por decirlo de algún modo. Es la simplicidad del plan lo que lo hace bello. Colectivamente las vidas de esos hombres no igualan las vidas de las mujeres que los hombres han matado en el transcurso de los siglos. Tú lo sabes y yo lo sé. Ahora, dime, ¿cuántos hombres en el transcurso de los siglos han caído muertos por manos femeninas? Si volvieses a la vida a todos los hombres muertos por mujeres, ¿crees que su número llegaría a llenar esta casa?

»Pero bien, esos detalles no tienen importancia. Repito, sabemos que lo que digo es verdad. Lo que importa, lo que es relevante, e incluso más exquisito que la misma proposición, es que ahora tenemos los métodos para hacer que suceda. Soy indestructible. Vosotros tenéis poderes para ser mis ángeles. Y no hay nadie que se nos pueda oponer y pueda vencernos.

—Eso no es cierto —dijo Maharet.

Un pequeño destello de cólera enrojeció las mejillas de Akasha; un glorioso rubor rojo que se desvaneció de inmediato dejándola con la misma apariencia inhumana de antes.

—¿Acaso tratas de decir que tú puedes detenerme? —interrogó con cierta rigidez en los labios—. Eres muy imprudente al sugerirlo. ¿Sufrirías la muerte de Eric, Mael y Jessica, por ejemplo?

Maharet no respondió. Mael estaba excitado, pero no de miedo sino de ira. Mael miró a Jesse, después a Maharet y por fin a mí. En mi piel pude sentir su odio.

Akasha continuó con la vista fija en Maharet.

—Oh, te conozco, créeme —prosiguió Akasha, suavizando levemente la voz—. Sé que has sobrevivido al paso de los años sin cambiar. Te he visto miles de veces a través de los ojos de otros; sé que sueñas que tu hermana vive. Y tal vez sea cierto, de algún modo penoso. Sé que tu odio hacia mí sólo se ha agudizado; y buscas en tu mente, retrocedes en el recuerdo, hacia el mismo principio, como si allí pudieras encontrar sentido a lo que está ocurriendo ahora. Pero, como tú misma me dijiste hace mucho tiempo en el palacio de ladrillos de barro a orillas del río Nilo, no hay sentido, no hay razón. ¡No hay nada! Hay seres visibles e invisibles; y cosas horribles que pueden acaecer al más inocente de todos. ¿No te das cuenta?, esto es tan crucial para lo que voy a hacer ahora como todo lo demás.

De nuevo Maharet permaneció sin responder. Estaba sentada tiesa; sólo sus ojos oscuramente hermosos mostraban un tenue destello de lo que podía haber sido dolor.

—Yo *crearé* el sentido y la razón —dijo Akasha en un trance de odio—. Yo *crearé* el futuro; yo definiré la bondad; yo definiré la paz. Y no invocaré a dioses o diosas míticos o a espíritus para justificar mis acciones, no invocaré moralidades abstractas. ¡Tampoco invocaré la historia! ¡No buscaré el cerebro y el corazón de mi madre entre el polvo!

Un escalofrío recorrió a los demás. Una leve sonrisa amarga se esbozó en los labios de Santino. Y como protectoramente, Louis dirigió su mirada hacia la muda figura de Maharet.

Marius estaba angustiado de que aquello prosiguiese.

—Akasha —dijo como en una súplica—, aunque pudiera realizarse, aun suponiendo que la población mortal no se rebelase contra ti y que los hombres no encontrasen algún medio de destruirte antes de que pudieras llevar a término este plan...

—Marius, o eres un estúpido o crees que lo soy yo. ¿No crees que sé de lo que es capaz el mundo? ¿Que no sé qué absurda mezcla de salvajismo y de astucia tecnológica conforma la mente del hombre actual?

—Mi Reina, ¡no creo que lo sepas! —replicó Marius—. De verdad, no lo creo. No creo que tu mente pueda abarcar la concepción total de lo que es el mundo. Nadie de nosotros puede; es demasiado variado, demasiado inmenso; tratamos de ponerlo a nuestro alcance con la razón; pero no lo logramos. Uno conoce un mundo, pero no es el mundo; es el mundo que ha seleccionado de una docena de otros mundos por razones personales.

Akasha sacudió la cabeza: otro destello de rabia.

—No pongas a prueba mi paciencia, Marius —dijo—. Te perdoné la vida por una razón muy simple. Porque Lestat te quería vivo. Y porque eres fuerte y puedes ser de gran ayuda para mí. Pero eso es todo, Marius. Anda con tiento.

Un silencio se hizo entre ellos. Con toda seguridad, Marius había advertido que ella mentía. Yo lo advertí. Akasha lo amaba y este amor la humillaba; por eso intentó herirlo. Y lo consiguió. En silencio, Marius se tragó su rabia.

—Aunque pudiera llegarse a realizar —insistió con amabilidad—, ¿puedes decir honestamente que los seres humanos lo han hecho tan mal que merezcan un castigo semejante?

Una sensación de alivio inundó mi cuerpo. Sabía que tendría valor, sabía que encontraría algún medio para ponerla en apuros, por mucho que lo amenazase; él diría todo lo que yo había luchado por decir.

—Ah, me aburres, Marius —respondió ella.

—Akasha, durante dos mil años he estado observando —prosiguió él—. Llámame el romano en la arena si lo deseas y cuéntame las historias de las épocas anteriores. Las historias de cuando me arrodillaba a tus pies y te suplicaba que me dieses tus conocimientos. Pero lo que he presenciado en este corto lapso de tiempo me ha llenado de devoción y de amor por todas las cosas mortales; he visto revoluciones en pensamiento y en filosofía que creía imposibles. ¿No se dirige la raza humana hacia la verdadera época de paz que tú describes?

El rostro de ella era la viva imagen del desprecio.

—Marius —contestó Akasha—, este siglo pasará a la historia como el siglo más sangriento de la humanidad. ¿De qué revoluciones hablas, cuando una sola y pequeña nación europea ha exterminado a millones de personas por el capricho de un loco, cuando las bombas han reducido al olvido a ciudades enteras? ¿Cuando los niños de los desérticos países de Oriente luchan contra otros niños en nombre de un dios antiguo y despótico? Marius, mujeres del mundo entero lavan los frutos de su vientre en las cloacas públicas. Los gritos de los famélicos son ensordecedores, pero los ricos que viven retozando en ciudadelas tecnológicas hacen oídos sordos a ellos; las enfermedades aumentan a marchas forzadas entre los hambrientos de continentes enteros, mientras enfermos en hospitales palaciegos gastan la riqueza del mundo en cosmética y promesas de la vida eterna por medio de píldoras y frascos medicinales. —Rió con suavidad—. ¿Sonaron alguna vez tan clamorosamente, en los oídos de aquellos de nosotros que los pueden oír, los gritos de los moribundos? ¿Se ha derramado alguna vez tanta sangre?

Pude sentir la frustración de Marius. Pude sentir la pasión que le hacía cerrar el puño con fuerza y revolver su alma en busca de argumentos adecuados.

—Hay algo que no puedes *ver*—dijo finalmente—. Hay algo que no llegas a comprender.

—No, querido mío. No hay nada defectuoso en mi visión. Nunca lo hubo. Eres tú quien no llega a ver claro. Quien nunca ha visto claro.

—¡Mira afuera, al bosque! —exclamó Marius, señalando las paredes de cristal a nuestro alrededor—. Elige un árbol; descríbelo a voluntad en términos de lo que destruye, de lo que desafía y de lo que no llega a realizar y tendrás un monstruo de raíces codiciosas e irresistible empuje, que se come la luz de las otras plantas, sus alimentos, su aire. Pero ésta no es la verdad del árbol. No es la verdad entera cuando se lo observa como formando parte de la naturaleza, y por naturaleza no me refiero a nada sagrado, me refiero sólo al tapiz completo, Akasha, me refiero sólo a la entidad mayor que lo abarca todo.

—Así pues, vas en busca de causas para el optimismo —repuso ella—, como siempre. Venga, hombre. Examina ante mí las ciudades occidentales, donde incluso los pobres reciben fuentes de carne y vegetales a diario y dime que el hambre ya no existe. Pues bien, tu alumno aquí presente ya me ha torturado lo suficiente con tal sarta de tonterías, las estúpidas tonterías en que se ha basado siempre la complacencia de los ricos. El mundo se hunde en la depravación y el caos; como siempre, o peor.

—Oh, no, no —dijo inflexible—. Hombres y mujeres son animales en proceso de aprendizaje. Si no te das cuenta de lo que han aprendido, es que estás ciega. Son seres siempre cambiantes, que siempre mejoran, que siempre engrandecen su visión y las capacidades de sus corazones. No dices toda la verdad cuando hablas del siglo más sangriento; no ves la luz que brilla con más intensidad, por contraste con la oscuridad; ¡no ves la evolución del alma humana!

Marius se levantó de su sitio en la mesa y, por la izquierda, dio la vuelta hacia donde se encontraba ella. Se sentó en la silla que quedaba libre entre ella y Gabrielle. Extendió la mano y levantó la de Akasha.

Me dio miedo mirarlo. Temí que ella no le permitiría tocarla; pero pareció que aquel gesto le agradaba; sólo sonrió.

—Es cierto lo que dices acerca de la guerra —prosiguió en tono de súplica, y luchando por mantener su dignidad al mismo tiempo—. Sí, y los gritos de los moribundos, yo también los he oído; todos los hemos oído, en todas las décadas; incluso ahora, las noticias diarias de conflicto armado azotan al mundo. Pero el clamor de protesta contra estos horrores es la luz de la que estoy hablando; hablo de actitudes que nunca fueron posibles en el pasado. Es la intolerancia de los hombres y mujeres pensantes en el poder que, por primera vez en la historia de la raza humana, quieren verdaderamente poner fin a la injusticia en todas sus formas.

—Hablas de actitudes intelectuales de unos pocos.

—No —repuso—. Hablo de la filosofía del cambio; hablo del idealismo del cual nacerán auténticas realidades. Akasha, por muchos defectos que tengan, han de tener tiempo para perfeccionar sus propios sueños, ¿no te das cuenta?

—¡Sí! —Fue Louis quien intervino.

Mi corazón se hundió. ¡Tan vulnerable! ¿Dirigiría ella su odio hacia él? Pero con sus maneras pausadas y refinadas, prosiguió:

—Es su mundo, no el nuestro —dijo con humildad—. Seguramente lo perdimos cuando perdimos nuestra mortalidad. No tenemos derecho a interrumpir su lucha. ¡No podemos robarles las victorias que les han costado tanto! En los últimos siglos, sus progresos han sido milagrosos; han rectificado errores que la humanidad creía inevitables; por primera vez han desarrollado el concepto de la verdadera familia humana.

—Me conmueves con tu sinceridad —respondió ella—. Has salvado la vida sólo porque Lestat te quería. Ahora me doy cuenta de la razón de este amor. ¡Cuánto valor has necesitado para hablarme con sinceridad! Y sin embargo eres el mayor depredador de todos los inmortales aquí reunidos. Matas sin consideración a la edad, el sexo o la voluntad de vivir.

—¡Entonces mátame! —explotó él—. Desearía que ya lo hubieses hecho. ¡Pero no mates a los seres humanos! No interfieras en su vida. ¡Aunque se maten entre ellos! Dales tiempo para que lleguen a ver este nuevo futuro realizado, a las ciudades occidentales, aunque sean muy corruptas, tiempo de llevar sus ideales a un mundo destrozado, a un mundo que sufre.

—Tiempo —dijo Maharet—. Quizá sea esto lo que pedimos. Tiempo. Y es lo que está en tus manos darnos.

Hubo una pausa.

Akasha no quería volver a mirar a aquella mujer; no quería escucharla. Sentí que se replegaba. Retiró la mano que le cogía Marius; clavó los ojos en Louis durante un largo momento y luego se volvió hacia Maharet como si no pudiera evitarlo, y su rostro se puso rígido y casi cruel.

Pero Maharet prosiguió:

—Durante siglos has meditado en silencio acerca de tus soluciones. ¿Qué son cien años más? Seguro que no discutirás que el último siglo de esta Tierra estaba más allá de toda predicción o imaginación, y que los avances tecnológicos de este siglo pueden concebiblemente proporcionar comida, refugio y salud a todos los pueblos de la Tierra.

—¿Seguro que es así? —fue la contestación de Akasha. Un profundo odio se agitó en su interior, un odio que encendió su sonrisa al hablar—. He aquí lo que los avances tecnológicos han dado al mundo. Gas venenoso, enfermedades producidas en laboratorios y bombas que pueden destruir el planeta entero. Han dado al mundo desastres nucleares que han contaminado comida y bebida de continentes enteros. Y los ejércitos hacen lo que han hecho siempre, con moderna eficacia. La aristocracia de un pueblo masacrada en una hora en un bosque nevado; la *intelligentsia* de una nación, incluidos los que llevan gafas, fusilados por sistema. En el Sudán las mujeres continúan mutilándose habitualmente para complacer a sus maridos; en Irán, los niños caen bajo los disparos de los fusiles.

—No puede ser que lo único que hayas visto sea esto —dijo Marius—. No lo creo. Akasha, mírame. Sé comprensiva conmigo, y escucha lo que trato de decirte.

—¡No tiene ninguna importancia que lo creas o no! —dijo con el mismo odio del principio—. No has aceptado lo que yo estoy tratando de decirte. No te has rendido ante la exquisita imagen que he presentado a tu mente. ¿No comprendes el don que te ofrezco? ¡Tu salvación! ¿Y qué eres si no te lo doy? ¡Un bebedor de sangre, un asesino!

Nunca la oí hablar con tal ardor. Como Marius iba a responderle, ella le hizo un gesto imperioso para que se callase. Y miró a Santino y a Armand.

—Tú, Santino —dijo—. Tú que has gobernado a los Hijos de las Tinieblas romanos, cuando creían que hacían la voluntad de Dios como secuaces del diablo... ¿recuerdas lo que es tener un objetivo? Y tú, Armand, el amo de la vieja asamblea de París, ¿recuerdas cuando eras un santo de las tinieblas? Entre el cielo y el infierno, teníais vuestro lugar. Os lo ofrezco de nuevo; y no es un engaño. ¿No podéis hacer un esfuerzo por recuperar vuestros ideales perdidos?

Ninguno de los dos respondió. Santino estaba paralizado de horror; su herida interior estaba sangrando. El rostro de Armand no revelaba sino desesperación.

Una oscura expresión de fatalidad envolvió a Akasha. Aquello era fútil. Nadie se uniría a ella. Miró a Marius.

—¡Tu preciosa humanidad! —exclamó—. ¡No ha aprendido nada en seis mil años! ¡Me hablas de ideales y de metas! Había hombres en la corte de mi padre, en Uruk, que ya sabían que los hambrientos debían ser alimentados. ¿Sabes lo que es tu mundo moderno? ¡Los televisores son los tabernáculos de lo milagroso y los helicópteros sus ángeles de la muerte!

—De acuerdo, pues, ¿cómo será tu mundo? —preguntó Marius con las manos temblorosas—. ¿No crees que las mujeres lucharán por sus hombres?

Ella rió. Se volvió hacia mí.

—¿Lucharon en Sri Lanka, Lestat? ¿Lucharon en Haití? ¿Lucharon en Lynkonos?

Marius me miró fijamente. Esperaba mi respuesta, esperaba que me pusiera de su lado. Yo quería argumentar; tomar los cabos sueltos que me había dado y proseguir la discusión. Pero mi pensamiento estaba en blanco.

—Akasha —dije—. No sigas con ese baño de sangre. Por favor. No mientas a los humanos ni los confundas más.

Hela aquí, brutal, sin adornos, pero era la única verdad que le podía ofrecer.

—Sí, porque eso es la esencia de tu propósito —agregó Marius, con tono más cauteloso otra vez, temeroso y casi suplicante—. Es una mentira, Akasha, ¡es otra supersticiosa mentira! ¿No tenemos ya suficientes mentiras? ¿Sobre todo ahora, cuando, de entre todos los tiempos, el mundo despierta de sus inveterados engaños; cuando se ha sacudido de encima a los viejos dioses?

—¿Una mentira? —inquirió ella. Se retrajo, como si la hubieran herido—. ¿Cuál es la mentira? ¿Mentí cuando les dije que traería un reino de paz en la Tierra? ¿Mentí cuando les dije que yo era lo que estaban esperando? No, no mentí. Lo único que puedo hacer es ofrecerles una primera migaja de la verdad que nunca han tenido. Soy lo que creen que soy. Soy eterna y omnipotente y las protegeré...

—¿Protegerás? —repitió Marius—. ¿Cómo puedes protegerlas de sus enemigos más letales?

—¿Qué enemigos?

—Enfermedades, mi Reina. Muerte. Tú no curas.

No puedes dar vida ni salvarla. Y ellas esperan esos milagros. *Lo único que tú puedes hacer es matar.*

Silencio. Quietud. Su rostro quedó de súbito tan petrificado como cuando había estado en la cripta, con los ojos mirando estáticos al vacío, con la mente en blanco o en profundos pensamientos, imposible de distinguir.

Ningún sonido excepto la leña crepitando y derrumbándose en el fuego.

—Akasha —susurré—. Tiempo, lo que pedía Maharet. Un siglo. ¡Cuesta tan poco darlo!

Aturdida, se volvió hacia mí. Pude sentir el aliento mortal en mi rostro, pude sentir la muerte tan cerca como años y años atrás, cuando los lobos me acorralaron en el bosque helado y no podía alcanzar las ramas de los árboles desnudos.

—Todos sois mis enemigos, ¿no es así? —siseó ella—. Incluso tú, príncipe mío, tú eres mi enemigo. Mi amante y mi enemigo al mismo tiempo.

—¡Te quiero! —exclamé—. Pero no te puedo mentir. ¡No puedo creer en ello! ¡Es un error! La misma simplicidad y evidencia hacen que sea un error.

Sus ojos recorrieron con rapidez los rostros de los reunidos. Eric estaba al borde del pánico otra vez. Y de Mael pude sentir el odio que se encrespaba en su interior.

—¿No hay nadie de vosotros que se quiera poner de mi lado? —preguntó en un murmullo—. ¿Nadie que quiera alcanzar ese sueño deslumbrante? ¿Nadie dispuesto a renunciar a su pequeño mundo egocéntrico? —Fijó la vista en Pandora—. Ah, tú, pobre soñadora, apenada por tu humanidad perdida; ¿no quieres redimirte?

Pandora lo miró como a través de un cristal brumoso.

—No es de mi gusto traer la muerte —respondió

en un susurro aún más suave—. Para mí es suficiente verla en la caída de las hojas. No puedo creer que de una carnicería puedan salir cosas buenas. Porque eso es lo esencial, mi Reina. Esos horrores persisten, pero los hombres buenos y las mujeres buenas de todas partes los deploran; deberías reformar tales métodos; deberías exonerarlos y llevar a cabo un diálogo. —Sonrió tristemente—. Yo no soy útil para ti. No tengo nada que ofrecer.

Akasha no respondió. Sus ojos recorrieron de nuevo los rostros de los demás; los detuvo, calibrando, en Mael, en Eric. En Jesse.

—Akasha —intervine yo—, la historia es una retahíla de injusticias, nadie lo niega. Pero ¿cuándo una simple solución no ha sido sino perjudicial? Sólo en la complejidad podemos encontrar las respuestas. A través de la complejidad el hombre lucha hacia la claridad; es un proceso lento y lleno de obstáculos, pero es el único camino. La simplicidad exige demasiados sacrificios. Siempre los ha exigido.

—Sí —dijo Marius—. Exactamente. Simplicidad y brutalidad son sinónimos en filosofía y en acciones. ¡Lo que propones es brutal!

—¿No hay nada de humildad en ti? —inquirió ella de súbito. Se volvió de mí hacia él—. ¿No hay voluntad de comprender? ¡Sois tan orgullosos, todos vosotros, tan arrogantes! ¡Queréis que vuestro mundo permanezca acorde con vuestra codicia de sangre!

—No —dijo Marius.

—¿Qué he hecho para que os pongáis todos en contra mía? —preguntó. Me miró a mí, luego a Marius y finalmente a Maharet—. De Lestat esperaba arrogancia —prosiguió—. Esperaba tópicos, retórica, ideas sin fundamento. Pero de la mayoría de vosotros esperaba más. ¡Oh, cómo me habéis decepcionado! ¿Cómo podéis dar la espalda al destino que os aguarda? ¡Vo-

sotros, que podíais ser los salvadores! ¿Cómo podéis negar lo que habéis visto?

—Pero ellos querrán saber lo que realmente somos —intervino Santino—. Y una vez lo sepan se alzarán contra nosotros. Querrán la sangre inmortal, que es lo que quieren siempre.

—Incluso las mujeres quieren vivir para siempre —corroboró Maharet fríamente—. Incluso las mujeres matarían por esto.

—Akasha, esto es una locura —dijo Marius—. Es irrealizable. No oponer resistencia sería impensable en el mundo occidental.

—Es una visión salvaje y primitiva —dijo Maharet con fría burla.

El rostro de Akasha se ensombreció de nuevo por el odio. Pero, aun en su furia, la hermosura de su expresión se mantuvo inamovible.

—¡Siempre te has opuesto a mí! —dijo a Maharet—. Te destruiría si pudiese. Heriría a los que amas.

Hubo un silencio de aturdimiento. Pude sentir el miedo en los demás, aunque nadie se atrevió a moverse o hablar.

Maharet asintió. Sonrió con la seguridad que da el saber.

—Eres tú la arrogante —respondió—. Eres tú la que no ha aprendido nada. Eres tú la que no ha cambiado en seis mil años. Es tu alma la que continúa imperfecta, mientras los mortales se mueven en reinos que nunca podrás comprender. En tu aislamiento soñaste sueños como miles de humanos han soñado, protegida de toda observación o contraste; ¿y emerges de tu silencio dispuesta a hacer reales para el mundo esos sueños? Expones los sueños en esta mesa, a un puñado de compañeros de especie, y se derrumban. No puedes defenderlos. ¿Cómo podría alguien defenderlos? ¡Y nos dices que negamos lo que es evidente!

Maharet se levantó despacio de la silla. Se inclinó un poco hacia adelante, apoyando su peso en los dedos que tocaban la madera.

—Bien, te diré lo que es evidente —prosiguió—. Hace seis mil años, cuando los hombres creían en los espíritus, tuvo lugar un accidente hórrido e irreversible; a su manera, fue tan horroroso como los monstruos que a veces nacen de los mortales, monstruos que la naturaleza no soporta que vivan. Pero tú, aferrada a la vida, aferrada a tu voluntad, aferrada a tus prerrogativas reales, rechazaste llevarte este error a la tumba prematura. Santificarlo, éste fue tu propósito. Dar nacimiento a una gran y gloriosa religión; y aún es tu propósito. Pero en definitiva es un accidente, una malformación, nada más.

»Contempla ahora las épocas que se han sucedido desde aquel siniestro, maligno momento; contempla las demás religiones basadas en el pánico; basadas en alguna aparición o en alguna voz de las nubes. Basadas en la intervención de lo sobrenatural, de una forma u otra: milagros, revelaciones, un muerto levantándose de la tumba...

»Contempla los efectos de tus religiones, de esos movimientos que han arrebatado a millones con sus fantásticas afirmaciones. Contempla lo que han provocado a lo largo de la historia humana. Contempla las guerras desencadenadas por su culpa; contempla las persecuciones, las masacres. Contempla la esclavización pura de la razón; contempla el precio de la fe y del fanatismo.

»¡Y nos hablas de niños muriendo en los países orientales, en el nombre de Alá, mientras los fusiles repiquetean y las bombas caen!

»Y la guerra de que hablas, en la cual una pequeña nación europea trataba de exterminar a un pueblo entero... ¿En nombre de qué gran propósito espiritual, en nombre de qué nuevo mundo, se cometió? ¿Y qué recuerda el mundo de ello? Los campos de concentración, los hornos crematorios, que asaban cuerpos a miles. ¡Las ideas han desaparecido!

»Escucha bien, nos costaría un enorme esfuerzo determinar qué es peor, la religión o la idea pura. La intervención de lo sobrenatural o la evidente, simple y abstracta solución. Ambas han bañado esta tierra de sufrimientos; ambas han puesto a la raza humana de rodillas, literal y figuradamente.

»¿No te das cuenta? No es el hombre el enemigo de la especie humana. Es lo irracional; es lo espiritual cuando está divorciado de lo material, cuando está divorciado de la realidad de un corazón palpitante o de una vena sangrando.

»Nos acusas de codicia de sangre. Ah, pero esta codicia es nuestra salvación. Porque sabemos lo que somos; conocemos nuestros límites y conocemos nuestros pecados; tú nunca has conocido los tuyos.

»Desearías empezarlo todo de nuevo, ¿no? Desearías dar nacimiento a una nueva religión, una nueva revelación, una nueva ola de superstición, de sacrificio y de muerte.

—Mientes —replicó Akasha, con la voz apenas capaz de contener la furia—. Traicionas la belleza esencial del sueño; la traicionas porque no tienes visión, no tienes sueños.

—¡La belleza no tiene nada que ver con esto! —exclamó Maharet—. ¡No se merece tu violencia! ¡Eres tan despiadada que las vidas que quieres destruir no significan *nada* para ti! ¡Y nunca han significado nada!

La tensión en el ambiente era insostenible. Mi cuerpo rezumaba sudor sangriento. Sentía el pánico a mi alrededor. Louis había agachado la cabeza y se cubría la cara con las manos. Sólo el joven Daniel parecía desesperadamente extasiado. Y Armand simplemente tenía los ojos fijos en Akasha, como si todo estuviera ya fuera del alcance de su posibilidad de actuar.

Akasha luchaba interiormente, en silencio. Pero enseguida pareció recuperar su convicción.

—¡Mientes, como siempre has mentido! —gritó con desesperación—. Pero no importa si no combatís a mi lado. Haré lo que tengo el propósito de hacer; retrocederé a través de los milenios y redimiré aquel momento pretérito, redimiré el antiquísimo mal que tú y tu hermana trajisteis a mi tierra; retrocederé y lo mostraré a los ojos del mundo hasta que se convierta en el Belén de la nueva era; y por fin existirá la paz en la Tierra. No hay bien grandioso que no se haya conseguido sin sacrifico ni valor. Y si os volvéis contra mí, si me presentáis batalla, crearé de mejor temple los ángeles que necesito.

—No, no lo harás —negó Maharet.

—Akasha, por favor —dijo Marius—, concédenos tiempo. Concédenos sólo una demora, para reflexionar. Concédenos que a partir de este momento no suceda nada.

—Sí —insistí yo—. Danos tiempo. Ven conmigo. Salgamos juntos (tú, Marius y yo) de aquí, salgamos de los sueños y vayamos al mundo mismo.

—¡Oh, cómo me insultas y me desprecias! —susurró ella. Su odio iba dirigido a Marius, pero pronto lo volvería hacia mí.

—Hay tantas cosas, tantos lugares que quiero mostrarte —dijo él—. Sólo dame una oportunidad. Akasha, durante dos mil años he cuidado de ti, te he protegido...

—¡Te has protegido a ti mismo! Has protegido a la fuente de tu poder, ¡a la fuente de tu maldad!

—Te lo suplico —dijo Marius—. Me arrodillaré ante ti. Sólo un mes, ven conmigo, conversemos, examinemos todas las evidencias...

—Tan insignificantes, tan limitados —musitó Akasha—. Y no os sentís en deuda con el mundo que hizo de vosotros lo que sois, no os sentís en deuda para devolver el beneficio de vuestro poder, ¡para transformaros de malignos en dioses!

En ese momento, con la sorpresa que se expandía en su rostro, se volvió hacia mí.

—Y tú, mi príncipe, que viniste a mi cámara como si yo fuese la Bella Durmiente, que me despertaste a la vida de nuevo con tu apasionado beso. ¿No quieres reconsiderarlo? ¡Por mi amor! —De nuevo las lágrimas aparecieron en sus ojos—. ¿Te unirás a ellos en contra mía, también? —Extendió los brazos y colocó sus manos a ambos lados de mi rostro—. ¿Cómo puedes traicionarme? —prosiguió—. ¿Cómo puedes traicionar un sueño así? Ésos son unos indolentes, unos falsos, llenos de malevolencia. Pero tu corazón es puro. Posees un coraje que trasciende el pragmatismo. ¡Tú también tuviste tus sueños!

No tenía que responder. Ella ya lo sabía. Tal vez lo viera mejor que yo mismo. Lo único que yo veía era el sufrimiento en sus ojos negros. El dolor, la incomprensión, y la pena que sentía por mi causa.

De repente pareció que no se podía mover ni hablar. No había nada que yo pudiera hacer; nada que pudiera salvarlos o salvarme. ¡La quería! ¡Pero no podía ponerme de su lado! En silencio, le supliqué que me comprendiese y que me perdonase.

Su rostro estaba helado, casi como si las voces la hubiesen ganado para sí; era como si yo estuviera ante su trono, en la trayectoria de su mirada invariable.

—Te mataré a ti primero, príncipe —dijo mientras sus dedos me acariciaban con gran cariño—. Quiero que te vayas de mi lado. No quiero mirar tus ojos y ver de nuevo tu traición.

—Hazle algún daño y será una señal para nosotros

—susurró Maharet—. Todos a una arremeteremos contra ti.

—¡Y arremeteréis contra vosotros mismos! —replicó desviando la mirada hacia Maharet—. Cuando acabe con este que amo, mataré a los que tú amas, a los que ya deberían estar muertos; destruiré a todos los que pueda destruir; pero ¿quién me destruirá a mí?

—Akasha —musitó Marius. Se levantó y se acercó a ella; pero ella, con un breve parpadeo, lo tumbó al suelo. Al caer oí como gritaba. Santino fue en su ayuda.

De nuevo se volvió hacia mí; y sus manos se cerraron afectuosas en mis hombros, amorosamente, igual que antes. Y, a través del velo de mis lágrimas, vi que sonreía tras un velo de tristeza.

—Mi príncipe, mi hermosísimo príncipe —dijo.

Khayman se levantó de la mesa. Eric también se levantó. Y Mael. Y luego los jóvenes. Y finalmente Pandora, que fue hacia Marius.

Me soltó. Y también se puso en pie. La noche fue de súbito tan silenciosa que el bosque pareció suspirar tras los cristales.

Y de todo era yo el culpable, el único que quedaba sentado, sin mirar a nadie, mirando nada. Mirando la pequeña extensión centelleante de mi vida, mis pequeños triunfos, mis pequeñas tragedias, mis sueños de despertar a la diosa, mis sueños de bondad y de fama.

¿Qué estaba haciendo Akasha? ¿Calculando su poder? Miraba de uno a otro y luego otra vez a mí. Como un desconocido mirando hacia abajo desde una gran altura. Y ahora vendrá el fuego, Lestat. No oses volver la vista hacia Gabrielle o Louis, no sea que ella se vuelva hacia allí. Muere primero, como un cobarde, y no tendrás que verlos morir.

Y lo más atroz de todo no es no saber quién será el vencedor final, si ella triunfará o no triunfará y nos hundiremos juntos; es no saber a qué se refiere, no saber el porqué, o qué diablos significa el sueño de las gemelas, o cómo se originó el mundo entero. Simplemente, nunca lo sabrás.

Ahora yo lloraba, y ella lloraba, y de nuevo era aquel ser tierno y frágil, el ser que había abrazado en Santo Domingo, el ser que me necesitaba; pero, después de todo, aquella debilidad no la destruiría; aunque, en verdad, a mí sí me destruiría.

—Lestat —susurró con incredulidad.

—No puedo seguirte —dije con voz quebrada. Lentamente me puse en pie—. No somos ángeles, Akasha, no somos dioses. Ser humanos, eso es lo que ansiamos la mayoría. Para nosotros es lo humano lo que se ha convertido en un mito.

Me mataba mirarla. Pensé en su sangre manando en mí, pensé en los poderes que me había dado, en lo que había sido viajar con ella por las nubes. Pensé en la euforia del pueblo de Haití, en cuando las mujeres habían llegado con las velas, cantando himnos.

—Pero así será, mi amor —susurró—. ¡Sé valiente! ¡Tú puedes! —Las lágrimas ensangrentadas descendían por sus mejillas. Le temblaba el labio inferior, y la lisa piel de su frente estaba surcada por aquellas arrugas rectilíneas que indicaban una total aflicción.

Luego se irguió. Desvió la vista de mí, y su rostro quedó vacío y bellísimamente liso de nuevo. Miró más allá de nosotros y sentí que buscaba la fuerza para cumplir lo prometido y que los demás harían mejor en actuar rápido. Lo deseé, como deseé clavarle una daga; harían mejor en abatirla ahora. Noté que las lágrimas me resbalaban rostro abajo.

Pero estaba ocurriendo algo más. De algún lugar provenía un fuerte sonido, suave y musical. Cristales que se rompían, gran cantidad de cristales. Daniel experimentó una súbita y evidente emoción. Jesse también. Pero los viejos permanecieron inmóviles, escuchando. Otra vez, cristales que se hacían añicos; alguien que entraba por una de las muchas puertas de la laberíntica casa.

Akasha dio un paso atrás. Volvió a la vida como si hubiera visto una visión; y un potente ruido hueco inundó el pozo de las escaleras al otro lado de la puerta abierta. Había alguien en el pasillo de abajo.

Akasha se alejó de la mesa y se dirigió al hogar. Parecía terriblemente asustada.

¿Era posible? ¿Sabía quién venía? ¿Era otro viejo? ¿Y era eso lo que temía, que alguien más pudiese realizar lo que aquellos pocos no?

Definitivamente, su propósito no era nada tan calculado; yo lo sabía; ella estaba siendo convencida interiormente. El valor la abandonaba. ¡Después de todo, era la necesidad, la soledad! Había empezado con mi resistencia, ellos lo habían ahondado y después yo le había atizado otro golpe. Y ahora estaba transfigurada por aquel ruido estruendoso, resonante, impersonal. Pero ella no sabía de quién se trataba; yo lo noté. Y los demás también.

El ruido iba en aumento. El visitante subía las escaleras. El tragaluz y los viejos pilares de hierro retumbaban con el impacto de sus pesados pasos.

—Pero ¿quién es? —dije de pronto.

No podía soportarlo más. Allí estaba de nuevo aquella imagen, la imagen del cadáver de la madre y de las gemelas.

—¡Akasha! —dijo Marius—. Danos el tiempo que te pedimos. Retarda el momento. ¡Eso basta!

—¿Basta para qué? —gritó con una violencia rayana en el salvajismo.

—Para nuestras vidas, Akasha —dijo—. ¡Para *todas* nuestras vidas!

Oí reír suavemente a Khayman, él, que no había dicho ni una palabra.

Los pasos habían alcanzado el rellano.

Maharet se hallaba junto al umbral y Mael estaba tras ella. Ni siquiera los había visto moverse.

Entonces vi qué era, vi quién era. La mujer que había vislumbrado cruzando las junglas, abriéndose camino para salir de la tierra, andando largas extensiones de llanura yerma. ¡La otra gemela de los sueños que nunca había comprendido! Y allí estaba, enmarcada en la nebulosa claridad del tragaluz, mirando a la distante figura de Akasha, quien se encontraba a unos diez metros de ella, de espaldas a la pared de cristal y a las llamas del fuego.

¡Oh, qué espectáculo fue verla! Todos respiraron jadeantes, incluso los viejos, incluso el mismo Marius.

Una delgada capa de tierra cubría toda su persona, incluso la forma ondulada de su largo pelo. Resquebrajado, levantado en varios puntos, manchado por la lluvia, el barro continuaba pegado a ella, pegado a sus brazos desnudos y a sus pies descalzos como si estuviera hecha de él, hecha de barro. La tierra fangosa cubría su rostro como una máscara. Y sus ojos escudriñaban desde detrás de la máscara, desvelados, redondeados de rojo. Vestía un harapo, una sábana sucia y rasgada, atada simplemente con una cuerda de cáñamo a la cintura.

¿Qué impulso podía hacer que un ser así se cubriera, qué tierna modestia humana, qué doloroso residuo de corazón humano, había provocado que aquel cadáver viviente se detuviera y se fabricase aquel simple atavío?

Junto a ella, mirándola, Maharet pareció debilitarse súbitamente en toda su persona, como si su cuerpo esbelto fuese a caer.

—¡Mekare! —exclamó en un susurro.

Pero la mujer ni la vio ni la oyó; la mujer miraba a Akasha, con los ojos refulgentes de temeraria astucia animal, mientras Akasha se retiraba hacia la mesa y la colocaba entre ella y aquella criatura; el rostro de Akasha se endureció, sus ojos se llenaron de odio no disimulado.

—¡Mekare! —gritó Maharet. Extendió los brazos, cogió a la mujer por los hombros y trató de hacerle dar la vuelta.

La mano derecha de la mujer salió disparada y empujó a Maharet hacia atrás, de tal modo que fue de espaldas varios metros por la sala, hasta que tropezó con la pared.

La gran lámina de cristal vibró, pero no se rompió. Con cautela, Maharet tocó el cristal con los dedos; luego, con la ágil elegancia de un gato, saltó y se lanzó a los brazos de Eric, que se había precipitado en su ayuda.

Al instante, la empujó hacia la puerta. Porque la mujer golpeó la enorme mesa y la envió patinando hacia la pared norte hasta que volcó.

Gabrielle y Louis se fueron rápidamente hacia el rincón noroeste; Santino y Armand hacia el otro lado, hacia Mael, Eric y Maharet.

Los demás que quedábamos al otro lado, nos limitamos a retroceder, excepto Jesse, que se había dirigido también hacia la puerta.

Se quedó junto a Khayman. Entonces lo miré y vi, con absoluto asombro, que sus labios dibujaban una sonrisa delgada, amarga.

—La maldición, mi Reina —dijo, alzando la voz estentóreamente hasta llenar la sala.

La mujer quedó paralizada al oírlo. Pero no se volvió.

Y Akasha, con el rostro reluciente por la luz de la hoguera, temblaba; las lágrimas fluyeron de nuevo de sus ojos.

—Todos contra mí, ¡todos! —dijo—. ¡Ni uno de vosotros va a ponerse de mi lado! —Se quedó mirándome fijamente, aunque la mujer seguía avanzando hacia ella.

Los pies fangosos de la mujer crujieron en la alfombra, su boca se abrió; sus manos se crisparon ligeramente, pero sus brazos aún continuaron en sus costados. Sin embargo, al avanzar lentamente un paso tras otro, iba tomando una perfecta actitud amenazadora.

Y de nuevo Khayman habló, provocando que se detuviera repentinamente.

Gritó en otra lengua y su voz adquirió un volumen que llegó a un rugido estruendoso. Sólo conseguí poner en claro una traducción fragmentada.

—Reina de los Condenados... hora de la mayor amenaza... me levantaré para detenerte... —comprendí.

Había sido la profecía, la maldición de Mekare, de la mujer. Y todos los allí presentes la sabían, la comprendían. Tenía que ver con el extraño sueño, con el inexplicable sueño.

—¡Oh, no, hijos míos! —chilló Akasha de repente—. ¡Esto aún no ha terminado!

Advertí que reagrupaba sus poderes; pude verlo, pude ver su cuerpo que se ponía en tensión, que sus pechos se erguían, que sus manos se alzaban como por un acto reflejo, con los dedos en forma de zarpa.

La mujer recibió un golpe que la empujó hacia atrás, pero al instante resistió el ímpetu. Y enseguida también se enderezó, con los ojos desorbitados; luego, con los brazos extendidos arremetió contra la Reina con tanta furia que apenas pude seguir el curso de su movimiento.

Vi sus dedos, recubiertos de barro, precipitarse contra Akasha; vi el rostro de Akasha cuando la otra la tenía atrapada por su largo pelo negro. Oí sus gritos. Y vi su perfil cuando su cabeza chocaba contra la pared de cristal de poniente; el cristal se rompió y se desmoronó en grandes fragmentos en forma de daga.

Recibí un violento impacto interior; no podía respirar, no podía moverme. Iba a caer al suelo. No podía controlar mis extremidades. El cuerpo decapitado de Akasha resbalaba por el cristal fracturado y más fragmentos caían con ella. Después de ella, la sangre se escurrió cristal abajo. ¡Y la mujer sostenía por el pelo la cabeza degollada de Akasha!

Los ojos negros de Akasha parpadearon, se abrieron desorbitados. Su boca se agrandó como si quisiese volver a gritar.

Entonces la luz a mi entorno empezó a apagarse; fue como si el fuego se extinguiera, pero no era así; y mientras me revolvía por la alfombra, gritando, arañando su tejido espasmódicamente, vi las distantes llamas a través de la oscura neblina rosada.

Intenté levantar el peso de mi cuerpo. No pude. No pude oír a Marius que me llamaba, a Marius que decía mi nombre en silencio.

Conseguí levantarme, sólo un poquito, apoyando todo el cuerpo en mis manos con mis brazos doloridos.

Los ojos de Akasha estaban clavados en mí. Su cabeza se hallaba casi al alcance de mi mano y el cuerpo yacía de espaldas, y la sangre salía a borbotones del muñón que ahora era su cuello. De súbito su brazo derecho tembló, se levantó y de nuevo se desplomó en el suelo. Luego se volvió a levantar, balanceando la mano. ¡Estaba buscando su cabeza!

¡Yo podía ayudar a la mano! Podía usar los poderes que me había dado Akasha para intentar moverla, para ayudarle a coger la cabeza. Mientras me esforzaba por ver en la luz difusa, el cuerpo se desplazó con una sacudida, se estremeció, y se desplomó desfallecido junto a la cabeza.

¡Pero las gemelas! Estaban junto a la cabeza y el cuerpo. Mekare, mirando la cabeza estúpidamente, con aquellos ojos vacíos rodeados de rojo. Y Maharet, como si le quedara sólo el último aliento, arrodillada junto a su hermana, ante el cuerpo de la Madre. Mientras, la sala se oscurecía y se enfriaba cada vez más, y el rostro de Akasha empezaba a palidecer, a volverse de un blanco fantasmal, como si la luz de su interior se apagase.

Yo debería haber tenido miedo; debería haber estado aterrorizado; el frío se arrastraba hacia mí y podía oír mis propios sollozos asfixiantes. Pero el júbilo más desconcertante me sobrecogió. De súbito, me di cuenta de lo que estaba viendo.

—Es el sueño —dije. Oía mi voz muy a lo lejos—. Las gemelas y el cuerpo de la Madre, ¿lo ves? ¡La imagen del sueño!

La sangre se derramaba de la cabeza de Akasha al tejido de la alfombra; Maharet se derrumbaba, con las manos abiertas; también Mekare se había debilitado y se había inclinado hacia el cuerpo. Pero aún era la misma imagen; entonces supe por qué la veía en aquellos momentos. ¡Supe lo que significaba!

—¡El banquete funerario! —exclamó Marius—. El corazón y el cerebro, una de vosotras, ¡que una de vosotras se lo trague! Es la única oportunidad.

Sí, así era. ¡Y ellas lo sabían! Nadie tenía que decírselo. ¡Lo sabían!

¡Aquél era el significado! Todos lo habían visto, todos lo sabían. Y aunque mis ojos se estaban cerrando, lo comprendí; y aquella encantadora sensación se hizo más intensa, aquella sensación de plenitud, de algo que por fin se ha terminado. ¡De algo que por fin se sabe!

Flotaba, flotaba en la oscuridad glacial otra vez, como si estuviera en brazos de Akasha, como si nos estuviéramos elevando hacia las estrellas.

Un sonido agudo, crepitante, me devolvió los sentidos. Aún no estaba muerto, sólo moribundo. ¿Dónde están los que amo?

Aún bregando por la vida, intenté abrir los ojos; parecía imposible. Pero enseguida las vi en la penumbra que se hacía cada vez más densa, las vi a ambas, con su pelo rojo reflejando el fulgor brumoso de las llamas; una sosteniendo el sanguinolento cerebro en sus dedos cubiertos de barro, y la otra el corazón goteante. Estaban muertas, con los ojos vidriosos, los miembros moviéndose como a través del agua.

Y Akasha continuaba mirando al frente, con la boca abierta; y de su cráneo hecho pedazos manaba sangre. Mekare se llevó el cerebro a la boca; Maharet le puso el corazón en la otra mano; y Mekare se tragó los órganos.

Oscuridad otra vez; sin claridad del fuego; sin punto de referencia; sin otra sensación que la del dolor; dolor a través de la cosa que yo era, que no tenía miembros, no tenía ojos, no tenía boca para hablar. Dolor, palpitante, eléctrico; y no había manera de moverse o de disminuirlo, de apartarlo hacia este lado o hacia el otro, de resistirse a él, de diluirse en él. Sólo dolor.

Sin embargo me movía. Me agitaba por el suelo. A través del dolor pude sentir de repente la alfombra; pude sentir que mis pies cavaban en ella como si estuviera intentando escalar una pendiente inclinada. Luego oí el inconfundible sonido del fuego junto a mí, percibí el viento arreciando a través del cristal roto y pude oler aquellas suaves fragancias del bosque que inundaban la sala.

Un impacto violentísimo me sacudió desde el interior, desde cada músculo, desde cada poro; mis brazos y mis piernas se agitaron espasmódicamente. Luego inmovilidad.

El dolor había desaparecido.

Estaba allí tendido, jadeando, contemplando el vivo reflejo del fuego en el techo de cristal y sintiendo el aire en mis pulmones; me di cuenta de que estaba llorando de nuevo, desgarradoramente, como un niño.

Las gemelas se hallaban arrodilladas de espaldas a nosotros; estaban fuertemente abrazadas, sus cabezas inclinadas una contra la otra, el pelo mezclándose, y se acariciaban con afecto, con ternura, como si se comunicaran sólo por el tacto.

No podía ahogar mis sollozos. Me volví, oculté el rostro en mi brazo y lloré desconsoladamente.

Marius estaba junto a mí. También Gabrielle. Quise tomar a Gabrielle en mis brazos. Quise decirle todas las cosas que sabía que debía decirle (que todo había pasado, que habíamos sobrevivido y que todo había acabado), pero no pude.

Luego, muy despacio, volví la cabeza y miré de nuevo el rostro de Akasha, su rostro aún intacto, aunque toda su densa y brillante blancura había desaparecido; ¡y ella estaba tan transparente como un cristal! Incluso sus ojos, sus bellísimos ojos negros como la tinta, estaban perdiendo su opacidad, como si ya no tuvieran pigmento; todo había sido sangre.

Su pelo yacía suave y sedoso bajo la mejilla y su sangre seca aparecía lustrosa como un rubí.

No podía parar de llorar. No quería parar. Intenté decir su nombre pero se estranguló en mi garganta. Era como si no debiera hacerlo. Como si nunca debiera haberlo hecho. Nunca debiera haber subido aquellos escalones de mármol, nunca debiera haber besado su rostro en la cripta.

Los demás estaban volviendo todos a la vida. Armand sostenía a Daniel y a Louis, que aún estaban débiles y no podían ponerse en pie; y Khayman se había acercado con Jesse a su lado; el resto estaban todos bien.

Pandora, temblando, con la boca retorcida por sus

lloros, se mantenía apartada, abrazándose como si tuviera frío.

Entonces las gemelas se volvieron y se levantaron. Maharet rodeaba a Mekare con el brazo. Y Mekare miraba fijamente, sin expresión, sin comprender, la estatua viviente; y Maharet dijo:

—Contempla. La Reina de los Condenados.

QUINTA PARTE

... UN MUNDO SIN FINAL, AMÉN

Algunas cosas iluminan la caída de la noche
y de una pena hacen un Rembrandt.
Pero mayormente la velocidad del tiempo
es una broma; para nosotros. La luciérnaga
es incapaz de reír. Qué suerte.
Los mitos están muertos.
[...]

STAN RICE
«Poema al meterse en la cama: Amargura»
Cuerpo de trabajo (1983)

Miami. Una ciudad vampírica, tórrida, superpoblada, seductora en su belleza. Crisol, mercado, patio de juegos. Donde los desesperados y los ávidos quedan atrapados en el comercio subversivo y el cielo es de todos y la playa sigue y sigue eternamente; y las luces brillan más que el cielo y el mar es cálido como la sangre.

Miami. Estupendo coto de caza para el diablo.

Por eso estamos aquí, en la grandiosa, elegante, villa blanca de Armand de la Isla de la Noche, rodeados por todo lujo imaginable y por la serena noche sureña.

Afuera, al otro lado de las aguas, Miami es un faro; las víctimas esperaban: los proxenetas, los ladrones, los traficantes de droga, los asesinos. Los innombrables; tantos que son casi tan malvados como yo, pero no más.

Armand había transbordado a la puesta de sol, con Marius; ahora estaban de vuelta; Armand jugaba al ajedrez con Santino en el salón, Marius leía (Marius leía constantemente) en la silla de cuero de la ventana que daba a la playa.

Gabrielle aún no había aparecido aquella noche; desde que Jesse se fue, a menudo se la encontraba sola.

Khayman estaba en su estudio hablando con Daniel; Daniel, a quien le gustaba dejar que el hambre se formara en su interior, Daniel, que quería saberlo todo respecto a cómo había sido la antigua Mileto, Atenas, Troya. Oh, no olvidemos Troya. Yo mismo estaba vagamente intrigado con la idea de Troya.

Me gustaba Daniel. Daniel, que más tarde podría acompañarme, si se lo pedía, si conseguía deshacerme de la pereza suficiente para salir de aquella isla, cosa que desde que llegué sólo hice una vez. Daniel, que aún reía por el sendero que la luna dibujaba en la superficie del agua, o por la cálida espuma que salpicaba su rostro. Para Daniel, toda la historia (incluida la muerte de ella), había sido un espectáculo. Pero no se le puede criticar por esto.

Pandora casi nunca se movía de la pantalla de televisión. Marius le había traído las ropas de estilo más actual que vestía ahora; blusa de satén, botas hasta la rodilla, falda de terciopelo abierta. Le había puesto pulseras en los brazos y sortijas en los dedos, y cada anochecer le cepillaba su largo pelo castaño. A veces le regalaba diminutos frascos de perfume. Si él no los abría para ella, quedaban abandonados en la mesa, intactos. Pandora miraba ávidamente, como Armand, la inacabable colección de películas de vídeo; sólo de tanto en tanto interrumpía la sesión para ir al piano de la sala de música y tocar con suavidad un ratito.

Me gustaba cómo tocaba; sus variaciones sin solución de continuidad eran muy parecidas al arte de la fuga. Pero me preocupaba; los demás no. Los demás se habían recuperado por completo de lo ocurrido, más rápido de lo que imaginaba que serían capaces. Ella había recibido una herida en algún punto vital, ya antes de que todo empezase.

Pero le gustaba estarse allí; sabía que le gustaba. ¿Cómo podía no gustarle? Incluso aunque nunca escuchase ni una palabra de lo que Marius decía.

A todos nos gustaba. Incluso a Gabrielle.

Blancas estancias repletas de magníficas alfombras persas y cuadros siempre fascinantes (Matisse, Monet, Picasso, Giotto, Géricault). Uno podría pasarse un siglo sin hacer nada más que contemplar aquellos cuadros; Armand los cambiaba constantemente de lugar, situándolos en orden diferente, subiendo algún nuevo tesoro del sótano, intercalando pequeños esbozos aquí y allí.

A Jesse también le había gustado; pero ya se había ido, para reunirse con Maharet en Rangún.

Había venido a mi estudio y me había dicho lo que pensaba muy directamente, pidiéndome que cambiara los nombres que ella había utilizado y que dejara por completo de lado la Talamasca, lo cual, por supuesto, no haré. Sentado y en silencio, había escudriñado su mente mientras Jesse hablaba, en busca de todos los detalles que estaba intentando ocultar. Luego lo había pasado al ordenador, mientras ella continuaba sentada, observando, pensando, mirando fijamente las cortinas de terciopelo gris oscuro, el reloj veneciano y los frescos colores del Morandi de la pared.

Creo que ella ya sabía que yo no haría lo que me había pedido. También sabía que no tenía importancia. No era muy probable que la gente creyera más en la Talamasca que en nosotros. Es decir, exceptuando las personas que David Talbot o Aaron Lightner captaran, del mismo modo que Aaron Lightner captó a Jesse.

En cuanto a la Gran Familia, bien, no era probable que alguien creyera que era algo más que ficción, con un toque de verdad aquí y allí; es decir, suponiendo que a ese alguien le diera por coger el libro.

Era lo que todo el mundo había pensado de *Confesiones de un vampiro* y de mi autobiografía, y lo que pensarían también de *La reina de los condenados*.

Y así es como debe ser. En esto, ahora estoy de

acuerdo. Maharet tenía razón. No hay lugar para nosotros; no hay lugar para Dios ni para el Diablo, lo sobrenatural debe ser metafórico, tanto si es la Misa mayor en la catedral de San Patrick, como Fausto vendiendo su alma en la ópera, como una estrella de la música rock pretendiendo ser el vampiro Lestat.

Nadie sabía dónde Maharet se había llevado a Mekare. Ni siquiera (con toda probabilidad) lo sabía Eric, aunque se había marchado con ellas, con la promesa de reunirse con Jesse en Rangún.

Maharet, antes de irse de la villa de Sonoma, me había sorprendido con un breve susurro:

—Cuéntala sin rodeos, la leyenda de las gemelas.

Aquello fue permiso, ¿no? O indiferencia cósmica. No estoy muy seguro. Yo no había comentado nada del libro a nadie; solamente había meditado en él durante las largas y dolorosas horas en que no podía pensar realmente si no era en términos de capítulos; un ordenamiento; un mapa de ruta a través del misterio; una crónica de seducción y dolor.

Aquella última noche Maharet había tenido un aspecto mundano y a la vez muy misterioso. Había ido a encontrarme en el bosque, vestida de negro y pintada con su maquillaje moderno, como lo llamaba ella: la habilidosa máscara de cosmético que la convertía en una atractiva mujer mortal, una mortal que provocaría en el mundo real sólo miradas de admiración. Qué cintura más delgada poseía y qué manos más largas, que aún parecían más gráciles con los apretados guantes de cabritilla que siempre llevaba puestos. Había cruzado por los helechos, pisándolos con mucho cuidado y había apartado delicadamente las ramas de los árboles, cuando podía haber arrancado de raíz los que se interponían en su camino.

Maharet había estado en San Francisco con Jessica y Gabrielle; había paseado por delante de casas con luces acogedoras; por estrechas calles de pavimentos limpios; por donde la gente vivía, había dicho. Qué vivo había sido su modo de hablar, qué espontáneamente contemporáneo; no como el habla de la mujer intemporal que había visto por primera vez en la sala de la cima de la montaña.

¿Por qué volvía a estar solo?, me había preguntado ella, estando yo con mis pensamientos, sentado junto al riachuelo que atravesaba la espesura de secoyas. ¿Por qué no hablaba con los demás, ni siquiera un ratito? ¿Sabía yo qué protectores y temerosos se sentían?

Aún ahora siguen haciéndome estas mismas preguntas.

Incluso Gabrielle, que por lo general no se preocupa de hacer preguntas y nunca dice mucho de nada. Quieren saber cuándo voy a recuperarme, cuándo voy a hablar de lo ocurrido, cuándo voy a parar de escribir durante toda la noche.

Maharet había dicho que la volveríamos a ver muy pronto. En primavera, quizá podríamos ir a su casa de Birmania. O tal vez se nos presentaría por sorpresa un anochecer. Pero la cuestión era que nunca volveríamos a estar solos, separados unos de otros; teníamos maneras de encontrarnos mutuamente, no importaba por dónde estuviésemos deambulando.

Sí, en este punto vital, al menos todo el mundo estaba de acuerdo. Incluso Gabrielle, la solitaria, la errabunda, había manifestado su opinión favorable.

Nadie quería volver a estar perdido en el tiempo.

¿Y Mekare? ¿Volveríamos a verla? ¿Nos acompañaría alguna vez en la mesa? ¿Nos hablaría en su lenguaje de gestos y signos?

La había visto una sola vez después de aquella terrible noche. Había sido un encuentro completamente inesperado, cuando yo cruzaba el bosque de regreso a la villa, bajo la suave luz púrpura que precede al alba.

Había habido una bruma, espesa a ras de suelo, más clara por encima de los helechos y de las pocas flores silvestres invernales, y completamente pálida (de una palidez fosforescente) al levantarse por entre los árboles gigantes.

Y las gemelas habían surgido juntas de la niebla, entrando en el curso del riachuelo, para seguir su camino por las piedras pasaderas, abrazadas estrechamente, Mekare en un largo vestido de lana tan bello como el de su hermana, con el pelo cepillado y brilloso cayendo sobre sus hombros y sus pechos.

Parecía que Maharet había estado hablando suavemente al oído de Mekare. Fue Mekare quien se detuvo para mirarme, con sus ojos verdes muy abiertos y, por un momento, con su rostro aterrador en la negrura; y yo había sentido mi pena como un viento abrasador en el corazón.

Al mirarla, al mirarlas, había caído en un trance, con mi dolor interior sofocante, como si mis pulmones se hubieran secado.

No sé cuáles fueron mis pensamientos; sólo que el dolor pareció insoportable. Y que Maharet me había hecho un pequeño gesto tierno de saludo, y una indicación de que yo debía seguir mi camino. Se acercaba el amanecer. El bosque se agitaba a nuestro alrededor. Nuestros momentos preciosos se nos escapaban. Al final mi dolor se había desatado, como un gemido que saliera de mí y que yo había soltado al volverme.

Había mirado hacia atrás una vez para ver a las dos figuras que se dirigían hacia el este, descendiendo por el lecho del riachuelo de superficie ondulante y plateada, ahogadas, por decirlo así, en la fragorosa música de la corriente que seguía su curso a través de las piedras desparramadas.

La vieja imagen del sueño se había desvanecido un poco. Y cuando ahora pienso en ellas, no pienso en banquetes funerarios sino en aquel momento, en las dos sílfides del bosque, unas pocas noches antes de que Maharet se fuera de la villa de Sonoma llevándose consigo a Mekare.

Me alegré cuando se fueron porque significaba que nosotros también nos iríamos. Y no me importaba nada no volver a ver nunca más la villa de Sonoma. Mi estancia allí había sido una agonía, y las primeras noches después de la catástrofe habían sido las peores.

¡Con qué rapidez el silencio magullado de los demás había dado paso a interminables análisis que bregaban por comprender lo que habían visto y experimentado! ¿Cómo se había transferido el espíritu exactamente? ¿Había abandonado los tejidos del cerebro cuando éste se desintegraba, y había corrido por el flujo sanguíneo de Mekare hasta encontrar el órgano análogo en ella? ¿Había tenido alguna importancia el corazón?

Molecular, nucleónico; solitones; protoplasma; ¡deslumbrantes términos modernos! ¡Venga señores, si somos vampiros! Nos encanta la sangre de los vivos; matamos; y nos gusta. Tanto si lo necesitamos como si no.

No podía soportar escucharlos; no podía soportar su silenciosa y sin embargo obsesiva curiosidad: «¿Cómo lo pasaste con ella? ¿Qué hiciste en aquellas noches?» Tampoco podía librarme de ellos; en verdad, no tenía ninguna voluntad de marcharme; temblaba cuando estaba con ellos; temblaba cuando me hallaba solo.

El bosque no era lo suficientemente profundo para mí; vagabundeé kilómetros y kilómetros por entre las secoyas descomunales, por entre los robles enanos, los campos abiertos y los bosques húmedos e infranqueables de nuevo. No había manera de huir de sus voces:

Louis confesando que había perdido la conciencia de aquellos terribles momentos; Daniel diciendo que había oído nuestras voces, pero que no había visto nada; Jesse, en brazos de Khayman, que lo había presenciado todo.

Muy a menudo habían considerado la ironía de que Mekare había derrotado a su enemiga con un gesto humano; que, sin conocer nada de poderes invisibles, había asestado un golpe como lo habría hecho un humano cualquiera, pero con una fuerza y rapidez inhumanas.

¿Había sobrevivido algo de *ella* en Mekare? Eso era lo que no dejaba de preguntarme. Olvidemos el «lenguaje de la ciencia», como lo había llamado Maharet. Eso era lo que yo quería saber. ¿O acaso su alma había quedado libre al final, al arrancársele el cerebro?

Algunas veces, en la oscuridad, en el laberíntico sótano, con sus muros recubiertos de cinc y sus incontables cuartos impersonales, despertaba con la seguridad de que ella se encontraba junto a mí, a no más de un par de centímetros de mi rostro; que había sentido otra vez su pelo, su brazo a mi alrededor; que había visto el negro destello de sus ojos. Palpaba en la oscuridad; nada excepto las húmedas paredes de ladrillo.

Luego me tendía y pensaba en la pobre y pequeña Baby Jenks, como *ella* me la había enseñado, ascendiendo en espiral; veía las luces de variados colores que envolvían a Baby Jenks mientras ella miraba hacia abajo, hacia la tierra por última vez. ¿Cómo Baby Jenks, la pobre chiquilla de la moto, podría haberse inventado semejante visión? Quizá finalmente vayamos al hogar al que estamos destinados.

¿Cómo podemos saberlo?

Y así continuamos inmortales; continuamos asustados; continuamos anclados en lo que podemos controlar. Todo empieza de nuevo; la rueda gira; somos *los* vampiros; porque no hay otros; y se ha constituido la nueva asamblea.

Dejamos la villa de Sonoma como una caravana de gitanos, un desfile de brillantes coches negros, rayando la noche americana con una velocidad asesina por carreteras inmaculadas. Fue en aquel largo viaje cuando me lo contaron todo, espontáneamente y, a veces, involuntariamente, mientras conversaban animadamente entre ellos. Y todo encajaba como un mosaico, todo lo acaecido. Incluso cuando dormitaba contra el tapizado de terciopelo azul, los oía, veía lo que habían visto.

Hacia los pantanos del sur de Florida, hacia la gran y decadente ciudad de Miami, parodia tanto del cielo como del infierno.

Me encerré en esta pequeña *suite* amueblada con verdadero gusto; sofás, alfombra, los cuadros de colores pálidos de Piero della Francesca; el ordenador en la mesa; la música de Vivaldi derramándose de diminutos altavoces disimulados en las paredes empapeladas. Una escalera particular hacia el sótano, donde aguardaba el ataúd en la cripta revestida de acero; ataúd lacado en negro; asas de latón, una cerilla y un cabo de vela; forro cosido con cinta blanca.

Apetito de sangre; cómo duele; pero no la necesito; y sin embargo no la puedo resistir; y así será para siempre. Uno nunca se libra del apetito; la desea incluso más que antes.

Cuando no estaba escribiendo, me tendía en el diván gris de brocado, contemplando las frondas de las palmeras, que oscilaban en la brisa de la terraza, escuchando las voces de más abajo.

Louis que cortésmente pedía a Jesse que le describiera una vez más la aparición de Claudia. Y la voz de Jesse, solícita, confidencial:

—Pero Louis, no era real.

Gabrielle echaba de menos a Jesse ahora que se había ido; Jesse y Gabrielle habían pasado horas y horas paseando por la playa. Parecía que no se habían dicho ni una sola palabra; pero, ¿cómo podía estar seguro?

Gabrielle hacía todo lo que podía para complacerme: se cepillaba el pelo porque sabía que a mí me gustaba así; venía a mi cuarto antes de desaparecer con la mañana. De vez en cuando me miraba fijamente, penetrante, ansiosa.

—No quieres irte de aquí, ¿verdad? —preguntaba yo temeroso; o algo parecido.

—No —contestaba ella—. Me gusta estar aquí. Me siento bien aquí. —Cuando se ponía inquieta iba a las islas, que no estaban demasiado lejos. Le gustaban bastante las islas. Pero no era de eso de lo que quería ella hablar. Siempre tenía otra cosa en mente. Una vez casi lo había puesto en voz—: Pero dime... —y se había interrumpido.

—¿La quería? —pregunté—. ¿Es eso lo que quieres saber? Sí, la quería.

Pero aún seguía sin poder pronunciar su nombre.

Mael iba y venía.

Se había marchado por una semana; esta noche volvía a estar aquí, en la planta baja, intentando arrastrar a Khayman a la conversación; a Khayman, que fascinaba a todo el mundo. Primera Generación. Todo aquel poder. Y pensar que había paseado por las calles de Troya.

Verlo era un sobresalto continuo, si se me permite la expresión, aunque sea contradictoria.

Hacía grandes esfuerzos para aparentar ser humano. En un lugar cálido como aquél, donde los atuendos pesados son llamativos, no era cosa fácil. A veces se recubría con un pigmento oscurecedor: tierra cocida de Siena con un poco de aceite perfumado. Parecía un crimen hacerlo, echar a perder aquella belleza; pero, ¿de qué otra forma podría deslizarse por entre la muchedumbre humana como un cuchillo afilado?

De vez en cuando llamaba a mi puerta.

—¿Sales? —preguntaba.

Daba un vistazo al montón de hojas junto al ordenador; a las letras negras: *La reina de los condenados*. Aguardaba allí, permitiéndome que buscara en su mente todos los pequeños detalles, los momentos a medio recordar; no le importaba. Parecía desconcertarlo, pero por qué, no podía imaginarlo. ¿Qué quería de mí? Luego sonreía con aquella chocante sonrisa de un santo.

A veces salía con la lancha (la planeadora negra de Armand) y erraba a la deriva por el Golfo, tendido, bajo las estrellas. Una vez Gabrielle fue con él y yo estuve tentado de escucharlos, a través de la distancia, de escuchar sus voces tan privadas e íntimas. Pero no lo había hecho. Simplemente no parecía honesto.

A veces decía que temía la pérdida de memoria; que le sobrevendría de súbito, y que no sería capaz de encontrar el camino de vuelta a casa, con nosotros. Ya le había ocurrido en el pasado a causa del dolor, pero ahora era tan feliz. Quería que lo supiésemos; era tan feliz con todos nosotros.

Parecía que en la planta baja habían llegado a una especie de acuerdo; que fueran a donde fueran siempre regresarían. Ésta sería la casa de reunión, el santuario; nunca sería como antes.

Estaban dejando sentados un montón de detalles. Nadie iba a crear a ningún otro y nadie iba a escribir más libros, aunque desde luego sabían que era exactamente lo que yo estaba haciendo al recoger de ellos, silenciosamente, todo lo que podía; y sabían que no tenía intención de obedecer ninguna ley impuesta por nadie, y que nunca lo había hecho.

Sintieron un gran alivio al ver que El Vampiro Lestat había muerto en las páginas de los periódicos y que la matanza del concierto había sido olvidada. No había calamidades evidenciables, auténticos daños; todo el mundo había sido sobornado generosamente; la banda, habiendo recibido mi parte de los beneficios, estaba de nuevo de gira con su nombre anterior.

Y las revueltas (la brevísima era de los milagros) también habían sido olvidadas, aunque quizá nunca tuvieran una explicación satisfactoria.

No, no más revelaciones, trastornos, intervenciones; éste era su propósito colectivo; y por favor, ocultad los cadáveres.

Respecto a eso, seguían insistiendo al delirante Daniel de que incluso en una gran urbe corrupta y salvaje como Miami, uno no podía ser sino muy prudente con los restos del festín.

Ah, Miami. Podía oírlo de nuevo, el grave rugido de tantos humanos desesperados; el zumbido de todas aquellas máquinas, grandes y pequeñas. Antes, mientras yacía inmóvil en el diván, había dejado que sus voces me inundaran. No era imposible para mí dirigir este poder; filtrar, localizar y amplificar un coro de diferentes sonidos. Sin embargo dejaba de lado este poder, incapaz aún de utilizarlo con convicción, del mismo modo que no podía utilizar mi nueva fuerza.

Ah, pero adoraba estar cerca de la ciudad. Adoraba su sordidez y su encanto; sus viejos y desvencijados hoteles y sus luminosas mareas altas; sus sofocantes vientos; su flagrante decadencia. De tanto en tanto escuchaba la inacabable música urbana, un bajo murmullo palpitante.

—¿Por qué no vas, pues?

Marius.

Levantaba la cabeza del ordenador. Despacio, sólo para molestarlo un poco, aunque era el más paciente de los inmortales.

Estaba apoyado en el marco de la puerta de la terraza, con los brazos cruzados y un pie reposando encima del otro. Las luces exteriores tras él. En el antiguo mundo, ¿había habido algo así? ¿El espectáculo de una ciudad electrificada, rebosante de torres resplandecientes como las estrechas parrillas de una vieja estufa de gas?

Se cortaba el pelo muy corto; vestía ropas simples, pero elegantes, del siglo XX: cazadora y pantalones de seda gris; y lo rojo esta vez, porque siempre había algo rojo, era la oscura camisa de cuello vuelto.

—Quiero que dejes a un lado el libro y te reúnas con nosotros —dijo—. Has estado encerrado ahí dentro más de un mes.

—De vez en cuando salgo —repuse. Me gustaba mirarlo, mirar al neón azul de sus ojos.

—Este libro —dijo—, ¿con qué propósito lo escribes? ¿Me dirás al menos eso?

No respondí. Insistió un poco más, aunque con mucho tacto.

—¿Es que no te bastó con las canciones y la autobiografía?

Traté de dilucidar lo que lo hacía parecer tan verdaderamente amable. Quizás eran las diminutas arrugas que aún salían a la vida en las comisuras de sus ojos, la minúscula contracción de la piel que aparecía y desaparecía al hablar.

Grandes ojos redondos como los de Khayman, que siempre tenían un efecto aturdidor.

Volví de nuevo la vista a la pantalla del ordenador. Imagen electrónica de lenguaje. Casi acabado. Y todos lo sabían; lo habían sabido siempre. Por eso ofrecían voluntariamente tanta información: llamaban, entraban, hablaban y se iban.

—Entonces, ¿por qué hablar de ello? —inquirí—. Quiero dejar por escrito lo que ocurrió. Lo sabías cuando me contaste lo que había representado para ti.

—Sí, pero ¿para quién lo escribes?

Pensé de nuevo en todos mis admiradores en la sala del concierto; en ser visible; en aquellos momentos atroces, al lado de ella, en los pueblos, cuando me había convertido en un Dios sin nombre. De repente sentí frío, a pesar de la cariñosa calidez del aire, de la brisa que llegaba del mar. ¿Había tenido ella razón cuando nos había tildado de limitados, de codiciosos de sangre? ¿Cuando había dicho que era egoísta por nuestra parte querer que el mundo continuara igual?

—Ya sabes la respuesta a esa pregunta —contestó él. Se acercó un poco más. Puso la mano en el respaldar de mi silla.

—Era un sueño ingenuo, ¿no? —interrogué. Dolía decirlo—. Nunca podría haberse llegado a realizar, ni aunque la hubiésemos proclamado diosa y hubiésemos obedecido sus órdenes.

—Era una locura —respondió—. La habrían derrotado, destruido, más deprisa de lo que nunca hubiera podido imaginar.

Silencio.

—El mundo no la habría *querido* —añadió—. Eso es lo que ella nunca hubiera podido comprender.

—Creo que al final lo supo; no había lugar para ella, no había medio para ella de ser útil siendo lo que era. Lo supo cuando miró en nuestros ojos y vio el obstáculo que nunca podría superar. Había sido tan cuidadosa con sus apariciones, eligiendo lugares primitivos e invariables como lo era ella misma...

Asintió y dijo:

—Repito que ya conoces las respuestas a tus preguntas. Así pues, ¿por qué sigues formulándolas? ¿Por qué te encierras aquí con tus penas?

No contesté nada. Volví a ver los ojos de ella. «¿Por qué no podéis creer en mí?»

—¿Me lo has perdonado todo? —pregunté de súbito.

—Tú no tienes la culpa —respondió—. Ella esperaba, escuchaba. Tarde o temprano algo habría removido su voluntad. El peligro siempre estaba al acecho. En realidad, que ella despertase cuando lo hizo, fue tan accidental como el mismo origen de nuestra especie. —Soltó un suspiro. Volvió a aparecer amargo, como las primeras noches después de los hechos, en que se había sentido tan apenado—. Desde siempre supe que existía el peligro —murmuró—. Quizá quise creer que era una diosa; hasta que despertó. Hasta que me habló. Hasta que sonrió.

Otra vez estaba como ausente, pensando en el momento anterior a que cayera el hielo y lo atrapase, dejándolo indefenso durante tanto tiempo.

Se alejó, lentamente, indeciso; salió a la terraza y miró hacia la playa. Qué manera más informal de moverse. ¿Los antiguos habían apoyado los codos en las balaustradas del mismo modo?

Me levanté y lo seguí. Miré al otro lado de la gran línea divisoria que constituían las negras aguas. Al centelleante reflejo de la silueta de la ciudad. Lo miré a él.

—No sabes lo que es, no cargar con aquella responsabilidad —susurró—. Saber que soy libre por primera vez.

No respondí. Pero ciertamente me lo imaginaba. Sin embargo temía por él, temía quizá que ella hubiera sido el ancla, como la Gran Familia era el ancla para Maharet.

—No —dijo, sacudiendo la cabeza—. Es como si se hubiera barrido una maldición. Yo despierto; pienso que debo ir a la cripta; debo quemar el incienso; traer las flores; debo colocarme ante ellos y hablarles; e intentar consolarlos como si estuvieran sufriendo interiormente. Luego me doy cuenta de que se han ido. Todo ha pasado, todo ha terminado. Soy libre de ir adonde quiera y de hacer lo que quiera. —Hizo una pausa, reflexionando, mirando de nuevo a las luces. Luego—: ¿Y tú? ¿No eres libre también? Desearía comprenderte.

—Me comprendes. Siempre me has comprendido —dije. Encogí los hombros.

—Ardes de insatisfacción. Y no te podemos consolar, ¿no? Es el amor *de ellos* lo que quieres. —E hizo un gesto hacia la ciudad.

—Sois mi consuelo —respondí—. Todos vosotros. No podría, ni por un momento, pensar en dejaros; no durante un tiempo largo, al menos. Pero, ya sabes, en el escenario, en San Francisco... —No terminé. ¿De qué servía contárselo, si no lo sabía? Había sido lo único que siempre había deseado, hasta que el gran torbellino descendió y me arrastró consigo.

—¿Incluso aunque nunca te creyeron? —inquirió—. ¿Aunque pensaron que simplemente tenías talento para actuar en vivo? ¿Un autor con gancho, como dicen ahora?

—¡Saben mi nombre! —respondí—. Fue *mi* voz lo que oyeron. Me vieron a *mí* encima de las candilejas.

Asintió.

—Y por eso el libro *La reina de los condenados* —dijo.

Ninguna respuesta.

—Baja con nosotros. Déjanos estar en tu compañía. Háblanos de lo que ocurrió.

—Ya visteis lo que ocurrió.

De repente sentí cierta confusión; una curiosidad que él se resistía a revelar. Continuaba mirándome.

Pensé en Gabrielle, pensé en cómo empezaría a hacerme preguntas y pararía. Entonces me di cuenta. Vaya, había sido un estúpido por no haberlo advertido antes. Querían saber los poderes que me había dado; querían saber cómo me había afectado su sangre; y todo el tiempo yo había mantenido estos secretos bien guardados en mi interior. Los mantenía guardados incluso ahora. Junto con la imagen de aquellos cadáveres sembrando el suelo del templo de Azim, junto con el recuerdo del éxtasis que había sentido al matar a todo hombre que me pasaba por delante. Y junto con otro momento terrible aunque inolvidable: su muerte, la muerte de ella, cuando yo había eludido utilizar los poderes que me había dado y no la había ayudado.

Y ahora empezaba de nuevo, la obsesión por el final. ¿Me había visto tendido tan cerca suyo? ¿Se había percatado de mi rechazo a ayudarla? ¿O su alma se había elevado ya al recibir el primer golpe?

Marius miraba al otro lado de las aguas, a los pequeños botes que se apresuraban hacia el puerto, hacia el sur. Pensaba en cuántos siglos le había costado adquirir los poderes que ahora poseía. No sólo los habían producido las infusiones de la sangre de ella. Solamente después de mil años había sido capaz de levantarse hacia las nubes como si fuera uno de ellos, sin trabas, sin miedo. Pensaba en cómo tales cosas varían de un inmortal a otro, en cómo nadie sabe qué poder hay encerrado en el interior de otro; en que quizá nadie sepa siquiera qué poder hay encerrado en el interior de uno mismo.

Todo muy cortés; pero por el momento no podía confiar ni en él ni en nadie.

—Mira —le dije—. Deja que me lamente sólo un poco más. Déjame crear mis lóbregas imágenes aquí dentro, déjame en compañía de la palabra escrita. Más tarde iré con vosotros; me reuniré con vosotros. Quizás obedezca las normas. Algunas de ellas, por lo menos, ¿quién sabe? ¿Qué vais a hacer si no las obedezco? ¿No es la segunda vez que te hago esta pregunta?

Él quedó claramente sorprendido.

—¡Eres un maldito entre los malditos! —exclamó en un susurro—. Me recuerdas una vieja historia sobre Alejandro Magno. Lloró cuando vio que no había más países por conquistar. ¿Llorarás cuando no haya más normas por quebrantar?

—Ah, pero siempre hay normas por quebrantar.

Sonrió con un suspiro.

—Quema el libro.

—No.

Nos miramos fijamente durante un momento; luego lo abracé, lo estreché con amor y sonreí. Ni siquiera supe por qué lo había hecho salvo quizá porque Marius tenía tanta paciencia y era tan sincero... Había cambiado profundamente, como todos nosotros, pero el cambio en él había sido triste y doloroso, como en mí.

El cambio tenía que ver con el combate eterno entre el bien y el mal, un combate del cual tenía la misma concepción que yo, porque él me había enseñado a comprenderla años atrás. Él era quien me había contado cómo debía bregar eternamente con estas cuestiones, cómo la solución simple no era lo que deseábamos sino lo que siempre temíamos.

Lo abracé también porque lo quería, porque quería estar cerca de él y porque no quería que en aquel momento se fuese enfadado o decepcionado conmigo.

—¿Obedecerás las normas? —preguntó de súbito. Mezcla de amenaza y sarcasmo. Y quizás un poco de afecto, también.

—¡Desde luego! —De nuevo encogí los hombros—. ¿Cuáles son, por cierto? Las he olvidado. Oh, no hacer nuevos vampiros; no errar sin dejar señal; ocultar los cadáveres.

—Eres un diablillo, Lestat, ¿lo sabías? Un crío.

—Deja que te haga una pregunta —dije yo. Había cerrado la mano en un puño y le había tocado con suavidad el brazo—. Aquel cuadro tuyo, *La tentación de Amadeo*, el que está en los sótanos de la Talamasca...

—¿No te gustaría volver a tenerlo?

—Por todos los dioses, no. Es una cosa horrible, de veras. Mi etapa negra, se podría decir. Bueno, sí que me gustaría que lo sacasen de aquel maldito cuarto. Ya sabes, que lo colgasen en la sala principal. En algún rincón decente.

Reí.

De repente se puso serio. Receloso.

—¡Lestat! —exclamó bruscamente.

—¿Sí, Marius?

—¡Deja la Talamasca en paz!

—¡Desde luego! —Otro encogimiento de hombros. Otra sonrisa. ¿Por qué no?

—Lo digo de veras, Lestat. Lo digo en serio. No te metas con la Talamasca. ¿Comprendes?

—Marius, es notablemente fácil comprenderte. ¿Oyes?: el reloj está dando las doce. A esta hora siempre salgo a dar un pequeño paseo por la Isla de la Noche. ¿Me acompañas?

No esperé a que me respondiera. Al cruzar la puerta oí que soltaba uno de aquellos encantadores suspiros de indulgencia, tan suyos.

Medianoche. La Isla de la Noche era un fragor. Paseaba por las galerías llenas de gente. Cazadora tejana, camiseta blanca, rostro medio oculto por grandes gafas oscuras; manos hundidas en los bolsillos de los pantalones vaqueros. Observaba a los ávidos compradores zambulléndose por las puertas abiertas, examinando montones de maletas, camisas de seda envueltas en plástico, un reluciente maniquí negro envuelto en un visón.

Junto a la fuente iluminada, con sus penachos danzantes de miríadas de gotas, una anciana sentada acurrucada en un banco, con un vaso de plástico lleno de café hirviendo en su mano temblorosa. Le costaba llevárselo a los labios; cuando le sonreí al pasar, dijo con voz entrecortada:

—Cuando uno es viejo ya no necesita dormir.

Una suave música susurrante salía de la coctelería. Los jóvenes brutos merodeaban alrededor de la tienda de vídeos; ¡apetito de sangre! El rauco silbido y el centelleo de las galerías murieron cuando volví la cabeza. A través de la puerta del restaurante francés capté el rápido y atractivo gesto de una mujer levantando una copa de champán; risa muda. El teatro estaba lleno de gigantes en blanco y negro hablando en francés.

Una joven pasó junto a mí; piel oscura, voluptuosas caderas, boquita de piñón. El deseo de sangre se encrespaba. Continué paseando, obligándolo a meterse de nuevo en su jaula. «No necesitas la sangre. Ahora eres tan fuerte como los viejos.» Pero ya podía saborearla; volví la cabeza y la vi sentada en un banco de piedra, con las rodillas desnudas sobresaliendo de su corta y apretada falda; con sus ojos fijos en mí.

¡Oh, Marius tenía razón! Tenía razón acerca de todo. Yo ardía de insatisfacción, ardía de soledad. Quería arrancar aquella chica del banco: «¿No sabes lo que soy?». No, no te decidas por la otra; no la atraigas fuera de aquí, no lo hagas; no la lleves a las blancas arenas, lejos de las luces de las galerías, donde las rocas son peligrosas y las olas rompen violentamente en la pequeña ensenada.

Pensé en lo que *ella* había dicho de nosotros, acerca de lo limitados que somos, de nuestra avidez. Sabor de sangre en mi lengua. Alguien va a morir si me quedo más rato por aquí...

Final del pasillo. Introduzco mi llave en la puerta de acero entre la tienda que vende alfombras chinas hechas por niñas y el estanco, cuyo encargado ahora duerme entre las pipas holandesas, con la cara bajo una revista.

Silencioso corredor en las entrañas de la villa.

Uno de ellos estaba tocando el piano. Escuché durante un largo momento. Pandora. Su música siempre tenía un brillo oscuro, dulce; pero ahora más que nunca era como un interminable empezar, un tema preparando eternamente el clímax que nunca llega.

Subí las escaleras y entré en el salón. Ah, bien se puede decir que es una casa de vampiros; ¿quién más podría vivir a la luz de las estrellas y del resplandor de unas pocas velas esparcidas? Lustro de mármol y de terciopelo. Apéndice de Miami, aquí donde las luces tampoco se apagan nunca.

Armand todavía jugando al ajedrez con Khayman y perdiendo. Daniel bajo los auriculares escuchando Bach, mirando de vez en cuando el tablero blanquinegro para ver si habían movido alguna pieza.

En la terraza, mirando al otro lado de las aguas, con los pulgares metidos en los bolsillos negros, Gabrielle. Sola. Me acerqué a ella, le besé la mejilla, miré en sus ojos; y cuando al fin obtuve la reticente pequeña sonrisa que necesitaba, me volví y me dirigí a paso lento otra vez a la casa.

Marius, en la silla de cuero negro, leyendo el periódico, plegado como lo tendría un caballero en un club privado.

—Louis se ha ido —dijo, sin levantar la vista del periódico.

—¿Qué quieres decir, se ha ido?

—A Nueva Orleans —dijo Armand sin levantar la cabeza del tablero de ajedrez—. A la casa que allí tenías. A la casa donde Jesse vio a Claudia.

—El avión está esperando —dijo Marius, con la vista aún en el diario.

—Mi chófer te puede llevar a la pista de aterrizaje —dijo Armand con la vista aún en el juego.

—¿Qué es esto? ¿Por qué estáis siendo tan solícitos? ¿Por qué debería ir a buscar a Louis?

—Creo que deberías traerlo —dijo Marius—. No es bueno que esté en aquella vieja casa de Nueva Orleans.

—Creo que deberías salir y hacer algo —le dijo Armand—. Has estado encerrado aquí demasiado tiempo.

—Ah, ya estoy viendo en lo que se va a convertir esta casa, con consejos por todas partes y con medio mundo vigilando al otro medio mundo con el rabillo del ojo. Además, ¿por qué dejasteis que Louis se fuera a Nueva Orleans? ¿No había nadie para detenerlo?

Aterricé en Nueva Orleans a las dos. Dejé la limusina en Jackson Square.

Qué limpio estaba todo; con los nuevos adoquines, las cadenas en las puertas, imaginad, para que los vagabundos no pudieran dormir en la plaza como habían venido haciendo durante doscientos años. Y los turistas atestando el Café du Monde, donde habían estado las tabernas que daban al río: aquellos encantadores y hórridos lugares donde cazar era irresistible y las mujeres eran tan duras como los hombres.

Pero ahora lo adoraba igual; siempre lo adoraría. Los colores eran, de algún modo, los mismos. E incluso en aquel enero condenadamente frío, tenía el viento sabor tropical; algo relacionado con las calles tan llanas, los edificios bajos, el cielo siempre en movimiento y los tejados inclinados que ahora relucían con una capa de lluvia helada.

Me alejé del río, paseando despacio, dejando que los recuerdos despertaran como si se levantara el pavimento; oyendo la música áspera, estridente, de Rue Bourbon y girando hacia la silenciosa y húmeda oscuridad de Rue Royale.

¿Cuántas veces había tomado aquella ruta en los viejos tiempos, al regresar de la margen del río, de la ópera o del teatro, y me había detenido en este mismo lugar para meter la llave en la puerta cochera?

Ah, la casa donde había vivido el tiempo de una vida humana, la casa donde casi había muerto dos veces.

Hay alguien en la primera planta. Alguien que anda suavemente pero que hace crujir las tablas.

La pequeña tienda a ras de calle estaba limpia y oscura tras sus escaparates enrejados; chucherías de porcelana, muñecas, abanicos de encaje. Miré hacia el balcón con su baranda de hierro forjado; podía imaginarme a Claudia allí, de puntillas mirándome, con sus deditos cogidos en la baranda y el pelo dorado derramándose en sus hombros, y un largo lazo de cinta violeta. Mi pequeña inmortal belleza de seis años; «¿Lestat, dónde has estado?».

Eso era lo que él estaba haciendo, ¿no? Imaginando cosas así.

Todo estaba en absoluto silencio; es decir, dejando aparte el charloteo de las televisiones tras los verdes postigos y las viejas paredes recubiertas de enredaderas, el rauco ruido de Rue Bourbon, y un hombre y una mujer peleándose al fondo de su casa al otro lado de la calle.

Pero nadie por allí cerca; sólo el pavimento reluciente; y las tiendas cerradas, los grandes coches destartalados aparcados encima de la acera, la lluvia cayendo en sus techos curvos. Nadie que me viera alejarme algunos pasos, dar la vuelta y pegar el rápido salto felino, al viejo estilo, hacia el balcón, y sin hacer ruidos posarme en su piso. Escudriñé por los sucios cristales de las puertas vidrieras.

Vacío; paredes rascadas, como las había dejado Jesse. Aquí, una tabla clavada, como si alguien hubiese intentado reventar la puerta y hubiese sido descubierto; olor a vigas quemadas, después de tantos años.

Arranqué con cuidado la tabla; pero ahora había la cerradura al otro lado: ¿Sabría usar el nuevo poder? ¿Podría abrirlas? ¿Por qué dolía tanto hacerlo, pensar en ella, pensar que, en el último momento fugaz, pude haberla ayudado; pude haber ayudado a que la cabeza y el cuerpo se volvieran a unir; aunque ella hubiera tenido la intención de destruirme, aunque no hubiera pronunciado mi nombre.

Miré la pequeña cerradura. «Gira y ábrete.» Y, con lágrimas en los ojos, oí el metal que crujía, y vi el pestillo que se movía. Un pequeño espasmo en el cerebro mientras lo miraba fijamente, y la vieja puerta saltó de su marco alabeado y las bisagras gimieron, como si una ráfaga de viento la hubiera empujado.

Él estaba en el pasillo, mirando por la puerta de Claudia.

Su abrigo era quizás un poco corto, un poco menos completo que aquellas viejas levitas; pero su aspecto era tan parecido al que había tenido en el siglo anterior, que hizo que mi dolor interior se agudizara insosteniblemente. Durante unos instantes no me pude mover. Podía haber sido un auténtico fantasma; su pelo negro tupido y despeinado, como siempre en los viejos tiempos, sus verdes ojos llenos de admiración melancólica, y sus brazos más bien fláccidos colgando a los lados.

Seguro que no había sido idea suya adecuarse con tanta perfección al viejo contexto. Sin embargo, era un fantasma en aquella casa, la casa donde Jesse había sufrido tanto miedo, donde había captado tantas visiones escalofriantes de la antigua atmósfera que yo nunca había olvidado.

Sesenta años aquí, la familia impía. Sesenta años Louis, Claudia, Lestat.

¿Podría oír el clavicordio si escuchaba atentamente? ¿A Claudia tocando su Haydn, a los pájaros cantando porque el sonido siempre los excitaba, la música sosegada vibrando en las baratijas de cristal que colgaban de las pantallas de vidrio pintado de los quinqués, vibrando en las campanillas que colgaban en la puerta trasera, antes de las escaleras de caracol de hierro?

Claudia. Un rostro para un relicario; o para un pequeño retrato realizado en porcelana y guardado junto con un rizo de su pelo dorado en un cajón. Pero ¡cuánto habría odiado ella una imagen así, una imagen tan cruel!

Claudia, que hundió su cuchillo en mi corazón, lo retorció en él y contempló cómo la sangre se derramaba en mi camisa. «Muere, padre. Te pondré para siempre en el ataúd.»

«Te mataré a ti primero, príncipe.»

Vi a la pequeña niña mortal, tendida en las mantas sucias; olor de enfermedad. Vi a la Reina de ojos negros, inmóvil en su trono. ¡Y las había besado a ambas, las Bellas Durmientes! «Claudia, Claudia, vuelve en ti, Claudia... Eso es, querida, debes beber para ponerte bien.»

«¡Akasha!»

Alguien me sacudía.

—Lestat —dijo.

Confusión.

—¡Ah, Louis! Perdóname. —El oscuro pasillo descuidado. Sentí un escalofrío—. Vine porque estaba muy preocupado... por ti.

—No era necesario —dijo con consideración—. Simplemente era un pequeño peregrinaje que debía llevar a cabo.

Toqué su rostro con los dedos; tan cálido por la matanza.

—Ella no está aquí, Louis —dije yo—. Era algo que Jesse se imaginó.

—Sí, así parece —respondió.

—Nosotros vivimos para siempre, pero ellos no regresan.

Me estudió durante un largo momento; luego asintió.

—Vamos —indicó.

Recorrimos el largo pasillo juntos; no, no me gustaba; no quería estar allí. El lugar estaba encantado; pero, en definitiva, los encantamientos reales no tienen nada que ver con los fantasmas; tienen que ver con la amenaza del recuerdo; allí, aquélla había sido mi habitación; mi habitación.

Louis estaba bregando con la puerta trasera, intentando hacer que el deteriorado marco cediese. Le hice un gesto para que saliéramos al porche; desde allí le di el empujón que necesitaba. Fuertemente atascada.

Era tan triste ver el jardín invadido de plantas silvestres; la fuente en ruinas, la vieja cocina de ladrillos desmoronándose, los ladrillos convirtiéndose en tierra de nuevo.

—Lo arreglaré para ti, si quieres —le dije—. Ya sabes, dejarlo un poco como antes.

—Ahora no importa —contestó—. ¿Me acompañas a pasear un poco?

Bajamos por la calzada porticada; el agua corría

por el canalón. Miré hacia atrás por encima del hombro, una sola vez. La vi allí, en pie, con su vestido blanco y su lazo azul. Sólo que no me miraba a mí. Yo estaba muerto, pensaba ella, envuelto en la sábana que Louis había echado en el carruaje; ella se llevaba mis restos para enterrarme; sin embargo allí estaba ella, y nuestros ojos se encontraron.

Sentí que Louis tiraba de mí.

—No es bueno que nos quedemos más —dijo.

Observé que cerraba la verja bien cerrada; después sus ojos se movieron lentamente hacia las ventanas otra vez, los balcones y las altas buhardillas situadas encima. ¿Se estaba despidiendo para siempre, por fin? Quizá no.

Juntos nos dirigimos a Rue Ste. Anne, y nos alejamos del río, sin hablar, sólo caminando, como habíamos hecho tantas veces en otros tiempos. El frío lo atacaba un poco, le cortaba las manos. Pero no le gustaba metérselas en los bolsillos como hacían los hombres de hoy. Opinaba que no era elegante.

La lluvia había disminuido hasta convertirse en niebla.

Finalmente dijo:

—Me asustaste un poco; no pensé que fueses real cuando te vi en el pasillo; no respondiste cuando dije tu nombre.

—¿Y adónde vamos ahora? —pregunté. Me abroché la chaqueta tejana. No porque sintiese aún el frío; sino porque sentirse cálido era agradable.

—Sólo a un último hogar, y luego adonde quieras tú. Regresaremos a la casa de reunión, creo. No tenemos mucho tiempo. O quizá prefieras dejarme a mis vagabundeos; volveré dentro de un par de noches.

—¿No podemos vagabundear juntos?

—Sí —dijo deseoso.

En nombre de Dios, ¿qué necesitaba yo? Paseamos

bajo los viejos porches, dejamos atrás los viejos y sólidos postigos verdes, dejamos atrás las paredes de cemento que se despegaba y ladrillos desnudos y cruzamos la llamativa luz de Rue Bourbon; entonces, a lo lejos, vi el cementerio de St. Louis, con sus espesos muros encalados.

¿Qué me faltaba a mí? ¿Por qué mi alma continuaba doliéndome cuando los demás habían conseguido algún equilibrio? Incluso Louis había conseguido un equilibrio, y nos teníamos el uno al otro, como había dicho Marius.

Me sentía feliz de estar con él, feliz de caminar por aquellas viejas calles; pero, ¿por qué no me bastaba?

Otra verja que había de ser abierta; miré cómo rompía la cerradura con los dedos. Y entramos en la pequeña ciudad de blancas tumbas con sus tejados puntiagudos, urnas y puertas de mármol y la hierba alta que crujía bajo nuestras botas. La lluvia hacía que todas las superficies resplandecieran; las luces de la ciudad daban un brillo nacarado a las nubes que planeaban silenciosamente por encima de nuestras cabezas.

Traté de encontrar las estrellas. Pero no pude. Cuando bajé la vista de nuevo, vi a Claudia; sentí que su mano tocaba la mía.

Me volví hacia Louis y vi que sus ojos recogían la difusa y distante luz y me retraí súbitamente. Toqué su rostro, los pómulos, el arco bajo sus cejas negras. ¡Qué cosa más delicada era!

—¡Santa oscuridad! —exclamé—. La santa oscuridad ha regresado.

—Sí —respondió tristemente—, y reinamos en ella como siempre hemos reinado.

¿No bastaba?

Tomó mi mano (¿qué sensación producía ahora mi mano en los demás?) y me dejé conducir por el estrecho pasillo que corría entre las tumbas más viejas y venerables; tumbas que se remontaban a los tiempos más antiguos de la colonia, cuando él y yo merodeábamos juntos por los pantanos, los pantanos que amenazaban con tragárselo todo, y yo me alimentaba con sangre de ladrones asesinos y salteadores de caminos.

Su tumba. Me percaté de que estaba contemplando su nombre, grabado en el mármol con gran caligrafía inclinada a la antigua.

LOUIS DE PONTE DU LAC
1766-1794

Se apoyó en la tumba que tenía tras él, otro de aquellos pequeños templos, como el suyo, con tejado y peristilo.

—Sólo quería volver a verla —dijo. Extendió la mano y con un dedo tocó las letras.

El azote del tiempo en la superficie de la piedra las había desdibujado muy poco. El polvo y la suciedad las hacían, no obstante, más visibles, oscureciendo cada letra y cada número. ¿Estaba pensando en qué había sido del mundo en aquellos años?

Yo pensé en los sueños de ella, su jardín de paz en la tierra, y las flores naciendo del sueño empapado de sangre.

—Ahora vámonos a casa —dijo.

A casa. Sonreí. Alargué el brazo y toqué las tumbas que me quedaban a cada lado; levanté la vista de nuevo, hacia el leve resplandor que producía la iluminación de la ciudad contra las agitadas nubes.

—No nos vas a dejar, ¿verdad? —preguntó, con la voz agudizada por la aflicción.

—No —dije. Deseaba poder hablar de ello, de todas las cosas que aparecían en el libro—. Ya sabes, éramos amantes, ella y yo, amantes tan auténticos como pueden serlo un hombre y una mujer mortales.

—Claro que lo sé —dijo él.

Sonreí. Lo besé súbitamente, cautivado por su calidez, por el suave contacto de su piel casi humana. Dios, cuánto odiaba la blancura de mis dedos que lo tocaban, dedos que ahora lo podrían aplastar sin esfuerzo. Me pregunté si él lo habría advertido.

Había tanto que quería decirle, preguntarle. Pero no podía encontrar las palabras, o el modo de empezar. Él siempre había tenido tantas preguntas; y ahora tenía ya las respuestas, más respuestas quizá de las que nunca hubiera deseado; ¿y qué efecto habían causado en su alma? Como estupidizado, lo miraba fijamente. Qué perfecto me parecía mientras estaba allí, esperando con tanta amabilidad y tanta paciencia. Entonces, como un tonto, le solté:

—¿Me quieres aún? —pregunté.

Sonrió; oh, era intolerable ver que su rostro, al sonreír, se suavizaba y resplandecía simultáneamente.

—Sí —respondió.

—¿Quieres un poco de aventura? —Mi corazón palpitaba con violencia. Sería tan grandioso si...—. ¿Quebrantar las nuevas normas?

—¿Qué diablos quieres decir? —susurró.

Eché a reír, de un modo grave y enfebrecido; me sentía tan bien. Riendo y observando los sutiles cambios en su rostro. Realmente ahora lo había preocupado. Y la verdad era que no sabía si podría hacerlo. Sin ella. ¿Y si caía como Ícaro...?

—Oh, vamos, Louis —insistí—. Sólo un poco de aventura. Te lo prometo, esta vez no tengo propósitos para con la civilización occidental, ni siquiera para con las atenciones de dos millones de *fans* de mi música rock. Estaba pensando en algo pequeño, de veras. Algo..., bien, algo travieso. Y muy elegante. ¿No crees que he sido terriblemente bueno durante los dos últimos meses?

—¿De qué diablos estás hablando?

—¿Estás conmigo o no?

Sacudió otra vez la cabeza. Pero no era un *no*. Lo estaba considerando. Pasó los dedos por su pelo, hacia atrás. Un pelo negro tan hermoso. Lo primero de él en que me había fijado (bien, es decir, después de sus ojos verdes) fue su pelo negro. No, es mentira. Fue su expresión; la pasión, la inocencia y la delicadeza de conciencia. ¡Simplemente, lo adoré!

—¿Cuándo empieza esta pequeña aventura?

—Ahora —dije—. Tienes cinco segundos para decidirte.

—Lestat, casi está amaneciendo.

—Casi está amaneciendo *aquí* —respondí.

—¿Qué quieres decir?

—Louis, ponte en mis manos. Mira, aunque no lo consiga, no vas a sufrir daño, realmente. Bien, ni siquiera eso. ¿Te animas? Decídete. Quiero partir ahora mismo.

No dijo nada. Me miraba, y tan afectuosamente que apenas podía soportarlo.

—¿Sí o no?

—Casi seguro que me arrepentiré, pero...

—De acuerdo, pues. —Extendí los brazos, coloqué firmemente mis manos en sus brazos y lo levanté a peso. Quedó estupefacto, mirándome desde arriba. Fue como si no pesara nada. Lo deposité en el suelo nuevamente.

—*Mon Dieu* —musitó.

Bien, ¿a qué estaba esperando? Si no lo intentaba ahora, nunca lo sabría. Hubo un nuevo momento de dolor, oscuro, apagado; al recordarla, al recordar cómo ascendíamos. Dejé que el recuerdo se desvaneciera poco a poco.

Rodeé su cintura con el brazo. «Arriba ahora.» Levanté mi mano derecha, pero ni siquiera aquello era necesario. Subíamos tan deprisa como el viento.

El cementerio se empequeñecía abajo, una diminuta representación en juguete de sí mismo, con pequeños pedazos de blanco esparcidos por todas partes, bajo los oscuros árboles.

Pude oír su jadeo atónito en mi oído.

—¡Lestat!

—Pon el brazo alrededor de mi cuello —dije—. Agárrate fuerte. Nos dirigimos hacia el oeste, claro, y luego hacia el norte; vamos a recorrer una distancia muy larga y quizá tengamos que deambular haciendo tiempo. Para cuando lleguemos a nuestro destino el sol tardará aún algo en ponerse.

El viento era frío, helado. Debía haber pensado en ello, debía haber pensado en que él sufriría a causa del frío; pero no dio ninguna muestra de que fuera así. Miraba hacia arriba mientras atravesábamos la gran masa nívea de nubes.

Cuando vio las estrellas, sentí que se ponía en tensión; su rostro quedó perfectamente liso y sereno; y si lloraba, el viento se llevaba sus lágrimas. Si había sentido miedo, ahora había desaparecido por completo. Al mirar él hacia arriba, al descender la bóveda del cielo y envolvernos, y al brillar la luna con plenitud en la inacabable y densa llanura de blancura bajo nuestros pies, se sintió perdido.

No era necesario decirle lo que tenía que observar, o recordar. Siempre había sabido este tipo de cosas. Años atrás, cuando le hice la magia, no tuve que decirle nada; había saboreado los más pequeños detalles de la transformación por cuenta propia. Más tarde había dicho que yo había fallado en ser su guía. ¿No sabía lo innecesario que siempre había sido?

Pero ahora era yo quien erraba, mental y físicamente; sentía a Louis como algo cálido, aunque sin peso alguno, contra mí; simplemente la pura presencia de Louis, del Louis que me pertenecía, que estaba conmigo. No era ninguna carga.

Yo trazaba el curso con firmeza usando sólo una minúscula parte de mi mente, del modo en que ella me lo había enseñado; y al mismo tiempo recordaba muchas cosas; la primera vez, por ejemplo, que había visto a Louis en una taberna de Nueva Orleans. Estaba borracho, peleándose; al salir lo había seguido a través de la noche. Y, en el último momento, antes de dejar que resbalase de mis manos, él había dicho, con los ojos entrecerrados:

—Pero ¿quién eres tú?

Yo sabía que volvería por él a la puesta de sol, que lo encontraría aunque hubiese de buscar por la ciudad entera, a pesar de que entonces lo estaba dejando medio muerto en la calle adoquinada. Tenía que poseerlo, tenía que poseerlo. Del mismo modo que tenía que poseer todo lo que quería poseer, o que tenía que hacer todo lo que quería hacer.

Aquél era el problema; y nada de lo que ella me había dado (el no tener sufrimiento, el poder, o el terror, en definitiva) lo había cambiado en lo más mínimo.

A seis kilómetros de Londres.

Una hora después del ocaso. Yacíamos juntos en la hierba, en la fría oscuridad, bajo el roble. Había un poco de luz, que provenía de la enorme casa solariega en mitad del parque, pero no mucha. Sus pequeñas y profundas ventanas emplomadas daban la sensación de que todo se quería mantener hacia dentro. Dentro era acogedor, invitaba a pasar, con todas las paredes forradas de libros y el parpadeo de las llamas de tantos hogares; y el humo que las chimeneas escupían a bocanadas y que penetraban en la oscuridad brumosa.

De tanto en tanto, un coche circulaba por la serpenteante carretera al otro lado de la puerta de la verja; y la iluminación de los faros barría la recia fachada del antiguo edificio, revelando las gárgolas, los pesados arcos de las ventanas y los relucientes picaportes en las macizas puertas principales.

Siempre me habían gustado aquellas moradas inglesas, grandes como paisajes; no era extraño que invitaran a regresar a los espíritus de los muertos.

Louis se sentó de repente, comprobando su aspecto, y con gran rapidez limpió su abrigo de hierba. Había dormido durante horas, inevitablemente, en el regazo del viento podría decirse, y en los lugares donde yo había parado a descansar un poco, esperando a que el mundo diera la vuelta.

—¿Dónde estamos? —susurró con cierto tono de alarma.

—En la Casa Madre de la Talamasca, en las afueras de Londres —respondí.

Yo estaba tumbado de espaldas, con la cabeza apoyada en las manos entrelazadas. Luces en el desván. Luces en las salas principales de la planta baja. Estaba pensando: ¿de qué modo sería más divertido?

—¿Qué estamos haciendo aquí?

—Aventuras, te lo dije.

—Pero espera un momento. ¿No tendrás la intención de entrar ahí?

—¿No? Ahí dentro, en el sótano, junto con el cuadro de Marius, tienen el diario de Claudia. ¿Lo sabes, no? Jesse te lo contó.

—Y bien, ¿qué tienes pensado hacer? ¿Entrar furtivamente y registrar el sótano hasta encontrar lo que buscas?

Reí.

—Vamos, eso no sería muy divertido, ¿verdad? Más bien me suena a un trabajo algo aburrido. Además, no es el diario lo que quiero. Pueden quedárselo, el diario. Era de Claudia. Quiero hablar con uno de ellos, con David Talbot, el jefe. Son los únicos mortales en el mundo que creen realmente en nosotros, ¿sabes?

Punzada de dolor interior. Olvídalo. Empieza la función.

De momento él se hallaba demasiado sorprendido para responder. El asunto era pues todavía más delicioso de lo que había soñado.

—¡Pero no lo dirás en serio! —exclamó él. Se estaba poniendo furiosamente indignado—. Lestat, deja a esta gente en paz. Creen que Jesse está muerta. Recibieron una carta de alguien de su familia.

—Sí, desde luego. No voy a desengañarlos de esta malsana creencia. ¿Por qué habría de hacerlo? Pero el que vino al concierto (David Talbot, el viejo) me fascina. Supongo que quiero saber... Pero ¿por qué lo digo? Es hora de entrar y averiguarlo.

—¡Lestat!

—¡Louis! —repliqué, haciendo burla de su tono.

Me levanté y lo ayudé a levantarse, no porque lo necesitara, sino porque se quedaba sentado, mirándome enfurecido, resistiéndose a mí, intentando hallar algún modo de controlarme, todo lo cual era una absoluta pérdida de tiempo.

—Lestat, ¡Marius se pondrá colérico si lo haces! —dijo seriamente, endureciendo los rasgos de su rostro, endureciendo por completo la composición formada por los pómulos salientes y los ojos penetrantes, verdes, oscuros, que relampagueaban bellísimamente—. La norma principal es...

—Louis, ¡me lo estás poniendo irresistible! —le dije yo.

Me cogió del brazo.

—¿Y Maharet? ¡Ésos son los amigos de Jesse!

—¿Y qué va a hacer? ¿Enviarme a Mekare para que me aplaste la cabeza como un huevo?

—¡Realmente puedes acabar la paciencia a cualquiera! —contestó—. ¡No has aprendido nada de nada!

—¿Vas a venir conmigo o no?

—No vas a entrar en esa casa.

—¿Ves aquella ventana, allí arriba? —Rodeé su cintura con mi brazo. Ahora no podía huir de mí—. David Talbot está en ese cuarto. Ha estado escribiendo en su diario durante una hora. Está profundamente conmovido. No sabe lo que ha ocurrido con nosotros. Sabe que ha ocurrido algo; pero, en realidad nunca se podría llegar a imaginar qué. Ahora vamos a entrar en la habitación contigua a la suya, a través de la pequeña ventana de la izquierda.

Manifestó una última débil protesta, pero yo ya me estaba concentrando en la ventana, intentando visualizar el cerrojo. ¿A cuántos metros se encontraba? Sentí el espasmo y luego vi, muy arriba, el pequeño rectángulo de cristal emplomado abrirse hacia fuera. Él también lo vio, y mientras continuaba allí sin habla, estreché mi abrazo y nos elevamos.

En un segundo nos hallamos en el interior de la habitación. Una pequeña alcoba de estilo elisabetiano, con las paredes revestidas de madera oscura y vistosos muebles de época, y un pequeño fuego llameante.

Louis estaba rabioso. Mientras alisaba sus ropas con gestos rápidos y violentos no dejaba de mirarme airado. Me gustó la habitación. Los libros de David Talbot; su cama.

Y David Talbot nos miraba fijamente por la puerta entreabierta de su estudio, donde estaba sentado bajo la luz de una lámpara de pantalla verde encima de su escritorio. Vestía una elegante bata de seda gris, atada a la cintura. Tenía la pluma en la mano. Estaba tan inmóvil como un animal del bosque, sintiendo el depredador, antes del inevitable intento de huida.

¡Ah, la escena era encantadora!

Lo observé con atención unos momentos; pelo canoso oscuro, ojos de un negro puro, rostro de facciones hermosas; muy expresivo, inmediatamente afectuoso. Un hombre de inteligencia obvia. Todo concordaba con lo que Jesse y Khayman habían contado.

Entré en su estudio.

—Le ruego me disculpe —dije—. Debería haber llamado a la puerta principal. Pero deseaba que nuestro encuentro fuese privado. Sabrá quien soy, naturalmente.

Sin habla.

Miré su escritorio. Nuestros archivos, pulcras carpetas de color manila con varios nombres familiares: «Theatre des Vampires», «Armand» y «Benjamin, el Diablo». Y «Jesse».

Jesse. Había una carta de la tía de Jesse, Maharet, junto a la carpeta. La carta que notificaba el fallecimiento de Jesse.

Esperé, preguntándome si debía obligarlo a hablar primero. Pero nunca ha sido mi juego favorito. Me estaba observando con mucha intensidad, mucho más intensamente de como yo lo había observado a él. Me estaba memorizando, y lo hacía utilizando pequeños mecanismos aprendidos para memorizar detalles que después quería recordar, por más grande que fuera el impacto de la experiencia en curso.

Alto, sin ser pesado, ni esbelto. Una buena complexión. Manos bien formadas, largas. Aspecto exterior muy bien cuidado. Un auténtico caballero inglés, un amante del *tweed*, del cuero y de la madera oscura, del té, de la humedad y del parque oscuro al exterior de la casa, y de la encantadora y sana sensación que producía aquella casa.

Y su edad, sesenta y cinco años o así. Una buena edad. Sabía cosas que hombres más jóvenes no podían saber. Era el equivalente moderno a la edad de Marius en épocas antiguas. No era en realidad viejo, en absoluto, para el siglo XX.

Louis continuaba en la otra habitación, pero él sabía que Louis estaba allí. Miró hacia la puerta y luego otra vez a mí.

Luego se levantó y me dejó totalmente estupefacto; extendió la mano y dijo:

—¿Qué tal? ¿Cómo está usted?

Solté una carcajada. Tomé su mano y la estreché con firmeza y educación, observando sus reacciones, su asombro al sentir lo fría que era mi piel, lo muerta (en cualquier sentido convencional) que era.

Sentía un pavor enorme. Pero también una poderosa curiosidad, un poderoso interés.

Luego, muy amable y muy cortés, dijo:

—Jesse no está muerta, ¿verdad?

Es asombroso lo que los británicos hacen con el lenguaje, sus matices de cortesía. Los más grandes diplomáticos del mundo, seguro. Me hallé preguntándome cómo serían sus gángsteres. Pero sentía verdadera aflicción por Jesse, y ¿quién era yo para descalificar las penas de otros?

Lo miré con solemnidad.

—Oh, sí —dije—. No se equivoque en eso. Jesse está muerta. —Aguanté su mirada firmemente, no hubo malas interpretaciones—. Olvídese de Jesse.

Hizo un ligero asentimiento, desviando la vista un instante, y enseguida me volvió a mirar, con tanta curiosidad como antes.

Di un pequeño círculo por el centro de la estancia. Vi a Louis, retirado en las sombras, de pie junto al hogar de la habitación, contemplándome con burla y desaprobación. Pero no era el momento de reír. No me sentía con ganas de reír. Estaba pensando en algo que Khayman me había contado.

—Tengo una pregunta que hacerle —dije.

—¿Sí?

—Estoy aquí, bajo su techo. Supongamos que cuando salga el sol bajo a sus sótanos. Me deslizo en la inconsciencia allí abajo. Ya sabe. —Hice un pequeño gesto de entendimiento—. ¿Qué haría? ¿Me mataría mientras duermo?

Pensó en ello menos de dos segundos.

—No.

—Pero usted sabe lo que soy. No hay la más pequeña duda en su mente, ¿no es así? ¿Por qué no lo haría?

—Por muchas razones —respondió—. Quiero saber más acerca de usted. Quiero hablar con usted. No, no lo mataría. Nada podría llevarme a hacerlo.

Lo escruté con atención, estaba diciendo la pura verdad. No dio más explicaciones, pero habría considerado muy grosero y falto de respeto matarme, matar a un ser tan misterioso y antiguo como yo.

—Sí, eso es —confirmó con una pequeña sonrisa.

Lector mental. No muy poderoso, sin embargo. Sólo pensamientos de superficie.

—No esté tan seguro —añadió, de nuevo con una notable educación.

—Segunda pregunta para usted —dije.

—Adelante. —Ahora estaba realmente intrigado. El miedo se había disipado por completo.

—¿Desea usted poseer el Don Oscuro? Ya sabe. Convertirse en uno de nosotros. —Con el rabillo del ojo vi a Louis que sacudía con violencia la cabeza. Luego se volvió de espaldas—. No digo que se lo llegase a conceder. Muy probablemente no lo haría. Pero ¿lo desea? Si yo estuviera dispuesto a dárselo, ¿lo aceptaría de mí?

—No.

—Oh, vamos.

—No, ni en un millón de años lo aceptaría. Pongo a Dios por testigo: no.

—Usted no cree en Dios, sabe que no cree.

—Era simplemente una manera de expresarse. Pero el sentimiento es verdadero.

Sonreí. Qué rostro más afable, más alerta. Y yo estaba tan divertido; la sangre corría por mis venas con un nuevo vigor; me preguntaba si él podía percibirlo; ¿aparentaba ser menos monstruoso? ¿Existían en mí todos aquellos pequeños signos de humanidad que yo veía en otros de nuestra especie, cuando eran exuberantes o los habían absorbido?

—No creo que tarde un millón de años en cambiar de opinión —repuse yo—. En realidad no le queda mucho tiempo, si lo piensa detenidamente.

—Nunca cambiaré de opinión —afirmó. Sonrió, muy sinceramente. Sostenía la pluma con ambas manos. Jugó con ella, inconsciente y ansiosamente durante unos segundos, pero luego se aquietó.

—No le creo —dije.

Di una ojeada al cuarto, a mi entorno, al pequeño cuadro holandés con su marco lacado: una casa en Amsterdam, que daba al canal. Miré la escarcha en la ventana emplomada. En la noche al exterior nada visible, en absoluto. De pronto me invadió una sensación de tristeza, distinta a la de los días anteriores. Sólo era un reconocimiento de la amarga soledad que me había llevado allí, de la necesidad por la cual había venido, para estar dentro de aquella pequeña estancia y sentir sus ojos en mí; para oírlo decir que sabía quién era yo.

Me apesadumbré. No pude hablar.

—Sí —dijo en un tono tímido, a mis espaldas—. Sé quién es usted.

Me volví y lo miré. Sentí que me pondría a llorar

repentinamente. Llorar por la calidez que sentía en aquel lugar, por el olor a cosas humanas, por tener ante mí un hombre vivo en un escritorio. Tragué saliva. No iba a perder mi compostura, sería estúpido.

—Cierto que es muy fascinante —dije—. No me mataría. Pero no se convertiría en lo que soy.

—Exacto.

—No. No le creo —repetí.

Su rostro se ensombreció pero fue un ensombrecimiento revelador. Tenía miedo de que yo le hubiese visto alguna debilidad de la cual ni él mismo era consciente.

Alargué la mano hacia su pluma.

—¿Me permite? ¿Y un pedazo de papel, por favor?

Me los dio de inmediato. Me senté en el escritorio, en su butaca. Todo inmaculado: el secante, el pequeño cilindro de piel en donde conservaba sus plumas, y las carpetas manila. Todo inmaculado como él, que permanecía de pie mientras yo escribía.

—Es un número de teléfono —dije. Puse el papel en su mano—. Es un número de París, de un abogado, que me conoce por mi auténtico nombre, Lestat de Lioncourt; creo que este nombre está en sus archivos, ¿me equivoco? Naturalmente, él no sabe lo que usted sabe de mí. Pero puede localizarme. O quizá sería más correcto decir que siempre estoy en contacto con él.

No respondió nada, pero miró el papel y memorizó el número.

—Consérvelo —dije—. Y cuando cambie de opinión, cuando quiera ser inmortal, y esté dispuesto a reconocerlo, llame a este número. Y yo regresaré.

Iba a protestar. Pero le hice ademán de que guardara silencio.

—Nunca se sabe lo que puede ocurrir —le expliqué. Me apoyé cómodamente en el respaldar de la silla y crucé los brazos en el pecho—. Puede descubrir que tenga una enfermedad fatal; puede descubrir que ha quedado paralítico por una mala caída. Quizá simplemente empiece a tener pesadillas sobre la muerte, sobre ser nadie o nada. No importa. Cuando decida que quiere lo que yo le puedo dar, llame. Y recuerde, por favor, no le estoy afirmando que se lo dé. Quizá nunca lo haga. Sólo estoy diciendo que, cuando decida que lo desea, el diálogo empezará.

—Pero ya ha empezado.

—No, no ha empezado.

—¿No piensa regresar? —preguntó—. Creo que lo hará, tanto si llamo como si no.

Otra pequeña sorpresa. Una pequeña punzada de humillación. Le sonreí a pesar de mí mismo. Era un hombre muy interesante.

—Maldito británico con lengua de plata —dije—. ¿Cómo se atreve a tratarme con tal condescendencia? Quizá debería matarlo ahora mismo.

Esto tuvo su efecto. Quedó aturdido. Lo ocultó con bastante rapidez, pero aún pude verlo. Y yo sabía lo aterrorizador que podía parecer, especialmente cuando sonreía.

Se recuperó con una asombrosa agilidad. Dobló el papel con el número de teléfono y se lo metió en el bolsillo.

—Por favor, acepte mis disculpas —rogó—. Lo que quise decir era que espero que vuelva.

—Llame al número —insistí yo.

Nos miramos fijamente durante un largo momento; luego le ofrecí otra breve sonrisa. Me levanté para despedirme. Miré su escritorio.

—¿Por qué no tengo mi propio fichero? —comenté.

Su rostro se puso pálido un segundo; enseguida se recuperó, de nuevo en una forma que parecía milagrosa.

—¡Ah, pero usted tiene el libro! —Y señaló hacia el estante en donde se encontraba *Lestat, el vampiro*.

—Ah, sí, correcto. Bien, gracias por recordármelo. —Dudé un instante—. Pero, ¿sabe?, insisto en que debería tener mi propio archivo.

—Estoy de acuerdo con usted —contestó—. Lo abriré inmediatamente. Siempre es... sólo una cuestión de tiempo.

Reí con suavidad a pesar mío. Era tan cortés. Le hice una reverencia a modo de despedida, que reconoció elegantemente.

Entonces pasé junto a él, tan rápido como fui capaz (que era muy rápido), cogí a Louis y partimos enseguida por la ventana, viajando a gran altura del suelo, hasta descender en un tramo solitario de la carretera de Londres.

Allí hacía más frío y era más oscuro; los robles cerraban el claro de luna; me gustó. ¡Amaba la pura oscuridad! Allí estaba yo, con las manos en los bolsillos, contemplando la leve aureola de luz cerniéndose sobre Londres; y riendo para mí mismo con regocijo irrefrenable.

—Oh, ha sido maravilloso; ¡ha sido perfecto! —dije frotándome las manos, luego apreté fuertemente las manos de Louis, que aún estaban más frías que las mías.

La expresión en el rostro de Louis me puso en éxtasis. Me estaba sobreviniendo un verdadero ataque de risa.

—¡Eres un bastardo!, ¿lo sabías? —exclamó—. ¿Cómo has podido hacerle una cosa semejante al pobre hombre? Eres un malvado, Lestat. ¡Deberían emparedarte en una mazmorra!

—Oh, vamos, Louis —repuse yo. No podía parar de reír—. ¿Qué esperabas de mí? Además, el hombre es un estudioso de lo sobrenatural. No va a volverse loco de remate. ¿Qué esperabais todos de mí? —Rodeé su hombro con mi brazo—. Venga, vamos a Londres. Hay un largo trecho, pero es temprano. Nunca he estado en Londres. ¿Lo sabías? Quiero ver el West End, Mayfair y la Torre, sí, vayamos a la Torre. ¡Y también quiero alimentarme en Londres! Vamos.

—Lestat, no es tema de broma. Marius se pondrá furiosísimo. ¡Todos se pondrán furiosos!

Mi ataque de risa estaba empeorando. Emprendimos la marcha a buen paso. Era tan divertido andar. Nada podría nunca sustituir el simple acto de andar, el sentir la tierra bajo los pies, con el dulce olor de las chimeneas próximas que salpicaban la negrura; con el olor húmedo y frío del invierno riguroso en los bosques.

Oh, era todo muy encantador. Y, cuando llegásemos a Londres, conseguiríamos un abrigo decente para Louis, un elegante abrigo negro, largo, con el cuello de piel, para que pudiera estar tan calentito como lo estaba yo en aquellos momentos.

—¿Oyes lo que te estoy diciendo? —le insistió Louis—. No has aprendido nada, ¿no? ¡Eres más incorregible que antes!

Me eché a reír de nuevo, indefenso ante el ataque.

Luego, más serenamente, pensé en el rostro de David Talbot y en el momento en que me había retado. Bien, quizá tuviese razón. Volveré. ¿Quién dice que no pueda volver y charlar un poco con él si me viene en gana? ¿Quién lo dice? Pero debería darle sólo un poco de tiempo para meditar en el número de teléfono; y poco a poco perder su temple.

La amargura regresó, y una repentina gran tristeza soporífera, que amenazaba con arrasar mi pequeño triunfo. Pero no lo permitiría. La noche era demasiado hermosa. Y la diatriba de Louis se estaba volviendo cada vez más acalorada y divertida.

—¡Eres un perfecto diablo, Lestat! —iba diciendo—. Eso es lo que eres. ¡Eres el mismo Diablo!

—Sí, lo sé —decía yo. Era tan encantador mirarlo, ver que la rabia lo llenaba de vida—. Adoro oírte decir eso, Louis. Necesito oírtelo decir. No creo que nadie lo diga nunca como tú lo dices. Vamos, dilo otra vez. Soy un perfecto diablo. Dime lo malo que soy. ¡Me hace sentir tan bueno!

ÍNDICE